王觉仁◎作品

I 玄甲卫

兰亭序杀局

湖南文艺出版社
HUNAN LITERATURE AND ART PUBLISHING HOUSE

博集天卷
CS-BOOKY

图书在版编目（CIP）数据

兰亭序杀局 . 第 1 册 / 王觉仁著 . —长沙：湖南文艺出版社，2017.7
ISBN 978-7-5404-8118-6

Ⅰ.①兰… Ⅱ.①王… Ⅲ.①长篇小说—中国—当代 Ⅳ.① I247.5

中国版本图书馆 CIP 数据核字（2017）第 122397 号

上架建议：长篇小说

LANTING XU SHAJU DI 1 CE
兰亭序杀局　第 1 册

作　　者：王觉仁
出 版 人：曾赛丰
责任编辑：薛　健　刘诗哲
监　　制：于向勇　秦　青
策划编辑：马占国　徐　娅
营销编辑：刘晓晨　罗　昕
版式设计：潘雪琴
封面设计：VIOLET
出版发行：湖南文艺出版社
　　　　　（长沙市雨花区东二环一段 508 号　邮编：410014）
网　　址：www.hnwy.net
印　　刷：北京鹏润伟业印刷有限公司
经　　销：新华书店
开　　本：787mm×1092mm　1/16
字　　数：424 千字
印　　张：23
版　　次：2017 年 7 月第 1 版
印　　次：2017 年 7 月第 1 次印刷
书　　号：ISBN 978-7-5404-8118-6
定　　价：39.80 元

质量监督电话：010-59096394
团购电话：010-59320018

# 目 录

/ 兰亭序杀局 /

# 目 录

/ 兰亭序杀局 /

目 录

兰亭序杀局

# 目录

兰亭序杀局

楔子

血字

　　吕世衡战死的那天早晨，朝阳如血，把东方天际染得一片殷红。

　　战斗是从凌晨开始的。

　　按事先拟订的政变计划，禁军中郎将吕世衡奉命死守太极宫的北正门——玄武门，以便秦王李世民狙杀太子、齐王并全面控制太极宫。那天的战况混乱而惨烈，东宫与齐王府兵为了入宫救主，集结了三千精锐猛攻玄武门。吕世衡以寡敌众，带着手下弟兄苦战了一个多时辰，身上多处负伤。破晓之际，一支流矢呼啸着射向吕世衡的面门。他下意识地挥刀一挡，把箭砍成了两截——后面的大半截斜飞出去，可前端的箭镞却力道不减，噗的一声没入他的脖子，并自后颈穿出。

　　吕世衡的喉咙出现了一个窟窿，鲜血汩汩地往外冒，有如泉涌。

　　他仰面朝天，直挺挺地向后倒下。

　　一只白色的鹭鸟在空中静静盘旋。吕世衡看着它，感觉周遭的厮杀声忽然变得无比辽远……

　　唐武德九年六月四日，旭日喷薄，晨光洒遍长安。

　　玄武门城楼下，尸体枕藉，血流遍地，空气中弥漫着刺鼻的血腥味。

　　李世民一身铠甲，在一群僚佐和将校的簇拥下大步走来。他神情凝重，目光从一具具僵硬的尸体上扫过，心中隐隐刺痛。片刻前，他的麾下骁将尉迟敬德提着太子和齐王的首级出现在了东宫和齐王府兵面前，当场瓦解了他们的士气。几千人降的降、逃的逃，顷刻间作鸟兽散。战斗就此结束，一场险象环生的政变大功告成。就在李世民长舒一口气的时候，士兵飞报：中郎将吕世衡身负重伤，迫切求见秦王殿下。

李世民的心猛然揪紧了。

玄武门外的一座禁军营房中，吕世衡半躺在床榻上，脖子上的伤口虽已包扎，鲜血仍然止不住地往外冒。一群士兵焦急无奈地围绕在他床边。听见身后传来杂沓的脚步声，士兵们知道秦王来了，纷纷让开一条道，单膝跪地向秦王行礼。

李世民摆摆手，示意他们起身，同时快步走到床榻边，俯下身来，用双手紧紧握住吕世衡垂在床沿的右手。

这只手冷得像冰，李世民不禁心头一颤。

面白如纸的吕世衡缓缓睁开眼睛。看见李世民的瞬间，他的眼中光芒乍现，张嘴想要说话，但喉咙中只冒出一串含混不清的咕噜声。

"吕将军，"李世民更紧地握住他的手，"有什么话，等你伤好了再说，咱们往后有的是时间。"

吕世衡直直盯着李世民，摇了摇头，目光急切而无奈，喉头又发出了一串更响的咕噜声。见此情景，李世民身后的长孙无忌、房玄龄、尉迟敬德、侯君集等人无不诧异，一个个面面相觑。

李世民眉头一蹙，凝视着吕世衡的眼睛："吕将军，你究竟想告诉我什么？"

吕世衡嘴角动了动，脸上是一种近乎绝望的表情。突然，他把自己的右手从李世民的手掌中挣脱出来，用食指在伤口处蘸了蘸血，然后停下来，看了看满屋子的人。

李世民会意，头也不回道："无忌，玄龄，你们先出去。"

长孙无忌和房玄龄、尉迟敬德、侯君集等人交换了一下眼色，虽然都是满腹狐疑，但也只能按捺住好奇心，带着众人悄无声息地退了出去，反手带上了房门。

屋里只剩下李世民和吕世衡。

吕世衡的食指，开始在灰白色的葛麻床单上颤颤巍巍地写了起来。

李世民不自觉地屏住了呼吸，目光一直聚焦在那根食指上。

慢慢地，床单上出现了歪歪扭扭的一个字：兰。

李世民眉头紧锁，目光中满是困惑。

接着，床单上出现了第二个字：亭。

兰亭？！

李世民深望着吕世衡："你指的，莫非是王右军的书法名帖……《兰亭序》？"

王右军即东晋大书法家王羲之，曾任右军将军，后世惯以其职务称之。

吕世衡垂了垂眼睑。

"然后呢？"李世民越发困惑，"你告诉我这个，究竟何意？"

吕世衡又艰难地抬起手，刚写了一横，就发现食指上的血干了，只好在伤口处又蘸了蘸，然后慢慢写下一个"天"字，接着又在旁边写下一个"干"的字样。就在李世民全神贯注等着他往下写的时候，吕世衡的手突然顿住。

李世民微微一惊，抬眼去看吕世衡，只见他眼球凸出，表情狰狞，然后猛然吐出一大口鲜血，头往旁边一歪，就再也没有了半点动静。

李世民双目一红，正欲伸手去探他的鼻息，忽觉身体被什么东西扯住了，低头一看，却见吕世衡的右手居然紧紧抓着他腰间的佩剑。

这只手指节粗大，青筋暴起，虽已无半点血色，却仍硬如钢爪。饶是征战沙场多年，见过死人无数，眼前这一幕还是令李世民有些头皮发麻。

这是吕世衡临死前的一个无意识动作吗？或者是，他在用尽最后一丝力气向自己传达什么信息？

李世民愕然良久。

"安心去吧，吕将军，我会找到答案的。"

他伸出手，轻轻合上了吕世衡圆睁的双眼。

房门打开，李世民面无表情地走了出来。长孙无忌、房玄龄、尉迟敬德、侯君集等人赶紧围拢上来。"殿下……"刚想开口问，长孙无忌眼角的余光就瞥见了屋内的情景，于是下面的话就不用再说了。

站在外围的士兵们也都料到发生了什么，一个个忍不住眼眶泛红。

"厚葬吧！"李世民负手而立，目光越过众人，有些空茫地望着远处。

"是。"长孙无忌回答。

"他家里还有什么人？"李世民问。

长孙无忌正在努力搜索记忆，房玄龄上前一步道："上有老母，下有妻子和三个儿女，还有几个弟弟妹妹。吕将军在家中……是长子。"

李世民轻叹一声，略加思忖，道："优加抚恤，追赠官爵，其母其妻皆封诰命，儿女弟妹中，年幼者送入县学，年长者送入太学，适龄者直接封荫入仕！"

"遵命。"长孙无忌和房玄龄同声答道。

跟随李世民离开营房之前，长孙无忌实在忍不住好奇，又往屋内深长地瞥了一眼。

他很想知道，吕世衡临死前到底写了什么。

遗憾的是，长孙无忌什么都没发现。

吕世衡依旧僵直地半躺着，身旁的床单被撕掉了一块，有几条似断未断的葛麻布条耷拉在床沿，随着吹进屋中的晨风飘飘荡荡，看上去怪异而凄凉。

　　被撕掉的那块布，上面肯定写着什么东西。长孙无忌这么想着，蓦然看见李世民扫了他一眼，顿时心中一凛，赶紧低下头，轻轻咳了两声。

　　武德九年六月四日午后，秦王府的两队飞骑奉命冲进东宫和齐王府，把太子李建成的五个儿子和齐王李元吉的五个儿子全部砍杀。

　　六月七日，即"玄武门之变"三天后，唐高祖李渊被迫册立李世民为皇太子，并下诏称：自即日起，一切军国政务，皆由太子裁决之后再行奏报。

　　八月九日，李世民在东宫显德殿登基，是为唐太宗。

# 第一章 灭门

深夜，长安城的宽衢大道上阒寂无人。

一队武候卫骑兵提着灯笼从街上慢慢行来，每个人都在警觉地观察着四周。

唐代实行夜禁制度，长安的所有城门及坊、市之门，皆夜闭晨启。每日黄昏酉时，随着宫城承天门上的暮鼓擂响，设于六条主干道上的"六街鼓"随之击八百声，诸门皆闭，夜禁开始；五更二点，承天门上晨鼓擂响，六街鼓击三千声，诸门开启。夜禁期间，无论官吏还是庶民，皆不可无故在街上行走，否则便是"犯夜"，一旦被巡逻的武候卫发现，轻则鞭笞拘禁，重则当场杖毙。

此刻，一个黑影正躲藏在街边一株枝繁叶茂的槐树上，一对森寒的眸子冷冷地盯着从树下鱼贯而过的骑兵队。

很快，武候卫骑兵便渐渐走远了。

黑影从树上纵身跃下，拍了拍沾在身上的几片树叶，然后轻轻一挥手，附近几棵树上同时跃下六七条黑影，迅速聚拢过来，个个身手矫健、悄无声息。

这些人都穿着夜行衣，头上罩着黑色斗篷，脸上遮着黑布，只露出一双双精光四射的眼睛。

最先下来的黑衣人身形颀长，脸上戴着一张古朴而诡异的青铜面具。他背着双手，望着不远处一堵暗黄色的夯土坊墙，沉声道："是这里吗？"

"昭行坊，错不了。"边上一个瘦削的黑衣人躬身答道。

面具人的眼中闪过一道寒光："上！"

六七个黑衣人立刻蹿了出去，迅捷而无声地跃过那堵一人来高的坊墙。面具人又站了片刻，才不急不缓地走过去，到距离坊墙约一丈远的地方时，双足猛一发力，从容跃过墙头，消失在了黑暗中。

宫中敲响三更梆子的时候，东宫丽正殿的御书房中依旧灯影摇曳。

李世民并未就寝。

李渊退位为太上皇后，仍居太极宫，因而李世民虽已登基、贵为天子，却也只能暂栖东宫。此刻，御书房中坐着五个人，却没人说话，气氛安静得有些可怕。

李世民坐在北首的一张锦榻上，面前是一张黑漆髹面的紫檀书案，左边下首坐着房玄龄和长孙无忌，右边下首坐着尉迟敬德和侯君集。

檀木书案上，赫然放着四块葛麻布片，正是吕世衡在政变当日写下的那四个血字：兰、亭、天、干。因时隔两个多月，布片上的血迹已然泛黑。

"怎么，"李世民环视四人，笑笑打破了沉默，"那天不让你们看，你们一个个心里直犯嘀咕，今夜特意召你们入宫来瞧个仔细，反倒都不说话了？"

自从吕世衡留下这个诡异的谜题，李世民便独自一人朝思暮想，反复揣摩，却始终不得要领。因此，今日他终于下定决心，把事发当天在场的四个人找来，希望能够集思广益，在最小范围内破解这个谜题。

"回陛下，"面庞方正、肤色白皙的长孙无忌率先答言，"'兰亭'二字，定是指王右军书法《兰亭序》无疑，蹊跷的是'天干'二字。吕世衡指的是天干地支、甲乙丙丁的'十天干'呢，还是别有所指？若是指天干地支的天干，那它跟《兰亭序》又有什么关系？这个哑谜实在是费人思量。"

长孙无忌现任吏部尚书，职位虽在中书令房玄龄之下，但因是长孙皇后之兄，兼有佐命元勋和国朝外戚双重身份，这种时候自然要比别人表现得积极一些。

"正因为费人思量，才找你们来。"李世民淡淡道，"'天干'二字暂且先不理会。你先说说，一个出身行伍、久经沙场的武将，为何会在临终时突然提及一件书法作品，这二者究竟有何关联？"

"这说明，《兰亭序》背后应该藏着什么重大的秘密……"长孙无忌思忖道。

"这就无须说了。"李世民道，"肯定是有秘密，关键在于是怎样的秘密。"

长孙无忌有些尴尬："陛下，恕臣愚钝，实在是没有头绪。"

"事有反常必为妖！"脸膛黑红、时任右武候大将军的尉迟敬德粗声粗气道，"陛下，书法本是文人雅士玩的东西，吕世衡居然如此看重，那只能说明一点，他的遗言非关文事，而是关乎武事。"

武事？！

李世民心中一凛，眼前猛然闪过吕世衡咽气时死死抓着他佩剑的一幕。

"尉迟将军说得对，臣也这么觉得。"脸形瘦削、双颧高耸的侯君集附和道，"一介武夫谈文说墨，确实违其秉性，恐怕吕世衡的秘密，还是与兵戈之事有关。"

在座四人中，时任左卫将军的侯君集职位最低，故而显得较为低调。他自少便当兵打仗，几乎不通文墨，最近才在李世民的劝导下开始习字读书，怎奈读得颇为痛苦，所以这番话虽属附和之词，却也不失为个人感悟。

李世民沉吟了片刻，最后还是把吕世衡临死前抓剑的那个动作跟众人说了。众人莫不惊诧。尉迟敬德却嘿嘿笑道："陛下，果真让臣说对了吧？吕世衡想说的肯定是武事，否则他抓您的剑干吗？"

长孙无忌被两个武将抢了风头，心中有些不悦，便道："尉迟将军、侯将军，你们别忘了，吕世衡的遗言是对圣上说的，而圣上肩上所担，莫不是天下大事。既然是天下大事，又岂能狭隘地分什么文事和武事？"

尉迟敬德语塞，挠挠头不说话了。

"长孙尚书所言有理。"侯君集怕得罪长孙无忌，赶紧点头赞同，"对于陛下而言，确实都是天下事。"

"玄龄，"李世民把目光望向一直沉默的房玄龄，"你有何看法？"

房玄龄面目清癯、相貌儒雅，他将着下颌的短须，略微沉吟了一下，才不紧不慢道："回陛下，方才诸位同僚的分析，皆有道理。臣亦以为，无论文事武事，《兰亭序》背后的秘密定然干系重大，但眼下线索太少，殊难推究真相，此事恐怕须从长计议。不过，对于'天干'二字，臣倒是有些想法。"

"什么想法？"李世民眼睛一亮。

房玄龄站了起来，走到檀木书案前，把写着"兰"字和"亭"字的两块布片并排放置，又把"天"字和"干"字并排放在下面，"陛下、诸位同僚，不知你们是否看得出，这四个字的字形有何异同？"

长孙无忌、尉迟敬德、侯君集闻言，赶紧围了过来，盯着那四块布片端详良久，却什么都看不出来。李世民凝神看了半晌，同样一无所获，便困惑地看着房玄龄。

"陛下，您仔细看，这个'干'字，其字形比起另外三个字，是否相对瘦削？"房玄龄耐心地说，"而且，这个'干'字的一竖，是不是写得稍稍偏左了？"

"哎呀我说房相公，你就别卖关子了，这不是活活把人急死吗？！"尉迟敬德不耐烦了，"你到底看出什么了？"

李世民忽然抬手止住尉迟敬德，眼睛盯着那个血字："朕明白了。"

长孙无忌、尉迟敬德、侯君集都盯着李世民。

房玄龄微笑不语。

"吕世衡留下的，其实并非四个字，而是三个半字。"李世民用食指比画着"干"字，"这个字只写了一半，并未写完，右边肯定还有笔画！这就说明，吕世衡想写的不是'天干'，而是另外一个词。"

房玄龄双手一揖："皇上圣明！"

长孙无忌、尉迟敬德、侯君集恍然大悟。

"若果如此，那这没写完的到底是哪个字？"尉迟敬德瞪着眼睛问。

他这一问，屋里顿时又安静了下来。

笔画中带有"干"的字似乎并不多，众人开始在心中默默罗列相关字眼。就在此时，紧闭的御书房门外，忽然传来内侍的一声轻唤："大家……"

唐代，宫中内侍、后妃一般称呼皇帝为"大家"。

李世民脸色一沉，对着门口："朕不是吩咐过，任何人不许来打扰吗？"

"大家恕罪！"外面的内侍颤声道，"老奴本不敢打扰，只是……只是长安令来报，昭行坊的一座民宅失……失火了。"

长安城的行政区划以中轴线上的朱雀大街为界，分为东、西两部，东面为万年县，西面为长安县，昭行坊位于长安城的西南角，归属长安县管辖。由于地处京畿重地，万年、长安两县的县令，品秩为正五品，比一般州县的七品县令高得多，职权也大得多，若遇紧急事件，可直叩宫门进行禀报。

"一座民宅失火，居然黄夜叩宫惊扰圣上，这个长安令是怎么当的？！"长孙无忌大为不悦，冲着门口道，"叫他立刻回去，派人救火，统计损失，具体事宜明日早朝再奏！"

李世民苦笑了一下，心想这个长安令的确有些拿不准分寸，但民生无小事，既已来奏，自己肯定要过问，便对着门口道："长安令心系百姓，值得嘉许，传他入宫吧。"

"遵旨。"门外的内侍应着，正欲退下。

"等等！"长孙无忌喊了一声，回头劝道，"陛下，现在子时已过，您还是赶紧安寝、保重龙体为宜，此等失火小事，就让臣去处置吧。"

"民生无小事……"李世民摆摆手，示意他不必再说。突然，李世民想到了什么，表情怔住了，手僵在半空，下意识地望向房玄龄。此时房玄龄也意识到了什么，恰好望向李世民。

君臣二人目光交接，瞬间同时醒悟过来。

李世民倏然起身，大踏步走到门口，哗啦一下把门拉开，大声道："长安令说没说是谁的宅子失火了？"

年近五十的内侍总管赵德全原本弯腰俯首站在门前，被突然出现的皇帝吓了一跳，嗫嚅道："回大家，是……是前阵子殉国的吕……吕世衡将军。"

李世民浑身一震。

屋内的人除了方才已经猜到的房玄龄，其他三人尽皆目瞪口呆。


昭行坊是长安城最南端的里坊之一，与南面城墙仅一街之隔。当位于昭行坊东面的吕世衡宅悄然起火之际，那七八条身手敏捷的黑影正从南坊墙翻越而出。

他们的行动照旧迅疾无声。

七八条黑影蹿过横街，紧贴着高大城墙的墙根蹲下，每个人各自从腰间的包袱中掏出一把飞钩、一捆麻绳，把飞钩在绳子上系紧，然后用力朝城墙上掷去。七八个飞钩唰唰地飞过城墙，利爪般的钩头齐齐扣在雉堞上。所有人的动作整齐划一，显得训练有素。

众人正准备抓着绳子攀上城墙，为首的面具人蓦然发现了什么，一抬手，所有人立刻停止了动作，静静地看着他。

"何方朋友，躲在暗处作甚？"面具人望着不远处冷冷说道。

暗淡的月光下，一个身影慢慢从右侧的城墙阴影处走了过来。此人一路沿着墙根，看不清面目，但隐约看得出是个三十多岁的男子。

男子径直走到距面具人两丈开外的地方站定，低声道："先师有冥藏。"

面具人闻言，眼中的警觉之色旋即淡去，回了一句："安用羁世罗。"

男子拱手一揖："见过冥藏先生。"

"玄泉，"面具人目光有些狐疑，"你在此做什么？"

被称为玄泉的人似乎苦笑了一下，没有回答，而是把目光转向昭行坊。此时大火渐渐燃起，坊中隐约传出有人奔走救火的杂乱声响。

"先生，您终于还是做了。"玄泉的声音中似有无限的伤感和悲凉。

"我乃替天而行。"冥藏先生淡淡说道。

"是啊，我们每个人都认为自己在替天而行，'无涯'他何尝不是这么认为的？"

"这个逆贼，死有余辜！"那个瘦瘦的黑衣人一步抢到冥藏先生身边，对玄泉怒道，"休在先生面前再提他！"

"死有余辜？他一家上下十几口人，也都是死有余辜吗？"

"无涯背叛先生的时候，就应该想到会有今天。"

"罪不及父母，祸不及妻儿。这是最起码的江湖道义！"玄泉不自觉提高了音量，显然也有些怒了。

"你！"瘦黑衣人正待反驳，冥藏先生一扬手止住了他，看着玄泉："玄泉，听你的口气，是在责怪我？"

"属下不敢。"玄泉拱拱手，但还是掩不住内心的愤懑。

"你方才说无涯认为自己在替天而行，照你的意思，李世民肯定也认为自己在替天而行。那我问你，李世民的皇位是怎么得来的？莫非弑兄杀弟、囚父逼宫、霸占弟媳，还把十个侄子的脑袋全部砍掉，这些事情通通都是在替天而行？"

玄泉语塞。

"你方才又提到'道义'二字，那我再问你，既然李世民干的这些事情有违道义，那么暂且不提无涯背叛我这一条，单说他去替李世民卖命一事，岂不是为虎作伥，又谈得上什么道义？为何无涯不讲道义的时候你不去劝，却时至今日才来责怪我不讲道义？"

玄泉被驳得哑口无言，干愣在那儿。

昭行坊东面的大火已经在熊熊燃烧，把夜空映照得一片通红，就连吕宅梁木断裂坍塌的声音都已清晰可闻。与此同时，从长街西边传来了杂沓的马蹄声，显然是巡街的武候卫正快速赶来，准备从南边坊门进去救火。

瘦黑衣人的眼中露出惊恐之色："先生，咱们该走了。"

冥藏先生神色不变，只定定地看着玄泉："你还没回答我刚才的问题。"

玄泉回过神来："什……什么问题？"

"你在此做什么？难道你今夜特意等在这儿，就是为了来责怪我吗？"

玄泉赧然，抱拳道："先生明鉴！属下并无责怪先生之意，属下今夜来此，是想跟先生一起离开长安。"

"离开长安？"

"是的，正如先生方才所言，李世民不择手段篡夺皇位，属下却要忍辱偷生在其朝中为官，深感耻辱，遂决意随先生远走天涯、驰骋江湖，庶几可畅平生之志！"

冥藏先生冷哼一声："这是你的真心话？"

"当然是真心话，李世民给的乌纱帽，属下早就不想戴了！"

"恐怕，你还有一层心思不便明言吧？"

玄泉一怔。

冥藏先生扭头望着火光冲天的夜空，狰狞的火焰在他的瞳孔中燃烧。"无涯跟你一样，原本效命于我，后来又同朝为官，但今日却落得这般凄凉的下场！在你心中，颇有唇亡齿寒之惧、兔死狐悲之伤，二者交织，令你惶恐不安、夙夜难眠，你很怕有朝一日也会遭遇跟他一样的命运，我说得对吗？"

玄泉无奈地垂下了头。

他不得不承认，冥藏先生确实目光如炬，一眼就把他看穿了。

此时，长街那一头的武候卫马队已经越来越近，瘦黑衣人和同伴们交换了一下眼色，个个焦急万分。

"先生，快走吧，再不走就来不及了！"瘦黑衣人再次催促。

冥藏先生依旧没有理他，仍然看着玄泉："玄泉，你跟随我多年，别的话我就不多说了，我只想告诉你一句——我，相信你的忠诚！所以，我也相信你不会走到无涯这一步。"

玄泉抬起脸，目光中有了感激和振奋之色。

"所以，李世民给你的乌纱，你必须戴，而且还要一直戴下去！"

"那……那属下该做什么？"

"你只管安心当你的官，当得越大越好！"

"仅仅如此？"玄泉感到疑惑。

"对。你的任务，就是潜伏。"

"潜伏到什么时候？"

"时机一到，我自然会告诉你，也自然会告诉你该做什么。"

玄泉似乎想明白了，点点头："属下懂了。先生快走吧！"

冥藏先生又看了他一眼，才回手抓住垂在城墙上的绳索。忽然，他想到什么，又回头道："对了，有一件事，我还是想跟你说一下。"

瘦黑衣人刚刚才松了口气，一听此言，忍不住又重重跺了下脚。因为武候卫马队更近了，瘦黑衣人甚至可以看到他们灯笼上的"武候卫"字样。

"先生要说何事？"玄泉不解。

"今夜之事，是个意外。"冥藏先生似乎叹了口气，"我的本意，并不欲将吕家灭门，只是想把他们迷晕之后，找到'羽觞'……"

羽觞是一种饮酒器具，外形椭圆，两侧有半月形双耳，形似鸟之双翼，故而得名。羽觞起源于战国，流行于南北朝时期，至隋唐年间几近绝迹。冥藏先生此处所指，显然不是酒杯，而是代称某种重要而特殊的物品。玄泉自然知道所指何物，故急切问道："那您找到了吗？"

冥藏先生摇了摇头："正因为遍寻不获，我们才将吕家人弄醒，想问个清楚。不料，吕家兄弟几人都有武功，且身手不弱，双方打斗起来，吕家的妇孺和下人也都惊醒了。既然露了行藏，我和弟兄们也只好……"

玄泉终于明白了一切，长叹一声："先生，属下明白了，您这么做实属无奈。快走吧，武候卫马上就到了。"

冥藏先生颔首："好，那你我就此别过，保重！"

玄泉抱拳："先生保重！"

七八个人各自抓着绳索飞快地攀上城墙，转眼便越过城垛，然后迅速收起飞钩和麻绳。玄泉后退几步，仰头目送他们消失在一排雉堞之后，这才闪身躲到一棵树后。

武候卫骑兵队飞驰而来，从玄泉藏身的大树旁边一掠而过。


大火已被扑灭，一座三进大宅此刻只剩下满目焦黑的断壁残垣。

李世民和长孙无忌等四人面对着眼前的废墟，神色凝重。长安令萧鹤年束手侍立一旁，额头上冷汗涔涔。不远处的地上，并排陈放着十几具大大小小的尸体，上面都盖着白布，有一两具尸体的脚露了出来，看上去形同焦炭。

"一个活人都没剩下吗？"李世民问。

萧鹤年揩了一把冷汗："回禀陛下，吕家上下十五口人，无一……无一幸免。"

"你适才入官奏报，说是失火，刚刚又改口说是人为纵火，朕究竟该相信哪个？"

"回陛下，应该是纵火。"

"应该？"李世民脸色一沉。

"不，是……是肯定。"萧鹤年的冷汗又冒了出来，"可以肯定是人为纵火。"

"何以见得？"

"方才微臣命仵作仔细勘验了一番，发现所有死者的鼻腔、口腔、咽喉气管中均未吸入烟灰炭末，证明起火之时已然没有呼吸，故可断定起火前均已遇害。"

李世民闭上了眼睛："这么说，凶犯是先残忍地杀害了他们，再焚尸灭迹？"

"皇上圣明！"

"除此之外，还有没有别的发现？"

"微臣无能，暂时……暂时还没有。"

李世民闭着眼睛，呼吸沉重而急促，胸膛一起一伏。长孙无忌和房玄龄不禁对视了一眼。他们追随李世民多年，都知道这是他在压抑怒气时惯有的表现。

"陛下，"长孙无忌小心翼翼道，"更深露重，您还是先回宫安歇吧，善后事宜及追捕凶犯等事，都交给臣等来办。"

房玄龄、尉迟敬德、侯君集三人也同声附和。

李世民又沉默了片刻，呼吸才慢慢平缓下去。

"传朕口谕，凡我大唐臣民，皆与此案凶犯不共戴天，人人得而诛之！重金悬赏，不惜一切代价，也要将此等罪大恶极之人捉拿归案，明正典刑，以告慰吕卿世衡及一家老小在天之灵！"

"臣等遵旨！"在场众人同时朗声答道。

李世民策马狂奔在笔直宽阔的朱雀大街上，心中一片翻江倒海。

那四块写着血字的布片，吕世衡临死前抓住他佩剑的样子，吕宅那一堆焦黑的瓦砾，还有那十五具烧成黑炭的尸体，不断在他眼前交错闪现。

吕世衡究竟想告诉自己什么？《兰亭序》背后到底隐藏着什么秘密？这个秘密与眼下的灭门惨案有没有关联？究竟是什么人杀了吕世衡一家？他跟吕世衡到底有着怎样的血海深仇，以致在他死后还要将其灭门？还有，吕世衡没写完的那个字到底是什么？

李世民一边焦灼思考，一边挥动鞭子狂抽马臀。马儿吃痛，昂首奋蹄拼命奔跑。尉迟敬德、侯君集和一队禁军骑兵在后面死命追赶，却总是被李世民拉开一截。

一行人飞驰着接近皇城朱雀门的时候，李世民仍然毫无头绪，坐骑的速度也丝毫未减。几个守门甲士眼见皇帝风驰电掣般而来，忙不迭地跑过去推开那两扇沉重的城门。

城门缓缓打开，一把把佩刀在低头推门的那些甲士腰间一晃一晃。

就在这一瞬间，李世民脑中灵光乍现，那个苦思不得的字顿时熠熠生辉地出现在了他的眼前。现在他终于知道，吕世衡为何会在临死之前死死抓住他腰间的佩剑了。

长安城外，少陵原。

少陵原地势高耸，北望长安，南接秦岭，浐水和潏水在两侧潺潺流过。

冥藏先生和他的六七个手下策马从一片树林中驰出，身上的黑衣皆已换掉，每个人都是一身商人打扮。冥藏先生也换了服装，但脸上依旧戴着那张青铜面具。此时天已微明，他打马走上一片高岗，然后勒住缰绳，静静地眺望远处的长安城。那个瘦瘦的副手放马过来，与他并辔而立，看了他几眼，想说什么，却欲言又止。

原上的大风猎猎吹动着他们的鬓发和衣袍。

"老六，你是不是有话想问？"冥藏先生目视前方，淡淡地道。

老六姓韦，跟随冥藏多年，是冥藏最为倚重的左膀右臂。他嘿嘿一笑："什么都瞒不过先生。"

"你是想问，为何适才要骗玄泉，说我是不得已才杀吕家人的，对吧？"

"属下是有所不解。"

"你知道玄泉这个人，最大的弱点是什么吗？"

韦老六摇摇头。

"他这个人，忠诚，能干，机敏，但是太重感情，说难听点，就是妇人之仁。"

韦老六没说话，静静听着。

"所以，我必须让他相信，我是迫不得已才对吕氏一门痛下杀手的。若非如此，他必然会认为我太过残忍无情，然后就会恨我、怕我……"

"让他怕有什么不好吗？"老六忍不住插言，"就是要让他怕先生，他才不会重蹈吕世衡那个白眼狼的覆辙。"

"你错了，老六。当忠诚源于恐惧，就不可能持久。"

韦老六有些迷糊了："那依先生看来，忠诚……应当源于什么？"

"信任。倘若一个人发自内心地信任你，你还怕他不忠于你吗？"

韦老六似懂非懂："先生这话，看似简易，实则难解啊……"

冥藏先生目视前方，仿佛是在自语："人心本就是世界上最难解的东西，你想简单，除非跟死人打交道。"

"先生高见！"韦老六赔笑道。

不知道该怎么接话的时候，奉承话永远是最合适的。

"走！"冥藏先生蓦地掉转马头，鞭子一甩，坐骑发出一声长嘶，向原下奔去。韦老六和其他手下拍马紧随其后。

东方天际露出了鱼肚白，又一个朝阳即将喷薄而出……

第二章

白衣

贞观十六年正月，太极宫，甘露殿。

早晨，大雪初霁。柔和的阳光透过一排雕花长窗和敞开的殿门漫进来，给大殿增添了几许暖意。

此刻，人到中年、略显发福的太宗李世民正专注地伏案临帖，手中一管翡翠雕饰的象牙紫毫在洁白的宣纸上虎步龙行。落墨之处，笔力遒劲，气象宏伟。他所临之帖，正是王羲之留存于世的著名行书《快雪时晴帖》。此帖只有四行，短短二十八字。李世民在铺展开的长纸上一遍遍反复临写，一直写到宣纸末端，才意犹未尽地戛然收笔。

"大家，您真是越发深得右军书法之三昧了！"侍立在旁的内侍赵德全一边躬身接过紫毫，搁在笔架上，一边忙不迭地夸赞道，"瞧瞧这字，一个个凤翥龙蟠的，真是倾倒世人、羡杀众生啊！"

李世民欣赏着自己的作品，难掩自得之色，嘴上却道："'凤翥龙蟠'是朕给王羲之的赞语，你倒是胆子不小，竟敢拿来对朕说？"

赵德全掩嘴而笑："老奴笨嘴拙舌，加之胸无点墨，只好借您的赞语一用了，还请大家恕罪！"

李世民瞥了他一眼："说错了话，自己掌嘴。"

"是，老奴该打，老奴该打。"赵德全笑着，作势打了打脸。

"把这帖收起来，给朕换一帖草书。"李世民活动着手腕，伸展了几下胳膊。

"遵旨。"赵德全小心翼翼地收起书案上的法帖，走向李世民身后的一整排书架。

一整排的楠木书架靠北墙而立，架上整齐陈列着一卷卷精心装裱的法帖，其中相当一部分是李世民自武德九年后不遗余力从全天下搜罗的王羲之书法作品。迄今为止，已收集王羲之楷书、行书二百九十纸，装裱为七十卷；草书二千纸，装裱为八十卷。

然而，令李世民深感遗憾的是，直至今日，他最想得到的王羲之行书代表作《兰亭序》却依然不知所踪。这些年来，他一直被当初吕世衡留下的那个谜题困扰着，既无力破解，也无法摆脱。就连那起惨绝人寰的灭门案，后来也不了了之，成了李世民多年来难以忘却的一个隐痛。

"大家，这卷《采菊帖》可好？"赵德全从书架上取下一卷法帖，问道。

李世民正欲回答，一个小黄门快步趋进殿中，躬身道："启禀大家，魏王殿下求见。"

"青雀来了？"李世民脸上泛出喜色，"快传！"

小黄门答应着退下。

"青雀"是李世民第四子魏王李泰的小名。李泰时年二十三岁，与二十四岁的太子李承乾、十五岁的晋王李治是一母同胞，都是文德皇后长孙氏所生，因自幼聪明绝伦，才华横溢，故而宠冠诸王，最受李世民喜爱。

赵德全见皇帝今日心情大好，便凑上前来："大家，看来今儿是个大喜日子啊！"

"喜从何来？"李世民闭着眼睛，左手背在身后，右手做握笔状，举在半空用意念写字。此举既能锻炼臂力和腕力，又能训练专注力，善书者最喜为之。

赵德全一笑，知道皇帝是在明知故问："听说魏王殿下的皇皇大作《括地志》已经编纂完成、功德圆满了，今儿他一定是给大家报喜来了。"

因李泰自少喜爱文学、多才多艺，李世民便特许他在府中开设文学馆，自行延揽天下名士。贞观十二年起，李泰便在一批硕学鸿儒的辅佐下，开始大张旗鼓地编纂《括地志》。该书是一部大型地理学著作，正文五百五十卷，序略五卷，全面记述了贞观时期的疆域区划和州县建置，博采经传地志，旁求故志旧闻，详载各政区建置沿革及山川、物产、古迹、风俗、人物、掌故等，既有很强的学术性，又对当时大唐朝廷的行政治理大有裨益。

历时三年多，此书终于在年前编纂完成。其实，李世民早在数日前便已得到了消息，所以他当然也知道，李泰今日入宫，应该是正式献书来了。

"德全，你今年几岁了？"李世民闭着眼睛，冷不防道。

赵德全一怔："回大家，老奴今年六十有三了。"

"你平日养生，都吃些什么补药啊？"

赵德全越发迷糊了："大家，老奴……老奴除了一日三餐，很少进补。"

"哦？"李世民睁开眼睛，看着他，"那就奇了。既然很少进补，你为何到了这把年纪，还能如此耳聪目明呢？"

赵德全终于听出了弦外之音，慌忙跪地："大家恕罪！魏王殿下之事，老奴也是偶然听闻的，绝非有意打探，还望大家明鉴！"

李世民淡淡一笑："慌什么？朕又没骂你，不过是夸你身子骨硬朗而已，瞧把你吓得。"

赵德全趴在地上使劲磕头："老奴托大家洪福，又一心一意侍奉大家，所以上苍垂悯，才让老奴这把贱骨头多活几年，倘若哪天大家不需要老奴了，老奴立马挖个坑把自个儿埋了！"

李世民哈哈大笑："行了行了，起来吧，你都说今天是大喜之日了，怎么还净说些不吉利的话？"

赵德全这才颤颤巍巍地爬起来，赔着笑脸："大家说得是，老奴就是嘴欠。"

这时，殿门外响起了魏王李泰中气十足的声音："儿臣叩见父皇，恭祝父皇万岁万岁万万岁！"

"你们都下去吧，朕要跟魏王说说话，任何人不许打扰。"李世民收起笑容，正色道。

"遵旨。"赵德全领着殿里的宦官们躬身退下，一滴冷汗从他的额角悄然滑落。


甘露殿内殿，四卷黄绫装裱的帛书整齐排列在书案上，李世民手里另外拿着一卷，正坐在榻上阅读。魏王李泰躬身侍立一旁，一直留意着李世民的表情。

"父皇，这五卷是《括地志》总序，儿臣想让您先睹为快，正文五百五十卷，也已送入宫中秘阁，您若想御览，可随时命人呈上。"李泰低声道。他身形魁梧，器宇轩昂，一双大眼炯炯有神，无论身材还是相貌都酷似李世民。

"嗯，不急。"李世民仍旧看着帛书，脸上渐渐露出赞许之色。

李泰察觉，心中暗喜。

对于《括地志》的编纂，李世民一直保持了极大关注。在朝野看来，这无非是李世民宠爱魏王，想通过这部书，让李泰提升个人声望和政治威望罢了。然而，朝野上下却很少有人知道，除了这个表面原因之外，李世民让李泰编纂这套书，其实另有一层隐秘的原因，那就是以编书为名，暗中动用大量人力物力来寻找一个人——一个与《兰亭序》密切相关、极有可能知道其下落的人。

片刻后，李世民又翻了翻其他四卷，才放下帛书，欣慰地看着李泰："青雀，此书纂成，是有功于朝廷的一件大事，朕一定要好好赏你。"

李泰心中大喜，但表情仍克制着："多谢父皇赞赏！不过，此书得以纂成，上则仰赖父皇天恩，下则依靠群僚辅弼，儿臣不敢居功。"

"好了，咱们父子之间，这些客套话就不必说了。"李世民拍拍旁边的御榻，"过来坐吧。"

李泰再也抑制不住喜色，躬身一揖："谢父皇赐座！"

能与皇帝共坐一榻，显然不是一般的荣宠，别说满朝文武无人有此待遇，就算李世民的十几个儿子，也就只有李泰能得享这份殊荣。而在此刻，"共坐一榻"对于李泰还不仅仅只是一份殊荣，更是一个暗示，暗示他可以向李世民禀报某些更隐秘的东西了。

对此，他们父子自然心有灵犀。

"父皇，儿臣还有一件喜报要奏。"李泰坐在一旁，压低声音说。

李世民故意闭上眼睛，用手轻揉太阳穴："说吧。"

"儿臣已经发现辩才的线索了。"

李泰所说的辩才，是一个和尚，也是王羲之七世孙智永和尚的弟子。根据李世民最初的调查，智永本名王法极，是王羲之第五子王徽之的后人，传承家风，工于书法，于萧梁年间在会稽郡山阴县的云门寺出家，此寺后由梁武帝萧衍赐名，改为永欣寺。据可靠情报显示，《兰亭序》真迹一直在智永手中。隋末天下大乱，群雄纷起，萧铣据江陵称帝，智永与弟子辩才忽然离开永欣寺，前往江陵大觉寺，之后便驻锡于此。武德四年，江陵被唐军攻破，萧铣兵败身亡，智永与辩才遂离开大觉寺，不知去向。

上述情报，有一些是李世民从大臣虞世南处获取的。虞世南曾是秦王府十八学士之一，是李世民极为欣赏的一位书法大家，年轻时跟随智永学习书法，不止一次见过《兰亭序》真迹。武德九年吕世衡事件发生后，李世民曾多次密召虞世南，问询《兰亭序》及智永之事，可虞世南所知有限，无法提供更有价值的线索。

贞观十二年，虞世南病逝。此时李世民已暗中授意李泰开始了《括地志》的编纂，并通过大量秘密调查得知，智永和辩才于武德四年离开江陵后，便回到了家乡越州，于兰渚山隐居。这座兰渚山，便是永和九年王羲之与数十友人聚会之地。是年三月初三上巳节，王羲之等人在此山间的兰亭溪畔曲水流觞、饮酒赋诗，王羲之更是逸兴遄飞，于酒酣耳热之际援笔写下了千古名作《兰亭序》，后世誉之为"天下第一行书"。

根据李泰接下来的调查，武德九年，也就是李世民登基后不久，智永便于某个夜晚毫无征兆地去世了，享年一百二十岁。智永圆寂之后，一直跟随并侍奉他的弟子辩才也跟着消失了，从此踪迹全无。

李世民和李泰据此判断，辩才很可能携着《兰亭序》真迹潜逃他方了，而且极有可能蓄发还俗、改名换姓，就此泯然于芸芸众生之中。在李世民看来，辩才之所以刻意隐匿行踪，唯一的解释只能是——《兰亭序》隐藏着某个重大的秘密！这个判断，与李世民从吕世衡事件中得出的判断完全一致，所以李世民一直对此深信不疑。

当然，李世民并未与李泰分享这一点。他让李泰编纂《括地志》、秘密寻找辩才，只是以酷爱王羲之书法为由，希望通过辩才找到千古名帖《兰亭序》而已。

此刻，当李世民听李泰说已经查出辩才的线索时，内心顿时颇为激动，毕竟十几年来，这是最接近《兰亭序》真相的一刻，只要找到辩才，就不难从他身上查出所有秘密。

不过，作为一代雄主，李世民的定力还是在这时候发挥了作用。他依旧闭着眼睛，手指轻揉太阳穴，动作不紧不慢，半晌才问："都查到什么线索了？"

"回父皇，"李泰留意着李世民的表情，"儿臣已在幽州、扬州、洛州三地下辖各县中，共锁定了十七个可疑对象，据各种线报综合分析，可以推断，辩才定在这十七人之中！"

"十七人？"李世民"嗯"了一声，"还不错，比漫天撒网、大海捞针强多了。"

"是的父皇，儿臣打算派出一批最精干的人手，对这些嫌疑对象展开秘密调查，相信很快就会有结果。"

"嗯，你打算派些什么人过去？"

李泰欲言又止。

李世民直到此刻才睁开眼睛："为何不说话了？"

李泰迟疑道："父皇，为了尽快查出辩才，儿臣……有一个不情之请。"

"说。"

"儿臣希望您能下旨，调动……玄甲卫的人。"

李世民微微一怔，沉吟了起来。

玄甲卫是一支特殊部队，直接听命于李世民，人数仅两千余人，却都是精锐中的精锐。该部队是从当年李世民麾下最骁勇的铁骑"玄甲军"演变而来，其中小部分是原玄甲军将校，大部分是近年来严格遴选的青年才俊。

在大唐王朝建国的历程中，玄甲军曾追随李世民扫灭群雄、统一海内，立下了赫赫战功。玄甲军属于重骑兵，由李世民从四方唐军中亲自选拔组建，主要在野战中担负冲锋陷阵之责，人马皆披黑铁盔甲，故名玄甲。该军分为左、右两部，由骁将秦叔宝、程知节、尉迟敬德、翟长孙率领。每逢重大战役，李世民必亲披玄甲上阵，以玄甲军为前锋，无坚不摧，所向披靡，令敌人闻风丧胆。武德三年，李世民围攻洛阳，曾率一千玄甲精锐击破王世充，斩俘六千余人；继而在著名的虎牢关之战中，以三千五百名玄甲骑兵，大破窦建德主力十余万众，生俘窦建德，一举鼎定天下。

李世民登基后，对昔日王牌玄甲军进行了改编，大部分划归李靖麾下，在击败突厥的战争中发挥了关键作用，然后以余下部分精锐为主体，由李世勣担任大将军，组建了玄甲卫。与玄甲军叱咤沙场、高调煊赫有别，玄甲卫低调而神秘，偶尔在皇帝出巡时担负禁卫之责，但主要职责是执行皇帝直接下达的秘密任务，如针对有问题的高官重臣实施监控、调查、缉捕、审讯等，类似于后世的锦衣卫。在当时的大唐，满朝文武及诸道都督、刺史，一听"玄甲卫"三字，莫不闻之色变、心惊股栗。

玄甲卫沿袭玄甲军建制，以大将军为统领，下辖左、右两部，由左、右将军分统，各领一千零八十人；每名将军下辖两名中郎将，各领五百四十人；每名中郎将下辖两名郎将，各领二百七十人；每名郎将下辖三名旅帅，各领九十人；每名旅帅下辖三名队正，各领三十人。因是直属于皇帝的近卫部队，所以玄甲卫虽然人数不多，但品级很高：大将军为正三品，左、右将军为从三品，中郎将为正四品下，郎将为正五品上，旅帅为从六品上，队正为正七品上。

由于玄甲卫身份特殊且职能重大，所以装备也特别精良，其全体官兵一律身着玄武甲，腰佩龙首刀，坐骑均为纯黑的焉耆马。玄武甲是一种铁甲与皮甲复合、以独特工艺制造的多重甲胄，兼具明光铠的华丽、锁子甲的坚固和皮甲的轻便，因材质多样、工序复杂而造价昂贵；龙首刀的刀型源于汉代的环首刀，窄身、长刃、直背，并在汉代"百炼钢"的锻造工艺上进一步采用"包钢"技术，硬度更大，韧性更强，且去掉了柄首的扁状圆环，代之以霸气精美的龙头造型，故以"龙首"命名，总体制作成本十分高昂；焉耆马来自西域，骑乘速度快，负重大，以善走著称，并能入水畅游，故有"海马龙驹"的美誉。

　　因玄武甲通体黑色，龙首刀的刀柄和刀鞘也是黑色，焉耆马又都选用纯黑，所以玄甲卫一现身，就会有一股阴冷肃杀之气逼人而来，尤其是集体出动时，更有一种黑云漫卷、压城欲摧的夺人气势。

　　这样的一支特殊部队，一般是不会轻易调动的，故而当李泰乍一提出这个要求，李世民着实有些始料未及，一时沉吟不语。

　　李泰观察着李世民的脸色，有些心慌，忙道："父皇，此事是儿臣考虑欠周，玄甲卫实在不宜轻易调动……"

　　李世民忽然抬手止住了他："不，好钢就得用在刀刃上，朕准了！"

　　李泰大喜过望："父皇圣明！"

　　洛州，伊阙县。

　　县城的市廛上车马骈阗、人烟辐辏，街道两旁店肆林立，一派繁华热闹景象。

　　楚离桑一大早就从家里后院翻墙而出，瞒着爹娘偷偷溜到了街市上。

　　今天是二月十九，观世音菩萨圣诞，城南菩提寺有一年一度的庙会，吃喝玩乐一应俱全。楚离桑打从正月十五上元节后就盼着这天的到来，一直缠着母亲一起来逛，可母亲总说姑娘家不宜到人堆里抛头露面，硬是没答应。因实在拗不过母亲，心痒难耐的楚离桑索性换了一身男人的行头，天一放亮就从后院翻墙出来了。

　　此时的楚离桑，头戴青色黑幞头纱帽，身穿淡青圆领袍衫，腰束一条白玉革带，脚踏一双乌皮六合靴，英姿飒爽，玉树临风，活脱脱就是一个刚从县学走出来的青年士子。

　　方才楚离桑换上这身行头时，一看到铜镜中的"男子"，着实吃了一惊，差点没认出自己来。在一旁帮她拾掇的丫鬟绿袖更是看呆了，觍着一张花痴脸道："我的娘亲，这是打哪儿来的一位俊秀郎君！"

　　楚离桑得意极了，粗着嗓子道："这位娘子如此发问，是何用意？"

　　绿袖冲她抛了个媚眼："郎君真是明知故问！奴家的意思，就是想问郎君可曾婚娶！"

　　"已婚如何，未婚又当如何？"楚离桑背起双手，学着男人惯有的做派。

　　"已婚且罢。若是未婚，那……"绿袖配合得很好，一副娇羞之状。

　　"那什么？"楚离桑逼近她。

　　绿袖以袖掩面，侧过身子："那……君既未娶，妾亦未嫁，何不……何不……"

　　"何不什么？"楚离桑撩起她的袖子，一脸轻薄相。

绿袖看着她色眯眯的样子，终于忍俊不禁，扑哧一声笑了出来。楚离桑硬是憋了一会儿，最后也忍不住笑弯了腰。二人嬉闹一阵，直到前院传来母亲楚英娘的说话声，才赶紧捂住了嘴。

楚离桑翻身骑上后院墙头的时候，对站在下面的绿袖道："记住了，我娘若问起，就说我昨夜做女红做到很晚，三更才躺下，这会儿还没起呢。"

"赶紧走吧，再不走，奴婢也要跟你一块儿翻墙了！"绿袖噘着嘴说。

楚离桑冲她眨眨眼："绿袖乖，下回一准带你去。"说完一个转身，敏捷地从墙头跳了下去。

绿袖看着空荡荡的墙头，一脸怅然。

庙会设在菩提寺前的广场上，虽然天色尚早，这里却已是人声鼎沸、万头攒动。

楚离桑在街边小吃摊买了一包油炸蚕豆，一边在拥挤的人群中游逛，一边咯嘣咯嘣地咬着豆子，还把豆皮啐得老远。她就喜欢这种无拘无束、自由自在的感觉，可惜是个女儿身，从小到大都被爹娘调教要温婉贤淑，语默动静都要合乎礼仪，还成天被关在家里，大门不出二门不迈，偶尔见人也得低眉敛目、笑不露齿。

凭什么呢？！

楚离桑很不服气。就说当街吃零嘴这事吧，凭什么男人可以，女人就不行？所以这会儿，拿着包蚕豆在大庭广众之下晃悠，还故意把嘴里的豆皮啐得老远，楚离桑就觉得特别带劲，心里甚至有种离经叛道的快意。

庙会上充斥着各种新奇好玩的表演，有走索、角抵、登刀梯、喷火、舞蛇、斗鸡、耍猴、歌舞、说书等，围观人群一个个伸长脖子踮着脚尖，不时爆出阵阵喝彩。楚离桑这里凑一凑，那里瞧一瞧，最后被一摊演皮影戏的吸引住了。

戏里演的是一个落难书生和一个痴情女子的故事，楚离桑小时候跟着母亲看过几回，只觉得那些红红绿绿的皮影好玩，却压根没看懂。没想到今天一驻足，刚听了几句戏文，她就情不自禁地入戏了。

女子与书生历经磨难，终于走到了一起。花前月下，二人互诉衷肠，只听女子用缠绵悱恻的声音唱道："山无陵，江水为竭，冬雷震震，夏雨雪，天地合，乃敢与君绝！"

刹那间，楚离桑的心猛地被击中了。

究竟是怎样刻骨铭心的情感，才会让一个女子发出如此动人心魄的爱情誓言啊！又该是一个怎样的男子，才配得上这份感天动地的痴情呢？

兀自浮想联翩、心潮起伏之际，忽觉袍衫下摆被扯了几下，楚离桑一低头，只见一个蓬头垢面的小叫花正眼巴巴地看着她，手里高举着一个破碗。他坐在一块装有木轮的滑板上，双腿似有残疾。楚离桑心生怜悯，刚要伸手从怀里掏钱，忽然记起母亲说过，这附近有不少装病装瘸、骗人钱财的乞丐，切勿轻信上当，便把手缩了回来，看着小叫花道："喂，你成天在这儿装瘸骗钱，也不怕被人戳穿吗？"

小叫花一怔："你……你胡说，我哪有装瘸？"

"别嘴硬了。"楚离桑笑道，"当心哪天被人揭穿，真把你打成瘸子，那可就得不偿失了。"

小叫花知道骗不过她，便狠狠瞪了她一眼，低声咒骂："吝啬鬼，留着钱去买棺材吧！"

楚离桑一听就急了："哎，你这臭叫花子，怎么一张嘴就骂人呢？"

小叫花兀自嘴里骂骂咧咧，双手拄地，撑着滑板想跑。楚离桑快步追上去，一把抓住了他的后脖领子。小叫花拼命挣扎，一阵哇哇乱叫，引得周围人群纷纷侧目。

"住手！"身后传来一个男子浑厚低沉的声音。

楚离桑蓦然回头，看见一名年轻男子正站在面前威严地看着她。

我的娘亲，好一个俊秀的郎君！

楚离桑心里怦猛然一动。该男子二十出头，一身儒雅洁净的白色袍衫，剑眉星目，鼻梁端直，嘴唇和下颔的线条刚毅有力，整个人的气质俊逸出尘，只是神情不太友善。

"这位兄台，看你也是读书人，何故当街欺凌弱小？"白衣男子盯着她，语气冰冷。

楚离桑赶紧稳住微微摇荡的心旌，撇了撇嘴："这臭叫花是个骗子，骗人不成就恶语伤人，我为何不能教训他一下？"

"你胡说！"小叫花见有人帮腔，顿时有了底气，大喊道，"明明是你小气不肯施舍，还追着我打骂，我惹不起还躲不起吗？"

见这小子振振有词，楚离桑越发气恼，扬起右手作势要打，白衣男子飞快抓住了她的手腕。楚离桑只觉手腕处传来男子手心的温热，心旌又是一荡，不禁微微红了脸："你……你放手。"

"你先放。"男子沉声道。

楚离桑这才意识到自己的左手仍然抓着小叫花的领子，本想松开，可又想到自己明明占理，现在反倒成了恶人，心中不忿，对白衣男子道："方才发生什么你并未瞧见，凭什么就帮着他说话？"

　　"方才发生什么，在下是没有看见，不过，你口口声声骂他臭叫花子，还追打人家，我可是耳闻目睹了。"男子缓缓道，"更何况，他只是一个身患残疾的孩子，可怜可悯，而兄台你却衣冠楚楚、道貌凛然，纵然不说你倚势欺人，至少在下得帮他说句公道话吧？难不成还帮着你来打他吗？"

　　此人说话温文尔雅、有理有据，引得围观人群不住点头称是。楚离桑越发显得理亏，只好愤愤地松开了小叫花。男子见状，也松开了她的手腕。小叫花得意一笑，转身要走。"小兄弟，等等。"男子从怀中掏出一只钱袋，倒出十来文铜钱，想了想，又倒出几文，轻轻放进小叫花的碗中，温言道，"去买些吃的吧。以后行乞也要带眼识人，明白吗？"

　　楚离桑闻言，登时气得直翻白眼，却又没法发作。

　　小叫花终日在街上厮混，自是极会"带眼识人"，只瞥了一眼男子的钱袋，便知还有油水可榨，遂双目一红，哽咽着道："这位大哥有所不知，小的在此行乞，不是要给自己买吃的，而是要给家里生病的老娘。"

　　男子一听，顿时也红了眼眶，便把袋里的铜钱悉数倒进小叫花的碗中，足有三十几文。"对不住，小兄弟，我手头也不宽裕，只能帮你这么多了。"

　　"多谢大哥，多谢大哥！"小叫花频频点头，一把抓起铜钱塞进怀里，同时还不忘挑衅地斜了楚离桑一眼。

　　楚离桑怒目而视。小叫花却有恃无恐，居然咧嘴朝她笑了笑。楚离桑愈怒，正待发作，人群中突然蹿出几个小混混，指着小叫花破口大骂："二赖子，那天赌输了钱就跑，看老子今天怎么收拾你！"

　　二赖子一惊，立刻从滑板上跳了起来，一双麻秆腿竟然健步如飞，嗖地一下钻进人群之中，转瞬就没影了。几个小混混一路骂着追了过去。白衣男子被这突如其来的一幕惊呆了，手里拿着空空的钱袋子，看了看地上的滑板，又看了看二赖子消失的地方，一脸愕然。

　　楚离桑看着他，无比畅快地哈哈笑了几声。

　　"这位兄台，你可真是会带眼识人，在下佩服至极！"楚离桑得意地踱到他身边，丝毫不掩饰幸灾乐祸的表情。

　　白衣男子哑然失笑，朝她拱拱手："是在下看走了眼，错怪了兄台，还请见谅！"

　　"看你衣冠楚楚、道貌凛然，我还以为你出手会多么阔绰呢，怎么才给二赖子那么点钱？"楚离桑一脸报复的快意，"莫非兄台的大善之心，只值三十几文？"

"兄台说笑了。"男子窘迫，"在下最近遇上了难处，手头的确不太宽裕。"

"哦？这么说，你若是手头宽裕，便会多给他喽？"

"那是自然。在下若真有余裕，自是不会吝惜。"

"这好办！"楚离桑眉头一扬，"这一带多的是装病装瘸的大赖子、二赖子，你哪天有钱了，再来充一回大善人，绝对会有很多人捧你的场，我保证。"

男子听着她的冷嘲热讽，却不愠不怒，淡淡笑道："不瞒这位兄台，即便在下早知二赖子装瘸，也依然会施舍给他。"

楚离桑哈哈一笑，完全不以为然："行了行了，这位仁兄，你也别死鸭子嘴硬了，偶尔受骗上当没什么错，硬是给自己找理由就不对了。"

男子摇摇头："兄台也许不信，不过在下所言，并非文过饰非之辞，而是出自本心。"

楚离桑一听，忍不住看着他，只见男子目光真诚，确实不像狡辩，便悻悻道："这是为何？"

"一个十来岁的孩子，会沦落到装瘸行骗，想来家中定然困顿，甚至有没有家都不好说。"男子语气淡然，但声音中却有一种让人感觉温暖的东西，"所以即便知道他是骗子，我也不会怪他，更不会感到后悔。在下恨的是，自己没有能力帮助更多的穷苦人……"

楚离桑闻言，顿时心头一热。她自忖平时也算是心善的人，可似乎直到今天才知道什么是真正的善良。不过她转念一想，男子的话好像也不尽然，因为世人若都像他这般淳朴心善，骗子岂不是更嚣张，好人岂不都变成了傻子？

"我说仁兄，你莫不是读圣贤书读傻了？心善是好的，但总得有个原则吧？"楚离桑心里对这男子虽已生出些许好感，嘴上却不愿认同他，"说句不好听的，若世人都如你这般心善，只怕傻子一多，骗子反倒不够用了。"

"兄台此言差矣！"男子忽然正色道，"老吾老以及人之老，幼吾幼以及人之幼。这是圣贤仁民爱物的襟怀，读书人理当以此自励自勉，岂能视之为傻？兄台奚落我自无不可，但请勿亵渎圣贤！"

楚离桑本是想开个玩笑，缓和一下气氛，不料这个书呆子竟听不懂玩笑话，只会搬弄古人之言，当真是无趣得紧！楚离桑没好气道："明知是骗子却还送钱给他，这不是傻子是什么？"

男子脸色微愠，双拳一抱："道不同不相为谋，既然你我话不投机，多言无益。兄台请便，在下告辞！"说完便头也不回地拂袖而去。

楚离桑看着他快步离去的背影，不禁又好气又好笑。

莫名其妙吵了这一场，皮影戏已接近尾声，落难书生不知何故死了，痴情女子哭得肝肠寸断。楚离桑看得心堵，索性拨开人群，想去别处逛逛。

刚从人堆里挤出来，附近就发生了骚动，一个行商模样的老丈跌坐地上，口中大喊："抓贼啊！那恶贼抢了我的金锭啊——"楚离桑踮起脚尖望去，只见不远处有个络腮胡壮汉抓着一个蓝布包袱，正用力撞开周围人群，飞快奔逃。紧接着，有人扶起那个老丈，匆忙问了句什么，立刻追那个壮汉去了。

楚离桑定睛一看，追贼的正是方才的那个白衣男子。

她不禁苦笑。这个书呆子虽然个头不小，但以他方才抓住自己手腕的力度来看，便知不过是个文弱书生，而那个络腮胡壮汉敢在光天化日下抢劫财物，背后绝对有同伙。这个自不量力的书呆子就算追上了，也铁定要吃亏，搞不好会被那帮恶贼打死。

路见不平拔刀相助，是楚离桑一贯的信条，所以她一边心念电转，一边朝着他们的方向追了过去。

楚离桑的母亲楚英娘出身于武学世家，功夫了得，虽然平时深藏不露、极少示人，但私底下却一直勤练不辍。楚离桑从小就活泼好动，因此死缠着母亲教她练武。母亲拗不过，便教了她一些防身健体的入门功夫，然后说什么都不再教了。楚离桑无奈，便暗中偷学，并把母亲收藏的武学秘籍偷出来抄录了一份，多年来一直背着母亲盲修瞎练，没想到竟凭着聪颖的天资和刻苦的练习学成了，如今的功力至少也有母亲的六七分，平常男子十个八个近不了她的身。

楚离桑一追出庙会广场，便不见了那白衣男子和络腮胡的踪影，而后凭直觉在菩提寺周边转了半天，才在一处偏僻的院落发现了他们。

果不其然，六七个手持棍棒的混混，正把白衣男子围在院子里。那个抢钱的络腮胡好像是个头目，此刻那个蓝布包袱正背在他身上。这座院落显然是贼窝，络腮胡是故意把白衣男子引进来的。

楚离桑施施然走进院子的时候，所有人都有些诧异。

白衣男子一看是她，大声喊道："你快走，这里没你的事，别管我！"

楚离桑抓了几颗蚕豆扔进嘴里，然后把皮啐得老远："我才懒得管你，本郎君是来看热闹的，你们继续。"

混混们相顾愕然。

络腮胡往地上吐了口唾沫，看着楚离桑："小子，识相的就给老子滚蛋，这儿不是看热闹的地方！"

"你别不信，我真不是来救他的。我跟这个呆子有仇，就想看他挨打。"楚离桑一边嚼着豆子，一边笑着道，"至于是打死还是打残，你们随意，反正我都高兴。"

白衣男子闻言，顿时目瞪口呆。

混混们面面相觑，都看着络腮胡。络腮胡一声冷笑："你以为他死了，你就走得出这个门吗？"

"我走不得吗？"楚离桑故作惊讶。

络腮胡冷笑不语。

楚离桑点点头，走过去把院门关上，又插上门闩，然后抱起双臂，斜靠在门板上，看着众人："这样行了吧？要动手就快点，别磨磨蹭蹭了，一群大男人打个架废这么多话，也不嫌害臊！"

络腮胡先是一怔，然后仰天大笑："好，你小子有种！等我收拾了这小子，再来修理你！"

混混们又朝白衣男子围了上去，男子突然拉开一个架势："都别过来！本郎君只想取回你们抢劫的财物，不想伤害你们，别逼我动手！"

楚离桑的眼睛微微一亮。

莫非这男子不是自不量力，而是有武艺在身？刚这么一想，两条棍棒就已经一前一后朝他招呼了过去。只听啪啪两声，一棍打在背上，一棍正中面门。白衣男子的脸上立刻爆开了花，血流如注。

白衣男子一声惨叫，络腮胡和混混们哄堂大笑。

楚离桑失望地闭上了眼睛。

"小子！"络腮胡大笑道，"跪下给老子磕三个响头，叫一声爹，说不定老子可以饶你一命。"

话音刚落，满脸是血的白衣男子猛地把一口带血的唾沫啐到了络腮胡脸上，然后也仰天大笑了几声。

看来这个书呆子虽然窝窝囊囊没啥本事，骨子里还是有点血性的。楚离桑想。

络腮胡一把抹掉脸上的口水，脸颊的肌肉抽搐了几下，然后大喝一声，手中那根粗大的棍棒高高扬起，正对着白衣男子的脑门。

这一棍子下去，书呆子小命休矣！说时迟那时快，楚离桑右脚一踢，地上一颗石子飞出，正中络腮胡手腕，棍棒当啷落地。紧接着，又有两颗石子飞来，分别击中络腮胡左右两腿的膝弯。络腮胡痛得大叫，同时双膝一软，竟然跪在了白衣男子的面前。

此变故就发生在刹那，混混们登时愣住了。

"都愣着干什么？还不给老子上？！"络腮胡一边忍痛爬起来，一边扯着嗓子大喊。

混混们回过神来，挥舞着棍棒冲向楚离桑。络腮胡狠狠瞪了白衣男子一眼，然后抓起棍棒加入了战团。楚离桑赤手空拳以一敌众，却是一副气定神闲之色。白衣男子只见一道淡青色身影在呼呼飞舞的棍棒间闪展腾挪，翩如惊鸿，不禁看得呆了。

"呆子你看什么，还不快跑？"楚离桑大喊。

白衣男子这才清醒过来，想从院门跑，试了几次都被棍棒飞舞的劲风挡了回来。情急之下，看见右手边的院墙下搁着一架木梯，便顺着梯子爬上墙头，接着摇摇晃晃地走到墙头尽处，费力爬上了大院的屋顶，然后战战兢兢摸到屋檐边，想从这里跳到隔壁的屋顶，却又因恐高而手足无措。

正彷徨间，一只手忽然拍了下他的肩膀。

白衣男子猛一哆嗦，回头一看，却是楚离桑，再探头一看，下面院门大开，混混们早都被打跑了，只留下一地的棍棒。

"给，拿去还给那位老丈吧！"楚离桑把蓝布包袱递了过来。

"是你抢回来的，该当你去还，我不能夺人之功。"男子嘟囔道。

楚离桑又好气又好笑："我说呆子，就你这样的，也敢帮人抓贼？你就不怕帮人不成，反被贼人打死？"

"义之所在，无遑多想。"男子道，"诚如《孟子》所言，见孺子将入于井，皆有怵惕恻隐之心……"

"行了行了，别跟我掉书袋了。"楚离桑把包袱往他怀里一塞，"赶紧去还了吧，我还有事呢！"

男子不接，又把包袱推了回来。楚离桑侧身一闪，转身就走。男子扑了个空，脚下一滑，哎呀一声向屋檐下跌去。楚离桑大惊，猛然回头，右手急伸，飞快揽住了他的腰。男子吓得脸色煞白，双手乱舞，无意中一只手竟然抓到了楚离桑的胸部。

男子突然意识到什么，手像被烫到一样立刻缩了回来。

此时，楚离桑的脸已经唰地红到耳根子了。她又羞又恼，下意识一抬手，啪地给了男子一记响亮的耳光。

白衣男子捂着热辣辣的脸颊，怔怔地看着楚离桑从屋顶上飞了下去，轻盈地落在院中，然后头也不回地走出了院门。

低头看着自己那只惹祸的手掌，白衣男子久久回不过神来。

忽然，他一抬手，又给了自己一巴掌。

楚离桑从墙头跳进自家后院的时候，绿袖已经急得团团转了。

"哎呀娘子，你怎么才回来，主母都来找你三回了！"绿袖气得跺脚。

楚离桑歉然一笑，拉着她就往闺房跑，然后让绿袖守在闺房门口，自己跑进房里，把门一关，开始手忙脚乱地摘帽子解头发。不料纱帽竟被头发缠住了，越急越解不开，气得楚离桑连叫该死。

屋外，楚英娘沿着回廊走了过来，一脸不悦。绿袖暗暗叫苦，硬着头皮迎上去，高声道："主母您别担心，娘子真的没事。她就是贪睡，奴婢都跟她说好几遍太阳照屁股了，可她翻个身就又打起了呼噜……"

"绿袖，"楚英娘脸色一沉，"跟你讲过多少回了，说话要注意措辞，大姑娘家的，一张嘴就是粗言俚语，像什么话！"

绿袖赔着笑脸："是是是，主母教训的是。奴婢太笨，老记不住您教的话，那词怎么说来着……"

"应该说'日上三竿'。"

"对对对，日上三竿，日上三竿！"绿袖嘿嘿笑着，心里说死娘子你再不快点，我绿袖的屁股可真要挨板子了！

楚英娘笑笑，伸手点了一下绿袖的额头，绕过她就要去推门。

绿袖大惊，想拦又不敢拦，急得跳脚。就在楚英娘的手搭上房门的同时，屋里终于传出楚离桑慵懒的声音："怎么这么吵啊？是娘来了吗？"

绿袖长舒了一口气，拍了拍胸口。

楚英娘走进来，拨开闺房的珠帘，看见楚离桑把自己严严实实地裹在被褥里，只露出头脸。

"娘，您跟绿袖在外边说什么呢，吵死了！"楚离桑嘟囔着，打了个长长的哈欠。

楚英娘在床榻边沿坐下，看着她："桑儿，你学做女红是对的，可也不能折腾得那么晚呀！"

"对对，娘说得对，下不为例。"楚离桑赔着笑，做了个鬼脸，"娘，您忙去吧，我要换衣服了。"

"换就换呗，干吗赶娘走？"

"人家都二十了，您还让我当着您的面换衣服啊？"

"行行行，你长大了，女大不由娘了！"楚英娘笑着刚想起身，忽然发现她的额头和鼻尖上布满了细密的汗珠，顿时眉头微蹙，"你怎么出这么多汗哪？"

楚离桑一怔："哦，可能是……被褥太厚了吧。"

"太厚你还捂那么严实？"楚英娘说着，就想去掀她的被子。

楚离桑"啊"了一声，双手在被子里面紧紧抓着被头："娘，我现在身上也都是汗，您掀了被子，我会着凉的！"

楚英娘若有所思地看着她，半晌才笑了笑："那好吧，你换完衣服赶紧出来，吃过饭，娘接着教你读经，今天该学《礼记》了。"说完就走了出去。

直到听见母亲掩门出去，楚离桑才长长地呼出一口气。

她猛然把被子掀到一边，只见身上那一袭青衫早已被汗水濡湿，而那双乌皮六合靴赫然还穿在脚上。

绿袖恰在这时跑进来，看到这一幕，惊得捂住了嘴。

魏王李泰的府邸，位于长安延康坊的西南隅，占地近二百亩，重宇飞檐，富丽堂皇。

依照唐制，凡王公贵戚及三品以上高官，皆可把自家府门直接开在坊墙上，以方便出入，而不必经由坊门。是以魏王府便在南边坊墙开了一个正门，又在西边坊墙开了一个边门。从魏王府正门出来左拐，往北过三个街口就是皇城；从西侧边门出来，往北过一个街口就是西市；交通极为便利，地理位置十分优越。

二月下旬的一天午后，将近酉时，一驾马车赶在暮鼓敲响之前，从西门悄悄进入了魏王府。

来人是黄门侍郎刘洎，门下省的副长官。

刘洎，字思道，年近五十，平日沉稳寡言，在朝中却以刚直敢谏著称，受到李世民倚重。不少人认定，他三年之内，必能升任门下省最高长官——侍中。

马车从西外门进入一片大院，刚刚停稳，早已等候在内门的魏王府司马萧鹤年便快步走下台阶，迎了上来。

刘洎身着便装，步下马车。

"思道兄，你怎么才来，魏王殿下都等急了。"萧鹤年笑着拱拱手。

刘洎还了一礼："劳驾鹤年兄亲自在此迎候，刘某怎么敢当！"

二人稍加寒暄，便一起朝内门走去。

"殿下急着找我来，究为何事？"刘洎问。

"喜事，大喜事！"萧鹤年面带笑容。

刘洎看了他一眼，没说什么。

都说人逢喜事精神爽。近来魏王因《括地志》而深受皇帝眷宠，连日来赏赐不断，朝野上下也是人人瞩目。为此，魏王本人自然是踌躇满志，就连他府上的这些大小官员，也都一个个眉飞色舞，恨不得整天把"喜"字贴在脑门上。

刘洎有些不以为然。

在他看来，越是这种时候，越要沉得住气。因为，夺嫡是一条何其凶险又何其曲折的道路，稍有不慎，就有可能坠入深渊，万劫不复！

刘洎随萧鹤年走进正堂的时候，看见魏王李泰与府中长史杜楚客正说着什么，同时发出一阵大笑。

刘洎的眉头微微皱了一下。

见刘洎到来，李泰和杜楚客起身相迎。众人又是一番寒暄，随即落座。

"刘侍郎，你猜今早父皇召我入宫，都跟我说了什么？"李泰眉眼含笑，一脸神秘。

刘洎微微一笑："圣上近来赏给殿下的金帛，已可谓车载斗量、不可胜数，还能让殿下及诸位如此喜悦之事，我想，定然是钱财之外的别样荣宠。"

李泰朗声大笑："不愧是刘侍郎，一语中的啊！"

"思道兄，"杜楚客接过话头，"那你再猜一猜，具体是什么样的荣宠。"

杜楚客五十多岁，是开国功臣杜如晦胞弟，字山实，年轻时曾于嵩山隐居，志意甚高，自诩为宰相之才。贞观四年，杜如晦病逝，杜楚客奉诏入仕，曾任蒲州刺史，现任工部尚书兼魏王府长史，是李泰最为倚重的心腹智囊。

"山实兄，你就别再卖关子了，刘某再猜下去，恐有揣测圣心之嫌了。"刘洎道。

杜楚客摇头笑道："思道兄这样就无趣了。在朝堂上谨言慎行是对的，可在这儿，你也须如此谨小慎微吗？难道连殿下和我等，你都要防着？"

刘洎笑笑不语。

他们二人虽同为魏王心腹，个性却不太合拍。刘洎觉得杜楚客张扬，杜楚客认为刘洎怯懦，加之二人又都有意成为魏王麾下的头号谋臣，因此明里暗里总是较着劲。

"行了行了，也该说正事了。"李泰打着圆场，"鹤年，你来跟刘侍郎讲吧。"

萧鹤年清了清嗓子："事情是这样的，今早殿下奉旨入宫，刚一进甘露殿，圣上便屏退左右，密语殿下：为便于殿下参奉往来，不日将让殿下移居宫中的武德殿。当然，此事暂不宜对外声张，圣上讲，他会择日正式下旨，并于朝会上公开宣布。"

武德殿位于太极宫东侧，与东宫仅一墙之隔，比东宫距离李世民的居处还要近。魏王一旦入居此殿，便能天天与皇帝"参奉往来"，得到比太子更多的参与军国大政的机会，从而获取更多的政治筹码。这对于眼下一心想要夺取太子位的李泰而言，无疑是天大的喜讯。

把这件事一说完，李泰、杜楚客、萧鹤年便齐齐把目光盯在刘洎脸上，等着看他的反应。出乎三人意料的是，刘洎居然毫无反应，仿佛没听到一样。

"刘侍郎，你在听吗？"李泰狐疑地看着刘洎。

片刻之后，刘洎才开口道："当然，殿下，如此重大的事，我怎么可能没在听呢？"

"那，侍郎对此有何看法？"

"殿下想听实话吗？"

"当然。"

"对于此事，在下一则以喜，一则以忧。"

杜楚客无声冷笑了一下。

萧鹤年若有所思。

李泰蹙眉："侍郎能把话说清楚一些吗？"

刘洎点点头，却依旧面无表情："先说喜吧。圣上宠爱殿下，朝野共知，自不待言，但此次竟然主动提出让殿下入居武德殿，绝非一般荣宠可比。换言之，这是一个重大的信号，既是在暗示殿下，也是在暗示满朝文武和天下臣民：魏王殿下距离东宫，仅有一步之遥了，倘若太子无德，那么普天之下唯一有资格入主东宫的人，便是殿下您！说得更透彻一些，一旦迈出这一步，殿下就是我大唐不言自明的'隐形储君'了。是为喜。"

李泰听得心花怒放，眼睛炯炯发亮。

"再说忧。正因为殿下如今圣眷正隆，风头俨然压过了太子，才更易引发东宫的嫉恨和反击，所以这种时候，恰恰要比平日更加低调、韬晦、谨言慎行、如临如履。在下担忧的，是殿下一味沉浸在喜悦之中，而忘记了这些。试观古往今来，历朝历代，因乐极而生悲、因得意忘形而功亏一篑之事，还少吗？！"

李泰脸上的喜色渐渐淡去，有些不自在。

杜楚客冷冷一笑："思道兄，你这些话，未免有些危言耸听了吧？"

"山实兄说对了。"刘洎看着他，"惯以危言耸人之听，正是刘某立身之本！

锦上添花的好听话，又有谁不会说？何须刘某再来多言？"

杜楚客被呛了一下，正待回嘴，李泰忽道："刘侍郎所言极是！这正是本王急着请你来的目的。这种时候，是该有人给本王浇一瓢冷水了。"

"殿下，既然话说到这儿了，在下还想给您再浇一瓢冷水。"刘洎道。

李泰爽朗地笑了下："侍郎但说无妨！"

"殿下即将入居武德殿一事，现在有多少人知道？"

李泰两手一摊："除了本王，只有你们三位。"

刘洎摇了摇头："恐怕不止吧？"

"侍郎此言何意？"李泰眉毛一挑，看着刘洎。

"常言道隔墙有耳，殿下府上这么多人……"

"思道兄，"杜楚客脸色一变，"你这么说是什么意思？难不成你怀疑我和鹤年兄会泄露机密？"

"绝无此意！"刘洎道，"我只是想提醒二位……"

"那就是你多虑了。"杜楚客拉长了声调，"杜某忝为本府长史，这点小事还无须你来调教！"

"思道兄提醒一下也是对的。"萧鹤年道，"此事的确干系重大，万一泄密，东宫定不会坐视……"

杜楚客不悦地扫了萧鹤年一眼。

萧鹤年赶紧噤声。

杜楚客是长史，相当于王府总管，萧鹤年是司马，只是他的副手，加之杜楚客为人强势，萧鹤年生性谦和，所以无论大小场合，杜楚客总是压着萧鹤年一头。

"殿下，您这件事，一般朝臣即使知道也无大碍，因为他们不会帮太子，即使想帮也劝不动皇上。"刘洎神色凝重，"怕只怕，在圣上公开下旨之前，让一个人提前得知了这个机密，那这件事，恐怕就鸡飞蛋打了。"

"谁？"李泰一脸紧张。

杜楚客和萧鹤年也不约而同地看向刘洎。

"魏徵。"

没有人注意到，刘洎话音一落，萧鹤年的目光便闪烁了一下。

# 第三章 / 暗流

长安东北部的永兴坊，与皇城东墙隔街相望，坊中云集着众多达官贵人的宅邸。

魏徵府邸就位于永兴坊的西北隅。

魏徵是隐太子李建成的旧部，当年对李建成忠心耿耿，在李世民的夺嫡行动逐步升级、双方的斗争白热化之际，魏徵曾断然劝李建成先下手为强，除掉李世民，只可惜李建成优柔寡断，最终坐致败亡。事后，李世民以既往不咎的姿态招抚了魏徵等一大批前东宫大臣。魏徵也捐弃前嫌，全力辅佐李世民，在满朝文武中首倡以王道治天下，并屡屡犯颜直谏，从而与虚怀纳谏的李世民共同成就了一段君臣佳话。

贞观中期，魏徵已官至侍中、位列宰辅，风头甚至一度盖过了房玄龄等人。贞观十六年，李世民察觉太子李承乾有失德之举，便拜魏徵为从一品的太子太师，希望他悉心教导太子，将其培养成合格的储君。

这一年，魏徵已经六十三岁，虽精力日衰，但还是勉力承担起了这个重任。

二月二十三的清晨时分，魏徵像往常一样准备乘车前往东宫。御者扶着他，一边走一边小声道："太师，今日逢三了。"

魏徵"嗯"了一声："那就照老规矩。"

"是。"御者扶他上了马车，然后坐上前座，熟练地挥了下鞭子，马车辚辚启动。

　　正如魏王府一样，身为一品大员的魏徵，其府邸也直接在西面和北面的坊墙上开了大门。魏徵若要去皇城，可从自家西门出，斜对过便是皇城东面的景风门；若要去东宫，则从自家北门出，过一个街口就是宫城的延喜门，进门走不多远，便是东宫的南正门嘉福门了。可奇怪的是，今日魏徵明明要跟往常一样去东宫，御者却驾车出了魏府的南门，继而直奔东坊门而去，完全是背道而驰。

　　这，就是魏徵口中的"老规矩"。

　　每逢三、六、九日，他都让御者走这条"南辕北辙"的路线，其他日子才从自家北门出，走宫城延喜门。御者虽然心里觉得奇怪，但也不敢多问，只奉命行事而已。

　　马车经过永兴坊东边的忘川茶楼时，御者渐渐放慢了速度。

　　这也是魏徵的"老规矩"。

　　当然，御者还是不知道原因。

　　魏徵在车内挑起一角车帘，仔细看着二楼东边第一间雅室的窗户。此时，六扇长窗全部洞开着，窗台上赫然摆着三盆醒目的山石。

　　魏徵目光一凛，嘴里却平静地道："停车。"

　　御者把车停在路边，扶着魏徵下了马车，来到茶楼门口，早有茶楼的伙计一溜小跑着过来，把魏徵恭恭敬敬地扶了进去。

　　在御者看来，太师什么时候想进忘川茶楼喝茶，什么时候不想进，完全是随性的。若叫他停车，他就在外头等，时间或长或短，没个定准；若没叫他停车，他则直接驾车出东坊门，先左拐北行，再掉头往西，仍旧往宫城的延喜门而去。

　　而无论前者还是后者，最后，御者都等于要驾着马车平白无故多绕一大圈。至于这到底是为什么，御者当然还是一无所知。


　　魏徵在雅室里席地而坐。

　　一个茶博士正在熟练地煮茶，先将茶饼在炭火上烘炙，接着碾磨成茶末，再筛成茶粉，然后烧水，撒入盐、姜等调料，等水三沸之后，将茶汤舀入茶碗，双手奉到魏徵面前的食案上。

　　"太师，请！"

　　"有劳了。"

　　简短对话之后，茶博士躬身退了出去，轻轻带上了房门。

　　魏徵知道，这会儿工夫，要向他呈交情报的人也快到了。

　　这间雅室的窗台上，平日无事时，摆着三盆树木盆栽，若有情报，则换上一盆山石；若情报紧急，换上两盆山石；今日窗台上三盆皆为山石，意味着来人有紧急且重大的情报要呈交。

片刻后，房门上响起了熟悉的敲门声：一长二短，反复三次。

魏徵轻轻咳了两声，以示回应。

"望岩愧脱屣。"敲门者在门外吟道。

魏徵啜了一口香茗："临川谢揭竿。"

房门推开，一身便装的萧鹤年走了进来，躬身一揖："见过临川先生。"

魏徵笑笑："不必拘礼，坐吧。这蜀地的蒙顶茶，不愧是茶中极品啊！"说着便替萧鹤年舀了一碗，还端到了他面前。

萧鹤年刚一坐下，赶紧又起身，双手接过茶碗："先生，这如何使得……"

魏徵示意他坐下："这儿就咱俩，没那么多规矩！"

萧鹤年这才恭敬地坐了下来。

"这么急着见我，究竟何事？"魏徵等萧鹤年喝了几口茶，才开口问道。

"禀先生，两件事。头一件事，发生在昨日清早……"接着，萧鹤年便把皇帝欲召魏王入居武德殿一事，详细做了禀报，连同昨日在魏王府中四人交谈的情形也一并说了，然后静等魏徵示下。

魏徵沉吟片刻，缓缓说道："魏王夺嫡之势已成，朝中暗流汹涌，圣上却在此时走这步棋，耐人寻味啊！"

萧鹤年有些困惑："依您看，圣上此举，究竟何意？"

魏徵略加思索，道："目的有三。"

萧鹤年不由身子前倾，认真听着。

"敲打太子，促他警醒，此其一；考察魏王，观其行止，此其二；投石入水，试探百官，此其三。"

萧鹤年恍然大悟，同时面露惊讶："真没想到，圣上这一子，落得如此凶悍！"

"创业之君，雄霸之主，岂有闲心去下闲棋！"魏徵说着，心中似有无限感慨。

"只怕一石激起千层浪，局面会变得难以收拾……"

魏徵淡淡一笑："这就是你杞人忧天了。圣上投这颗石子，就是想让暗流涌出水面，看看朝野上下会泛起多少波澜。仅此一点，便足以证明，圣上对朝局的掌控依然强而有力！"

萧鹤年释然，又问道："此事，您打算如何应对？"

　　"首先，自然要让太子知情。"魏徵道，"既然圣上本意就是要敲打太子，老夫又忝居东宫首席教职，当然要借此机会，对太子晓以利害了。"

　　萧鹤年追随魏徵多年，知道魏徵一贯坚持嫡长继承制。无论是当年辅佐隐太子，还是如今身为太子太师，这都是他的信念所在，也是不可推卸的职责。因此，尽管对太子的个人品行并不满意，但他还是在竭尽全力帮助并维护太子——说到底，魏徵还是担心武德九年那场兄弟阋墙、手足相残的夺嫡惨剧重演。

　　"先生，圣上那儿，您要不要去劝谏？"萧鹤年问。

　　"现在不行！"魏徵断然道，"此事目前尚属官禁之秘，我若劝谏，圣上立刻会怀疑我的消息来源，这样就把你置于险境了。此外，圣上也会将我视为私结朋党的'暗流'之一，那我无论说什么话，他都不会再听。"

　　"先生所虑甚是。"萧鹤年想着什么，"可要是等到圣上下旨后再谏，到时木已成舟，要让他收回成命岂不更难？"

　　魏徵道："这我当然知道。"

　　"那怎么办？劝也不是，不劝也不是！"萧鹤年一脸忧虑，"这不是进退维谷了吗？"

　　魏徵略加沉吟："办法还是有的。"

　　萧鹤年一喜："什么办法？"

　　"让圣上自己，主动向我透露！如此，我便能在圣上下旨之前，劝他回心转意。"

　　萧鹤年如释重负。他知道，魏徵既然能想到这个办法，必已是成竹在胸。

　　"你要说的第二件事，是什么？"魏徵呷了一口茶。

　　萧鹤年这才想起差点把那事忘了，歉然一笑，然后轻轻吐出了两个字："辩才。"

　　魏徵手上的茶碗晃了一下，旋即稳住："是不是君默传回什么消息了？"

　　"那小子，别提了！"萧鹤年苦笑，"自从进了玄甲卫，就把我这个爹当贼防着，啥都不肯透露。这回圣上和魏王到底派他去了哪里，干些什么，他也一概守口如瓶。"

　　想起那个叫萧君默的年轻人，魏徵也不禁笑了笑："这也不能怪他。玄甲卫的规矩向来森严，他们的头条守则，就是得把亲人当贼防着，要是不这么做，他就没资格干玄甲卫了。说起来，这孩子现在出息了，也是你的功劳。"

　　萧鹤年摆摆手："属下哪有什么功劳，无非是把他养大成人而已。"

　　"养大成人就不容易了！"魏徵叹了口气，忽然有些伤感，"想当年，周遭的情形那么险恶，这孩子能保住一条命，还能活到现在，实属不易啊！"

萧鹤年看他眼眶泛红，赶紧道："太师，当年的事都过去了。咱们……还是说正事吧？"

魏徵抹抹眼，叹了口气："对，不提了。你刚才说到辩才，是怎么回事？"

"属下上回向您禀报过，魏王已经找到了十几个疑似辩才的人，大致在幽州、扬州、洛州一带，此次玄甲卫出动，就是冲着这件事去的。据属下从魏王那儿探查到的最新消息，他们眼下已将重点放在洛州一带，制订了一个据说很完美的计划，相关行动也已展开。属下担心，以玄甲卫的办案手段，估计不用多久，就会找出辩才。"

"具体是什么计划，行动目标是什么人，查得到吗？"魏徵问。

萧鹤年摇头："魏王对属下并不完全信任，始终留着一手，核心机宜只与杜楚客一人商讨。"

魏徵神色凝重起来："自从武德九年吕氏灭门案后，圣上就一直在找《兰亭序》，这回要是真的找到辩才，《兰亭序》也就呼之欲出了。"

说起吕氏灭门案，萧鹤年至今记忆犹新。他当时官居长安令，从头到尾参与了此案，但最后还是没抓到凶手，故而耿耿于怀。"先生，我这么多年一直没想明白，圣上为何会把吕世衡一案和《兰亭序》牵扯到一起？"

"据我推测，吕世衡临死前，应该是给圣上留下了什么线索。"

"线索？"萧鹤年诧异，"难道吕世衡他知道《兰亭序》的秘密？"

魏徵点点头："对此我毫不怀疑。"

萧鹤年蓦然一惊："照您的意思，吕世衡他……他也是咱们的人？"

"据我猜测，吕世衡应该就是'无涯'。"

萧鹤年不解："无涯？无涯是什么人？"

魏徵压低声音，凑近他说了几句。

萧鹤年恍然："这么说，他是冥藏先生的人？"

魏徵点点头："只可惜，在当年那场政变中，吕世衡背叛了冥藏先生，也背叛了隐太子，暗中投靠了圣上，也就是当年的秦王。我猜，就是这件事激起了冥藏先生的怒火。所以，吕氏一家十五口惨遭灭门，应该也是冥藏先生所为。"

萧鹤年越发惊讶："他这么做，难道就为了泄愤？"

"杀鸡儆猴，以诚来者，不是江湖上常有的事吗？"魏徵淡淡说道，"当然，除此之外，还有一种可能，倘若吕世衡真是'无涯'，他手中定然握有'羽觞'。冥藏先生很可能是担心'羽觞'落入圣上手中，牵扯出太多秘密，甚至把他牵扯出来，故而为了取回'羽觞'才潜入吕宅，最终引发了血案。"

萧鹤年听得目瞪口呆，半晌才道："先生，您对这些事情早已洞若观火，为何直到今天才对我说？"

魏徵一声长叹："圣上登基这十多年来，我大唐天下河清海晏、国泰民安，所以这些事情，就应该彻底忘掉，谁也没必要再提起。但是眼下，魏王一意夺嫡，太子岌岌可危，当年的悲剧俨然又将重演！另一方面，辩才一旦被找到，《兰亭序》秘密被揭开，后果也将不堪设想！如此紧要关头，还有多少事情等着我们去做，我岂能再对你有所隐瞒？"

萧鹤年恍然，点点头道："先生一片苦心，属下到今天才真正明白。那，属下接下来该做些什么？"

魏徵垂首沉吟，右手食指在食案上一下一下地敲着。敲击声很轻，但在萧鹤年听来却咚咚有声，仿若出征的鼓点。

从雅室洞开的窗户望出去，可以看见，方才还是一片蔚蓝的天空，此刻却已乌云四合、阴霾密布。

一场暴雨即将来临。


伊阙县的尔雅当铺远近闻名，所收纳的质物以字画古玩为主。老板吴庭轩对于古代名人字画的鉴赏水平很高，坊间盛传他经营这家当铺十六载，从未误收过一件赝品。

这一天午后，生意冷清，客人稀少，吴庭轩正准备叫伙计提早打烊，一个年轻男子忽然抱着一只黑布帙袋急不可耐地闯了进来，声称要典当，而且要立刻办理。

男子二十出头，相貌英俊，气质儒雅，可惜样子有些落拓，尤其身上那一袭白色袍衫虽然用料考究，但多日未曾换洗，周身上下污渍斑斑，胸前好像还有几片褐黄的血迹。

吴庭轩阅人无数，只扫了年轻人一眼，便对他的身份和来历生出了几分警觉，心里已经不大想接这单生意了，可毕竟来者皆是客，起码的礼貌和尊重还是要有的，便迎上前去，露出一个职业性的笑容："这位郎君，请问所欲典当者为何物？"

"敢问，您便是吴庭轩吴大掌柜吧？"白衣男子不答反问。

"正是区区在下。"

"那我算找对人了！"白衣男子似乎松了口气，径直走进店里，一屁股坐在专为贵宾设置的锦榻上，从帙袋中取出一卷紫绫裱褙的字画，轻轻放在面前的案几上，看着吴庭轩，"吴掌柜，这幅字是小生家传之宝，乃东晋书法大家真迹，价值连城，世所罕见，可我今天跑了好几家当铺，碰上的却都是些不学无术的俗物，愣说这幅字是赝品。小生实在气不过，后来多方打听，才得知您是这伊阙县城里品鉴书画的大行家，今儿就请您老掌掌眼，务必帮小生讨回这个公道！"

白衣男子一口气说完，胸膛犹自起伏不定。看他额头冒汗、唇干舌焦的样子，今日可能真是跑了不少地方，更受了不少气。吴庭轩心下不忍，便吩咐伙计给他端上茶水。男子也不客气，捧起茶碗咕噜咕噜喝了起来。

吴庭轩等他喝完茶喘匀了气，才微微一笑道："不知郎君所说的东晋书法大家，是哪一位？"

"王羲之。"男子朗声答道。

吴庭轩心中一惊，终于明白为何其他当铺会把这个年轻人拒之门外了。他当即就想婉拒送客，可"王羲之"三字却着实令他心痒难耐，于是决定看一眼也无妨。

"方才郎君说在下是大行家，万万不敢当，那不过是坊间父老抬举而已，实属溢美，当不得真。不过，既然郎君如此信任在下，那在下也就不揣浅陋了。"吴庭轩在案几对面的一只圆凳上坐下，做了个请的手势，"请郎君把墨宝打开吧。"

白衣男子一喜，当即把卷轴打开，在案几上缓缓铺展开来。借着案角上一盏薄纱灯笼的光亮，一个个飘若游云、矫若惊龙的草书字体蓦然映入了吴庭轩的眼帘。

吴庭轩暗暗吸了一口凉气，心中连连惊叹。

果然是王羲之的真迹！

凭借过人的眼力和经验，吴庭轩一眼就看出来了，这幅字乃是王羲之最著名的草书代表作——《十七帖》，共汇集二十九种王羲之的草书短帖，相传是南朝年间由王氏后人精心汇成，以第一帖首二字"十七"得名。此帖是后人学习草书的无上范本，被历代书家誉为"书中龙象"，但据说早在萧梁时期的"侯景之乱"中便已亡佚。吴庭轩万万没料到，此帖竟仍留存于世，且保存得如此完好，实在是一件绝无仅有的稀世珍品！

尽管心中感慨万千，吴庭轩脸上却丝毫不动声色。这是从事这个行当多年练就的职业素养，何况他此刻还在有意识地抑制内心的波澜。

白衣男子一直紧盯着吴庭轩的脸，似乎有一刹那，他发现吴庭轩眼中闪过一道光芒，但转瞬即逝，此后便再也看不出任何表情。

"吴掌柜，您看完了吗？"男子盯着吴庭轩的眼睛。

吴庭轩默默点头。

"我相信您已经看出来了，这是真迹无疑，对吧？"

吴庭轩抬起头，脸上恢复了职业性的笑容："这位郎君，请恕在下直言，这件墨宝，乃是后世高人以双勾廓填技法制作的摹本，虽摹写得极其逼真，但终究……不是真迹。"

白衣男子腾地立起身来，难以置信地看着吴庭轩："您看走眼了吧？"

吴庭轩慢慢起身，淡淡一笑："郎君若信不过在下，大可另寻高人品鉴。恕在下眼拙，让郎君失望了。"说完侧了侧身，已有送客之意。

白衣男子一脸冷笑，将字帖收起，放进帙袋中，大声道："都说这伊阙县人杰地灵、雅士云集，没想到，一个个竟然都是有眼无珠的酒囊饭袋！"

"嘿，小子！"一旁的伙计听不下去了，指着男子道，"你算什么东西，也敢在此口出狂言、大放厥词？！"

"我有说错吗？"男子也梗着脖子大声道，"偌大一个县城，收纳字画的当铺十几家，竟然没有一个人识得王羲之真迹，说出去岂不让天下人耻笑？"

"哟嗬，你还来劲了！"伙计逼了过来，捋起袖子，"我看你小子是成心来找碴的吧？"

听见前厅吵了起来，柜台后面的一道门帘突然被掀开，好几个人高马大的伙计一块儿冲了进来。当铺收纳的质物很多都价值高昂，所以当铺里的伙计通常兼着看家护店的武师之责，身上都有功夫。而尔雅当铺里的这些伙计，都是老板娘楚英娘的族人，从小跟随她练武，比起一般当铺的武师更显彪悍。这会儿，四五个武师一起朝白衣男子围了过来。男子抱着帙袋一直往后缩，一脸惊惧。

"你们干什么？"吴庭轩沉声道，"这位郎君是店里的客人，有你们这么待客的吗？都给我下去！"

伙计们互相看了看，只好退开，但都站在柜台边不走，眼睛仍死死盯着白衣男子。吴庭轩正想好言劝他离开，门帘再次掀起，楚离桑忽然走了进来。

白衣男子听见脚步声，扭头看去，正好跟楚离桑四目相对，两个人顿时都愣住了。

吴庭轩微觉诧异，看着二人。楚离桑意识到失态，赶紧把目光挪开。白衣男子也早已红了脸，略显慌乱地低下头，然后抱着黑布帙袋匆匆走了出去。

楚离桑望着他离去的背影："爹，这个呆子来做什么？"

吴庭轩就是楚离桑的父亲，因年轻时家贫，入赘到楚英娘家为婿，所以楚离桑就随母亲的姓。

听女儿喊那个人"呆子"，吴庭轩更觉诧异，扭头看着她。

"哦，我是看他愣头愣脑的，就这么随口一叫。"楚离桑用笑容掩饰尴尬，

"爹，他到底是来做什么的？"

"来当铺自然是来典当东西的，还能做什么？"

"他要来当什么？"

吴庭轩扫了那些伙计一眼，等他们都退下了，才说："一幅东晋的字帖。"

"那他怎么走了？莫非他的字帖是赝品？"

吴庭轩摇头："不，是真迹。"

楚离桑不解："既然是真迹，您为何不让他当？"

"因为，那是王羲之的字。"

"王羲之？"楚离桑越发困惑，"那不是更值钱了吗？"

吴庭轩苦笑："你不知道，眼下只要是王羲之的书法，都是惹祸之源。"

楚离桑蹙紧了眉头："为什么？"

吴庭轩在锦榻上坐下，有些怔怔出神，似乎在回忆什么如烟往事，又像是在忧虑什么。楚离桑一连叫了几声，他才回过神来，长叹一声道："今上喜欢书法，酷爱王羲之的字，对其推崇备至，故自登基之后，便在普天之下极力搜罗王羲之的法帖。正所谓'上有所好，下必甚焉'，各地官吏为了讨皇帝欢心，便不择手段，巧取豪夺，凡家中藏有王羲之真迹者，都不得不拱手交给官府。部分官吏又借机敲诈盘剥，连其他名人字画也一并夺取，占为己有，若抗命不从，轻则锒铛入狱，重则家破人亡……既如此，谁还敢斗胆收藏王羲之的书法呢？那不是引火烧身吗？"

楚离桑恍然。

都说当今天下是自古难遇的太平盛世，今上李世民也一直以圣主明君自期，与一帮贤臣同心勠力，声称以王道仁政治天下，岂料背后竟还有如此不堪之事！楚离桑这么想着，不禁替那个白衣男子担忧了起来。

匹夫无罪，怀璧其罪！

这种时候，这个呆子竟然还抱着一卷王羲之的真迹四处典当，这不是找死吗？！


东宫宜春苑。

苑中绿草如茵，一株株桃花开得正艳。

一个锦衣华服的年轻男子，披散着头发静静站在庭院中央的草地上，手上举着一把剑。男子身材修长，五官俊美，脸上的皮肤异常白皙，甚至隐然透着一种病态的苍白。他的眼神冷峻而阴郁，嘴角却挂着一抹淡淡的邪魅的笑容。

他就是大唐太子李承乾。

此刻，李承乾的周围，站着十几个身穿栗色短袍、头上编着发辫、手中握着弯刀的武士，都是典型的突厥人装扮。忽然，李承乾挥剑在空中划过一道优美的弧光，突厥武士们仿佛得到命令一般，嘶吼着朝他扑了上去。

第一个率先冲到李承乾面前的高大武士，被他当胸一脚踹飞了出去，紧接着李承乾又是一个回旋踢，把右侧的两个武士也踢倒在地。三个武士从左侧挥着弯刀砍来，李承乾长剑抢出一道圆弧，兵刃相交，火星四溅，三把弯刀竟有一把被拦腰砍断，两把被震落。

一截断刃飞向半空。李承乾出脚飞踢，断刃迎面飞向一个奔跑中的武士，噗的一声刺入他的肩头。武士发出一声惨叫，瘫软了下去。与此同时，李承乾的剑上下翻飞，已将那三个丢失兵刃的武士接连砍倒。

顷刻间，十几个武士已倒下七个，剩下的五六个武士顿时止住脚步，不敢上前。

就在这时，天上暴雨突然倾盆而下。一个武士嗫嚅着："殿……殿下，下雨了。"

李承乾的目光如鹰隼般射在他脸上，然后平举着剑直直朝他冲了过去。

利剑飞速刺破一个个豆大的雨点，最后刺向武士面门。武士惊愕，挥刀格挡，李承乾忽然身形一矮，长剑一晃，准确刺入了武士的腹部。

武士双眼圆睁，一口鲜血喷了出来。

李承乾狰狞一笑，猛然把剑抽出，一串血点随着扬起的剑刃飞进雨幕之中。

武士仰面倒地，身体不停抽搐。

李承乾又把凌厉的目光扫向其他武士。武士们面面相觑，然后纷纷扔掉兵器，一个个跪伏在地，浑身不住颤抖。

李承乾的嘴角浮起轻蔑的笑意。雨水顺着他的脸庞潺潺流下，几绺乌黑的鬓发贴在他的额头和脸颊上，令他看上去更显苍白，眼神也更显冷冽。

一阵拍掌声响起。一个同样身着华服的年轻男子从不远处的回廊中走出来，一边走一边拍掌，身后紧跟着一个撑伞的宦官。另有几个宦官撑着几把伞，慌慌张张地跑向李承乾。

"承乾，你的武艺是越来越精湛了！"男子笑着走到他身边。

李承乾接过宦官递来的罗帕，慢慢擦拭剑刃上的血水，冷冷一笑："无非是我的剑好，七叔不要睁着眼睛说瞎话！"

这个被称为"七叔"的男子，正是太宗李世民的七弟——汉王李元昌。论辈分，他是李承乾的叔父，可二人却是同岁，都是武德二年出生，现年二十四岁。也许是因为年龄相同，加上性情相投，这对叔侄的关系一直很密切。

李元昌被李承乾噎了一下，也不以为意，仍旧笑道："承乾，你就是这张嘴不饶人，也难怪朝堂上那些腐儒不喜欢你。"

"七叔心里真正想说的，不是这话吧？"

李元昌一怔："心里？我心里就是这么想的啊！"

"七叔是想说，也难怪父皇不喜欢我吧？"

李元昌又是一怔，旋即笑道："哪能呢？皇兄要是不喜欢你，又怎么会把他最器重的魏徵派来给你？"

"那依你看，魏徵是不是腐儒？"李承乾把剑擦得纤尘不染、精光四射，却任凭脸上的雨水流淌，擦都不擦。几个宦官交换着眼色，却没人敢出言提醒。

李元昌挠了挠头："魏徵嘛，腐是有点腐，不过好歹人家是来帮你的，你可别得罪了他。"

李承乾不语。

这时，一名宦官撑着伞，腋下夹着一根金玉手杖急急忙忙跑了过来，气喘吁吁道："启禀殿下，魏……魏太师来了。"

李承乾一听，下意识一转身，朝远处望去。

远处一座两丈来高的假山亭上，站着一位神色凝重的老者，正是魏徵。

李承乾面露微笑，深深地朝假山方向鞠了一躬，然后把剑扔给宦官，接过金玉手杖，右腿微跛地往回廊走去。几个宦官撑着伞紧跟着。

由于小时候生了一场病，之后李承乾便落下了微瘸的毛病。他喜欢拿剑，最讨厌拿手杖，但遗憾的是，一天中的大部分时间，他还是不得不与这根手杖打交道。

直到李承乾走远，趴在地上的那几个武士才敢爬起来，然后和一群宦官七手八脚去抬地上那些或死或伤的武士。

在东宫，这一幕时常发生，而且有时候阵仗更大，死伤更多。

魏徵远远望着被抬下去的那具尸体，神色越发凝重。


东宫丽正殿，西厢书房。

已换上正装、束起头发的李承乾坐在榻上，静静听魏徵讲完了魏王入居武德殿的事。

"太师，您喜欢鹰吗，草原上的鹰？"李承乾忽然没头没脑地问道。

就任太子太师这一个多月以来，魏徵早已习惯了李承乾无常乖戾的性情，也早已知道该如何应对，便淡淡说道："老夫自然是喜欢。"

"哦？为何喜欢？"

"鹰有翱翔天际的自由，又有搏击长空的力量。人生得此二者，夫复何求？"

李承乾看着魏徵，阴郁冷厉的眼神中渐渐有了一丝明亮和暖意。

在李承乾看来，虽然魏徵也总是跟他讲一些仁义道德，还是有不少酸腐气息，但与此同时，魏徵身上却另有一种其他朝臣没有的东西，那就是——真诚、率性、勇悍。这也正是李承乾打心眼里尊重魏徵的地方。

"太师，既然您喜欢鹰，那如果有人劝您把鹰关在笼子里，尽管那笼子金碧辉煌，您愿意吗？"

魏徵摇摇头："当然不愿意。"

"那不就结了？"李承乾笑道，"魏王就是只鹦鹉，羽毛漂亮，说话也漂亮，他喜欢笼子，那就让他去住笼子好了，我一点也不嫉妒他。"

"殿下错了。魏王不是一只鹦鹉，而是一头狼；武德殿也不是一个笼子，而是一座山头。让狼登上山头，呼朋引伴，对月长嚎，将是一件危险的事情。"

李承乾呵呵一笑："再凶恶的狼，登上再高的山头，它也永远咬不着鹰，不是吗？"

魏徵也笑了："殿下，能容老夫问一个问题吗？"

"太师请讲。"

"殿下见过永远在天上飞的鹰吗？"

李承乾微微一怔。

"飞得再高的鹰，它也要到地上觅食的，对不对？"

李承乾的笑意慢慢凝结在脸上。

"永远在天上飞的鹰，只是一个梦，一个只存在于殿下心里的美丽的梦，它并不现实。尤其是，当这只鹰还是只雏鹰的时候，它就只能躲在地上的巢里，一不留神，就有可能被恶狼一口吞掉！我说得对吗，殿下？"

李承乾苦笑，眼中的阴郁之色再次凝聚："太师犀利！没错，我李承乾说到底，也只是一只雏鹰。"

"既然是雏鹰，就要学会保护自己。"

李承乾怔了片刻，才道："请太师指教。"

"只要殿下做到老夫说的以下三点，这东宫之位，便可坚如磐石。"

"哪三点？"李承乾看着魏徵，目光急切。

"首先，就是爱惜自己的羽毛。"

李承乾知道，魏徵是在暗示他，要维护储君的良好形象，不要再玩那些打打杀杀的危险游戏，以免再受朝野舆论的诟病。虽然这个道理容易明白，可要让自己放下最喜欢的剑，又谈何容易！

"其次，就是培养自己的利爪。"

这话李承乾爱听。在文武百官中培植自己的势力，同时暗中蓄积武力，以应对突发事变，的确是眼下的当务之急。

"最后，就是耐心蛰伏，静待对手露出破绽，再断然出击！"魏徵直视着李承乾，"只有这样，你才有可能翱翔天际、搏击长空！"

李承乾听得有些激动，接着霍然起身，对魏徵长长一揖："太师，我都听明白了！既如此，那魏王入居武德殿事，我该如何应对？"

"很简单，什么都不要做。"

李承乾眉头一皱："什么都不要做？"

魏徵点点头："对，一动不如一静。"

"为何？"李承乾大为不解。

"这件事，圣上就是要看你们兄弟二人如何反应的。魏王蹦得越高，对他就越不利；你越若无其事，对你则越有利。所以，你就当什么都没发生，什么都不知道，剩下的事，让老夫来做。"

李承乾若有所思。


魏徵的背影刚刚消失在西厢书房门口，李元昌就从屏风后面绕了出来。

"这个魏徵，口才果真是极好的，难怪皇兄那么器重他！"

李承乾坐在榻上，似乎陷入了沉思。

李元昌走过去，伸手在他眼前晃了晃："喂，傻了？"

李承乾回过神来："太师绝不仅仅是口才好而已。"

"哦？看来你还真喜欢上这个田舍夫了？"李元昌嬉皮笑脸。

李承乾冷冷扫了他一眼。

李元昌赶紧收起笑容。

"对了，魏徵让你什么都别做，你真打算听他的？"李元昌坐了下来。

"我觉得太师言之有理，一动不如一静。"

"哼！"李元昌冷哼一声，"那你就等着任人宰割吧！"

李承乾脸色一沉："你什么意思？"

"我问你，"李元昌索性又站了起来，"魏徵他几岁了，你几岁？"

"你到底想说什么？"

"我的意思明摆着嘛！他一个都快入土的人了，哪里还有什么斗志和血性？他当然劝你什么都别做了。可你不一样啊，你风华正茂、血气方刚，干吗要处处忍着魏王？魏王他算什么东西？他凭什么住到武德殿去？让他在皇兄耳边天天进谗言，不是我吓唬你，皇兄他迟早会动废立的念头！"

李承乾听着，刚刚理顺的心情忽然又有些杂乱。

"我跟你说，这自古夺嫡之事，没有不是你死我活的。皇位只有一个，谁都抢着要坐，怎么办？那就看谁更狠、下手更快了嘛！远的不说，当年我大哥不就是优柔寡断，才让你父皇夺了位子的吗？所以老话说得好，先下手为强，后下手遭殃……"

李承乾忽然示意他噤声，侧耳聆听着什么。

李元昌不以为然："瞧你，在自己家里都不敢说话，我看你啊，真是被魏徵调教得连胆子都没了！"

李承乾一直聆听着屏风后面的动静，突然跳了起来，大步冲向屏风后面。李元昌一愣，赶紧跟了过去。

西厢书房还有一个后门。此时，李承乾和李元昌一起站在门外，狐疑地左右张望。

两侧回廊都空空荡荡，一个人影都没有。后门对面有一片小竹林，此时风吹竹叶，飒飒作响，但除此之外，再也没有别的动静。

"你听到什么了？"李元昌问。

李承乾蹙眉不语。


一轮半圆月孤悬夜空。

四周乌云翻涌，把月光遮挡得忽明忽灭。

楚离桑蹑手蹑脚地贴着菩提寺的墙根走着，跟前面的白色身影始终保持着一段距离。

自从白天听父亲说了朝廷搜罗王羲之书法的事，楚离桑整个晚上都有些心烦意乱。虽然她一直告诉自己没必要替一个不相干的人担心，可那个白衣男子的身影却总是在她眼前挥之不去。

他肯定是遇上了什么难事，急需用钱，才会那么着急要把王羲之的真迹典当掉。可就是在如此窘迫的情况下，庙会那天他却还把仅有的三十几文给了二赖子，后来又奋不顾身地帮助路人，最后面对一大包金锭也丝毫不起贪念。假如换成别人，随便取一锭就足以解燃眉之急了。由此可见，这个"呆子"的确是个重义轻利的正人君子。

这样的人落了难，难道不该帮他吗？

一番纠结之后，楚离桑终于下定了决心。可当她换上行头翻出后院时，才蓦然想起，自己根本不知道他住在哪儿、姓甚名谁。那一瞬间，楚离桑心里打起了退堂鼓，可不知为何，她的双脚还是不听使唤地走出了巷子。

后来，楚离桑决定到城南的菩提寺碰碰运气。那是他俩相遇的地方，她有一种直觉，相信他很可能就住在附近，或者就借住在菩提寺里。

果不其然，当楚离桑在菩提寺附近等了差不多一炷香之后，那个熟悉的身影就出现了。忽明忽暗的月光下，他的神情还是那么落寞，孤单的身影甚至有些栖遑。楚离桑的心里忽然有点难受。

他手里提着一串大大小小的纸包，脚步匆忙。

楚离桑从背后迅速跟上了他。

月亮就在这时被浓厚的乌云彻底遮住了，眼前一片黑暗，楚离桑不小心绊到一颗大石头，疼得差点叫出声来。等她揉了一会儿脚趾再抬起头时，白衣男子已经敲开寺门走了进去，然后寺门又吱呀一声关上了。

猜得没错，这个呆子果然借住在寺院里。

楚离桑抬眼目测了一下寺院围墙的高度，然后后退几步，噢地一下攀上墙头，翻了进去。


这是一座破旧窄小的禅院，一个小天井，两间屋子，一间大点的是卧房，院门边一间小耳房充当灶屋。

楚离桑趴在小禅院的墙头上，整座禅院几乎一览无余。

白衣男子正在灶屋里生火，看得出是个生手，忙活了半天才把火点着，还把自己弄得灰头土脸。卧房里点着一盏昏暗的油灯，从敞开的门洞里可以看见，一个瘦瘦的老者躺在床榻上，正发出一阵剧烈的咳嗽声。

片刻后，灶屋飘出浓酽的药香。白衣男子端着一碗黑乎乎的药走进卧房，楚离桑听见他叫他父亲喝药。

终于全明白了。

楚离桑心中不禁有些酸楚。她想，这个"呆子"不但仁义，而且还很孝顺，只是不知他们父子遭遇了什么变故，才会落魄至此。可惜现在身上没带钱，三更半夜也不方便，楚离桑决定明日一早再拿些钱过来，顺便提醒他把王羲之真迹藏好了，千万别让官府知道。

主意已定，楚离桑便从墙头上滑了下来。

刚一转身，空中忽然劈下一道闪电，只见一条又黑又壮的身影直挺挺立在面前，楚离桑顿时发出一声刺耳的尖叫。

面前的黑影是个大块头和尚，正凶狠地瞪着她。楚离桑摸着胸口，正寻思怎么对付，白衣男子听见叫声跑了出来，一看见她，先是一怔，继而好像明白了什么，赶紧笑着对和尚道："对不起法师，这位郎君是……是我的朋友，打扰您清修了，真是对不住！"

和尚闻言，又瞪了楚离桑一眼，才转身离开。

一阵响雷滚过，楚离桑又被吓了一跳，慌忙捂住耳朵。

白衣男子走过来，看着她："你在这里做什么？"

楚离桑支吾了一下："我……我没做什么啊，就是随便逛逛，这寺院又不是你们家的，你来得，我为何来不得？"

男子冷笑："乔装打扮，半夜尾随，还隔墙偷窥！似你这般鬼鬼祟祟，我完全可以把你扭送官府！"

楚离桑一听就急了："我……我是来帮你的，你别血口喷人！"

"帮我？"男子蹙眉，"你要帮我什么？"

"就是……看看你有什么难处呗。"

"你为何要帮我？"男子口气很冷。

楚离桑有些恼："这还用问，看你可怜呗！"

男子面露愤懑之色："我周禄贵堂堂七尺男儿，用不着你来可怜！"

周禄贵？！

我的亲娘啊，世上还有比这更俗气的名字吗？真是白瞎了这张俊脸了！

楚离桑在心里一阵哀叹。仿佛是为了配合她糟糕的心情，天空又滚过一阵雷声，然后豆大的雨点噼噼啪啪落了下来。楚离桑梗着脖子跟男子对视着，不想就这么落荒而逃。

两人在雨中僵持，楚离桑接连打了好几个喷嚏。男子看着她，眼神渐渐柔和下来，忽然脱下身上的袍衫，无声地罩在她头上。

楚离桑心里一阵温润。从小到大，她还从未有过这种温润的感觉。然而，她又猛然意识到自己还在跟他赌气，不能就这么举手投降，随即扯下袍衫，扔回给他："你这衣服几天没洗了？臭烘烘的，我不要！"

男子看着手中的袍衫，苦笑了一下，默默转身离开了。

他的背影还是那么落寞而栖遑。

楚离桑有些不忍，很想叫住他，告诉他自己是真心想帮他，可她却开不了口。

片刻后，楚离桑转身离开了这座禅院。

雨越下越大，天地间一片迷蒙。

楚离桑在雨中怔怔地走着，不明白自己为什么一见到这个周禄贵就跟他吵架，其实她心里明明是不想这样的。

四周一片漆黑，只有前面不远处的一盏石灯笼透出微光，照亮了一条碎石小径。楚离桑有些恍惚地走上小径。忽然，她感觉自己站立的地方好像没雨了，抬头一看，一把油纸伞正稳稳地撑在她头上。

楚离桑猛然转身，看见这个名叫周禄贵的男子正打伞遮着她，可他自己却完全暴露在雨中。借着一旁石灯笼的微光，楚离桑看见他的眼神是那样明亮而清澈，又是那样深邃，仿佛要把她整个人都吸进去……

这样的眼神，不应该属于一个叫"周禄贵"的男子。楚离桑心里真恨禅院里那个生病的老者，天底下的好名字那么多，你怎么偏偏给儿子取了这么一个铜臭熏天的名字?!

就在她胡思乱想的时候，男子把伞塞进她手里，回头走进了厚厚的雨幕。

"哎，你就这一把伞吗?"楚离桑冲着他的背影喊。

男子没有回答，很快就消失在了雨幕之中。少顷，远处才传来他的声音："我这件袍衫臭烘烘的，就让大雨洗洗吧!"

楚离桑哑然失笑。

这个死呆子，没想到还有点人情味。

第四章／内鬼

魏王府，书房。

李泰坐在案前看书，旁边的一座獬豸铜炉轻烟袅袅。

一阵匆忙的脚步声从外面传来，李泰一听就知道是杜楚客来了。而且他还听出来了，杜楚客肯定有什么急事要报。饶是如此，李泰还是尽量稳住心神，目光仍旧停留在面前的书卷上。

临大事而有静气，是父皇对他的一贯教诲，李泰一直在勉力实践。

杜楚客一到门口，就把侍立两旁的宦官打发走了，然后立刻把门关上。

"殿下，出事了！"

李泰眼角一跳，把头缓缓抬起："什么事？"

"果然让刘洎那个乌鸦嘴说中了！"杜楚客一屁股在书案对面坐了下来，"刚刚得到消息，魏徵昨日入东宫，已将武德殿一事告知了太子。"

"怎么可能？"李泰一惊，下意识地拍了一下书案，马上又想到"静气"二字，赶紧深长地吸了一口气，"消息确凿吗？"

"是'黄犬'刚刚递出来的，岂能有错！"杜楚客喘着粗气，一脸懊恼。

李泰难以置信："前天才有的事，魏徵昨日便能得知，这怎么可能？！"

"殿下，事情明摆着，咱们身边有鬼！"

李泰眉头一紧："鬼？这事就你、鹤年和刘洎三个人知道，你说谁是鬼？"

"当然是刘洎那老小子了，还能有谁？！"

"为什么是他？"

"我和鹤年都是咱们府里的人，怎么会向魏徵和太子告密？可刘洎那家伙就不好说了，他完全有可能表面向着您，背地里投靠东宫，脚踩两条船，到时候不管哪条船沉了，他都还有退路。"

李泰看着杜楚客，忽然笑了笑："咱们府里的人，为什么就不能向东宫告密？东宫里不也有咱们的人吗？"

杜楚客一怔："这……这不一样啊，'黄犬'是咱们安插进去的。"

"咱们可以在东宫安插人，为什么魏徵就不能在我身边安插人？"

杜楚客闻言，蓦然一惊："殿下，您……您不会是怀疑我吧？"

"从道理上讲，你们三个现在都值得怀疑，不是吗？"李泰冷冷道。

杜楚客连连苦笑，脸上的表情说不清是气恼还是痛心。

李泰看了他一会儿，才呵呵一笑："行了，别哭丧着脸了，我要是怀疑你，还会坐在这儿跟你讲这些？"

杜楚客松了一口气，埋怨道："殿下，这都什么时候了，您还有心情开玩笑？"

"临大事而有静气。父皇的教诲，我劝你也学学。"

"是，圣上教诲，人臣自然该学。"杜楚客敷衍了下，忙道，"不过，眼下的当务之急，还是得赶紧想个办法，把这只鬼揪出来！"

李泰伸手在额头轻轻摩挲着，陷入了思索。


太极宫，两仪殿。

此殿是太极宫中仅次于太极殿的第二大殿，也是李世民在正式朝会之外听政视事之处，被称为"内朝"，只有少数股肱重臣可以入内与皇帝商谈国事。殿内不摆仪仗，朝仪简约，君臣的举止也较为随便。

此刻，李世民正在接见魏徵，二人似乎谈到了什么趣事，发出一阵笑声，气氛显得颇为轻松融洽。内侍赵德全躬身侍立一旁，也跟着露出了笑容。

"玄成啊，"李世民一边微笑，一边若有所思地看着魏徵，"你今日入宫，应该不只是来陪朕聊闲天的吧？"

魏徵字玄成，李世民心情好的时候，就会以字称呼他。

"陛下圣明！"魏徵双手一揖，"臣确有一事要奏。"

"你瞧瞧，"李世民对赵德全道，"朕就知道，他魏徵陪朕说了一堆闲话，就是预备要奏事的。"

赵德全赔着笑："是啊大家，魏太师公忠体国，自然是时刻惦记国事。"

"说吧，"李世民转向魏徵，"何事要奏？"

"禀陛下，自从魏王进献《括地志》以来，陛下对魏王便赏赐不断，所赠金帛、物料及日常用度等，均远远超过太子。朝野舆情，颇多物议，皆认为此举不妥，臣亦有同感，故如鲠在喉，不吐不快。"

李世民脸色蓦地一沉："魏王编纂《括地志》有功于朝，朕多赏他一些东西以示勖勉，这有什么大不了的，也值得你们说三道四？"

"陛下向来赏罚严明，魏王也的确有功应赏，对此臣绝无异议。臣担心的是，魏王恃宠而骄，对储君之位生出非分之想。若然如此，断非我社稷之福！"

李世民冷笑："魏爱卿，你是不是操心得过头了？无非就是赏一些金帛物料，你就联想到夺嫡上去了，要是朕再赐给魏王一些更大的荣宠，你是不是会担心他篡位啊？"

赵德全微微一惊，没想到皇帝刚刚还和颜悦色，一转眼就说出这么重的话了。

"陛下，臣相信您不会这么做的。"

"你凭什么认为朕不会？"

"陛下天纵圣明，德比尧舜，什么事该做，什么事不该做，您自然是心如明镜。"

"魏徵，你少拿高帽子来唬朕！"李世民一脸不悦，"你现在说朕'德比尧舜'，那朕要是真做了什么你觉得不该做的事，你岂不是要把朕说成夏桀商纣了？"

"陛下！"魏徵忽然起身，深长一揖，"请恕臣直言，您若真做了不该做的事，臣必冒死谏诤，绝不讳言！"

李世民大声冷笑："好，那朕就实话告诉你，你认为不该做的事，朕还真做了！"

魏徵心里一动，看来自己的办法还是奏效了，但脸上却故作错愕："陛下，您……您做什么了？"

"朕已经决定让魏王入居武德殿，不日便将正式下旨，遍告朝野！"李世民盯着魏徵大声道，"这事朕也已提前告知魏王了。怎么样，现在你又想说什么？"

赵德全又是一惊，万没料到皇帝一气之下，还真把这事给说了。

魏徵做出一副大为震惊、难以置信的表情："陛下，万万不可这么做！"

"为什么？"

"您一旦这么做，必然会进一步激发魏王的夺嫡野心，也会让满朝文武视为您废黜太子的先兆！"

李世民冷哼一声："危言耸听！"

"陛下！"魏徵突然摘下头上的乌纱，高举过头，双腿一跪，朗声道，"陛下，您若执意为之，那臣今日便恳请陛下恩准，让臣致仕还乡、归老林泉！"

李世民一怔，没料到魏徵的反应会如此激烈，一时竟不知该说什么。

赵德全眼睛一转，赶紧跑过去，帮魏徵把乌纱帽戴回头上："哎呀魏太师，有什么话您跟大家好好说嘛，哪有动不动就摘乌纱帽的？！"

魏徵不语，执拗地把帽子又摘了下来。赵德全赶紧又给他摁回去。如是反复三次，最后帽子还是没戴回魏徵头上。赵德全无奈，只好摇摇头放弃了努力，悻悻然走回李世民身边。

"魏徵，"李世民缓和了一下情绪，"你具体说说，朕这么做有何不对？"

"回陛下，武德殿既在深宫大内，参奉往来，固然极为便近。然而，此殿在东宫之西，地位尊崇，甚于东宫，魏王若居之，欲将太子置于何地？储君乃一国之本，若放任亲王凌驾其上，则国朝礼制将形同虚设，天下臣民亦无法可依，必遗祸阶，实堪肇乱！陛下既爱魏王，又何忍将其置于嫌疑之地？此外，武德殿乃昔日海陵王所居，其以悖逆伏诛，此朝野共知，魏王若移此殿，岂非大不祥之举？故此，还望陛下三思，尽早收回成命！"

海陵王就是当年的齐王李元吉，曾居此殿数年，武德九年与隐太子李建成一同被诛后，被李世民降爵为海陵郡王。魏徵现在提这一茬，表面上是说"不祥"什么的，实则是在暗示李世民，若让魏王入居此殿，必将引发与当年一样的兄弟阋墙的惨剧。

尽管李世民明知魏徵必然会反对此事，但还是没料到他会反对得这么厉害。

沉吟片刻后，李世民忽然笑了笑："玄成啊，你辅佐朕这么多年，每次犯颜直谏，朕心里多少都有些不快，但事后来看，你每次所言，又几乎都有道理。所以，你方才这一席话，朕也会仔细考虑的，你先退下吧。"

"陛下圣明！"魏徵这才郑重其事地把乌纱帽重新戴回头上，"臣告退！"然后躬身退了出去。

魏徵一走，李世民脸上的笑容旋即消失。

"大家，"赵德全小声道，"您方才真该忍住，别跟这个一根筋的魏徵提这事。"

李世民冷然一笑："德全，你真以为，朕刚才是一时情急说漏嘴了吗？"

赵德全一怔："那……那大家是……"

"这件事就是颗石子。"李世民目光中带着深邃的笑意,仿佛自语一般,"不把这颗石子扔出去,朕又怎么会知道,朝廷这口大池塘里到底藏着多少只蛤蟆,这些蛤蟆又会叫出多少种声音?"

赵德全恍然大悟:"大家真是天纵圣明!老奴真蠢,差点以为您真是说漏嘴了。"

李世民瞥了他一眼:"你不是差点,你已经这么以为了。"

"是,大家说得对,老奴愚钝,老奴愚钝!"

"方才魏徵闹这么一下子,至少可以证明,他没有朋党,还是那个清高孤傲的耿耿诤臣!"

"大家何以见得?"

"他要是有朋党,早有人把消息漏给他了,还需朕来'说漏嘴'吗?"

赵德全频频点头,一脸佩服之色:"大家英明!"


楚离桑从那天深夜回家之后就发起了高烧,整整在床上躺了三天。

楚英娘急得眼泪都快掉下来了,天天守在床边,亲自喂她喝药。楚离桑烧得不知白天黑夜,迷糊中却还惦记着送钱到菩提寺去给那个"呆子",只是这三天连清醒的时候都不多,更别提要下床出门了。

到了第三天夜里,楚离桑的烧才渐渐退了,意识也终于清醒。

楚英娘不停地抚着胸口,把满天的神佛菩萨都感谢了一遍。楚离桑看见母亲眼里布满了血丝,知道她这几天几夜肯定都没合眼,心里既感动又歉疚。

喂她喝粥的时候,楚英娘嗔怪道:"你这几天快把娘吓死了,尽说些胡话!"

楚离桑一惊:"我……我说什么了?"

"娘都听不懂。只听你瞎喊什么'呆子别走',还说'我要帮你''给你钱'什么的。到底谁是呆子?"

楚离桑支吾着:"我……我做噩梦了,梦里的话你也当真?"

楚英娘若有所思地看着她,旋即笑了笑:"算了算了,你病好了才要紧,谢天谢地,阿弥陀佛!"

楚离桑咧嘴陪着母亲笑,心里却一直在想自己病得真不是时候,一晃就好几天,也不知道"呆子"现在怎么样了。


天色微明的时候,尔雅当铺的伙计刚刚卸下第一块门板,就看见几天前的那个白衣男子又站在门前,手里依旧抱着那只黑布帙袋。

伙计气不打一处来，大声轰他走，男子却一改前些天的态度，一直低声下气地求着情，说这回不是来典当的，而是专程来向吴掌柜道歉的。

"道什么歉？"伙计一边卸门板，一边没好气地说，"你以为别人都跟你一样，成天游手好闲骗吃骗喝吗？去去去，我们先生要干正事，没工夫理你！"

男子终于失去了耐心，脸色微变："这位兄台，在下跟你好言好语说话，你……你怎么能随口诬蔑人呢？"

"我看你小子就是有病吧？"伙计怒了，"是不是真想找打呀？"

男子正待声辩，吴庭轩走了出来，对伙计道："大壮，忙你的去吧，这儿没你的事了。"

叫大壮的伙计又狠狠瞪了男子几眼，才骂骂咧咧地走开了。

吴庭轩看着男子："这位郎君，咱们那天该说的话都说了，不知你今日……"

男子忽然扑通一下跪倒在地，眼里含着泪花："吴掌柜，请您救救小生吧，小生这回真的是没活路了！"

吴庭轩一惊，慌忙将他扶起："有话好好说，到底是怎么回事？"

男子的眼泪掉了下来："官府的人，找上我了……"

吴庭轩终于恍然领悟，忍不住一声长叹。


尔雅当铺后院的小花厅里，吴庭轩和男子在蒲团上席地而坐。男子刚刚讲述完自己的遭遇，眼眶仍旧红红的。

男子说，他叫周禄贵，父亲是本地人氏，年轻时离家经商，置了些产业，因平素喜爱书法，多年前一次偶然的机会，重金购得王羲之草书真迹《十七帖》，视为无上珍宝。数月前，父亲忽然思念家乡，想要叶落归根，便将所有产业变卖，带着他和母亲踏上了归乡之路，不料却在半路遭遇山贼，所有金银细软被洗劫一空，母亲也不幸遇害。但不幸中的万幸是，贼人本来已将王羲之墨宝一并抢去，后来发现只是一卷没用的文字，便弃置道旁。就这样，因山贼无知无识，他们父子才得以捡回这件无价之宝。

回到伊阙后，他们已身无分文，只能寄居菩提寺，吃庙里的斋饭。虽然吃住有了着落，但经此劫难，父亲一病不起。为了给父亲抓药治病，他把所有能典当的东西陆陆续续全部当了，可父亲的身体却每况愈下。他焦急万分，最后实在没办法，只好瞒着父亲把《十七帖》偷出来典当，后来就发生了吴庭轩知道的那些事。

而令周禄贵万万没想到的是，就在昨天，伊阙县令派人找到了他，命他交出

《十七帖》，说是要献给皇帝，但只答应以区区一百缗铜钱作为补偿。他据理力争，却遭到威胁，说他再不识相连那一百缗都没的拿，并且限他三日之内把法帖送到县廨，否则便以抗上为由，将他们父子投进监狱。他百般无奈，最后只好来请吴庭轩帮忙，求他救他们父子一命……

吴庭轩听完，眼睛不觉湿润，叹气道："周郎，你现在该明白，为何伊阙县的所有当铺都把这幅王羲之真迹说成赝品，还把你拒之门外了吧？"

周禄贵表情苦涩地点了点头。

"其实那天，我本应把所有事情都告诉你，只是出于商贾之人的秉性，想着多一事不如少一事，便对你隐瞒了真相。"吴庭轩面露愧疚，"我真是对不住周郎，也对不起令尊啊！要是早告诉你，你们父子或许便能躲过此劫。"

周禄贵赶紧道："先生切勿自责，都怪我自己太过书生意气，不知世道险恶……"

吴庭轩想着什么，有些不解："你刚才说要我帮忙，可吴某也只是一介平民，无权无势，如何帮你？"

周禄贵诚恳地望着他："吴先生，这个忙您一定帮得了，在整个伊阙县城，恐怕也找不出第二个人了！"

吴庭轩越发困惑。

"吴先生，我知道，您不仅是品鉴书画的大行家，本身的书法造诣也极为精深，所以……"周禄贵迟疑了一下，然后鼓起勇气道，"所以我想请您，依照王羲之的笔迹，将这幅《十七帖》重新临写……"

"万万不可！"吴庭轩猝然一惊，"官府之中能品鉴书法的大有人在，况且今上本身就是一位书法高手，朝中能人更是不胜枚举。这么做，一定会被识破的！"

"先生误会了。"周禄贵笑笑，"我怎么敢做这种欺君罔上的事？就算我敢，我也万万不能拖先生下水啊！"

吴庭轩蹙紧了眉头："那你的意思是……"

"我已经想好了，我一介穷书生，断断无法与官府抗衡，只能把真迹交出去。所以，我请先生临写此帖，并不是要给皇上看，而是要给家父看的。"

吴庭轩终于恍然："你是说，用临本瞒住你父亲，让他以为真迹还在？"

周禄贵沉重地点点头，眼中又浮出了泪光："家父原已病重，若再失去他视同生命的这幅墨宝，他定然承受不住打击，所以，小生只能出此下策，还望先生成全！"

吴庭轩闻言，心中颇为感动，但同时却想着什么，面露难色："周郎，我也想成全你的一片孝心，问题是，虽然我在鉴赏古字画方面略有心得，但个人在书法上实无造诣，恐怕……恐怕无力担当此任啊！"

"先生过谦了。"周禄贵恳切道，"小生回伊阙的时间虽然不长，但对您还是略知一二的。以您的书法造诣，莫说一个小小的伊阙县，就算放眼整个洛州，也罕有比肩之人。"

吴庭轩的目光闪烁了一下："周郎切勿听信外间传闻，那都是些捕风捉影、无中生有的东西……"

"吴先生，"周禄贵直直地看着他，"请恕小生直言，去年秋天，洛州刺史杨秉均为母做寿，请您写的那幅贺寿帖，应该不是无中生有的东西吧？"

吴庭轩一怔，顿时无语。

想起此事，吴庭轩仍然颇为懊悔。他自从十六年前来到伊阙开了这家尔雅当铺后，便一直没写过一个字，但前年春节却心血来潮，一时技痒难耐，便写了一副春联贴在了当铺门口，不料却被偶然经过的洛州刺史杨秉均一眼看上，连声赞叹他的字有王右军之神韵，遂于其母八十大寿之际，硬逼着吴庭轩写了一幅贺寿帖，从此吴庭轩工于书法的名声就传开了。

见他蹙眉不语，周禄贵赶紧道："吴先生，小生之所以提及您的旧事，实在是救父心切，并非有意唐突，还望先生谅解！"

事已至此，吴庭轩也无法再隐瞒了，只好苦笑着摆了摆手："我并无责怪周郎之意。的确，吴某年轻时也学过几年书法，但只是对行楷稍有涉猎，比如你刚才提到的贺寿帖，便是以行楷书写。至于像《十七帖》这种典型的草书，吴某却素未深研，又如何帮你呢？"

"先生又过谦了。"周禄贵笑道，"仅凭一对春联的寥寥数字，便能写出右军行楷之神韵，如此大手笔，我相信草书也定是卓然可观的。"

吴庭轩闻言，不禁又苦笑了一下："不知周郎想过没有，即便我有本事帮你写这个临本，可令尊赏玩此帖多年，必已熟识王羲之笔迹，万一临本被令尊瞧出破绽，岂不是弄巧成拙，反倒害了他？"

"家父年事已高，且抱病在身，眼神已大大不如往日。我想，以先生的大手笔，定不会让家父看出破绽。"周禄贵很执拗地坚持道，"所以，只要先生尽力而为便可，至于与真迹能像到几分，倒也不必强求。"

吴庭轩眉头深锁，似乎极为矛盾，沉吟良久，才缓缓说道："实不相瞒，吴某自十六年前移居此地，便发誓不再写一个字了。为刺史杨秉均写帖一事，实属迫于无奈，绝非出于吴某个人意愿。所以，还请周郎谅解吴某的苦衷，此事……你还是另请高明吧！"

这回轮到周禄贵沉默了。他把头耷拉下去，显得失望已极。

气氛几近凝固。

"既如此，那小生也不便强人所难了。"周禄贵站起来，给吴庭轩深鞠一躬，"叨扰先生多时，小生深感抱歉，这就告辞。"

吴庭轩起身，回了一礼，眼中颇有些不忍，但嘴唇动了动，终究没有说什么。周禄贵神色黯然，抱着那只黑布帙袋慢慢走了出去。吴庭轩怔怔地目送他离去，心中五味杂陈。忽然，他察觉身后有什么动静，回头一看，只见楚离桑从屏风后面走了出来，定定地看着他，眼圈有些泛红。

吴庭轩一惊："桑儿，你……你怎么在这儿？"

楚离桑直视着父亲："爹，您自小便教我，做人要以义字为先，救人急难，扶危济困，乃是做人的本分，可您刚才……"

吴庭轩把目光挪开："不是爹不帮他，而是这件事没有那么简单。"

"无非是临写一幅字帖而已，到底有多复杂？"

"桑儿，你也知道，爹十六年前便已封笔，为刺史写帖只是被逼无奈。所以这一次，爹不会再破例了。"

"为什么？"楚离桑蓦然提高了声音，"您为什么就不能再破一次例？"

吴庭轩想着什么，沉默了片刻，才冷冷道："这是爹个人的事情，与你无关，你不必再问了！"说完便转身朝外走去。

楚离桑气急，追上几步，大声道："爹！您这么做是无情无义、见死不救！这不是我认识的爹！"

吴庭轩一震，停住了脚步。

"桑儿，不能这么跟你爹说话！"楚英娘从花厅的边门走了进来，用一种从未有过的严厉目光看着楚离桑。

楚离桑越发委屈："娘，您不知道，刚才爹他……"

"我都知道。"楚英娘冷冷地打断她，"方才那个年轻人的话，我也都听见了。"

楚离桑一怔："那就是说，您的想法也跟爹一样，是吗？"

楚英娘沉默不语。

楚离桑点点头，凄然一笑，转身走出了花厅。

楚英娘和吴庭轩对视一眼，却相顾无言。

楚离桑离开花厅后，就把自己反锁在了闺房里，中饭和晚饭都没出来吃，任凭楚英娘和绿袖在门口百般相劝、好话说尽，她却始终躲在房中一声不吭。

当天傍晚，吴庭轩从外面匆匆回到尔雅当铺，和楚英娘在卧房里悄悄商议了大半夜。次日一早，吴庭轩便又出门了。楚英娘随即来到楚离桑的闺房门口，让绿袖先下去，然后叩响了门扉："桑儿，把门开开，娘有话跟你说。"

屋里照旧一片沉寂。

"桑儿，你爹改变主意了。"楚英娘平静地说，"你不想听听吗？"

屋里立刻传出楚离桑翻身下床的声音，紧接着是珠帘被猛然拨开的哗啦啦的响动，然后脚步声咚咚咚地传来，最后房门呼啦一下打开，露出楚离桑三分憔悴七分惊喜的脸。

楚英娘在心里一声长叹。

楚离桑一把拉住母亲的手："娘，你们决定帮他啦？"

楚英娘点了点头。

楚离桑大喜，猛地抱住了母亲："我就知道，您和爹都是那么善良的人，你们一定不会见死不救的！"

楚英娘没有说话，苦笑了一下。

母女俩拉着手，并排坐在闺房外间的绣榻上。

"你爹昨日下午去找了菩提寺的方丈，把情况都问清楚了，那个年轻人所言之事，确属实情。"楚英娘道。

"当然了！那个呆子本来就是个正人君子，怎么会撒谎骗人呢？"楚离桑开心地说，突然意识到什么，赶紧捂住了嘴。

楚英娘看着她："原来，他就是那个'呆子'！"

楚离桑正想编个谎，楚英娘抬手止住了她："你不必再隐瞒了。其实，你背着娘做了什么，娘都知道。"

楚离桑装糊涂："娘，您说什么呢，我哪有背着你做什么了？"

楚英娘没说话，站起身走进了闺房的里间，片刻后走了出来，手里拿着一件皱巴巴的衣物，赫然正是楚离桑乔装所穿的那件青色圆领袍衫。

楚离桑登时傻了眼，半晌才低声骂道："该死的绿袖！"

"你别骂绿袖。"楚英娘把衣服放在一旁，坐了下来，"她一直守口如瓶，嘴严着呢！是娘自己发现的。"

楚离桑尴尬地笑笑："您……您是怎么发现的？"

楚英娘却没有笑，而是正色地看着她："桑儿，你是把娘当成了瞎子和聋子，还是当成了傻子？"

楚离桑低下头，小声嘟囔："瞧您说的，我怎么会呢……"

"这几年，你早把娘的武艺偷学了六七成了，你别以为娘不知道；这身行头，你也置办了大半年了，从后头翻墙出去更不下十次八次，这娘也知道；还有，二月十九那天，你偷偷去逛庙会，回来时来不及换衣服，用被褥把自己包得满头大汗，娘也都知道；另外，那个'呆子'你早就在外面认识了，否则你也不至于对他的事情如此上心。娘说得对吗？"

楚离桑目瞪口呆，竟不知该说什么。

"桑儿，娘今天说破这些，并不是要责骂你。娘说过了，女大不由娘，想当年我年轻的时候，又何尝不是像你这样？只要你别太出格，娘也就睁一只眼闭一只眼了。娘今天跟你说这些，是想告诉你，每个人都有秘密。有些秘密，揭破了也无伤大雅，比如你的事情；但世上还有一些秘密，却是……却是不可去触碰的。"楚英娘看着楚离桑，"娘的意思，你能明白吗？"

楚离桑若有所思道："您指的，是爹封笔的事吗？"

楚英娘不语，算是默认了。

"爹这次是不是为了我，才破例帮那个周禄贵的？"楚离桑想着昨天对父亲的态度，心里不免有些自责。

楚英娘笑着摸摸她的脸："你爹这么做，其实也不全是因为你。他向来心善，对于周氏父子的遭遇，心里还是很同情的。"说着拉起楚离桑的手，"好了，不说这些了。你都一天一夜没吃东西了，娘给你做好吃的去。"

"娘，"楚离桑为难地摸了摸肚子，"我……我吃不下。"

楚英娘诧异："你都几顿没吃了，怎么会吃不下呢？"

楚离桑不好意思地笑了笑："昨天半夜，我让绿袖到灶屋去弄了些吃的，这会儿还胀着呢。"

女儿原来是这么闹"绝食"的，楚英娘嗔怪地白了她一眼，不禁又好气又好笑。


长安的皇城位于太极宫之南，是大唐中央衙署所在地，百僚廨署列于其间。

刘洎是门下省的副长官，办公地点在皇城北部承天门街的东侧。门下省的主要职责有二：一是对中书省草拟的诏敕政令进行审核，然后交尚书省颁布执行，查有不妥者，可封还中书省重拟；二是审验百官章奏，交中书省进呈皇帝，查有不妥者，亦可驳回修改。

这日上午，刘洎正伏案处理政务，书吏忽然来报，说工部尚书杜楚客来访。

刘洎心中微觉诧异，命书吏迎客，同时稍稍整理了一下书案上凌乱堆积的卷牍。这几日，刘洎在审读中书省下发的诏敕时，一直在留意有没有关于魏王入居武德殿的内容，却始终没有任何发现。

今天杜楚客忽然到访，会不会与此事有关？

刘洎这么想着，刚一起身，杜楚客就已经大步走了进来："思道兄，外面春光烂漫，你也不出去晒晒太阳，整日伏案，对身子不好啊！"

刘洎拱拱手，笑道："山实兄这一来，刘某便觉春光满室，顿感神清气爽，去不去外面也无所谓了。"

二人对视了一下，同时发出朗声大笑。

不管心里怎么看对方不爽，这种表面的哈哈还是要打的。刘洎一边请杜楚客入座，一边对书吏道："给杜尚书看茶。"

"不必了。"杜楚客道，"我说几句话就走。"

刘洎越发相信自己刚才的直觉了。他示意书吏退下，然后看着杜楚客："山实兄是不是想说武德殿的事？"

杜楚客笑笑："难怪魏王殿下对你如此看重，思道兄果然是料事如神啊！"

刘洎也笑了笑："山实兄谬赞了，我也就随便一猜。"

杜楚客凑近，压低声音道："殿下让我跟你知会一声，圣上已决定在下月初一的朝会上正式下旨，宣布这件事。"

刘洎大为诧异，心里一算，离初一也没几天了，倘若真如杜楚客所言，为何中书省直到现在还密不透风，一点迹象都没有？

"殿下是让你专程来跟我说的？"刘洎有些狐疑。

"没错。殿下凡有喜事，不都急着跟你分享吗？"杜楚客道，"殿下还说了，他入居武德殿后，下一步该做些什么，让你帮着筹划筹划。"

"请转告殿下，刘某自当尽力。"

"那好，我话带到了，这就告辞。"杜楚客拱拱手，仍旧迈着大步走了出去。

"慢走，恕不远送。"刘洎看着杜楚客离去的背影，若有所思。


就在杜楚客告诉刘洎这件事的同时，李泰也正在魏王府中对萧鹤年提及武德殿之事。

不过，李泰的说法却与杜楚客截然相反。

他告诉萧鹤年："父皇不知为何改变了主意，不打算让我入居武德殿了。"

　　萧鹤年很有些诧异，但转念一想，肯定是太师入宫诱使皇上主动说出了武德殿的事，并且成功地进行了劝谏。

　　萧鹤年心中暗喜，表面却做出一副懊恼之状，陪着李泰长吁短叹。

　　李泰暗暗观察着他的表情。

　　尽管一时看不出什么破绽，可李泰相信，不出三天，自己一定会知道内鬼是谁。因为，他释放的这两条消息都是假情报。如果到时候"黄犬"传回来的是杜楚客告诉刘洎的消息，那么内鬼就是刘洎；反之，内鬼就是萧鹤年。

第五章 /

# 玄甲

吴庭轩整整花了一天的时间，才完成了对王羲之草书《十七帖》的临写。

他把自己关在书房里，临写之前特意静坐了一个时辰，眼观鼻，鼻观心，直到胸中洒洒、心境澄然，一切俗情杂念皆摒弃尽净，才铺笺挥毫、从容落墨。

一百零七行，九百四十三字，仿佛就在一瞬间一挥而就。

自始至终，吴庭轩都感觉自己完全处在一种物我两忘的境界之中。戛然收笔的一刹那，身体是几近虚脱的疲累，心魂却有一种无与伦比的酣畅之感，如上九霄，如登极乐。

已经好多年没有如此淋漓尽致的体验了。写完临本的这一刻，吴庭轩觉得与其说是自己在帮周氏父子，不如说是他们给了他一个弥足珍贵的机会，让他重新做回年轻时的自己。

"周郎，你必须答应我，这个临本，除了你和令尊，不能让任何人见到！"

决定帮周禄贵的时候，吴庭轩向他提出了这个条件。

周禄贵自然是喜出望外，满口答应。

此刻，吴庭轩的心中虽仍不免惴惴，但一想到周禄贵那么真诚的眼神，他还是告诉自己：这个年轻人肯定会信守承诺的，只要临本一直秘不示人，就没什么好担心的。

临本写完后，吴庭轩又花了一天时间进行裱褙、做旧等。第三天一早，他就让店里那个叫大壮的伙计，把几可乱真的临本送到了周禄贵的手上。

周禄贵千恩万谢，连声表示过后会亲自登门拜谢。

"拜谢就免了！"大壮没好气地道，"我们掌柜说了，只要你打起精神，谋个正经营生，能够安身立命，好好奉养你父亲，便是对他最好的答谢了。"

周禄贵忽然笑了笑："那是自然！请转告吴先生，周某再去拜会他的时候，一定会让他刮目相看！"

大壮冷哼了一声就走了。

不知道为什么，直到走出菩提寺，大壮才蓦然感觉，方才那个落魄书生的笑容似乎有些诡异，至于诡异在什么地方，却也说不上来。


上午巳时三刻左右，魏徵的马车进入了东宫。

今日，魏徵的心情颇有几分喜悦。因为就在刚才，萧鹤年在忘川茶楼把一则最新情报告诉了他：皇帝已经收回成命，不打算让魏王入居武德殿了。

魏徵没料到皇帝会这么快就接受他的谏言，自然喜出望外。他决定立刻把这个好消息告诉太子，同时再多跟他讲讲如何修身进德，以尽快改变皇帝和朝野对太子的不良印象。

太子照例在丽正殿西厢书房接待了魏徵。

此时，一双眼睛正隐藏在书房后门对面的小竹林中，十分警惕地观察着四周。

差不多在魏徵从前门进入书房的同时，一道淡青色的身影也从东边回廊迅疾走来，一闪身就没入了书房后门。

竹林中的那双眼睛倏然一亮。

刚一落座，魏徵便把皇帝收回成命的消息告诉了李承乾。

"这么快？"李承乾几乎不敢相信自己的耳朵，"太师是如何让父皇回心转意的？"

"说实话，此事老夫也觉得有些意外。"魏徵微笑道，"老夫不过是谏净了几句，没想到圣上这么快就做决定了。"

李承乾若有所思，却不由自主地瞟了一下屏风。

魏徵看在眼里，微觉诧异，但也不点破，而是若无其事地与太子谈起了修身进德的诸多要旨。李承乾尽力做出洗耳恭听的样子，实则有些心不在焉。

此刻，屏风后面这个淡青色的身影显然也不耐烦了，又勉强听了几句之后，便悄悄转身，从后门溜了出来。

突然，这个人差点撞在一个锦衣华服的人身上，抬头一看，李元昌正背负双手站在面前，后门两旁的回廊上则站着十几个东宫侍卫，个个凶神恶煞地盯着她。

方才躲在竹林中监视的人，正是李元昌。

"小翠，这就要走了？干吗不多听一会儿？"李元昌笑吟吟地道。

这个叫小翠的宫女自知插翅难逃，顿时脸色煞白，扑通一下跪倒在地。

此时，李承乾和魏徵也一起绕过屏风，走到了小翠的身后。

看着这一幕，魏徵不用问也全明白了。这个小翠显然是魏王府的细作，而他之前与太子在这里的多次谈话，肯定都被这个细作一一禀报给了魏王。

李承乾蹲在小翠面前，用一根食指挑起她的下巴，邪魅一笑："小翠，当细作好玩吗？"

小翠的面孔早已因恐惧而扭曲。她只能拼命摇头，说不出话。

"既然不好玩，干吗还做？"

"殿下，奴婢自知难逃一死，但是……"小翠在绝望中竟然平静了下来，两行清泪从眼角流出，"但是，请殿下念在奴婢伺候您多年的分上，赐奴婢一个全尸吧！"

"行，我成全你。"李承乾笑着道，"我这人心软，最见不得人哭，尤其是女人。"说着，李承乾的右手猛然掐住了小翠的喉咙。

随着手劲慢慢加大，小翠的面孔变成了绛紫色，眼球渐渐凸出，四肢开始不停抽搐。

"殿下，这个人不能死。"背后传来魏徵淡淡的声音。

李承乾冷笑不语，手劲反而加大。

"殿下，死人毫无价值，活人才有用。"魏徵的声音依旧平静。

李承乾仍然没有松手，但眼中却现出了犹豫之色。片刻后，他忽然把手松开。小翠一下瘫软在地，趴在地上不住干呕，大口大口喘气。

李承乾起身，静静看着地上的小翠。他知道，魏徵的意思，是想利用小翠进行反间。

此刻，魏徵表面上静如止水，心中却已是波澜万丈。

东宫既然藏有魏王的细作，那就意味着上次他跟太子的谈话，早已被魏王掌握了。但魏王却不知消息是何人走漏，是故肯定会向萧鹤年等嫌疑人释放假情报，以此确定走漏消息的人。假如今天没有逮着小翠，让她再次把情报送出去，那么魏王立刻便知这两次消息都是萧鹤年泄露的，萧鹤年必死无疑！

想着这些，魏徵的后背不禁一阵阵发凉。

好悬！

这一天午时刚过，李泰在后花园的春暖阁小寐，刚迷迷糊糊睡过去，杜楚客就轻轻把他叫醒了。

李泰半睁睡眼，不悦道："跟你讲过多少遍了，午休时不要吵我……"

"殿下！"杜楚客一脸喜色，"'黄犬'刚刚传回消息，内鬼现形了！"

李泰顿时清醒，一骨碌从榻上坐起："是谁？"

"您猜猜？"杜楚客笑着道。

李泰莫名火起，盯着他："你再不说，信不信我把你从这楼阁上扔下去？"

杜楚客尴尬，赶紧道："刘洎。"

"刘洎？！"李泰一副难以置信的表情。

"正是这老小子！"杜楚客不无得意地笑道，"我一开始就知道是他，果然不出所料！"

李泰眉头紧锁，沉吟不语。


"立即停止一切行动！这段时间什么都不要做！"

是日深夜，魏徵破天荒地主动把萧鹤年约到了忘川茶楼的雅室中，对他下了这个命令。

萧鹤年一脸懵懂，不知道为何今天上午刚刚给了太师一个喜报，他现在却如此脸色凝重地给了自己这么句话。

魏徵没等他发问，就把今日在东宫抓获"黄犬"的事情一五一十告诉了他。

萧鹤年瞠目结舌，半晌才道："这么说，所谓圣上收回成命一事，纯粹是魏王故意放给我的假消息？"

"这还用说吗？假如不是太子机敏，察觉身边有细作，特意布了这个局，成功抓获'黄犬'，你我二人这回就都栽了！"

萧鹤年一脸苦笑。若果如此，那可真叫阴沟里翻船了！

"那太师最后让'黄犬'给魏王传回了什么消息？"萧鹤年问。

"这件事，今日我跟太子讨论了许久。"魏徵道，"由于并不知道魏王究竟给了几个人假情报，更不知道情报的具体内容，所以颇费踌躇。后来我想，既然魏王给你的消息是说圣上收回了成命，那么最简单的办法就是反其道而行之，让'黄犬'去禀报魏王，就说我今日告诉太子的，是圣上已决定公开下旨的消息。如果我猜得不错，此刻，刘洎或者别的什么人，已经当了你的替罪羊了。"

萧鹤年心有余悸："先生，多亏您运筹帷幄，否则属下现在，说不定已经身首异处了。"

"现在你暂时没有危险。不过，魏王生性多疑，且颇具谋略，我担心，他不会这么轻易上当，肯定会对你有所防范。所以，我才会让你在近期停止一切行动。"

萧鹤年想起上次在这里，魏徵下达给他的命令，就是尽一切可能获取辩才案的最新情报。这些天他一直在密切关注，虽然洛州方面暂时没有新的消息传来，但他相信肯定就在这几日了。然而现在，魏徵为了保护他，却突然命他放弃行动，如此一来，岂不是就没办法阻止朝廷找到辩才了？

"先生，既然您已经把魏王的怀疑对象转嫁到了刘洎头上，那我应该就是安全的，所以……我不想就此放弃。"

"不行，绝对不行！"魏徵不容置疑道，"即便只有万分之一的危险，我也不能让你去赌这一把。"

"先生，据属下判断，辩才一案的最新情报很可能这几天就会呈上来。在这个节骨眼上放手，属下心有不甘啊！"

"别说了。让你停止行动，不是在跟你商量，这是命令！"

"可是，您也说过，一旦辩才被找到，《兰亭序》的秘密就有可能被揭开，到时候朝野上下又将掀起一片血雨腥风！先生，只要能阻止这一切，纵然赌上属下这一条命，属下还是觉得千值万值……"

"住口！"魏徵蓦然变色，"你要是违抗命令，我明日便将你调出长安！"说着，魏徵站起身来，径直走了出去。

走到门口，魏徵忽然止步，却没有回头："还有，最近这段时间，我不会再跟你见面了。我会通知茶楼掌柜，这个联络通道暂时对你这条线关闭，何时重启，等我指令！"说完，魏徵的身影就从门口消失了。

萧鹤年知道，魏徵之所以如此"绝情"，甚至下达了关闭联络通道的死令，正是担心他会违抗命令冒险行动。换言之，这么做就是要让他彻底死心，放弃行动，说到底仍然是为了保护他。

萧鹤年心中大为感动。

然而，恰恰是出于这份感动，萧鹤年才更加坚定了继续行动、获取情报的决心。

士为知己者死。

从追随魏徵的那一天起，萧鹤年就已做好这个准备了。


清晨，太阳刚刚升起，薄雾还未散尽，一队全副武装的骑兵就从伊阙县城的主街上呼啸而过，把两旁的路人吓得纷纷躲闪。

马上的骑士一律身披黑甲、腰挎黑刀、骑着黑马，看上去就像一股黑色的洪流。

伊阙地面上还从未出现过这样的黑甲骑士，路人无不睁大眼睛看着他们，脸上写满了如出一辙的惊讶和好奇。

当杂沓的马蹄声从长街那一头传来的时候，大壮刚刚卸下尔雅当铺的第一块门板。阳光从门洞中斜射进来，形成一道窄窄的光束，一些灰尘在光束中凌乱飞舞。吴庭轩掀开柜台后的门帘，像往常一样缓步走了出来。此时门板被一一卸下，明亮的阳光一点一点地洒满了整间当铺。

吴庭轩走到门外，闭着眼睛，深长地呼吸了一口清晨特有的新鲜空气。

他完全没想到街上的那队飞骑是冲着尔雅当铺来的，所以，当那些面无表情的黑甲骑士策马来到当铺门口，呈一个半月形将当铺围住的时候，吴庭轩依然没有睁开眼睛。他以为是过往的商旅正准备到对面的酒楼打尖歇脚。

一个身材挺拔的黑甲骑士翻身下马。

一双高筒乌皮靴稳稳地踏在青石板上，一步一步朝吴庭轩走来。

直到脚步声逐渐迫近，吴庭轩才意识到什么，蓦然睁开了眼睛。由于面朝阳光，吴庭轩感觉有些刺眼，看不见来者是谁，只依稀觉得眼前的这个身影似曾相识。

黑甲骑士走到离吴庭轩大约五步远的地方站定，然后静静地看着他。

吴庭轩眯着眼睛，终于看清了面前这张既熟悉又陌生的面孔。

周禄贵？！

这个身披黑甲、腰挎黑刀、脚踏黑靴的骑士，竟然是周禄贵！

吴庭轩完全反应不过来。他无论如何也不敢把眼前这个身姿挺拔、英气逼人的骑士跟几天前那个贫困交加的落魄书生联系在一起。

"吴先生，别来无恙！"

骑士开口了，声音也是那样既熟悉又陌生。

直到此刻，吴庭轩才终于意识到自己遭遇了什么——改头换面、临深履薄地躲了十六年，他终究还是没能躲开这个结局！

一个凄凉的笑容在吴庭轩的脸上缓缓绽开："这位将军，不知吴某该称呼您什么？"

"称呼并不重要。一个人的称呼可以变来变去，但无论怎么变，他都不可能变成另外一个人。"骑士微笑道，"我说得对吗，辩才法师？"

吴庭轩浑身一震。

已经有好多年没有被人这么称呼了，"吴庭轩"乍听之下，无数前尘往事就在一瞬间齐齐涌上心头，几乎令他难以自持。

"法师，虽然称呼不重要，但为了日后方便，咱们还是正式认识一下为好。在下姓萧，名君默，奉职于朝，忝为郎将。此次奉旨前来，只为一事，就是找到法师您，然后恭请您入京面圣。"

辩才闻言，这才想起，平日风闻朝廷有一支特殊部队，直接受命于皇帝，专门稽查重案特案，名为"玄甲卫"，朝野上下人人闻之色变。看来，眼前这个自称萧君默的通身黑甲的人，就是玄甲卫无疑了。

"萧将军，"辩才稳了稳心神，淡淡道，"您说的什么辩才法师，吴某从未听闻，更不认识，不知将军为何会把吴某跟他混为一谈？"

萧君默微微一笑："法师，事到如今，您还不肯承认自己的真实身份，那在下辛苦了这么些日子，岂不是白白忙活了？"

"将军的戏演得实在不错，只是吴某还是不明白您做这些是为了什么。"

"当然是想还您的本来面目了！法师改头换面隐藏了这么多年，难道不辛苦吗？"

"吴某乃一介卑微商贾，青州北海人氏，继承先父家业，以经营当铺为生，武德九年迁居此地。所有这一切，在伊阙县廨的编户簿籍中都白纸黑字写得清清楚楚，皆有据可查。所以，吴某实在听不懂将军的话是什么意思。"

"我的意思很简单，您的身份、籍贯、来历都是伪造的！"萧君默直视着吴庭轩，缓缓说道，"当然，青州北海确有吴庭轩这个人，此人也的确是开当铺的，并于武德九年因经营不善而关张，同年离开北海，打算前往陕州投亲。只可惜，吴庭轩时运不济，当年便染病死在了半途，并且死得极为凄凉，身边没有半个亲友，所以也就没人知道他死了。结果，在官府的簿籍里，吴庭轩便仍然是一个大活人，而法师您则借机冒名顶替，以吴庭轩的身份，让一个死人又多活了十六年！我说得对吗，辩才法师？"

玄甲卫果然名不虚传，看来自己还是低估对手了。辩才苦笑了一下："萧将军，即便您说的这些都是事实，那也只能以伪造户籍的罪名拿我，却还是不能证明，我就是您口中所谓的辩才。"

"当然，仅凭这些，我肯定不能证明您就是辩才。也正因此，在下才不得不化身落魄书生周禄贵，在您面前演了这么多天的悲情戏，最后总算拿到了您的草书手迹。法师，现在我的戏已经落幕，而您这场演了十六年的改头换面的大戏，也该收场了吧？"

辩才无奈地闭上了眼睛。

萧君默看着辩才，眼中忽然闪现出一丝愧疚。

事实上，从扮演周禄贵的那一刻起，这种愧疚之情就一直缠绕着他了。因为，用这种手段骗取"吴庭轩"的手迹，利用的是他的善良和同情心。这么做，说好听点叫作不择手段，说难听点就是卑劣下作！为此，当远在京城遥控的魏王李泰发出手令，命他依此计划行事时，萧君默的第一反应便是抗命。然而，身为玄甲卫郎将，肩负着皇帝和朝廷的重托，职责与使命感最终还是战胜了他的良心，迫使他不得不听命行事。可也正是从那天起，萧君默几乎每天都是在不安和自责中度过的……

"萧将军，"辩才试图进行最后的挣扎，"虽然您千方百计拿到了我的手迹，但这又能证明什么呢？天下善于摹写王羲之书法的人多了，凭什么我写得像，就可以认定我就是那个辩才？"

"对，法师说得没错。"萧君默点点头，"单凭这一点，我的确无法认定。可不知法师是否还记得，当年您在越州永欣寺跟随师父智永学习书法的时候，曾经留下了许多临摹王羲之草书的字纸，上面还有您的落款和图章。"说到这儿，萧君默给了身后的手下一个眼色，立刻有人取出一沓泛黄的字纸递给他。

萧君默晃了晃手中的字纸："法师，当年亲手写下的字迹，您总该还认得吧？这是前不久在下前往永欣寺调查时得到的。很可惜，数百年的古刹永欣寺，如今已破败凋零。在下原本是想找到您当年的师兄弟，带他们来指认，可惜当年那些人都不在了，只剩下几个年轻和尚，都没见过您。所幸，他们在您当年住的那间禅房中，找到了我手上的这些东西。在下读过几年书，还算粗通文墨，对书法也有所涉猎，所以，当那天您把《十七帖》临本交给在下时，在下两相比对，很快便得出了一个结论——两种笔迹完全出自一人之手！法师，事已至此，您还有何言？"

辩才黯然无语。

"法师，如果我没有猜错的话，王羲之的名作《兰亭序》，应该也在您手里吧？"

辩才叹了口气："我年轻时倒是见过几眼，只可惜，后来就不知所踪了。"

"难道不是您的师父智永临终前，把它交给你了吗？"

辩才苦笑："我也希望如此，可惜没有。"

萧君默观察着辩才："法师，我离京前，圣上特意交代，倘若您愿意交出《兰亭序》，就不必辛苦到长安走一趟了。"

辩才又沉默良久，才苍凉一笑："萧将军，可否让在下进屋跟妻女道个别，再跟你走？"

萧君默无奈一笑，旋即颔首："当然，您是朝廷的客人，不是囚犯。"

他很清楚，辩才隐姓埋名躲藏了十六年，肯定是为了守护《兰亭序》，如今又岂能轻易交出？

就在这时，当铺里忽然传出一声厉叱："凭什么要跟他走？！"

随着话音，楚离桑大步走了出来，楚英娘和绿袖在身后想拉她，都被她用力甩开了。"你们别拉我！我就想跟这个卑鄙阴险的家伙问个清楚！"

方才萧君默他们一到，伙计大壮便认出了他，当即吓傻了，回过神后赶紧去通报了楚英娘。楚离桑在一旁听到，又惊又怒，操起一把剑就要冲出来，楚英娘等人慌忙拉住她，夺下了她的剑。刚才，萧君默跟辩才的一席话，楚离桑在里面听了大半，越听越怒不可遏，最后终于挣脱楚英娘的拉扯走了出来。

楚离桑走到萧君默和辩才中间站定，用一种悲愤莫名的目光死死盯着萧君默。

萧君默强抑着内疚之情，行了个礼："楚姑娘……"

"姓萧的，你的良心是不是被狗吃了？为什么使出如此卑鄙下作的手段？！"楚离桑怒视着他，双目几欲喷火。

几个玄甲卫骑士一听，立刻就要上前呵斥，被萧君默一伸手挡住了。

"职责所在，只能如此。"萧君默冷冷道，"况且玄甲卫办案，从来只求结果，不问良心。"

"好一个不问良心！"楚离桑大声冷笑，"那我问你，二月十九那天的事，全都是你一手安排的对吗？你故意装成好人给二赖子钱，还演了一场见义勇为的好戏给我看，就是想让我相信你是个正人君子，好让我在日后帮你说话，对不对？"

此时，在萧君默身后的玄甲卫骑士中，那天假扮成混混的络腮胡等人全都赫然在列。

萧君默沉默，片刻后才道："有一两处细节，绝非事先安排，纯属……纯属意外。"

楚离桑一听，眼前蓦然闪过那天在屋顶上，萧君默慌乱中抓了她胸部的尴尬一幕，脸颊顿时又是一片绯红。

萧君默面无表情，把目光挪开。

楚离桑强忍怒火，想着什么，眼睛忽然有些泛红："那天晚上在菩提寺，你拿了一把伞来遮我，也都是虚情假意，想骗取我的信任和好感，对不对？"

萧君默一怔，万没料到她会提及此事，承认和否认显然都不合适，一时语塞，张口说不出话。

"我再问你，就算我爹是你口口声声说的什么辩才，可他凭什么就要跟你走？"

"这是圣旨，任何人不得违抗。"

"难道圣旨就不需要理由吗？"

"圣上这么做，自然有他的理由。作为臣子，我无权过问。"

"那要是皇上让你去杀人放火、残害无辜，你也不问良心就去做吗？"

此言一出，在场众人全都一片惊愕。就凭这句话，已足以够得上杀头之罪了。络腮胡等人再也忍不住，唰地抽出龙首刀，全都围了上来。萧君默猛然回头，凌厉的目光从他们的脸上一一扫过。络腮胡等人一凛，只好停下脚步。

就在萧君默回头的间隙，楚离桑突然出手抽出他腰间的龙首刀，一下抵在了他的喉咙上。

在场众人尽皆大惊失色。

络腮胡等人想冲上来，却再次被萧君默的手势阻止。

楚英娘和辩才同声大喊："桑儿，不许胡来！"

萧君默垂眼看了下寒光闪闪的龙首刀，低声道："楚姑娘，你知道持刀威胁玄甲卫，是什么罪吗？"

"叫你的人都退开，马上！"楚离桑稳稳地拿着刀，一字一顿地说。

"你这么做，只会伤害你自己，还有你的家人。"

"我再说一遍，叫你的人退开！"楚离桑厉声道。

萧君默淡淡一笑，头也不回地大声道："罗队正听令！带弟兄们上马，立刻退到一箭之地外候命！"

罗队正就是络腮胡，名罗彪。他闻言一怔："将军……"

"我说了，立刻！"萧君默依旧没有回头。

罗彪无奈，只好收刀入鞘，带着众骑士拍马驰到了一箭开外的地方，远远观望着。

"然后呢？"萧君默双手一摊，看着楚离桑，目光中似乎带着笑意。

楚离桑被他的笑意激怒了，手中的龙首刀一挺："你别以为我不敢杀你！"

"你当然敢，只是你舍不得。"

"你——"楚离桑大为羞恼。

"别误会。我是说，我现在是你的人质，你必须好好利用我，不是吗？"

楚离桑竟然语塞。

萧君默又是一笑："接下来该怎么做，想好了没有？"

楚离桑方才只是一时情急抢了萧君默的刀，却压根不知道下一步该怎么办，一时愣在那儿，不知如何是好。

萧君默叹了口气："楚姑娘，既然你没想好，那在下就不等你了。"说着身子一闪，头一偏，同时闪电般出手，右手三指扣住了楚离桑的手腕，再轻轻一扭，那把龙首刀就神不知鬼不觉地回到了他的手上，刀尖反倒指向了楚离桑。

然而，楚离桑的反应也超出了萧君默的意料。

就在萧君默夺刀的刹那，楚离桑一直垂着的左手忽然扬起，袖中一道寒光吐出，一把精致而锋利的匕首竟然深深插入了萧君默的右臂，鲜血立刻涌出。

这些都发生在电光石火的一瞬间，连楚离桑都被自己下意识的激烈反应惊呆了，看着眼前的一幕不知所措。楚英娘一个箭步冲上去，把楚离桑挡在身后，毅然面对着萧君默的刀。

不远处的罗彪等人见势不妙，立刻飞驰过来，翻身下马。罗彪一边抽刀一边怒喝："弟兄们，把这个不知天高地厚的恶女子给我拿下！"

辩才大惊，当即跨前一大步，跟楚英娘并肩而立。绿袖和大壮等五六个伙计也纷纷冲上来，把楚离桑护在身后。

"反了反了！"罗彪大怒，"把这些刁民通通抓起来！"

众骑士齐喊"得令"，抽刀将众人团团围住。

"罗彪，"萧君默忽然淡淡道，"我还没死呢，你居然敢替我发号施令了？"说着收刀入鞘，却不急着拔去右臂上的匕首。

鲜血顺着他的手臂流淌下来，一滴滴落在地面的青石板上。

"将军，卑职是看见您受伤了……"

"一点皮肉伤，就值得你这么大惊小怪？"萧君默白了罗彪一眼，"楚姑娘分明是想送我这把匕首，只是心情有些迫切、方式有些欠妥而已。"说着猛地从臂上拔出匕首，却连眉头都没皱一下。

楚离桑不禁替他倒抽了一口冷气。

萧君默端详着那把手柄上镶嵌有红、绿两色宝石的匕首，啧啧赞叹了几声，笑着对楚离桑道："楚姑娘，谢谢你以如此贵重之物相赠，萧某就不客气了。日后若有机会，萧某定当还礼。"说完便把匕首插进了脚上的高筒皮靴中。

楚英娘情知萧君默是有意帮女儿脱罪，便道："对不起萧将军，都怪小女莽撞，误伤了将军，还请将军移步，到舍下敷一些止血药。"

"多谢大娘！敷药就不必了，这点伤对在下算不上什么，无足挂齿。"萧君默笑了笑，然后看着辩才，"法师，时候不早了，咱们是不是该上路了？"

辩才苦笑了一下，转头看着楚英娘："英娘，皇上是请我入宫做客的，不会为难我，你别担心，更不可做什么节外生枝的事。听懂我意思了吗？"

楚英娘显然听出了他的弦外之音，艰难地点了点头。

辩才又转向楚离桑，摸了摸她的头："桑儿，爹只是离开一阵子，去去便回，你在家要听娘的话，千万不可自作主张，凡事都要三思后行。能答应爹吗？"

楚离桑含着泪，正想再问什么，却被辩才慈爱而又严厉的目光制止住了，只好道："爹，我答应您，我和娘在家里等着，您一定要回来！"

辩才笑笑，对绿袖、大壮等人挥了挥手，然后从容地走到萧君默面前："走吧。"

罗彪和众骑士这才收刀入鞘。一名骑士立刻牵了一匹马过来，扶着辩才登上马背。

萧君默转身朝自己的坐骑走去，走到一半，忽然回头看了一眼。楚离桑也正看着他的背影，二人四目相对，眼神都有些复杂，当即各自弹开。

辩才在萧君默及一众玄甲卫骑士的簇拥下，缓缓离开了尔雅当铺。

此时，周围早已聚满了看热闹的街坊邻居和过往路人。直到萧君默一行人走远，围观人群依然在指指点点、窃窃私语。

楚英娘握住了楚离桑的手，发现她的手一片冰凉。

"娘，您应该有很多话要对我说吧？"楚离桑定定地望着长街的尽头，那里早已没有了辩才和萧君默等人的身影。

楚英娘苦笑了一下："你想知道什么？"

"一切。"楚离桑转头看着母亲，目光很冷，"您和爹这么多年来，对我隐瞒的一切！"

一扇雕花长窗的木插销被一根细细的铁丝轻轻挑起，然后窗户便从外往里被慢慢推开了。

暗淡的月光下，一个身影轻手轻脚地跳了进来。

此人是萧鹤年，而他进入的这个房间，正是魏王的书房。平日只要魏王不在，这间书房都是关门落锁的，唯一的钥匙则挂在魏王腰间。所以，要想背着魏王进入书房，扒窗户是唯一的办法。

一个时辰之前，洛州方面以八百里加急送来了一份奏表，直接送到了魏王手上。本来奏表都是要通过门下、中书两省呈递给皇帝的，但玄甲卫的奏表属于密奏性质，可以直接上呈皇帝。由于魏王负责辩才一案，所以该案的奏表便都先送到他这里，再由他入宫呈报。

这天夜里，魏王阅完这份奏表，喜不自胜。是夜在府上当值的萧鹤年很清楚，该奏表肯定是辩才案的最新情报。这份情报若是白天送达，魏王必定会立刻入宫呈给皇帝，但因眼下正值深夜，魏王才把奏表暂时锁在了书房之中。

此时已是寅时二刻，再过半个多时辰，承天门上的晨鼓便会敲响，魏王便会带上奏表入宫。所以，要想获取情报，这是最后的一线机会。

于是，萧鹤年几乎没有任何犹豫——在魏王熄灭书房的灯火，关门离开片刻之后，他便从后窗进入了书房。

魏王李泰酷爱文学和书法，是以府中藏书卷帙浩繁。偌大的书房中，除了门窗之外，四壁都是靠墙而立的书架，架上整齐堆放着一卷卷帛书，以"经、史、子、集"分门别类。书架堆满了，很多书便只能五卷、十卷地装在帙袋中，胡乱堆积在屏风后面的地上。

在几乎完全摸黑的情况下，萧鹤年凭借对地形的熟悉，深一脚浅一脚地越过那些鼓鼓囊囊的帙袋，然后绕过屏风，来到了案榻前。

他知道，魏王收到的文牒信函，普通的会随意放在书案上，重要的则会锁进一只精致的镏金铜匣中。

此刻，萧鹤年已经完全适应了房中的黑暗，依稀可以看见那只铜匣仍旧位于原处——魏王坐榻的里侧。

萧鹤年迅速抱起铜匣，走到些微有点月光的西窗下，把铜匣放在地上，从袖中掏出了一把小巧的铜钥匙。这是一把复制的钥匙，并非原配。

这只铜匣的原配钥匙，魏王一直带在身上。有一次，魏王喝多了，开完铜匣便将钥匙遗留在了锁上。萧鹤年立刻到灶屋抓了一块面团，在面团上摁下了钥匙印，过后成功复制了一把钥匙。

萧鹤年深长地吸了一口气，然后屏住呼吸，把钥匙插进了锁孔。

啪嗒一声，铜匣上的锁应声而开。

萧鹤年一喜，立即打开铜匣，抓起里面的一沓文牒，迅速翻看了起来。此时的萧鹤年并未注意到，就在他打开铜匣的刹那，在匣盖与匣身接合的地方，一片小小的金色羽毛被碰落到了地上。

由于羽毛的颜色与镏金的颜色非常相近，不易发现，加之光线极为昏暗，所以萧鹤年根本没有察觉。

很快，萧鹤年就找到了自己要的那一小卷帛书奏表——暗淡的月光下，隐约可以看见展开的帛书中，写有"臣萧君默奏"的字样。

萧鹤年快速读了起来。奏表并不长，很快就看完了。把帛书重新卷回去时，萧鹤年的目光异常凝重。

所有取出的文牒都依照原有顺序放回了铜匣中。萧鹤年在盖上匣盖的瞬间，眼角的余光忽然瞥见了地上的那片金色羽毛。他捡起羽毛，略一思索，嘴角浮起了一丝笑容，旋即重新打开匣盖，把那片羽毛小心翼翼地放在了匣盖与匣身接合的缝隙处，然后轻轻放下匣盖，上了锁。

李泰只躺了半个时辰，几乎未曾合眼便起身下床了。他稍加洗漱后，便匆匆来到了书房。此时天色尚暗，几个随行宦官赶紧把书房里的灯烛全都点亮了。

李泰命宦官们候在门外，然后径直走向坐榻。

那只镏金铜匣还是跟他离开的时候一样，放在坐榻的里侧。李泰没有直接打开铜匣，而是整个人趴在榻上，轻轻把铜匣挪出一寸稍许，仔细查看着什么。

这张坐榻的靠背底部，有一些雕花镂空的装饰图案，而这只鎏金铜匣的背面，同样有镂空图案。方才李泰在离开之前，特意扯下了自己的一根头发，把坐榻和铜匣的两处镂空系在了一起。所以，只要有人移动铜匣，头发就会被轻易扯断。

此刻，那根长长的头发丝已经断了！

李泰脸色大变，立刻掏出钥匙打开铜匣。只见匣盖与匣身接合的缝隙处，那片金丝雀的羽毛还在，但位置却稍有不同，而且原本是羽根朝内、羽枝朝外，现在却变成了羽根朝外、羽枝朝内。

很显然，在他离开书房的这短短半个时辰里，有人不但潜入了书房，并且成功打开了这只铜匣。而此人的目的，自然是想看玄甲卫刚刚从洛州送来的那份奏表。

想到这里，李泰立刻起身，走出书房，快步穿过大半个府邸，来到了正堂西侧的司马值房。此时，一名书吏正趴在书案上打盹。

李泰脸色一沉，站在了书案前。

随行宦官赶紧上去把书吏弄醒了。

书吏迷迷糊糊睁开眼睛，看见李泰，吓得一个激灵，慌忙跪地行礼："殿下恕罪，卑职没有睡着，只是眯了一下眼……"

"你们司马呢？"李泰心里着急，懒得跟他计较。

"回……回殿下，萧司马说要出门去办个事，刚刚才走的。"

"他是不是走得很急？"

书吏思忖着："确……确实有些急，连卑职要给他开个夜行公函，他都说不用就急急忙忙走了。"

一切都清楚了！李泰想，这个潜入书房盗取情报的人正是萧鹤年，而向魏徵泄露消息的内鬼肯定也是他！

可让李泰百思不解的是，萧鹤年为什么要偷取辩才一案的情报？他现在又急着要把情报送给谁？会是魏徵吗？如果是的话，他和魏徵到底跟辩才有何瓜葛，跟父皇不遗余力想找到的《兰亭序》又有什么瓜葛？

萧鹤年骑着快马赶往魏徵府邸的路上，先后遇到了三拨巡夜的武候卫。

按照唐律，官员或百姓夜间若有急事需要上街，必须由官府或坊正开具公函，出示给武候卫查验，才不算犯夜。萧鹤年虽然十万火急地出了魏王府，来不及开公函，但凭借魏王府司马的身份，还是没遇上什么麻烦，一口气赶到了永兴坊。

萧鹤年叩响魏徵府西门的门扉时，承天门上的晨鼓恰好擂响。

听着激昂的鼓点，萧鹤年的胸中也陡然涌起了一股莫名的激情。

刚刚起床的魏徵在书房接待了萧鹤年。他知道，萧鹤年突然前来，必定是不听他的劝阻采取了行动，然后得到了什么重大情报，因此才打破了多年来的规矩，贸然闯到了他家里。

魏徵用一种异常严厉的目光盯了萧鹤年好一会儿，才道："鹤年，你跟我多少年了？"

萧鹤年明白他的意思，歉疚地笑笑："快三十年了。"

"既然快三十年了，怎么还会犯下如此愚蠢的错误？"魏徵一脸严肃，"不按约定的方式联络，冒冒失失跑到我家里，你知道这是多么危险的举动吗？"

"先生，实在是情况紧急，我不敢再耽搁了。再说，方才我来之时，夜禁还没过呢，街上又没人，谁也没看见我。"

"谁也没看见你？"魏徵冷笑，"你在路上碰到几队武候卫了？"

"三……三队。不过，我有魏王府司马的身份……"

"我不是指这个！"魏徵不客气地打断了他，"我想说的是，日后倘若有人想查你今天的行踪，只需找到那三队武候卫，一核实，就可以大致推断出你行走的路线，继而就可能推断出你是来找我的！"

萧鹤年报然良久，才道："先生，属下知错，愿受责罚。"

"责罚肯定是要的，但不是现在。"魏徵冷冷道，"你不宜在此久留，有何事要报，快说！"

萧鹤年知道魏徵一向面严心慈，这么说其实就等于原谅他了，暗暗松了口气，随即把萧君默密奏中的大意扼要说了一遍。

"洛州伊阙县，尔雅当铺，吴庭轩？"魏徵重复着这几个关键词，低首沉吟。

"是的，这就是辩才的伪装身份。先生，您打算何时派人过去？"

"我会尽快安排。"魏徵说着，忽然想到什么，欲言又止。

萧鹤年察觉："先生是不是想说什么？"

魏徵叹了口气："咱们这次是要从君默手里抢人，若真抢成了，就等于把这孩子的仕途给耽误了。"

萧鹤年苦笑了一下："他还年轻，以后有的是机会。再说了，他进玄甲卫才三年，一口气就干到了正五品上的郎将，这放眼满朝文武也找不出第二个！依我看，就算真耽误他一下也不碍事，权当给他一点挫折，历练历练！"

魏徵笑笑："听你这口气，你这当爹的好像醋劲还挺大。"

萧鹤年装糊涂："有吗？"

"还不承认？你熬了快二十年，才从一个正五品上的长安令，熬成从四品下的魏王府司马，就升了一级。可瞧瞧你儿子，才三年就升了多少级？说不定过两年官都比你大了，你敢说你一点都不嫉妒？"

萧鹤年嘿嘿一笑："什么都瞒不过先生。"

这么说笑了几句，原本沉重压抑的气氛轻松了少许。可一沉默下来，两人便又同时心事重重。

"你昨夜如此铤而走险，魏王府还回得去吗？"魏徵道。

"先生放心！属下做得还算隐秘，相信魏王一定不会察觉。"

"这种事可不能掉以轻心。你再回想一遍，有没有哪个细节疏忽了？"

萧鹤年想了片刻，还是摇摇头："没有，没有什么疏漏。"

魏徵不语，似乎仍不太放心。

"先生，"萧鹤年起身，"晨鼓响了有一会儿了，如果先生没有别的吩咐，属下就告辞了。"

魏徵没说什么。

萧鹤年躬身一揖，转身朝外走去。

"等等。"

萧鹤年回头："先生还有什么吩咐？"

魏徵迟疑了一下："也……也没什么了，你自己保重。"

萧鹤年一笑，又拱拱手，大步走了出去。

魏徵望着空荡荡的房门，不知为何，心里竟有一种怅然若失之感。

此时的魏徵当然不可能知道，这是他跟萧鹤年的最后一面。

第六章 ／ 辩才

一队黑甲骑士、一驾单辕双轮马车，在伊阙通往洛州的驿道上缓缓而行。

伊阙县距洛州治所洛阳县约七十里，途经苍翠秀美的伊阙山。此处两山相对，伊水中流，远望如天然门阙，故名"伊阙"。名闻天下的龙门石窟，便雕刻在伊水两岸的山崖之上。此时临近三月，驿道两旁青山碧水、草木葱茏，倘若不是那些黑甲骑士身上的杀气破坏了氛围，这样的时光和景致几乎可用婉约与唯美称之。

与其他骑士如出一辙的冷峻表情不同，此刻萧君默策马行走在马车旁，神色倒有几分惬意和闲散。

尽管经过了包扎，右臂的伤口还是有些隐隐作痛。不过这点小伤对萧君默来讲属于家常便饭，只是他入职玄甲卫以来的诸多"纪念"之一罢了。

马车窗牖上的布帘掀开着，辩才从窗中默默遥望远处的龙门山。只见满山的翠绿之中，掩映着一座红瓦飞檐的寺院，还有几缕钟磬梵呗之声隐约可闻。

"法师是忆念当年的出家生活了吗？"萧君默笑着问道。

"出家或有不修善，则不如在家；在家能修善，则胜于出家。"辩才淡淡说道，仿佛在自语，又仿佛在回答。

"法师这句话，我记得是出自《十住毗婆沙论》。对吗？"萧君默随口说道。

辩才一愣，有些意外地看着他："没想到，萧将军年纪轻轻，对佛教经论也有研究。"

"谈不上研究，略略读过几本罢了。"萧君默道，"法师引用这句话，是不是想说，你虽然以吴庭轩的身份过着在家人的生活，但心性却可以不受红尘染污？"

辩才警觉地看了他一眼："将军想说什么？"

"没什么。"萧君默一笑，"我只是有个问题一直想不明白。"

"什么问题？"

"佛在《四十二章经》中说：'人系于妻子舍宅，甚于牢狱。'又在《心地观经》中说：'在家逼迫如牢狱，欲求解脱甚为难。'我想请教法师，作为一个志求解脱的出家人，你为何会舍弃清净自在的出家生活，把自己投入这样的'牢狱'呢？到底是怎样的压力，迫使你做出了如此艰难的选择？"

辩才呵呵一笑："将军不要把我形容得这么悲壮。我离开寺院、蓄发还俗，完全是出于自愿，并未受到什么压力，更谈不上什么艰难的选择。"

"法师这么说就言不由衷了。"萧君默言语犀利，脸上却仍旧是云淡风轻的表情，"在还俗的十六年中，你立誓不再落墨写一个字，如果不是在下奉旨找到你，你完全有可能终身封笔。而对于一个酷爱王羲之书法的人来说，这绝对是一个艰难的决定。由此我联想到，你蓄发还俗的原因，肯定也跟王羲之书法有关。准确地说，就是与《兰亭序》有关。"

"将军的联想真是不着边际！"辩才哂笑道，"一个人竟然会为了一幅字帖完全改变自己的人生，这样的理由，将军不觉得有些牵强吗？"

"这不叫牵强，只能说非同寻常。"萧君默也笑道，"法师既然肯对自己的人生做出如此非同寻常的改变，那也就证明了，与你息息相关的《兰亭序》，背后隐藏的秘密一定也非同寻常。"

辩才的眼角微微跳动了一下。

他不得不承认，这个年轻人的洞察力要比他想象的可怕得多。跟这样的人交谈，你随时有可能掉入陷阱，说出不该说的话。

辩才轻轻放下了车窗上的布帘，索性闭上眼睛开始打坐。

言多必失。他决定从这一刻起，不再多说一个字。

看着辩才突然缄口，还把车窗遮挡得严严实实，萧君默笑了。

这种时候，沉默其实就是无声的告白。他越是对这个话题讳莫如深，越证明这就是他想守护的秘密。萧君默现在基本上可以断定，辩才手中藏有《兰亭序》，或至少知道它的下落。他蓄发还俗、改头换面躲藏了这么多年，就是为了守护《兰亭序》的秘密，而今上李世民不惜花费大量人力物力寻找辩才和《兰亭序》，肯定也是想获取这个秘密。现在的问题只是：这个秘密到底是什么？《兰亭序》眼下又在什么地方？

当然，这并不是萧君默该犯愁的事。只要把辩才带回长安，他的使命就完成了，剩下的问题就让皇帝去犯愁吧。

未时时分，太阳刚过中天，萧君默一行来到了洛州府廨。

玄甲卫办案，向来不须知会当地官府，但一旦要把当地人犯带走，则须到州、县两级公廨进行报备，办理相关手续，所以萧君默一行才不得不进入洛州。若非如此，依萧君默的性子，根本不想跟当地官府有任何瓜葛。

远远望见府廨大门的时候，萧君默有些诧异，因为洛州刺史杨秉均竟然带着一帮僚佐干吏亲自站在大门口迎候。

洛州在唐代为上州，刺史为从三品，无论品级还是职位都比五品郎将高出许多，尽管玄甲卫的郎将身份特殊，很多地方官员都争相笼络，但搞出这么大阵仗，还纡尊降贵出门迎接，也实在是夸张了些。

杨秉均到底是何用意？

萧君默稍一转念，马上就明白了，这家伙如此煞有介事，肯定不光是冲着他玄甲卫的身份，更是冲着他身后马车上的那个人——辩才。

想到此，萧君默不免多留了一个心眼。

杨秉均一看到萧君默，便笑容满面地迎了上来："萧将军，一早听说你破了大案，本官便命人置办了宴席，一来为你庆功，二来为你接风，可将军为何姗姗来迟啊？"

"龙门形胜，伊阙风流，萧某一路贪图春光山色，便走得慢了。"萧君默下马行礼，"有劳杨使君久候，萧某真是过意不去。"唐代称刺史为使君，称县令为明府，对其他各级官员通常也以职务相称，不像后世动不动便以"大人"称呼官员。

杨秉均闻言大笑："将军要是喜欢这里，不妨逗留一两日，本官也好尽尽地主之谊。"

"多谢使君美意！"萧君默笑道，"萧某倒是很想逗留，只怕圣上不答应。"

杨秉均干笑了几声："将军恪尽职守，令人钦佩啊！"

二人寒暄着，一起走进了府廨。

宴席非常丰盛，杨秉均频频劝酒，萧君默只喝了一两杯，便以职责在身为由一再婉拒。宴罢，洛州府的相关书吏领着罗彪去办手续，杨秉均则与长史姚兴一起请萧君默到正堂后面的花厅喝茶。

"萧将军，本官听说，你今日一早抓获辩才后，却没查问《兰亭序》的下落，更没有查抄尔雅当铺，这是为何？"杨秉均才喝了两口茶，就迫不及待地问。

终于图穷匕见了！

萧君默在心里冷笑。前面那些盛大欢迎、热情款待的阵仗，都是为这一刻准备的，典型的先礼后兵的套路。

今日上午，当萧君默去伊阙县廨办理相关手续、顺便包扎伤口时，伊阙县令便提出要查抄尔雅当铺，萧君默断然否决，并严厉警告他，除非有皇上的旨意，否则任何人也不能动尔雅当铺。伊阙县令没料到他的反应这么大，蒙了半天才问道："为什么？"

"这个案子由本官负责，你没有资格问为什么！"萧君默毫不客气道。

伊阙县令心中恼怒，却不敢发作。萧君默却看都不看他一眼，随即带着辩才上路了。

此刻，事情明摆着，伊阙县令一定是未能得逞，便暗中派快马飞报了杨秉均。由于辩才乘坐的是马车，萧君默一行走得慢，所以被他们赶在了前头。

"杨使君，你刚才那句话，有个小小的谬误，萧某想更正一下。"

杨秉均一愣："谬误？什么谬误？"

"辩才法师是圣上的客人，不是朝廷钦犯。"萧君默不慌不忙道，"所以，不能用'抓获'这个词，只能说是'找到'。"

"话是这么说，但圣上之所以找辩才，目的也是要找到《兰亭序》。这一点，萧将军不会不知道吧？"

"这我当然知道。"

"既然知道，为何不审问辩才，也不查抄尔雅当铺？"

"因为我可以确定，《兰亭序》不在辩才身边，当然也不会藏在尔雅当铺。"萧君默道，"我相信，辩才没有那么蠢。"

后面这句话显然语带双关，杨秉均的脸色一下就变了。

"萧将军，"旁边的长史姚兴发话了，"请你别忘了，你是在跟一位堂堂的三品大员说话，请注意你的口气。"

萧君默闻言一笑："是啊，可辩才一案，圣上是命我办理的，而不是命我们的三品大员杨使君，不是吗？"

姚兴一下噎住了，只好悻悻闭嘴。

杨秉均强忍怒火，又道："你说《兰亭序》肯定不在尔雅当铺，凭什么这么有把握？"

"不凭什么，就凭萧某一点小小的办案经验。"萧君默仍旧笑着道。

杨秉均冷笑："不过是一个小小的五品郎将，入职玄甲卫不过短短三年，哪来这么大的口气！"

"杨使君如果看不惯萧某，大可以请御史台参萧某一本，或者直接向圣上递密奏也行。要是您不方便跑这一趟，萧某愿意代劳，反正我正要回朝，顺带的事！"

"你！"杨秉均终于拍案而起，官威大发，"萧君默，你别以为你是玄甲卫就了不起！你有权向圣上递密奏，本官照样也可以，别以为本官不敢拿你怎么样！"

"杨使君消消气。"萧君默抿了一口茶，露出一个意味深长的笑容，"巧了，说到密奏，萧某现在身上就带着一份，杨使君想不想看看，这份密奏跟谁有关？"

杨秉均微微一震："你什么意思？"

萧君默微笑着从怀中掏出一卷帛书，对姚兴晃了晃："姚长史，劳驾。"

姚兴一脸讶异，立刻走过来接过帛书，交给了杨秉均。杨秉均一屁股坐下来，当啷一下扫落了案几上的茶碗，把帛书摊在案上看了起来。

萧君默依然面带笑容，注视着他的脸色。

杨秉均看着帛书，一开始满面怒容，继而脸色铁青，最后却是一片惨白，整个人像泄了气的皮囊一样萎靡了下去。

萧君默的这份密奏，揭露了杨秉均及下辖洛阳、伊阙、偃师、阳翟、渑池、汜水等各县县令，这些年来打着为皇帝求购王羲之书法的幌子，对乡绅百姓巧取豪夺、敲诈勒索的种种罪行，连带他们几年来贪赃纳贿的斑斑劣迹，也都一笔一笔写得清清楚楚。可想而知，这样的密奏递上去，必将令皇帝震怒，也必将引发洛州官场的地震，而杨秉均作为一州刺史、封疆大吏，更是首当其冲，万死莫赎！

这件事情，是萧君默在扮演书生"周禄贵"期间干的。起初他只是暗中调查"吴庭轩"，偶闻民间的一些怨言，就想不如搂草打兔子，顺带查一查，不料一查下去，竟然一发不可收。当他耳闻目睹这些官员对百姓犯下的种种罪行时，心中大为愤慨，于是专门花心思搜集了大量罪证，最后写成了这道密奏。

"杨使君，"萧君默终于收起笑容，直视杨秉均，"如果你执意要抄尔雅当铺，我也没办法，只能在这份密奏上面再加一笔！该怎么做，你看着办。"

萧君默不让杨秉均等人查抄尔雅当铺，首先当然是因为他相信辩才不会把《兰亭序》藏在家里，其次是想阻止这些贪官借机侵吞民财，但更重要的，是因为他总觉得自己在良心上对辩才一家人有所亏欠，所以不想再让他们受到伤害。尤其是那个叫楚离桑的女子，虽然与他仅有数面之缘，但不知为什么，萧君默心里总是惦记着她。

杨秉均颓唐良久，才抬起头："萧君默，你想要多少钱，开个价吧。"

萧君默朗声大笑："杨秉均，你这是在侮辱我，还是在侮辱你自己？你真以为天底下所有人，都可以用钱买吗？"

杨秉均冷哼一声："少在这儿唱高调！千里做官只为财，自古皆然，我就不信你萧君默是个例外！"

这时，罗彪办好手续，刚好回到花厅，一看到气氛不对，赶紧站在门口，不敢进来。

萧君默无声冷笑了一下，站起身来，拍了拍身上的灰尘："罗队正，事情都办妥了？"

罗彪忙道："回将军，都办妥了。"

萧君默走到杨秉均面前，收起帛书揣进怀里："杨使君，多谢你的盛情款待，来日若回长安，不管你变成了什么身份，萧某定当做东！告辞。"说完拱了拱手，大踏步走出了花厅，带着罗彪扬长而去。

杨秉均睁着一双死鱼眼盯着萧君默远去的背影，猛然掀翻了案几，把愣在一旁的姚兴吓了一大跳。

姚兴战战兢兢地凑过来："使君，这小子油盐不进、软硬不吃，得给他点颜色了。"

杨秉均想着什么："先生还有几天会到？"

"今日一早就把信鸽放出去了。前阵子我听韦左使说，先生最近在汴州一带活动，要是及时赶过来，顶多两天后就到了。"

"辩才乘的是马车，走不快。"杨秉均略加思索，"萧君默最快也要三天后才能到陕州，刚好出了咱们的地盘。先生要是及时赶到，咱们就三天后在陕州动手，把辩才交给先生，我亲手宰了萧君默！"

"对，事情做在陕州，到时候就算辩才被劫了，萧君默死了，也没咱的责任。"姚兴附和道。

"还有，你现在马上召集精干人手，去伊阙。"

姚兴没反应过来："去伊阙？做什么？"

"这还用问？！"杨秉均咬牙切齿，"去把尔雅当铺给老子抄了！不管有没有《兰亭序》，所有字画珍玩一概抄没！"

姚兴恍然："是，属下这就去。"说完转身要走。

"慢着。"杨秉均目光阴狠，然后命姚兴凑近，附在他耳旁说了句什么。

姚兴咧嘴一笑："使君高明！"

杨秉均狞笑。

日影西斜，家家户户的房顶上炊烟袅袅。

自从清早"吴庭轩"被带走之后，尔雅当铺便大门紧闭，不少街坊邻居一直在外面探头探脑，可当铺里却一片沉寂，始终听不见半点动静。

一整天，楚英娘和楚离桑都各自躲在卧房里，也不知在想些什么。绿袖跟这个说话也不搭理，跟那个说话也不回应，急得不知如何是好。中午，绿袖跟几个仆佣张罗了好些饭菜，盛到主母和娘子房里，好话说尽，她们却愣是不动筷子。现在眼看又到饭点了，绿袖也没心思再去做饭了，索性也把自己关在屋子里头生闷气。

楚离桑其实很想去找母亲把所有事情问个清楚，可又觉得母亲应该主动找她解释，所以就赌气不去。在房里闷坐了一天，最后她实在忍不住了，刚想去找母亲，门忽然被推开，楚英娘面无表情地走了进来。

"说吧，你想知道什么？"楚英娘在绣榻上坐下，看着她。

"不是应该您跟我解释吗？"楚离桑心里还有气，"从小到大，您和爹瞒了我多少事情，不应该一一跟我解释清楚吗？"

楚英娘叹了口气："好吧，那就从你爹说起吧。那个萧君默说得没错，你爹本来就是个出家人，法名辩才，他不是你的亲生父亲。娘当年带着你和他一起来到伊阙的时候，你才四五岁，不懂事，娘就让你喊他爹，然后就过了这么多年。桑儿，虽然他不是你的亲生父亲，但这些年他待你，比亲生女儿不差半点，这些你都知道，对吧？"

楚离桑今天回想了很多往事，其实也隐约记起来了，小时候她第一次看见"爹"的时候，他还是光头，头上好像还有戒疤。"娘，虽然我不是爹亲生的，但他还是我的爹，永远都是！"

楚英娘欣慰："你这么说，娘就放心了。"

"那您告诉我，我的亲生父亲是谁，他现在在哪儿？"

楚英娘的目光闪烁了一下："娘怀上你的时候，是在江陵，当时那儿在打仗，兵荒马乱的，你爹他……他没能活下来。"

楚离桑一震："您是说，我的亲生父亲，在我没出生的时候就……就死了？"

楚英娘沉重地点点头。

"那您后来是怎么遇上我爹的，你们又为什么到了这里？"

"娘离开江陵后，到越州投亲，不想亲戚也都离散了。娘孤身一人，举目无亲，又带着年幼的你，日子过得很艰难。当时，你爹出家的永欣寺也破败了，他被

087

迫还俗，然后就跟娘结识了，之后一直照顾咱们娘俩……"

"不对！爹肯定不是正常还俗！"楚离桑直视着母亲。

楚英娘微微一惊："为什么这么说？"

"他要是正常还俗，就会有自己的俗家身份，完全不必假冒那个吴庭轩，不是吗？"

"当时到处都在打仗，哪儿还有官府会管还俗的事？吴庭轩是你爹年轻时的故交，二人打算搭伙做点生意，不料吴庭轩却染病死了。你爹一来是为了纪念他，二来自己也还没有俗家户籍，干脆就顶了他的身份……事情经过，就是这样的。"

楚离桑狐疑地看着母亲："就算这些都是真的，可爹他明明酷爱书法，为什么要发誓封笔？他不就是想隐藏真实身份吗？可他为什么不敢让别人知道他就是辩才？"

楚英娘一怔，目光又躲闪了一下："这……这是你爹的隐私，娘也不是很清楚。等过些日子他回来了，你再问他，如果他愿意说的话。"

"娘，您不必再隐瞒了。事情明摆着，爹之所以千方百计隐藏真实身份，都是因为王羲之的《兰亭序》，对不对？"

楚英娘一震，却不知该说什么，显然是默认了。

"娘，您告诉我，当今皇上，还有那个萧君默，为什么都认定爹手里有《兰亭序》？"

楚英娘想着往事，眼神有些邈远，片刻后才缓缓道："你爹的剃度师父智永，是王羲之的七世孙，当初《兰亭序》就传到了他的手中。你爹年轻时也见过，不过后来永欣寺频遇乱兵，《兰亭序》就在战乱中遗失了。朝廷不知实情，才会认定《兰亭序》在你爹手里。"

楚离桑一直盯着母亲，凭直觉就知道她没说真话，可眼下一时半会儿也不可能问出真相，想了想只好作罢，道："娘，您打算怎么把爹救回来？"

楚英娘一惊："你爹现在在玄甲卫手里，就凭咱们，怎么救得回来？"

楚离桑急了："您自小就练武，大壮他们也都有功夫，连我的身手也不算太差，凭什么救不回来？！"

"桑儿，你听我说，皇上请你爹入朝，只是想询问《兰亭序》的下落，你爹只要把实情告诉皇上，说《兰亭序》根本不在他手里，皇上就算不信，也不能把你爹怎么样，最后肯定会放他回来的……"

"娘！"楚离桑突然大声道，"可要是皇上一直不让他回来呢？"

楚英娘犹豫了一下，摇摇头："不会的，皇上也不能不讲道理……"

"娘，您要是不敢去，就让大壮他们跟我走，我去救！"

"不行！"楚英娘冷冷道，"你们谁也不能去！"

楚离桑愤怒地看着母亲，泪水忽然涌出，在眼眶里打转。

这时，外面忽然传来嘈杂的声音，紧接着房门被猛然推开，绿袖慌慌张张地跑进来："主母，娘子，不好了！玄甲卫他们……他们要来抄家了！"

楚英娘和楚离桑同时一震，惊骇地看着对方。

李世民得到李泰禀报，知辩才已经找到，不日将带回长安，顿时龙颜大悦，当即命赵德全赐给李泰帛三千段、钱一万缗。李泰忙不迭地跪地谢恩。李世民意犹未尽，又命赵德全传中书令岑文本上殿。李泰心中暗喜，知道这回肯定是要宣布武德殿之事了。

果不其然，岑文本到后，李世民命他立刻拟旨，特准魏王在三月初一后正式入居武德殿。李泰心中狂喜，再次跪地谢恩。在李泰看来，后天便是三月初一，一旦木已成舟，像魏徵这种太子党再想谏阻，恐怕也是难上加难了。

听到皇帝的旨意，岑文本有些意外，但并未多言，马上领命前去中书省拟旨。

当天，诏书便由中书省发出，送到了门下省。时任侍中的长孙无忌看到诏书，稍微愣了一下，随即命黄门侍郎刘洎加盖门下省印，将诏书发往尚书省。时任尚书左仆射的房玄龄接诏，丝毫不感讶异，立即将诏书颁布施行。稍后，朝廷六部长官如吏部尚书侯君集、民部尚书唐俭、礼部尚书李道宗、兵部尚书李世勣、工部尚书杜楚客等人，禁军方面如右武候大将军尉迟敬德等人，也全都得到了消息。

一时间，大唐朝廷的这些高官重臣人人表情各异，个个心思不一。

贞观十六年二月末的这一天，这个重磅消息就仿佛一颗石头扔进一池春水，骤然掀起了阵阵涟漪……

就在朝中波澜乍起的同时，魏徵正坐在忘川茶楼二楼的那间雅室中，一边品着蒙顶茶，一边静静地等待一个人。

熟悉的敲门声响起，魏徵照例在案上敲了两下以示回应。

"望岩愧脱屣。"敲门者在门外吟道，同时咳嗽了几声。

听声音，来者并非萧鹤年，而是另有其人。

魏徵啜了一口香茗，照旧对了一句："临川谢揭竿。"

门推开，一个四十开外、肤色泛青的精瘦男子走了进来，躬身一揖："见过临川先生。"来者名李安俨，时任左屯卫中郎将，专门负责宫禁宿卫，是最接近皇帝的禁卫将领之一。当年，李安俨跟魏徵一样，也是李建成的属下，李建成败亡后才一起归顺了李世民。

魏徵招呼他入座，稍加寒暄，便开门见山道："你召集一些人手，要最精干的，今日便出发，目标是玄甲卫郎将萧君默押送的辩才。事成后，把辩才送得越远越好，不要再让任何人找到他！"

几日前魏徵便跟李安俨交了底，让他向皇帝托疾告假，并得到了允准。此时，李安俨已大致了解此次行动的内容，唯一让他心存顾虑的，便是萧君默。

"先生，萧君默若强力抵抗，属下该怎么做？"

魏徵闻言，不禁沉吟起来。说实话，他也知道，萧君默是此次行动中最大的难点，既要从他手中抢走辩才，又不能伤害到他，实在是两难。片刻后，魏徵才道："你尽量设法引开他，不要跟他正面冲突。"

李安俨微微迟疑。玄甲卫个个是心思缜密、功夫了得的高手，萧君默更是此中翘楚，要想做到这一点，谈何容易？

当然，这个迟疑只是一瞬间的事，李安俨当即道："是，属下遵命。"说着，又忍不住咳了一声。

魏徵关切地看着他："怎么，旧疾又犯了？"

李安俨苦笑了一下："说来也巧，那天刚刚跟圣上托疾告假，当晚旧疾就复发了。这么看来也不算'托疾'，是真的生病。"

魏徵也笑了笑："世上还真有如此巧合之事。"旋即想着什么，又道，"你要是身体不适，我可以另行安排……"

李安俨赶紧道："不必了先生，这两天我服了几服药，已好了许多，我没问题。"

魏徵想了想，没再说什么，然后两人又讨论了一些行动细节。临走之前，李安俨忽然想起什么，道："先生，我刚才来的时候，听到朝中传言，说圣上已正式下旨，让魏王入居武德殿了。"

魏徵不语，似乎早已预料到这个结果。

李安俨见他没说话，便起身告辞。魏徵忽然道："安俨，最后，我想再给你一句话。"

李安俨看着他。

"如果萧君默强力阻拦，宁可放弃行动，也不可伤害他。"

"属下明白。"

姚兴带人强行闯入尔雅当铺的时候，每个人身上都穿着黑甲。

楚英娘、楚离桑带着绿袖、大壮等人，手上都拿了兵器，冲到前厅与他们对峙。姚兴声称他们是玄甲卫，奉萧君默之命前来查封当铺，命楚英娘等人放下武器，否则便以抗拒官府的罪名全部逮捕。楚离桑大怒，大声说萧君默自己怎么不敢来。姚兴冷笑，说萧将军公务繁忙，哪有闲工夫来处理这种小事。

楚离桑一听，顿时气不打一处来，挥剑直取姚兴。

双方就这么打了起来。

楚英娘原本极力想控制局面，无奈一旦动了刀剑，事情便再也无法挽回。为保护女儿，她只好加入了战斗。

打斗中，有人撞倒了一盏烛台，火焰点着了柜台上的几卷字画，火势迅速蔓延开来。

楚离桑又惊又怒，砍倒了一个官兵，想冲到柜台那边救火，不料却被三个官兵死死缠住。她以一敌三，奋力厮杀，好不容易砍倒了两个，却有更多的官兵围了上来。

由于杨秉均志在必得，所以命姚兴足足带了三十多人过来，而且个个武功都不弱。楚英娘、楚离桑等人虽然武功比他们高，无奈寡不敌众。缠斗片刻，便有三四个当铺伙计躺在了血泊中，绿袖也被两个官兵逼到了墙角，发出声声尖叫。

楚离桑偷学武功的时候，也顺带教了绿袖一些，日常防身绰绰有余，但碰上这种你死我活的厮杀，那点功夫连保命都难。楚离桑眼看绿袖危急，手中长剑一振，舞起一团剑花，逼退了两个官兵，然后从缺口处冲了出去，又纵身一跃，一剑刺入一个官兵的后心，把他刺了个对穿，紧接着左脚飞踢，把另一个官兵踹飞了出去。

方才绿袖已被逼得蹲在了墙角，见危险解除，终于哇的一声哭了出来，一头扑进楚离桑怀里。楚离桑拍了拍她的后背，正待安抚，突觉背后有异，猛一转身，只见一个大块头官兵正挥着一把大刀劈头砍下。

此刻躲闪已经不及，绿袖又发出一声刺耳的尖叫。

千钧一发之际，只见一道剑光飞速闪过，大块头官兵轻轻晃了一下，然后他的头和身躯瞬间分离开来，头颅往旁边掉落下去，高大的身躯重重扑倒在地上。

当他倒下之时，楚离桑惊愕地看见了母亲楚英娘收剑的姿势。

刚才那一剑，无声地削断了这个官兵的脖颈，速度快得令人匪夷所思。

此时大火已经在整间当铺中熊熊燃起，浓烟四处弥漫。官兵死了十几个，尔雅当铺的伙计也都已倒下，只剩下大壮一人还在苦苦支撑。姚兴早就退到当铺门外，大声叫嚣，却丝毫不敢靠近。伊阙县廨又派来了一大队援兵，都围在外面鼓噪。

楚离桑大怒，挥剑就要冲出去，被楚英娘一把拉住。

"你和绿袖从后院走，快！"楚英娘大喊着，又砍倒了一个官兵。

楚离桑想和母亲争，可一张嘴就吸入了一大口浓烟，呛得不住咳嗽，眼泪鼻涕直流。绿袖慌忙拉着她往后门跑去。楚英娘护在她们身后，抵挡着六七个官兵，且战且退。大壮杀红了眼，接连砍倒两个官兵后，也冲到了楚英娘身边，与她并肩御敌。

四个人很快退到了通往后院的门口处。绿袖死命抱着楚离桑，把她拉进了后院。楚英娘刚想叫大壮先撤，突然被大壮拽住胳膊，用力一推，把她也推过了门洞。

"快走——"大壮嘶吼着，整个人堵在门洞处，用尽最后的力气死命抵挡。他的身上已多处负伤，鲜血染红了衣袍。

楚英娘含泪看了大壮最后一眼，拉起楚离桑的手："走！"

楚离桑还想挣扎，却被母亲和绿袖一人一边架着急走，瞬间没入了后院的夜色之中。当她们翻墙而出的时候，大壮终于支撑不住，身上被同时刺入三把刀，一口鲜血喷了出来……


暮色四合，旷野上风声呜咽。

楚英娘、楚离桑、绿袖相拥站在一片高岗上，远远望着伊阙城中那一束冲天而起的火光。

辩才十六年来收藏的所有名人字画和古董珍玩，就这样葬身火海、毁于一旦。

悲愤的泪水濡湿了这三个女人的眼。

一股仇恨的光芒连同远处的火焰，一起在她们的瞳孔中燃烧。


李世民正式下旨让李泰于三月初一入居武德殿，此事恰好与李泰数日前传给刘洎的假消息吻合，连时间都完全一致，既没早一天也没晚一天。如此歪打正着的巧合，着实让李泰和杜楚客一说起来就忍不住笑。

"殿下，您猜猜刘洎白天来找我时，那脸上是什么表情？"

此刻，在魏王府的书房里，杜楚客正对李泰说道。

李泰憋着笑："还能是什么表情？那一定是感激得无以言表喽！"

"没错！"杜楚客一拍大腿，"这家伙表面装得沉稳，其实我一眼就看出来了，那心里头可是被殿下感动得一塌糊涂啊，恨不得把一颗心都掏出来，让我带来给殿下看！"

李泰笑了笑："刘洎还说了什么？"

"还是那些老套的说辞，我觉得不听也罢。"

"听不听，得是我拿主意，"李泰冷眼一瞥，"而不是你觉得如何便如何。"

杜楚客心头微微一凛，忙道："刘洎说，殿下入居武德殿后，一定要低调，而且从此在圣上面前，只要提及东宫，就必须说好话，一句坏话都不能提，就连圣上说太子不好，也要替太子辩解说情。如此，圣上自然会更加看重殿下，疏远太子。"

李泰闻言，不禁蹙眉沉吟。

"殿下，刘洎这个法子，过于保守，甚至可以说懦弱……"

"你错了，这个法子是以弱制强，以柔克刚。"李泰淡淡地打断了他，"夫唯不争，故天下莫能与之争！刘洎此言，颇得老子思想之精髓，我觉得未必不可采纳。"

"不争？"杜楚客冷笑，"自古以来，有人凭龟缩之术夺嫡成功吗？有人靠着'不争'二字令对手俯首称臣吗？殿下，人人都说您最像圣上，到底哪一点最像，在属下看来，就是睥睨天下、舍我其谁的王者之气！设若圣上当年也不争，如今恐怕已是荒冢之中的一堆白骨了。"

"住口！"李泰低声喝道，"这种话也是臣子当说的吗？"

"殿下恕罪。"杜楚客却不惊惧，"属下只是实话实说罢了。"

"不说这个了。"李泰缓了缓口气，"内鬼已经现形，说说吧，该怎么办？"

"萧鹤年这个浑蛋！"杜楚客恨恨道，"没想到他竟然是太子和魏徵的狗！"

"说起这个，有件事得赶紧做。"

"殿下是指'黄犬'？"

李泰点点头："现在看来，事情很明显了，'黄犬'肯定是在暴露之后，被太子和魏徵指使，对咱们使了反间计，结果害咱们差点把刘洎当成内鬼。所以，这条狗不能再留了，得赶紧除掉。"

"殿下放心，我明天就让她消失。"

"还有，萧鹤年盗取辩才情报这事，你怎么看？"

"这事有点蹊跷。"杜楚客思忖着，"暂且先不管太子和魏徵与此事有何关系，单说萧鹤年冒险偷取辩才情报，就足以说明，辩才身上肯定藏着什么天大的秘密。换句话说，圣上这些年费尽心力寻找辩才和《兰亭序》，肯定不只是喜爱王羲之书法那么简单。"

"辩才改头换面在伊阙躲藏了十六年，这本身就非同寻常，而这也正是我的困惑。"李泰道，"这几年，我利用《括地志》帮父皇暗中寻找辩才，却一直弄不明白，辩才和《兰亭序》背后到底隐藏了什么，以至让父皇如此牵肠挂肚、志在必得。"

杜楚客忽然想到什么："不知殿下是否还记得，武德九年那件轰动一时的吕氏灭门案？"

"你是说吕世衡？"

"对。我听说玄武门事变当天，吕世衡临死之前，曾迫切求见圣上，圣上也去见了他最后一面。据我推测，吕世衡肯定留给了圣上什么线索，而这个线索正指向《兰亭序》。后来又发生了灭门案，令此事更加诡异，此后圣上就开始广为搜罗王羲之字帖了。由此可见，不管《兰亭序》隐藏了什么秘密，都源于这个吕世衡！"

"你知不知道，当时还有谁陪同父皇去见吕世衡？"

"据我所知，有四个人。"

"哪四个？"

"房玄龄、长孙无忌、尉迟敬德和侯君集。"

李泰揣摩着这四个人的名字，若有所思，片刻后道："这事一时半会儿也弄不清，得从长计议。眼下需要考虑的是，要不要把萧鹤年盗取辩才情报一事，向父皇禀报？"

杜楚客想了想："属下以为不可。"

"为何？"

"殿下这几年一直在帮圣上寻找辩才，圣上可曾对你透露过他的真实动机？"杜楚客不答反问。

"丝毫没有。"

"既然没有，就说明圣上不想让殿下介入此事，至少目前还不想。倘若殿下贸然把萧鹤年的事情报上去，只会让圣上对殿下产生警觉和提防，对殿下没半点好处。"

"言之有理。"李泰深以为然，却又想到什么，"但问题是，萧鹤年盗取情报，很可能也是冲着《兰亭序》去的，如果他和魏徵派人半道去劫辩才，朝廷又毫无防范，没人去接应萧君默，那岂不危险？"

"殿下所虑甚是。"杜楚客想了想，"那就只能派咱们的人去接应了。"

"不妥。"李泰当即否决，"正如你方才所言，圣上目前还不想让我介入，要是派人接应，难免兴师动众，圣上定会怀疑我们事先得到了什么消息。"

"那就只有一个办法了。"杜楚客凑近李泰，低声说了句什么。

"就这么办！"李泰一拍书案，"你立刻吩咐下去。"

杜楚客刚要起身，忽然想到什么："坏了！这萧君默是萧鹤年的儿子，他们爷俩会不会早就串通好了？"

"不可能。"李泰笑道，"倘若如此，萧鹤年何须三更半夜跑到我这里来偷情报？"

杜楚客一拍脑门："对对，我把这一茬给忘了。"

"还有，既然咱们不想把萧鹤年交给父皇，那就只能自己处理了。"李泰思忖着，"另外，关于《兰亭序》的秘密，想必萧鹤年也一定知情。若能把他的嘴撬开，咱们就什么都清楚了。"

杜楚客点点头，已明白李泰的意思。

第七章／**劫杀**

萧君默一行自洛州启程，三天走了三百多里，进入了陕州地界。

陕州东据崤山，西接潼关，北临黄河，扼东西交通之要冲，锁南北津渡之咽喉，自古乃兵家必争之地。陕州治所陕县，位于崤山的群岭环抱之中，古来亦有"据关河之肘腋，扼四方之襟要"的说法，地势极为险峻。

这一天黄昏时分，萧君默一行抵达陕县城南的甘棠驿。此处四面环山，一条驿道在崇山峻岭间蜿蜒穿过，甘棠驿便位于道旁的山坳之中。

萧君默一到驿站门口，观察了一下周遭地势，便忍不住笑道："怪不得叫陕县，果然名副其实！"

他们一个多月前从长安过来时，一队飞骑风驰电掣，只用三天就到了洛州，几乎完全未曾在意沿途州县的山川地形。这次返程为了照顾辩才，也出于安全考虑，让他乘了马车，速度大大减慢，不过萧君默也正好借此机会饱览大唐的壮丽山河。

旁边的罗彪不解，问他方才所言何意。萧君默道："陕者，隘也，险要难行、山势四围之意，所以名之陕州、陕县。"

罗彪闻言，这才仔细察看了一下周围环境，只见驿站四周绝崖壁立、松柏森然，不觉便有一股寒意从脊背蹿了上来。

"要是有人想打咱们的主意，此处倒是个动手的好地方！"萧君默轻描淡写地说着，策马向驿站大门走去。

罗彪一听，右手忽然下意识地按在了腰间的刀柄上。

"现在不必紧张，不过今晚睡觉最好睁着一只眼。"萧君默已经进了驿站，却头也不回地扔过来这句话。

罗彪尴尬地松开了手，心里一阵嘀咕：奇怪了，你脑后又没长眼，怎么知道我紧张？

甘棠驿规模不小，是一个四方形的大院落。大门在南边，进门左手是两座硬山顶的房屋，为驿卒寝室；右手也是两座屋，一座是驿丞的值房兼寝室，另一座是饭堂；驿站的东、西两面各有一座悬山顶的普通客房，北面则有一座重檐歇山的双层建筑，为驿站上房；北楼西侧是一排马厩，马厩旁边还有一扇紧闭的小门。

驿丞姓刘，五十开外，老成干练，一看到萧君默等人的装束，便知他们的身份，当即开了北楼二楼的三个单间，萧君默、辩才、罗彪一人一间；另外开了一楼的五间四人房，刚好让萧君默的二十名手下都住了进去。

刘驿丞安排众人入住的时候，没有人注意到，一个马夫模样的人，正在庭院里认真地擦洗一匹马。他一直假装低头忙活，目光却不时瞟向萧君默等人。直到看清萧君默、辩才等人各自入住的房间，才提起水桶，牵着马儿离开。

马夫离开的时候，下意识地望了南面山崖一眼。

此刻，南面山崖上有一群黑衣人正躲藏在山林间，目不转睛地盯着驿站内的一举一动。而与此同时，北面山崖上也有一群黑衣人，正居高临下地俯瞰着整座驿站。两群神秘人虽然都身穿黑衣、面遮黑布，但稍有些不同的是，南边的黑衣人是头裹黑巾，北边的黑衣人则罩着黑色斗篷。

正如驿站中的人不知道这两拨黑衣人的存在一样，两拨黑衣人彼此也并不知道对方的存在。而让庭院中那个马夫完全没料到的是，他刚才的诡异举动，其实也早已被萧君默尽收眼底。

天色擦黑之际，众人在饭堂用餐，一个下巴尖尖的精瘦驿卒非常殷勤，一直在旁边嘘寒问暖，还张罗着给众人加菜。萧君默不免多看了他几眼。

自从离开洛州，辩才这一路上便成了哑巴，几乎没说过话。萧君默主动坐到辩才身边，不时找话跟他说，可辩才却始终埋头喝粥，一言不发。萧君默只好笑笑作罢。一旁的罗彪却看不过眼，瓮声瓮气道："喂，和尚，我们将军问你话呢，干吗装聋作哑？"

辩才喝光了碗里的最后一点粥，才抬头看着罗彪："军爷，读过《论语》吗？"

罗彪一怔："少跟我在这儿卖弄！我是问你怎么不回将军的话！"

"子曰：'食不语，寝不言。'军爷难道没听说过？"辩才慢条斯理道，"何况你还叫我一声和尚。出家人戒律更严，吃饭不说话，是本分！"

玄甲卫中很多人是凭武艺入职，没读过《论语》的粗人不在少数，罗彪便是其中之一。此刻被辩才揭了短，不禁脸色涨红，怒道："那你现在吃完了，可以言语了吧？"

"抱歉！一路车马颠簸，在下累了，想去安寝。"辩才淡淡道，"所以，也不能言语。"说完便径直走出了饭堂。四名玄甲卫立刻起身跟了出去。这是萧君默的安排，这四人必须时刻不离辩才左右。

罗彪被说得哑口无言，勃然大怒，起身要追。

一旁的萧君默早已忍不住笑，一把按住他："哎哎兄弟，少安毋躁！人家是出家人，自然该守规矩，咱不能破了人家的戒律不是？"

"他连老婆孩子都有了，还不算破戒？"罗彪怒意未消。

"老婆未必是真娶，女儿肯定非亲生。"萧君默望着辩才离去的背影，道，"再说了，这是人家的私事，咱们最好不要乱嚼舌头。"

罗彪扭头看着他，忽然促狭地笑笑："既是私事，将军如何得知？"

"直觉而已。"萧君默说着，看见罗彪一脸坏笑，便拍了他脑袋一下，"收起你邪恶的笑容吧！"

罗彪挠了挠头："乖乖，跟一个婆娘同床共寝十六年，居然不是真娶，这得修炼到什么境界？这还算人吗？"

萧君默感觉这话题再扯下去就不雅了，便笑笑不语。刚想离开饭堂，忽然察觉后面有什么动静，立刻回身冲到东面的窗边，猛然把窗户推开，探出头去。

外面一片漆黑，不见任何异样，只有山风呼啸来去，把一大片灌木丛吹得沙沙作响。

罗彪跑了过来："将军听见什么了？"

萧君默凝视着窗外的黑暗，沉吟不语。


刚一出饭堂，才走了几步，萧君默抬头一瞥，就发现北楼二楼的走廊有个身影闪了一下，等他快步冲到庭院中时，那个身影已经消失了。

方才身影所在的位置，正是萧君默的房间门口。

萧君默缓步走上二楼，来到自己的房间，打开门后，并未马上进去，而是扫视了房内一圈，确定无异后，才抬腿走了进去。

刚踏出两步，萧君默就感觉踩到了什么东西，低头一看，是一张折成四方形的纸条。很显然，这是刚才那个神秘身影从门缝里塞进来的。

萧君默凑近灯烛，展开纸条：

消息已泄　辩才危险　千万当心　早做防范

萧君默蹙眉思索。

纸条用的是最为常见的黄麻纸，这是一种以苎麻、布头、破履为主原料生产的纸张，成本低廉，价格比宣纸、硬黄纸等名贵纸张便宜许多。此外，这并不是一张完整的纸，而只有半张，切口清晰齐整，应该是用裁纸刀裁的。

萧君默又扫了一眼字迹，发现落笔虽显匆忙，但字体干练有力，说明此人经常写字。另外值得注意的是，十六个字都有一种不太自然的倾斜。

是谁写了这张纸条？他又是从哪儿得到的消息？既然是好意提醒，证明此人是友非敌，那为何又要鬼鬼祟祟？

萧君默来到走廊上，把整座驿站扫视了一遍。片刻后，他的目光停留在了某个地方。

他心里已经有了一个推断。

入夜，风越来越大，在甘棠驿上空来回盘旋，声声呜咽恍如鬼哭。

刘驿丞打着一盏气死风灯在驿站中四处转悠。这种灯笼通身涂满桐油，外面的纸又糊得特别严实，所以尽管夜风吹得凶猛，却吹不灭笼中的一点微光。刘驿丞把每个角角落落都查看了一遍之后，才慢慢踱回庭院东南角的值房。

刚打开门，刘驿丞就感觉有些不对劲，慌忙把手中灯笼举高，只见萧君默正坐在一把条凳上，跷着二郎腿，悠然自得地看着他。

刘驿丞一惊，强作镇定道："萧将军，你……你怎么在这儿？"

"月黑风高，无心睡眠，找你聊聊天。"

"将军说笑了。明日将军还要赶路，在下也忙了一天，还是各自歇息吧。"

"好，那就不说笑了。"萧君默站起来，"其实，我是想请你帮个小忙。"

"将军有何吩咐？"

"帮我写一张便条。"

"我这儿笔墨是比较齐全，要不我拿出来，将军自己写吧？"刘驿丞说着，放下灯笼，掀开案上一只盛纸的函匣，从一沓黄麻纸中取出一张，放在案上，又在砚台上研了些墨，"将军，请吧。"

"我右臂受了点伤，不便写字，你帮我写吧。"

刘驿丞迟疑了一下，勉强坐在案前，刚要提笔，萧君默忽道："稍等，不用整张纸写，裁成半张即可。"

刘驿丞已有些张皇，但还是依言把纸张对折，然后取过一把裁纸刀，裁下了半张纸。萧君默一直注视着这一切。接着，刘驿丞习惯性地用左手拿起毛笔，蘸了蘸墨，看着萧君默："将军要写什么？"

萧君默直视着他，一字一顿道："消息已泄，辩才危险。"

饶是刘驿丞如何镇定自若，至此也无心再掩饰了，只好叹了口气，把笔掷在案上，道："将军，我是受人之托，给你传达消息，实在别无恶意……"

"这我知道。"萧君默笑了笑，"不过我还想知道，你是受谁之托？"

刘驿丞犹豫片刻，才道："不瞒将军，在下是受魏王殿下所托。"

"魏王？"萧君默有些意外，"我此次也是受魏王之命。既如此，他为何不直接派人给我消息，却要搞得如此神秘？"

"这个在下就不清楚了。杜长史派快马给我口信，让我暗中给将军递个匿名纸条，别的在下一无所知。"

萧君默知道他说的是实话，再问也问不出什么，转身要走，刘驿丞忽然叫住他："将军留步。"

"还有何事？"

刘驿丞笑道："在下有一事不明，还望将军赐教！"

"什么事？"

"将军一眼便识破是在下写的纸条，莫非我方才塞纸条之时，被将军发现了？"

"我只看到一个影子，并不知道是你。"

"那将军又为何这么快就找到我？"

"这并不难。"萧君默淡淡道，"首先，你用的纸很平整，边角既无卷曲也无折痕，不像是行旅之人随身携带的东西，更像是放置在固定处所的，所以我暂时先排除了其他客人，觉得你和驿卒的可能性更大。"

刘驿丞点点头："很合理，然后呢？"

"其次，纸条只有半张纸，且切口清晰齐整，这说明写字之人细心、稳重、做事有条理。更重要的是，此人很节省，能用半张纸的时候，就不用整张纸。由此我便想到，在驿丞和驿卒两种人之间，此人更应该是前者，因为只有当家之人，才会如此珍惜物力，不愿浪费。"

刘驿丞眼中露出了佩服之色。

"最后，也是最明显的，就是你的字迹。你虽然写得匆忙，但字体工整有力，显然是经常写字的人，这就更像驿丞而不是普通驿卒了。此外，这十六个字，都有一种不太自然的倾斜。我立刻想起晚饭之前，曾无意中看见你用左手执笔写字。所以，这些字体的倾斜就有了一个最合理的解释：写纸条的人是个左撇子，也就是你——刘驿丞。"

刘驿丞大为叹服，笑道："早就听说玄甲卫有个心细如发、断案如神的青年才俊，今日一见，果然名不虚传！"

萧君默却没有笑，而是有些凝重地看着他："刘驿丞，方才我说今夜月黑风高，无心睡眠，其实不是玩笑话。"

刘驿丞也敛起笑容，郑重地道："魏王既然专门命人送来消息，今夜必定不会太平。将军有何吩咐，在下一定全力配合！"

"你只须做一件事，就是带上你的手下，照看好所有马匹和那驾马车即可。其他的事，你一概不要管！"

"一概不要管？"刘驿丞大为诧异。

"是的。"萧君默看着他，"今夜就算有人在你的驿站里杀得血肉横飞，你和你的手下都不必管。如此，你便是帮了我，也帮了你自己。"说完，萧君默拍了拍他的肩膀，径直走了出去。

直到萧君默离开值房好一会儿，刘驿丞依旧愣在那儿，想不出个所以然。


北楼二楼走廊，罗彪在辩才房间门口守着。

萧君默走过来，朝他勾了勾手指头。罗彪赶紧凑过去，萧君默附在他耳旁轻声说了几句。罗彪一脸惊诧："将军何须如此？咱们这么多弟兄……"

"照我说的做。"萧君默冷冷道，然后推开辩才房门，走了进去。罗彪不及细想，也赶忙跟了进去。

房中，辩才正坐在床榻上闭目打坐，四名玄甲卫都守在一旁。

萧君默回头给了罗彪一个眼色。罗彪犹豫了一下，面露无奈，叫上那四个玄甲卫一起出了房间。

萧君默走到床榻前，看着辩才："法师，我本无意打扰你清修，只是，今夜恐怕会有麻烦，还需你配合一下。"

辩才仿佛没有听见，良久后才慢慢睁开眼睛："什么麻烦？"

"有人会来劫你，或者……杀你！"

辩才冷然一笑："贫僧十六年前便已是行尸走肉、死灰槁木了，浮生所欠，唯有一死，还怕人来杀我吗？"

这是辩才第一次以"贫僧"自称。随着离伊阙越来越远，他似乎也在一点一点割舍过去十六年的世俗生活，渐渐变得心如止水。萧君默心里既有些同情，又有些歉疚，脸上却还挂着笑："法师若是死了，在下也只能提着脑袋回长安。出家人以慈悲为怀，我还这么年轻，法师舍得让我死吗？"

"你披上这身黑甲，就该想到会有今天！"

"法师好像很讨厌我这身黑甲？"

"说不上讨厌，但也并不喜欢。"

"谢谢法师的坦诚！不过，不希望你死的，不仅是我，还有你尚在伊阙心心念念盼你回家的妻女，不是吗？"

辩才微微一震，沉静的表情立刻起了波澜，少顷才道："将军需要我怎么配合？"

萧君默粲然一笑："法师想开了，在下的颈上人头便可保了。"说着凑近辩才，低声说了几句。

辩才一怔："这么做，妥当吗？"

"没问题。"

"将军可想清楚了？"

"当然。"

辩才深长地看着他："将军方才还说，这么年轻，不舍得死，现在为何又不惜命了？"

"在下固然惜命，但更希望能够不辱使命，把法师安全送到长安。"

萧君默的表情依旧云淡风轻，但眼中却透着一股决绝和坚毅。


罗彪和四名玄甲卫站在庭院中，远远看见萧君默从辩才房间走了出来，穿过走廊，下了楼梯，然后身子一拐，朝西北角的马厩方向去了，并没有向他们走来。

四个玄甲卫互相看了看，又看向罗彪。

"看我干吗？都回辩才房间守着。"罗彪道，"辩才要是睡下了，你们也别点灯，就在房间里给我守到天亮。"

"是！"四人答应着，飞快地跑开了。

他们一走，罗彪也快步朝北楼西侧走去，那是刚才萧君默身影消失的地方。

　　四个玄甲卫再次进入辩才房间的时候，发现灯已经熄了，辩才面朝卧榻里侧躺着，正发出细微而均匀的鼾声。四人遵照命令，在黑暗中坐了下来，静静守着。

　　驿站外的东边有一片黄杨灌木，此刻，三条纤细的黑影正躲在灌木丛中。

　　她们就是楚英娘、楚离桑和绿袖。三人都穿着夜行衣，头脸都包着黑布，只露出眼睛。半个多时辰前，楚离桑摸到饭堂窗外，想打探情况，恰好听见萧君默和罗彪在谈论她家的事，口气似乎还有几分戏谑。楚离桑一怒，不小心弄出了动静，还好及时跑回灌木丛中，才没让萧君默发现。

　　三人从午后一直躲藏到现在，不仅腰酸背痛，还被各种蚊虫不时叮咬。楚离桑大为不耐，低声道："娘，他们估摸也都睡下了，动手吧？"

　　楚英娘不语，目光一直警惕地观察着四周。

　　绿袖好像又被虫子咬了，啪地在后脖子上拍了一下，连声嘟囔。楚英娘扭头，严厉地瞪了她一眼，绿袖伸伸舌头，赶紧噤声。

　　"娘……"楚离桑还想说什么，楚英娘忽然嘘了一声，目光凌厉地望向左手边。楚离桑和绿袖同时顺着她的目光看去，只见南边山崖上，突然扔下十几条长索，然后十几道黑影正从崖上快速缒下来。

　　绿袖惊得捂住了嘴。

　　楚离桑也是一惊："娘，这些是什么人？"

　　"肯定是冲你爹来的。"

　　楚离桑越发惊异："既然来者不善，那咱们得赶紧动手了！"

　　"现在不行！"楚英娘一脸镇定，压低声音道，"他们人多势众，而且看样子身手都不弱，咱们拼不过他们。"

　　楚离桑着急："那怎么办？难道就任凭他们把爹抓了，或者把爹……"她心里是想说"杀"字，却不敢说出口。

　　"你别忘了，还有萧君默他们在里面呢，玄甲卫也不是吃素的，自能抵挡他们。"楚英娘顿了顿，又道，"这票人突然出现也好，省得咱们跟玄甲卫硬拼，等他们两败俱伤，咱们再出手不迟。"

　　楚离桑想了想，觉得有道理，也就不吱声了。

　　就在南边黑衣人从崖上缒下的同时，北边山崖上也下来了十几个黑衣人，迅速躲在了几棵大树之后。

　　其中一个黑衣人喘息未定，立刻拉下面罩，模仿鹧鸪鸟发出几声"咕咕、咕咕"的叫唤。片刻后，驿站东北角响起了相同的声音。紧接着，一道黑影迅速摸了过来。

黑影来到近前，居然是饭堂中那个下巴尖尖的精瘦驿卒。

"情况怎么样？"学鸟叫的黑衣人迫不及待地问。

此人正是洛州长史姚兴。

瘦驿卒答道："萧君默、辩才、罗彪就住在北楼二层的三、四、五号房，有四个玄甲卫守在辩才房里，其他人都住楼下。"

姚兴"嗯"了一声："干得不错，我会记你一功。你先回吧，免得让人起疑。"

瘦驿卒连连称谢，然后转身往回走，可还没走出几步，姚兴就从背后扑上来，一手捂住他嘴巴，另一手持刀在他脖子上一抹，瘦驿卒就软软地倒在了地上。

姚兴拿刀在他身上擦了擦，低声道："兄弟，使君有命，不能留你这条舌头，你别怪我，改天一定多给你烧些纸钱。"说完，猫腰跑到不远处的一棵树下，对一个身材较为高大的黑衣人道："使君，都摸清了，动手吗？"

这个黑衣人正是杨秉均。

他无声地挥了一下手，率先朝驿站东北角摸了过去，姚兴等人紧随其后。

杨秉均等人翻过驿站北墙，迅速蹿上了北楼二楼的走廊，然后分别蹲在三、四、五号房的窗外，各自掏出一根竹管，刺破窗户上的纸，朝里面吹着什么。

辩才房间里，一股淡淡的烟雾在黑暗中弥漫开来，四个玄甲卫原本都闭目坐着，很快就开始东摇西晃，紧接着便一个个栽倒在地。

门闩被一把小刀轻轻拨开，然后房门就吱呀一声开了，杨秉均、姚兴和几个手下猫着腰摸了进来。他们一一查看了地上的四个玄甲卫，发现都已被迷晕，才直起腰身，同时把目光转向床榻上的辩才。

辩才仍然面朝里侧躺着，正发出粗重的鼾声。

杨秉均拉下面罩，狞笑了一下，对姚兴道："你带几个弟兄，马上带他去见先生，我去隔壁亲手宰了萧君默！"

"是！"姚兴跟两个手下一起扶起辩才，用一只黑布袋罩在他头上，然后把他架了起来，迅速走出了房间。

杨秉均看着姚兴等人下了楼梯，才重新拉上面罩，走到萧君默房间门口，对手下道："把门弄开！"手下迅速掏出一把小刀，插进了门缝里，开始拨门闩。

就在这时，从南边山崖上下来的十几个黑衣人也正好翻过南墙，进入庭院。一道黑影从角落里蹿出，跑到为首黑衣人身边，轻声禀报了萧君默等人的住宿情况，所说正与那个驿卒毫无二致。

这个黑影就是傍晚在庭院里洗马的马夫。

为首黑衣人听着，刚想说什么，忽然用手捂嘴，忍不住轻咳了一下。

此人正是魏徵派来的李安俨。

李安俨抬头，忽见北楼走廊上黑影幢幢，所在位置正好是马夫说的萧君默房间，暗叫一声不好，大手一挥，立刻带着手下朝北楼冲了过去。

杨秉均察觉楼下动静，刚一转身，李安俨已经从庭院中飞身跃上二楼栏杆，手中长剑直刺过来。杨秉均大惊失色，慌忙一闪，堪堪躲过。

姚兴和两个手下费了好大劲，才把软绵绵的辩才从驿站北墙弄了出去。

"这老头，真是死沉！"一个手下抱怨。

"废什么话？快走！"姚兴低声骂道，伏着身子观察了一下四周，才深一脚浅一脚地蹿入一片半人多高的荒草丛中。两个手下一左一右架着辩才，紧随其后。

此时的姚兴并不知道，他们刚一离开，便有八名玄甲卫正从同样的位置翻墙而出，悄无声息地跟上了他们。

驿站东边的灌木丛中，早已焦躁难耐的楚离桑终于听见了东北角的动静，探头一看，正好看见几个黑影架着一个人慌慌张张地跑远。楚离桑赶紧对楚英娘道："娘，你看，那几个家伙绑走的是不是爹？"

"是有点像。"楚英娘睁大了眼睛，正想着要不要追过去，忽然又察觉什么，连忙一手一个拽住楚离桑和绿袖，猛地伏低了身子。"娘，又怎么了？"楚离桑不解。楚英娘朝左手边努努嘴。楚离桑转头一看，才发现七八条黑影正从前面不远处急速掠过，紧跟着前面的黑影朝东边而去。

恰在这时，驿站中又传出刀剑撞击的厮杀声。绿袖眉头紧皱："今晚真邪门！这驿站到底来了几拨人？！"楚英娘两头望了望，一时也有些困惑。楚离桑则一直望着东边，满脸焦急："娘，别犹豫了，我看被劫走的那个人肯定是爹，赶紧追吧！"

楚英娘又想了想，一咬牙："走！"

驿站里，李安俨和杨秉均这两拨人刚一交手，便有八名玄甲卫从一楼客房冲了出来，同时对双方展开攻击，于是三拨人瞬间打成了一团。

在这场混战中，每一拨人都闹不清真正的敌人是谁，只好同时与另外两方开打，于是每一方都打得惊心动魄且一头雾水。

此时，刘驿丞正遵照萧君默的指示，带着五六个驿卒守在驿站西北角的马厩前，个个持刀在手，紧张地保持着防御姿势。

他们耳闻着庭院方向激烈的厮杀打斗声，每个人脸上都写满了惊惧和困惑。

最感困惑的人，当然是刘驿丞。

他到现在还是没弄明白，萧君默叫他守在马厩前到底是什么意思。他唯一能想到的理由，就是萧君默早就料到今夜的情况会很复杂，所以叫他们躲在这里避险保命。

尽管困惑不安，但仅此一点，刘驿丞就足以对萧君默心存感激了。因为他知道，就凭他和手下这几个驿卒的本事，真要是冲出去，立马就会变成别人的刀下之鬼！

刘驿丞正胡乱想着，忽然听见身后好像有人说话。他问左右驿卒："谁说话了？"驿卒们个个摇头。刘驿丞回头看向马厩，可除了并排站着的几十匹马，外加一驾孤零零的马车之外，马厩中空无一人。

一匹高大的黑马突然喷了一下响鼻，前蹄在地上刨了几下，显得有些焦躁不安。

刘驿丞认出来了，那是萧君默的坐骑。

然而眼下，萧君默到底在什么位置，究竟在做些什么，刘驿丞却一无所知。


姚兴等人带着辩才，顺着北山的崖下往东走了约莫一炷香工夫，进入了一片松林。八名玄甲卫一直悄悄跟在他们身后，而楚英娘三人则紧紧咬着玄甲卫。

在松林中又摸黑走了半里多路，来到一片相对开阔的空地，姚兴才停下脚步，掏出火镰打着了火，点燃一根松枝，仔细观察了一下四周，嘴里念叨着："应该就是这里了。"

"长史，快跟先生接头吧，咱可快累死了！"一个手下气喘吁吁道。

姚兴回头瞪了他一眼，扶着一株树，清了清嗓子，对着松林深处念了一句："先师有冥藏。"

四周一片死寂，毫无回应。

姚兴又提高嗓门念了一遍。片刻后，林中终于传来一个低沉浑厚的声音："安用羁世罗。"

姚兴长长地松了口气。

此刻，八名玄甲卫埋伏在姚兴身后三丈开外的地方，而楚英娘她们则离得更远，所以根本听不到前面在说些什么。

林中的话音一落，周围便同时亮起十几支火把。姚兴一下难以适应光亮，赶紧抬手遮眼，只见几十个戴着斗篷、面遮黑布的身影从四周的松林中走了出来。为首的黑衣人身形颀长，脸上戴着一张造型古朴、神态诡异的青铜面具，旁边跟着一个瘦瘦的人，正是多年来一直追随其左右的韦老六，他是冥藏的左使。

"见过冥藏先生。"姚兴慌忙上前行礼，又侧身对韦老六道，"见过韦左使。"

"杨秉均呢？"冥藏先生问道。

"我们使君，可能……可能是被玄甲卫缠住了。"姚兴仅见过冥藏先生几面，每次见面都会不由自主地感到紧张。

"听说你们使君很有能耐啊！"冥藏先生淡淡道，"借着给李世民搜罗王羲之字帖的机会，中饱私囊，不知道搜刮了多少民脂民膏！"

"先生，我们使君把绝大部分都上交给您了……"

"绝大部分？"冥藏先生一声冷哼，"应该是九牛一毛吧？"

姚兴低下头，不敢吱声了。

冥藏先生瞟了姚兴身后的人一眼："把辩才带来了？"

"回先生，带来了，他就是辩才。"

"听说他在杨秉均眼皮子底下隐藏了十六年，去年杨秉均还让他写了一幅为母贺寿的字帖，可愣是没发现他就是辩才，最后反倒让人家玄甲卫捷足先登了！你自己说说，我要你们使君这种人何用？"

"先生明鉴，天下善写王羲之书法的人太多了，使君他根本没想到，这个吴庭轩竟然会是辩才啊！"姚兴头上已经冒出了冷汗。

"你倒很会替杨秉均说话，看来他待你这个长史不薄啊！"冥藏先生干笑了几声，"也罢，过去的事暂且不提。就说这回吧，玄甲卫在伊阙调查了那么多天，杨秉均却始终毫无察觉，直到人家把人押到了州县公廨，他才如梦初醒，赶紧把消息报给了我。这种人，不要说不配当我的手下，就连做李世民的官也不够格！我真后悔，当初怎么会让玄泉帮着把这种人弄上刺史的位子。"

"先生，玄甲卫办案向来神秘莫测，别说我们使君这种级别很难知情，就算是朝中那些宰相，也往往被蒙在鼓里……"

"够了！"冥藏先生终于发怒，厉声道，"杨秉均就是被钱财蒙住了狗眼，才会如此闭目塞听、如盲如聋！你一心替他说话，是不是也想替他受罚？！"

姚兴吓得扑通跪地，磕头如捣蒜："先生息怒，属下不敢……"

这时，八名玄甲卫开始悄悄向前移动，楚英娘她们也紧跟着移动。借着远处火把的光亮，楚英娘隐约看见了什么，顿时露出万分惊骇的神色。楚离桑和绿袖一心只顾林中的动静，压根不知道楚英娘眼神的剧烈变化。

冥藏先生不再理会姚兴，而是远远地瞟了辩才一眼，道："把他的面罩拿下来吧。这位老友我已多年不见，心中很有些想念啊！"

由于刚才一直在跟姚兴说话，没怎么留意辩才，此时细看眼前这个人，冥藏先生就蓦然感觉不对劲了，又定睛一看，眼神立时大变。与此同时，手下揭下了"辩才"的头罩，萧君默的脸赫然出现在了众人眼前。

揭面的瞬间，萧君默粲然一笑，同时右手一动，一把匕首从袖中滑入掌中，紧接着手腕一翻，轻轻一抹，就割开了右边黑衣人的喉咙。当这个黑衣人捂着喷血的喉咙扑倒在地的时候，萧君默已经飞快抓住了左边黑衣人，把匕首抵在了他的脖子上。

这把匕首的手柄上镶嵌着红、绿两色宝石，名贵而精致，正是数日前楚离桑刺在他右臂上的那一把。

驿站北楼，辩才房间中，躺在地上的四名玄甲卫几乎同时起身。他们互相看着对方，不禁相视一笑。

"方才那几个家伙进来，老子真想宰了他们！"一个玄甲卫低声道。

"你要是动手，就坏了将军的好事了。"另一人也轻声道，"将军的计划就是让咱们'睡'上一小会儿，你乖乖听命就是。"

还好这四个人都是萧君默精心训练过的，都有不错的闭息功夫，否则方才从走廊窗户吹进来的迷魂香，足以让他们一觉睡到大天亮。

尽管现在走廊上和庭院里正打得不可开交，但这四名玄甲卫却仿佛没有听见一样，径直走到北面的窗边，拉开窗户，一个接一个跳了出去。

马厩前，刘驿丞和手下依旧持刀在手，保持着防御的姿势，只是他们到现在为止还是不知道自己在防御什么。

忽然，刘驿丞再次察觉背后有什么动静，猛然扭头一看，只见那驾马车的帘幕被掀了开来，然后罗彪和另一名玄甲卫竟然从车厢中钻了出来。刘驿丞顾不上讶异，又仔细一看，罗彪身旁的这个"玄甲卫"居然是辩才！

至此刘驿丞终于明白，萧君默让他守在这儿，不仅是在保护他，也是顺便让他保护辩才。刘驿丞深知凭自己的本事担不起保护之责，萧君默这么安排，事实上是照顾到了他的自尊心，让他和手下感觉没在这儿白站大半个晚上。

"老刘，等前面打完了，你们再过去。"罗彪对他咧嘴笑笑，"估计没少死人，明天够你和弟兄们忙的，光挖坑埋尸就能把你们累死！"

刘驿丞张了张嘴，一时竟不知该说什么。

这时，一个驿卒突然冲着黑暗的巷道喊了一声："来者何人？站住！"

刘驿丞赶紧回头，只见四条黑影正沿着北墙的巷道快步走来。

"别慌，自己人！"罗彪笑道。

那四条黑影走近了，果然正是辩才房中那四名玄甲卫。

随后，罗彪命四人从马厩中牵出各自坐骑，他自己和辩才共乘一骑，然后六人五骑从西北角的小门离开了驿站，径直朝西边驿道疾驰而去。

临走前，罗彪对刘驿丞道："老刘，待会儿萧将军回来，麻烦转告一声，就说我们按照原计划先行一步，在西边等他！"

刘驿丞用力点了点头，不知道自己为何还是说不出话来。


松林中，萧君默方才的一连串动作迅疾如电，把所有人都看得目瞪口呆。

"你是何人？！"冥藏第一个反应过来，沉声一喝。

萧君默笑了笑："你猜猜？"

冥藏凝视着他，忽然眸光一闪："莫非，你就是那个查出辩才的玄甲卫郎将萧君默？"

"算你有眼力！"萧君默笑道，"是不是觉得如雷贯耳？"

冥藏冷哼一声："年纪不大，口气不小！"

"三天前，杨秉均也对我说过这话，不过他一说完就后悔了。"萧君默说着，朝早已瘫坐在地、一脸惊愕的姚兴努努嘴，"不信你问问他。"

此时，那八名玄甲卫早已又往前移动了一段，距冥藏的手下不过一丈，随时可以出手保护萧君默。而楚英娘三人虽然也紧随其后摸了过来，但适才萧君默露出真面的一幕却令她们极度惊愕，同时又大失所望。此刻三人面面相觑，一时竟不知该怎么办。

楚英娘尽力用失望的神色掩盖着内心翻江倒海的复杂情绪，因为从她现在埋伏的位置，已经可以真真切切地看见冥藏。

那张面具在她看来无比熟悉，却又无比陌生。

"娘，咱们快回驿站，说不定爹还在那儿。"楚离桑低声道。

楚英娘从恍惚中回过神来："你……你说什么？"

楚离桑和绿袖对视一眼，都有些狐疑。楚离桑看着她："娘，您怎么了？"楚英娘极力压抑着自己的情绪，淡淡道："没什么，我是在想你爹现在在哪儿……"

林中空地，冥藏深长地看着萧君默："年轻人，你冒充辩才的行径十分可恶，不过你孤身前来的勇气却着实可佩。你这么做，难道就不怕死吗？"

"我当然怕死！"萧君默仍旧微笑着，"不过，就你们这些个流窜山野的剪径小贼，恐怕还杀不了我。"

此时的萧君默当然知道，眼前这些人绝非剪径山贼那么简单！仅凭刚才这个"冥藏先生"与姚兴的一番对话，便足以说明此人的能耐和势力均不可小觑！而萧君默今夜煞费苦心唱这出调包计，并主动出击以身犯险，正是想查清来劫辩才的到底是什么人。所以，他现在故意用激将法，就是想从这个面具人嘴里捞出更多线索。

冥藏闻言大笑："年轻人，你未免太贪心了！方才已经听了那么多，现在还想用激将法来诓我？！可是，就算让你知道更多又有何用？你一个快死的人了，难不成要拿这些消息去跟阎王禀报？"

此言一出，韦老六、姚兴和其他黑衣人顿时放声大笑。

就在此时，不远处突然传来刀剑相击的铿锵声，所有人的目光不由一凛。

刚才，就在楚英娘三人正准备离开的时候，绿袖不小心踩到了一根枯枝，立刻被附近的三名玄甲卫发现。他们一看三人身穿黑衣，以为是埋伏的敌人，未及细想便一起攻了过去，双方就此开打。

那边一动手，这边自然也无话可说了。冥藏左手微微一扬，一枚暗器瞬间射入被萧君默劫持的那个黑衣人的眉心。此人当即瘫软，从萧君默手里滑溜了下去。萧君默摇头苦笑，对冥藏道："面具人，你杀自己手下，连眼都不带眨，这可不是什么好习惯！"

话音未落，韦老六及手下几十个黑衣人便同时朝萧君默扑了过来。与此同时，埋伏在萧君默后侧的五名玄甲卫也飞身而出，迎战黑衣人。顷刻间，一场三方混战再次上演，与适才驿站里的那一幕如出一辙。

驿站里，李安俨心里惦记辩才和萧君默，便从厮杀中抽出身来，查看了北楼二楼的三个房间，却发现里面都空无一人，遂无心恋战，立刻带着手下脱离战场，仍旧从南墙翻了出去。撤出后，清点人数，发现十几个人已折损大半，只剩下五六人。

同样，杨秉均和玄甲卫也是两败俱伤。

当李安俨一方撤离后，早已精疲力竭的杨秉均也慌忙带着仅剩的三四个手下，从东北角翻墙而出，仓皇逃窜。一名玄甲卫杀红了眼，还想追出去，另一名玄甲卫赶紧拉住他："别追了，将军还没回来，咱们得在这儿接应。"

直到厮杀结束，庭院里再也没了声响，刘驿丞才带着手下驿卒战战兢兢地走过来，一见满地横陈的尸体，脸色唰地一下全都白了。

八名玄甲卫，现在也只剩下三人。

看见他们费力地把同伴的遗体从死人堆中抬出来，刘驿丞一声长叹，赶紧招呼手下一起清理战场。

这一夜，甘棠驿中还住着四五十名房客，他们都是行经此处的各地官吏及其仆从。其中不少官员仕宦多年，时常在驿道上来来往往，也没少住驿站，却还是头一回遇上如此血腥的厮杀场面，自然个个心惊胆战。方才打斗正酣时，他们都紧闭门窗，熄灭灯烛，大气也不敢出，直到看见驿卒们开始清理战场，才陆陆续续打开房门，探头探脑地走了出来。

闻着飘散在庭院中的血腥气息，好些个平日威风八面的官员此刻依然手足冰凉、心有余悸。

第八章 / **死别**

一跟这些身披斗篷的黑衣人交上手，萧君默就意识到自己轻敌了。

这些人的身手丝毫不比玄甲卫弱，而且个个悍不畏死，一上来便都是凌厉至极的杀招。最可怕的是为首的那个面具人，手中的暗器无影无形，并且出手快如闪电，令人防不胜防。萧君默凭借手里的一把匕首干掉四五个黑衣人后，一回头蓦然发现，身旁的五个弟兄已经倒下了三个，遂不再恋战，与剩下的两名玄甲卫且战且退，很快便与后边的那三名玄甲卫合兵一处。

此刻，这三人正与楚英娘她们及另外六七个黑衣人缠斗不休。萧君默目光一瞥，忽然看见了一道熟悉的身影，心中大为惊愕，脱口喊了一声："楚离桑，是你吗？"

楚离桑正杀得性起，一听到萧君默的声音，顿时更怒，立刻撒开对手，径直向他杀来，嘴里却下意识地大喊："不是我！"

萧君默闻言，忍不住一笑，一边轻盈地躲避她的攻击，一边对那三个玄甲卫喊道："弟兄们，她们是自己人，别跟她们打！"

那三人先是一怔，旋即反应过来，赶紧掉头攻击那些黑衣人。这一来，楚英娘和绿袖压力骤减，都暗暗松了口气。绿袖本就不是任何人的对手，全凭身材娇小、反应敏捷东躲西闪，数度险象环生，都靠楚英娘及时化解。现在情势一缓，楚英娘也就全力保护绿袖，与那三名玄甲卫一起对付起了黑衣人。

楚离桑听萧君默说她们是"自己人"，心里不由一暖，但旋即想起他欺骗自己的一幕幕，还有尔雅当铺葬于火海的情景，心顿时又冷了，手中长剑攻势更猛，嘴里喊道："你不要脸，谁跟你是自己人？！"

萧君默一边左闪右避，一边笑道："咱们都是拿命保护你爹的人，当然是自己人了！"突然，斜刺里蹿出一个黑衣人，趁楚离桑不备，挥刀从旁偷袭，萧君默眼疾手快，一个旋转躲开楚离桑的剑，手中匕首刺入黑衣人心窝，黑衣人闷声倒下。

楚离桑愣了一下，旋即又一咬牙，继续朝萧君默攻来。

"喂，我在救你，你却在杀我，你这人好不讲道理！"

"跟你这种骗子、伪君子、强盗、纵火犯，没有道理好讲！"

听着这一串骂词，萧君默不禁苦笑："'骗子'和'伪君子'我勉强笑纳，可'强盗'和'纵火犯'又从何说起？"

"你派人去抄我家，还把我家都烧光了，还说不是强盗和纵火犯？！"

萧君默一怔，立刻明白是怎么回事，边躲边道："楚离桑，你误会了，害你们的人是洛州刺史杨秉均，不是我。"

"你还狡辩？！"楚离桑又砍又刺，"那些人都穿黑甲，还口口声声说是你派去的。"

"那是他们栽赃陷害！"

"你这人又虚伪又无耻，我凭什么信你的话？"

"又来了！"萧君默再度苦笑，"'虚伪'我承认，'无耻'还给你！"

"要还，就把你手上的刀还我！"楚离桑冷笑，"拿着别人的东西还用得这么带劲，你不无耻谁无耻！"

萧君默这才想起匕首是她的，笑道："要还你也成，不过你刺我那一下怎么算？"

"那是你罪有应得！"楚离桑喊着，又一剑刺了过去……

因看对方已处劣势，冥藏先生早与韦老六一起站在外围冷眼旁观。此时，他见萧君默和一个黑衣女子一边打斗一边吵嘴，不免觉得好笑，对韦老六道："你瞧瞧，年轻就是好啊，打个架都跟打情骂俏似的。"

"先生要是嫌吵，属下这就让他们闭嘴！"韦老六说着就要上去。

"站着。"冥藏慢悠悠道，"难得有好戏看，这不挺好玩的吗？你这人就是太死板，真真无趣得紧。"

韦老六悻悻地站住了。

冥藏又把目光转向楚英娘那边，看着看着，眼中忽然露出疑惑的神色，立刻往前迈了两步，紧盯着楚英娘的身影，目光越发惊疑，对韦老六道："去，把那个女子的面罩揭下来。"

韦老六顺着他的目光望去："是。"

"小心别伤着她，我要活的。"

"遵命！"

韦老六答应着，飞身扑向楚英娘，手中横刀出鞘，带出一声嗡嗡长吟。此时楚英娘正与两名黑衣人缠斗，还要保护绿袖，只能与对方打个平手，见韦老六忽然杀来，连忙挥剑上前格挡。绿袖一下失了荫庇，再度落入险境，不禁发出连声惊叫。

楚离桑闻声，只好扔下萧君默，返身去救绿袖。萧君默这才脱身，见旁边一个手下正被三名黑衣人围攻，遂捡了地上一把横刀，右手长刀左手短刃，杀向那三名黑衣人。

韦老六与楚英娘交上了手，双方你来我往，片刻间便打了十几回合。韦老六一心想揭她面罩，所以手中横刀虽虎虎生风，却都是虚招，右手屡屡抓向楚英娘面门。楚英娘察觉他的意图，遂牢牢防住面门，让他根本无机可乘。

二人打斗时，冥藏一直死死盯着楚英娘的身形和动作，眼中的惊疑之色越发强烈，遂不再等待，双足运力，纵身飞起，同时左手一扬，暗器飞出，正中楚英娘手腕。楚英娘的剑当啷落地。还没等她反应过来，冥藏已落在她面前，右手急伸，如同鹰爪一般抓向她的面罩。

楚英娘蓦地一惊，身子一闪，向左侧急退一步，堪堪躲过他的一抓。

楚离桑见母亲被二人围攻，大为焦急，立刻冲过去，对着冥藏的右肋就是一剑；韦老六见状大惊，一刀向楚离桑胸前刺去；楚英娘见女儿危急，立刻把她往旁一拽，同时纵身向前一挡；冥藏则不顾一切地揭下了楚英娘脸上的黑布……

四个人的动作几乎在同一瞬间做出，也在同一瞬间完成。

冥藏右肋中了楚离桑一剑。

楚离桑躲过了韦老六的一刺。

然而，韦老六的刀却深深插入了楚英娘的胸膛，刀尖自后背透出。与此同时，她的脸也彻底暴露在了冥藏的眼前。

刹那间，四个人都僵住了。

冥藏的眼中露出万分惊愕、难以置信之色，嘴里吐出了两个字："丽娘？！"

楚离桑双目圆睁，迸发出一声嘶吼般的厉叱，手中长剑高高扬起，对着韦老六当头劈落。韦老六情急，下意识抽出横刀格挡，双刃相交，火光飞溅，二人同时震开了数步。楚英娘被横刀抽出的力道往前带了一下，差点扑倒。冥藏伸手欲扶，却被楚英娘狠狠一掌击中胸部，整个人向后飞去，一口鲜血从嘴里喷了出来。

楚英娘凄然一笑，身子晃了晃，旋即向后倒去。

楚离桑扔掉长剑，飞身上前抱住楚英娘，带着哭腔大喊一声："娘！"绿袖的眼泪也夺眶而出，赶紧跑了过去。

这一切发生得太快，所有人都被这突如其来的一幕惊呆了。

萧君默也愣在当场。

韦老六暴怒，对着手下大吼："杀了他们！"然后向躺在地上的冥藏跑去。

那些黑衣人回过神来，再次对玄甲卫发起攻击。有两个黑衣人高举横刀，杀向楚离桑和绿袖。萧君默大惊，纵身一跃，挡在她们身前，右手横刀抢出一圈弧光，将两个黑衣人手中的刀全部砍落，然后身子一旋，左手匕首一抹一刺，那两个黑衣人便一人捂着喉咙、一人捂着胸口，同时扑倒在地。

此时，玄甲卫只剩下三人，而黑衣人则还有十六七个，双方力量对比一目了然。三名玄甲卫主动撤到了萧君默身边，将楚离桑她们护在中间，而黑衣人则从四个方向逼了过来，将他们围在当中。

韦老六扶起冥藏，拉下自己的面罩，怆然道："先生，您怎么样了？"

冥藏显然伤得不轻，气息有些虚弱："叫弟兄们……停手，撤。"

韦老六以为自己听错了："您说什么？"

冥藏抬起头，阴沉地盯着他："我说，让弟兄们撤！"

韦老六大为不解："可……可她们把您伤成这样……"

冥藏先生目光如刀，"钉"在了韦老六脸上。韦老六悚然，转头对着手下大喊："弟兄们，撤！"

那些黑衣人迟疑了一下，随即依言撤了过来。

韦老六背起冥藏，带着手下朝松林的东边撤去。离开之前，伏在韦老六背上的冥藏缓缓回头，朝楚英娘的方向望了一眼，目光中似有无限的憾恨和忧伤。

楚英娘躺在楚离桑怀中，双目紧闭，脸色苍白，伤口处的鲜血汩汩流出。楚离桑用手死死按住母亲身上的伤口，满脸泪痕，一旁的绿袖也一直啜泣，不知所措。萧君默急道："楚离桑，得赶紧把你娘送到驿站，给她止血……"

楚离桑回过神来，伸手要把母亲抱起，却因悲痛而手软无力。萧君默不由分说抱起楚英娘，快步向驿站跑去，楚离桑和绿袖只好紧跟在后面。

萧君默对手下道："你们先走，叫刘驿丞准备金创药，最好再找个医师，快！"

三名玄甲卫得令，飞速朝驿站跑了过去。

此时天已微明，远处的甘棠驿在淡淡的晨光中露出了模糊的轮廓。

驿站中，恰好有一位回乡省亲路过此地的张姓老太医，随身带着药箱。当萧君默抱着楚英娘大汗淋漓地回到驿站时，刘驿丞赶紧帮着把人抬进了一间客房中，张太医立即取出金创药，叫众人在外面暂候，说这么多人都挤在里面也没用。

楚离桑和绿袖只好站在外面等。萧君默看着楚离桑心急如焚、泪流不止的样子，心中大为不忍，想安慰她几句，又怕惹她更伤心，只好把话咽回去，埋头在庭院里来回踱步。

约莫半炷香后，张太医脸色沉重地走了出来。楚离桑、绿袖、萧君默、刘驿丞一下全都围了上去。楚离桑一把抓住他的手："太医，我娘没事了吧？"

张太医一声长叹："这位娘子，老朽不敢瞒你，你娘受创太深，脏器破裂，虽然老朽暂时帮她包扎了伤口，但内脏的创伤无法补救，且体内的大出血也根本止不住……抱歉，老朽实在是回天乏术！"

楚离桑浑身一震，呆呆地看了张太医一会儿，然后一头冲进了客房，绿袖也哭着跟了进去。

床榻上，楚英娘的脸已经毫无血色，但她睁开了眼睛，目光中居然透着一股安详和平静。楚离桑一下跪倒在榻前，抓住母亲的手，眼泪不可遏止地潸潸而下。绿袖也跪在一旁，不停地抹眼泪。

"桑儿，别哭……"楚英娘轻抚楚离桑的脸，微微笑道，"人固有一死。娘唯一的遗憾，就是没有看着你出嫁……"

"娘！你不会死，你不能死！"楚离桑终于开始号啕大哭，"现在爹被抓走了，你又要丢下我，我不让你死！"

"桑儿，听娘说，娘时间不多了，有些话必须告诉你。"楚英娘虚弱地道。

楚离桑蓦然想起母亲被揭下面罩的一瞬间，那个面具人似乎喊了她一声"丽娘"，当时根本来不及去想，可现在一想起来就觉得不对劲了。

"桑儿，你听着，娘过去不叫英娘……"

"是叫丽娘吗？"楚离桑渐渐止住了哭泣。

楚英娘点点头："娘过去的名字是虞丽娘，现在用的这个名字，是你外祖母的……"

"娘，您和爹为什么都要隐姓埋名，你们到底在躲什么？"

"我们在躲避仇恨、野心、杀戮……桑儿，不管娘过去是谁，经历过什么，你都不要再追究，什么都不要管。你和绿袖要逃得远远的，平平安安过日子……"

"娘，发生了这么多事情，您叫我怎么平平安安过日子？"楚离桑哽咽地说，"您说有些话要告诉我，难道就只有这个吗？"

楚英娘苦笑："娘何尝不想把什么都告诉你，但是……桑儿，娘现在只能对你说一句话，发生在咱们身上的所有事情，都跟《兰亭序》有关。"

"《兰亭序》到底藏着什么秘密，为什么会把我们害得家破人亡？"

"桑儿，还记得娘对你说过的话吗？这世上有些秘密，是永远不可去触碰的……"

楚离桑苦笑了一下："好，我不问这个，那我问您，那个面具人是谁？他跟您到底是什么关系？"

楚英娘脸上露出复杂的神色："他是……是娘的仇人。"

楚离桑一惊："他对您做了什么？"

"就是因为他，娘才会带着你流落他乡，四处漂泊。桑儿，这是上一辈人的恩怨，与你无关，你别再问了。"

"既然他是您的仇人，今天他为何会放过我们？"楚离桑看着母亲。

方才在松林中，楚离桑虽然因为母亲的伤而万分焦急，但当时的事情她并非没有察觉。那些黑衣人其实已经完全占据了优势，只要面具人一声令下，她和萧君默等人便危险了，说不定就会葬身于此。可面具人却在这个节骨眼上突然罢手，显然非常理所能解释。

楚英娘一怔，停了片刻才道："或许……或许他这个人，还有一点良心吧。"

楚离桑思忖着，脑中忽然闪过一个念头，连她自己都觉得荒谬。她不敢把这个念头说出来，甚至仅仅是让它停留在脑中，便是对自己和母亲的一种侮辱和嘲讽。然而，令楚离桑在此后很长的一段时间里深感痛苦的是，这个念头从跃入她脑海的一刻起，便像烙印一样深深地刻下了，无论如何也无法抹去……

这一天，楚英娘在说完这些话后，又接连吐了几口鲜血，然后便闭上眼睛，再也没有醒来。楚离桑趴在母亲身上撕心裂肺地哭了很久，直到最后似乎把眼泪都哭干了，才迷迷糊糊感觉到，有人揽起了她，还扶她走进了另一个房间，把她放在床榻上，并且轻轻帮她盖上了被褥。

楚离桑依稀感觉，这个人有一副宽广的肩膀、一个厚实的胸膛，还有一双温暖有力的手。有那么一瞬间，她甚至想把头靠在这个人的胸膛上，依偎在他怀里，然后舒舒服服地闭上眼睛，什么都不再去想，把一切痛苦和悲伤全部忘掉……

这个人走出房间的时候，明媚的阳光从外面照射进来，勾勒出了他轮廓分明、线条硬朗的侧脸，并且让他的脸仿佛闪现出一种金黄色的光芒。

一个人的脸竟然会发出光芒？

楚离桑好想让时光就在这一刻静止……

萧君默安顿好楚离桑后，让绿袖陪着她，说有什么需要可以随时告诉刘驿丞。接着，他从行囊中掏出几枚金锭交给了刘驿丞，并跟他叮嘱了一些事情。然后，他集结了仅剩的六名部下，仔细询问了昨夜他离开驿站后发生的一切。最后，他拍了拍这些部下的肩膀，只问了一个问题："这两拨黑衣人，一个活口都没留下吗？"

这些部下很清楚，在昨晚的计划中，萧君默特别重视的一环，便是尽量抓一两个活口，以便获取这些人的更多情报。然而事实却是，两拨黑衣人在庭院里扔下了二十多具尸体，却一个活口都没留下。

"将军，"一名部下歉疚地道，"我们也想按您的吩咐抓个活口，可这些人的武功实在不弱，我们力有未逮。还有，这两拨人都是疯子，有几个受伤倒地的，我们本以为十拿九稳可以逮住了，没想到他们最后一刀，都是朝自己胸口捅的，所以……"

萧君默彻底明白了。

这两拨人都是训练有素、纪律严明的死士！他们显然在执行着相同的铁律——宁可自尽，也不能被捕。

"弟兄们，你们都尽力了，我萧君默感谢你们！"萧君默道，"虽然没抓到活口，但就你们方才说的这一点，便足以告诉我们一些东西了。所以，我们也不算一无所获。"

六名部下闻言，不禁都露出如释重负的表情。

他们之所以喜欢追随这位年轻的将军，不由自主地信赖他，愿意为他尽忠效死，不仅因为他智勇双全、聪明能干，还因为他总是很体恤下属。

萧君默心里惦记着先行一步的罗彪和辩才，不敢在驿站中多有耽搁，随即命部下准备出发。上路之前，他又到房间里看了楚离桑一眼，才默默离开。

刘驿丞送萧君默出了驿站门口，然后互道珍重，挥手作别。

跟这个年轻人认识、相处才短短几个时辰，刘驿丞对他的智慧、勇气和仁义便已佩服得五体投地。

萧君默刚才给了他几锭金子，除了委托他办一些楚离桑的事情之外，又特别叮嘱他雇一些乡民，把驿站中这些尸体，连同松林中那些玄甲卫和黑衣人的尸体好生掩埋，别让他们暴尸荒野。刘驿丞感动，特意问他："将军连敌人的尸体也要一起安葬吗？"萧君默笑笑道："敌人也是人，他们也是儿子、丈夫、父亲，跟我们一样，只不过是为了各自忠于的东西而战罢了。"

刘驿丞深深叹服，觉得从这个年轻人身上还真是学了不少东西。看着萧君默等人在西边的驿道上绝尘而去，直至身影消失，刘驿丞依然久久舍不得离开。

萧君默万万没有想到，直到他离开甘棠驿驰上了驿道，这场劫杀依然没有结束。

驿站西边六七里处，有一片郁郁葱葱的麻栎树林，驿道从树林中间穿过，蜿蜒向西。当昨夜罗彪按照萧君默事先拟订的计划，与四名玄甲卫带着辩才先行一步，快马加鞭地穿越这片林子的时候，他完全没料到，还有一群黑衣人已在这里等候多时。

他们是李安俨的手下，足足有将近二十人。

这次任务，李安俨从长安总共带出了三十多人。他生性谨慎，心思周密，每次行动都不会把全部筹码一次性押上。因此，昨天他只带了一半人手去夜袭甘棠驿，而把另一半人手留在了这片麻栎树林里，以备策应。

罗彪一头闯进林子之时，夜色仍然漆黑，李安俨的手下只用一根绊马索就成功地拦截了他。随着身下坐骑一声凄厉的嘶鸣，罗彪、辩才和马匹同时飞了出去，然后重重地摔在地上。后面四名玄甲卫大惊，立刻勒住了缰绳。

罗彪毕竟是训练有素之人，在落地的瞬间蜷身屈腿、双手拄地，然后顺势往前翻滚了几下，卸去了大半坠落的力道，所以并未受伤。然而辩才就没有这么幸运了，落地的时候咔嚓一响，不知什么地方的骨头断了，当即痛得叫了一声。

就是这声痛叫，让林子里的人立刻意识到此人绝非玄甲卫。

"朋友，把你们带的人留下，可饶你们不死。"林中传出一个阴沉的声音。

罗彪一骨碌从地上爬起，张口对着林中大骂。

林中安静了片刻，然后便有许多黑影从驿道两旁的密林中冲了出来。罗彪是个粗中有细之人，嘴里虽然骂骂咧咧，脚上却一点没停，趁对方还没杀到，早已跑过去扶起地上的辩才，一转身就蹿进了茂密的林子中。

与此同时，那四名玄甲卫为了分散敌人的注意力，也立刻向四个方向散开。于是，一场捉迷藏般的暗夜劫杀，便在这片麻栎树林中展开了……

大约三刻之后，李安俨也带着幸存的五六名手下撤出甘棠驿，赶到了这里。他稍一观察，便知道这里发生了什么，旋即和手下分头进入驿道两旁的树林，加入了这场劫杀。

又过了一个时辰，天已大亮，萧君默也终于来到了这里。

一匹乌黑的骏马躺在驿道旁，因伤重而奄奄一息。萧君默下马蹲在它面前，轻轻抚摸它的鬃毛。马儿双眼无神地望着他，轻轻甩了一下尾巴。

它的脖颈显然已经折断，所以现在除了尾巴，它哪儿都不能动了。

萧君默眼眶微微泛红，帮马儿合上了双眼，然后慢慢站起身来。

六名部下看见萧君默抬起右手，食指和中指并拢，向驿道两旁各指了一下。众人会意，立刻向四面八方各自散开，开始对这片林子展开搜索。

萧君默扫了周围一眼，凭直觉朝西南方向策马走去。行走了一刻左右，他先后看见了两具玄甲卫和五具黑衣人的尸体。萧君默下马向那两名牺牲的部下默哀片刻，然后继续朝密林深处走去。又走了半里多路，不远处传来了山涧泉水哗哗奔流之声，其中似乎还夹杂着有人说话的声音。

萧君默立刻下马，把坐骑系在一株树上，然后把食指竖在唇上，对着马儿轻轻"嘘"了一下。马儿似乎明白他的意思，眨了眨眼睛，身体却一动不动。

在山涧旁的一堆乱石边上，站着四五个黑衣人，其中一个黑衣人面朝山涧，背对树林站立，其他几个黑衣人躬身站在他身后，似乎正在低声禀报什么。萧君默悄无声息地摸了过去，躲在一棵树后，终于从那几个黑衣人的只言片语中，得到了令他备感安慰的消息：辩才仍然没有被找到。

为首那名黑衣人静默片刻，忽然低头咳了几声。

萧君默眉头微蹙，正想探出头去看清那人，忽然感觉脖子上有些冰凉刺痛，微微扭头一看，两名黑衣人正各自拿着一把刀抵着他。萧君默摇头笑笑，立刻举起双手，很主动地站了出来，并大步朝乱石那边走去。两个黑衣人一愣，赶紧跟上他，同时有些忙乱地抽走了他腰间的佩刀。

蓦然看见萧君默被两名手下押着走过来，李安俨大感意外。昨晚他一直在担心萧君默的安危，却始终没找到他，现在看他安然无恙，且一副气定神闲之状，终于放下心来。

萧君默走到李安俨面前一丈开外站定，双手仍然举着，嘴里却笑道："你们昨晚折腾了大半夜，死了那么多人，今天一大早又在这里瞎忙活，还是没找到辩才。要我说，就你们这能耐，可比我们玄甲卫差远了！"

李安俨默然不语。他旁边一个黑衣人却忍不住了："萧君默，你现在已经被我们抓了，休得再狂妄！"

萧君默一听，索性把手放了下来，盯着这个黑衣人："这么说，你们认识我？"

黑衣人自知上了萧君默的当，顿觉尴尬，只好闭口不言。

萧君默把目光转向李安俨："这位朋友，虽然你把脸遮得严严实实，可惜你的站姿和气势还是把你出卖了！如果我猜得没错，你也是在朝中任职之人，对吧？"

李安俨闻言，不禁又咳了一声，不知道是真没忍住，还是在掩饰身份被揭的尴尬。

萧君默一笑："既然大家同朝为臣，又何必同根相煎呢？我有个提议，你们不妨把真面目露出来，咱们坐下来聊聊，你们说说为何要劫辩才，要是能把我说动了，说不定我会把人交给你们呢？"

"萧君默，你别忘了，你现在还在我们手上，有什么资格跟我们谈条件？"那个黑衣人又道。

"喂，我说，你们老大都没发话，你老是这么越俎代庖不太好吧？"萧君默跟这个人斗着嘴，眼睛却始终盯着李安俨。

李安俨忽然轻笑了两声，附在黑衣人耳边说了什么。黑衣人马上对萧君默道："年轻人，我们先生说了，就算你刚才猜对了，可朝中文武何止成千上万，你又怎么猜得出他是谁，别白费心思了。"

"也对，像你这种藏头缩尾、连话都不敢说的人，跟你聊天实在无趣！既然如此，那我就不奉陪了，告辞。"萧君默轻描淡写地说完，转身就走。

他身后那两个黑衣人一愣，赶紧要拦他。萧君默突然出手，只用了几招又准又狠的擒拿功夫，就把两人全都打趴下了，然后捡起自己的佩刀，唰的一声收回鞘中，拍了拍手，对李安俨等人道："还打吗？"

那四五个黑衣人登时大怒，同时抽刀就要上前，被李安俨低声喝住了。

"别跟他纠缠了，通知弟兄们，撤！"李安俨低声下令。几个黑衣人虽然不甘心，但也只能听命，赶紧护着李安俨快步离去。地上那两人也慌忙爬起来，跌跌撞撞地追了上去。

"几位慢走，恕不远送！"萧君默对着他们的背影喊了一句。

就在李安俨等人消失在密林深处时，萧君默忽然听见山涧那边传来了一两声模糊的呻吟。他立刻抽刀在手，循着声音跑到山涧旁，绕过一堆乱石，来到一块大石头处，然后用刀拨开石头底部的一丛杂草，发现里面有个小洞居然可以藏身，而罗彪和辩才正躲在其中。

罗彪躺在洞口，居然睡着了，正微微发出鼾声。

萧君默忍不住笑了，拍拍他的脸："喂，天亮了，醒醒。"

罗彪睁开惺忪睡眼，见是萧君默，嘿嘿一笑："我醒着呢，这种鬼地方，我哪睡得着？”

"你是没睡，可辩才被抓走了。"萧君默逗他。

罗彪大吃一惊，赶紧回头，见辩才仍旧躺在洞里，才长长地松了口气。

萧君默蹲下，这才看清了里头的辩才，于是刚刚放松的心情瞬间又变得沉重——辩才痛苦地蜷缩着，双目紧闭，脸色惨白，几乎已经不省人事，连呻吟的力气都快没了。

楚离桑醒来的时候，夕阳的余晖正透过窗棂暖暖地照在她脸上。

她用了好一会儿，才想起自己身在何处、经历了什么。

此刻，楚离桑多么希望这些日子发生的所有事情，包括母亲的死，都只是一场噩梦，梦醒后一家人仍然其乐融融地生活在伊阙县的那个家里。然而她知道，这一切并不是梦，而是可怕冰冷的现实。短短几天之间，她就经历了此前二十年都难以想象的一切，仿佛坠入了一个黑暗无底的深渊。

泪水无声地涌出眼角，一滴一滴濡湿了枕头。

不知道过了多久，楚离桑拭干了眼角的最后一滴泪，然后告诉自己：你现在已经是一个家破人亡、无处依凭的人了，今后的路你只能一个人走。父亲需要你去解救，母亲的仇也需要你去报，所以你必须坚强！还有那个所谓《兰亭序》的秘密，便是造成这一切的罪魁祸首，你同样也要去面对。娘说世上有些秘密不可触碰，但是现在，你不但要去触碰这个秘密，还要去揭开它！

楚离桑从床榻上坐起，绿袖要来扶她，她忽然抓住绿袖的手，说："绿袖，从今往后，咱们只能自己照顾自己了，对吗？"

绿袖怔了怔，赶紧点头。

"所以，从现在起，咱们都不哭了，一滴眼泪也不再流了，好吗？"

绿袖不明所以，但还是乖巧地点了点头。

庭院里停着一辆牛车，上面放着一具贵重的楠木棺椁，楚英娘的遗体已经躺在了里面。牛车旁边有一驾马车，正是原来辩才乘坐的那一驾。牛车和马车上各坐着一名车夫，都是刘驿丞雇来的。

这就是萧君默临走前委托刘驿丞办的事情。

刘驿丞走到楚离桑面前，说了一些"节哀顺变"之类的话，然后把一个包裹递给了她，说这些是萧君默让他转交的。

楚离桑打开一看，里面有一锭金子，还有十几缗铜钱。

"萧将军给了在下三锭金子。"刘驿丞道,"办完其他事情后,剩下的,都在这里了。"

楚离桑冷笑了一下,把包裹递了回去:"那个人的钱,我不要。"

刘驿丞一怔,接也不是,不接也不是。

楚离桑把包裹往他怀里一塞,朝马车走去。绿袖赶紧追上来,扯了扯她的袖子,低声道:"娘子,咱们现在已经身无分文了,管他是谁的钱,不要白不要!"

楚离桑停下脚步,想了想,又走回刘驿丞面前,拿过包裹:"那我就收下了,多谢刘驿丞!"

"这钱是萧将军的。"刘驿丞忙道,"你不必谢我,要谢就谢他。"

楚离桑淡淡一笑:"对,你说得对。你放心,我一定会去长安,当面谢谢他。"她在"谢谢他"三个字上面加重了语气,但刘驿丞显然没有察觉。

暮色渐浓,一驾马车和一辆牛车在东边的驿道上慢慢走远。

刘驿丞照例站在驿站门口,目送着扶棺归葬的楚离桑远去,就像他清晨时目送萧君默一样。

从昨日黄昏萧君默一行入住驿站,到现在相关人等尽皆离去,恰好是一天一夜。刘驿丞感觉自己好像经历了一场亦真亦幻、似有似无的梦魇。

太阳完全落山后,黑暗就彻底笼罩了整座驿站。

甘棠驿像往常一样宁静,仿佛什么都没发生过。

长安城外围水源丰富,历来便有"八水绕长安"之称。为了满足都城内的生活用水及水运需要,隋文帝杨坚于开皇初年引水入城,先后修凿了龙首渠、永安渠和清明渠。其中,永安渠自南向北流经八个坊,当中便有魏王府所在的延康坊。

清清渠水从魏王府中潺潺流过,为其平添了几许优美的景致。府里的亭台水榭、莲池荷塘、潋滟水波、烟霞氤氲,皆得益于永安渠水的造就和滋养。

魏王府里还有一处隐秘的所在,同样要拜永安渠水所赐,那就是——地下水牢。在王府后花园一片由太湖石堆叠而成的假山下面,李泰修建了一处密室,然后引入永安渠水,打造了一间不为外界所知的地下水牢。

此刻,李泰和杜楚客正站在这间水牢中,微笑地看着一个被囚禁在水池中的人。此人被铁链捆绑在一根铁柱上,脖颈被一个铁圈锁着,左右手各锁着一条铁链,铁链的另一端都牢牢固定在水牢的石壁上。

这个人就是萧鹤年。

他闭着眼睛，脸色苍白，头发散乱，身上仍然穿着司马的官服，整个身体的大部分都没入水中，只剩下头和胸露在水面上。

李泰定定地看着他，嘴角始终保持着一丝微笑，半晌才道："鹤年，你凭良心说，这些年，本王待你如何？"

"平心而论，还算不错。"萧鹤年平静地回答。

"既然如此，你为何还要背叛本王？"

"我并未背叛殿下。"

"你还要狡辩？！数日前，是谁把本王即将入居武德殿的消息泄露给了魏徵和太子，难道不是你吗？"

"是我。"

"三天前，又是谁深夜潜入本王书房，盗阅了玄甲卫捕获辩才的密奏？"

"也是我。"

"既然都是你，你还敢说你不是背叛？"

"我这么做，归根结底是为了维护我大唐社稷的安宁。"

李泰和杜楚客相视一笑："哈哈，多么冠冕堂皇的理由！"

"不管殿下信与不信，这是萧某的真心话。"萧鹤年也坦然地笑了笑。

"那好啊，本王今天就是想听你说一说真心话。"李泰道，"你先回答本王，你跟魏徵是什么关系？"

"亦师亦友，志同道合。"

李泰忍不住又笑了："什么话到你嘴里都变得这么好听！鹤年，其实你也不必跟本王玩这些虚的。你所谓的'志'，不就是跟魏徵一块儿抱太子的大腿吗？你所谓的'道'，不就是巴望着太子登基后，赏给你们高官厚禄吗？这些东西我也给得起啊，你又何苦吃里爬外背叛我呢？"

"你错了，殿下，萧某虽不才，但从不贪图非分的功名富贵，更不会靠阿谀谄媚去求取富贵！"

"那你贪图什么？人活一世，总得图点什么吧？"

"萧某心中所念，唯'仁义'二字。"

杜楚客一听，不禁冷笑插言："鹤年啊，既然你这么喜欢仁义，那当初何苦做官呢？官场就是个名利场，既然你和我等俗人一样混迹其中，说到底不还是贪图富贵吗？"

"萧某做官，是为了安社稷、利万民。至于富贵，若义之所在，当取则取；若不义而富且贵，于我如浮云。"

李泰呵呵一笑："连孔子都搬出来了！那照你的意思，追随本王就是不义，效忠太子就是义喽？"

"太子是嫡长子，是储君，是未来的大唐天子！身为人臣，维护他，便是义；危害他，便是不义！"

"就凭太子的人品，还有他的所作所为，他也配当天子吗？！"李泰有些怒了。

"太子人品如何，配不配当天子，自有圣上裁断，非人臣所敢置喙。"萧鹤年依然平静，"但只要还在东宫一天，他就是一天的大唐储君。"

"也罢，我不跟你扯这些！"李泰拂了一下袖子，盯着他，"我现在就问你，你为何要盗取辩才情报？是不是受魏徵指使？辩才和《兰亭序》背后到底有什么秘密？你和魏徵到底想干什么？"

"殿下，我刚才已经说过，我这么做，是为了维护社稷的安宁。"

"照你的意思，是不是《兰亭序》一旦被找到，秘密被揭开，社稷就不安宁了？"

萧鹤年闭上了眼睛，没有说话，但已有默认的意味。

李泰目光一动，和杜楚客对视一眼，似乎都有些兴奋。"鹤年，"杜楚客笑了笑，放缓了语气，"只要你说出《兰亭序》的秘密，殿下便不会为难你，毕竟你在府上也干了好几年了，殿下会惦记这个情分的。"

"山实，你和殿下都不必费心了。"萧鹤年仍然闭着眼睛，"今天就算圣上在此，我也不会说的。"

"你宁可死，也要保守这个秘密吗？"杜楚客加重了语气。

萧鹤年睁开眼睛，忽然笑了笑："人固有一死，死又何足惧哉？"

"萧鹤年，"李泰的目光变得森冷，"你可以不怕死，但是，你有没有替你的儿子想想？他还那么年轻，风华正茂，前途似锦，你忍心让他被你牵连吗？"

"殿下！"萧鹤年紧张了起来，"此事与他没有丝毫干系，你不可株连无辜！"

"没有干系？"李泰冷笑，"只要我告诉父皇，说是萧君默把抓获辩才的消息泄露给了你，你说与他还有没有干系？"

萧鹤年一震，登时说不出话。

"鹤年啊，识时务者为俊杰。"杜楚客道，"只要你把该说的说了，殿下定可保你们父子无虞。你自己不要富贵，你儿子总要吧？何必这么认死理，闹得大家不愉快呢？"

萧鹤年把头耷拉了下去，半晌才道："给我一点时间，让我想想。"

李泰和杜楚客相视一笑。

"行，你在这儿好好想想。"李泰道，"想好了随时喊一声，我马上把你放了。"说着和杜楚客转身朝外走去，走到一半，忽然又停下来，回头道："对了，这水牢里有不少老鼠，经常饿得两眼发绿，要是不小心咬了你，你可得赶紧叫人，否则被老鼠咬死可太冤了！"

李泰说完，又跟杜楚客交换了一下眼色，两人都暗暗发笑，随即走上一旁的台阶，上面立刻有人打开了一扇铁门。

稍后，铁门哐啷一声关上，整个水牢就安静了下来。

萧鹤年依旧垂着脑袋，怔怔出神。

水牢石壁的上方有个小小的通气孔，一束阳光斜斜地照射进来，给这个阴暗潮湿的地方带来了些许光明。萧鹤年面无表情地看着眼前的水面，与自己的倒影对视着。不知道过了多久，外面的天色似乎暗了，那一束光芒一点一点消隐，水牢随之变得昏暗，可萧鹤年仍旧一动不动地盯着漆黑的水面。

渐渐地，水面在萧鹤年眼中仿佛亮了起来，然后水上慢慢浮现出一个画面。

画面中有一个三四岁的小男孩，一张胖嘟嘟的小脸惹人怜爱。年轻时的萧鹤年，把一只纸风车递给男孩。男孩接过，边跑边吹，高兴得咯咯直笑。萧鹤年在一旁看着，也跟着笑了起来。片刻后，画面中又出现了一个年轻男子修长的身影。男子服饰华贵，气质雍容，但却看不清脸。他慢慢走到男孩身前，蹲了下来，抚摸着男孩的脸颊。男孩有些怕生地躲了一下，却没有跑开。

男子从怀里掏出什么东西，在男孩眼前晃了晃。

那是一枚玉佩，上面好像还刻了字。男子似乎对男孩说了什么，然后把玉佩挂在了他的胸前。男孩拿起玉佩看了看，又看看男子，开心地笑了起来，阳光把他的小脸照得一片明亮……

萧鹤年开心地笑着，可忽然间，水上的画面就模糊了，紧接着光亮慢慢隐去，画面渐渐消失，水面复归漆黑。

萧鹤年的脸上一片忧伤。

此时，水池的一个角落泛起了圈圈涟漪，一只硕大的老鼠把头脸露出水面，胡须灵敏地抖动着，四肢在水里快速划行。

它前进的方向，正对着萧鹤年。

很快，水池的各个角落相继冒出一只又一只老鼠。它们从四面八方向萧鹤年游了过去。黑暗中，萧鹤年突然发出了惊恐的叫声，然后双脚在水里用力踢踏，身子拼命扭动，把绑在他身上的铁链弄得叮当乱响。

在他的周围，老鼠越来越多，几乎已是成群结队地向他拥去……

水牢外，两个看守站在铁门边，细听着下面的动静。

"肯定是被老鼠咬了，要不要下去救他？"甲看守道。

乙看守又听了一会儿，道："殿下说了，除非他叫人，否则就别管他。"

水牢下传出的动静越来越大，有铁链的扯动声、踢水的哗啦声、老鼠叽叽啾啾的叫声，还夹杂着萧鹤年痛苦的惨叫和咒骂。

"再这么下去，不会把人咬死了吧？"

"你操那么多心干吗？大活人还能被老鼠咬死？实在受不了他就叫了，等他叫再下去。"

水池里，老鼠已经爬满了萧鹤年的肩膀和头脸，叽叽啾啾响成一片。

萧鹤年扭动的幅度慢慢变小，然后他用尽最后的力气，狠命地甩了甩头，把五六只老鼠甩了下去，但更多的老鼠立刻又爬了上来。

他安静了片刻，接着猛然张嘴，咬住自己的舌根，又一用力，一股鲜血就从他嘴里冒了出来。

萧鹤年的头往下一勾，之后就一动不动了。

铁门遽然打开，两个看守慌慌张张地从台阶上跑了下来……


萧鹤年躺在水池边，一张脸血肉模糊，身上的官服被老鼠咬得破破烂烂，脚上的鞋子也脱落了一只。一个仵作蹲在他身边查验。李泰和杜楚客站在一旁，眉头紧锁。那两名看守站在他们身后，躬身俯首，神情紧张。

片刻后，仵作站了起来。

"怎么样？"李泰急切问道。

仵作摇了摇头。

李泰顿时大怒，一回身就给了甲看守一巴掌，接着猛一抬腿，把乙看守踹进了水池里。"窝囊废！竟然让一个大活人在眼皮子底下被老鼠咬死？！"

"殿下恕罪！"甲看守慌忙跪地，"小的也想下来救来着，可……可又想起了您的吩咐……"

"你们是死人吗？"李泰声色俱厉，"就不会随机应变？！"

"殿下息怒。"一旁的仵作道，"据卑职初步查验，萧司马并非死于老鼠噬咬。"

"那是什么？"

"咬舌。"

"咬舌?"李泰眉头一皱。

杜楚客想着什么,狐疑道:"我听说,咬舌不可能马上就死人,所谓咬舌自尽只是以讹传讹罢了。"

"杜长史说得没错。"仵作又道,"通常情况下,咬舌并不能立刻致人死亡,但很多时候,剧烈的疼痛会使舌根收缩,或者引起呛血,从而堵塞气管,导致窒息。萧司马的死亡原因,正是这个。"

李泰和杜楚客恍然。

"殿下,事已至此,只能赶紧处理尸体了。"杜楚客低声道。

李泰叹了口气:"拉到城外,找个偏僻的地方埋了。"

第九章 ／

# 失踪

萧君默经历了一番惊险波折，终于把辩才带回了长安。

那天在麻栎树林中发现辩才受伤后，萧君默立刻把他送到了陕州公廨找医师诊治。医师发现辩才只是右腿胫骨骨折，其他并无大碍，随即为他正骨、敷药，并用木板夹住了断骨。陕州刺史得知甘棠驿一事，怕担责任，满心惶恐。萧君默说此事与他无关，只需他调派些军士，帮忙把辩才护送到长安便可。刺史转忧为喜，当即派遣亲兵一百人归萧君默指挥。

萧君默让辩才多休养了一日，翌日便带着大队人马，护送辩才再度上路。此后过虢州，入潼关，经华州，一路太平无事，于五天后回到了长安。

路上这几天，萧君默把甘棠驿的这场劫杀案从头到尾仔细回顾了一遍，整理出了一些比较重大的线索和疑点：

一、洛州刺史杨秉均不仅是个贪赃枉法的官员，背后还有一股不可小觑的神秘势力，为首者就是那个被称为"冥藏先生"的面具人。

二、杨秉均之所以能当上从三品的洛州刺史，是因为朝中有高官替他运作，此人代号"玄泉"。若能对杨秉均的朝中关系进行调查，就有可能找出这个玄泉，从而进一步了解这支神秘势力。

三、冥藏与手下的接头暗号是"先师有冥藏，安用羁世罗"，这应该是一句古诗，而且听上去很耳熟，自己一定在什么地方见过这句诗。

四、麻栎树林中的另一股神秘势力很可能是朝中之人，可这些人是从什么渠道获知辩才消息的？

五、魏王既然知道辩才的消息已经泄露，为何既不向皇帝禀报，也不派人来接应，而只是给自己传递了一个匿名消息？他到底在顾忌什么？

六、上述两点之间会不会有关联？也就是说，朝中神秘势力所探知的辩才情报，会不会正是从魏王府中泄露出去的？倘若如此，这件事跟父亲有没有关系？

七、两支神秘势力都要劫杀辩才，动机显然都与《兰亭序》的秘密有关，可到底是什么样的秘密，会让上至皇帝、魏王、朝中隐秘势力，下至地方刺史和江湖势力，全都卷进来且不惜大动干戈？

尽管理清了上述线索和疑点，可有关《兰亭序》的秘密却愈发显得扑朔迷离。萧君默越想越感到困惑，生平第一次觉得自己的脑子变成了一团乱麻。

回朝后，萧君默第一时间入宫，把辩才交给了禁中内侍赵德全，然后立刻回到皇城北面的玄甲卫衙署，向自己的顶头上司、玄甲卫大将军兼兵部尚书李世勣复命。

李世勣年约五十，脸庞方阔，眉目细长。他心情凝重、专注思忖的时候，眉头就会不由自主地拧成一个"川"字。此时，当萧君默把甘棠驿事件及一干线索、疑点悉数禀报完后，便再次看见了李世勣脸上这个熟悉的表情。

片刻后，李世勣抬起眼来，赞赏地看着他："君默，你这趟辛苦了，不仅寻获辩才是大功一件，而且附带查到了这么多线索，我一定替你向圣上请功！"

李世勣与萧鹤年是故交，自小教萧君默习武，后来又亲自荐举他加入玄甲卫，所以二人不仅是上下级关系，更有很深的师徒之情。平常无人之时，萧君默便不以"大将军"称呼李世勣，而是直呼"师傅"。其实，在萧君默的心目中，与其说李世勣是他的上司和师傅，不如说更像是一位义父。

"师傅，为我请功就不必了。"萧君默道，"您该为罗彪这些弟兄请功，他入玄甲卫都六七年了，破的案子也不少，可到现在还是个队正；还有其他弟兄，好些人资历比他还深，这么多年什么都没混上，这对他们不公平。"

"罗彪一直是你的属下，无非都是跟着你这个领头的干，"李世勣轻描淡写道，"哪来多大的功劳？"

"您说得没错，可罗彪他们一直是提着脑袋跟我干的。"萧君默直视着李世勣，"不知师傅是否还记得，两年前的那起突厥叛乱案，如若不是罗彪扮成胡商打入突厥人内部，又怎么可能把几十个意图谋反的突厥降将一网打尽？当时形势万分险恶，突厥人对他起了疑心，严刑诱供，可他宁死都没有泄密。我记得行动那天，弟兄们把他救出来的时候，他只剩半条命了。像这种拿命替朝廷做事的人，岂能说没有功劳？"

李世勣微微有些动容，旋即淡淡一笑："罗彪的办案能力还是有的，对朝廷也算忠心，只可惜，凭他的出身，要再往上升，恐怕不太可能了。"

师傅终于说了句大实话！而这实话就是萧君默向来最为厌恶的官场规则——门第出身比才干能力更重要。尽管贞观一朝总体来讲还算吏治清明，可自古以来相沿成习的陋规还是牢不可破、大行其道。萧君默入朝任职这三年来，目睹许多资质平庸、品行恶劣的权贵子弟跻身要职，可像罗彪这种寒门庶族出身的人，往往干得半死却升迁无门。就连萧君默自己，要不是有父亲和李世勣的背景，也不可能在短短三年内便升至郎将，说不定到现在连队正都还混不上。

一想起这些，萧君默心里就有说不出的郁闷。"师傅，这回在甘棠驿，情形之险恶比当年的突厥案有过之无不及，可不可以向圣上请旨，别看罗彪他们的家世出身，只论功劳和贡献给他们升职呢？"

"君默啊，你是第一天当官吗？"李世勣苦笑，"你也知道，圣上只管五品以上官员的任免，五品以下，都是要到吏部去论资排辈走流程的，哪有你说的那么简单？"

萧君默当然知道这些。所谓"走流程"，实际上也还是走关系，看背景，总之拼的还是出身。说白了，要想在这世上当官，会不会做事不重要，会不会投胎才重要。思虑及此，萧君默也只有苦笑而已，旋即作罢，谈回了正事："师傅，甘棠驿一案牵连朝野，非同小可，您是不是该尽快入宫向圣上禀报？"

"当然，此事我自当禀报。"李世勣道，"适才听罗彪说，你在伊阙伤了右臂，现在伤情如何？"

"一点小伤而已，早就不碍事了。"萧君默觉得李世勣似乎在有意回避这个话题，"师傅，圣上急于找到辩才和《兰亭序》，想必也是为了查清《兰亭序》背后的秘密，如今这些线索都是查清此事的关键……"

"你此次离京，好像都一个多月了吧？"李世勣忽然打断他。

萧君默一怔，只好点点头："是的，还差三天就两个月了。"

"时间过得真快！"李世勣不着边际地感叹了一下，"快回家去吧，你父亲想必也思念你了。"

萧君默微微蹙眉："师傅，我想我还是暂时别回去吧。"

"为何？"

"甘棠驿一案枝节甚多，我想留在这里，一旦皇上要召对问询，也好及时入宫。"

李世勣笑了笑："怎么，你怕师傅老糊涂了，连跟圣上奏个事都说不清了吗？"

"我不是这意思，我是说我亲历其事，许多细节会记得比较清楚……"

"好了好了。"李世勣摆摆手，"你关心案子我明白，但也不急在这一时，何况就像你说的，此事牵连甚广，又岂是一时半会儿弄得清楚的？快快回去，别在这儿磨蹭了。"

萧君默心中越发狐疑，便道："即便如此，我暂时也还不能走。"

"又怎么啦？"李世勣有点不耐烦了。

"这次折了十二位弟兄，我得去跟有司讨要抚恤……"

"这事也轮得到你操心？"李世勣明显是不耐烦了，"照你的意思，我一个堂堂大将军还要不到一点抚恤吗？"

萧君默无语了。

李世勣看着他，缓了缓语气："我知道，你向来体恤部下，可我难道不体恤吗？你放心，这殉职的十二位弟兄，该多少钱帛抚恤，都包在我身上，我直接去跟圣上讨要！这你该满意了吧？"

萧君默无话可说，只好行礼告退。

李世勣目送着萧君默离去，眉头瞬间又拧成了一个"川"字。


萧君默出了值房，刚拐过一个墙角，一道身影便从背后突然出现，一只拳头直直袭向他的后脑。萧君默不动声色，直到拳头近了，才忽然一闪，回身抓住了对方手腕。对方立刻变招，手臂一弯，用手肘击向他的面门。萧君默左掌一挡，对方却再次变招……

眨眼之间，双方便打了五六个回合。萧君默瞅了个破绽，迅疾出手，再次抓住对方手腕，另一手抓住对方肩胛往下一按，对方整个人就被他按得单腿跪下了。

"哎呀呀，疼死我了，快放手！"一个身穿玄甲卫制服的纤细身影跪在地上，夸张地哇哇大叫，声音居然是个女子。

"你说一声'服了'，我便放你。"萧君默笑着道。

"不服！"

"不服就跪着，跪到你服为止。"

女子使劲扭动，一直试图摆脱，却始终被萧君默牢牢钳制着。

"小心我告诉舅舅，说你欺负我！"女子又叫道。

"你觉得，师傅他会信你吗？"萧君默依旧笑道。

「他是我亲舅舅，当然信我！」

「他是你亲舅舅，我还是他亲徒儿呢！师傅信谁可不好说。」萧君默嘴里抬着杠，手上却松开了女子，「不过话说回来，两个月不见，你功夫倒是长进了。」

女子叫桓蝶衣，是李世勣的外甥女，比萧君默小一岁，自幼父母双亡，由李世勣抚养成人。她从小和萧君默一起长大，又一块儿跟随李世勣习武，青梅竹马，情同兄妹。三年前萧君默入职玄甲卫后，桓蝶衣也闹着要加入，李世勣不同意，说玄甲卫都是大老爷们，你一个姑娘家来凑什么热闹？桓蝶衣大为不服，说姑娘家怎么了？当初平阳公主还帮先皇和圣上打天下呢，我为什么就不能进玄甲卫？没听过巾帼不让须眉吗？

平阳公主是唐高祖李渊的三女儿，太宗李世民的亲姐姐，隋末大乱时曾组织一支数万人的义军，在关中攻城略地、所向披靡，随后帮李渊攻克了长安，后来又率领一支七万人的娘子军驻守长城关隘，为大唐帝国的开创立下了汗马功劳，堪称一代巾帼英雄。武德六年平阳公主去世，李渊不惜逾越礼制，以"羽葆鼓吹、虎贲甲卒"的军礼为她举行了隆重的葬礼，被传为一时佳话。桓蝶衣拿她说事，李世勣虽不好反驳，但还是没同意。不久李世民得知此事，顿时大笑，遂亲自下旨，破格把她招进了玄甲卫。

此时桓蝶衣听萧君默夸她，登时一喜，挥舞拳头又要跟他打，萧君默忙道："行了行了，今天就到这儿吧，我没空陪你了，师傅赶我回家呢。"

"那正好，我也好久没去你家了，顺便去看看伯父，咱们一道走！"桓蝶衣说着，拉起萧君默的手就走。

萧君默尴尬："喂，这儿是皇城，你收敛点行吗？"

"干吗要收敛？"桓蝶衣不以为然，"咱俩是好兄弟，手拉手怎么啦？"

"正因为是好兄弟，才不适合拉手。"

"为什么？"

"你什么时候见过两个大男人手拉手一块儿走路？"

桓蝶衣想了想，说了声"也对"，便把手抽了出来，紧接着眼珠子一转，忽然把手搭上萧君默肩头，然后硬把他的手也拉过来搭在自己肩上，一脸得意道："好兄弟就得这么走，勾肩搭背地走！"

由于两人身高差了许多，硬要勾肩搭背，不免走得摇摇晃晃，十分别扭。萧君默苦笑："喂，好兄弟也没这样的，这么走的是醉汉。"

桓蝶衣闻言，顿时咯咯直笑。

萧君默偷偷想把手拿下来，却硬被桓蝶衣按了回去，只好翻了下白眼，任由她了。

两人回到位于兰陵坊的萧宅，刚走进前院，管家何崇九便快步迎了上来："二郎，你可回来了！"然后匆匆跟桓蝶衣打了下招呼，脸上似有焦急的神色。

萧君默有个哥哥，一出生即夭折，故而他虽是家中唯一的孩子，论排行却是老二，所以家中仆佣都称呼他"二郎"。

萧君默察觉何崇九神色有异，赶紧问道："我爹在吗？"

何崇九脸色一黯："主公他已经……有五天没回家了。"

萧君默和桓蝶衣同时一怔，不禁对视了一眼。

"是不是魏王派他去何处公干了？"桓蝶衣道。

"不可能。"萧君默眉头紧锁，"我爹他若是出远门，必会告诉九叔，不会不告而别。"

"二郎说得对。"何崇九道，"而且我前天便去魏王府打听过了，杜长史也说好几天没见到主公了，事先也没听他说要告假什么的。"

"这就奇了。"桓蝶衣一脸困惑，"那他会去哪儿呢？"

萧君默思忖着，心中忽然涌起一种不祥的预感："九叔，你最后一次见到我爹，他有没有什么异常？"

何崇九回忆着，摇了摇头："跟平时没什么两样，就是提了几回你小时候的事情……再有嘛，哦对了，我差点忘了。"说着从袖中掏出一枚玉佩，"主公说这是二郎小时候，一位故友送给二郎的，当时怕你年纪小弄坏了，就帮你收藏了起来。那天主公离家之前，忽然拿出这枚玉佩，说你现在已长大成人，该把玉佩还给你了……"

萧君默接过玉佩，细细看了起来。

这枚玉佩是用稀有名贵的羊脂白玉雕琢而成，白中泛黄，玉质晶莹，温润细腻，如脂如膏，正面雕饰着一株灵芝和一朵兰花，反面刻着两个古朴的篆文文字：多闻。萧君默看着看着，眼前忽然出现了一幅久远的模糊的画面。画面中的萧君默还只是三四岁模样，然后有个身材修长、服饰华贵的年轻男子走过来，把这枚玉佩挂在了他的胸前……

"这事也有点奇怪啊！"桓蝶衣道，"就算萧伯父要把这枚玉佩还给师兄，他可以自己还呀，干吗要交给九叔你？"

"就是说嘛！"何崇九急着道，"我那天也是这么对主公说的，可他也说不出个所以然，就说先放我这儿，然后就匆匆忙忙走了。"

这显然是一条重要线索。萧君默想，父亲忽然把收藏了十多年的旧物拿出来，这绝非寻常之举。他这么做，是不是预感到自己会遭遇什么不测？

萧君默把玉佩揣进怀中，又问："九叔，你再想想，还有什么别的事吗？"

何崇九又仔细想了想，道："不知道这算不算，主公那几天，在书房里临写了几幅字帖……"

萧君默目光一亮："谁的字帖？"

"王羲之。"

萧鹤年的书房简洁雅致，书架上和书案上都堆放着许多卷轴装的书。

萧君默坐在案前，翻看着父亲留下的几张行书临帖，没看出任何异常。而父亲所临的王羲之法帖，也非真迹，只是后世公认较为成功的摹本而已，照样看不出什么。

萧君默站起来，走到书架前，随意翻看着吊系在书轴上的檀木标签，上面写有每卷书的书名和卷号。翻着翻着，他的目光忽然被一根书签吸引住了，那上面用朱墨写着三个字：兰亭集。

桓蝶衣和何崇九站在一旁，一直注视着他的一举一动。见他蓦然有些出神，桓蝶衣赶紧道："师兄，你发现什么了？"

萧君默充耳不闻，突然把那卷书抽了出来，放在案上，当即展开，匆匆看了起来。桓蝶衣跟何崇九对视了一眼，都有些不明所以。

《兰亭集》是东晋永和九年，王羲之与诸友人在会稽山阴兰亭聚会上所作诗歌的合集。王羲之所作的著名散文《兰亭序》，正是这卷诗集的序言。萧鹤年的这个藏本，是他自己亲手抄录的手写本。萧君默知道，父亲不仅亲手抄写了这卷诗集，而且平时经常翻阅，似乎对其有着非同寻常的喜爱。他受父亲影响，也读过一两次，但并没有什么特别的感觉。此时，萧君默匆匆打开这卷书，是想证实心中的某个猜测。

很快，书中的一行字就蓦然跳进了萧君默的眼帘：

先师有冥藏，安用羁世罗。未若保冲真，齐契箕山阿。

这是王羲之五子王徽之在兰亭会上所作的一首诗，而开头两句，正是萧君默在甘棠驿松林中听见的冥藏与手下的接头暗号！

萧君默当时一听到这句暗号就觉得非常熟悉，可就是想不起在哪儿看过；这一路回来又一直在记忆中搜索，还是一无所获，不料此刻却无意中发现——这句暗语竟然就出自父亲最喜爱的这卷《兰亭集》。

"师兄，你倒是说话呀！"看他怔怔出神，桓蝶衣越发好奇，"你到底发现什么了？"

萧君默摇摇头："暂时还没有。"然后转向何崇九："九叔，你回想一下，我爹失踪之前那几天，有没有哪一天是在魏王府值夜的？"

何崇九不知他为何问这个，但还是马上就想了起来，道："二月二十六。"

萧君默略微沉吟，心中倏然一惊。

二月二十六，差不多正是他的密奏以八百里加急递进长安魏王府的日子，而父亲恰好在这一天值夜，这难道只是巧合吗？

"蝶衣，能帮我个忙吗？"萧君默忽然道。

桓蝶衣一喜："你说。"

"帮我去慰问一下，那殉职的十二位弟兄的家人。"

桓蝶衣一愣，旋即明白过来："你就是想支开我。"

"我是分身乏术。"萧君默淡淡道，"你要是不帮，就算了。"

"我没说不帮啊！"桓蝶衣急道，"再说他们也是我的兄弟，我去慰问他们家人也是应该的，可我现在最想帮你的是查找伯父的下落啊！"

"我答应你，有任何进展随时告诉你，需要你帮忙的时候，我也会跟你说，好吗？"

桓蝶衣无语，只好点了点头。


萧君默来到魏王府的时候，杜楚客虽然心里发虚，但还是满面笑容接待了他。

二人稍加寒暄后，话题自然转到了萧鹤年头上。杜楚客还是那套说辞，声称已多日未见萧鹤年。萧君默一边静静听他说，一边留意着他的表情。很快，萧君默就得出了一个判断：杜楚客在撒谎。

他说话的时候目光闪烁，且不时会用手去摸鼻子。

萧君默侦办过多起大案，阅人无数，很清楚这是人在撒谎时下意识的表情和动作——饶你为官多年、城府再深，表面上多么滴水不漏，这种下意识的流露往往是骗不了人的。

此行目的已经达到，萧君默当即起身告辞。

杜楚客热情地送他出来，边走边道："贤侄放心，本官与令尊不仅是同僚，且相知多年，一定会尽力帮你查找令尊下落。再说了，魏王殿下一向赏识令尊，也不会不管这件事的。"

"那就多谢杜长史和殿下了。"萧君默笑着敷衍。

"贤侄这一路护送辩才回朝，可谓劳苦功高啊！"杜楚客忽然转了话题，"不过，听说你在陕州遇上了点麻烦，还牺牲了多名部下，可有此事？"

寻找辩才一事虽由魏王负责，但辩才一旦找到，萧君默便无须再向魏王禀报任何事情，只需直接向李世勣和皇帝禀报即可。换言之，自二月二十六日魏王接到萧君默的那道密奏之后，他便无权再过问辩才一案了，所以此刻，杜楚客才不得不出言打听。

"杜长史消息真是灵通。"萧君默淡淡笑道，"萧某今日刚刚回朝，您就已经听说了。"

"小道消息而已，也不知是真是假。"杜楚客道，"本官是看到贤侄才想起此事，一时忍不住好奇，就顺便问问。"

"长史和殿下若欲详知此事，可直接向圣上请示问询。萧某职责在身，不便明言，还望长史见谅。"

"当然当然。"杜楚客打着哈哈，"玄甲卫的规矩，本官还是懂的，方才也就随口一问，贤侄不必放在心上。"

从魏王府一出来，萧君默便立刻启动玄甲卫的情报网，对魏王府的多名书吏进行了调查，随即锁定了二月二十六日晚与父亲同班值夜的那名书吏。

此人姓郭，三十多岁，是个未入九品的流外杂吏，薪俸不高，家中却有一妻二妾，还时常流连花街柳巷。这样的人，钱从哪里来？

答案不言自明：贪赃受贿。

玄甲卫平常便掌握了不少这种小官吏的贪墨罪证，但往往引而不发，待侦办高官重臣时才从这些人身上突破。萧君默找了几位同僚，便拿到了十几份郭书吏的犯罪证据。

是日午后，萧君默在平康坊的一处青楼找到了郭书吏。一看到他，郭书吏的脸唰地一下就白了。

"别紧张，"萧君默面带笑意，"我今天不为公事找你，只想跟你聊聊。"

在一间茶楼的雅室中，郭书吏一听萧君默道明来意，便双手直摇，连声说他什么都不知道。萧君默很清楚，魏王或杜楚客必定是跟他打过招呼了，这反倒进一步证明，魏王和杜楚客心里有鬼。

"自己看吧！"萧君默从袖中掏出几本硬皮折页的卷宗，往案上一扔，"这是你最近半年来，利用职务之便干的事。你倒是挺神通广大的，刑部要给犯人定罪，你就拿钱替人疏通减刑；吏部要核查外县官员履历，你就拿钱替人诈冒资荫；工部要修一段城墙、盖几间大殿，你也可以拿钱替人揽活。还有，就连魏王府的一些机密文牒，只要价钱好，你也可以拿出去卖。我问你，这里头随便挑出哪一件，不够判你一个重罪的？"

郭书吏拿起那几本卷宗略略一翻，顷刻间便浑身颤抖，汗如雨下。

"二月二十六日晚，我父亲有没有离开过魏王府？"萧君默不想再跟他说废话了，遂单刀直入。

郭书吏失神地点点头。

"他离开时有没有什么异常？"

"他……他挺着急。"

"怎么说？"

"当时还是夜禁，他就急着要出门，我要给他开个公函以便通行，他都说不用就匆匆走了。"

"他出门的时间还记得吗？"

郭书吏想了想："大概……大概是寅时末刻了。"

"你为何能记得这个时间？"

"因为他出去不多一会儿，晨鼓就响了。"

"这件事，魏王知道吗？"

郭书吏点点头："令尊前脚刚走，魏王就来了。"

"他去做什么？"

"他也是来找令尊的。"

"知道我父亲匆匆离开，他作何反应？"

"他黑着脸，没说什么就走了。"

事情全都清楚了！萧君默想，二月二十六日晚，父亲一定是冒险盗阅了那份有关辩才的密奏，然后迫不及待地把情报送了出去，而魏王当时便已发现，却隐而未发，数日后才对父亲下了手。据此来看，父亲现在很可能已经遭遇了不测……

萧君默心里，遽然感到了一阵犹如刀割的疼痛。

母亲早在他童年时便已病逝，父亲怕他受委屈，此后一直没有续弦，这么多年都是父子二人相依为命。萧君默万万没想到，他这一次离京，竟然成了与父亲的永诀！

尽管心中万般痛楚，萧君默脸上并未流露丝毫。郭书吏看他怔怔出神，便颤声问道："萧将军，在下……是否可以走了？"

萧君默默然不语。

郭书吏战战兢兢地爬起来，蹑手蹑脚地朝外走去。

"郭书吏，请好自为之！"萧君默忽然道，"下一次玄甲卫再来找你，你可就没那么容易走了。"

"是是是，在下一定痛改前非，一定痛改前非！"郭书吏连连点头哈腰，然后逃也似的跑了出去。

萧君默冷笑了一下。他知道，这种人是死不悔改的，迟早有一天会锒铛入狱，在大牢里度过余生。

这么想着，他忽然意识到了什么，吓得整个人跳了起来。

既然有关辩才的情报是从父亲这里泄露出去的，那么麻栎树林中那群黑衣人的情报来源很可能正是父亲！倘若师傅李世勣现在已经把甘棠驿一案的全部经过都禀报给了皇帝，那么一旦开始追查麻栎树林中的黑衣人，最后必定会查到父亲头上，而父亲也必定难逃谋反的罪名！

想到这里，萧君默立刻像疯了一样冲出茶楼，策马向皇城狂奔。

他必须赶在李世勣入宫奏报之前拦住他，否则后果不堪设想！

李世勣仍然坐在玄甲卫衙署中。

上午萧君默走后，他便一直在权衡，到底该不该把萧君默说的所有情况全部向皇帝禀报，因为此事不知牵连到了多少朝中大臣，更不知牵连到了谁，所以不可不谨慎对待。

虽然身为大唐的开国功臣，现在又兼兵部尚书和玄甲卫大将军这两大要职，李世勣对皇帝绝对是忠心耿耿，但他深知，有些时候，忠心并不等于要把什么话都对皇帝说。尤其是这些年坐在玄甲卫这个位子上，从他手中经过的每个案子，由他向皇帝奏报的每条线索，都有可能置一个或多个当朝大员于死地，并且祸及满门，所以李世勣做事就更是如临如履、慎之又慎，生怕办错了案子伤害无辜。

此刻，当萧君默像疯了一样满头大汗地冲进来时，李世勣凭直觉便意识到，自己今天的审慎又是对的。

听萧君默上气不接下气地讲完今天调查的经过，李世勣的眉头瞬间又拧成了一个"川"字。

最让他感到震惊的当然是萧鹤年的失踪。

而萧鹤年的失踪，显然又与辩才一案息息相关。

李世勣想，倘若萧君默今天的调查没有走错方向的话，那么可以料定，萧鹤年很可能是盗取了辩才情报，然后泄露给了朝中的某个神秘势力；而这个神秘势力，正是麻栎树林中那群拦截辩才的黑衣人。所以，假如把此事上奏皇帝，萧鹤年立刻便会成为有罪之人，而萧君默也必定会受到株连！

"师傅，"萧君默喘息了半天才道，"我判断，魏王很可能已经发现了我爹盗取情报的事，所以，我爹怕是……怕是遭遇不测了。"

"现在下这个结论还为时过早，你赶紧让弟兄们帮着查一查，或许还能找到你爹。"李世勣心里的判断其实跟萧君默一样，可他当然不能说实话。

"那，甘棠驿的案子，该怎么向圣上奏报？"

"这个我自有分寸，你就不必操心了，赶紧查你爹的事去吧。"


萧君默走后，李世勣又把所有事情前前后后梳理了一遍，才从容入宫，向李世民做了禀报。当然，他把涉及萧鹤年的东西全部隐藏了，其中也包括魏王向萧君默匿名传递消息一事。

即使隐藏了一部分，但仅仅是甘棠驿劫杀事件的大体经过，以及洛州刺史杨秉均等人的犯罪事实，便足以令李世民感到震骇了。

此刻，在两仪殿中，李世勣已经说完了好一会儿，李世民才慢慢回过神来，开口道："看来朕当年的判断没错，吕世衡留下的线索，果然指向了一个可怕的秘密！"

李世勣没有答言，他知道这时候只能听皇帝说。

"依你方才所奏，至少可以得出一个结论。"李世民缓缓道，"如今的大唐天下，潜伏着一支神秘而庞大的势力，这支势力不仅存在于江湖之中，而且已经把手伸进了官府和朝堂。天知道朕的身边，已然埋伏了多少他们的人！天知道这些人到底想干什么！"

闻听此言，李世勣心中一凛，更不敢答话。

"你刚才说，那个面具人叫什么？"

李世勣赶紧答道："回陛下，他的手下都称其为'冥藏先生'。"

"那句接头暗号，你再念一遍。"

"先师有冥藏，安用羁世罗。"

李世民闭上眼睛，在嘴里反复默念。突然，他睁开眼睛，大声道："德全，取《兰亭集》来！"

赵德全一惊，赶紧跑出殿去，片刻后便将一卷《兰亭集》取了来。李世民迅速展开来看，很快，他就与萧君默有了完全相同的发现。

李世民苦笑了一下，合上书卷往案上一扔，示意赵德全拿给李世勣看，同时叹道："先是《兰亭序》，现在又是《兰亭集》，这个王羲之啊，死了两百多年了，还给朕布下了一个这么大的迷局！"

李世勣看见了书卷上所写，也颇为惊诧，忙道："陛下，无论是《兰亭序》还是《兰亭集》，也无论其背后藏着多少秘密，辩才必定都知情，现在既已将他带回宫中，理当即刻审讯！"

"朕方才已经召见过他了，不卑不亢，是个颇有定力的出家人。对这种人，只能攻心，不可用强。"

"陛下圣明！"

"辩才这个人，朕自己来对付。你那边有件事，要立刻着手去办！"

李世勣当即跪地。

"杨秉均是怎么当上洛州刺史的，给朕彻查，揪出潜伏在朝中的这个'玄泉'，彻底肃清其同党！然后顺藤摸瓜，查出'冥藏'及其势力，不惜一切代价将其剿灭！"

"臣遵旨！"李世勣朗声道。

"德全。"

"老奴在。"

"传朕口谕，玄甲卫郎将萧君默办案有功，朕心甚慰，着即赐缎五百匹、钱三千缗，以资勖勉！"

"老奴领旨。"

"另外，命中书省即刻拟旨，褫夺杨秉均、姚兴二人所有官爵，诛其三族，家产籍没，同时发布海捕文书，全境捉拿此二人！还有，凡洛州下辖各县涉案官员，一律撤职严办，概不姑息！"

"老奴领旨。"

李世民一口气说完，眼中射出了一道威严而冷冽的光芒。

要追查父亲的下落，肯定得从他二月二十六日深夜的行踪入手。

萧君默赶在暮鼓擂响之前，到武候卫的衙署走了一圈，查访了一些朋友，便彻底弄清了父亲那一夜的大致行踪。

当夜，先后有三队武候卫的巡逻队遭遇了萧鹤年：第一队，是在西市的东北角，此时萧鹤年从延康坊的魏王府出来后，大致走了两个坊区，然后在此右拐向东行去；第二队，是在皇城朱雀门前，此时萧鹤年在朱雀横街上自西向东而行；第三队，是在皇城东面的景风门与永兴坊西门之间，萧鹤年的踪影大致在此消失，此后便再无其他武候卫看见他了。

这一天暮色降临、夜禁开始后，萧君默策马重走了一遍父亲那一夜走过的路。

萧君默骑得很快，模拟父亲当夜急着要送出情报的心情。然后他一路上也遭遇了几队巡夜的武候卫，萧君默出示玄甲卫腰牌，随后继续前行。大约用了两刻的时间后，萧君默到达了永兴坊的西门。

基本上可以确定，父亲要呈交情报的那个对象，就住在永兴坊。

萧君默敲开了坊门，找到了当地坊正，询问二月二十六日深夜至次日晨鼓之前，有没有人从西门进入此坊。坊正回忆了一下，很确定地说没有。

萧君默大为诧异："已经是七八天前的事情了，你为何如此确定？"

坊正一笑："因为几乎没有人会半夜来敲坊门。在下当了二十多年的坊正，总共也就两回，所以不要说七八天前了，就算是七八年前，在下也可以回答将军。"

萧君默闻言，不禁哑然失笑。

其实这个道理非常简单，可自己却一时间糊涂了。看来，焦躁不安的心情足以障蔽人的心智！自己急于要查清父亲的下落及其所为之事，以至心浮气躁，连最普通的判断力都失去了。思虑及此，萧君默不禁连声提醒自己，越是这种时候，越要沉着冷静。

辞别坊正之后，萧君默又从西门出来，慢慢策马向北而行。

父亲的行踪就是在这里消失的，可他又没有从西门进入永兴坊，那他到底上哪儿去了呢？难道他从景风门进入皇城了？

由于适才调整了心情，所以此刻萧君默心思明澈，马上就推翻了这个结论。因为皇城中就是百官衙署，夜里当值的官员很多，而父亲当夜所为又是极其隐秘之事，所以不大可能冒着被众多官员目睹的风险，贸然进入皇城送情报，这太愚蠢了。

又往前走了一段，萧君默忽然想到了一点：其实不从坊门也可以进入坊区，因为三品以上官员都可以把府门开在坊墙上！

一想到这里，萧君默不禁有些兴奋，同时又暗骂了自己一下——如此简单明了的事实，居然绕了这么一大圈才想起来！

那么，接下来的问题就是：朝中有哪些三品以上高官，就住在这个永兴坊的西边？

许多人名从萧君默脑中飞速闪过，又因为各种情况被他一一排除：有些人的府邸并不在此坊，是他记忆有误；有些虽然住在这里，但品级不够；还有的虽然品级够，也住此坊，但府邸并不在西边，而是在其他方位。

当所有不可能的名字被一一剔除，一个符合所有条件的名字便跳了出来，猛然凸显在他的脑海中。

是他？！

就在萧君默灵感突现的这个瞬间，他无意中一抬头，就看见不远处的坊墙上出现了一个宅门，那个宅门的门匾上赫然写着两个字：魏府。

刹那间，萧君默被自己最终找到的这个答案惊呆了。

"我都安排好了，你就等着看好戏吧！"

东宫丽正殿中，汉王李元昌一脸得意地对李承乾道。

"玩这种把戏，你不觉得很幼稚吗？"李承乾不以为然。

自从数日前皇帝正式下诏，命魏王入居武德殿，李承乾顿然觉得自己的地位一落千丈。这些日子，不仅东宫的各种赏赐用度都不如魏王，而且父皇召见他的次数也越来越少，仿佛忘记了他这个太子的存在，就连文武百官看他的目光也大大不同以往，似乎觉得他这个储君已经名存实亡了。与此相反，越来越多的权贵子弟纷纷靠向了魏王，而这些人的背后，显然都是朝中的高官重臣。他们自己不便出面向魏王示好，便让子弟与其交结，似乎也都认定了魏王迟早有一天会正位东宫。

李承乾这才意识到，魏徵说得没错，李泰果然是一头恶狼！让他登上武德殿这座山头，呼朋引伴，对月长嚎，果然是一件十分危险的事情！

然而，当李承乾向魏徵求取对策的时候，魏徵却始终只有两个字：隐忍。

魏徵说，越是这种时候，越要安忍不动，尽管让魏王去春风得意好了，因为人一得意就容易忘形。

李承乾听了，也只好按魏徵所言，隐忍不动，以不变应万变。

然而，李元昌却极力反对。他说这么做只能任人宰割。李承乾不悦，说那你认为该怎么办，有本事你拿个法子出来！李元昌被他这么一激，随后就消失了几天不见人影，直到这一晚才神神道道地来到东宫，附在李承乾耳旁说了他的办法。

李承乾乍一听，颇有些嗤之以鼻。李元昌却信誓旦旦，说此法肯定能奏效。此刻，当李承乾再次表露轻蔑之意时，李元昌不乐意了："左也不行右也不行，那你想怎么样，总不能现在就勒兵入宫吧？"

李元昌本以为说句重话，会把李承乾吓住，不料他却投来冷冷一瞥："别以为我不敢！把我逼急了，我什么都干得出来！"

这下反倒是李元昌怵了，他一哆嗦，道："你可别冲动，咱们现在还没那实力。"

"现在是没有，但马上就会有了！"

"你指什么？"李元昌不解。

"昨日，侯君集已经托人传话了，想跟我联手。"

"吏部尚书侯君集？"李元昌低头思忖，"此人行伍出身，也是开国功臣，在朝中的势力倒是不小，文臣武将都有他的人。不过，他怎么会在这种时候找上你？"

李承乾一听这话味道不对，斜着眼看他："什么叫'这种时候'？他怎么就不能找我了？听你这话的意思，我现在就活该倒霉，谁都不该理我了是吧？"

"没，我不是这意思。"李元昌双手直摇，"我是说人心隔肚皮，现在朝局这么复杂，谁知道他是不是不怀好意？咱们得揣摩一下他的动机。"

"他的动机很简单，他恨魏王。"

"为何？"

"两年前他率部平定高昌，私吞了高昌王的珍宝，回来就被人告发了，还坐了几个月大牢。你猜，当时是谁告发的他？"

"莫非……是魏王？"

李承乾点头。

"魏王干吗要这么做？"

李承乾冷冷一笑："在父皇和百官面前讨好卖乖呗！借此显示他是一个多么刚正严明的亲王，又是一个多么懂得维护朝廷纲纪、帮父皇分忧的好儿子！"

李元昌恍然，旋即一笑："为此不惜招怨树敌，也不知这魏王怎么想的。"

"凡事都有代价，有一利必有一弊，总不能什么好处都让他占了。"

"这倒也是。"李元昌点点头，想到什么，"这话题扯远了。我刚才说的事，你倒是给个话呀，干还是不干？"

"随你吧。"李承乾拂了下袖子，"要干也成，好歹弄他一下，出口恶气！不过告诉你的人，千万小心，可别让人给逮住。"

李元昌嘿嘿一笑："这就不用你操心了。"


萧君默领着罗彪等七八个弟兄，把皇帝赏赐给他的五百匹绸缎和三千缗铜钱分成十二份，挨个送给了那殉职的十二名弟兄的家人，顺便祭拜了他们。随后，他带众人来到长安著名的虾蟆陵郎官清酒肆，一来是犒劳众弟兄，二来也是为无力替他们争取官职而致歉。

"头儿，你这么说就埋汰兄弟们了。"酒过三巡，已然微醺的罗彪粗着嗓子道，"大伙心甘情愿跟着你干，岂是贪图那点功名？是因为老大你做人仗义！再说了，我们这些人，家里头都是种田的、打铁的、杀猪的，生下来就是贱命一条，这辈子混成这样已经知足了，对功名利禄早就死了心！"

其他弟兄也纷纷附和，都说他们的命不值钱，只要能跟着萧君默干，掉脑袋也无怨无悔。

萧君默颇为感动，端起酒盅敬了众人，然后一口喝干，朗声道："弟兄们也不必妄自菲薄，出身不好又如何？王侯将相，宁有种乎？！男儿立身，凭的是真本事。要我说，你们都是真男儿，比那些空腹高心、卑劣无能的权贵子弟强多了！"

"话是这么说，可这世道，就只认出身，有本事的不如会投胎的！"罗彪打了个酒嗝，"从古到今，哪朝哪代不这样？古人那话怎么说来着，什么'如泥如鸡'的？"

"寒素清白浊如泥，高第良将怯如鸡。"萧君默淡淡苦笑，接过话头。

"对，就这话！"

众人闻言，也不禁摇头苦笑。

这句话出自东汉末年的民谣，原话前面还有一句："举秀才，不知书；举孝廉，父别居。"两汉的选官制度主要是"察举制"，即由地方官对当地民众进行考察，以品行为标准，以乡评为根据，把人才选拔出来，向中央举荐。"秀才""孝廉"指的就是被选举的有学问、品行好的人才。察举制从汉文帝开始施行，一直沿用到东汉末年，其本意是消灭特权、破除世袭，不料后来又造成了新的特权阶层和变相世袭。到了东汉末年，察举制更是流弊丛生、不堪一问，选举出来的往往是无德无才之人，因此便有了上述民谣，以讽刺当时的社会现象——被选举的所谓秀才却不学无术，所谓孝廉也不孝顺父母；寒门子弟纵使德才兼备，也只能活在社会底层、肮脏如泥，而士族子弟往往身居高位却昏庸无能、怯懦如鸡。

"我朝号称吏治清明，以科举取天下士，"众人中一位年纪最长的下属叹道，"可到头来也只是面子上好看罢了。寒门子弟就算考上进士又如何？吏部铨选那一关就能把你活活卡死！我有个同乡，家境贫寒，又生性耿介，不愿阿附权贵，贞观二年就中了进士，结果年年到吏部赴试却年年落空。现在都四十好几了，还是一介白衣、两袖清风，穷得都快要饭了，全靠我们这些同乡接济才没饿死。"

众人一听，都触动了心中的不平，于是你一言我一语，纷纷借着酒劲大发牢骚。萧君默在一旁静静听着，虽明知这些牢骚有抨击朝政之嫌，却未出言阻止，因为他今天宴请众人的目的之一，就是让他们倾吐怨气。正所谓不平则鸣，虽然他们的牢骚无法改变任何现状，但发泄出来总比憋在心里痛快。

"头儿，"罗彪又灌了好几杯，睁着赤红的双眼对萧君默道，"你读书多，跟弟兄们说说，为啥千百年来，老祖宗就不能想个什么好法子，让这世道变得公平一点？"

"老祖宗不是没想过，"萧君默淡淡笑道，"只可惜再好的法子弄出来，不用多久就走样了。"

"为啥就走样了？"罗彪一脸不解，其他人也纷纷看向萧君默。

"远的不说，就说汉代吧。两汉实行察举制，本意就是想破除先秦以来的贵族世袭制，然而察举之权是在地方官手上，而一个家族中只要有人当过郡太守，拥有过察举之权，那么经他察举入仕的人就成了他的门生故吏，这些人日后一旦得势，便会投桃报李，回过头察举'恩师'的后人，所以在一个家族中，只要先辈察举过别人，子孙往往也能被察举。久而久之，每个郡就会有那么一两个家族，几乎把'秀才''孝廉'的名额全占了，这样的家族慢慢就有了所谓的'郡望'，形成了高高在上、拥有特权的'士族门第'。"

罗彪恍然大悟："原来'寒素如泥，高第如鸡'就是打这儿来的！那后来呢，就不能再变一变？"

"变了，曹操就想出了'唯才是举'的法子，之后曹丕根据他的想法确立了'九品中正制'。"萧君默道，"朝廷在地方设立'中正官'，以三等九品为标准，品评人物，选拔人才。这个办法，原则上只论人才优劣，不看世族高卑，目的就是破除门阀，让真正有才干的人入仕。"

"这就对了嘛！"罗彪一拍大腿，"曹阿瞒不愧是一世枭雄，这办法多实在！"

"没错，曹阿瞒是个务实之人，他的'唯才是举'思想以及其后的九品中正制，初衷也是为了公平，然而……"萧君默无奈一笑，"好景不长，也就短短几十年，这个制度的流弊就比两汉的察举制更甚了。"

"这又是为何？"罗彪既失望又困惑。

"九品中正制最大的问题，就在于中正官的一己爱憎和个人好恶决定了一切。正所谓'高下逐强弱，是非由爱憎'，虽然表面上朝廷也有一套选择人才的标准，但实际操作中很难做到真正客观，到头来还是要凭中正官的个人意志，于是请托、行贿、利益交换等流弊由此滋生，结果便是'上品无寒门，下品无世族''世胄蹑高位，英俊沉下僚'。所以，自魏晋南北朝以来的四百年间，权力都被世家大族把持，真正的人才湮没无闻，官场腐败丛生，吏治一团黑暗，又到哪里找公平二字？"

罗彪闻言，满脸懊丧，其他人也是唏嘘不已。

"前朝的隋文帝父子，兴许便是看到这个九品中正制的弊端，才将其废除，另行科举制的吧？"方才那个年长的下属问道。

萧君默点点头："正是，跟以前历朝历代相比，我朝从隋杨继承而来的科举制，应该说是最合理、最公平的。但咱们也都知道，科举只是我朝选官的途径之一，至今为止，凭借家世门第入仕的还是比科考入仕的人多。何况正如你方才所言，科举及第也仅是取得做官的资格而已，最后还要到吏部再拼一轮，而这一轮拼的恐怕就不只是才学了，更要拼官场人脉和家世背景，所以你那位同乡若是不肯攀附权贵，恐怕到老、到死都不能入仕。"

下属摇头苦笑："看来从古到今都一个样，这世道就没有一天是真正公平的。"

"去他的，喝酒喝酒！"罗彪索性换了个大海碗，猛灌了几口，"咱们这些苦出身的，这辈子是甭想有出头之日了，只能指望下辈子投个好胎吧！"

萧君默也自饮了一杯，然后看着他们："世道不公，咱们都无能为力，但诸位弟兄的前程，却是萧某的责任。弟兄们，我萧君默今日就夸一个海口，总有一天，我会帮大伙讨一个公道，让诸位头上的乌纱，配得上你们的忠勇与才干！"

罗彪等人闻言，无不感激动容。

萧君默把酒斟满，高高举起："来，为了公道，干！"

"干！"

众人齐声一吼，八九只酒盅碰到了一起。

第十章 / 天刑

清晨，细雨斜飞。

永兴坊内，魏徵的马车在泥泞的道路上辘辘而行。后面不远处，一个行商打扮的男子，骑着一头毛驴，头戴斗笠，身披蓑衣，始终不紧不慢地跟着。

这个人的斗笠压得很低，看不见眉眼，只露出胡子拉碴的下半截脸。

他就是萧君默。

今日是三月初九，也是萧君默及手下跟踪魏徵的第四天。由于魏府有北、西、南三个门，所以萧君默派遣了罗彪等人分别守在北门、南门及其沿线，自己在中间点的西门坐镇，一旦魏徵从西门出来，萧君默便亲自跟踪；若是魏徵从北门或南门出来，罗彪他们便会跟上去，同时其他多名手下立刻将信号一站一站传递过来，然后萧君默迅速赶过去，接替罗彪继续跟踪。

从第一天起，也就是三月初六，萧君默就发现了一个奇怪的现象：魏徵要去东宫，却偏偏不从自家的西门或北门出来，反而从南门出去，往东坊门而行，然后再绕一大圈去东宫，途中也未见他在任何地方停留。

萧君默大惑不解，同时也认定这里头必有玄机。

此后，连续两天，魏徵却不绕路了，都是从西门出来，走了正常的最短路径。萧君默一度怀疑自己的跟踪被发现了，但想想又不太可能，因为他每次化的装都不一样，而且以他的化装术和跟踪手段，断不会这么轻易被发现。直到今天，当魏徵再次不走寻常路径，又往东开始绕路，萧君默才确信自己没有暴露。

初六、初九绕路，中间的两天正常，这意味着什么？

萧君默稍一思索，便有了一个推断：如果接下来的几天，魏徵又走寻常路的话，那么就可以断定——到十三日那一天，魏徵必定又会绕路！也就是说，每逢三、六、九，都是魏徵刻意绕路的日子。

可是，他为何要这么做？

凭着丰富的办案经验，萧君默很快便有了答案：在永兴坊的东部，必定有某个地方是魏徵与手下的秘密联络点。萧君默相信，魏徵绕路的目的，一定是想接收那个联络点向他发出的信号，一旦看见约定的信号，魏徵肯定会在那里停下来，与手下接头。

就在萧君默这么想着的时候，马车又往前走了一段，忽然靠着路边慢慢停了下来。

萧君默心念一动，立刻抬眼望去，只见魏徵的马车停在了一家名为"忘川"的茶楼门前。萧君默立刻回想起来，三天前，天气晴朗，魏徵的马车跑得很快，却在这个地方放慢了速度，片刻后才继续朝东驰去。

很显然，那一天，魏徵没有看见信号，而今天，信号出现了！

萧君默拍打着毛驴快步前行，目光犀利地把整个茶楼的临街一面全部扫了一遍。很快，他便发现了意料之中的东西：在茶楼二楼的一整排窗口处，大多数窗台都摆着树木盆栽，唯独东边第一间雅室的窗台处，赫然摆着一盆醒目的山石！

毫无疑问，魏徵正是看见这盆山石才停下的。

此刻，魏徵缓缓步下马车，被两个茶楼伙计殷勤地扶了进去。萧君默把毛驴系在一根树干上，也不紧不慢地跟进了茶楼，找了个偏僻角落坐下，要了一碗现成煮好的茶。

萧君默用眼角的余光，瞥见魏徵慢慢走上楼梯，然后走进了东边第一间雅室中。

倘若父亲那一夜不是急于要送出情报的话，萧君默想，他第二天一定是来此处跟魏徵接头的。这么想着，萧君默眼前恍若出现了父亲的身影。他仿佛看见清癯儒雅、衣袂飘然的父亲缓步走进茶楼门口，眉间似乎凝结着一股拂不去的忧郁，但目光中却自有一种浩然坦荡的神采……不知不觉间，萧君默的眼睛模糊了，而父亲的身影就此消失不见。

意识到自己失态，萧君默赶紧偏过头去，擦了擦眼。好在此时天色尚早，茶楼里客人不多，稀稀拉拉地坐着，也没人在意他。

一碗深黄色的茶水端了上来，冒着丝丝热气。这种现成的茶水要比在雅室中自煮的茶便宜许多，口味当然好不到哪里去。

萧君默端起茶抿了一口，不禁微微皱眉。

就在这时，一个四十多岁的男子大踏步走了进来，眼神犀利地扫了大堂一圈。萧君默本来刚要放下茶碗，赶紧低头继续喝茶，用茶碗挡住了大半边脸。

男子快速扫视一遍后，未发现有何异常，便快步走上了楼梯。

萧君默觉得此人非常面熟，肯定在朝中任职，却一时想不起来他是谁。而他的背影和走路的姿势，更让萧君默觉得眼熟。

突然间，萧君默眼前闪过一个画面——甘棠驿西边麻栎树林中的那个黑衣人！

恰在此刻，男子微微低头咳嗽了一声。

没错，咳嗽声也一样，就是他！

至此，所有零散的环节终于形成了一个闭合的链条：父亲从魏王府盗取了辩才情报，连夜送到了魏徵手上；魏徵立刻派遣了这个男子，在陕州甘棠驿对他进行了拦截。也就是说，父亲也是朝中这支神秘势力的成员，而魏徵很可能便是这支势力的首领！

此时，男子敲响了东边第一间雅室的门，然后压低声音说了句什么。

尽管声音很轻，但萧君默还是凭借长期练就的敏锐听力，听到了他说的五个字：望岩愧脱屣。

萧君默蓦然一惊。

不用去听魏徵在房中答了什么，萧君默也知道下一句是：临川谢揭竿。

萧君默之所以这么肯定，是因为这几天他早就把《兰亭集》中的每一首诗都背得滚瓜烂熟了，而刚才这两句，便出自兰亭会中一位宾客的诗作。该诗的全文是：

> 三春陶和气，万物齐一欢。明后欣时丰，驾言映清澜。
>
> 亹亹德音畅，萧萧遗世难。望岩愧脱屣，临川谢揭竿。

这首五言诗的作者，是王羲之的属下、时任会稽郡功曹的魏滂。

又是《兰亭集》！此刻这句暗号，不但与"冥藏先生"的那句接头暗号同出一源，而且以诗中文句为暗号的这种做法也是如出一辙。

这些都是巧合吗？

当然不可能！

萧君默心念电转，立刻意识到——以冥藏为首的这支江湖势力，与以魏徵为首的这支朝中势力，二者势必息息相关，甚至完全有可能隶属于同一支更大的势力，或者说同属于一个更大的秘密组织！

如此大胆的推断，不禁让萧君默自己倒抽了一口凉气。

假如这些推断是正确的，那么这个秘密组织的存在，无疑对大唐的江山社稷构成了极为严重的威胁。倘若这个组织有何叵测居心，那么它一旦发难，势必在整个大唐天下掀起一场前所未有的血雨腥风！

萧君默越想越是心惊，连呼吸都急促了起来，掌心也隐隐沁出汗水。

必须马上将这一切向大将军和皇帝禀报，刻不容缓！

萧君默猛地站起身来。

然而，就在他刚刚起身的时候，一个无比冷静的声音却在他的心中骤然响起：你想好了吗？你确定去禀报是对的吗？你别忘了，你父亲正是这个秘密组织的一员，而且盗取了有关辩才的情报，导致了甘棠驿的那场劫杀。假如你把这一切禀报给皇帝，你父亲能逃脱谋反的罪名吗？你自己不会遭到株连吗？即使皇帝以你举报有功免除你的死罪，但是你能摆脱卖父求荣的恶名吗？即使世上的人们能够谅解你，认为你是替社稷苍生着想，可你的良心能原谅你自己吗？百年之后，你又有何面目去见九泉之下的父亲？！

萧君默颓然坐了回去，额角冷汗涔涔。

茶楼的伙计注意到了他的异常，不禁往他这边多瞟了几眼。

意识到再待下去必然会露出破绽，萧君默赶紧掏出几枚铜钱扔在食案上，匆匆走出了忘川茶楼。

雨下大了，天色一片灰暗。

萧君默骑上毛驴，冲进雨中，同时一把扯掉脸上的"胡须"，猛地仰起头，任冰冷的雨水打在脸上，又任凭它们顺着自己的脸颊恣意流淌……

茶楼雅室中，魏徵和李安俨对坐着，室内的气氛安静得近乎凝固。

李安俨一回京，肺部旧疾便严重复发，不得不卧床数日，拖到今天才来向魏徵复命。适才，他已经把甘棠驿事件的经过做了详细禀报，并连连自责，一再向魏徵请罪。魏徵苦笑，说你已尽力，何罪之有？然后命他好生抚恤那些死去的弟兄，自己静心养病，其他事不必多想。

二人沉默良久，魏徵才提了一个话头："那日鹤年送来辩才消息后，便和我断了联络，我派人打探过，他已多日未去魏王府，也没回家。此事十分蹊跷，我甚感不安！"

李安俨蓦然一惊："怎会如此？难道一点消息都没有吗？"

魏徵摇摇头："毫无消息。"

"咱们的弟兄，也没人见过他？"

魏徵又摇摇头。

李安俨眉头紧锁："这就奇了……"

"我很不想得出这个结论，但又没有别的解释。"魏徵长叹一声，"我担心，鹤年他……已然遭遇不测！"

"莫非是他暴露了，被魏王下了毒手？"

"恐怕是这样。"魏徵道，"数日前，魏王安插在东宫的一个细作，叫小翠，也无故失踪了，几乎与鹤年同时。我怀疑，正是魏王识破了我和太子的反间计，所以一边下手除掉了小翠，一边对鹤年……"

"会不会是魏王将他秘密关押了？"

"我也猜到了这一点。但依鹤年的性子，宁可自尽，也绝不会受辱，更不会说出魏王想听的任何一个字！所以……"魏徵说不下去了，眼眶已微微泛红。

李安俨黯然："都怪我！鹤年拿命换回了情报，我却无功而返……"

魏徵摆摆手："不必再自责了，现在说这些已然无益。"

"先生，要不，咱们做个计划，再把辩才劫出来？"

魏徵苦笑："人已在圣上手里，再劫出来谈何容易？"

"先生，我既然在圣上身边当值，机会还是很大的！"李安俨忽然有些兴奋，"只要咱们妥善地做一个计划……"

"不要再说了！"魏徵冷冷地盯着他，"为这件事，鹤年已经搭上了性命，我不想任何人再步他后尘！"

李安俨嘴唇嚅动了一下，还想说什么，但终究没有出声。


萧君默浑身湿透、狼狈不堪地回到家时，看见身着便装的桓蝶衣正叉腰站在门廊下，一脸幸灾乐祸地看着他。

"阿……嚏！"直到换了一身干净衣裳，从卧房出来，萧君默还是喷嚏连连。

衣服好换，头发却不容易干，萧君默拿着条麻布面巾用力搓揉一头披散的长发。桓蝶衣帮他点了一个火盆，叫他过去烘烘。萧君默刚一凑过去，一不留神头发差点被炭火点着，吓得赶紧跳开。

"瞧你，笨手笨脚的！"桓蝶衣白了他一眼，抢过他手里的麻巾，用力帮他擦了起来，"坐下，你那么高我怎么擦？"

萧君默嘿嘿一笑，坐了下来，闭上眼睛任她擦。

"蝶衣，你来得正好，圣上赐给我好多缎子，我又用不上，你拿些去做衣裳吧。"

"你不是把缎子都送到那些殉职弟兄家里了吗？"

"圣上去年赏的，还剩好多呢。"

"你自个儿留着吧，我又难得穿一回。"

"我觉得，你还是穿姑娘家的衣服好看。"

桓蝶衣微微一喜，却故意一嗔："谁要你看了？我以后偏不穿，就穿玄甲卫的衣服！"

"随你吧，反正你穿什么都好看。"

桓蝶衣又是一喜，嘴里却仍道："我看你就是有口无心，漫说好话哄人的。"

"这你可冤枉我了，我这人从不说言不由衷的话。"

"不对吧？玄甲卫两千多号弟兄，我看就数你最会骗人！"

"这话从何说起？"萧君默不禁睁开了眼睛。

"你要不是最会骗人，怎么能把辩才骗回京城？"

萧君默一怔，苦笑了一下："那是职责所在，身不由己，你又不是不知道。"

"那你也得有骗人的本事呀，否则硬要装也装不来吧？"

萧君默无奈，索性又闭上眼睛："随你怎么说吧，反正我问心无愧。"不知道为什么，桓蝶衣一提起这个话头，他的眼前就出现了楚离桑的身影，也不知她现在怎么样了。本来萧君默就对她心怀歉疚，加上她母亲又在甘棠驿罹难，萧君默心里就更不好受了。

"说你是骗子绝没冤枉你，你连我都骗！"

"我怎么骗你了？"

"你那天不是说，伯父下落的事，不管查到什么都会告诉我吗？"

"我现在……暂时还没查出什么。"

桓蝶衣不悦，把麻巾往他脸上一扔："当着面你又撒谎了！要是真没查到什么，你跟踪魏徵干吗？"

萧君默语塞，半晌才道："我不告诉你，是怕你担心。"

"你不告诉我，我不是更担心？！"桓蝶衣跺了跺脚，"你那天还说随时会找我帮忙，结果呢，找了罗彪他们几十号弟兄去监视魏徵，可就是不找我！"

"好了好了，是我不对，消消气。"萧君默赔笑脸，"那种粗活，我怎么舍得让你去干？"

"嘴里说得好听，我看你就是瞧不起我，总认为我没你们男人能干！"

"我绝对没这么想！在我眼中，你就是平阳公主第二，长安城里绝无仅有的巾帼英雄、女中豪杰！罗彪他们算什么，几十个罗彪绑在一起也比不上你！"

桓蝶衣听得心里美滋滋的，终于破颜一笑："空口白牙不算数，你说，派什么任务给我？"

萧君默一想，忽然有了主意："你等等，我画张像给你看。"说着取过纸笔，伏案画了起来，片刻之后，便用简洁流畅的线条勾勒出了李安俨的脸部轮廓和五官，形虽简略却异常传神。

"帮我查查，此人是谁，在朝中官居何职。"萧君默把画像递过去。

桓蝶衣接过一看，不屑地笑道："这还用查吗？我现在就可以告诉你。"

"你认得他？"萧君默一喜。

"当然认得！左屯卫中郎将李安俨，专门负责圣上的宿卫和宫禁安全。"

萧君默这才恍然想起李安俨这个人，不禁暗骂自己的记性。紧接着，他心里悚然一惊，差点叫出声来——专门负责皇帝人身安全的禁军将领竟然是秘密组织成员，那皇帝的安全从何谈起？假如此人要挟持皇帝或干脆弑君，岂不是易如反掌？！

见他忽然呆住了，桓蝶衣狐疑道："又怎么了？"

萧君默回过神来："哦，没什么，我是被你惊人的记忆力吓着了。朝中文武成千上万，你居然谁的脸都记得住，我真是佩服得紧！"

桓蝶衣有些得意："所以，你还不找我帮忙？"

萧君默又想起什么，道："当然要找你。"说着又在纸上写了两个字，递给她。

桓蝶衣一看，纸上写着两个字：魏滂。

"这个魏滂是谁？"

"东晋永和年间会稽郡的一名功曹。"萧君默道，"你帮我查查，看他跟魏徵是什么关系，会不会……是他的先祖。"

"又是魏徵？"桓蝶衣眉头一皱，"你最近干吗老是查他？"

"因为，我怀疑，他和我爹的下落有关。"

桓蝶衣一听，立刻精神一振："包在我身上！"


长安城的夜晚有一种奇特的景象：当整座城市的大街通衢都因夜禁制度而阒寂无人之际，城中里坊的夜生活则刚刚开始，到处是一派灯火通明、繁华热闹之状。其中，南面里坊多为低级官吏和平民所居，相对较为冷清；而中部和北部里坊，则因达官贵人、富商巨贾云集，所以青楼妓院、酒肆茶馆便随之兴隆，每当华灯初上之时，这些里坊无不是车马辐辏、人群熙攘，与坊外黑暗沉寂的街衢恰成鲜明对照。

在所有灯红酒绿的里坊中，最繁华的当数平康坊。

平康坊位于春明门大街南侧，东面紧邻东市，西北角又与皇城的东南角隔街相望，因交通便利、位置优越，向来是举子、选人、外地州县入京人员的聚集地，故而青楼妓业特别发达。坊曲之中，红袖招摇，粉黛飘香，昼夜喧呼，灯火不绝。时人称"京中诸坊，莫之与比"，誉其为"风流薮泽"，意指此坊是笙歌燕舞的温柔乡，也是纸醉金迷的销金窟。

这一天入夜时分，魏王李泰轻车简从来到了此坊南面的一处青楼前。

李泰从马车上下来，抬眼一望，门楣的匾额上写着秀媚婉丽的三个大字：栖凰阁。

今夜，李泰是应房玄龄次子房遗爱之约，前来此处密晤。自从十天前正式入居武德殿，朝中的勋贵子弟便纷纷向他示好，其中便有房玄龄之子房遗爱、杜如晦之子杜荷、柴绍之子柴令武等人。尽管李泰对此颇感自得，但也绝非来者不拒。想巴结他的人，首先当然得是他瞧得上眼的，其次还得拿出一些有分量的、令他感兴趣的东西，否则一概免谈。

比如今夜，房遗爱就答应要送他两件非同寻常的礼物。

事前李泰曾问他到底要送什么，房遗爱却神神秘秘地说到了便知，反正绝不会让他失望。李泰被勾起了好奇心，遂赶在暮鼓敲响之前来到了平康坊。他当然不是怕夜禁，而是不想让武候卫或者更多的人知道他的行踪。进了平康坊，他又故意到别处转了转，以防身后有"尾巴"。直到确定无人跟踪，他才命御者驱车前来。

一到栖凰阁门口，眉清目秀、锦衣华服的房遗爱便亲自迎了出来，满脸堆笑道："春宵一刻值千金，四郎何故姗姗来迟呢？"

为了不暴露彼此身份，他们约定以排行相称。

"我可比不得二郎清闲自在。"李泰道，"我这人就是劳碌命，天天被一堆破事缠着。"

"那是四郎你能者多劳！"房遗爱笑着，凑近他低声道，"我爹就常说，在这么多位皇子当中，就数四郎你最聪明能干，不但才学兼备，而且志存高远，最像当年的圣上！"

千穿万穿，马屁不穿。尽管李泰早就听惯了这些话，可还是很受用。他一边走，一边故作矜持道："这种话可不敢随便说，传到外人耳朵里就不好了。"

房遗爱一听李泰的口气，俨然已把他视为"自己人"，顿时一喜："四郎所言甚是，我自有分寸。"

说着话，二人已穿过一群搔首弄姿的莺莺燕燕，信步来到二楼，走进了一间装饰奢华、空间宽敞的雅室。雅室分内外两间，房遗爱恭请李泰在外间坐下，早有侍者奉上酒菜，佳酿珍馐摆满了食案。李泰拿眼一瞥，但见里间坐着一位女子，身前放着一张髹漆彩绘、色泽艳丽的锦瑟，只可惜两室之间隔着珠帘，影影绰绰，看不清女子面目。

房遗爱看在眼里，故作不见，只轻轻拍了两下掌。里间女子应声而动，抬手在弦上轻轻一抹，接着轻拢慢挑，一串清音便自纤纤玉指淙淙流出。

李泰立刻把目光转向里间。

一段前奏响过，女子轻启朱唇，和着弦乐开始徐徐吟唱：呦呦鹿鸣，食野之苹；我有嘉宾，鼓瑟吹笙……

李泰也是雅好琴瑟之人，一听便听出来了，这是古曲《鹿鸣》，歌词采自《诗经》，旋律也是古来既有的瑟谱，曲风轻盈欢快，歌咏宾主相敬之情，乃聚会宴饮时常有的应景之作。虽然弹瑟女子技法娴熟、歌声清婉，但听上去跟平康坊中的芸芸歌姬也相差不大，并没有什么吸引人的地方，所以李泰只听了几句，便有些兴味索然了。

房遗爱却没有注意到李泰的细微反应，端起酒盅敬道："四郎，这是我让专人用'鸡鸣麦'酿造的'九酝'，芳香醇美，还请四郎品鉴！"

"鸡鸣麦？"李泰笑道，"就是晋人说的'用水渍麦，三夕而萌芽，平旦鸡鸣而用之'的酒曲吧？听说如此酿造，既耗时又费力，二郎你还真有闲工夫！"

"四郎果然见多识广，在下佩服，请！"

李泰笑笑，端起酒盅，抿了一口，咂巴了几下，当即赞道："醇香浓烈，微苦回甘，好酒！"

"四郎若是喜欢，我明日便让人给你拉一车过去。"房遗爱道。

李泰却放下酒盅，看着他："二郎，你今日请我来，不会就是要送我这个礼物吧？"

房遗爱神秘地笑笑："当然不是。"

"那是什么？"

"头一件礼物，是家父让我转赠的，我想，这个四郎一定感兴趣。"

"你就别卖关子了。"李泰有些不耐，"到底何物？"

房遗爱端起酒盅，起身来到李泰案前，然后一屁股坐下来，凑近他："四郎，武德九年的吕氏灭门案，你听说过吧？"

李泰微微一怔，狐疑地盯着房遗爱，不知他葫芦里卖的什么药，片刻后才道："在这种地方谈这种事，合适吗？"说着朝里间的女子努努嘴。

"她弹她的，咱聊咱的，两不相碍。"房遗爱笑道，"何况这种事，恰恰只合在这种地方谈，这也是家父的意思。"

李泰知道，房玄龄这么安排，当然是想借声色之娱掩人耳目，以此向他传递某个重要的信息。事实上，方才房遗爱一提到"吕氏灭门案"，李泰就已经意识到，今天房氏父子要送给他的这份"礼物"，绝对不同寻常！

此刻，里间那名女子依旧在专注地弹唱，似乎连眼皮都没抬一下。李泰瞟了她一眼，对房遗爱道："你想说的，是不是吕世衡在武德九年六月四日临终前，留给父皇的线索？"

房遗爱朝他竖了个大拇指："四郎果然通透！"

李泰记得，杜楚客曾经跟他讲过，当年有四个人陪同父皇去见吕世衡，而房玄龄便是其中一个。"说吧，什么线索？"

"当年，吕世衡给圣上留下了三个半血字，还做了一个动作。"

"三个半？"李泰眯起眼睛，"哪三个半字？"

房遗爱把食案上的菜肴挪了一下，空出一小块地方，用食指从酒盅里蘸了些酒水，在案面上陆续写了四个字：兰、亭、天、干。

"'兰亭'应该就是《兰亭序》，但'天干'二字又作何解？难道是天干地支的意思？"李泰困惑。

"圣上和家父他们，当初也是被这个'干'字误导了。"房遗爱道，"事实上，这个'干'并非全字，而是半个字，吕世衡没来得及写完就死了。当初家父首先发现这个字不全，'干'的那一竖稍稍偏左，于是便提醒了圣上。后来，家父便想到，既然这个'干'字的一竖偏左，那吕世衡的本意，是不是想在右边再写一竖呢？"

房遗爱说着，便在那个"干"字上添了一竖，变成了"开"。

"然后呢？"李泰紧盯着他。

"然后就要说到吕世衡临死前的那个动作了。"

"什么动作？"

"吕世衡死前，用尽最后的力气，抓住了圣上的佩剑。"

李泰不禁蹙眉："抓住了父皇的佩剑？！这又是何意？"

房遗爱一笑，指着案上那个"开"："四郎，你想，若在它的右边加上一把刀，会变成什么字？"说着，未等李泰回答，便在"开"的右边加上了两笔。

李泰定睛一看，案上赫然出现了一个"刑"字。

"天刑？！"

房遗爱点点头："家父说他当时也想了很久，后来偶然经过宫门，看见带刀甲士开启宫门的情景，顿时就悟出来了——吕世衡临死前的那个动作，就是想告诉圣上，他还有一个'立刀旁'未及写出。据家父推测，圣上本人，以及知悉此事的其他三位大臣，后来应该也都猜出吕世衡的意思了。"

李泰盯着那个字，越发困惑："可是，'天刑'又是何意？"

"这就是咱们接下来该做的事了。"房遗爱道，"家父说，若能破解此二字的全部含义，庶几便可破解《兰亭序》之谜了！"

太极宫甘露殿的东侧，有一座佛光寺，属于宫禁之内的皇家寺院。

辩才被送入宫中之后，自然就安置在了佛光寺。此刻，在佛光寺藏经阁后面一间宁静的禅房中，皇帝李世民与辩才正面对面坐在蒲团上。

辩才已恢复了出家相，身上一袭土黄色的僧衣，光亮的头顶上隐约可见当年受戒时留下的戒疤。他双目低垂，神色沉静，而李世民则是目光炯炯地凝视着他。

"法师，你真打算让朕陪你这么坐着，一直坐到天明吗？"

"贫僧不敢。"辩才淡淡答道，"这普天之下，有谁敢让天子陪坐呢？"

"朕现在不是在陪你吗？"

"贫僧方才已经恳求多次，夜深了，请陛下保重龙体，回宫安寝。"

"这是朕第三次来见你了，可你什么问题都不回答，让朕如何安心就寝？"

"陛下的问题，贫僧一无所知，所以回答不了。"

"'不妄语'是学佛修行的基本五戒之一，连初学佛的居士都能持守，但法师受持比丘的二百五十大戒多年，却还敢当着朕的面打诳语，如何对得起佛陀？"

"陛下所言甚是！不过，贫僧并未打诳语。"

"你说你根本不知道《兰亭序》的下落，这就是一句诳语！"

"陛下明鉴，贫僧确实不知。"

李世民冷笑："好，那咱们暂且不说这个，就说你隐姓埋名在伊阙躲藏这么多年的事吧！你盗用他人身份，冒名顶替，欺骗官府，这不是犯了盗戒和妄语戒吗？你并未正式还俗便娶妻生子，不是犯了淫戒吗？你以在家人身份过俗家生活，饮酒吃肉，不是犯了酒戒吗？此次玄甲卫护送你入京，又有多少人因你而死，你不是间接犯了杀戒吗？辩才，朕想问你，你五戒全犯，如何当得起朕叫你一声

'法师'？！"

辩才微微一震，半晌才道："盗用他人身份，乃不得已而为之，贫僧忏悔！但贫僧表面上娶妻生子，实则这么多年一直未与妻子同房，女儿也非贫僧亲生。此外，贫僧十六年来一直茹素，并未饮酒吃肉。如此种种，还望陛下明察！至于此次入京，死了那么多人，贫僧确有罪过，但贫僧并不希望出现这种杀戮，也无力阻止这起惨剧，更何况，贫僧也绝非这一起杀戮和惨剧的始作俑者！"

李世民脸色一沉："听你的意思，朕才是这个始作俑者？"

"佛法论事，首重发心，若陛下做这些事是为了社稷苍生，非为一己私欲，那么即使陛下真是这个始作俑者，也不能算错。"

李世民闻言，紧绷的表情才松缓下来，道："法师能这么看，朕心甚慰！既然法师知道朕做这一切是为了社稷苍生，那就不该对朕有所隐瞒。"

辩才叹了口气："陛下，恕贫僧直言，世间善恶，本就夹杂不清，一利起则一害生！故而老子才说'圣人不仁，以百姓为刍狗'，庄子也说'圣人不死，大盗不止'。我朝既然崇道，更应以道家任运自然的无为精神治国，正所谓治大国若烹小鲜，躁而多害，静则全真，若一意除恶，势必搅动天下，恐非社稷苍生之福。"

"照你这么说，朕就该眼睁睁看着那些恶势力危害天下、祸乱朝堂了？"

"善恶有报，因果昭然，各人自作还自受。作恶者即使猖獗一时，最终也会自取灭亡，但若陛下以权谋御之，以武力讨之，迫使其铤而走险，则不免尔虞我诈、干戈再起！设若到最后玉石俱焚，岂非得不偿失？道家言'其国弥大，其主弥静'，又言'以无事取天下'，皆是此意，还望陛下三思！"

李世民深长地看着他："辩才，看来你还真是什么都知道，只是不愿意告诉朕罢了，是这样吗？"

辩才默然无语。

李世民忽然笑了笑："与君一席谈，胜读十年书！法师对佛道二家的深刻领悟，令人钦佩！若法师不弃，朕明日便下诏，封你为国师，如何？"

辩才淡淡一笑："多谢陛下美意，但贫僧无德无才，实在不堪此任。"

"你若不想当国师，也可以再次还俗。以你的品德与才学，当个尚书绰绰有余！"李世民盯着他，"法师意下如何？"

辩才又笑笑："陛下如此抬爱，贫僧诚惶诚恐！但贫僧若真为了名闻利养就放弃个人原则，陛下还会认为贫僧的德才堪任尚书吗？"

"辩才！"李世民的脸瞬间阴沉下来，"世上还没有人敢如此一而再、再而三地拒绝朕！我奉劝你，不要无限度地挑战朕的耐心！朕再给你三天时间，若还不能给朕一个满意的答复，休怪朕翻脸无情！"

说完，李世民霍然起身，大袖一拂，径直走出了禅房。

辩才一动不动，悄然闭上了双目。

栖凰阁的雅室中，李泰和房遗爱还在低声地说着什么，浑然不觉里间的琴声与歌声都已止息，更没有意识到那个女子已拨开珠帘，悄然走到了他们身旁。

李泰无意间一抬头，顿时吃了一惊，慌忙一把抹掉食案上那几个用酒水写成的字。

房遗爱也是一惊，不悦道："锦瑟，你好生无礼，没看见我和四郎在说话吗？"

名为锦瑟的女子嫣然一笑："是啊，二位郎君光顾着说话，视奴家如同无物，奴家也弹得了无意趣，索性不弹了，免得搅扰二位郎君说话。"

李泰直到这时才看清了女子的容貌，心里不由一颤。

只见女子面若桃花，肤如凝脂，长裙曳地，身姿娉婷，一双明眸顾盼生辉、风情万种，却又不失端庄和矜持，整个人非但毫无风尘之气，反而隐隐透着一股冷艳和孤傲。李泰平生见过烟花女子无数，却从未见过如此惊艳脱俗的女子，一时竟看得呆了。

房遗爱闻言，顿时脸色一沉："锦瑟，你这么说话，可不像你们栖凰阁的待客之道啊！"

"二郎又不是头一次来。"锦瑟笑道，"若是不喜欢我苏锦瑟的待客之道，大可找别人哪，反正栖凰阁最不缺的便是卖笑女子！"

房遗爱有些怒了，正想训斥，李泰忽然发出笑声，道："锦瑟姑娘，既然不卖笑，那你来平康坊做什么？"

"奴家卖艺呀！"

"卖艺？！"李泰扑哧一笑，"以你的姿色，卖笑或许还能赚几个铜钱，若说卖艺嘛，请恕在下说一句实话，恐怕养不活你自己。"

苏锦瑟闻言，非但不怒，反倒咯咯笑了起来："说得对，奴家的艺只卖雅士，不卖俗人，宁可曲高和寡，也不哗众取宠！至于能不能养活自己，就不劳四郎费心了。"

李泰哈哈大笑："就你刚才那一首《鹿鸣》，也谈得上曲高和寡？"

苏锦瑟也笑："郎君是不是觉得刚才的曲子，特别俗？"

"对，特俗，俗不可耐！"

苏锦瑟瞟了一眼房遗爱："二郎，听见了吧？这位郎君也说你俗不可耐，可不光是奴家这么说你。"

房遗爱顿时大窘，对李泰道："方才那首曲子，是……是我让锦瑟弹的。"

李泰闻言，这才正色起来，重新打量了苏锦瑟一眼："既然如此，那么锦瑟姑娘有何高曲，我愿洗耳恭听。"

"高曲是给高人听的，四郎自认为是高人吗？"

"在下不才，对琴瑟之音也算略有心得，真心恭请锦瑟姑娘赐教！"

苏锦瑟眸光流转，在李泰脸上停留了一会儿，然后粲然一笑："都说当仁不让，看来奴家今晚还真躲不掉了。"

李泰看着她眼波流转、笑靥嫣然，心里又猛地一颤，连忙做了个请的手势，以掩饰自己内心的悸动。

苏锦瑟翩然转身，走进里间，重新坐了下来。李泰无意中闻到了她转身时散发的体香，又是心神一荡，情不自禁地翕了翕鼻翼。

很快，锦瑟的弦声再次响起。李泰一怔，竟然发现这个曲谱他从未听闻，不禁凝神望向苏锦瑟，等着听她接下来的吟唱。

随着旋律，苏锦瑟的歌声再次响了起来。李泰一听，顿觉与刚才判若两人，只感到她清澈幽远的歌声仿佛来自天外，绝无半点人间烟火的气息。

"彼黍离离，彼稷之苗。行迈靡靡，中心摇摇。知我者，谓我心忧；不知我者，谓我何求。悠悠苍天，此何人哉？"

李泰知道，这支曲子的歌词采自《诗经》中的《黍离》，本来是古已有之的瑟谱，但苏锦瑟显然只保留了歌词，自己重新谱写了曲子。

这首《黍离》的文意原本便充满了凄怆和苍凉之感，蕴含着主人公绵绵不尽的故国之思，以及对家国天下的兴亡之叹，此刻被苏锦瑟忧伤凄美的曲调和恍若天籁的歌声再一衬托，越发令人扼腕神伤，不觉有种仰天一哭、怆然涕下的冲动。

"彼黍离离，彼稷之穗。行迈靡靡，中心如醉。知我者，谓我心忧；不知我者，谓我何求。悠悠苍天，此何人哉？"

第二段歌词唱起的时候，李泰已经完全沉醉其中，深深不可自拔了。

房遗爱把这一切看在眼里，暗暗一笑，也不跟李泰道别，悄悄退了出去，并带上了房门。

"彼黍离离，彼稷之实。行迈靡靡，中心如噎。知我者，谓我心忧；不知我者，谓我何求。悠悠苍天，此何人哉？"

这首曲子一唱三叹，缠绵悱恻，直到苏锦瑟唱完起身，李泰还依然神游天外，眼睛竟然不知不觉地湿润了。

"四郎……"

苏锦瑟走到他面前，发出一声轻唤，才把李泰的心魂从天外唤回了人间。

李泰回过神来，尴尬地抹了抹眼睛："对不起，我……我失态了。"

苏锦瑟深长地看着他："四郎，你的确是懂瑟的，奴家弹了这首曲子不下数十次，你却是……第一个为它流泪的人。"

李泰抬起目光，和苏锦瑟四目相对。

一种伯牙子期、高山流水般的情愫，在二人的目光中缓缓流淌。此刻的李泰蓦然意识到面前这个惊才绝艳的奇女子，定然便是房遗爱要送他的第二份"礼物"了。


微雨蒙蒙，打湿了一座木桥，也打湿了伫立在桥上的一个人。

萧君默一身便装，已经在桥上站了半个多时辰。

他怔怔地望着桥下的永安渠水，全然不顾过往行人诧异的目光。

木桥位于延康坊的北面，永安渠水自南向北流经延康坊，再从这座桥向北面的光德坊流去。也就是说，倘若有什么东西从魏王府的水渠中流出来，便会从这座桥下流过。

不知道为什么，萧君默这几天一直有一种强烈的直觉，觉得他可以在这里找到跟父亲有关的线索。

桥下，绿草青青的岸边，有个头戴斗笠、身披蓑衣的老汉，正在悠闲自得地垂钓。

萧君默看了他这么久，也没见他钓上一条鱼，甚至没看见鱼儿咬半次钩，但这似乎丝毫没有妨碍老汉的兴致。

"老丈，这里钓得到鱼吗？"萧君默走到老汉身边搭讪。

老汉扭头看了他一眼："坐久了，自然钓得到。"

"这种下雨天，鱼儿都沉了，不太咬钩吧？"

"所以得有耐心。"

萧君默笑了笑，不禁有些佩服老汉。他抬眼望着碧波荡漾的渠水，发现水面上偶尔漂过一些杂物，有烂菜叶，有破布条，有旧扫帚，不一而足。

"老丈，我听喜欢钓鱼的朋友说，常在水边钓鱼，不时就会钓上来一些稀奇古怪的东西，是吗？"

老汉呵呵一笑："这倒是。"

"您都钓过什么？"

"啥都钓过，就差没钓过死人。"

萧君默心里忽然一凛，勉强笑笑："真有死人，也会嫌您钩小，不吃钩。"

老汉哈哈一笑，又看了他一眼："你这后生也是闲得慌，不去干正事，却在这儿陪我老汉瞎侃。"

"我就是好奇，想知道您钓过什么。"

"说实话，前两天，我还真钓上来过一样东西。"

"什么东西？"

"一只鞋。"

萧君默一愣，不知为何忽然心跳加快："鞋？什么样的鞋？"

"乌皮靴，有点旧了，不过看上去，像是当官的人穿的。"

"那您……把鞋子扔回去了？"

"哪能呢？"老汉白了他一眼，"谁都往里头瞎扔东西，这条渠水不早就臭了？"

"那您带回家了？"

"哼！"老汉冷哼一声，又白了他一眼，"我老汉再贪心，也不能穿着一只鞋上街吧？"

"我不是这意思。"萧君默赶紧赔笑，"您老一看就是心胸旷达之人，就算给您钓上来一双，您也不会拿正眼瞧它，我说得对吧？"

老汉听得笑逐颜开，便往不远处的一处草丛努努嘴："喏，我扔在那儿了。"

萧君默立刻冲了过去，速度快得把老汉都吓了一跳。

"这后生，莫不是犯病了吧？！"


萧府庭院中，何崇九捧着一只乌皮靴，双手在微微颤抖。

萧君默神色凝重地看着他："九叔，你真的确定，这只鞋是我爹的吗？"

何崇九眼睛红了，点点头，指着靴子的某个地方："上回主公雨天蹚水弄湿了，我拿到火盆上烤，不小心烤焦了一块，就在这儿，你看。"

萧君默没有去看，猛然扭头就朝外走去。

不是因为他完全相信九叔的眼力，而是他怕忍不住自己眼中的泪水。

第十一章 身世

萧君默又来到了一座桥上。

这也是一座木桥，不过不是位于延康坊北面的那一座，而是位于南面的另一座。

要寻找从魏王府水渠中流出的东西，必须到北面的下游去找，而要想知道魏王府的水渠中是否有什么东西，就得从南面的上游进入。

现在萧君默基本上可以确定，父亲已经遭遇魏王的毒手了。所以，即使现在进入魏王府，他也不可能再找到父亲。可不知为什么，从刚才捡到乌皮靴的那一刻起，萧君默就有了一种强烈的冲动，想到魏王府中一探究竟。

不管能不能发现什么，他都决定这么做。因为，他现在迫不及待地想要知道，父亲在最后的时刻到底置身何处，又遭遇了什么！

萧君默来到木桥底下。桥面上的人群熙来攘往，但此刻桥下空无一人。远处有一些妇人在水边淘米洗衣裳，但隔了几十丈远，没人会发现他。

为了减少阻力，萧君默把外面的袍衫和上半身的内衣都脱了，藏进了岸边的草丛里，然后光着膀子跃入了水中。

春天的渠水仍然有些冰凉。皮肤刚刚触水的一刹那，他不由打了个寒噤。

魏王府位于延康坊的西南隅，由于直接在坊墙上开了府门，所以坊墙也就成了府墙。永安渠水从墙下流入。萧君默潜入水中后，向北游了四五丈，就摸到了一排铁栅栏。这些栅栏从隋朝开皇初年开凿永安渠的时候就矗立在这里了，迄今已近六十年，因年久失修，每根铁条都锈迹斑斑。

萧君默浮出水面深吸了一口气，然后一个猛子扎到了水底，没费多大劲就把两根铁条分别向两边掰弯了。接着，他便像一尾鱼儿一样灵巧地钻过了栅栏。

渠水在偌大的魏王府中蜿蜒流淌，水道弯弯曲曲，且引了许多支流，蓄成了水池荷塘；也有些支流绕经亭台水榭之后，又七拐八弯地汇入了主渠。萧君默仿佛进入了一座巨大的迷宫，不多久就被绕晕了，好几次游着游着又绕回了相同的地方。

导致迷路的原因，不光是魏王府的水道复杂，更是萧君默不知道自己要去哪儿，也不知道自己到底要找什么。

雨越下越大，在天地间织出了一片厚厚的雨幕。萧君默又一次浮出水面换气的时候，看见四周一片迷蒙，一时竟不知身在何处，不觉苦笑。

忽然，附近传来了说话声，萧君默慌忙游到岸边，躲在一块石头下面，悄悄探出头去。只见两个宦官打着伞从水边的石径上匆匆走过，很快就走远了。萧君默顺着他们的来路望去，依稀可见不远处有一座奇石堆叠、气象峥嵘的假山。

这里显然是魏王府的后院，寂静冷清。萧君默忽然有了一种直觉，觉得他想要的东西很可能就在这附近。他深吸一口气，重新潜入水中。循着水岸游了六七丈远，就看见右手边出现了一条分岔的水道，水道口呈圆形，直径三尺来宽。依据方位判断，这条水道正通往假山方向。萧君默再次浮出水面吸了一口长气，然后毫不犹豫地游进了水道。

刚一游进去，光线便完全消失，眼前只剩下一片黑暗。

萧君默奋力游了七八丈远，水道依然没有到头，但他已明显感觉气息不够了。这时，身边又突然蹿过什么东西，把他吓了一大跳，猛然呛了几口水。一瞬间，萧君默心里打起了退堂鼓。可现在要是回头，气息肯定不够；若继续往前游，虽然不知道尽头在哪里，至少还可拼命一搏。

这么想着，萧君默不再犹豫，用尽最后的力气又往前游了两三丈，感觉水道逐渐向上倾斜，而且前方的水面终于出现了一丝微光。

就在即将窒息的一刹那，萧君默死命往上一蹬，头部终于露出了水面。

他两眼发黑，大口大口地吸气，生平第一次觉得呼吸是一件这么幸福又奢侈的事情。

剧烈地喘息了好一会儿，萧君默的呼吸才渐渐平稳下来，眼前的景物也逐渐清晰。只见面前横着一道铁栅栏，栅栏另一头是一块方形的水池，池中有两根乌黑的铁柱，柱子上有项圈、铁链等物。

水牢！

看来自己的直觉是正确的，父亲最后肯定是被囚禁在了这座地下水牢中。

水牢的整体位置比水道和外面的渠水略高，所以父亲那只脱落的靴子才会流到外面的水渠中。这几日连降大雨，水流比平时湍急，靴子便顺着渠水流到了延康坊北面的桥下。

看着这座阴森凄恻的水牢，萧君默几乎能够感受到父亲死前遭遇了怎样的折磨，一股热血顿时直往上冲。假如此刻魏王站在面前，萧君默一定会不顾一切地杀了他。

正愤恨间，几只硕大的老鼠突然从栅栏里蹿出来，擦着他的肩膀游过，叽叽啾啾地钻进了水道顶壁的一个洞里面。萧君默这才想起方才从身边蹿过的正是老鼠。也不知这些老鼠吃的是什么，竟然会长得如此肥大。

现在，父亲的下落已经完全清楚了。尽管没有任何直接证据，但所有间接证据都表明，父亲正是被魏王关进了这个水牢中，然后折磨至死！

留在此处已然无益，萧君默深吸了一口气，准备游回去。忽然，他瞥见栅栏的一根铁条上似乎缠着什么东西，解开来一看，原来是一片长条状的绯色布条，看质地，应该是绫。

萧君默蓦然一惊。官服才能用绫，而绯色则是四、五品官员的专用色。很显然，这极有可能是从父亲身上的衣服上撕下来的。可父亲临死前到底遭遇了什么？为何衣服会被撕烂？

此时，耳畔又传来了一阵叽叽啾啾的声音。

萧君默顿时恍然：老鼠！

父亲死前，很可能遭到了大群老鼠的撕咬，以至身上的衣服都被咬烂了！

萧君默不敢再想下去了。那么恐怖的画面只要稍微一想，就足以令他因悲愤而窒息。萧君默潜入水中，又见其他铁条上缠着三四块长条状的布片。他把那些布片一一解下，回到水面一看，发现它们居然不是绯色的绫，而是米色的帛。

帛书？

难道这是父亲留下的帛书？！

萧君默大为讶异，再次潜入水中，直到确定铁条上的布片都被他取下来了，才掉头游了出去……

从渠水中刚一露头，萧君默就着实吃了一惊。

桓蝶衣正站在岸边，一手撑着伞，一手叉在腰上，定定地看着他："你过一会儿再不出来，我可去长安县廨喊人了！"

"我无非游个泳而已，你喊什么人？！"萧君默爬上岸，钻进草丛里，一边抖抖索索地穿衣服，一边道。

"天还这么冷，你游什么泳？"桓蝶衣满脸狐疑，"再说了，游泳就游泳，你捡那么多破烂干吗？"

萧君默赶紧把手中紧紧攥着的那几块布片揣进怀里，笑道："我刚刚培养的新爱好，又没碍着你，你管那么多干吗？"

"你别再瞒我了。"桓蝶衣走到他面前，"我知道，你刚刚进魏王府了。"

萧君默披散着头发，身子伏在书案上，专心致志地拼接着那几块布片。

桓蝶衣站在他身后，拿着一把木梳在帮他梳头。

"我发现我都快成你的丫鬟了，成天帮你擦头梳头的。"桓蝶衣不满道。

萧君默充耳不闻。

桓蝶衣嘟起嘴，扯了扯他的头发。

萧君默浑然不觉。

桓蝶衣又用力扯了一下。

"那是因为你每次一出现，老天就下雨。"萧君默头也不回道，"另外，你再那么用力扯，我会变秃头的。"

桓蝶衣咯咯直笑："谁叫你不理我，活该变秃头！"

萧君默又不答话了，把那几块布片摆来摆去。

"看出什么了？"桓蝶衣瞟了一眼书案，发现布片上的墨字都被水洇开了，字迹模糊难辨。

萧君默眉头紧锁，忽然念出了两个字："玉佩？"

桓蝶衣赶紧凑过去，只见两块布片拼在一起，上面果然有"玉佩"二字，但别的字就残缺不全了。"你爹指的，应该就是九叔给你的那块玉佩吧？"

萧君默没有作声，又把另外两块较大的布片掉了个方向重新拼接，于是又有三个字完整地出现在了眼前。

"非汝父？"桓蝶衣念了出来。

萧君默整个人呆住了。

桓蝶衣担心地看了他一眼，又忍不住去看布片，只见"非"字的前面似乎有一个"口"字，只是"口"的上半部分已经缺失了。

然而，即便如此，桓蝶衣也立刻猜出了，这个字应该是"吾"，所以这四个字就是完整的一句话：吾非汝父。

萧君默突然伸出手，把书案上的布片全都扫落在地，然后身体往后缩了一下，眼中露出惊恐的神色，仿佛那些字眼是什么可怕的东西。

"师兄，依我看，这份帛书也不见得是你爹留下的，说不定……"桓蝶衣极力想安慰他，可自己都觉得自己的话很无力。

日暮时分，天上乌云低垂，沉沉地压着太极宫的飞檐。

两仪殿中，李世勣在向李世民奏报着什么。李世民脸色阴沉。赵德全站在一旁，下意识地屏住了呼吸，大气也不敢出。

"这么说，朕这颗石子一扔，池塘里的蛤蟆果然都跳出来了？"李世民一脸冷笑。

李世勣不敢接言。

"你刚才说，就这短短半个月，朝中就有三个国公、十六个三品以上官员、三十七个五品以上官员，都跟魏王接上线了？"

"回陛下，"李世勣忙道，"以臣掌握的情况来看，与魏王私下结交的大多是这些人的子弟，而不是他们本人。"

"这不是一回事吗？"李世民忽然提高了声音，"朕不过是让魏王入居武德殿，动静就这么大，倘若朕让他入主东宫，岂不是满朝文武都要把东宫的门槛踩烂？！"

李世勣又沉默了。

赵德全偷眼瞄着皇帝，低声道："大家息怒，保重龙体要紧。老奴斗胆说句话，这些勋贵子弟跟魏王结交，说不定只是后生们之间意气相投，不一定就是大臣们在背后……"

"一派胡言！"李世民狠狠打断他，"意气相投？早不相投晚不相投，朕一让魏王入居武德殿，他们立刻就相投了？这不明摆着都是那些高官重臣指使的吗？他们以为自己不出面，朕就被蒙在鼓里？那也太小看朕了！"

赵德全赶紧俯首，不敢再吱声。

李世民把目光转向李世勣："你刚才说，房玄龄之子房遗爱、杜如晦之子杜荷、柴绍之子柴令武，这三个国公之子，跟魏王来往最密是吧？"

"是的。房遗爱与魏王密会达七次之多，杜荷三次，柴令武两次。"

"亏得是杜如晦和柴绍早亡，否则也是晚节不保。"李世民冷冷道，"让你的人继续盯着，随时奏报。朕倒要看看，这房玄龄老了来这一出，晚节还想不想保了！"

"臣遵旨！"

萧宅的书房中，萧君默怔怔坐着，手上拿着那枚玉佩。

桓蝶衣坐在一旁看着他，一脸担忧。何崇九坐在另一边，神色有些不自在。

"九叔，你说实话，我真的不是我爹亲生的吗？"萧君默的语气很平静，但是这种平静却让人害怕。

何崇九嗫嚅了半晌，终究还是说不出一个字，只好点了点头。桓蝶衣一直紧张地盯着他，看到他最后点头，顿觉难以置信，想说什么，但看到萧君默那样子又不敢说。

"九叔，那你告诉我，我的亲生父亲是谁？"

"这个我就真不知道了。"何崇九满脸的皱纹都堆到了一起，"我到咱们府上来伺候主公的时候，二郎你已经六七岁了，我只知道主母自头胎难产后便不能生育，也知道你是抱养的，但你的亲生父亲我真的从没见过，也从未听主公提起过。"

"那我是抱养的这件事，有多少人知道？"

"似乎只有主公、主母和我知道，其他应该没人知道。"

"这怎么可能？"萧君默冷笑了一下，"我娘当初有没有怀胎十月，难道别人都是瞎子看不出来吗？"

"这事我倒是略有所知。"何崇九道，"据主公说，当初要抱养你之前，主母就回娘家躲了大半年，后来便说你是主母在娘家生的，因而也就没人怀疑了。"

"如此说来，我亲生母亲一怀上我的时候，我的亲生父亲和我爹就把一切都计划好了，一心要掩人耳目。"萧君默苦笑，"他们想得还真是周到！"

"师兄，"桓蝶衣终于忍不住开了口，"你也别太难过，这种事在我们老家很常见的，爹娘怕孩子多了养不起，一怀上就商量着要送人了……"

"有这枚玉佩的人，会养不起一个孩子吗？"萧君默把玉佩的挂绳高高提起，让玉佩在三人眼前荡来荡去，"看见了吗？这是最纯正的羊脂玉。天下之玉以和田玉为最尊，此玉又是和田玉中之极品，埋藏在昆仑山下千百万年，世上罕见，人间稀有。就这么一小块，足以抵得上我们家这座大宅子了，蝶衣你说，我的亲生父亲会养不起我吗？"

桓蝶衣语塞。

萧君默把玉佩收回掌心，摩挲着上面的图案和文字，在心里对自己说：萧君默，一株灵芝、一朵兰花、两个字"多闻"，便是你寻找亲生父亲的全部线索了！

雷声轰隆，暴雨倾盆，太极宫被一道又一道闪电打得忽明忽暗。

李泰躺在武德殿的床榻上辗转反侧。

自从入住武德殿，李泰的睡眠就变得很差，不知是因为不习惯还是别的什么，总之这半个月来，他几乎没有一个晚上是睡得好的。

大多数时候，他总是翻来覆去睡不着，好不容易睡着了，又总是做些乱七八糟的梦，然后天还未亮就又醒了，只好睁着通红的眼睛躺到雄鸡报晓、东方既白。而像今夜这种鬼天气，睡觉对李泰而言就更成了一件苦差事，或者说是一项更难完成的任务。

西边的几扇长窗好像被大风吹开了，在那里撞来撞去，啪啪作响。大风猛烈地灌了进来，殿内的所有灯烛一瞬间全被吹灭。床榻四周的白色纱帐在大风中凌乱飞舞，就像是什么人在拼命挥动白色的长袖。

李泰心里发毛，连喊了几声"来人"，可偌大的寝殿除了他自己，半个人都没有。

平时为了让自己不受打扰，尽快入睡，李泰总是把寝殿里的所有宦官宫女都轰出去，甚至连门口都不让他们站。他觉得这样子清静多了。可现在，李泰却对自己的这个决定深感后悔。那些宦官宫女都住在隔壁的偏殿里，平常若有需要，叫一声就一群人过来了，可现在雷打得震天响，就算喊破喉咙恐怕都没人听见。

李泰无奈，只好翻身下床，准备去关窗。

忽然，他感觉好像有人在他的后脖子摸了一把，顿时吓得跳了起来，猛然转身，可眼前除了飘飞乱舞的白色纱帐，什么都没有。

李泰暗暗叫自己冷静，没必要自己吓自己。

他套上鞋子，往西边的窗户走去。走到一半，李泰又突然回头，想看看背后有什么。可还是一切如旧，寝殿里除了自己再无旁人。李泰松了一口气，来到了窗边。

大风挟着冷雨猛然打在他脸上，令他重重打了声喷嚏。

"这鬼天气！"李泰嘟囔着，关了两扇窗，然后又走到旁边，准备关另外两扇。就在这时，一道闪电忽然劈下，李泰从敞开的窗口望出去，无意中竟然看见，在通往偏殿的走廊尽头，居然站着一个披头散发、浑身白衣的人。

李泰这一惊非同小可，脱口大喊了一声："谁？谁在那儿？！"

此时闪电已过，外面恢复了黑暗，李泰拼命揉了几下眼睛，又定睛望去，走廊上空空荡荡，似乎刚才那一幕完全是自己的错觉。

啪地一下，李泰慌忙把窗户死死关上。

刚回过身，又一串雷在耳边炸响，李泰浑身打了一个激灵。还没镇定下来，他就听见雷声中似乎还夹杂着一个凄凉惨恻的声音，那声音仿佛在喊他的小名："青雀，青雀……"

声音像是从外面的走廊上飘进来的。李泰毛骨悚然，又转身面朝窗户，然后鼓足了勇气，猛地把窗户打开。

又一记闪电劈下，方才那个披头散发的白衣人赫然正站在他面前，与他隔窗对视。说是对视，其实白衣人的头发完全披散在脸部，根本看不见面目。

李泰大叫一声，整个人跌倒在地，双手扒地不住往后退。

这一次，白衣人再未消失，而是伸出一双惨白的手，扶住自己的脑袋，慢慢地转了一圈。当他的后脑勺转过来的时候，竟然跟前面一模一样，都被黑色的长发完全遮挡住了。

李泰早已面如死灰，圆睁着双眼，拼命想喊，却一点声音都发不出来，连往后退的力气都没有了。

白衣人的双手依旧扶在脑袋上。紧接着，他的两只手用力向上一提，竟然把整颗脑袋拔了下来，捧在胸前。

"青雀，我是你四叔，我是三胡、三胡啊……"

无头的白衣人竟然还在朝他说话？！

李泰终于爆发出一声撕心裂肺的长嚎，然后两眼一翻，晕倒在地。

窗前的无头白衣人倏然不见。

凄厉的长嚎响彻武德殿的上空。偏殿的门开了，一群宦官宫女提着灯笼慌慌张张地跑了过来……


窗外风雨交加。

何崇九已经离开，书房中只有萧君默和桓蝶衣默默对坐。

"师兄，你在魏王府里究竟发现了什么？"桓蝶衣终于把憋了一晚上的话说出了口，"你怎么会找到这些帛片的？"

萧君默又静默片刻，然后便把自己进入魏王府所看到的一切都告诉了她。

桓蝶衣听得惊骇不已："魏王为什么会对伯父下毒手？"

萧君默不想让她卷进来，便道："这一点，我也还没弄清楚。"

桓蝶衣又想了想，道："既然伯父的东西出现在魏王府的水牢里，那魏王就有很大的嫌疑，咱们可以告发他呀！"

"告发魏王？"萧君默苦笑，"他一向宠异诸王，如今又圣眷正隆，大有入主东宫之势，你告得了他吗？更何况，就凭咱们手里这几块烂布片，怎么证明他囚禁了我爹？又怎么证明他杀害了我爹？"

"可是，这绯色的绫片就是伯父的官服，这帛片上也有伯父的笔迹啊！"

"朝中四、五品以上官员数以千计，凭什么说那一定是我爹的官服？这些帛书上的字早已模糊难辨，连认出来尚且困难，还谈得上什么笔迹？"

桓蝶衣一脸愤恨，却又哑口无言，半晌才道："那伯父死得如此不明不白，咱们难道就这么算了？"

"这个仇，迟早肯定要报。"萧君默眼中闪过一道寒光，"但不是现在，也不能用你说的办法。"

桓蝶衣怏怏不乐："那伯父亡故的事情，你对外怎么说？"

萧君默略微沉吟了一下，道："就说他到乡下走亲戚，失足坠马，伤重不治。我会跟九叔交代，让他就这么说，你也要统一口径，对谁都不要透露内情。"

"连我舅舅都不能说吗？"

萧君默一怔，心想师傅其实已经大致知道了内情，但他肯定也不想让桓蝶衣卷进来，所以自己必须和师傅一块儿瞒着她。主意已定，便道："没必要。"

"为什么？"桓蝶衣大为不解。

"明知是魏王所为，我们又没有任何直接证据，你就算告诉了师傅，他便有办法了吗？除了令他徒增困扰，又能奈魏王何？"

桓蝶衣一听，也觉得有道理，便不说话了，片刻后忽然想到什么："师兄，你说伯父为什么会给你留这份帛书？"

"他肯定是预感到了什么，所以做两手准备。"萧君默思忖着，"如果没出事，就继续保守我身世的秘密；万一遭遇不测，就让这份帛书告诉我真相。"

"我纳闷就纳闷在这儿，他为什么要告诉你真相？他养了你这么多年，视你如己出，这不就够了吗？是不是亲生父亲还有什么重要的？"

"我也不知道。也许，他最后还是觉得重要吧。"萧君默有些伤感，"或许他认为，他没有权利把这个秘密带走。"

"这么说的话，你的身世肯定不简单！"

萧君默看了桓蝶衣一眼。

其实这一点他早就猜到了。因为，他的生父既然拥有这枚价值连城的玉佩，那就绝非一般人，所以，若不是出于什么非同寻常的原因，断不会在他尚在母腹之中时，就已经计划好了要把他送人。

不知道为什么，萧君默总是强烈地感觉到，有关自己身世的一切，包括自己的生父是谁，有一个人肯定都知道，这个人就是魏徵！

"此事一时半会儿也猜不出来。"萧君默转移了话题，"还是说说那个魏滂吧，你查得怎么样了？"

"这个人着实不好查，我到户部和吏部跑了十多趟，腿都快跑断了，好歹总算有了结果。"桓蝶衣冲他眨眨眼，"你要怎么谢我？"

萧君默摊摊手，指了指周围的东西："除了以身相许做不到，这屋里我能做主的所有东西，随便你挑！"

桓蝶衣的脸唰地红了，瞪了他一眼："你这人脸皮真厚！再说这种没脸没皮的话，我就不告诉你了。"

萧君默笑，合掌朝她拜了拜："拜托拜托，都怪我口无遮拦，我收回。"

桓蝶衣又白了他一眼，才正色道："如你所料，魏滂正是魏徵的先祖。"

萧君默心里一动，眼睛顿时亮了起来。

"你查魏徵查得这么细，究竟是想做什么？"桓蝶衣紧盯着他。

萧君默旋即恢复平静："没什么，我只是怀疑他跟我爹的事有关，现在看起来，好像也没什么瓜葛，可能是我判断错了。"

桓蝶衣看着他，一脸狐疑。


阳光灿烂，把武德殿照得一片明媚，仿佛昨夜那恐怖的一幕从没发生过。

李泰双目微闭，脸色苍白地躺在床榻上，一名太医坐在床边给他搭脉，李世民和赵德全站在一旁，满脸关切。一群宦官宫女跪在后面，个个惶惧不安。

片刻后，太医起身，躬身对李世民道："启禀陛下，魏王殿下只是庶务繁剧、劳神忧思，导致肝郁脾虚、失眠多梦而已，并无大碍，只需服几服药，安心静养几日便可。"

李世民"嗯"了一声，太医躬身退下。李世民对赵德全道："你们也下去吧。"赵德全随即带着殿里的宦官宫女们躬身退出。

李世民在床榻边坐下，摸了摸李泰的额头。李泰睁开眼睛，想要坐起，被李世民按住："躺着吧，太医说你要静养几日。"

"多谢父皇！"李泰躺了下去，神色还有些不安。

李世民看着他："听下人说，你昨夜大叫了一声，声音凄厉，进殿就见你躺在地上。你告诉朕，昨夜到底发生了什么？"

李泰眼中掠过一丝惊恐，嗫嚅道："回父皇，其实……也没什么，儿臣这些日子老是睡不好，总做噩梦，其他的……倒也没什么。"

"那你都做些什么噩梦了？"

"这……无非就是些乱七八糟的梦，儿臣也记不得了。"

李世民狐疑地看着他："青雀，不管发生什么，都有父皇替你做主，但是你必须对朕说实话。"

李泰犹豫半晌，才道："父皇，儿臣……儿臣想问您一件事。"

"什么事？"

"四叔……四叔的小字，是不是叫……三胡？"

李世民顿时一震，凝视着他："你为什么突然问这个？"

"昨夜儿臣……好像梦见四叔了。"

李世民腾地站起身来，难以置信地看着李泰。

李元吉的小字正是"三胡"！当年李世民在玄武门诛杀四弟李元吉时，李泰年仅七八岁，根本不可能知道他的小字，就连朝中大多数文武官员都不知道，但此刻李泰竟然准确说出了"三胡"二字，不能不令李世民感到震惊。而且此殿当年便是李元吉所居，后来便一直空着，这些年不时有人风传此殿阴气太重、居之不祥云云，就连魏徵几次劝谏也有意无意提到了这一点，但李世民一向视其为无稽之谈，根本不信这些，不料眼下真就出了这等咄咄怪事。

"你梦见他什么了？"李世民神色严峻，"难道'三胡'二字也是他告诉你的？"

李泰有些惊慌，却不得不点了点头。

李世民闻言，先是怔了一下，旋即面露讥诮之色："青雀，男儿立身，当以浩然正气为本，此气若存，自然百邪不侵！人人都说你很多地方像朕，可就这一点，你可丝毫都不像朕！"

李泰嗫嚅着："父皇，这亡者托梦之事，也是常有的，儿臣虽说受了些惊吓，但正如太医所说，只需静养调理……"

"这么说，"李世民冷冷打断他，"你果真相信昨夜之事，是你的四叔在托梦给你了？"

李泰怔住，不知该说什么。

李世民看着他萎靡不振的样子，蓦然想起李世勣关于他结交权贵子弟的奏报，心里顿时沉吟了起来。片刻后，李世民叹了口气，道："也罢，那你便回你的府邸去静养调理吧，这武德殿既然不祥，你也不必再住了！"说完，头也不回地拂袖而去。

李泰一愣，少顷才回过神来，赶紧起身："父皇，父皇……"

李世民大步走出了殿门，对他的呼叫置若罔闻。

李泰颓然坐了回去，脸上写满了懊恼和沮丧。

贞观十六年三月十六日，李世民一从武德殿出来，便发布了三道诏令：

一、将武德殿的所有宦官宫女全部逮捕，投入内廷诏狱，命玄甲卫和内侍省共同审讯，务必查出是何人在武德殿"闹鬼"，并彻查背后主使之人。

二、命魏王即日出宫，回延康坊的原府邸居住。

三、即日追封已故海陵郡王李元吉为巢王。

从三月初一入居武德殿，到今日被逐出宫，魏王李泰在武德殿才居住了短短半个月。诏令一下，顿时在三省、六部及满朝文武的心中再度掀起巨大的波澜，有人震惊错愕，有人扼腕叹息，有人则是幸灾乐祸、弹冠相庆。

同时，满朝文武也都把目光转向了玄甲卫和内侍省，对此案的审理结果充满了关注和好奇。因为倘若真审出了什么幕后主使之人，那就真有一场好戏可看了。

而对于第三道诏令，朝野上下几乎都不太关注。因为不管追封一个死人当什么王，都没有太大的现实意义，倒是皇帝在此时做这个举动，背后的动机有些耐人寻味——既然皇帝认定武德殿之事纯属人为阴谋，那么与死去的李元吉便没有丝毫关系，何故又在此时追封他呢？唯一的解释只能是：今上李世民对于多年前发生的那一幕兄弟相残的人伦惨剧，至今仍然心存阴影，所以尽管丝毫不相信所谓的"闹鬼"之事，但还是被勾起了愧怍和歉疚之情，故而有了追封的举动。

对于魏王李泰因一起荒唐透顶的闹鬼事件而被逐出武德殿，很多人都觉得莫名其妙，无不替李泰感到惋惜，但只有李世勣和赵德全等少数洞悉内情的人知道，李泰被逐的真正原因其实与闹鬼无关，而是他私下结交权贵子弟之事触犯了皇帝的忌讳。说到底，魏王还是太过张扬、得意忘形了，犯了古往今来无数人臣曾经犯过的私结朋党、恃宠而骄的毛病。

东宫丽正殿书房中，李承乾和李元昌同时发出了畅快的笑声。

"怎么样，我这一招，比起魏徵的隐忍之术管用多了吧？"李元昌一脸得意。

李承乾仍然止不住笑："管用，管用！没想到我四叔死了这么多年，'亡魂'居然还如此英武，这一吓就把魏王给吓出宫了，还差点没把他吓死！"

"说起我这个四哥，当年可死得惨啊！"李元昌感叹，"这回歪打正着帮他追封了一个亲王之位，他在九泉之下当可瞑目了。"

李承乾一听，脸色顿时阴沉下来："七叔，说这种话可得过过脑子！什么叫'死得惨'？什么叫'当可瞑目'？父皇当年杀他是'周公诛管、蔡'，这可是父皇几年前就定下的调子，难道你还想替四叔鸣冤叫屈不成？"

李元昌意识到自己说漏了嘴，慌忙赔笑道："是，当然是周公诛管、蔡！我四哥纯属为虎作伥、咎由自取，皇兄杀他是大义灭亲、天经地义！"

李承乾白了他一眼："行了，你也不必在我面前装模作样了。我知道，你跟四叔当年关系不错，可正因如此，你才更得小心，别胡乱说话让人抓住把柄。"

李元昌点点头，蓦然有些伤感："不瞒你说承乾，这么多年了，我有时候做梦还会梦见四哥……"

"巧了，我昨晚也梦见一个兄弟了。"

李元昌一怔："你梦见谁了？"

"安州的那位。"

"你是说……吴王李恪？"

李承乾不置可否，目光却倏然变得阴冷："不知道为什么，只要一想起这个三弟，我的心情就一点也不轻松。我有一种预感，吴王将来对我的威胁，可能丝毫不会比魏王小。"

吴王李恪是李世民的第三子，但并非长孙皇后所生的嫡子，而是妃子杨氏所生，算是庶出，年二十四，时任安州都督。李恪丰神俊逸，文武双全，在朝野颇有人望。李世民曾在多个场合说过李恪"英武类我"之类的话，显然对他颇为器重。

李元昌蓦然听李承乾提起他，有些意外："你是不是多虑了？李恪只是庶子，就算皇兄喜欢他，可他充其量就是个外放的藩王，怎么可能威胁到你呢？"

"这可不好说。"李承乾冷然一笑，"历朝历代，庶子夺嫡之事也并不少见。"

李元昌沉吟片刻，道："你也不必自寻烦恼，即便李恪真有夺嫡的心思，可眼下他人在安州，还能干啥？要我说，等咱们收拾了李泰，回头再想个法子把他除掉便是。"

李承乾又定定地想了一会儿，才道："罢了，还是先说眼下吧，装鬼这事虽然干得漂亮，但你的人现在被玄甲卫抓了，你打算怎么办？"

"还能怎么办，当然是让他闭嘴了！"

"你玄甲卫里头有人？"

"那倒没有，玄甲卫那鬼地方，连苍蝇蚊子都飞不进去。"

"那你如何让他闭嘴？"

李元昌嘿嘿一笑，做了个抹脖子的动作："让他自行了断。"

李承乾有些怀疑："你凭什么相信他会自行了断？"

"不凭什么，就凭他欠我两条命！"

"怎么说？"

"两年前，这小子的父兄仗着他在宫里当差，横行乡里，打死了人，事情闹到刑部，是我找人帮他疏通的，后来大事化小，赔钱了事。这回我找到他，他就知道还命的时候到了，而且我事先也叮嘱过了，万一被抓，即刻了断！"

"就怕玄甲卫看得太紧，他连自杀都没机会。"李承乾思忖着，"我听说，一进玄甲卫就得搜身，不管身上藏什么都会给你搜出来，连上吊都找不到绳子；然后手枷脚镣伺候，让你动弹不得；此外一人一间牢房，既防止彼此串供，也防止杀人灭口。"

"这些我早就想到了，而且我想得比你还多！我担心玄甲卫抓人的时候他来不及自尽，也担心抓进去以后，咬舌、撞墙这些老办法都不能立刻毙命，就教了他一个新招。"李元昌凑近，附在李承乾耳旁神神秘秘地说了几句，"如此一来，万事皆休！说不定咱们说话这会儿，他已经魂归地府了。"

李承乾有些意外地看着他："看不出来啊七叔，这种杀人越货的江湖勾当，你居然会如此精通！"

李元昌得意一笑："我平日喜欢结交三教九流，朋友多，便学了几招。别看这些小花招不太起眼，关键时刻就派上大用场了！"

"这招是不错！"李承乾笑道，"而且这种死法，说不定玄甲卫连他的死因都查不出来。"

"玄甲卫号称神通广大、无所不能。"李元昌阴阴笑着，"可我这回就想让他们吃瘪！"


一具年轻宦官的尸体直挺挺地躺在牢房里，桓蝶衣、罗彪等五六个玄甲卫围在旁边，脸上都是惊诧和困惑的表情。

萧君默走了进来。

罗彪赶紧迎上去："萧将军……"

萧君默盯着地上的尸体："怎么死的？"

罗彪挠挠头："我们都查过了，可就是……查不出死因。"

"依我看，这家伙肯定从没进过牢房，被活活吓死了！"桓蝶衣道，"又或是什么旧疾复发了。"

萧君默蹲下，翻开死者的眼皮看了看，只见两边的眼球都有些红肿充血，心里旋即有了想法，然后从头到脚观察着尸体，道："带进来的时候没搜身吗？"

"搜了！"罗彪赶紧道，"这些阉宦归我搜，那些宫女归蝶衣她们搜，从头发到衣服到鞋子，浑身都搜遍了！"

"是啊师兄，我们搜得很仔细，这家伙不可能藏什么凶器进来。"桓蝶衣也道。

萧君默的目光停留在了尸体的脚上，随即扒下左脚的靴子，拿在手里上上下下翻看了起来。

"将军，您不用看了，这鞋什么都藏不了……"罗彪话音未落，萧君默便径直把靴子递到了他眼前："看看，这是什么？"

罗彪定睛一看，只见这只靴子厚厚的鞋跟处，居然有一个小洞。

桓蝶衣也看见了，诧异道："怎么会有个洞？可这个小洞能干吗用？"

萧君默不语，又在尸体身旁蹲下，用手摸索着他的头顶。忽然，他像是摸到了什么，用三根手指捏住了什么东西，用力往外一抽，然后一根足足有六七寸长的沾满脑浆的铁钉，便赫然出现在了众人眼前。

罗彪等人大吃一惊，桓蝶衣更是吓得捂住了嘴。

萧君默把铁钉在尸体的衣服上擦了擦，然后拿过靴子，对着鞋跟的那个小洞，就把整根铁钉完全插了进去。由于铁钉的顶部平头和鞋跟都是黑色的，所以不仔细看根本看不出来。

罗彪气急败坏地踢了尸体一脚："跟老子玩这一手！"

"死者为大，你就别跟尸体过不去了。"萧君默淡淡道。

"可是，我就不明白了，"罗彪愤愤道，"既然把钉子都带进来了，眼珠、喉咙、心口，哪儿不好插，干吗非把钉子插头顶上？！"

"这说明，这个人或者他背后的主使之人，故意不让我们查出他的死因。"

"这又是为何？"桓蝶衣不解。

"显示他们的聪明，"萧君默淡淡一笑，"或者，嘲笑我们的愚蠢。"

罗彪大窘，嘟囔道："这小子明明戴着手枷脚镣，想把钉子插进头部绝非易事，他到底怎么办到的？倘若无法立刻毙命，岂不是自找麻烦？"

"手枷夹的是手腕，不是手指；脚镣是不让他跑，可他的脚还能动。只要手脚能动，取出钉子就不是问题。"萧君默说着，又抽出钉子，走到牢房的墙壁前观察着，"正如你所说，他需要考虑的问题，是怎么把六七寸长的钉子在刹那间完全钉入自己脑部，这需要很大的力气才能办到。"

说到这里，萧君默似乎已经找到了答案，补充道："或者说，需要很大的冲击力。"只见他一手摸索着一处砖缝，另一只手把钉子的顶部平头用力塞进砖缝中，于是钉子便牢牢地嵌在了墙面上，钉尖笔直地朝着所有人，看上去令人心悸。

"罗彪，你试试看把头撞上去，会不会立刻毙命。"萧君默道。

罗彪挠挠头，尴尬笑笑："这个……这个属下就不必试了。"

桓蝶衣和旁边几个玄甲卫都忍不住掩嘴窃笑。

"下回，你要是再出现这样的纰漏，就算我不让你试，恐怕大将军或圣上也会。"萧君默面无表情道，"听清了吗？"

"听清了，听清了！"罗彪满脸惭悚，"绝对没有下回！"

佛光寺的禅房里，辩才一动不动地在蒲团上结跏趺坐，双目紧闭，仿佛已经坐化。

他面前的食案上摆满了各种各样的菜肴，但都已毫无热气。

赵德全站在食案前，看了看辩才，又看了看那些一口都没动过的食物，长长地叹了一口气。

两仪殿里，李世勣诚惶诚恐地跪在地上。

李世民端坐御榻，闭着眼睛，胸膛一起一伏。

良久，李世民才睁开眼，轻叹一声："罢了，既然已经畏罪自杀，你请罪也于事无补，平身吧。"

"谢陛下！"李世勣站起身来，却仍俯首躬身，一脸愧疚。

"一个铁定了心要死的人，就算不自杀，估计也不会说半个字。"李世民道，"看来，青雀的这个对手不简单，竟然能在宫里收买这样的死士！"

"臣无能，辜负了陛下信任，罪该万死！"这种时候，除了这种话，李世勣也不知道该说什么了。

"算了，此事就不追究了，到此为止吧。"

李世民话音刚落，赵德全便急急忙忙地跑了进来，躬身走到御榻前，想说什么，又看了一眼李世勣。

"有什么事就说，不必吞吞吐吐。"

"是，启禀大家，辩才他……他已经绝食一天一夜了！"赵德全一脸愁容，"老奴笑脸赔尽、好话说尽，可他愣是一言不发、一口不吃啊！"

李世勣微微一惊，但仍然保持着原来的姿势。

李世民先是一怔，继而哈哈大笑了几声："世勣，你听见没有，又是一个铁定了心要死的人！朕怎么觉得，最近这视死如归之人是越来越多了？"

李世勣不知如何答话，只好把头埋得更低了。

"德全，世勣，你们俩都帮朕想一想，对于一个连死都不怕的人，朕还能有什么办法对付他。"

赵德全苦着脸想了半天，道："陛下恕罪，老奴愚钝，实在是想不出来。"

李世民又笑了几声，看向李世勣："你呢？"

李世勣略微沉吟，道："陛下天纵圣明，胸中定然已有良策，臣不敢置喙，只唯陛下之命是从！"

李世民呵呵一笑，指着李世勣对赵德全道："瞧见没有？这个家伙，狡猾！当初瓦岗寨出来的这些家伙，就数他跟魏徵两个最为狡猾，所以活得最久，官也当得最大！"

李世勣嘴角动了动，却不敢笑，忙道："臣当年只是一介流寇，落草瓦岗，若非我大唐盛德昭昭、陛下天威赫赫，予臣荫庇之所，赐臣再造之恩，臣早已命丧黄沙、埋骨荒冢了！所以臣虽狡猾，却不敢有所懈怠，唯愿为陛下尽忠效死！"

"行了，这些漂亮话就不必说了。"李世民又笑了笑，旋即正色道，"李世勣听旨。"

李世勣赶紧跪地。

"朕命你即刻调遣人手，明日出发，目标仍然是洛州伊阙，任务嘛……也是跟上次一样，给朕再带回一个人来。"

"臣遵旨！"

尽管皇帝的这道诏令语焉不详，李世勣却已然心领神会。

第
十
二
章

世
系

从长安城东的春明门出来，往东南方向走二十里，便是世人熟知的白鹿原。

白鹿原地势雄伟，北首是高耸的汉文帝霸陵，南眺是一平如砥的八百里秦川，灞水和浐水一东一西，从原下潺潺流过，岸边垂柳依依，古木繁盛。

这一天，灞水北岸一片绿草萋萋的山坡上，新起了一座坟冢。

这是萧鹤年的衣冠冢。

此刻，萧君默正把手中的三炷香，恭恭敬敬地插在墓碑前的香炉上。由于不可能找到父亲的遗体，萧君默和九叔商量了之后，便把自己找到的那只乌皮靴和几块布片，以及父亲生前穿戴过的衣冠、用过的笔墨纸砚等物，放入了棺椁，埋进了墓穴。

萧君默面目沉静，眼中没有一丝泪水。

何崇九带着一群仆佣站在他身后，却一个个唉泣呜咽，不停地抹着泪。

一阵杂沓的马蹄声传来，何崇九等人回头一看，只见一队黑甲从西边的黄土塬上疾驰而下，转眼便到了近前。为首的人通身黑甲，英姿飒爽，赫然正是桓蝶衣。

桓蝶衣下马，一番跪拜敬香之后，不无担忧地看着萧君默，道："师兄，我奉舅父之命，要离京几日，不能陪你了。你要节哀，别太难过。"

"说不难过是假话。"萧君默淡淡道，"但我还是答应你，尽量不难过。"

"你得好好的，我才能走得安心。"

"不过是离开几日，又不是生离死别，有什么不安心的？"

"不知道为什么，最近只要一天不看见你，我心里就会七上八下。"桓蝶衣说着，忽然意识到这话听上去像是表白，赶紧又解释道，"你别误会，我的意思是说，你最近有太多事情瞒着我，所以我心里会胡思乱想。"

"我没误会，"萧君默瞥了她一眼，"倒是你这个解释有点多余。"

"你真的没误会？"桓蝶衣盯着他。

"我当然没误会。"萧君默也看着她，"你想让我误会什么？"

桓蝶衣大窘，摆摆手道："哎呀不说了不说了，反正我就是不喜欢你什么事都瞒着我。"

"我不是故意要瞒你，只是很多东西我自己也没弄明白，所以暂时跟你说不清楚。"

"反正你总是有话说。"桓蝶衣嘟起嘴。

萧君默瞟了眼不远处那队黑甲，低声道："带着那么多兄弟，你可得拿出点队正的派头，别一副女儿态，小心被他们看轻了。"

桓蝶衣闻言，赶紧收起女儿态，做出一副庄重表情。

"赶紧走吧。"萧君默道，"玄甲卫出任务，那可都是十万火急的，哪能像你这么磨磨蹭蹭？"

"你就不问问我，这趟是出什么任务？要去哪儿？"

"玄甲卫的规矩就是不能瞎打听。"萧君默道，"你说我一个堂堂玄甲卫郎将，至于犯这么低级的错误吗？"

"那你就一点不好奇？"

"桓蝶衣，你再说下去，我担心有人会告发你了。"萧君默故作严肃道。

"告发我？"桓蝶衣微微一惊，下意识看了看那些黑甲，"告发我什么？"

"一、无故拖延时辰，贻误战机；二、与非执行任务者交头接耳，有泄密之嫌。"

桓蝶衣冷哼一声："危言耸听！小题大做！"虽然嘴上这么说，心里其实已经不大自在，随即挪动脚步，道："那，我走了，你自己保重。"

"走吧，好好执行任务，别胡思乱想。"萧君默道，"最重要的是别想我。"

桓蝶衣闻言，又好气又好笑，忍不住回头朝他做了个鬼脸，旋即翻身上马，带着那队黑甲朝东边的官道飞驰而去。

空中飘起了蒙蒙细雨。

萧君默目送着桓蝶衣等人在雨雾中渐行渐远，心里说：蝶衣，希望你别太为难楚离桑，那个姑娘被我害得家破人亡，已经够苦了，不应该再受到伤害……

事实上，对于桓蝶衣的此次任务，萧君默早已心知肚明。因为世上没有不透风的墙，而皇宫中也很难有绝对的秘密，当萧君默得知辩才绝食的消息时，他便已预感到皇帝会利用楚离桑来迫使辩才就范了。

对此，萧君默心中自然是五味杂陈。因为辩才是他抓来的，倘若真的绝食而亡，他必然无法原谅自己，这辈子都要受到良心的谴责。现在皇帝又命玄甲卫去抓楚离桑，萧君默的歉疚和自责之情就更深了。然而，他却无法阻止这一切。思前想后，他决定等楚离桑到了长安再说。总之，他已经亏欠她太多，所以只能尽自己所能去帮助她，到时候见机行事，尽量别让她再受到伤害。

萧君默与何崇九等人正准备离开的时候，一驾马车不疾不徐地驶了过来，在河岸边的柳树旁停下，车后跟着几名骑马的侍卫。

细雨纷飞中，一位须发斑白、神色凝重的老者从车上下来，与萧君默远远对望。

来人正是魏徵。


在萧鹤年的墓前上完香，魏徵就静静地站着，眉毛和须发皆被细雨打湿，眼中似乎也有些湿润。

何崇九等人已先行离开，只剩下萧君默一人站在魏徵身后。

良久，魏徵转过身来，看着萧君默："贤侄，斯人已逝，还请节哀顺变！"

不远处的侍卫想打伞过来，被魏徵用目光制止了。

"太师，今日家父下葬，并未通知任何人，但您不仅知道了，而且还特意赶来，让晚辈十分意外，亦颇为感动啊！"

魏徵并未理会他的弦外之音，淡淡道："老朽与令尊同朝为官，私交也算不错，自然该来送他一程。"

"那太师怎么不问问，家父为何会猝然离世呢？"萧君默盯着魏徵的眼睛。

"日前令尊下落不明，老朽亦有耳闻，本想到府上探问，又被琐事牵缠。"魏徵平静地道，"直至今晨，老朽偶然听说贤侄扶棺出城，便猜到令尊可能已经过世，所以……怕勾动贤侄伤心，老朽便不敢轻易打问。"

如此城府，如此定力，难怪会位列国公、官至宰相。萧君默在心里冷笑了一下，道："太师方才说与家父私交不错，不知是什么样的私交？"

"同慕古圣格致诚正、修齐治平之道，共学先贤修己安人、济世利民之术！如此而已，别无其他。"

"是吗？既然如此志同道合，那家父一定时常到府上打扰喽？"

"偶尔有之，也不经常。"

魏徵的脸如同一口千年古井，表情近乎纹丝不动。萧君默看在眼中，决定不再跟他绕圈子了，遂单刀直入："上月二十六日深夜，实际上已经是二十七日凌晨，家父不顾武候卫夜禁之制，突然到了您的府上。这件事，不知太师是否还记得？也不知那一次，你们谈论的又是怎样的圣贤之道？"

魏徵微微一震，旋即笑道："老朽年事已高，近期更是日益昏聩，贤侄所言之事，老朽已记不清了，也许有这么回事，也许没有。"

"太师过谦了！"萧君默也笑道，"连永兴坊的忘川茶楼换了一盆盆栽，您都可以做到洞若观火，又怎么能说老迈昏聩呢？"

此言一出，对魏徵而言不啻一声平地惊雷！饶是他城府再深、定力再强，此刻也不禁面露惊愕之色。他竭力掩饰着内心的波澜："贤侄在说什么，老朽完全听不懂！"

"太师，晚辈都把话说到这份上了，您还有必要再隐瞒吗？"萧君默直视着魏徵，目光像一把刀。

魏徵心中懊悔不迭。其实，自从萧鹤年失踪以来，他不是没有担心过萧君默会顺藤摸瓜查到他头上，因为他深知萧君默的能力，从来也不敢低估。但是，他终究还是心存侥幸，觉得萧君默即使要查他父亲的下落，也会从魏王身上入手，而不太可能往他这个方向查，所以丧失了警惕，对萧君默毫无防范，以至连忘川茶楼如此隐秘的联络点都暴露了。除此之外，萧君默到底还知道多少，他真的不敢再想下去了。

此刻，魏徵只能强作镇定："贤侄，对于令尊的过世，老朽深感痛心，也能理解你现在的心情，但你也不能因为伤心过度而胡言乱语啊！"

"既然太师听不懂晚辈在说什么，那咱们便换个话题。"萧君默笑道，"晚辈最近忽然对六朝古诗发生了兴趣，其中一句，晚辈很喜欢，却一直未能深解其意，今日趁此机会，希望太师能不吝赐教。"

魏徵眼中掠过一丝慌乱，冷冷道："要谈诗论赋，也不是在这种时候、这种地方！贤侄，雨下大了，老朽这就告辞，你也赶紧回家去吧。"说完便快步朝马车走去，不远处的侍卫赶紧打着伞跑过来。

"太师！"萧君默冲着他的背影喊，"望岩愧脱屣，临川谢揭竿。这句诗您应该很熟吧？"

魏徵又是一震，不自觉地停住了脚步。

他万万没料到，萧君默竟然已经查到了这一步！顷刻间，老成持重、足智多谋的魏徵也乱了阵脚，竟不知该如何应对。

萧君默缓缓走到他身后站定："太师，我知道您现在深感震惊，但请恕晚辈直言，我不仅查到了这一步，还查出了更多有趣的东西，如果您不希望我把这些事情说出去，您就只有两个选择，最好现在就做决定。"

魏徵示意侍卫到马车那边等他，依旧背对萧君默道："什么选择？"

"一、让您的侍卫现在就把我灭口，我绝不反抗！"萧君默道，"如果您不忍心下手，那就只有第二个选择——把您和我爹一直保守的秘密全都告诉我，让我知道我爹他到底因何而死！"

魏徵额头上的细雨汇成了水珠，沿着他纵横如沟壑般的皱纹艰难地流了下来。

一只青瓷花瓶被狠狠地摔在地上，碎成了无数小块。

李泰满脸怒容，喘着粗气，在书房中来回踱步。刘洎、杜楚客坐在一旁，怔怔地看着他。

"殿下，您消消气，气坏了身子可不值当！"杜楚客劝道。

"本王万万没想到，太子居然是如此卑鄙阴险的小人，竟然干得出如此无耻下作的事情！"李泰依旧大步来回走着，怒气冲冲。此时李世民那句"临大事而有静气"的教诲，早被他抛到九霄云外了。

"殿下，请恕属下说一句不该说的话。"杜楚客道，"您那天真不该跟圣上说实话，您就随便编个什么梦不就过去了吗，何苦去提海陵王呢？"

"可我真的是被吓着了啊！"李泰余悸未消，"我自从住进武德殿就从没睡过一天好觉，心里一直很纳闷，总觉得那地方有什么邪祟在作怪，偏偏那天晚上又电闪雷鸣，那个无头鬼又那么恐怖，要换作是你，我看你早被吓死了！"

杜楚客撇了撇嘴，不说话了。

"殿下这么说也情有可原。"刘洎慢条斯理道，"武德殿原本阴气就重，殿下多日失眠即为明证，加之又有人处心积虑地装神弄鬼，受到惊吓也是情理中事，怪不得殿下。"

"就是嘛！"李泰这才怒气稍解，停住了脚步，"刘侍郎这么说就通情达理了！"

杜楚客暗暗瞪了刘洎一眼，讪讪道："是啊，思道兄说话，向来喜欢拣好听的，可这么说有用吗？能解决什么实际问题？"

刘洎淡淡一笑："山实兄所言甚是，刘某今日，正是要来帮殿下解决实际问题的。"

李泰一听，终于坐了下来："刘侍郎有话请讲。"

"殿下，您有没有想过，此番圣上让您出宫，真正的原因是什么？"

李泰又是一怒："还不都是太子这个卑鄙小人在背后搞的鬼！"

刘洎笑着摇了摇头："非也，非也！"

李泰眉头一蹙："难道还有别的？"

杜楚客闻言，也不禁看向刘洎。

"殿下，闹鬼之事，只是表面原因。真正的原因，其实是殿下这半个月来，私下跟朝中的权贵子弟结交太密，触犯了圣上的忌讳。圣上怀疑您有结党营私之嫌，也觉得您近期有些恃宠而骄、过于张扬了。"

李泰恍然大悟，良久才道："言之有理，言之有理！都怪我没听侍郎所言，若能低调、韬晦一些便好了，唉，悔之晚矣！"

"殿下，尽管原因在此，但也不必因噎废食。朝中有几个重要的权贵子弟，该结交还是得结交，只要不太过招摇、不结交过滥就行了。"刘洎道，"再者说，失之东隅，收之桑榆。若殿下能吃一堑、长一智，则坏事便成了好事，怎么能说晚呢？"

"思道兄这话不错，我爱听！"杜楚客道，"殿下，谋大事者，不在一城一地之得失。东宫虽然侥幸赢了一局，但只要殿下振奋精神、重整旗鼓，要扳回一城绝非难事！"

李泰一听，顿时精神一振。

"山实兄说得是。"刘洎道，"事实上，太子此番装神弄鬼，圣上也不见得猜不出来。正因为圣上心中有数，所以那个阉宦在狱中畏罪自杀后，圣上便顺水推舟不予追究了，其实就是怕深究下去，把东宫给挖出来，事情会不好收拾。因此，太子此番所为，其实是伤敌一千、自损八百的愚蠢之举，而他在圣上心目中的地位，自然也更不稳固了。这，恰恰便是殿下的机会所在！"

闻听此言，李泰更是精神抖擞，连日来的郁闷心情登时一扫而空，大笑道："当年父皇有'房谋杜断'，本王今日也有'刘谋杜断'！哈哈，有二位贤达鼎力辅佐，本王又何惧李承乾这种宵小之徒！"

听了这话，杜楚客顿时心花怒放，脸上也露出踌躇满志之色。

刘洎则淡淡一笑，表情几乎没什么变化："殿下，您能重燃斗志，刘某深感庆幸。不过，话说回来，饭还得一口一口吃，棋也得一步一步下，何况夺嫡这种刀头舔蜜的凶险之事，更要如临如履、谨慎为之！"

李泰点点头，深以为然。

"思道兄，话是这么说，可一旦抓住机会，还是得果断出击吧？"杜楚客斜着眼道。

"那是自然。"

李泰看着杜楚客："你是不是有什么想法了？"

"殿下，太子这人，喜欢舞刀弄剑，东宫之内时常见血，且不乏有人被他虐杀而死，这事您知道吧？"

"知道啊，父皇不就因为这些事才厌恶他的吗？不过，听说最近他也收敛了不少。"

杜楚客冷笑："最近是收敛了，可过去他杀的那些人，难道就该死吗？"

"据我所知，他杀的都是犯我大唐，在西域烧杀掳掠的突厥人。这些人本来也该杀，虽说由他动刀不合律法，但说到底也没什么大不了的。"

"如果太子杀的都是穷凶极恶的突厥人，那倒也罢了，问题是，被他杀死的人里面，却有我大唐子民！"

李泰一怔："真有其事？"

杜楚客点点头，对刘洎道："思道兄，消息来源是你的，还是你来说吧。"

李泰赶紧看向刘洎。

刘洎也笑了笑："山实兄这么说就见外了，咱们都是替殿下办事，何必分得那么清呢？"

"该分还是得分！"杜楚客一挥手，"我这人从不贪天之功、掠人之美！"

"什么分不分的，现在是计较这些的时候吗？"李泰急了，"到底是怎么回事，你们倒是快说啊！"

"是这样的，殿下。"刘洎缓缓道，"日前，我接到伊州刺史陈雄发来的一道奏表，表中称，两个月前，太子左卫率封师进曾前往伊州，抓回了数十名突厥人，其中却有十三个是地地道道的伊州人，乃我大唐造籍在册的编户齐民，却因事得罪封师进，被他诬为突厥人带回了长安，就关在东宫。据我估计，这十三个人恐怕都已经被太子杀了。"

"竟然还有这种事！"李泰有些惊讶，更多的却是窃喜，"不过，这个陈雄会这么有胆识吗，敢为了几个老百姓就上表参奏太子？"

刘洎一笑："本来我也觉得奇怪，不过山实兄稍微解释了一下，我便释然了。"

李泰赶紧看向杜楚客。

杜楚客也忍不住笑了："那十三个人里头，有五个是陈雄的小舅子。"

"五个？！"李泰诧异，"哪来那么多小舅子？"

"陈雄外放刺史之前，在朝中跟我是同僚，此人好色成性，总共娶了十二房妻妾，您说他小舅子少得了吗？"

李泰不禁哑然失笑，问刘洎道："那陈雄有没有说，这群小舅子是怎么得罪封师进的？"

"据说，是彼此车马在路上冲撞了。陈雄那些小舅子在伊州霸道惯了，肯定没料到会在那种地方惹上太子的人。"

"这回有好戏看了。"李泰笑道，"赶紧把此事上奏父皇。"

"这是自然。"刘洎依旧沉稳地道，"审验四方章奏，及时上报天子，本来便是刘某职责所在。"

"光陈雄这道奏表还不够分量。"李泰道，"依我看，最好由你再参一本，就说古人有言，太子犯法与庶民同罪，眼下太子如此目无法纪、草菅人命，实不堪为臣民表率，当予惩戒，以安朝野人心。"

刘洎略微沉吟了一下，道："谨遵殿下之命。"


萧君默没有想到，自己居然会作为客人，被魏徵邀请到忘川茶楼的雅间中喝茶。

魏徵亲自煮茶，手法娴熟，可见这家茶楼作为他们的秘密联络点已经有些年头了。萧君默一边喝着茶，一边环顾房间中的一切，恍然觉得父亲正坐在旁边，三人正一起品茗谈笑。

刹那间，萧君默的眼睛湿润了。

"这现煮的茶，姜味太浓，有些辣眼睛。"萧君默极力掩饰。

"君默，在我面前，你又何须掩饰呢？"魏徵看着他，目光中有一种长者特有的慈祥，"想哭就哭一场吧，没有人会说你软弱。"

萧君默被识破，却丝毫没有尴尬之感，反而忽然放松了下来。这么一放松，眼泪果然便汹涌而出，顺着脸颊无声地落在了衣襟上。

"君默，你爹的事，我要负主要责任。"魏徵刚一开口，眼眶便红了，"我早就该想到，魏王府是个危险之地，不应该再让他回去……"

"太师，我爹跟随您多少年了？"萧君默用力抹了一把脸，岔开话题。

"屈指数来，可能有三十年了吧。"魏徵回忆着，泛出一个伤感的笑容，"当年你爹跟随我时，差不多也是你这般大。年轻，果敢，勇于任事，志向远大……"

"您和我爹，除了官员以外，真正的身份是什么？"

魏徵沉默片刻，缓缓道："君默，事情没有你想象的那么复杂，我和你爹，都只是瓦岗旧人而已。当年，天下大乱，群雄纷起，我等追随魏公李密，誓以拯济苍生、除暴安良为己任，在瓦岗寨树起义旗，逐鹿中原，后来又随魏公一起归顺大唐。然而，魏公入朝之后，却遭到了排挤，故而暗中将我等旧部组织了起来，以防不测……"

"这个旧部包括哪些人？"萧君默蹙起眉头，"据我所知，我师傅李世勣大将军，还有秦叔宝、程知节等军中大将，也都是瓦岗出身，莫非他们也都加入了？"

魏徵摇摇头："当时世勣还在河北黎阳，尚未归顺，秦叔宝和程知节则投了洛阳的王世充。所以，被魏公重新召集起来的，其实只有我这一系，以及王伯当他们……"

"据说，当年李密以招抚中原旧部为名，降而复叛，从长安出走，结果与王伯当一起被斩杀于熊耳山，那个时候您在哪里？为何没有跟他一道走？"

魏徵苦笑了一下："这正是我要说的。当年魏公出关招抚旧部，也是征得高祖同意的，但高祖毕竟对他心存猜忌，所以没让他把麾下部众悉数带走，而是命我这一部留在华州，只让魏公带着王伯当一部出关。结果正如你所知，他们遭遇了不幸，而我则躲过了'降而复叛'的罪名，也侥幸活了下来。"

萧君默微微有些心惊："这么说，当年您和我爹其实也有'复叛'之意，只是阴差阳错才躲过了一劫，最终反而成了我朝的忠臣和元老？"

魏徵自嘲一笑："是可以这么说，不过也不尽准确。事实上，当年魏公归顺后又起反意，我内心并不赞同，因为我已看出大唐乃人心所向，终究会定鼎天下，若再反叛只能是自取灭亡。然而，我毕竟追随魏公多年，不忍弃他而去，遂决意生死以之。不料最后造化弄人，我没有为魏公殉节，却反倒成全了对大唐的忠义，想来也是令人唏嘘啊！"

"您既然忠于我大唐，为何会将瓦岗的这支秘密势力保留这么多年？说轻了，这是私结朋党；说重了，这是蓄养死士。无论怎么说都有谋反之嫌，您难道不这么认为吗？"

魏徵又一次笑了："君默，你还年轻，世间之事，远不是如此非黑即白、泾渭分明的。有时候，保留一点灰色的东西，并不见得就是居心叵测，而是为了……保持某种平衡。"

"保持平衡？"萧君默不解，"什么样的平衡？"

"打个比方吧，当年我在东宫任职，是隐太子的人，而圣上，也就是当年的秦王，在威望、实力等各方面都超越了太子，这就是一种危险的不平衡。所以，我身为东宫之人，就要竭尽全力保持太子和秦王之间的平衡，防止秦王做出非分的危害太子的举动。职是之故，我就必须保有一些灰色的力量，否则如何在黑与白的夹缝中生存？又如何与秦王抗衡呢？"

"太师这么说倒也直言不讳。"萧君默笑道，"晚辈佩服您的坦诚。"

"这都是陈年旧事了，我又何必讳言？"魏徵有些感慨，"当初我奉职东宫，自然要效忠于隐太子；后来圣上登基，我自然要效忠于圣上。这两者，并不矛盾。"

"照您刚才的话说，对于您手下这支灰色力量，当初隐太子也是知情的？"

"是的。"

"那么，在当初隐太子与秦王的对抗中，这支力量肯定也参与了，对吧？"

"这是自然。不瞒你说，我当时曾经劝过隐太子，尽早对秦王下手，只是隐太子有些优柔寡断，所以才有了后来的玄武门之事。"

"那玄武门事变后，一切都已尘埃落定，您也转而辅佐圣上，君臣同心，造就了我贞观一朝的海晏河清之局。照理说这些年来，您手下的这支力量早已没有存在的必要，您随时可以解散它，可您为何没有这么做？"

"君默，这就是你把事情看得太简单了。"魏徵道，"表面上海晏河清，不等于背后就没有暗流涌动。事实上这几年来，太子与魏王已经形成了一个水火不容的相争之局，朝野上下有目共睹。因此，出于保持平衡之需，灰色力量就仍有存在的必要。"

"难道您多年前就已经预测到了今天的局面？"

"不敢说完全预测到了，但我始终心存隐忧。因为当年的夺嫡之争，教训实在太过深刻，所以我不认为有了如今的太平，夺嫡这种事便会自动消隐。"

萧君默深长地看着魏徵，不得不佩服他的深谋远虑，也不得不佩服他对嫡长继承制毫不动摇的捍卫与坚守。不过，尽管刚才魏徵的回答已经部分解答了萧君默的困惑，但造成父亲之死的最根本原因——辩才与《兰亭序》之谜，却依然没有涉及。

"太师，我还有一个问题想要请教。"

"说吧。"魏徵笑笑，"老朽今日就是专门为你答疑解惑的。"

"多谢太师！"萧君默看着他，"您和我爹，还有您手下的这支势力，跟王羲之的《兰亭序》有什么关系？"

魏徵微微迟疑了一下，马上道："并没有什么关系。我和你爹只是担心，魏王会利用辩才做什么对太子不利的事情，所以才介入了这件事。"

"我想问的正是这个。辩才只是一个出家人，《兰亭序》也只是一幅字帖，二者如何可能对太子不利？您和我爹到底在担心什么？"

魏徵又是一怔，赶紧道："这同样也是我和你爹的困惑。圣上自登基后便不遗余力寻找《兰亭序》，魏王又借编纂《括地志》之机千方百计寻找辩才，这背后肯定有什么非同寻常的秘密。正是因为不知道这个秘密是什么，以及它会造成怎样的危害，你爹才会铤而走险去盗取辩才情报，我也才会派人去劫辩才。"

滴水不漏！

魏徵显然没有说实话，但他的谎言又是如此合情合理，简直没有半点破绽可寻。萧君默定定地看着魏徵，忽然笑了起来。

魏徵被他笑得有些发毛："你……你何故发笑？"

"我笑太师有些贵人多忘了，我刚才在白鹿原跟您提到的那句古诗，就是你们的接头暗号，而它又恰恰出自《兰亭集》！世上怎么会有这样的巧合呢？难道太师还想跟我说，这二者之间毫无关系吗？"

"这……这绝对是巧合！"魏徵道，"我只是因为喜欢这句古诗，便信手拿来作为暗号，绝没有别的原因。"

"太师应该知道，我爹不仅亲自手写了一部《兰亭集》，而且时常翻阅，爱不释手！难道，这也是一个巧合？"

"我和你爹都喜欢六朝古诗，这也没什么好奇怪的吧？"

"那太师能说说喜欢的理由吗？"

"喜欢就是喜欢，还能有什么理由？"

萧君默又笑了起来："太师，如果您实在想不起来，不妨让我帮您再找一个理由。"

魏徵警觉地看着他："你到底想说什么？"

萧君默不语，而是用手蘸了蘸面前的茶水，在食案上写了两个字。

魏徵一看，顿时脸色大变。

食案上的那两个字正是"魏滂"。

"魏滂，东晋名士，曾任会稽郡功曹，于东晋永和九年三月三日上巳节，与王羲之等人会于会稽山阴的兰亭溪畔，曲水流觞，饮酒赋诗，写下五言诗一首，其中便有这句'望岩愧脱屣，临川谢揭竿'。"

萧君默观察着魏徵的表情，接着道："由于对魏滂感兴趣，所以我便查了他的世系，得知了他的一些后人。我现在念一遍，太师帮我看看有没有念错：魏滂之子魏虔，孙魏广陵，曾孙魏恺，玄孙魏季舒，来孙魏处，晜孙魏钊，仍孙魏彦，云孙魏长贤，耳孙便是您——魏徵魏太师。简言之，您正是魏滂的九世孙！既然您使用的暗号，是出自您九世祖在兰亭会上的诗句，那不正好说明您与《兰亭序》渊源匪浅吗？如果我所料不错，在这家茶楼里，很多人都不是称呼您'太师'，而是称您为'先生'吧？如果要在这'先生'前面再加两个字，我猜，那一定也是这首兰亭诗中的'临川'二字！对吗？"

魏徵脸色发白，说不出话，显然已经默认了萧君默的猜测。

沉默良久，魏徵才道："魏滂正是老朽的先人。没错，他是参加了兰亭会，我用的暗号也的确出自他的兰亭诗，这些都是事实。但是贤侄，让老朽不解的是，你查出这些又能证明什么呢？"

"至少可以证明一点——您知道《兰亭序》的秘密，却一直在对我隐瞒，直到现在，您还在这么做！"

魏徵喟然长叹："君默，你为什么一定要追查这些？有时候，人知道太多秘密并不是什么好事。"

"我刚才说过了，我必须知道我爹到底因何而死！所以，不彻底查清《兰亭序》的秘密，我是不会罢手的。"

魏徵用一种异常复杂的眼神看着他："正因为你爹为此牺牲了性命，我才不希望你再卷进来……"

"我已经卷进来了！"萧君默迎着魏徵的目光。

"但是，你还有机会全身而退……"

"太师，您既然不想告诉我，那我就不强求了。"萧君默站起身来，冷冷打断了他，然后深长一揖，"多谢您刚才去看望家父，也多谢您回答了我许多问题，晚辈告辞。"

说完，萧君默便头也不回地走了出去。


直到萧君默离开许久，魏徵仍然一动不动地坐着。

今天这一席话，令魏徵的后背数度沁出了冷汗，这实在是让他始料未及。这一生，他见惯了沙场上的刀光剑影，也见惯了朝堂上的尔虞我诈，就连在大殿上与皇帝面折廷争，他也从来不慌不乱、气定神闲，没想到今天竟然会在一个年轻人的逼问下汗流浃背、窘迫难当。当然，这首先是因为魏徵要保守的这个秘密非同小可，但同时更是因为——这个年轻人的洞察力太过惊人！

魏徵知道，就凭这个年轻人的血性和胆识，他决意要做的事情，恐怕没有任何人可以阻止。如果说《兰亭序》的秘密就像是一团熊熊燃烧的火焰，那么这个年轻人无疑就是一只勇敢却盲目的飞蛾，正不顾一切地朝着那团火焰飞去。

既然阻止不了飞蛾，那就只能尽力替他去遮挡火焰。想起当年对这个年轻人的亲生父亲所做的承诺，魏徵的心情不免越发沉重……

萧君默走出忘川茶楼的时候，天空刚好放晴，太阳犹犹豫豫地从云层中露出了半边脸。

街道上的景物在阳光下变得鲜亮起来。

然而，萧君默的心中却阴霾一片。

方才萧君默差点就向魏徵问及自己的身世，因为他料定魏徵肯定知道一切。可是，最后他还是忍住了。原因很简单：既然魏徵对《兰亭序》的秘密一直守口如瓶，那么有关他身世的一切，魏徵即使知道，肯定也不会透露半个字。

所以，萧君默最后只能告诉自己：无论是《兰亭序》的秘密还是身世之谜，你都只能依靠自己去查个水落石出！


甘露殿内殿，李承乾面朝御榻跪着，神色虽略显惊慌，但更多的却是不平。

他身侧放着一根金玉手杖，面前的地上则扔着一道帛书奏表。

李世民在御榻前来回踱步，一脸怒容："身为储君，竟然擅杀平民，视人命如草芥，简直没把我大唐律法放在眼里！你自己说说，该当何罪？"

"回父皇，儿臣无罪。"

"你还敢狡辩？那十三个伊州人不都被你抓回长安杀了吗？"

"是的，是被儿臣杀了。"

"那还有什么好说的？杀人偿命欠债还钱，太子犯法与庶民同罪，这道理你不懂吗？"

"儿臣曾奉旨多次监国，帮父皇处理军国大政，满朝称善，这道理儿臣岂能不懂？"

侍立一旁的赵德全见太子句句顶撞，大为忧急，拼命给他使眼色，可李承乾却视若无睹。

李世民越发愤怒，指着李承乾的鼻子道："既然懂，那你平白无故杀了这十三人，该不该抵命？"

"儿臣虽然杀了他们，但并非平白无故。"

"不就是车马冲撞了你的属下吗？为这事你们便可胡乱杀人？"

"车马冲撞只是陈雄的一面之词，并非事实。"

"那你告诉朕，事实是什么？"

"事实是，这十三人都是伊州的恶少纨绔，倚仗陈雄的权势，一贯为非作歹，残害百姓！儿臣抓他们之前早就调查过了，他们在陈雄调任伊州的短短两年内，便奸淫妇女数十人，打死平民二十七人，强占良田三百多顷、庄园五座，平时敲诈勒索绑架伤人之事更是不可胜数！似这等无法无天的地痞恶霸，却因陈雄的包庇纵容而逍遥法外，伊州官民皆敢怒不敢言，儿臣不杀他们，谁才敢杀?！"

李世民愣了一下。他万万没想到事实竟是如此，旋即缓下脸色，道："既然事出有因，那是朕错怪你了，起来回话吧。"

"谢父皇！"李承乾拄着金玉手杖站了起来。

一旁的赵德全这才松了一口气。

李世民也在御榻上坐了下来："倘若事实果真如你所说，你大可将此事奏报于朕，朕自会责成刑部依法严惩，何须你远赴伊州去抓人?"

"回父皇，自古以来，有权之人便是官官相护，虽说我朝吏治清明，但贪赃枉法之徒仍不在少数，且伊州远在西域边陲，若依律法行事，一来二去耗时费力不说，陈雄等人听到风声必会伪造证据、收买证人，到头来又是大事化小小事化了，还不如儿臣以其人之道还治其人之身来得爽快！"

李世民闻言，不禁苦笑："你倒是爽快了，可照你这么说，我大唐刑部、大理寺、御史台三法司，岂不是形同虚设了?"

"当然不是！但凡事有经有权，三法司依循的是常经常轨，儿臣所行的是机宜权变，二者不可偏废，皆有存在的理由。"

"朕多日不见你，没想到你这口才是越来越好了。"李世民笑着道，也不知是夸奖还是揶揄。

"谢父皇夸奖！"李承乾倒也直爽，根本不费心去揣度，"然儿臣所言句句发自肺腑，并非逞一时口舌之快。"

"朕还有一事不明，既然你要抓他们，直接抓就好了，干吗还要设计一场车马冲撞的戏?"

李承乾暗自一笑："回父皇，儿臣若直接抓他们，势必要说明原因，如此陈雄自知理亏，不仅不敢上表参奏儿臣，而且还会暗中运作，尽力掩盖罪行；相反，儿臣设计车马冲撞的假象，陈雄便会以为儿臣与他的小舅子们一样，都是横行霸道的纨绔，所以才敢参奏儿臣。换言之，儿臣这么做，就是要让陈雄自己跳出来，在父皇面前暴露罪行。"

赵德全在一旁听得目瞪口呆，心里是既惊且佩，连看李承乾的目光都有些陌生起来。

李世民恍然大悟，不禁深长地看着他："承乾，你这等权谋，连朕都不免心惊了。做事情，善用脑、多权变是好事，可你别忘了，你是储君，是未来的大唐天子。治国之道，当以正大光明为要，似此等机变诈巧之术，只能是在万不得已时偶尔为之，来日你若登基，切不可以此自矜，更不可以权谋治天下，记住了吗？"

"父皇教诲，儿臣谨记。"

"还有，日后若再遇上这种事，必须向朕奏报，绝不可再先斩后奏。此外，在东宫杀人也是大不祥之举，尽管你杀得都有理由，可终究是违背国法的行为，会令朝野舆论诟病。所以，这些毛病从今往后必须戒除，切勿再犯！"

"是，儿臣一定改过，请父皇勿忧。"

李承乾拄着手杖步出甘露殿，几个随行宦官要上前挽扶，被他一挥手赶开了。殿前台阶下，停放着一乘四人抬的肩舆，是因他行动不便而由皇帝特许的。李承乾示意宦官们原地等候，自己则走上了大殿旁的一条回廊。

刚在回廊上拐了一个弯，就看见李元昌站在不远处等着他。

"怎么样，皇兄骂你了吗？"

待李承乾走近，李元昌赶紧上前，关切问道。

李承乾冷然一笑："你猜呢？"

李元昌看了看他的表情，摇摇头："猜不出来。"

"父皇一开始自然是雷霆大怒。"李承乾不无得意地笑道，"可等他弄明白我是挖了个坑让陈雄跳，整个人都蒙了。"

"怪不得皇兄会蒙。你这一招，谁见谁蒙！"

"行了，废话少说，让你打听的事怎么样了？"

李元昌左右看了看，凑近他："你绝对猜不到，这回是谁在你背后下黑手！"

"谁？"

"最近颇得皇兄赏识之人。"

李承乾瞪了他一眼："哪来那么多废话？到底是谁？"

"黄门侍郎，刘洎。"

李承乾一怔，旋即冷笑："没想到，这老小子也投靠了魏王。"

"是啊，他现在可是朝中呼声最高的侍中人选，入阁拜相指日可待啊！"

李承乾目光阴冷："等我继承皇位，我看他还入什么阁、拜什么相！"

"要我说，你这回挖的坑实在够大，不但陈雄傻乎乎地往里跳，连刘洎这种老谋深算的家伙也栽进来了。"李元昌竖了竖大拇指，"我算是服你了。"

"我早就料到，这个坑会栽进来很多人。"李承乾冷哼一声，"接下来我倒要看看，李泰这小子还会使什么阴招！"说完，袖子一拂，拄着手杖朝前走去。

"管他什么招，兵来将挡水来土掩呗！"李元昌赶紧跟上来，嬉笑道，"反正我大唐皇太子总能运筹帷幄、决胜千里！"

"你少给我灌迷魂汤。"李承乾白了他一眼，"你上回不是说，有一个美若天仙的太常乐人要带来见我吗？今日无事，索性去太常寺看看。"

李元昌慌忙拦住他，笑道："瞧你心急成这样，这光天化日人多眼杂的，你堂堂一个太子去太常寺见一个乐人，也不怕人说三道四？回头皇兄再骂你，你可别怪我。"

"那算了，你也别带她来了。"李承乾冷冷道，转头走回了来路，"搞得神神秘秘的，还什么美若天仙，我又不是没见过女人！"

李元昌嘿嘿一笑："是，这大唐天下有什么样的美女你没见过？但是我保证，这个，绝对非同一般！"

李承乾看着他，忽然促狭一笑："瞧你这为老不尊的样子！要我说，你干脆去平康坊开个青楼算了！"

"嘿，怎么就扯到为老不尊上了？"李元昌急了，"我哪里老了？我风华正茂青春正盛好不好？真要论起来，我还小你俩月呢！你才老，你大我六十多天，皱纹也比我多……"

李承乾笑着打断他，又挖苦了一句，然后放声大笑，朝远处的随行宦官招了下手。宦官们立刻抬起肩舆跑了过来。

此时，刘洎刚好从大殿另一侧匆匆走来，刚要迈进殿门，听见远处的说笑声，抬头望了一眼，目光顿时一沉。

眼下皇帝紧急传召他，刘洎已预感到事情不妙，此刻又见太子和汉王如此轻松惬意，立马意识到自己这回肯定是栽了。

看来，这个李承乾并没有想象中那么好对付。

第十三章 / 玄泉

洛州伊阙，星星点点的灯火散布在夜色之中。

在与尔雅当铺同一条街的一处宅院中，楚离桑和绿袖正坐在灯下说话。

二十多天前回到伊阙，楚离桑用萧君默给她的钱安葬了母亲，然后租赁了这座小院。小院离尔雅当铺不远，每天，她和绿袖都会去那里站上一会儿。尽管当初的家已经变成了一片废墟，只剩下满目焦黑的断壁残垣，但她们每次回去，仿佛还是能看到昔日一家人其乐融融的情景。

伊阙换了一个新县令，前任县令被抓了，还有洛州刺史杨秉均和长史姚兴也被诛了三族，本人也遭到朝廷通缉。这些消息多少令楚离桑感到了些许宽慰。得到消息的那天，她特意在母亲牌位前点了香，把这些好消息都告诉了母亲。

当然，她也告诉了母亲，她们其实错怪萧君默了。当时来抄她们家的人是姚兴，街头巷尾的海捕文书上都有他的画像，楚离桑一眼就认出来了。

虽然知道这事不是萧君默干的，但楚离桑对他的恨意并没有减轻多少，因为她始终认为，把她们家害到这步田地的始作俑者就是他！其实，早在离开甘棠驿的那天，楚离桑心里就已经拿定主意了，回乡安葬完母亲，守孝一个月后，她就要去长安，找萧君默算账，同时想办法救出父亲。

这天晚上，楚离桑屈指一算，一个月也没剩几天了，便叫绿袖去打点行囊。

绿袖一听要去长安找萧君默算账，便促狭地笑道："咱们花着他的金子去找他算账，这事怎么想都觉得怪怪的。"

楚离桑瞪了她一眼："就这点金子便迷了你的心窍了？你也不想想是谁把咱们害到这步田地的！"

"我当然知道是萧君默，可细究起来，罪魁祸首其实不是他，是皇帝，他只是奉命行事而已。"

楚离桑气得打了她一下："你怎么处处替他说话？"

绿袖哎哟一下，嘟起嘴："娘子你还真打呀，疼死了！"

"这还是轻的呢，谁叫你成心找打？"

"娘子，我不是替萧君默说话，我是觉得这个人其实心肠不坏。"绿袖道，"就说那天在甘棠驿吧，你昏过去了，你不知道他有多心疼你，一会儿便进来看一次。瞧他着急的样子，好像躺在床上的是他亲娘似的……"

楚离桑大眼一瞪，作势要打，绿袖慌忙躲开。

"干吗说着说着又要打人？"

"谁让你狗嘴里吐不出象牙！"

"好了好了，娘子息怒，我说错话了还不行吗？"绿袖嬉笑着，"不过话说回来，你要怎么找他算账，难道真要杀了他？"

"这还用说？杀了他方能泄我心头之恨！"楚离桑故意说得咬牙切齿，但口气却明显有些软。事实上，方才绿袖说的那些话，她自己也深有同感。那天在甘棠驿，她虽然哭得几近昏迷，但萧君默是怎么把她抱进隔壁房中的，她却记得清清楚楚。时至今日，她仿佛还能感到他胸膛的温度和掌心的那股暖意……

绿袖看她忽然有些呆了，一下就明白怎么回事，便故意叹了口气，道："唉，真是可惜啊！"

楚离桑回过神来："可惜什么？"

"可惜那么英俊又那么温柔的一个郎君，竟然要变成娘子的刀下之鬼！那个词叫什么来着？暴什么天物？"

"暴你的大头鬼！"楚离桑狠狠瞪她一眼，"你是不是看上他了？"

"是呀，我是看上他了，娘子莫非要吃醋？"绿袖一本正经地说。

楚离桑终于忍无可忍，随手抓起一把扫帚扔了过去。绿袖轻巧地躲开，仍旧咯咯笑个不停。楚离桑猛然跳起来，一边四处找东西一边骂道："你个没羞没臊的死丫头，看我今天不打死你！"

终于，楚离桑找到了一把铜尺，得意地朝绿袖扬了扬，一步步逼过去。绿袖夸张大叫："哎呀，杀人啦，我家娘子要杀人啦！"一边叫一边跑了出去。

楚离桑追到房门口，脚尖不小心被门槛磕了一下，顿时疼得龇牙咧嘴，赶紧丢掉铜尺，抱着脚跳回房里。

院子里沉默了一会儿，紧接着便又传来绿袖的一声尖叫。

"三更半夜鬼叫什么？"楚离桑揉着脚趾，没好气地喊道，"快给我进来，帮我揉揉脚，姑且饶你这一回。"

院子里却静悄悄的，毫无半点回应。

"这死丫头，又搞什么鬼！"楚离桑嘟嘟囔着，一瘸一拐走了出去。

刚一走进院子，楚离桑整个人就僵住了。

两个通身黑甲的人，一人一把刀横在了绿袖的脖子上，周围同样站着十几个黑甲人，个个拔刀在手，刀光雪亮。

一瞬间，楚离桑便反应了过来，正想有所动作，两把同样雪亮的龙首刀便一左一右架上了她的脖子。然后，又一个通身黑甲的人从暗处走了出来，径直来到她面前站定，饶有兴味地看着她。

这个黑甲人居然是个年轻貌美的女子！

"楚离桑，你比我想象的好看。"女子笑盈盈地对她说。

楚离桑冷冷看着她："你是谁？"

"自我介绍一下，我叫桓蝶衣，朝中玄甲卫队正。"桓蝶衣笑着上下打量她，"没想到这穷乡僻壤的地方，还有你这么标致的人物。"

"不是敝县穷乡僻壤，而是尊使孤陋寡闻！"楚离桑一听"玄甲卫"三字，心下已然明白几分，冷笑道，"洛州乃前朝东都，睥睨天下；伊阙乃形胜之地，荟萃人文。尊使没出过远门就算了，何必在此卖弄，徒然贻笑大方。"

桓蝶衣从小在长安长大，确实很少出远门，加之只喜习武不喜读书，所以对大唐各地的山川风物、历史人文几乎没有概念，现在被楚离桑这么一呛，心里顿时有些羞恼，但脸上却依旧保持着笑容："看来楚姑娘不仅人长得标致，口才也是极好的，只可惜落到今天这步田地。那话怎么说来着？对了，天妒红颜！"

"这还不是拜你们玄甲卫所赐。"楚离桑冷冷道，"桓队正，像你们玄甲卫总干这些伤天害理的事，就不怕遭报应吗？"

"你懂什么！玄甲卫执行的是圣上的旨意，维护的是朝廷的纲纪！"桓蝶衣道，"也难怪，像你这种平头百姓、乡野女子，自然是不明白的。"

"别废话了，你们到底想干什么？"

"奉圣上旨意，请你入京跟你爹团聚。"

楚离桑诧异："入京？"

"是啊，圣上仁慈，不忍见你们父女分离，就让你们早日团圆喽！"

楚离桑略一沉吟，当即猜出了皇帝的用意，心想早日见到父亲也好，就算要死，一家人也可以死在一起，便冷冷一笑：“也好，本姑娘正想去长安，现在有你们护送，我连盘缠都省了。”

　　“哦？”桓蝶衣有些意外，“你为何要去长安？”

　　“去会会一个老朋友。”

　　“老朋友？能告诉我是谁吗？”

　　“告诉你也无妨。是一个跟你一样，披着一身黑皮，到处耀武扬威、欺压良善的人。”

　　桓蝶衣微一蹙眉，马上反应过来：“你说的是萧君默？”

　　“看来你很了解他，”楚离桑冷笑，“一猜就中了。”

　　“你找他做什么？”

　　“跟他算一笔账。”

　　“算账？”桓蝶衣明白了她的意思，冷笑道，“你有什么本事，也敢找他算账？”

　　“我有什么本事，桓队正自己试一试不就知道了？”

　　桓蝶衣眉毛一挑：“你敢挑衅我？”

　　“我只是在回答你的问题。”

　　桓蝶衣脸色一沉，直直地盯着她。楚离桑跟她对视，毫无惧色。两个人的目光绞杀在了一起，谁也没有眨眼。片刻后，桓蝶衣冷然一笑，解下腰间的佩刀，连同头盔一起扔给旁边一名黑甲人，然后对挟持楚离桑的二人道：“退下。”

　　一名黑甲人一怔：“队正，大将军有令，务必以最快速度将楚离桑……”

　　“我说了，退下！”桓蝶衣目光冷冽，口气严厉。

　　两名黑甲人无奈，只好收刀撤到一旁。

　　桓蝶衣又回头环视院子里的十几名黑甲人：“都给我听好了，谁都不许帮忙。”

　　众黑甲人面面相觑。

　　“听见了没有？”桓蝶衣厉声一喊。

　　“得令！”众黑甲人慌忙答言。

　　桓蝶衣这才转过脸来，看着楚离桑：“来吧，让我瞧瞧你的本事！”

　　楚离桑粲然一笑：“桓队正可想好了？当着这么多手下的面，输了就不好看了。”

　　桓蝶衣像男人一样扭动了一下手腕和脖子，冷冷一笑：“别耍嘴皮子功夫，出招吧！”

楚离桑身形一动，右掌立刻劈向桓蝶衣面门。桓蝶衣侧身躲过，对着楚离桑当胸就是一拳。楚离桑左掌一挡。啪的一声，二人各自震开数步……

太极宫两仪殿，李世民端坐御榻，神色有些阴沉。

下面并排站着五个大臣：尚书左仆射房玄龄，侍中长孙无忌，中书令岑文本，吏部尚书侯君集，民部尚书唐俭。

"知道朕今夜召尔等入宫，所为何事吗？"李世民声音低沉，目光从五个人脸上逐一扫过。

五人面面相觑，都不敢答言。

"这几日，朕仔细回想了一下，你们这五个人，都曾经在不同场合，向朕举荐过一个人，说此人忠正勤勉、老成干练、斐有政声，是不可多得的能臣。朕听信尔等之言，把他放在了洛州刺史这么重要的职位上，其结果呢？此人不仅贪赃枉法、鱼肉百姓，而且胆大包天，竟然策划并参与了对辩才的劫夺，导致了甘棠驿血案，实属罪大恶极！尔等作为他的举荐人，现在有何话说？"

按照唐制，五品以上官员通常由三省六部长官推荐，然后由皇帝直接下旨予以任命，称为"册授"；六品以下官员则须通过吏部考试，合格后才能出任，称为"铨选"。杨秉均是从三品的官员，显然由皇帝亲自册授，然而出了事情，举荐人肯定要担责，不可能把罪责推给皇帝。

"启禀陛下，臣有罪！"房玄龄率先出列，"臣当初被杨秉均的巧言令色所蒙蔽，未经细查便向陛下举荐，罪无可恕，还请陛下责罚！"说着官袍一掀，当即跪了下去。

"陛下，臣也是误信了官场传言，臣亦有罪！"长孙无忌也跟着跪下了。

紧接着，岑文本、侯君集、唐俭三人也同时跪下，纷纷请罪，所说的理由也大同小异，无非是识人不明、偏听偏信之类。

"这么说，你们都只承认被人蒙蔽，而不想承认其他原因喽？"

"回陛下，臣方才所言确属实情，并无其他原因，还望陛下明鉴！"房玄龄道。长孙无忌等人也纷纷附和。

"难道，就没人收了杨秉均的黑心钱？"李世民玩味着五人的表情。

众人尽皆一惊，纷纷矢口否认。

李世民又环视他们一眼，淡淡一笑："好吧，既然都这么说，朕便信你们这一回。岑文本。"

"臣在。"

"你即刻拟旨，因尔等五人识人不明、所荐非人，致朝纲紊乱、百姓不安，为严明纲纪，特罚没尔等一年俸禄，以儆效尤！"

"臣领旨。"

"朕这么做，尔等可有异议？"

这样的处罚摆明了就是从轻发落，众人岂敢再有异议？于是众口诺诺，无不打心眼里感到庆幸。

李世民看着他们，暗自冷笑了一下，道："玄龄、无忌留下，其他人可以下去了。"

岑文本、侯君集、唐俭三人行礼告退。

房玄龄和长孙无忌不禁交换了一下眼色，心里同时敲起了鼓，不知皇帝葫芦里卖的什么药。


楚离桑和桓蝶衣你来我往，已经打了数十回合，却依然不分胜负。

绿袖和十几名玄甲卫在一旁看得眼花缭乱，都替她们干着急。

"楚离桑，你就算赢了我也没用，我照样抓你去长安！"桓蝶衣一声轻叱，拳脚呼呼生风，攻势凌厉。

楚离桑一边轻盈躲闪，一边冷笑道："说得是，我输赢都一样，所以我输得起。可你呢？你输得起吗？"

"不就是丢个面子吗？有什么输不起的？"桓蝶衣一边全力进攻，一边怒道，"面子几文钱一斤？"

"此言差矣！"楚离桑瞅个破绽开始反击，接连出腿扫向对方下盘，"您是堂堂玄甲卫队正，又不像我们平头百姓，岂能不要面子？！"

桓蝶衣闻言，越发气急，一个不慎，被楚离桑扫中右腿，顿时向前扑倒，所幸她反应敏捷，就地一滚，然后单腿跪地，才没有摔个狗啃泥。绿袖忍不住发出欢呼，被一旁玄甲卫厉声一喝，慌忙把嘴闭上。

楚离桑看着桓蝶衣，嫣然一笑："桓队正快快请起，小女子可受不起你这份大礼！"

桓蝶衣这才意识到自己状似跪地行礼，顿时恼羞成怒，飞身而起，双手像鹰爪一般抓向楚离桑，攻势比刚才更为凶猛。

楚离桑心中一凛，再度转入守势，但稍一愣神，左脸便被桓蝶衣的指尖抓了一下，立时现出一道血丝。

桓蝶衣得意一笑，攻势不停，嘴里大声道："楚离桑，你这么标致的脸，被我抓坏就可惜了，还是认输吧！"

楚离桑怒，索性不再一味防守，换了个套路与她展开对攻。

双方的打斗愈发激烈起来……


房玄龄和长孙无忌都被赐了座位，李世民的脸色也已较方才有所缓和。

"留你们二位下来，是想跟你们谈一桩旧事。"李世民看着他们，"还记得十六年前吕世衡留下的那几个血字吗？"

"当然记得！"长孙无忌抢先道，"臣至今记忆犹新。"

房玄龄若有所思，却未答言。

"想必你们也都明白，朕这些年广为搜罗王羲之真迹，就是想破解吕世衡留下的血字之谜，而千方百计寻找辩才，目的也是在此。"李世民缓缓道，"现在，虽然辩才三缄其口、只字不吐，《兰亭序》真迹也尚未找到，但通过甘棠驿一案，朕已经破解了一部分谜团。"

房玄龄和长孙无忌闻言，不禁睁大了眼睛，下意识地屏住了呼吸。

"当年吕世衡留下的'天干'二字，其实是'天刑'。这一点，想必二位也早就猜出来了，只是，你们可知这两个字的出处？"

二人对视一眼，都摇了摇头。

李世民扭头，给了侍立一旁的赵德全一个眼色。赵德全会意，当即从旁边的书架上取下《兰亭集》，将书卷展开，平摊在李世民面前的书案上。

"你们可以凑近看一看。"李世民道。

房玄龄和长孙无忌赶紧凑到书案前，凝神一看，发现是一首颇长的五言诗，诗中有两处地方赫然被朱笔打了两个醒目的圆圈，诗文是：

> 体之固未易，三觞解天刑。方寸无停主，矜伐将自平。
>
> 虽无丝与竹，玄泉有清声。虽无啸与歌，咏言有余馨。


一个圆圈正打在"天刑"二字上，另一个圆圈打在"玄泉"二字上。

原来这正是"天刑"二字的出处！房玄龄和长孙无忌恍然大悟，不禁对视一眼，但"玄泉"二字为何也做了记号，他们则全然不解。

"正如你们所见，"李世民道，"'天刑'二字，便是出自王羲之在兰亭会上所作的这首五言诗，至于'三觞解天刑'这句话是否还有什么特殊含义，朕暂时未解。今天想跟二位说的，主要是这'玄泉'二字。"

房玄龄和长孙无忌正认真地等着听下去，李世民忽然轻轻拍了两下掌，只见李世勣悄然从屏风后面走了出来。二人虽然有些意外，但也并不十分惊诧，因为玄甲卫的行事风格向来如此，他们早已见怪不怪了。

"接下来的事，让世勣跟你们说吧。"李世民说着，示意李世勣坐下。

李世勣跟二人互相见了礼，在另一旁坐下，开门见山道："从甘棠驿一案获得的线索来看，目前江湖上存在着一支庞大的神秘势力，并已将其势力渗透到了朝廷之中。渗透进来的人中，有一个代号'玄泉'，正是此人，暗中帮助杨秉均获得了洛州刺史的职务，所以我们认为，这个人很可能在朝中身居高位。换言之，他就在圣上今夜召见的人中，也就是在你们五个人当中！"

房玄龄和长孙无忌闻言，顿时大惊失色。

长孙无忌吓得站起身来，慌忙道："陛下明鉴！无忌对我大唐社稷向来忠心耿耿，绝对不可能与什么江湖势力有何瓜葛……"

房玄龄也坐不住了，赶紧起身解释辩白。

"慌什么！朕要是怀疑你们，还会跟你们说这些吗？"李世民淡淡道，"五人中，朕真正信得过的，便是你们二人，至于他们三个嘛……朕觉得嫌疑很大！"

长孙无忌和房玄龄对视一眼，如释重负，这才慢慢坐了回去。

李世民示意李世勣接着说。

"房相公，"李世勣道，"您刚才说杨秉均巧言令色，言下之意，似乎跟他有过交往？"

房玄龄慌忙摆手："绝无交往！只是房某职责所在，通常会在每年例行的官员考课结束之后，要求吏部推荐一些考评优异的官员到尚书省述职，而在吏部连续两年的推荐中，都有杨秉均，所以我印象深刻。"

李世勣闻言，下意识地看了李世民一眼。

李世民诧异地看着房玄龄："你是说，杨秉均在吏部考课中居然还被评为优异？"

"是的陛下，连续两年，杨秉均都获评中上，即第四等。"

按照唐制，朝廷有一套专门针对各级官员的政绩考核办法，称为"考课之法"，标准是"四善"和"二十七最"。"四善"考察的是总体品行，标准为"德义有闻，清慎明著，公平可称，恪勤匪懈"；"二十七最"是考核百官在各自职守上表现出的才干，如"铨衡人物，擢尽才良，为选司之最""决断不滞，与夺合理，为判事之最""部统有方，警守无失，为宿卫之最""礼义兴行，肃清所部，为政教之最"，等等。吏部根据这些标准对各级官员进行考核，把成绩分为九等，报至尚书省予以公布。凡列为一至四等的官员，每进一等增发一季俸禄，五等无所增减，六等以下则每退一等扣发一季俸禄。

"这么说，像杨秉均这等贪官恶官，每年还从朕这儿多领了一季俸禄？"李世民冷笑道，"如此看来，侯君集应该没少拿杨秉均的黑心钱啊！"

房玄龄和长孙无忌对视一眼，不敢答言。

李世民示意李世勣继续。

李世勣把目光转向长孙无忌："长孙相公，您方才似乎说到，举荐杨秉均是因为听信了官场传言。请问，您具体是听到何人在说杨秉均的好话？"

长孙无忌仔细回忆了一下，道："我记得，好像岑文本和唐俭二人都讲过，还有……对了，几年前，代州都督刘兰成有一次回朝，还专程来到门下省，给我递了几份官员履历，其中一份便是杨秉均的。刘兰成盛赞此人忠正勤勉、老成干练，我看了履历也觉得没问题，于是没有多想，便信了他。"

李世民眉头一皱："你跟刘兰成也有交集？"

长孙无忌一惊，忙道："陛下切莫误会，我跟此人仅有数面之缘，毫无交集。我记得，当初他来门下省，好像也是朝中同僚引见的，否则我也不会接待他。"

"还记得是何人引见吗？"李世民盯着他。

长孙无忌努力回想了一下，歉然道："陛下恕罪，好几年前的事了，臣实在是想不起来。"

李世民面露失望。

房玄龄沉吟着，忽然想到什么，道："陛下，臣记得，这个刘兰成一直是杨秉均的顶头上司。多年来，二人在仕途上的升迁轨迹似乎多有重叠，也颇为同步。臣怀疑，这个所谓的'玄泉'，会不会正是刘兰成呢？"

李世民眉头紧锁："你的意思是说，玄泉不一定身在朝中？"

"房相公的怀疑有一定道理。"李世勣道，"据郎将萧君默的奏报，当时在甘棠驿，冥藏所言似乎并未确指玄泉就是朝中之人。"

"你把冥藏那句原话再说一遍。"李世民道。

"冥藏称：'我真后悔，当初怎么会让玄泉帮着把这种人弄上刺史的位子。'"

李世民思忖着："这么听来，果然并未确指。朕一直认定玄泉就是朝中大臣，或许是先入为主了。"

长孙无忌不解："这个……这个冥藏又是何人？"

房玄龄也疑惑地看向李世勣。

李世勣道："据目前掌握的情况，此人应该是这支神秘势力的首领。"

长孙无忌和房玄龄二人皆恍然。

李世民把书案上的《兰亭集》往后翻卷了一下，用指头敲了敲某处文字："看看吧。"

二人定睛一看，上面又是一首五言诗：

　　　　先师有冥藏，安用羁世罗。未若保冲真，齐契箕山阿。

在"冥藏"二字上，又有一个朱笔打的圆圈。

"这是王羲之五子王徽之所作的一首五言诗。"李世民道，"就跟'天刑''玄泉'一样，这'冥藏'二字，以及他们所用的接头暗号，皆出自这卷《兰亭集》！"

长孙无忌一脸讶异："真没想到，这卷书里头藏了这么多东西！"

李世民冷哼一声："朕相信，这卷书里头藏的东西还多着呢！"说完才忽然想起来，"方才说到哪儿了？"

"回陛下，说到刘兰成与杨秉均的关系。"房玄龄道。

"嗯，既然此二人关系匪浅，那就查！"李世民把目光转向李世勣，"把调查重点转到这个刘兰成身上，给朕彻查，看他到底是不是玄泉！还有，侯君集是否受贿，岑文本和唐俭是否私下与杨秉均交往，也要一并查个清楚！"

"臣遵旨！"


楚离桑和桓蝶衣已经打了快半个时辰，两人都是香汗淋漓、气喘吁吁，却谁也不愿罢手。

桓蝶衣手如鹰爪，再次抓向楚离桑面门，楚离桑侧身闪过，不料"鹰爪"却碰巧抓住了她的肩头，唰地一下，竟然把衣服给扯开了。楚离桑顿时香肩半露，在场黑甲人不约而同发出了一片嘘声。桓蝶衣也没料到会这样，登时一惊，随手便把她的衣服重新拉了上去。

虽只是一瞬间的事情，但楚离桑已是羞恼至极。她一声厉叱，像突然变了个人一样，疯狂地攻向桓蝶衣。

尽管桓蝶衣那一抓纯属无心，可难免还是有些歉疚。歉意一起，手上的力道便弱了，遂步步退却，很快就被楚离桑逼到了院子的一个角落。

楚离桑这个院子是租赁的，角落里还堆放着许多房东的东西，如锄头、铲子、铁耙、畚箕等物。桓蝶衣光顾着防守，丝毫没有注意脚下，一不留神，就被横放在地上的一把锄头绊倒，整个人仰面朝后倒下。

此时，角落里斜靠着一支铁耙，一排尖尖的耙齿正对着桓蝶衣倒下的后脑勺。

就在黑甲人们发出一片惊呼的同时，一只手稳稳地抓住了桓蝶衣的衣领。桓蝶衣下意识回头去看，锋利的耙齿距离她的眼珠还不到半寸，倘若没有被及时拉住，她必死无疑！

楚离桑把桓蝶衣拉了起来，喘着粗气道："还打吗？"

桓蝶衣又瞟了身后的铁耙一眼，不禁心有余悸，遂爽快地道："不必，你赢了！"

"这不算。"楚离桑道，"靠一支铁耙赢你，胜之不武。"

桓蝶衣一笑："这么说，咱们就改天再战？"

"一言为定！"

桓蝶衣戴上头盔，重新系上佩刀，对楚离桑道："已经耽误时辰了，抓紧上路吧！"

"你总得让我带上几件换洗衣物吧？"

"不必了，一应所需，都由我们玄甲卫提供。"

楚离桑苦笑："也罢。不过，我可以跟你走，但你得把我的婢女放了。"

绿袖一听就急了："娘子，我不走，我要跟你一起！"

"没问题。"桓蝶衣道，"圣上只说请你，没包括她。"

绿袖的眼泪瞬间夺眶而出："娘子，你……你好狠心，你怎么能把我一个人丢下？"

楚离桑走到她面前，笑着抹去她脸上的泪水："好妹妹，咱们今生的缘分尽了，你带上那些钱，找个好人家嫁了吧，若有来世，咱们还做姐妹！"说完，头也不回地走出了院门。十几名玄甲卫立刻跟了出去。

绿袖整个人木了，只剩下眼泪不停流淌。

桓蝶衣走到她身边时，忽然有些不忍，低声道："傻丫头，她是为你好……"

"我不要她为我好！"绿袖突然爆出一声大喊，然后便号啕大哭了起来，一边哭一边就要追出去。

桓蝶衣一惊，右掌往她后脖子一劈，绿袖身子一晃，瘫软了下去。桓蝶衣一把扶住，把她抱到墙边靠着，轻轻掐了一把她的脸颊："睡一觉吧，睡着了就不难过了。听你姐的话，好好活下去，好死总不如赖活着！"

两仪殿中，大臣们都已退下。

李世民独坐榻上，看着书案上的那卷《兰亭集》怔怔出神。

侍立一旁的赵德全走过来，轻声道："大家，都快三更了，您该歇息了。"

李世民回过神来，道："朕不困。"

赵德全面露担忧之色："大家，恕老奴多嘴，不困也得歇息啊！这天下大事都在您一个人肩上担着，您可得保重龙体啊！"

"再坐一会儿吧。"李世民温和地笑了笑，"你陪朕说说话。"

赵德全一怔，随即赔着笑："老奴笨嘴拙舌的，这一时还真不知该跟大家说什么。"

李世民瞟了他一眼，淡淡笑道："撒谎。明明一肚子话想问朕，还不承认。"

赵德全嘿嘿一笑："大家真不愧是真龙天子，把老奴的念头都看得一清二楚，就像那佛家说的'他心通'似的。"

"行了，别奉承了，有话就问吧。"

"是，大家，老奴整晚上都在纳闷呢，您既然知道房相公私底下跟魏王走得近，干吗还把这《兰亭集》的秘密都跟他说了？"

"朕就是要让房玄龄父子去传话，让青雀知道这些事。"

赵德全困惑："大家，这老奴就更不解了，您若想让魏王知道，为何不亲自跟他说？"

"这能一样吗？"李世民又瞥了他一眼，"朕要是亲口告诉青雀，他就不敢拿这些事做什么文章；若是让房玄龄父子私下泄密，青雀必会有所动作。而朕想看的，就是房玄龄父子会如何泄密，青雀会如何动作！"

赵德全恍然大悟。

侍奉皇帝这么多年，他已经不止一次见识过皇帝驾驭臣子的帝王术，但每一次都是在事后才看清，事前根本就摸不着也猜不透。

这回皇帝这么做，目的就是要看看，房玄龄父子和魏王知道这些事后，是帮着维护社稷稳定，替皇帝分忧；还是一意徇私，拿这些秘密为其夺嫡开路。若是前者，李世民倒真有可能让魏王取代太子入主东宫；若是后者，那房玄龄父子和魏王就只能是自取其咎，甚至是自取其辱了。

赵德全不禁在心里感叹：自古以来，世上最难测的东西莫过于帝王心术，而今上李世民的帝王术，那就更是出神入化、深不可测了，纵然不说古往今来绝无仅有，至少也是炉火纯青登峰造极！

都说有其父必有其子，赵德全有时候不禁会想，当朝太子李承乾为人处世之所以不循正轨、机变百出，又何尝不是因为在某种程度上继承了今上某一面的性格呢？

一连几日阴雨连绵，萧君默左右无事，索性把自己关在父亲的书房中，一边翻着《兰亭集》，一边围绕着《兰亭序》之谜苦思冥想。

正如李世民在他的《兰亭集》上打了三个红圈一样，无独有偶，萧君默也在这卷《兰亭集》上打了三个黑圈。

它们分别是"冥藏""玄泉"和"临川"。

如果说李世民那三个红圈中的"天刑""冥藏"和"玄泉"还不好判断其共性的话，那么萧君默圈里面的这三个词，则都有一个明显的共性——它们都是某个人的代号。

"冥藏"是面具人，"玄泉"是潜伏者，"临川"是魏徵。

萧君默不禁想，既然魏徵的代号"临川"源于其九世祖魏滂在兰亭会上的五言诗，那么以此类推，面具人的代号"冥藏"应该也是同理。翻开《兰亭集》，可知"冥藏"二字出自王羲之五子王徽之的五言诗，由此可见，这个面具人极有可能是王羲之的后人。

之前为了调查辩才，萧君默到过越州永欣寺，得知该寺方丈智永便是王羲之的七世孙，俗名王法极，自少出家，于武德九年圆寂，没有子嗣。那么，假如这个面具人真是王羲之后人，他就有可能是智永的侄儿或侄孙。

这条线索目前只能推到这里，接下来便是"玄泉"。然而，这个"玄泉"却让萧君默迷惑了。因为"玄泉"二字出自王羲之本人在兰亭会上的五言诗，如果依照前面的推理，这个潜伏者也应该是王羲之的后人。但是，这可能吗？

凭直觉，萧君默觉得这不太可能，可目前线索太少，很难做出什么有效的推断，所以"玄泉"之谜也只能暂时搁置。

萧君默调转思路，把这些日子以来掌握的所有情况重新梳理了一遍，总结了几个要点：

一、魏徵是一支神秘势力的首领，成员有父亲萧鹤年、左屯卫中郎将李安俨等人，他们潜伏在朝中，目标似乎与辩才是一致的，就是极力守护《兰亭序》的秘密。

二、冥藏是另一支神秘势力的首领，成员有韦老六、杨秉均、姚兴，及潜伏者"玄泉"等人，他们的势力遍及朝野，其目标似乎与魏徵和辩才相反，就是想夺取《兰亭序》的秘密。

三、根据魏徵、冥藏与兰亭会、《兰亭集》之间如出一辙的关系，基本上可以断定，他们同属于一个更大的秘密组织。可既然如此，他们的行动目标为何会截然不同，乃至在甘棠驿杀得你死我活呢？萧君默思来想去，觉得最有可能的一个解释，就是虽然他们同属一个组织，但是彼此的主张存在巨大分歧，导致最后分道扬镳、各行其是。

　　思路行进到这里，几乎就停滞不前了。萧君默在父亲的书房里信手翻看各种藏书，也没有发现什么令人感兴趣的东西。最后，他的目光偶然停留在了书房角落的一口木箱上。

　　父亲有写日记的习惯，虽然不是每天都写，但至少会把他自己觉得重要的事情记录下来。而父亲这么多年来的日记，就锁在这口红木箱子中。

　　萧君默没有多想便撬开了箱子，数十册经折装的日记赫然出现在他的眼前。

　　在唐代，较为重要的书籍，会用帛书书写，卷轴装帧，称"卷轴装"；而普通书籍或一般人自己写的随笔札记之类，则会写在一张长条形的纸上，折叠起来可一面一面翻看，封面和封底再粘裱硬皮，因当时一部分佛经已经采用这种形式装帧，所以这种硬皮折叠的书便被称为"经折装"。

　　萧君默把一大摞日记全都搬到书案上，发现每一册的封面上都写有"武德某年"或"贞观某年"的字样，说明父亲是一年记一本。日记从武德二年开始写起，一直写到眼下的贞观十六年，共二十四册，每本厚薄不一。

　　萧君默翻看了武德年间的五六册，又翻看了贞观年间的十几册，都没什么特别的发现，心里略有些失望，转念一想，便直接抽出了"武德九年"和"贞观十六年"这两册。

　　武德九年发生了玄武门之变，无论社稷还是个人的命运都由此发生了重大转折，所以这一年应该最有看头。而贞观十六年就是眼下，乃父亲临终前的最后一段日子所写，也比较可能留下有用的线索。

　　果不其然，一翻开"武德九年"这一册，萧君默的目光就被当年轰动朝野的"吕氏灭门案"吸引住了。

　　父亲时任长安县令，不但亲自勘查了现场，而且直接向皇帝报了案，后来又是负责此案的官员之一，所以记载得很详细。

　　此案凶犯的犯罪手段极其残忍，先是将吕家老小连同仆佣在内的十五口人全部杀死，后又焚尸灭迹，制造失火假象。根据父亲的调查分析，十五口人一起被杀，而左邻右舍却丝毫没有听见动静，可见凶手绝对是一个多人团伙，且训练有素，因而并未在现场留下任何可供破案的线索。职是之故，这桩案子虽然有皇帝亲自过问，且各级官府倾尽全力，最后还是没有查出凶手，成了不了了之的悬案。

从日记中可以看出，父亲对此颇感憾恨，视为一生中最失败的事情之一。

根据此案的现场勘查记录，吕宅在大火中化为灰烬，其中也包括许多金银器物，可见凶手的杀人动机并非谋财，而极有可能是复仇。可当时吕世衡已经在玄武门事变中殉职，凶手何来那么大的仇怨，还要将其灭门呢？

萧君默觉得自己仿佛陷入了跟父亲当年一样的困境中，对此百思不解。

毫无头绪，萧君默只好又拿起了"贞观十六年"的日记。

一翻开，才看了几面，萧君默就猛然来了精神。

他万万没想到，在二月二十三日的日记中，父亲居然写下了诸多与当年"吕氏灭门案"有关的重大发现，而且这些发现居然与《兰亭序》的秘密息息相关：

一、吕世衡的代号是"无涯"，隶属于冥藏先生。在当年那场政变中，他有可能背叛了冥藏，也背叛了隐太子，暗中投靠了当年的秦王。因而招致冥藏的复仇，酿就了灭门惨案。

二、冥藏将吕家灭门，有可能不是完全出自泄愤和杀鸡儆猴的目的，而是要寻找一种叫"羽觞"的东西。冥藏担心"羽觞"落入皇帝之手，牵扯出太多秘密，最终把他都牵扯出来，故而为了取回"羽觞"潜入吕宅，最终引发血案。

三、吕世衡临死前给秦王留下了某些线索，这些线索指向了《兰亭序》的秘密。

四、正是因为吕世衡留下的线索，秦王登基后才开始广为搜罗王羲之真迹，表面上说是喜爱其书法，其实是为了破解《兰亭序》的秘密。

看着父亲白纸黑字记下的这些发现，萧君默一时间惊得目瞪口呆，同时也更加困惑——当年此案令父亲如坠迷雾、一筹莫展，可为何时隔整整十六年后，父亲突然就有了这么多重大的发现？

带着这个疑问接着往下看，萧君默终于释然。

这些都是"临川先生"，也就是魏徵在二月二十三日这天对父亲说的！

魏徵其实对这些事情早就洞若观火，之所以深藏不露，是因为他认为这些年来天下太平，这一切就没必要再提起。但是眼下，魏王与太子的夺嫡之争愈演愈烈，朝局岌岌可危，且辩才一旦被找到，《兰亭序》的秘密被揭开，后果更是不堪设想，所以才把这一切告诉了父亲，目的就是要采取行动维护社稷稳定，同时阻止《兰亭序》之谜大白于天下。

萧君默立刻翻开《兰亭集》，发现"无涯"二字与"玄泉"一样，都是出自王羲之本人在兰亭会上所作的五言诗，诗文是：

仰望碧天际，俯瞰绿水滨。寥朗无涯观，寓目理自陈。

突然间获取了这么多前所未有的发现，萧君默颇为惊喜。然而，这些线索却都不足以让他接着往下查，不免又有些遗憾。

由于父亲猝然离世，这本"贞观十六年"的日记只写了薄薄十几面，后面大部分是空白。萧君默翻到了写有文字的最后一面，即二月二十五日的日记。这是父亲留在世上最后的文字，写得有些潦草，且只有寥寥十几个字，但萧君默一看之下，顿时感到眼前一亮。

纸上写着几个人名，还有几个含义不明的词：

吕系　吕本　吕世衡　孟怀让　羽觞　避祸远遁

萧君默最近早已把王羲之的兰亭会研究透了，也将与会四十二人的名字牢牢记在了脑子里。所以他一看便知，吕系、吕本也是其中两名与会者，是一对兄弟，兖州任城人。萧君默记得他们并未在兰亭会上作诗，为此一人还被罚了三觞酒。现在，这两人的名字赫然被父亲写在吕世衡之前，这是否意味着，他们是吕世衡的先祖？而吕世衡所传承的"无涯"代号，正是来自他们？

萧君默觉得可能性很大，不过眼下这个并非重点，当务之急是要搞清楚：这个孟怀让是谁？父亲为何会把他的名字写在吕世衡后面？"羽觞"到底暗指什么东西？"避祸远遁"又是什么意思？

父亲的意思是不是在怀疑：吕世衡在玄武门事变前，担心自己有可能阵亡，所以把羽觞暗中交给了这个叫孟怀让的人，此后发生了吕氏灭门案，孟怀让受到惊吓，为了避祸便带着羽觞远走他乡？

萧君默觉得，这是目前唯一合理的解释。

为了证实这一点，萧君默马上又翻开"武德九年"的日记，果然在父亲所记的有关"吕氏灭门案"的案情线索中，看见了这个名字。

孟怀让，陇右鄯州湟水人，武德年间任职左屯营旅帅，驻守玄武门，是左屯营中郎将吕世衡的部下，曾在玄武门事变中负伤，"吕氏灭门案"发生后数日，突然举家消失，不知所踪。父亲认为此事可疑，当年便亲赴其家乡陇右查找此人，结果发现孟怀让根本没有回乡，也无人知晓他究竟去向何方。由于当时没有其他线索辅助，所以明明觉得此事十分蹊跷，父亲也别无他法，只好放弃追查。

没想到，时隔整整十六年后，父亲听了魏徵的一席话，才蓦然悟出这个孟怀让很可能与"羽觞"有关，因而在最后一篇日记中写下了他的怀疑。然而，时过境迁，当年的"吕氏灭门案"早已被世人淡忘，这个孟怀让到底躲在哪里、是否还在世上都不得而知，所以父亲最后也只能带着这个疑问猝然离世。

至此，虽然整个《兰亭序》之谜对萧君默而言还是一团无边无际的迷雾，但有了"无涯"、孟怀让、"羽觞"等线索，萧君默觉得至少看见了一线光明。

第十四章

羽觞

夜晚的平康坊，香车宝马，酒绿灯红，似乎连空气中都飘荡着奢华靡丽的气息。

栖凰阁的雅间内，苏锦瑟在珠帘后抚琴而歌，外间坐着李泰、房遗爱、杜荷三人。

杜荷五官清秀，面目俊朗，但顾盼之间神色倨傲，有着名门子弟固有的自负和张扬。他和房遗爱都是长安城呼风唤雨、不可一世的人物，二人不仅同为开国功臣之子，而且都是当朝驸马——杜荷娶了今上第十六女城阳公主，房遗爱娶了第十七女高阳公主。杜荷本身又封襄阳郡公，官任尚乘奉御，房遗爱则官居太府卿、散骑常侍。二人都属于含着金钥匙出生，之后又平步青云、少年得志的典型。

由于二人关系密切，所以李泰接纳了房遗爱之后，顺便也接纳了杜荷，三人很快就打成了一片。此刻，三人紧紧围坐着一张食案，当房遗爱把父亲从皇帝那儿听到的有关《兰亭序》的秘密一一说出后，李泰和杜荷顿时惊得合不拢嘴。

李泰至此终于明白，为何父皇会千方百计寻找辩才和《兰亭序》，原来朝野之中竟然潜伏着这样一支可怕而神秘的势力。

"殿下，"杜荷忽然凑近李泰，低声道，"若能让这支势力为我所用，一起对付东宫，何愁大事不成！"

李泰一惊："不可胡言！这种事情搞不好，就是谋反的大罪！"

杜荷不以为然："殿下难道忘了，圣上当年在秦王府，不也蓄养了八百死士吗？谋大事者不拘小节，若处处小心谨慎，只能受制于人。"

李泰闻言，不禁沉吟起来，似乎心有所动。

"二郎此言虽然不无道理，但是这种江湖势力，往往是一把双刃剑，掌控得好便罢，万一掌控不好，就有被其反制甚至是反噬的危险。"房遗爱道。

杜荷是杜如晦次子，所以也被称为"二郎"。他笑了笑："这个我当然知道，可夺嫡本就是刀头舔蜜的事，哪有十拿九稳万无一失的？不都是提着脑袋上阵一搏吗？再说了，这种江湖势力虽不易掌控，但只需好好利用一回就够了，一旦大事已办，皇位到手，再卸磨杀驴也还不迟。"

李泰看着杜荷，忍不住笑道："二郎，看不出你温文尔雅的，用心居然这么险！"

杜荷也笑道："殿下这么说令人惶恐，不过我权且把这话当成赞语吧。都说'房谋杜断'，当年家父若非面临大事有当机立断之能，又岂能被圣上赏识呢？"

李泰哈哈一笑："这倒也是！想当年，有二位之令尊辅佐父皇成就大业，今日我又得二位襄助，看来也是上天的安排，要让我等三人都子承父业啊！"

"殿下这话说得好！"房遗爱举起酒盅，"来，为了'房谋杜断'，为了子承父业，干一杯！"

"干！"三只酒盅豪迈地碰在了一起。

珠帘内，苏锦瑟有意无意地往外瞥了一眼，嘴角掠过一抹不易察觉的浅笑。

东宫崇教殿，灯火通明，丝竹声声，一场乐舞正在进行。

殿中，李承乾和李元昌各坐一榻，场下舞者五人，乐工十余人。五名舞者皆为妙龄女子，朱唇动，素腕举，且歌且舞。其中四名为伴舞，兼作和声，当中一名身形袅娜、舞姿娉婷的女子，是领舞兼主唱。

自始至终，李承乾一直目不转睛地盯着当中这名女子。只见其蝤首蛾眉、明眸皓齿、手如柔荑、肤如凝脂，罗袖招摇如青云出岫，腰肢款摆若嫩柳迎风。听其歌声，低吟处仿佛淙淙清泉淌过耳畔，婉转而妩媚；高唱时恍若飞鸾展翼直入云霄，空灵而激越。

李元昌见李承乾看得痴了也听得呆了，暗暗一笑，端起酒盅敲了敲食案："太子，别光顾着看舞听歌呀，酒也得喝！"

李承乾下意识地端起酒盅，却僵硬地停在半空，目光仍片刻不离那名女子。

李元昌摇头笑笑，自己把酒喝了。

"这支歌舞，唤作何名？"

趁着中间一段间奏，歌声暂歇，李承乾赶紧扭头问李元昌。

"舞女出西秦，蹑影舞阳春。且复小垂手，广袖拂红尘。"李元昌摇头晃脑地吟了一句，卖起了关子。

"这不是方才的唱词吗？"李承乾不解。

李元昌笑而不答，又吟出下半阕："折腰应两袖，顿足转双巾。蛾眉与曼脸，见此空愁人。"

李承乾略加沉吟，脱口而出道："梁简文帝的《小垂手》？"

梁简文帝是梁武帝萧衍第三子，名萧纲，善文学，诗歌多描写宫廷生活与男女私情，辞藻华丽，诗风柔靡轻艳，被后世称为"宫体诗"。

李元昌拊掌而笑："不愧是我大唐太子，对六朝古诗如此精通，这支歌舞便唤作《小垂手》。"

"以萧纲宫体诗为词，谱曲编舞，怪不得如此曼妙！"李承乾感叹道。

"那是！萧纲不是说过吗，'立身之道与文章异，立身先须谨重，文章且须放荡'。若唱词先就拘谨了，何来歌舞曼妙？"

"这女子，唤作何名？"李承乾嘴里问着，目光却又回到了舞池。

李元昌又是一笑，故作夸张地探头探脑："这里这么多女子，你指的是哪一位？"

李承乾白了他一眼："中间那位。"

"中间？"李元昌装腔作势，"哦，就是姿容最美、眼儿最媚、腰肢最软、歌声最为醉人的那一位吧？"

李承乾邪魅一笑："七叔，我看你这个人，比萧纲的艳诗还要放荡！"

李元昌嘻嘻笑着："我若不放荡，也当不了你东宫的座上宾啊！"

"别废话了，快告诉我。"

"飞鸾。"

李承乾眉头微蹙："艺名吧？"

"教坊乐人，谁不用艺名？"

"这名字不好，俗艳！"

李元昌呵呵一笑："这还不简单，您给赐一个不就完了？"

李承乾思忖了一下，又道："这支《小垂手》，是飞鸾自己谱曲编舞的吗？"

"对，萧纲的好些诗，飞鸾都给谱曲编舞了。"李元昌道，"不过我觉得最好的，并不是这支《小垂手》。"

"那是什么？"

李元昌冲他眨了眨眼，表情有些猥琐："娈童娇艳质，践董复超瑕。羽帐晨香满，珠帘夕漏赊……"

李承乾一怔，顿觉尴尬，赶紧咳了一下。

这首诗同样出自梁简文帝萧纲之手，是宫体诗中著名的"艳诗"，诗名《娈童》。"娈童"二字本义指容貌姣好、形同女子的美少年，但自南北朝始，便逐渐成为供人狎玩之"男色"的代名词。李承乾乍听之下，自然会觉得尴尬。

李元昌观察着他的表情，又暗暗一笑。

此时歌舞恰好结束，二人当即拊掌。李元昌挥了挥手，乐工及四名伴舞女子快步退下，大殿中央便只剩下敛首低眉的飞鸾一人。

李元昌凑近李承乾，低声道："人就交给你了，我先走一步。别忘了，给飞鸾赐个好听的名字。"说完又冲他神秘地眨了眨眼，旋即走了出去。

李承乾不明白他今夜为何总是如此神秘，摇头笑笑，然后拄着手杖慢慢走到飞鸾面前，仔细地看着她。近距离之下，李承乾发现飞鸾的皮肤比远看更加白皙细腻，五官似乎也更加清丽妩媚，只是一直低着头，总看不真切，便道："把脸抬起来，让本太子好好看看。"

飞鸾闻言，羞涩地抬起了脸。

李承乾一看，果然比远看惊艳得多，心里正感叹李元昌眼光不错，忽然发觉某个地方不太对劲，登时脸色稍变，急道："把你的领子拉下来一些。"

飞鸾被他急切的声音吓了一跳，颤声道："殿下，这……这是为何？"

李承乾一听她说话的声音如此娇媚，越发觉得不对，大声道："拉下来！"

飞鸾瞬间就红了眼眶，显是被吓着了，只好伸手把脖子上的衣领往下拉了一点。李承乾定睛一看，果然不出他所料，在飞鸾的脖颈上赫然有一处明显的突出，那是喉结，男人的喉结！

李承乾惊得退了几步，难以置信地看着飞鸾。

至此他才终于明白，为何李元昌一整晚都笑得那么神秘，特别是提到萧纲的《娈童》一诗时，表情会显得那么猥琐，原来他真的给自己送来了一名"娈童"！

可是，即使已经知道飞鸾是一个男子，李承乾却依然不敢相信，因为她……不，是他，明明有着绝色女子的容貌和身姿，更有着令人迷醉的歌喉和嗓音，这样的人，怎么可能是一个男子？！

两人就这样僵在当场，整个大殿静得可怕。

许久，李承乾才长长地叹了口气，道："你走吧。"

飞鸾一惊，当即双膝一软，跪倒在地，眼泪无声地流了下来："殿下，您发发慈悲，别赶我走，让我留下来吧，您让我做什么都可以……"

他的嗓音依旧跟女子一样轻柔妩媚，连哭泣的声音也仍然是那么哀婉动人。李承乾忍无可忍，大喊一声："别再用这种声音说话！你让我恶心！"

飞鸾浑身一震，紧紧捂着嘴，泪水扑簌扑簌往下掉。

李承乾瞥了他一眼，有些不忍，口气缓和下来："别哭了，我并没有怪你什么，也不是冲你发火，我只是……"其实他也不明白自己为什么发这么大的火。"起来吧，地上凉。"

飞鸾闻言，才稍稍止住哭泣，却不肯站起来。

"为何不起来？"

飞鸾张了张嘴，想说话又不敢说。

李承乾挥了挥手："说吧，我不怪你用什么声音。"

"多谢殿下！"飞鸾一开口明显又是女声，"殿下要是赶飞鸾走，汉王殿下一定不会饶了飞鸾……"

"他敢！"李承乾忍不住又喊了一声。

飞鸾又是一惊，顿了顿才道："就算汉王殿下他饶过飞鸾，飞鸾也没有脸回教坊了。"

"为什么？"

"殿下有所不知，像我等教坊之人，从小被籍没入宫，身份卑贱，只好苦练歌舞，就是为了有朝一日脱离教坊属籍，过上正常人的日子。此次汉王选中飞鸾献给殿下，坊中姐妹都说飞鸾要飞上枝头变凤凰了，倘若殿下不要飞鸾，飞鸾哪有脸再回去？只能……只能一死了之！"

李承乾听得既烦躁又无奈，摆摆手道："罢了罢了，我也不赶你走了，起来吧。"

"谢殿下！"飞鸾这才起身，偷眼看了看李承乾。李承乾也正好在看他，二人目光交接，赶紧又都躲开。

"你……多大了？"

"十五。"

"从小就入宫了吗？"

"是的殿下，飞鸾刚一出生，家父便犯了事，被砍了脑袋，飞鸾便随母亲和姐妹一大家子人，被籍没入宫了。"

"那，你从小……从小就像个女子？"

飞鸾嫣然一笑："从小母亲就把我当女孩子养，坊中姐妹也都把我视为女子，久了，飞鸢自己也习惯了，都忘了自己是男儿身了。"

李承乾怜悯地看着他："到了我这里，你就恢复男儿身了。从明天起，把这些女子衣饰都给我换掉，行为举止也改过来，声音若是改不了，就……就算了。"

飞鸢有些意外，却不敢说什么，只道："是，殿下。"说着又要习惯性地敛衽一礼，蓦然想起他刚说的话，只好既生硬又别扭地作了个揖。

李承乾看着他的样子，不禁扑哧一笑。

飞鸢也赧然而笑。

李承乾看着他绯红的脸颊和娇羞之状，不免又有些看呆了，片刻后才想起什么，道："既入我东宫，你就不再是过去的飞鸢了，名字也要改掉。从今往后，你就叫……"

飞鸢满脸期待地看着他。

"叫……称心，对，就是称心如意的称心！"

飞鸢一喜，下意识地敛衽一礼："飞……称心谢殿下赐名！"做完动作才意识到错了，赶紧又改了作揖。

"行为举止，若一时不习惯，就慢慢改吧，不着急。"

二人目光交接，这次都没再躲开，而是相视一笑。


风和日丽，春明门大街人潮拥挤，一队玄甲卫骑士押解着一辆囚车向皇城方向行去。

过往路人纷纷躲避，对着囚车上的人犯指指点点，窃窃私语。

囚车中的人五十开外，面目粗犷，身材魁梧，看得出是个勇武之人，但此刻却披头散发，目光呆滞，一张脸暗如死灰。

他就是代州都督刘兰成。

玄甲卫队正罗彪一马当先走在队伍前列，因长途奔波，神色略显倦怠，络腮胡上沾满灰尘。他身后的一名年轻骑士策马紧走几步，赶上罗彪，低声道："大哥，我看您这一趟都累坏了，回头把人犯交上去，可以休几天假吧？"

罗彪面无表情道："于二喜，你看大哥的样子，像是累吗？"

于二喜有些蒙："有……有点像。"

"你是哪只眼睛瞎了？"

于二喜一怔，不敢答话。

罗彪瞥了他一眼："老子这叫困，懂吗？是困，不是累。"

于二喜忍不住嘟囔："这不一样嘛。"

"一样个屁！"罗彪道，"困就是困，累就是累，要真是一样的话，老祖宗干吗造两个字出来？"

于二喜挠挠头，显得更蒙了。

"你小子一撅屁股，老子就知道你要拉什么屎。你是自己想休假，拿老子出来说事对吧？"

于二喜嘿嘿一笑："大哥勿怪，您就当属下一撅屁股，放了个屁算了。"

罗彪忍不住笑出声来，拍了他的脑袋一下："再忍几天吧，我知道弟兄们都累坏了，等把这家伙的案子结了，我去跟大将军讨赏，再要几天假！"

于二喜乐了，回头冲身后喊："弟兄们，都给我打起精神来，别一个个蔫了吧唧的！"


就在罗彪等人押着刘兰成回京的同日，一队玄甲卫突然冲进了吏部衙署，直奔考功司值房，在众目睽睽之下逮捕了考功司郎中崔适。

考功司是专门负责官员考课的部门，郎中便是该部门最高长官。

侯君集听到动静，从尚书值房中大步走出来，恰好看见玄甲卫强行抓着崔适朝大门口走去。

崔适拼命回头，一次次看向侯君集，眼中充满了恐惧和乞求。

侯君集立刻把目光挪开，转了个身，背起双手朝值房走了回去。

他脚步沉稳，和平时没什么两样，但心中却已掀起了万丈波澜，同时脑子也开始飞速运转，思考着对策。


也是在同一天，桓蝶衣带着楚离桑回到了长安。

桓蝶衣在宫城的承天门前把楚离桑交给了内侍赵德全。楚离桑仰望着高大巍峨的宫门，又看了看宫门下铠甲锃亮、刀枪森然的军士，淡然一笑，回头对桓蝶衣道："桓队正，你说我一旦进了这个宫门，还出得来吗？"

桓蝶衣不知道该说什么，只好耸耸肩："但愿吧，我希望你能出来。"

回长安的这一路上，虽说她们二人的关系终究是官兵和人犯，且一路上总是相互挖苦、没少斗嘴，但不知为何，桓蝶衣此时竟然有了一种莫名的惜别之感。

"桓队正跟我素昧平生，为何会希望我出来？"楚离桑道。

桓蝶衣笑了笑："咱不是还有一场架没打完吗？"

楚离桑也笑了："对，我把这一茬给忘了。那这样吧，假如我出不来，咱们就把这场没打完的架约在来世，你看如何？"

桓蝶衣心里蓦然有一点难过，勉强笑道："那就这么说定了。"

一旁的赵德全听见这两个女子说的话，暗自叹了口气，柔声道："楚姑娘，一路劳顿，还是赶紧进宫歇息吧。"

"进了这道门，我还怕没时间歇息吗？"楚离桑看着他，嫣然一笑，"还是劳烦内使，赶紧带我去见我爹吧！"说着，大步走了进去。

两扇沉重的宫门在楚离桑身后缓缓合上。

桓蝶衣仰起头，看着碧蓝如洗的天空，感觉今天的阳光分外刺眼。


一交完差，桓蝶衣便赶紧回到了玄甲卫衙署向舅父李世勣复命。当然，除了复命，她更着急的是想马上见到萧君默。几日没见他，桓蝶衣心里总觉得空空落落的。虽然知道自己这样很没出息，但她就是情不自禁。

"这小子最近好像忙得很，"李世勣道，"成天跑得不见人影，也不知忙些什么，就是不回本衙帮我分忧。"

"您还说呢！"桓蝶衣道，"您自己给他放的假，能怨谁？依我看，师兄就是让您给宠坏的。"桓蝶衣从小父母双亡，是李世勣一手养大，所以二人情同父女，她跟舅父说话便一向没大没小。

李世勣呵呵一笑："我是念他办辩才的案子办得辛苦，想让他多休息几天，他可倒好，一下就成闲云野鹤了。"

"前一阵子他都在查萧伯父的下落，自然是忙。"桓蝶衣连忙帮萧君默解释，"现在知道萧伯父去世了，他心情当然低落，也许是四处走走散散心吧。"

一说起萧鹤年的事情，二人不禁都有些伤感。李世勣观察桓蝶衣的神色，不知道萧君默是否已将自己知道内情的事告诉了她，便叹了口气，出言试探道："前几日我去鹤年家里祭拜，又问了下他身故的原因，管家老何还是支支吾吾，说得不清不楚。我总觉得此事蹊跷，你经常跟君默在一块儿，有没有听他说起过什么？"

桓蝶衣赶紧摇摇头："没有啊，听说萧伯父就是到乡下走亲戚，失足坠马，发现的时候人已经去世好多天了。这有什么好蹊跷的？"

李世勣看着她，知道萧君默已经跟自己形成了默契，不想让她卷进来。于是当下心安，却有意要把戏演得逼真一些，便道："你和君默，不会是有什么事瞒着我吧？"

"哎呀舅舅，您也太多疑了！"桓蝶衣抱起他的手臂撒娇，"连我跟师兄您都信不过，这世上您还能信谁？"

"这可不好说。"李世勣故意板着脸，"越亲近的人，越不会提防，所以越容易骗。"

"您这么说我可不理您了。"桓蝶衣嘟起嘴，"人家一回京就赶紧来看您，还听您说这种话！"

"说得好听！"李世勣笑，"你是来看我的吗？你是一回京就急着找君默吧？"

桓蝶衣羞恼，跺了跺脚，回头就走："不理您了，我回家了！"

李世勣呵呵笑着，冲着她的背影道："见到君默记得跟他说，最近衙署里忙得很，叫他回来报到。"

桓蝶衣被看穿了心思，又一阵羞恼，索性喊了声"没听见"，径直走了出去。

李世勣摇头笑笑，自语道："还说我宠坏了君默，你才真是被我宠坏了。"


萧君默动用玄甲卫的情报网和自己的关系网，花了好几天时间，走访了朝中数十位文武官员，最后总算找到了孟怀让当年的一个同袍，也是义结金兰的兄弟，一番软硬兼施之下，终于打探到了孟怀让的下落。

此人说孟怀让当年并没有远遁，而是就近躲在了关内的蓝田县，距长安城不过七八十里。萧君默闻言，不禁暗暗苦笑。这就是所谓的"灯下黑"，最危险的地方最安全。父亲当年远走陇右追查孟怀让，又怎么可能想到他其实就躲在自己的眼皮底下？

此人又说，他曾去蓝田探望过一次孟怀让，想资助他，结果被他大骂了一顿，还说以后再去，兄弟便没的做了，所以这么多年，这个结拜兄弟一直没敢再去看他。

蓝田县夹在秦岭北麓和骊山南麓之间，地形复杂，沟壑纵横，山沟谷地中散落着许多小乡村，人烟寥落。萧君默策马在山里转悠了半天，迷了几次路，好不容易才找到了一个名叫夹峪沟的小村子。

据孟怀让的那个结拜兄弟说，他就躲在这个犄角旮旯里。

夹峪沟的村正是个上了年纪的老汉，拄着拐棍，耳聋得厉害，萧君默在他耳边又喊又叫，费了好大劲才让他听清了"孙阿大"三个字。这是孟怀让的化名。老村正斜着眼上下打量他，道："你是何人？找他作甚？"看那样子，似乎颇为警惕。

萧君默赶紧说自己是孙阿大的表侄，因多年未见表叔，甚是挂念，此次经商路过京师，便专程赶来看望，说着便从马背上解下几包干果点心，塞进老村正怀里。

老村正依旧斜着眼："老朽忝为一村之长，岂能被你这个来路不明之人几包点心便收买了？"

萧君默哭笑不得，连忙大声道："老丈，在下并非来路不明之人，而是正正经经的商人。"

"商人？"老村正一脸不屑道，"商人哪有正经的？不种不收不稼不穑，奸猾怠懒不劳而获，还敢说自己正经？！"

萧君默登时语塞，心想自己在长安什么人都见过，偏偏就没见过眼下这号的，真要跟他这么纠缠下去，到明天也别想找到"孙阿大"，于是便赔了个笑脸，作了作揖，牵着马儿转身要走，打算自己去找。

不料老村正却忽然大喊一声："站住！"

萧君默一惊，回头看着他。

"不经我老汉同意，你也敢在这地头上瞎走？"

萧君默连连苦笑，没想到这老汉的派头比京官还大，便道："老丈，我真是孙阿大表侄，不信您带我去见他，不就什么都清楚了吗？"

老村正又看了他半晌，这才挪步走过来，把点心塞回给他："老朽一生清白，不能受你这奸商之贿，拿走！"

萧君默无奈一笑，只好把东西收起，心想这老汉也不知被哪个奸商骗过，乃至创伤如此严重。

"跟我来吧。"老村正拄着拐棍在前面引路，边走边道，"这孙阿大也有亲戚？我以为他的亲戚都死绝了！"

萧君默一听，这心里好不是滋味，忍不住道："老丈，您贵为一村之正，理当亲善乡邻、敦睦风俗，这么背后说人家，不大好吧？"

萧君默本以为老汉听了这话，一定会不高兴，没想到他反而笑了笑，扭头看着他："你这后生虽然是个商人，不过此言倒也不失厚道。其实也不是老汉刻薄，这孙阿大自从入赘我村，便几乎不与人来往，一副自生自灭的模样，乡亲们也都嫌弃他。前年他婆娘病故，有人合起伙来要赶他走，要不是老汉护着，他哪能待得下去！"

孟怀让是来此入赘的，显然他之前的妻室已经过世。萧君默想着，嘴上奉承着村正，心里却有些沉重。为了守护吕世衡留下的秘密，孟怀让可谓苦心孤诣，算是把自己的一生都赔进去了。隐姓埋名流落到此这么多年，他一定过得异常凄苦。

说着话，村正带他来到了一处大宅院前。萧君默仰头一看，门楣上写着"孙氏宗祠"几个大字。孟怀让怎么可能在此？正纳闷间，村正忽然拿拐棍在地上连击三下，宗祠内突然拥出十几个青壮乡民，个个手持镰刀锄头等物，把萧君默围在当中，一副如临大敌之状。

萧君默惊诧地看着村正："老丈，这是何意？"

老村正冷哼一声："年轻人，别装了，你是来找孙阿大寻仇的吧？"

萧君默苦笑："老丈此言从何说起？"

"自从孙阿大来到我村，我便看出来了，他一定是来此躲避仇家的。"老村正一脸明察秋毫的表情，"年轻人，你方才有句话说对了，老汉我忝为一村之长，便要亲善乡邻。这孙阿大虽然不会做人，可他只要在我夹峪沟一日，便一日是我孙氏族人，老汉我便要护着他！"

萧君默终于听明白了，心里顿时对这老汉生出了几分敬重。他知道多言无益，索性亮出了玄甲卫的腰牌："村正，在下乃玄甲卫郎将，奉旨调查孙阿大，请你务必配合！"

老村正眯着眼睛看了半天腰牌，终于神色一凛："看来老朽又猜对了！将军相貌堂堂，一身正气，又岂能是什么奸商呢！"

萧君默在心里乐了，真想问一句：老丈，商人到底哪儿得罪你了？


孟怀让住在村东头，一溜低矮的土墙围着几间破破烂烂的瓦房，就是他的家了。

萧君默径直走进院门的时候，看见一个身材壮实、约莫五十来岁的汉子，正和三个年轻后生一起围坐在一张小桌子上吃饭，饭菜简陋，他们却吃得津津有味。

汉子蓦然抬头，跟萧君默目光一碰，似乎立刻意识到了什么，嘴角掠过一丝苦笑。

"十六年了，你们终于还是来了！"

孟怀让领着萧君默进了屋里，一声长叹，声音中似乎饱含着无限凄凉。

孟家三间瓦房当中这一间稍大点的，便是他们家会客的厅堂了。萧君默环视一眼，但见家徒四壁，屋顶还破了一个拳头大的洞，一束阳光直射下来，恰好照在孟怀让的半边脸上。孟怀让面目黧黑，皮肤粗糙，脸上皱纹纵横，至少比实际年龄老了二十岁。

这十多年来，他过的这叫什么日子？！萧君默心中不免一阵酸楚。

"能否只杀我一人，放过我的三个儿子？"孟怀让凄然道。

"你连我是谁都不问，就认定我是来杀你的？"

"那就说吧，你是哪一路的，也好让我死个明白！"

"你希望我是哪一路的？"萧君默抱起双手，靠着墙壁，从容不迫地看着他。

孟怀让冷哼一声："不管你是哪一路的，你都休想从我这里得到任何东西！"

"这么说，你知道我是来跟你要东西的？"萧君默笑道。

"别费劲了，你唯一能要到的东西，只有我的人头。"

"你的人头，对冥藏先生毫无价值。"萧君默注视着他。

孟怀让倏然一震。看得出来，尽管时隔多年，"冥藏"二字给他造成的恐惧仍然大得难以想象。由此足以证明，孟怀让不仅是吕世衡在禁军中的部下，更是他"无涯"势力中的重要成员。

"你不会是冥藏的人。"片刻后，孟怀让才强自镇定道。

"为什么？"

"冥藏若真想动手，不会只派你一个人来。"

"聪明！"萧君默一笑，"那你猜我到底是什么人？"

孟怀让这才仔细打量了他一下，冷笑道："看样子，跟我当年一样，也是吃皇粮的。"

"没错！"萧君默忽然有些感慨，"想当年，无涯先生要是没有在玄武门殉职，如今你也还在吃皇粮，又何必躲在这穷山沟里吃苦受罪呢？"

他故意把重音稍稍落在了"无涯"二字上，然后观察着孟怀让的反应。

孟怀让一怔，狐疑地看了看他，旋即道："不可能……"

"什么不可能？"

"你不可能是先生的人。"

"为何如此确定？"

孟怀让冷笑："先生的人现在都年过半百了，哪有你这样乳臭未干的？"

"我的乳臭干没干，就不劳你操心了。"萧君默笑道，"你现在要想的是，为何这么多年来，连冥藏那么厉害的人物都找不到你，却偏偏是我把你给找出来了。"

孟怀让果真思忖了起来，半晌才道："那你告诉我，是为什么？"

"因为我父亲。"

"你父亲？"

"对，萧鹤年。"萧君默看着他，"这个名字，你应该不陌生吧？"

孟怀让回忆了一下，猛然想了起来："长安令？！"

"没错。当年正是我父亲，负责先生一家被灭门的案子，同时也正是我父亲，暗中保护了你。"

"保护我？"孟怀让颇为惊讶。

"当然！家父当初其实已经知道先生把羽觞交给了你，也已经查出你躲到了这里，却故意远走陇右，到你的家乡去找你，目的就是转移圣上和朝野的视线。你想想，家父若不是先生的人，会这么做吗？"

孟怀让沉吟片刻，半信半疑道："那他为何现在又想起我来了？"

萧君默有些黯然："让我来找你，是……是家父的遗愿。"

孟怀让一愣："令尊他……"

萧君默点点头："眼下朝局复杂，冥藏蠢蠢欲动，家父为了维护社稷安宁，也为了守护《兰亭序》的秘密，不幸，遭了冥藏的毒手……"

孟怀让听到这些，无形中又信了几分，道："令尊让你来找我，目的是什么？"

"正如你所知，取回羽觞。"萧君默盯着他的眼睛，"然后秉承无涯先生的遗志，把当年的弟兄或他们的后人召集起来，与冥藏抗衡，为先生报仇！"虽然萧君默不知道"羽觞"究竟是什么，但既然吕世衡和孟怀让都在舍命保它，证明这东西至关重要，很可能是令牌之类的东西，所以就赌了一把。

果然，他赌对了，只听孟怀让道："令尊的意思，是想重启组织？"

萧君默心中暗喜，点了点头。

孟怀让忽然又有些狐疑："光有羽觞，他也办不到吧？"

"为什么？"

"据我所知，当年在玄武门，咱们的人已经死了大半，剩下的，身份都很隐秘，令尊怎么可能知道他们是谁？"

"家父当然知道。"萧君默只能又赌一把，"当年先生把羽觞交给了你，却把组织名单交给了家父。"

"名单？"孟怀让难以置信，"怎么可能有名单？这事我怎么不知道？"

"先生把羽觞交给你的事，家父当时也不知道。这就是先生的高明之处——把羽觞和名单分开，这样任何人也无法单独启动组织。"萧君默决定把这个谎扯圆，"只是因为你后来举家逃遁，家父才猜出羽觞在你手里。"

孟怀让思忖着，似乎觉得有道理，却又想到什么："既然令尊当年就知道是冥藏害了先生一家人，为什么不把这事告诉圣上，将冥藏一网打尽，为先生报仇？"

这个问题萧君默从来没想过，顿时一怔，赶紧道："事情哪有这么简单。冥藏在朝野的势力盘根错节，他本人又神秘莫测、来去无踪，如何一网打尽？再说了，当年在兰亭会上有多少世家，又何止先生这一家和冥藏那一家。如今何者为敌何者为友，你分得清吗？万一为了追查冥藏把《兰亭序》的秘密全盘捅破，谁知道会牵连多少世家，又会牺牲多少无辜的兄弟！"

萧君默这一席话大义凛然、掷地有声，登时把孟怀让说得哑口无言。萧君默看着他的样子，决定趁热打铁，多刺探一些东西，便道："孟先生，家父临终前，嘱咐我问你一件事。"

"何事？"

"当年先生把羽觞交给你的时候，有没有什么交代？"

孟怀让点点头："先生说，假如他在玄武门遭遇不幸，就让我把羽觞交给秦王，并把所有关于组织的秘密都告诉他。"

萧君默不解："先生为何自己不说，却要交代你？"

"当时先生一直在犹豫该不该说。说了，怕秦王会深入追查，牵扯出太多组织的秘密，对组织不利；不说，又怕冥藏暗中作乱，危害社稷。直到玄武门事变之前，先生仍然没有下定决心，只好交代给我。也许先生是想，若能活下去，就还可以慢慢考虑；若是阵亡了，就索性跟秦王全部交底吧。"

"那后来，你为何没有依照先生嘱托？"

孟怀让苦笑了一下："当初先生背着隐太子和冥藏归顺秦王，我便不赞同，玄武门事变后，秦王又一举屠杀了太子和齐王的十个儿子，这事让我对秦王更增了几分恶感，所以我便犹豫了。后来冥藏又悍然将先生一家灭门，我知道他既是报复，也是想找羽觞，惊怒之下，未及多想，便跑到这里藏匿了起来。结果，一藏就是这么多年……"

萧君默没料到他对今上竟然颇有微词，不禁庆幸自己方才口口声声只说保护社稷安宁，而没有说保护圣上，否则一定会惹他反感。

"孟先生，因家父猝然离世，很多东西我只是一知半解。我想请问，关于《兰亭序》的秘密，你知道多少？"

孟怀让摇了摇头："我只听先生说过，《兰亭序》真迹隐藏着整个组织的重大秘密，至于具体是什么，我没敢问，我想就算问了，先生也不会说。"

"整个组织，你指的是……"

"当然是天刑盟了！"

萧君默心中蓦然一动，原来自己一直以来的猜测是对的，面具人冥藏和临川先生魏徵果然同属于一个更大的秘密组织，这个组织的名字就叫"天刑盟"！

"是啊，我想应该也是关系到本盟的大事！"萧君默赶紧掩饰自己的无知，"那么，本盟中的派系，你还知道几个？"

孟怀让眉头一皱，有些狐疑道："派系？你是指分舵吧？"

"对对，我的意思就是分舵，家父有些事语焉不详，所以我也不是很明确。"

"我只知道本舵无涯，还有分舵玄泉，因为本盟就这两个暗舵直属于冥藏，其他分舵我便一无所知了。"

暗舵？分舵居然还有明、暗之分？而且听孟怀让的意思，似乎除了两个暗舵外，其他分舵都不直接听命于冥藏。

"那么，关于玄泉分舵，你了解吗？比如说……玄泉的真实身份？"

孟怀让蓦然警觉起来："以我的级别，不可能知道他的真实身份。再说了，组织有规矩，很多事是不能随便打听的，难道令尊没告诉你吗？"

"这我当然知道。"萧君默笑了笑，"我只是希望能找到更多本盟的兄弟。"

"别妄想了！"孟怀让冷冷道，"玄泉一直是忠于冥藏的。你不找他还好，要是真找到他，恐怕你的人头就不保了。"

"我是觉得过了这么多年，玄泉未必没有自己的想法。"萧君默道，"当然，如果他仍然忠于冥藏，而且杀先生一家他也有份的话，我一定不会放过他。"

此刻，关于《兰亭序》和天刑盟，萧君默心里还有一大堆问题想问，但看孟怀让的神情，显然已有所怀疑，再问下去八成就露馅了。不过还好，今天有了这么多意外收获，也算是不虚此行了。现在，还剩下最重要的一件事，便是拿到羽觞。萧君默始终觉得，羽觞很可能会是解开《兰亭序》之谜的一把钥匙。

"孟先生，那你接下来有何打算？"

"打算？"孟怀让苦笑，"我已经是个废人了，还能有什么打算？只能是在这个山沟里了此残生了！"

萧君默这才想起来，刚才他从院子走进来时，一条腿瘸得很厉害，显然是在玄武门事变中受伤致残的。

"孟先生，你绝不是废人！为了保护羽觞，你做了常人做不到的事，所以，你是英雄！"萧君默这句话完全是肺腑之言，即使他今天来的主要目的是"骗取"羽觞。

孟怀让有些动容："多谢萧郎！有你这句话，在下这么多年的辛苦，也算值了！"

萧君默看着他，鼻子忽然有点发酸，赶紧走了出去。片刻后，萧君默又走进来，把一只看上去挺有分量的包裹放在了靠墙的一张破床榻上。

这里面，装着足足二十锭金子，每一锭都足有一斤重。

"萧郎这是何意？"孟怀让惊讶。

"先生切勿推辞！这是我代表家父和本舵兄弟给你的一点心意。"萧君默说着，又环视屋内一眼，"先生，盖几间新瓦房吧，还有你那几个儿子，也都该娶媳妇了，你若拒绝，就是不认我这个兄弟！我想，无涯先生在天上，也不想看到你这般辛苦。"

孟怀让闻言，眼泪终于不可遏止地流了下来。

"好吧，这心意我领了！"孟怀让一把抹掉泪水，站起身来，"萧郎，不是我不信你，但是在把羽觞交给你之前，咱们该讲的规矩，还是要讲。"

说完，孟怀让看着萧君默，似乎要等他说什么话。可萧君默却一时怔在那里："规矩？什么规矩？"

孟怀让的眉头慢慢锁紧了，眼中的信任之色开始淡去，一丝疑云浮了上来。

萧君默心里大为焦急，这最后一关若是过不了，那今天这一趟可就功亏一篑了！他心念电转，突然间悟到，自己跟孟怀让说了这么多，却一直没有跟他对过接头暗号。孟怀让说的"规矩"，会不会就是指这个呢？

已经没有时间再让萧君默犹豫了。电光石火之间，王羲之那首五言诗中的一句便蓦然跃入了他的脑海。

"寥朗无涯观。"

萧君默迎着孟怀让的目光，平静地念出了这一句。

孟怀让又定定地看了他一会儿，才露出一个欣然的笑容："寓目理自陈。"

一枚状似某种神兽的青铜印，正静静地躺在书案上。

这就是萧君默从孟怀让那里取回的"羽觞"。

方才一拿到它，萧君默便马不停蹄地赶回了长安兰陵坊的家中，并立刻把自己反锁在书房内，迫不及待地研究了起来。

从外形看，这枚铜印跟南北朝时期流行的盛酒器具"羽觞"毫无相似之处，甚至风马牛不相及，倒是更像朝廷调动军队所用的"虎符"。

铜印上的神兽造型，看上去很眼熟，只是一下叫不出名字。

萧君默拿起来仔细端详，只见神兽的头部和尾部像龙，身形如虎豹，肩上有羽翼，四脚若麒麟，昂首挺胸的姿势又像极了狮子。这到底是什么东西？萧君默极力在记忆中搜寻，忽然灵光一现：貔貅。

没错，这家伙就是传说中的上古神兽貔貅！

按古代传说，貔貅是龙生九子中的第九子，又名天禄、辟邪，能腾云驾雾，号令雷霆，是一种异常凶猛的瑞兽，常被用来寓意军队或勇猛之士。萧君默又想起来，《史记·五帝本纪》中，便有黄帝轩辕氏"教熊罴貔貅䝙虎，以与炎帝战于阪泉之野"的记载。由此看来，作为秘密组织的天刑盟，取神兽貔貅之寓意来铸造类似虎符的令牌，显然是合乎情理的。

这枚铜印还有一个非常明显的特征，也能支持萧君默的这个判断——它只是半只貔貅，而非一整只。当萧君默把这枚铜印翻到另外一面，发现上面铸刻着四个字：无涯之觞。文字采用"阳刻"方式，即字体从背景中凸起。很显然，这是一枚"阳印"，应该还有一枚采用"阴刻"方式的"阴印"与之配对。其道理正与虎符相同：虎符通常分成左右两半，一半在朝廷，一半在军中，调遣军队时须出示一半符节，若与另一半严丝合缝，便是真的虎符，否则便是假的。

如果上述判断是对的，那么很可能在天刑盟盟主手中，握有下面所有分舵的阴印，而阳印则在各分舵舵主手里。一旦盟主要调动分舵，就必须出示阴印，能与阳印若合符节，方可发号施令。

除了这枚铜印的铸刻方式外，上面那四个字的字体也引起了萧君默的注意。

"无涯"和"觞"三个字都是古朴的篆文，虽然字形繁复、笔画众多，但一望可知是坊间通用的字，并非出自书法家之手。唯一不同的便是这个"之"字，它用的是明快利落的行书字体，而且明显是书法大家所写。

萧君默马上就意识到，这个"之"字必定是这枚铜印中最重要的防伪手段。

也就是说，假如有人想伪造令牌号令分舵，他不难铸刻出那三个貌似繁复的篆文，却几乎不可能仿冒出这个看上去异常简单的"之"字。因为，同一个字让不同的人写出来，必然会有细微的差别，甚至同一个人在不同时候写同一个字，也不可能完全一模一样。由此可见，当年天刑盟中设计铸造"羽觞"的人，肯定是一个书法大家，他必须把一个"之"写出各种不同的样子，才能铸造出多枚羽觞，以供多个分舵之用，同时又因这些"之"字是他自己写的，别人写不出来，所以杜绝了仿冒和伪造。

推测至此，萧君默不禁有些喜不自胜。

看来"羽觞"果然是解开《兰亭序》之谜的一把钥匙。自己通过这些日子的调查，似乎已经快接近这个谜团的核心了。

想到《兰亭序》，又一个念头突然跃入萧君默的脑海，令他激动得跳了起来。王羲之所写的《兰亭序》，自己已经背得滚瓜烂熟了，里面不是恰恰有许多"之"字吗？！

萧君默立刻翻开父亲留下的那卷《兰亭集》，卷首便是《兰亭序》。他马上又通读了一遍全文：

　　永和九年，岁在癸丑，暮春之初，会于会稽山阴之兰亭，修禊事也。群贤毕至，少长咸集。此地有崇山峻岭，茂林修竹；又有清流激湍，映带左右。引以为流觞曲水，列坐其次。虽无丝竹管弦之盛，一觞一咏，亦足以畅叙幽情。

　　是日也，天朗气清，惠风和畅，仰观宇宙之大，俯察品类之盛，所以游目骋怀，足以极视听之娱，信可乐也。

　　夫人之相与，俯仰一世，或取诸怀抱，悟言一室之内；或因寄所托，放浪形骸之外。虽趣舍万殊，静躁不同，当其欣于所遇，暂得于己，快然自足，不知老之将至。及其所之既倦，情随事迁，感慨系之矣。向之所欣，俯仰之间，已为陈迹，犹不能不以之兴怀，况修短随化，终期于尽。古人云："死生亦大矣。"岂不痛哉！

　　每览昔人兴感之由，若合一契，未尝不临文嗟悼，不能喻之于怀。固知一死生为虚诞，齐彭殇为妄作。后之视今，亦犹今之视昔。悲夫！故列叙时人，录其所述，虽世殊事异，所以兴怀，其致一也。后之览者，亦将有感于斯文。


　　萧君默仔细数了一遍，全文共三百二十四字，其中竟然有二十个"之"字。

　　这是否意味着，王羲之在《兰亭序》真迹中将这二十个"之"全都写成了不同的模样，从而足足铸刻了二十枚羽觞？倘若如此，那是否意味着，所谓的秘密组织天刑盟，除了盟主本人应该会有一枚"天刑之觞"外，下面足足有十九个分舵？

　　在萧君默所知的范围内，显然没人见过《兰亭序》真迹，甚至也没人手里有《兰亭序》的摹本，所以目前还无法验证这个猜测，但能够通过这枚羽觞如此接近《兰亭序》的真相，已足以让萧君默感到欣慰和振奋了。

第十五章 / **大案**

"陈雄一事，咱们都失算了。"

在魏王府书房里，刘洎淡淡地对李泰和杜楚客道。

"没想到，李承乾居然给陈雄和咱们都挖了一个大坑！"李泰有些愤然，"听说陈雄被判了斩刑，家产也被抄没了，李承乾够狠！"

"城门失火，殃及池鱼。"刘洎苦笑道，"那天，圣上把我好一顿数落。估计今年的吏部考课，我只能被评为最末等了。"

"胜败乃兵家常事！"杜楚客斜了刘洎一眼，"思道兄不会是舍不得那几季俸禄吧？"

"刘侍郎，回头我让人送一些钱帛到你府上。"李泰赶紧道，"这事不能让你吃亏。"

刘洎再度苦笑，摆了摆手："殿下，山实兄，你们真的就这么轻看刘某吗？"

"不，这不是轻看的事。"李泰道，"谁府上没有一大家子人？谁不要吃穿用度？本王只是略表一点心意，侍郎千万别误会！"

二人正推辞间，杜楚客忽然想到什么："对了思道兄，听说代州都督刘兰成被玄甲卫抓了，昨天刚刚押解回京，也不知怎么回事，你常在圣上身边，可知其中内情？"

刘洎摇摇头："这回圣上口风很严，事先我完全不知情。"

李泰得意一笑："这事，你们得问我。"

　　刘洎和杜楚客都意外地看向李泰。李泰遂一五一十将房遗爱那天在平康坊说的事，全都告诉了二人，其中包括《兰亭序》已知的秘密及杨秉均、玄泉一案的来龙去脉。刘、杜二人听了，不禁惊诧不已。

　　"乖乖！原来圣上这么多年拼命寻找《兰亭序》，就是为了挖出这支神秘势力！"杜楚客惊叹，"他们还把人都弄到朝中来了？"

　　"原洛州刺史杨秉均、长史姚兴都是这个势力的人，玄泉也是，而且据说是杨秉均的保护伞。"李泰道，"父皇怀疑刘兰成就是玄泉，故而抓捕了他。"

　　刘、杜二人恍然。

　　"侯君集这回恐怕也麻烦了。"刘洎道，"考功司郎中崔适被捕，他身为吏部尚书，绝对脱不了干系！"

　　"这家伙贪墨成性，也该轮到他吃点苦头了！"杜楚客一脸幸灾乐祸的表情，"说不定这回把他的吏部尚书免了，刚好换个咱们的人上去。"

　　刘洎一笑："山实兄是不是打算到吏部一展抱负啊？"

　　"不瞒你说，我还真有这打算。"杜楚客眉毛一挑，"思道兄莫不是怀疑我没这个实力？"

　　"岂敢岂敢！"刘洎连忙拱手道，"山实兄是大才，区区吏部又算得了什么？"

　　"现在去谋这个吏部并非急务。眼下的当务之急，还是要谋划一下怎么对付东宫。"李泰说着，忽然想到什么，"对了楚客，说到这个，那天在平康坊，你家二郎倒是给我出了个主意。"

　　杜荷就是杜楚客的侄子。杜楚客一听，马上撇了撇嘴，不屑道："这小子，还能有什么好主意？"

　　"他说，咱们未尝不可跟冥藏这股势力暗中联手，对付东宫。"李泰低声道。

　　刘洎和杜楚客同时一惊。

　　"这小子，我就知道他尽出馊主意！"杜楚客一听就急了，"这种诛九族的话他也说得出口？"

　　"殿下，此言听听尚可，切莫当真！"刘洎道。

　　李泰笑了笑："他就这么一说，我也就这么一听。我当然知道，现在根本不到鱼死网破的时候，真到了那一天，再谈这事也不迟。"

　　"殿下这么说，就显出做大事的沉稳气度了！"刘洎道，"若似杜家二郎如此操之过急、铤而走险，只怕会引火烧身，令大业毁于一旦！"

　　"我家兄长，怎么会生出这么个儿子！"杜楚客摇头叹气，"若是他在天有灵，只怕也会扼腕叹息、徒唤奈何啊！"

"算了，不说他了。"李泰道，"还是说说你们的想法吧，咱们最近跟太子过招连连失手，父皇对他的印象已有所好转，再这么下去，别说夺嫡，我自保都成问题了。"

"殿下别急，我最近倒是查到了一件事。"刘洎将着下颌短须，微笑着道，"若能好好利用，要扳回一局并非难事。"

李泰闻言，顿时精神一振："侍郎快讲，究竟何事？"

杜楚客也不禁目光一亮，紧盯着刘洎。

刘洎压低声音，对二人说了几句话。

"太常乐人？"李泰一听之下，大为失望，"区区声色之娱，充其量只能说太子德行不修，恐怕伤不到他半根毫毛吧？"

刘洎自信一笑："若是普通太常乐人，当然不值得刘某拿来说事，问题在于，这个乐人并不一般。"

"如何不一般？"杜楚客不解。

"他，是个娈童！"

李泰和杜楚客同时一怔，对视了一眼，旋即相视而笑。

"还有，你们可知，此人的父亲，当年是因何事被诛的？"刘洎笑着问道。

李泰和杜楚客不禁都屏气凝神地看着他。

刘洎抚着短须，轻轻吐出两个字：

"谋反！"


萧君默忙活了大半个月，觉得该查的事情已经告一段落，便回玄甲卫衙署销了假，向李世勣报到。

"你这些日子成天东跑西颠的，究竟在忙些什么？"李世勣问道，既像是关心，又像是有所怀疑而打探。

事前萧君默已经想清楚了，自己最近查到的所有秘密恐怕都不能告诉师傅，原因有二：

一、这些事都与父亲盗取辩才情报的事有牵扯，一旦告诉师傅，他必定难以拿捏哪些事该向皇帝禀报，哪些事不能说，如此只能徒增困扰，所以干脆别说。

二、正如自己对桓蝶衣说的那样，自己明知父亲死于魏王之手，却又没有任何直接证据控告他，所以就算把所有秘密都告诉师傅，他也不能拿魏王怎么样，甚至有可能出于息事宁人的考虑，阻止自己报仇。既然如此，倒不如现在什么都不说，自己一个人把事情查到底，等到把《兰亭序》之谜全部查清，到时候该向皇帝奏报还是该对魏王出手，都有从容选择的余地。

由于早打定了主意，萧君默便笑道："没忙什么，就是找一些朋友说说话、散散心，否则您给我的假是干吗用的？"

李世勣有些狐疑地看着他："你爹的事，你最后还查出什么没有？是不是魏王干的？"

萧君默摇摇头："没查出什么有价值的线索，所以也不能认定是魏王。"

"你真的没瞒我什么？"

"当然没有。倘若我已经查出是魏王干的，早就跟他鱼死网破了，怎么可能跟没事人似的，把杀父之仇给隐忍下来？"

"我估计魏王也没这个胆子。"李世勣似乎打消了疑虑，"你爹毕竟是朝廷四品大员，要对你爹下手，他魏王也得担不小的干系。"

果然是息事宁人的态度。萧君默在心里暗笑，点点头道："我的看法跟您一样。"

"那最后还是没找到你爹的下落吗？"

"没有。"萧君默黯然道，"生不见人，死不见尸，所以我只能给他老人家立个衣冠冢。"这句话他倒是说了实情。"我就当我爹是厌倦了官场，看破了红尘，到哪座深山老林出家了，或者去云游四海、浪迹天涯了。"

"你能想得开最好。"李世勣点点头，"事已至此，伤感也无益。你只要一心奉公、尽忠于朝，将来加官晋爵、光宗耀祖，也算是对你爹尽孝了。我想，不管他是不是还活在世上，都会感到欣慰的。"

萧君默强忍内心伤感，勉强笑道："我最近逍遥了这么些日子，朝中一定发生了不少事吧？师傅有什么任务给我？"

"当然有，哪能让你再闲着？"李世勣说着，扔了一本经折装的卷宗过来，"看看吧。"

萧君默接住，打开来看："刘兰成？"

"对，圣上怀疑他就是杨秉均在朝中的保护伞——玄泉。"李世勣道，"由你去审，尽快把结果禀报给圣上。"

两名宦官一左一右搀扶着辩才，走进了两仪殿的殿门。赵德全跟在身后，暗暗叹气。

辩才脸色青灰，虚弱已极，连路都几乎走不动了，那两个宦官与其说是扶着他，还不如说是架着他在走。

李世民端坐御榻，冷冷地看着一行人走进殿中，给了赵德全一个眼色。赵德全赶紧搬过一只锦缎包裹的小圆凳，让辩才坐下。

"法师，闭关多日，有没有想起什么要对朕说呢？"

辩才抬了抬眼皮，虚弱一笑："贫僧该说的，都已经对陛下说过了。"

"真的没话说了吗？"

辩才摇了摇头。

李世民冷冷一笑："好吧，既然如此，那朕就找一个人来，帮你回忆回忆。"说完，轻轻拍了两下掌。

几名宦官和宫女带着楚离桑从殿后绕了出来。楚离桑一看见憔悴不堪的父亲，眼眶顿时一红，紧紧捂住了嘴。

辩才垂着眼皮，并没有看见她。

"法师，抬起眼睛，看看你面前的人是谁。"李世民道。

辩才闻言，缓缓抬起目光，一看到楚离桑，顿时浑身一震，立刻站了起来，却差点跌倒。赵德全慌忙上前扶住。

楚离桑的泪水已经涌了出来，哽咽地道："爹……"

辩才难以相信自己的眼睛，看了看楚离桑，又看了看李世民，原本灰白的脸顿时因义愤而有了血色："陛下，连江湖上都知道祸不及妻儿的道理，可您贵为天下之主，却连江湖人都不如吗？"

李世民并不生气，而是呵呵一笑："你说对了，朕贵为天下之主，自然有乾纲独断的权力，那些什么江湖道义，或许对你适用，但对朕来说，根本就不存在！"

辩才的脸因愤怒而涨红，突然双目一闭，身形一晃，几乎晕厥。他身后那两个宦官赶紧上前，跟赵德全一起用力扶住。

"爹！"楚离桑泪水涟涟，大喊了一声，想要冲过去，却被身旁的宦官宫女死死拉住。

"楚离桑，你不必太过伤心。"李世民道，"朕请你来，就是要你劝劝你爹，好好保重身体，别拿自己的命不当回事。"

"陛下！"楚离桑愤然看着李世民，"您究竟想从我父亲这里得到什么？"

"《兰亭序》，以及有关《兰亭序》的所有秘密！"李世民迎着她的目光，"据朕所知，辩才并非你的亲生父亲，所以朕想告诉你，有关你身世的真相，很可能也隐藏在这《兰亭序》之谜中！因此，你帮朕劝劝你爹，把事情都说出来，也等于是在帮你自己。"

　　尽管楚离桑早已知道自己并非辩才亲生，可听到自己的身世真相可能也与《兰亭序》有关，一时心中大乱，忍不住看向父亲。

　　辩才黯然垂首，躲开了她的目光。

　　楚离桑似乎明白了什么，凄然苦笑。

　　"法师，"李世民看着辩才，"朕把你女儿请来，就是希望你们父女团圆，然后给朕、也给你们自己一个满意的结果。朕记得，每一部佛经结尾，都有'皆大欢喜，信受奉行'这句话，现在，这个皆大欢喜的结局就摆在你眼前，就看你自己的选择了。"

　　辩才痛苦地思忖着，显然已经有所动摇。

　　楚离桑看见父亲的痛苦之状，心中大为不忍，随即想明白了什么，平静地对父亲道："爹，女儿还能和您见上一面，已经很知足了。您不必为难，该怎么做，您自己决定，不要因为女儿改变初衷。"

　　辩才看着她，眼泪悄然流了下来。

　　李世民闻言，顿时有些不悦，但隐忍未发。

　　辩才忽然想到什么："桑儿，你娘怎么样了，她还好吧？"

　　楚离桑眼睛蓦地一红，慌忙掩饰道："娘很好，她在伊阙，跟绿袖在一块儿呢，您别担心。"

　　辩才一脸狐疑，一直紧盯着她。楚离桑越想掩饰，泪水却越发汹涌，赶紧把头扭到一边。辩才仿佛意识到了什么，双腿一软，颓然坐了回去。李世民暗暗一笑，给了那几个宦官宫女一个眼色。那几人当即抓着楚离桑的胳膊，强行带她离开。

　　楚离桑一步三回头，脸上爬满了泪水，但很快便被带了出去。

　　大殿里变得一片静寂。李世民看着辩才，忽然叹了口气，道："法师，本来朕也不想告诉你，怕你太过伤心，但事已至此，似乎也没必要再隐瞒了。尊夫人，其实早在一个月前，就在甘棠驿……遇难了。"

　　辩才一脸木然，仿佛没有听见。

　　"法师，尊夫人已经因为这件事丢了性命，你难道还忍心看着你女儿步她后尘吗？"

　　辩才依旧置若罔闻。

　　"法师，你一直劝朕遵循黄老的清静无为之道，以无事治天下，不要追查《兰亭序》之谜。可你想过没有，冥藏、玄泉这些人，会因为朕的清静无为就安分守己吗？他们会从此放下屠刀，立地成佛吗？朕如果不全力追查，铲除他们，还会有多少大唐臣民会跟你一样家破人亡、妻离子散？佛法慈悲，以救度众生为己任，可法师身为佛子，难道忍心袖手旁观，任由这些凶徒祸乱天下、荼毒苍生吗？"

李世民一番话说完，大殿内又恢复了死一般的沉寂。

辩才仿佛一具已然坐化的遗骸，自始至终一动不动。

赵德全满心忧急地看了看他，又看了看皇帝，不知该怎么办。李世民却很有耐心地等待着，眼中闪烁着一种胸有成竹、志在必得的光芒。

许久，辩才的嘴唇终于嚅动了一下。

赵德全赶紧把耳朵凑到他的嘴边。

辩才的嘴唇又嚅动了一下。

赵德全终于听清，脸上顿然露出惊喜的表情。

李世民似乎丝毫不觉得意外，换了一个舒服的姿势靠在御榻上，淡淡道："德全，他说什么了？"

赵德全赶忙趋前几步，惊喜得连声音都有些颤抖："回大家，法师说……他饿了！"

李世民的表情出奇地沉静，只说了两个字："传膳。"


萧君默刚从李世勣值房中出来，没走多远，桓蝶衣便从一棵树上突然跳了下来，把他吓了一跳。

"都是堂堂玄甲卫队正了，还这么顽皮，也不怕弟兄们笑话！"萧君默道。

"除了你，谁还敢笑话我？"

萧君默端详着她："跑了趟伊阙，晒得这么黑！"

桓蝶衣一惊，下意识捂着脸颊，嘟起嘴："讨厌！好几天没见了，一见面就不说好听的。"

"我说你晒黑了，又没说你不好看。"萧君默笑，"其实黑一点更好看，你没听说过黑美人吗？"

桓蝶衣哼了一声："我看你就是言不由衷。"

"你这人可真难伺候。"萧君默道，"说你黑吧，你就说我不说好话；说你黑了好看，你又说我言不由衷。我都不知道该怎么跟你说话了。"

桓蝶衣乐了，一把抱住他的胳膊："那就不说了，陪我逛街去。"

"且慢且慢！"萧君默扬了扬手里的卷宗，"我有活干了，可没空陪你。"

"什么活？我看看。"桓蝶衣伸手就要去拿。萧君默赶紧躲掉："事关机密，无可奉告，要问问师傅去。"

桓蝶衣气得瞪了他一眼。

萧君默笑了笑："要看也成，那你得跟我说说，你这一趟都有什么见闻。"他其实一看到桓蝶衣就想打听楚离桑了，只是怕她多心，只好绕了个圈子。

桓蝶衣若有所思地看着他："你想打听什么？"

"我不想打听什么，就是听你随便说说。"

"骗人！"桓蝶衣道，"我知道，你是想打听伊阙那个小美人吧？"

女人的直觉真是可怕！萧君默想着，只好装糊涂："什么美人？"

"别装蒜！老实交代，你跟那个楚离桑是不是有点什么？"

"有什么？你这话简直莫名其妙！"

"我看得出来，那个小美人对你有意思。"

天哪！这都能看得出来？！萧君默心里有些慌了，强作镇定道："你别瞎说，楚离桑现在是朝廷钦犯，你这么说不是害我吗？"

"要不是对你有意思，她怎么会说要来长安找你呢？"

萧君默一怔："她真这么说了？"

桓蝶衣眉头一皱："被我说中了吧？看来你对她也有意思。"

"冤枉！"萧君默大声道，"我是被你的话绕进去了，她跟我毫无关系，来找我干吗？"

"她说要来找你算账。"

"这不就对了嘛。"萧君默道，"我抓了她爹，她恨我，所以她要找我算账。要说她对我有意思，也只能是这个意思。"

"这可不一定，女人的话往往是反着说的。"桓蝶衣道，"她嘴上说恨你，其实心里就是喜欢你的意思。"

萧君默哭笑不得："行了行了，你饶了我吧，我得赶紧干活去了，要不师傅准会骂我。"说着撒开双腿，忙不迭地跑远了，一副落荒而逃的样子。

桓蝶衣哼了一声，跺了跺脚。


萧君默走进刑房的时候，看见刘兰成的两只手被铁链高高吊起，浑身上下伤痕累累，脑袋耷拉着，似乎已昏死过去。罗彪等三四名玄甲卫光着膀子，汗流浃背，坐在一旁呼呼喘气，显然连他们都打累了。

看见萧君默，众人赶紧起身行礼。萧君默摆摆手："怎么样了？"

"这家伙就是茅坑里的石头，又臭又硬！"罗彪抹了一把汗，"什么都不说，可把弟兄们累坏了！"

萧君默看着刘兰成奄奄一息的样子，道："把他放下来，伤口处理一下，再去弄几样好菜过来。"

刘兰成闻言，居然抬起眼皮瞥了萧君默一眼。

罗彪一怔："您是说真的？"

萧君默仿佛没有听见，又道："再问问他，喜欢喝什么酒，赶紧去给他买。"

"这位兄弟够意思！"刘兰成居然口齿不清地说了一句。

"我做人一向够意思。"萧君默笑着坐了下来，"刚好饭点也到了，今晚我就陪你喝几盅，咱们好好聊聊。"

罗彪等人都愣在那儿，还没反应过来。

刘兰成往地上吐了一口带血的唾沫，瞪着罗彪道："老子要喝郎官清，快去买！"

罗彪大怒，操起鞭子又要冲上去。

"罗彪，你还嫌自己不够累吗？"萧君默淡淡道，"照我说的做，做完了跟弟兄们都下去歇着。"


夜幕降临，皇城东南隅的太庙被笼罩在沉沉夜色之中。

一队值夜的武候卫沿着太庙的北墙走来，经过十字街口，向西边走去。

片刻后，从安上门街北面迅速走来一个身影。此人通身黑甲，在夜色中几乎咫尺莫辨。他走到安上门街的十字路口时，突然向左一拐，然后贴着太庙北墙一路向东急行。看样子，此人很熟悉武候卫的巡逻时间和规律，所以能轻易避开巡逻队。

约莫疾走了一炷香工夫，这个黑甲人大致判断了一下所在的位置，然后放慢脚步，心里开始默数右手边的梧桐树，数到第九棵时，他停住了脚步。

这里距第十棵梧桐树大约两丈远。黑甲人前后观察了一下，确定周遭一个人都没有，才清了清嗓子，低声念了一句："虽无丝与竹。"

黑暗中什么回应都没有。

黑甲人又耐心地等了一会儿，才听到前方传来了一句回话："玄泉有清声。"声音低沉暗哑，显然经过了刻意掩饰。然后，一个黑影从第十棵梧桐树后绕了出来，却停在原地。

黑甲人躬身一揖："见过玄泉先生。"

"你来迟了。"

两人之间的距离恰到好处，既保证可以听见彼此说话，又不至于看清彼此面目。

黑甲人忙道："对不起先生，方才……方才属下被派去买郎官清了。"

"郎官清？"

"是的先生，萧君默一来就说要请刘兰成喝酒，姓刘的又指名要喝虾蟆陵酒肆的郎官清，所以属下就……"

玄泉一抬手，制止了他的啰唆，沉声道："找机会，把这个东西交给刘兰成。"说着，从袖中掏出了什么。

黑甲人下意识要走过去，忽然想到规矩，赶紧止步。

一阵夜风吹来，梧桐树叶沙沙作响，玄泉就在树叶声中悄然转身，隐入了黑暗之中。黑甲人又照规矩等了一会儿，才走到第十棵梧桐树旁，蹲下摸索了一阵，找到了一颗蜡丸。

黑甲人把蜡丸掰碎，看见里面藏着一卷小纸条。纸条展开，有一指来宽，两寸多长。黑甲人离开树荫，借着朦胧的月光，依稀看见上面用工笔小楷写着十来个字。

黑甲人在月光中抬起头来，赫然正是于二喜。

刑房内，萧君默和刘兰成隔着同一张食案对面坐着，案上摆满菜肴。

于二喜站在一旁，提着一只漆制酒壶，要帮二人斟酒，那张小纸条就夹在他右手的无名指和小指之间。

萧君默一抬手止住他："不必了，我来。"

于二喜一怔，忙道："怎么能让将军斟酒呢？还是让属下来吧。"

萧君默冷冷地看着他，不想再说第二遍。

于二喜尴尬，连忙把酒壶放下，同时松开右手的指头，那卷小纸条旋即掉在刘兰成的腿边，但刘兰成浑然不觉。

"刘都督，这是正宗虾蟆陵酒肆的郎官清，你可得细细品尝，别辜负了我们萧将军一番好意。"于二喜说着，给了刘兰成一个眼色。刘兰成顺着他的目光往地上一瞥，看见了纸条，随即把腿张开一些，挡住了纸条。

"二喜，你是不是买一趟酒就醉了？"萧君默道。

"没有没有，将军说笑了。"

"既然没有，何故多话？"

"对不起将军，属下这就走，你们慢用，你们慢用。"于二喜赔着笑，赶紧退了出去。

萧君默提起酒壶，给自己的酒盅斟满，然后端起酒盅抿了一小口，却不给刘兰成斟酒。刘兰成不悦道："萧君默，这就是你的待客之道吗？"

"怎么，刘都督看我喝，嘴就馋了？"萧君默笑道。

"你在耍老子是不是？"刘兰成怒了。

"刘都督少安毋躁。"萧君默依旧笑道，"我不是不让你喝，而是要等一等。"

"等什么？"

"等一炷香之后，如果我没有七窍流血，才敢给你斟酒。"

萧君默说得云淡风轻，刘兰成却早已脸色大变："你是怕有人下毒？"

"不可不防。"萧君默道，"虽说玄甲卫已经是长安城最安全的地方了，但还是小心为上。"

"要试毒，大可以找一个人来，或者找一条狗来，何必你亲自上阵？"

"找个人或找条狗，就显得我没有诚意了。"萧君默笑道，"都督放心，就算酒里真有毒，方才那一小口，也不足以致命，顶多让我躺上几天。"

"你为了显示你的诚意，就甘愿为我这个阶下囚试毒？"刘兰成颇感意外。

"美酒当前，谈什么囚不囚？"萧君默真诚地道，"都督若真拿我当朋友，就不要再讲这种话。"

刘兰成看着他，目光中不觉流露出些许感激和敬佩。


东宫。夜色漆黑，几名宦官提着灯笼在前引路，后面紧跟着一个身穿道袍、体形瘦高的道士。

一行人脚步匆匆，接近丽正殿大门的时候，殿前台阶上信步走下一人，正是李元昌。

李元昌迎着道士走过来，看见对方的样貌后，不禁莞尔："侯尚书，你穿上这身道服，端的是一派仙风道骨啊！赶明儿咱们也上终南山开个道场炼几炉丹怎么样？"

"道士"走到李元昌面前，赫然正是吏部尚书侯君集。

侯君集淡淡一笑："终南山是落拓失意者待的地方，连老夫都嫌冷清，王爷正当盛年，又怎么舍得这万丈红尘呢？"

李元昌笑道："我只说炼丹，又没说出家，侯尚书未免太敏感了吧？"

"老夫这两年都很敏感，所以王爷和我说话要小心。"

李元昌一怔，旋即大笑了两声："侯尚书虽然脱了官服，这赫赫官威可是丝毫未减哪！"

"在王爷面前，老夫岂敢谈什么官威？"侯君集讪讪道，"再大的官，不也是拜你们李家所赐吗？老夫惶恐都来不及，哪敢逞什么官威？"

"尚书此言差矣！"李元昌收起笑容，"您的官是皇兄赐的，可皇兄是皇兄，我是我，不是一回事，请尚书别混为一谈。"

"当然不是一回事！"侯君集笑笑，"否则老夫岂敢冒天下之大不韪，易容换服夜闯东宫？这不等于找死吗？"

"尚书今夜是来找富贵的，莫说死字！"李元昌做了个请的手势，"请吧，太子殿下该等急了。"

酒过三巡，刘兰成明显已有几分醉意。

短短半个时辰内，萧君默轻轻松松几番问话，刘兰成就已经把他怎么拿杨秉均的钱，又怎么帮杨秉均到朝廷跑官要官的事情一五一十全都说了。

当然，刘兰成并不是在酒醉的状态下招供。相反，他头脑很清醒。他知道，皇帝既然已经抓了他，他这些劣迹终究无法隐藏，迟早得坦白。但是，他宁可喝着美酒，痛痛快快把这些事情说出来，也不愿在严刑拷打下被人逼问出来。

简言之，萧君默非常了解他这个人的性格，所以使用了最简单却最有效的办法。就凭这一点，刘兰成就佩服眼前这个年轻人。

"萧将军，今晚陪我喝这顿酒之前，你没少做功课了解我这个人吧？"刘兰成睁着惺忪醉眼道。

萧君默一笑："都督真是明白人，什么都瞒不过你。"

确实，走进刑房之前，萧君默已经仔细调阅了他的全部档案和履历，还走访了几位他在朝中的熟人。说起来，这个刘兰成也很不简单，纯粹的寒门庶族出身，却凭其勇猛无畏和刻苦勤勉的精神，在唐朝的统一战争中屡立军功，从一名普通士兵一步步干到了三品都督。相比于那些凭借家世门第身居高位的权贵子弟，萧君默无疑只敬佩这种人。只可惜他太过贪财，不满足于朝廷给的俸禄，便贪赃纳贿，帮人跑官买官，才走到今天这个地步。

"你这个年轻人，前途无量！"刘兰成看着他，竖起大拇指道。

"怎么讲？"

"你聪明、细心，又有胆有识，将来肯定官运亨通！"

"官运亨通靠的不是这些吧？"萧君默笑道，"自古以来，好像都是都督和杨秉均这种路子，官运更为亨通。"

刘兰成摇摇头，苦笑了一下："我现在后悔了，不能走这条路，宁可戴小一点的乌纱帽，也绝不该走这条路！"

早知今日，又何必当初呢？一个寒门子弟能通过个人奋斗做到都督，这么多年得克服多少困难，经历多少挫折，忍受多少常人难以想象的艰辛，可最终却因贪恋黄白之物而毁掉一世功业，留下身后骂名，实在可悲可叹！

萧君默一边在心里感叹，一边问道："刘都督当初到吏部买官，找的是现任尚书侯君集吗？"

刘兰成回忆了一下，摇摇头："不是，是前任尚书唐俭。侯君集我没打过交道，至于后来杨秉均自己有没有找他，我就不太清楚了。"

萧君默看着他，知道他没说假话，便示意坐在一旁角落里的书吏记下来。

书吏埋头书案，奋笔疾书。


"侯尚书，这次考功司郎中崔适被捕，你可能会受到牵连吧？"

东宫丽正殿书房中，李承乾问侯君集。

侯君集镇定自若地笑了笑："小小牵连，恐是在所难免。"

"小牵连？"李元昌忍不住插嘴，"据我所知，这回吏部的案子牵扯的可是洛州刺史杨秉均，是皇兄亲自过问的，一旦牵连，恐怕不会小吧？"

"如果我像个死人一样什么都不做，自然牵连就大。但我侯君集并不是死人，多少还能动几下，所以，请殿下和王爷放一百个心，眼下，谁都还奈何我不得。"

李元昌不太喜欢侯君集阴阳怪气的腔调，于是撇撇嘴，不理他了。

李承乾点点头："如此甚好，我就怕你在这节骨眼上被牵扯到。"

"殿下，请看看侯某这只手！"侯君集说着，忽然把宽大的袖子捋了上去，露出右手的整条臂膀，只见肌肉结实、青筋浮起，上面还有大大小小的许多伤疤。李元昌一看，越发嫌恶，赶紧把头扭开。

李承乾诧异："侯尚书这是何意？"

"侯某这只手，砍过数千颗首级，也被人砍过数十刀，但现在还结结实实地长在侯某的肩膀上！所以，侯某留着这只好手，就是要让殿下用的！在辅佐殿下登上皇位、成就大业之前，侯某怎么能出事呢？"

李承乾这才明白他是在表忠心，当即朗声大笑，拍了几下掌："侯尚书一片精忠赤诚，令我十分感佩！那么尚书不妨说说，我该怎么用你这只手呢？"

"很简单，手起刀落！"侯君集中气十足地道，同时挥手做了个砍人的动作，"殿下若想让魏王的人头三更落地，我就不会让他活到五更！"

李承乾没料到他会把话说得这么露骨，淡淡一笑："侯尚书，我很欣赏你的忠勇和果敢，不过，魏王和我毕竟是一母同胞的兄弟，虽然他有些事做得过分了些，但不到万不得已之时，还是不要动刀为好。"

"殿下宅心仁厚，魏王却未必如是。"侯君集道，"想当年，隐太子何尝不是像殿下一样顾念手足之情，其结果便是成了亲兄弟的刀下冤魂，诚可谓一失足成千古恨！殿下今日，难道还想重蹈覆辙吗？"

"侯尚书既然如此坦率，那我也不跟你绕弯子了。"李承乾道，"实不相瞒，我也动过武力解决的念头，不过眼下确实不到时候。此外，魏王那边有我的人，据他传回的消息，魏王现在也还不敢走这一步。所以，我们大可以先把刀磨利了，至于什么时候出鞘，还得看情况再说。"

"殿下所言甚是，侯某今天来，就是想跟殿下商议磨刀的事。"

"侯尚书，"李元昌插言道，"据我所知，你在军中有不少死忠的旧部，你所谓的刀，是不是指他们？"

"死忠？"侯君集冷笑，"这年头，还有真正死忠的人吗？侯某是有不少旧部，不过这些人，只能在事后作为稳定大局之用，却不能在紧要关头当刀使。"

"为何？"

"现在的人，个个利字当头，你今夜跟他密谋，他天还没亮就可能把你卖了！"

"尚书说得对。"李承乾道，"眼下朝局复杂、人心叵测，找那些军中将领，确实风险较大，不可不慎。"

"既然军中之人不可用，那么依尚书之见，还有什么人可用？"李元昌问道。

侯君集阴阴一笑："江湖势力。"

李承乾和李元昌对视一眼，不约而同地发出了笑声。

侯君集有些纳闷："二位何故发笑？"

"不瞒你说，我和汉王这两天也在琢磨这事呢。"李承乾道。

侯君集越发诧异："殿下跟江湖势力也有关系？"

"关系倒没有，目前只是有些想法。"李承乾道，"最近朝中杨秉均一案闹得沸沸扬扬，尚书可知其中内情？"

侯君集回忆了下："只是听说，玄甲卫押解辩才回朝的时候，在陕州甘棠驿似乎遭遇了江湖势力的劫杀。"

"正是！那尚书知不知道，那支势力的首领叫什么？"

侯君集摇了摇头。

"冥藏。他还把人打入了朝中，据说身居高位，代号'玄泉'。"

侯君集大为惊讶："殿下，老夫真没想到，您是足不出户而知天下啊！"

李承乾得意一笑："知天下谈不上，不过该知道的事，我倒是略知一二。"

"那，殿下跟我说这些的意思是……"

"若有可能的话，跟这个冥藏联络上。"李承乾眼中有一丝寒光隐隐闪烁，"我有一种直觉，这个冥藏，会是一把好刀！"

吏部考功司郎中崔适涉嫌的是受贿渎职案，不算重大案犯，所以没关在玄甲卫，而是关在刑部的牢房。

此刻，崔适坐在一间昏暗的单人牢房中，蓬头垢面，双目无神。

牢门上的铁链一阵叮当乱响，一个狱卒打开牢门，提着一桶牢饭走进来，粗声粗气道："犯人崔适，吃饭时间到了！"

崔适回过神来，苦笑了一下："现在都几更天了，才送晚饭，你们就不怕把人饿死？"

"饿死拉倒！"狱卒道，"反正养着你们也是浪费粮食！"

崔适再度苦笑："案子还没审，有没有罪还不好说，你就敢让我死？万一崔某东山再起，还不知道谁先死呢！"

狱卒呵呵一笑，拿一只大碗往木桶里随意一铲，盛了大半碗黏糊糊的粗麦饭，往前一递，冷不防道："吃了这碗饭，你就知道能不能东山再起了。"

崔适听出了弦外之音，顿时紧盯着狱卒。狱卒朝那碗饭努努嘴。崔适会意，一把抢过，伸出脏兮兮的手就往饭里抓去。这一抓，果然让他抓到了什么东西，拿出来一看，居然是一绺五色丝绳。

在唐代民间，这种五色丝绳被称为"长命缕"，一般缠在儿童手臂上，以求辟邪去灾，祛病延年。此刻，崔适拿着这绺长命缕，手竟然开始颤抖，脸色也瞬间苍白。他认出来了，这是他年前亲手系在小儿子手腕上的长命缕。它现在居然到了这个狱卒手上，其背后的含义不言自明。

"崔郎中，有人让我给你捎个字，你听清了。"狱卒凑近，在他耳旁说了什么。

崔适一听，眼中顿时充满了绝望。

狱卒说的字是"扛"。崔适很清楚，这是侯君集捎给他的字，意思就是让他把所有罪责都扛下来。

"崔郎中，你若是听明白了，自然有人照料你的家人；若是听不明白，这'长命缕'可就变'短命缕'了。"

昏暗的牢房中，崔适呆若木鸡，连狱卒什么时候走了都不知道。

　　玄甲卫刑房中，一壶郎官清已经见底，刘兰成该交代的也都交代了，唯独还未涉及"玄泉"一事。虽然萧君默凭直觉感到，他不可能是玄泉，但审案毕竟不能靠直觉，所以萧君默决定最后试他一下。

　　"刘都督，在下闲来无事时，喜欢读一些六朝古诗。"萧君默漫不经心地道，"昨天刚读到一首，其中有一句挺有味道，都督想不想听听？"

　　刘兰成仰起头，喝光了最后半杯酒，打了个响嗝，笑道："刘某是个粗人，对这些东西向来不感兴趣，不过将军要是有雅兴，说来听听也无妨。"

　　萧君默凝视着他，慢慢吟道："虽无丝与竹，玄泉有清声；虽无啸与歌，咏言有余馨。"

　　刘兰成听着，目光却自始至终毫无变化。

　　凭这几年办案的经验，萧君默对人的观察早已细致入微，尤其是人的眼睛——在四目相对的情况下，一个人的眼神是很难藏住什么东西的。假如刘兰成真的是玄泉，无论他如何掩饰，方才听到这句诗时，眼神一定会起变化。然而，他没有。所以萧君默完全可以确定，刘兰成不是玄泉。

　　命人把刘兰成送回牢房后，萧君默从书吏那儿取走笔录，来到自己的值房，连夜便把审讯结果整理成了一份结案奏表，准备明日一早便上呈李世勣并向皇帝禀报。

　　将近四更时分，萧君默终于写完了最后一个字。他把笔搁在架上，长长地伸了个懒腰。就在这时，罗彪兴冲冲地跑了进来，刚到门口就大呼小叫："将军，您太神了，喝一顿酒就把什么都审出来了！"

　　萧君默把奏表啪地合上，揉了揉眼睛："我不是让你去歇着吗，干吗又跑过来？"

　　"我高兴啊！"罗彪乐呵呵的，"这家伙这么痛快就承认他是玄泉，还不够让人惊喜吗？"

　　"你说什么？"萧君默蓦地一怔。

　　"将军，您就别得了便宜卖乖了！"罗彪笑道，"就刚刚，刘兰成在牢房里大呼小叫的，说他就是玄泉，我想您定是给他施加什么压力了，所以他只好老实招供。"

　　萧君默已经完全蒙了。

　　到底是哪儿出了问题？刘兰成明明不是玄泉，为什么要承认？！

　　此时的萧君默当然不知道，就在刚才的刑房中，刘兰成已经偷偷把于二喜丢下的那卷纸条攥在了手心里。回到牢房后，他趁看守不备，偷偷展开一看，上面用工

笔小楷写着:

　　　　二子三孙皆在我手　认下玄泉　大家平安

　　在这行字的后面,赫然有一个落款,写着"杨秉均"。

　　刘兰成顿时大惊失色。他认得出杨秉均的笔迹,更清楚杨秉均的为人,他既然说自己的两个儿子和三个孙子都在他手里,那肯定不是随便吓唬他。所以,刘兰成不得不面临一个无比艰难的抉择:如果承认自己是玄泉,其他家人恐怕难逃被株连的命运,但两个儿子、三个孙子的命就保住了;如果他不承认,其他家人固然罪责较轻,但儿子和孙子们必死无疑,这样他刘家就得绝后!

　　思来想去,刘兰成最终还是选择了承认。

　　他把纸条吞进了肚里,开始大呼小叫起来:老子就是玄泉……

　　萧君默飞也似的跑到了牢房,质问刘兰成为何要撒谎承认。刘兰成苦笑,最后对他说了一句话:"萧郎,谢谢你把刘某当朋友!你尽管去跟圣上禀报,说我就是玄泉,要杀要剐随便!但是接下来,刘某一个字都不会说了,若有来世,刘某再陪萧郎大醉一场!"

　　说完这句话,刘兰成真的就变成了哑巴,一个字都不再吐露。

　　次日一早,李世勣来到衙署,听说刘兰成已经招认,大喜过望,连声赞叹萧君默有能耐,没让他失望。萧君默一脸苦笑,不知该说什么。李世勣随后亲自提审刘兰成,想进一步挖出冥藏及神秘势力的更多线索,不料刘兰成却死活不肯再开口。李世勣无奈,只能如实上奏。李世民听完禀报,沉吟半晌,道:"既然如此,那就斩了吧,家产籍没,所有家属流放岭南。"

　　轰动一时的"玄泉案"至此尘埃落定,但萧君默心中的困惑却挥之不去。

　　他把昨晚的事情仔细回顾了一遍,发现唯一的问题就出在于二喜身上,立刻命罗彪把于二喜找来。罗彪却道:"这小子跟着我,最近累得跟狗一样,现在案子好不容易结了,我就给了他一天假。"萧君默随即又赶到于二喜家中,家人却说他根本没有回过家。

　　萧君默心里有了一种不祥的预感。

　　果不其然,第二天,于二喜就从宣义坊的清明渠中被捞了上来,尸体肿胀变形。仵作勘验后,称死者生前喝了很多酒,兴许是醉酒失足溺毙的。但是,萧君默知道,于二喜绝非醉酒溺毙,而是被人灭口了。

杀他的人，就是那个深深隐藏在朝中的真正的玄泉！

吏部的案子也在同时有了结果，考功司郎中崔适供认，收受了杨秉均的贿赂，连续两年在考课中弄虚作假、营私舞弊。刑部秉承皇帝旨意，试图让崔适承认尚书侯君集才是受贿渎职案的主犯，但崔适却咬死了此案是他一人所为，与侯君集毫无关系。

李世民闻报，也没有办法，只好下旨判崔适革职流放，判侯君集因失察之过罚没一年俸禄。另外，现任民部尚书唐俭因在吏部尚书任上收受刘兰成贿赂，被革除了尚书职务。

两起大案同时落下帷幕，但李世民的心中却一点都不轻松。

他隐隐觉得，两起案件似乎都了结得有些仓促，而且其中疑点不少。可是，在没有其他任何证据和线索的情况下，暂时也只能不了了之。

现在，李世民的重点仍然是在辩才身上。

只要他肯开口，一切谜团便迎刃而解了。

第十六章 宫禁

萧君默心里惦记着楚离桑，便动用自己的情报网，找了在宫里当差的一个宦官，跟他打听楚离桑的情况。

宦官叫米满仓，二十来岁，说话结巴，由于家中贫困，曾为了筹钱给母亲治病，盗卖过宫里的东西。萧君默当初查到他头上，但看他可怜，便没有告发他。米满仓对此自然是心怀感激。巧合的是，米满仓正是看守楚离桑的宦官之一，这不禁让萧君默喜出望外。

米满仓费了半天劲，才说清了基本情况：楚离桑被软禁在后宫东海池旁的凝云阁，身边十二时辰都有人看守。萧君默问："她的情绪如何？"米满仓道："不，不好，成天以，以，泪……"

"以泪洗面。"萧君默帮他说着，心里有些难受，"那她有正常进食吗？"

"茶，茶，饭……"

"茶饭不思。"

米满仓点点头。

"那她这样子，圣上就不担心她身体垮了怎么办？"萧君默话一出口，才觉得这个问题三言两语不好回答，对米满仓有些困难，便换了个问题，"她有跟你们说话吗？"

"有。"

萧君默心中稍觉安慰，一个人愿意跟人说话，就说明还没完全绝望。

"她有没有轻生的倾向？"

"无。"

萧君默心里更踏实了点，想了想，又问："辩才是否开始吃饭了？"

"是。"

"那他是否开口了？"

"否。"

"那依你看，他会开口吗？"

"未必。"

"你是觉得，他还在犹豫？"

"是。"

萧君默现在最担心辩才开口，因为一旦说出《兰亭序》的秘密，他和楚离桑就没有了利用价值，皇帝肯定会把他们灭口。此外，一旦秘密揭破，魏徵也极有可能暴露，皇帝一向信任魏徵，假如知道他居然是潜伏在朝中的天刑盟成员，岂能饶得了他？！

萧君默很想多打听一些楚离桑的情况，但碰上这么个说话费劲的，实在问不清楚，情急之下，一个大胆的念头忽然跃入了他的脑海。

"满仓，"萧君默道，"想个法子，我跟你一起入宫。"

米满仓吓得目瞪口呆，冷不丁蹦出了一句完整的："那怎么行？"

"怎么不行？"萧君默笑，"看来我得多吓吓你，这样你说话就利索了。"

"这跟说话没，没关系！"

"满仓你听我说，我只进去一会儿，跟楚离桑说几句话就走，绝对不会连累你。"

"这可是杀，杀头大，大罪！"

"没那么严重。"萧君默笑着，从袖中摸出一枚金锭，塞进他手里，"满仓，你娘给你取这个名字，那可是寄予厚望啊！可像你这样，老是盗卖宫里的小玩意，小打小闹的，你家的米啥时候才能满仓？"

米满仓掂量着手里的金锭，犹豫了起来。

"你只要带我进去，别的啥事不管，回头我还有重谢！"

米满仓终于一咬牙："成！"

萧君默一笑。

"不过，咱得有，有，言……"

"有言在先。"

“只能一，一……”

“一小会儿。”

“我，我啥……”

“你啥事不管。”

“出，出了……”

“出了事都算我的！”

米满仓这才露出了满意的笑容。


太极宫的后宫有四大海池。所谓“海池”实为人工湖，其中东海池是由龙首渠引浐水注入而成，北、西、南三面海池由清明渠引潏水分注而成。四大海池烟波浩渺、水光潋滟，周围桃红柳绿、蝶舞莺啼，为肃穆森严的皇宫平添了几分柔美怡人的景致。

凝云阁位于东海池旁，北面不远处就是巍峨的玄武门。

楚离桑就被软禁在凝云阁中。

为了见到楚离桑，萧君默可谓煞费苦心。由于凝云阁位于宫城东北角，假如从南面入宫，必须穿越重重宫门殿阁，风险太大，所以直接不予考虑。较为安全的方法，还是从宫城北面的禁苑进入，然后经西内苑，入玄武门，便可到达凝云阁。

唐代长安，有三座大型的苑囿，分别为西内苑、东内苑、禁苑。三苑之中，禁苑的规模最大。东、西两苑只有方圆数里，而禁苑则囊括了长安西北部的大片地区，北枕渭水，西含汉长安城遗址，南接宫城，方圆足足一百二十里。

禁苑四周虽然建有苑墙，但因蔓延的范围太广，且比一般城墙低矮，所以存在一定的安全隐患。萧君默刚入玄甲卫头一年，侦破的第一件案子，便是一名猎人误闯禁苑之事。经查明，有一小段苑墙因暴雨而坍塌，该猎人为追逐一只麋鹿，竟从缺口处闯进了禁苑。尽管事后坍塌苑墙立即被修复了，可萧君默还是觉得，若有居心叵测之人想要潜入禁苑，肯定不难找到其他漏洞。

萧君默万万没想到，这回自己竟然成了这个“居心叵测之人”，而且果真没费多大工夫便找到了一处“漏洞”！那是在禁苑东北面的饮马门附近，一处苑墙的墙基因雨水浸泡向下塌陷，露出了一个可容一人钻过的小洞。萧君默看着那个洞，不禁哑然失笑。

这日午后，萧君默进入禁苑，利用树林的掩护一路急行，很快来到了西内苑，躲藏在玄武门外的一处树丛中。日暮时分，米满仓依照事先的约定，带着一套宦官衣帽来此跟他会合。萧君默换过衣帽后，两人又按照事先的计划抓了几十只蝴蝶，装进了两只笼子，一直等到天黑之后才向玄武门走去。

萧君默身材高大，为了伪装，不得不弯腰俯首，还得学着米满仓走小碎步，心里憋屈得要死。进入玄武门时，守门军士虽然跟米满仓熟识，但还是循例拦住了他。

"满仓，这么晚了还到内苑瞎走什么？"一名军士问道。

"抓，抓蝶。"

"抓蝴蝶？"军士瞧了瞧他们手上的笼子，果然看见很多颜色鲜艳、个头很大的蝴蝶，"又是给那个姓楚的小娘子抓的吧？"

米满仓嘿嘿笑着，算是回答。

"这小娘子，要求还挺多啊！"军士笑道，"前几日让你到禁苑采花，现在又是抓蝴蝶，她还真把自个儿当公主了？"

米满仓赔笑："圣，圣上有，有命，她有，有求，必应。"

军士看他结结巴巴的样子，不禁跟另外几名军士相视而笑。他当然知道皇帝早就下令，只要是楚离桑的要求都必须满足，但却故意逗他："满仓，我觉得你有问题啊！"

米满仓一惊，张大了嘴。

萧君默低着头，眉头微蹙。他明知军士是在逗米满仓，所以并不太紧张，但这么耽搁下去难免露出破绽，心里不禁焦急。

"啥，啥问题？"

"前几日你说要采龙爪花，说宫里头没有，得到禁苑里采。可今天抓蝴蝶，宫里到处都是，为何还要去禁苑呢？"

"这，这蝶，宫里没，没有。"

"奇了怪了！什么蝴蝶宫里头没有？"

"这叫，大，大紫，蛱蝶。"米满仓急得汗都出来了，"禁，禁苑，才，才有。"

"是吗？大紫蛱蝶？"军士拿过笼子瞧了瞧，觉得无趣，又递还给他，"满仓，我觉得这姓楚的小娘子就是在耍你们玩吧？赶明儿她要是想摘星星、摘月亮，你们也上天给她摘吗？"

"那，那好办。"

"好办？"军士诧异，"怎么就好办了？"

"让她做，做个梦，就，就有了！"

军士反应过来，顿时和其他人一块儿哈哈大笑，又道："满仓，看不出来你一个结巴，也会讲笑话。"

米满仓嘿嘿赔着笑。

萧君默仍旧弯着腰低着头，觉得自己已经快忍不住了。

"走吧走吧，不耽误你工夫了。"军士挥挥手。

萧君默暗暗松了一口气，赶紧一阵小碎步跟着米满仓走过了城楼下的门洞。

二人过了玄武门，快步往左手边行去，穿过几重殿阁，约莫走了一炷香工夫，然后绕过一片小竹林，便见一座精致的二层小楼矗立在水岸边。

这便是凝云阁了，院墙外花木扶疏、修竹亭亭。

走进院子，灯笼高挂，比外面亮堂了许多，萧君默赶紧把头埋得更低了。米满仓跟楼下的七八个宦官打着招呼，领着萧君默径直登上楼梯，来到了二楼。

二楼绣房外站着两名宫女。米满仓的职务显然比她们高，刚一到门口，宫女立即把房门推开了。二人抬脚迈了进去，只见房里又站着四名宫女，楚离桑斜倚着栏杆坐在窗边，背对着门口。萧君默一看到楚离桑的身影，心里便莫名一动，许多滋味瞬间涌上心头。

其实他跟楚离桑总共也才见过几面，可不知为何，萧君默总觉得跟她之间好像已经共同经历了很多。米满仓示意萧君默在门口候着，提着两只笼子走到楚离桑身边，低声道："楚，楚姑娘，您，您要的蛱，蛱蝶。"

楚离桑回头瞥了一眼，淡淡道："我什么时候说过要蝴蝶了？"

"您忘了？"米满仓说话忽然利索了起来，"昨儿早，早上说的。"

楚离桑记得自己明明没说过，但懒得跟他计较，便头也不回道："放着吧。"

米满仓嘿嘿笑着，把笼子放在一旁，在袖子里摸索着什么，道："咱家费，费尽，辛苦，楚姑娘好，好歹也，也看一眼。"

楚离桑不耐烦，回头正想冲他发火，忽然看见米满仓的袖口露出一个东西，定睛一看，竟然是被萧君默拿去的那把宝石匕首。

楚离桑又惊又疑，困惑地看着米满仓。

萧君默站在门边，暗自一笑，却仍不敢抬头。

米满仓把匕首塞了回去，示意楚离桑把四个宫女支走。楚离桑会意，对那几个宫女道："你们先下去吧，这儿有米内使伺候就行了。"

一个宫女慌忙道："楚姑娘，圣上有旨，奴婢们不能离开您半步。"

"你们到楼下候着，我有事就叫你们，同在一座楼，你们还怕我飞了不成？"

宫女面露难色，却一动不动。

“你们不走是吧？”楚离桑盯着她。

宫女支吾着，就是不肯挪步。

“行，你们不走，我就从这楼上跳下去。”楚离桑说着，立刻站起身来，“看你们有几个脑袋！”

宫女慌了神，连连摆手：“楚姑娘别急，奴婢们这就走，这就走。”说完赶紧领着其他三名宫女一起退了出去。

米满仓走过来，把匕首递给萧君默，低声道：“说，说好了，一，一……”

“一小会儿。”萧君默接过匕首，塞进袖中。

米满仓点点头，这才走了出去。

萧君默掩上房门，插上门闩，长舒了一口气。

楚离桑紧盯着这个宽肩厚背的“宦官”，目光中满是疑惑。

萧君默缓缓转过身来。

楚离桑一惊，差点叫出了声。

“别来无恙，楚离桑。”萧君默看着她，一脸云淡风轻的笑容。


平康坊栖凰阁，李泰与苏锦瑟相拥坐在榻上，耳鬓厮磨，悄悄说着什么。苏锦瑟娇嗔地推了李泰一把，李泰朗声大笑。

这一个多月来，李泰已经成了这里的常客。准确地说，他已经成了栖凰阁头牌歌姬苏锦瑟唯一的客人。他以每月一千缗的费用包下了苏锦瑟，不许她再接待任何人。栖凰阁老鸨乐得合不拢嘴，因为一千缗差不多就是整个栖凰阁一个月的收入了。

“四郎在奴家这儿挥金如土，就不怕家里长辈怪罪吗？”苏锦瑟说着，从食案上的银盘中挑了一颗樱桃，塞进李泰嘴里。

“钱财乃身外之物，花在哪里不是花？何况花在你这可人儿身上，更是千值万值！”李泰笑道，“至于家里长辈嘛，你就无须担心了，家父他老人家有的是钱，让我花八辈子都花不完。”

“是吗？四郎家里作何营生，这么有钱？”

“这个嘛……”李泰迟疑了一下，“家父早年走南闯北，攒下了一份不小的家业，也得了不少土地，算是……算是个大田主吧！”

“大田主？有多大？”苏锦瑟睁着一双清澈的大眼睛，看上去纯真无邪。

李泰笑着，一把揽过她，也拿了颗樱桃给她：“反正大得很，绝对让你吃不穷，你就别打听那么多了。”

苏锦瑟看着手里鲜艳欲滴的樱桃，若有所思道："四郎，都说这樱桃是'初春第一果''百果第一枝'，寻常百姓难得吃上一颗，都是各地进贡给圣上，圣上再赏赐给重臣的。令尊这个大田主，莫非也得到圣上赏赐了？"

李泰呵呵一笑，抢过樱桃塞进她嘴里："这么好的东西都堵不住你的嘴。你管是不是赏赐呢？我们自家地里长的不成吗？"

"这樱桃是哪儿产的？"

"好像是……洛阳吧。"

"你们家的地那么大？连洛阳都有？"

"锦瑟，"李泰嬉皮笑脸，"你是不是急着要嫁给我了，所以老打听我的家底？"

"算了，你既然不愿多说，奴家也不讨人嫌了。"苏锦瑟挣脱开他的怀抱，"就这樱桃，考考你，现作一首诗。"

李泰一怔："作诗？"

"对啊！现在就作。"

李泰面有难色："那我要作不出来呢？"

"作不出来就罚你。"

"罚什么？"

苏锦瑟娇嗔一笑："罚你今夜老实回家睡觉，不准在这儿过夜。"

李泰愁眉苦脸："这么罚是不是重了点？"

"嫌重你就拿点才气出来啊！"苏锦瑟道，"想跟我苏锦瑟做朋友，光有钱可不行！"

李泰挠了挠头，忽然眼珠一转，大腿一拍："有了！"

"这么快？"

"听好了！"李泰矜持一笑，当即煞有介事地吟道，"毕林满芳景，洛阳遍阳春。朱颜含远目，翠色影长津。乔柯啭娇身，低枝映美人。昔作园中实，今为席上珍。"

苏锦瑟有点难以置信："眼珠一转，一首诗就出来了？"

李泰一脸得意："倚马可待，文不加点！什么叫才气？这就叫才气！"

苏锦瑟扑哧一笑："好一个倚马可待、文不加点，只可惜……"

"可惜什么？你敢说这首诗不好吗？"

"好是好。"苏锦瑟淡淡道，"只可惜……是抄袭之作。"

李泰一惊，支吾道："胡说！这……这明明是我自己作的。"

"这明明是令尊作的。"苏锦瑟幽幽地道，"什么时候变成你的了？"

李泰更是惊得整个人站了起来："你……你怎么知道？"

方才李泰吟出的这首诗，正是太宗李世民所作的《赋得樱桃》，当时只在官禁和朝中有传，民间根本不得而知，所以李泰这一惊非同小可。

"殿下，您不必再瞒奴家了。"苏锦瑟微然一笑，"您说的大田主，不就是当今圣上吗？"


"你怎么进来的？"楚离桑难以置信地看着萧君默。

萧君默拍了拍身上的宦官服，笑道："虽然有点辛苦，不过这大唐天下，还没有我萧君默想进却进不了的地方！"

"好大的口气！"楚离桑冷笑，"你就不怕我大声一喊，你的人头就落地了？"

"你不会喊。"

"为什么？"

"因为我是好心好意来看你的，你这么通情达理的人，怎么会不识好人心呢？"

"我跟你毫无关系，你为什么要来看我？"

"谁说我们毫无关系？咱们虽然算不上是老朋友，也可以说是旧相识吧？"

"我和你之间，不过有一桩宿怨罢了！"楚离桑冷冷道，"谈不上是什么旧相识。"

"宿怨也好，旧仇也罢，"萧君默大大咧咧地在床榻上坐了下来，还找了个舒服的姿势靠着，"总之咱们关系匪浅，对吧？再说了，你不是扬言要来长安找我算账吗？你现在又出不去，我只好自己找过来了。"

楚离桑一听，微微有些尴尬，道："你到底想干什么？"

"不干什么。"萧君默道，"就是问问你，到底想跟我算什么账。"

"你还有脸问？"楚离桑愤然道，"把我害到这步田地的，难道不是你吗？"

萧君默摸了摸鼻子："我承认，虽然是职责所在，不得不为，但你的事情，我确实负有部分责任。所以，我这不是还债来了吗？"

"那好啊！"楚离桑也在一只圆凳上坐了下来，"你想怎么还？"

萧君默一摊手："你是债主，由你说了算。"

"很好！"楚离桑手一伸，"先把东西还我。"

"什么东西？"萧君默装糊涂。

"我的匕首。"

萧君默做出一副舍不得的表情，在袖子里摸摸索索，半晌才掏出匕首，指了指上面的硬皮刀鞘："这个皮套值不少钱呢！刀子是你的，刀鞘却是我后来找人做的，你不能都要回去吧？"

楚离桑一怔，不悦道："东西让你用了那么久，难道就白用了吗？那刀鞘就算是利息，便宜你了，快给我！"

萧君默想了想，点点头："这么说好像也有道理。"说完作势要扔。楚离桑伸手去接，萧君默却又缩了回来。楚离桑一恼，狠狠盯着他："又怎么啦？"

"不对呀！"萧君默道，"我忽然想起来，这东西我付了钱的呀！"

"胡说！"楚离桑柳眉倒竖，"明明是你强行夺走的，什么时候付钱了？"

"在甘棠驿啊！"萧君默急道，"我不是给你留了好几锭金子吗？难道是被刘驿丞那家伙给吞了？"

楚离桑一愣，下意识地把手缩了回去。

"啧啧，现在的人哪，真是靠不住！"萧君默做痛心疾首状，"瞧他刘驿丞老实巴交的一个人，竟然会把我留给你的钱吞了，真是人心不古！"

"你别冤枉人家了。"楚离桑悻悻道，"他把钱给我了，没吞。"

"是吗？这就好，这就好。"萧君默连连点头，"那说明此人人品不错。不过话说回来，我也没有明说那些钱是买这把匕首的，所以这事我也有错，你一时没想起来，也可以谅解，你放心，我不会怪你的。"

楚离桑大为气恼，可是吃人的嘴短，拿人的手软，她确实花了萧君默不少的钱，人家拿这把匕首抵账也不算过分。本来理直气壮要讨回自己的东西，这下反倒理屈词穷了，一时恼恨却又无从发泄，眼泪登时便流了下来，赶紧背过身去。

萧君默一看，顿时慌了神，心里懊悔不迭，连声暗骂自己玩得过火了，随即走到她身后，拿着匕首碰碰她的手臂："喂，别生气了，跟你闹着玩呢，今晚我把这东西带过来，本来就是想还你的。"

"我不要，你拿走！"楚离桑的眼泪扑扑簌簌地往下掉。

萧君默不知如何是好，只好绕到她面前，楚离桑立刻又转身背对他。萧君默急得抓耳挠腮，从没感觉这么狼狈过。就在这时，门被轻轻推了一下，没推开，旋即响起敲门声。米满仓在外面低声道："时，时，时辰……"

"敲什么敲？"萧君默赶紧蹿到门后，没好气道，"我知道现在什么时辰，再给你一锭金子，买你一刻。"

门外停了一下，又敲了起来："这不，不是钱，钱的事……"

"两锭。"

敲门声又停了片刻，然后再度响起。

"三锭！"

敲门声终于静止下来。

萧君默感觉几乎可以透过门板看见米满仓见钱眼开的嘴脸，恼恨道："米满仓，你这是敲诈勒索你知道吗？"

门外似乎轻轻一笑："又不是，我，我逼……"

"又不是你逼我的，是我自己愿意的对不对？"萧君默不耐烦，"三锭金子买你半个时辰，给我闭嘴，别再吵了！"说完赶紧走回楚离桑身边，还没开口就听她冷冷道："你给他再多金子也没用，我跟你没什么话好说，你快走吧！"

萧君默笑了笑，把匕首放在案上。

"那东西你也拿走，我不要了。"

"你在这里不安全，得有个东西防身。"萧君默说着，旋即正色道，"楚离桑，时间紧迫，咱们得说正事了。"

楚离桑忍不住抬头看他："什么正事？"

"你爹的事。"

"我爹？"楚离桑诧异，"你到底想说什么？"

"圣上一心要逼你爹开口，现在又把你抓来了，我担心你爹撑不了不久，迟早会把什么都说出来……"

"我爹说不说，跟你有什么关系？"楚离桑冷冷打断他。

"跟我个人是没什么关系，但关系到你和你爹的性命。"

楚离桑一惊："怎么说？"

"你爹保守的秘密干系重大，在把他的秘密掏出来之后，圣上是不会留着他的。"

楚离桑大惊："你的意思是皇帝会杀人灭口？"

萧君默点点头。

楚离桑满腹狐疑："可是，你一个玄甲卫，为什么会跑来跟我说这些？我怎么知道你不是又在骗我？"

萧君默苦笑："楚离桑，看着我的眼睛，你看我像是在说谎吗？"

楚离桑一听，不由自主地看着他。果然，他的双眸无比清澈，似乎一眼能看到心里。可蓦然间，楚离桑又想起了伊阙菩提寺中的一幕——那个暴雨之夜，那个叫"周禄贵"的落魄书生打着一把伞给她遮雨时，眼神也是如此清澈，但那明明是个骗局!

思虑及此，楚离桑迎着萧君默的目光，只说了一个字："像。"

萧君默无奈地叹了口气。

"别演戏了！想当初，那个周禄贵也是用这种眼神看着我，结果呢？"楚离桑冷冷一笑，"你一个堂堂玄甲卫，却装出一副要来帮我的样子，你觉得我会信吗？"

萧君默苦笑无语。

是啊，我曾经把她和她一家人骗得那么惨，现在凭什么让她相信我？


栖凤阁中，李泰又惊又疑地看着苏锦瑟，下意识倒退了几步："苏锦瑟，你是不是把我和二郎他们说的话，全都偷听去了？"

苏锦瑟不慌不忙地站了起来，迎着李泰的目光："殿下，您难道真的把奴家当成个无知无识、只会卖笑的烟花女子吗？"

"我知道你这人心高气傲。"李泰冷冷道，"可我没想到你竟然居心叵测！"

苏锦瑟淡淡一笑："殿下自幼长于深宫，应该比谁都清楚，宫里头的人，哪一个不是居心叵测？奴家一个沦落风尘的弱女子，再怎么居心叵测，也不如他们吧？"

"你说，你偷听我们的谈话，意欲何为？"

"奴家没有偷听殿下的话。"

"事实就摆在眼前，你又何必强辩？"

"殿下，事实是，从您第一天来到栖凤阁，奴家便已知道您的身份，还有房玄龄家的二郎房遗爱、杜如晦家的二郎杜荷，也都一样。从你们第一天出现在这里，奴家便什么都知道了。您说，奴家还需要偷听什么吗？"

李泰用一种不可思议的眼神看着她："那就是说，这个表面上灯红酒绿的温柔乡，其实是你精心布下的陷阱，就等我们一个接一个往里跳了？"

"奴家若是成心想害殿下，倒是可以这么说。"苏锦瑟嫣然一笑，"可奴家非但不是要害殿下，反而是来帮殿下的。您说，这还能叫陷阱吗？"

"帮我？"李泰冷笑，"你不过就是栖凤阁的一个头牌歌姬，凭什么帮我？"

苏锦瑟摇摇头，叹了一口气："殿下，奴家说过多少遍了，可您还是用这种眼光看奴家。"

"那我该用什么眼光看你？"

"谋臣。"

"你说什么?!"李泰不自觉地眯起了眼睛。

"倘若殿下觉得这个头衔太大了,不适合奴家这种身份的女子,那咱们就换个说法。"苏锦瑟从容自若,"殿下要夺嫡,奴家可以做您的铺路石;殿下要对东宫下手,奴家可以做您的一把刀!"

李泰再度震惊,警觉地看着她:"你到底是什么人?"

苏锦瑟却不作答,兀自走到榻上坐下,渺渺地望了窗外一眼,然后浅浅一笑:"静夜未央,更漏正长,值此春宵,莫负良辰!殿下,您不必一副如临大敌的样子。"说着拍拍身旁的坐榻,"坐吧殿下,奴家又不是老虎,还能吃了您不成?"

李泰犹豫着坐了下来,却只靠在一侧,离她远远的。

苏锦瑟笑了笑,用纤纤玉指夹起一颗樱桃,挨到李泰身边:"殿下,不管奴家是什么人,这樱桃还是樱桃,不会因为奴家的身份而变味,是吧?"说着便把樱桃凑到他的嘴边。

李泰迟疑了一下,才僵硬地张开嘴。

樱桃含在嘴里嚼着,李泰却只觉味同嚼蜡。谁说不会变味?方才还是那么清甜可口的东西,现在全然没了味道。

"回答我的问题。"李泰板着面孔,把还没嚼碎的樱桃一口咽了下去。

"这样吧,给奴家三天时间。三天后的此刻,请殿下再来,奴家介绍一位娘家人给殿下。到时候,奴家是什么人,凭什么能帮殿下,您问他便清楚了。"

李泰冷笑:"你觉得过了今夜,本王还会来你这个栖凰阁吗?"

"反正奴家把话带到了。"苏锦瑟依旧笑靥嫣然,"至于殿下来不来,那是您的自由。"

李泰不语,接着霍然起身,径直朝外走去,同时头也不回地扔下一句话:"告诉你那个娘家人,三天后最好自备一口棺材,兴许用得上。"

凝云阁中,萧君默和楚离桑默然相对,气氛凝滞而尴尬。

"楚离桑,那你说,你要怎么才能信得过我?"萧君默打破了沉默。

"别费劲了,我永远不会信你。"楚离桑的语气十分冰冷。

"那要是我把你和你爹都救出去呢?"

情急之下蓦然蹦出这句话,连萧君默自己都感到颇为惊讶。

楚离桑更是一脸惊愕地看着他:"你说什么?!"

"解铃还须系铃人。"萧君默不知从哪里冒出了一股勇气,"既然是我亏欠了你们,当然得由我来弥补。"

"你想怎么做？"

"此事并不容易，你容我好好谋划一下。"

"救我们，不就等于背叛皇帝了吗？"楚离桑用一种陌生的眼光看着他，"你一个玄甲卫郎将，为什么要做这种事？"

"我也不知道。"萧君默故作轻松地笑笑，"也许，是良心不安吧。"

"你们玄甲卫做事，不是向来只求结果不问良心吗？"楚离桑揶揄道。

萧君默一怔，旋即笑笑："你是不是把我说过的话都记着？"

"我可没那闲工夫！"楚离桑白了他一眼，"我只是好奇，一个没良心的人，现在怎么就良心发现了！"

萧君默叹了口气："说心里话，我一直想用玄甲卫的这条铁律说服自己，可后来发现……我还是说服不了。"

"这么说，你要弃恶从善、改邪归正了？"

萧君默忍不住一笑："也没这么不堪吧？此一时彼一时，当初去抓你爹，我对所有事情都一无所知，可现在不同了，我已经知道皇帝抓你爹的原因，也大致知道，你爹保守的那个秘密非同小可，可能关系到很多人的身家性命，所以看法自然跟以前不一样。"

"关于那个秘密，你知道多少？"

"知道一点吧，不多。"

"能告诉我吗？"

"三言两语说不清楚，反正所有秘密都跟《兰亭序》有关。若能把你们救出去，我再慢慢跟你说，或者，你再好好问问你爹。"

楚离桑想着什么，忽然自嘲一笑。

"你笑什么？"

"我在笑，本来是想找你报仇的，可现在这样子，倒像是跟你一伙的了。"

"这是天意，说明咱俩有缘。"萧君默笑，"可能命中注定，咱俩就该是一伙的。"

"谁要跟你一伙？！"楚离桑羞恼，"要不是被关在这里，我杀你的心都有！"

萧君默看着她，蓦然想起桓蝶衣那句话："女人的话往往是反着说的，她嘴上说恨你，其实心里就是喜欢你的意思。"随即笑了笑，道："你真的这么恨我吗？"

"当然！要不是你抓了我爹，我娘她也不会……"楚离桑说到这儿，眼眶登时又红了。

萧君默刚刚有些自鸣得意，立刻又慌了神，忙道："现在要救你们出去，只好委屈你跟我一伙，不过等你们逃出去后，咱立马散伙，好不好？或者你要是不甘心，到时候再捅我一刀！"

"再捅一刀可不是捅你的手臂了。"

"无所谓，只要记得捅完之后，挖个坑把我埋了就好！"

"这可是你说的。"

"我说的，君子一言，快马一鞭！"萧君默举起右手，信誓旦旦。

楚离桑看他赌咒发誓一脸认真的表情，忍不住笑了下。

萧君默小心赔着笑，心想俗话说"女人心海底针"，可真是一点都不假，这一会儿哭一会儿笑的，也不知心里到底在想什么。

就在这时，门突然又敲响了，而且敲得很急。萧君默眉头一皱："米满仓，你可别得寸进尺……"

话还没说完，就听见米满仓在外面道："快快，圣，圣，圣……"

萧君默一惊："圣上来了？"

门外没回话，但显然如此。

二人四目相对，一下都惊呆了。萧君默率先回过神来，一个箭步冲到窗边，探头一看，小楼下面已经站满了全副武装的禁军士兵，赶紧把头缩了回来。这时，楼下已响起赵德全的一声高喊："圣上驾到！"紧接着便是一行人咚咚咚走上楼梯的声音。

萧君默飞快扫了整个房间一眼，几乎没有任何可以藏身的地方。

楚离桑也急得团团转。

忽然，萧君默发现角落里放着一口衣箱，立刻冲过去打开箱盖，一股脑把里面的锦衣罗裳抱起来，全都扔到了床榻上，然后示意楚离桑开门，接着便整个人跳入了衣箱中。

就在萧君默合上箱盖的同时，楚离桑打开门闩，门立刻被推开，米满仓和方才那四个宫女快步走了进来。楚离桑旋即转身，飞快拿起榻上的一件衣裳，在自己身上比量着。

李世民一步迈了进来，用威严的目光扫视了房间一圈。

宦官宫女们赶紧跪地行礼。

楚离桑不慌不忙，仍旧背对着门口，专心致志地比着衣裳。

李世民轻轻咳了一声。楚离桑这才慢慢转过身来，看见皇帝，只微微敛衽一礼，却不说话。李世民笑了笑，开口道："楚姑娘，在宫里可还住得惯？"

"我若说住不惯，陛下会让我出宫吗？"楚离桑淡淡道，又转身去摆弄那些衣裳。

李世民面色微愠，却强作笑颜道："你才来几天，住不惯也正常，多住些时日，你便会喜欢上宫里了。"说着，忽然看见窗边地上那两笼蝴蝶，有些诧异，忍不住走了过去。

楚离桑不经意地回头，猛然看见，那口衣箱的盖子没盖严实，缝隙处竟然露出了一截灰色袍衫。而那两笼蝴蝶离衣箱不远，李世民只要一回身一低头，立刻就会发现。楚离桑大为惊恐，手心立刻沁出冷汗。此时，米满仓也发现了这个纰漏，脸色唰地一下就白了。

"楚姑娘喜欢蝴蝶？"李世民问道。

"是的，若说这宫里有什么让我喜欢的，也就是花和蝴蝶吧。"

李世民笑了几声，对站在门边的赵德全道："德全，你吩咐下去，只要是楚姑娘喜欢的东西，都要立刻置办，不得有误！"

"老奴遵旨。"赵德全躬身道，"不瞒大家，老奴早就吩咐过了，底下的奴才们想必也是尽心尽力的。"

李世民"嗯"了一声，目光开始在屋中随意扫视。

楚离桑心里大惊，赶紧暗暗使力，把手里的一件丝质衣裳撕开了一道口子，同时夸张地冷笑了一声，道："陛下，您给小女子置办的这些衣裳，是别人穿剩下的吧？"

李世民脸色一沉："楚姑娘何出此言？"

楚离桑把衣裳提起来晃了晃："陛下自己看看吧。"

李世民立刻走过来，接过去一看，顿时脸色大变，沉声道："德全，你过来！"赵德全惊诧，慌忙跑过来一看，登时傻眼，扑通一下跪伏在地："大家恕罪，老奴昏聩，办事不力，请大家息怒！"

李世民正要再训斥，楚离桑心中不忍，赶紧抢着道："陛下不要责怪他们，这几日他们都伺候得很好，这点小口子算不上什么，小女子自己缝补一下便好了。"

就在这时，衣箱里的萧君默似乎也察觉到了，轻轻把露在外面的那一截袍衫扯回了箱子里。

经此不快，李世民也无心再逗留，跟楚离桑又说了几句客套话后，便匆匆离开了。楚离桑照旧把那四个宫女支走，然后插上门闩，跟米满仓一块儿打开了衣箱。

萧君默整个人蜷缩在箱子里，满头大汗，一动不动。

楚离桑大惊失色，慌忙拍了拍他的脸颊。萧君默仍然没有反应。楚离桑焦急地对米满仓道："怎么不动了？不会是憋坏了吧？"

米满仓却冷冷一笑："放，放心，金子，还，还没给，他死，死，死……"

"我死不了！"萧君默猛然从箱子中坐起，把楚离桑吓了一跳。

"米满仓，拜托你以后别说这个字。"萧君默一脸不满，"不死也被你说死！"

楚离桑忍不住笑了起来。

"刚才着急了吧？"萧君默抹了一把汗。

"我才不急。"楚离桑哼了一声，"你死不死关我什么事？"

萧君默嘿嘿一笑，从箱子里爬出来，却冷不防道："楚离桑，明日你必须先办一件事。"

楚离桑不解："什么事？"

"找赵德全，就说凝云阁这些下人都伺候得很好，请圣上多多赏赐他们。"

米满仓一听，顿时满面笑容。

"这事很急吗？"楚离桑还是一头雾水。

萧君默点点头："非常急，因为刚才出了一个大纰漏，必须用赏赐堵她们的嘴。"

楚离桑一惊："刚才的纰漏不是已经瞒过去了吗？"

"我不是指那个。我指的是：那四个宫女方才明明看见我在房间里，可第二回上来我就不见了。你说，这是不是个大纰漏？"

楚离桑惊得捂住了嘴。

米满仓也回过神来，笑容僵住了。

"那，替她们请赏就没事了吗？"楚离桑又问。

"保证没事。因为这事要是说出去，她们也得担责，本来也不敢乱说，请赏只是让她们心里舒服一点，乐得保守秘密就是了。"

楚离桑恍然。

"再说了，宦官钻宫女的房间，这事在宫里也不算稀罕，虽然你不是宫女，可在她们看来，做的也差不多是一回事。"

楚离桑有些迷糊，不太清楚怎么回事，却见米满仓捂着嘴在一旁哧哧偷笑，顿时明白过来，脸颊一红，当胸给了萧君默一拳。

萧君默吃痛，龇牙咧嘴。米满仓在一旁笑得更开心了。萧君默一边揉着胸口一边道："对了，还有一件事。"

"又有什么事？"楚离桑有些不耐烦。

"明天请赏，不包括这个人。"萧君默指着身旁的米满仓。

米满仓急了："凭什么？！"这三个字居然说得十分利索。

"你吃了我的四锭金子，又要拿圣上的赏，世上哪有这么便宜的事？"萧君默斜着眼看他。米满仓急得脸色涨红："你，你，你这人……"

"行了行了，楚姑娘该歇息了。"萧君默把米满仓肩膀一钩，搂着一块儿往外走，"有事咱们到外面说，还得聊聊怎么把她带出去呢。"

"啥？！"米满仓万分惊愕。

"要不这样吧，楚姑娘，"萧君默回头道，"明天请赏也算他一份，毕竟人家要帮你出宫呢！"说着就强行把米满仓搂了出去。

米满仓急着要跟萧君默掰扯，却越急越说不出话。

看着二人的身影从门口消失，楚离桑不禁哑然失笑。

经过这一晚，萧君默在她心目中的印象已大为改观。当初那个落魄书生"周禄贵"给她留下的那些不寻常的感觉，又丝丝缕缕浮上了心间……

第十七章 / 冥藏

称心进入东宫不过十来天，却已经和太子李承乾形影不离。

他换上了男人的装束，但言行举止仍然形同女子，舞姿和歌声也依旧婉约妩媚。李承乾这些日子几乎什么事都没干，每天都沉浸在他的歌舞之中，还跟他一起研究汉代乐府和六朝诗歌，并且谱写编排了很多新的歌舞。称心连声夸赞太子有艺术天赋，还说只可惜他生在帝王家，否则必能成为极好的乐人，将来足以名留青史。

李承乾闻言大笑，对称心道："人人都巴不得生在帝王家，只有你说可惜。再说了，就算生在帝王家，不一样可以谱曲作乐吗？我将来未必就不能成为一个好乐人。"

称心黯然道："殿下将来是要做皇帝的，做了皇帝，哪还能做乐人？"

李承乾看着他道："说到我做皇帝的事，你好像很不开心？"

称心赶紧笑笑："没有没有，殿下切莫误会，我是感叹这世间之事，鱼与熊掌无法兼得。"

李承乾忽然拉住他的手，道："只要你成为好乐人，那我就算是兼得了！将来我做了皇帝，就拜你为太常卿，专门制礼作乐，并且在全天下选采乐童，都交给你调教，让你谱写的歌舞传遍天下，传诸后世！"

称心听得又感动又兴奋，一朵红云飞上了脸颊。

李承乾就是在这一天，拥着他走进了寝室。此后，两人便同卧同起、出双入对，几乎不避东宫下人的眼目，对与称心交好的那些太常乐人也不避讳。连李元昌都觉得有些过分，笑骂李承乾重色轻友，可李承乾却不以为意，依然故我。

东宫的夜晚，因称心的到来而倍显热闹。

此刻，虽然已经是三更时分，东宫崇教殿里依然是一派笙歌燕舞。

李承乾和李元昌照旧坐在榻上观赏，称心在下面独舞，十几名乐工在两旁伴奏。正当众人都沉浸在舞乐中不可自拔的时候，一个宦官匆匆跑进来，附在李承乾耳旁说了什么。李承乾一怔，当即挥了一下手，一时间整座大殿立刻沉寂下来。

"出什么事了？"李元昌不解。

"魏徵来了。"李承乾面无表情道。

"这老家伙是不是疯了？"李元昌大为不悦，"三更半夜不睡觉跑这儿来干吗？！"

李承乾冷冷地扫了他一眼。李元昌这才悻悻闭嘴，赶紧招呼下面的乐工回避。称心不由看向李承乾，却见他双目低垂，只好跟着乐工们急急绕过屏风，走进后殿。

"他们避一下就好了，我要避吗？"李元昌问。

李承乾不语，只挥了挥手。

李元昌一脸愤然，不情不愿地站了起来。恰在此时，魏徵已经大步走进了殿中，同时朗声道："汉王殿下就不用避了，正好老夫也想跟您聊聊。"

李承乾赶紧起身行礼："太师。"

魏徵回了一礼。

李元昌撇了撇嘴："魏太师，你们上了年纪的人，是不是夜里都睡不着啊，所以就起来四处溜达？"

"七叔！"李承乾沉声道，"不可对太师无礼！"

魏徵笑了笑，不以为意道："王爷说得没错，人上了年纪，夜里确实睡不好。"

一群宦官急匆匆地撤掉了食案上的酒菜果蔬。魏徵看着他们一通忙活，含笑不语。好不容易收拾停当，李承乾赶紧请魏徵入座。

三人刚一坐下，李元昌马上道："太师说想跟我聊聊，不知要聊什么？"

李承乾暗暗给了他一个眼色，李元昌却视而不见。

魏徵一笑："咱们就从方才的话题聊起吧。像老夫这种上了年纪的人，是想睡也睡不着，不知像王爷这种正当盛年的人，为何能睡却偏偏不睡呢？"

李元昌一怔，道："我们身体好啊，几天几夜不睡也没事。"

魏徵闻言，忽然哈哈笑了几声。

"太师何故发笑？"

"我是笑，我魏徵也曾年轻过，可王爷您呢？您老过吗？您知道年轻时肆意糟蹋身体，老来会被身体如何报复吗？"

李承乾眉头微微一皱，似乎已听出了指桑骂槐的味道。

李元昌哑口无言，半晌才道："人各有志，你有你的活法，我有我的活法，凭什么人人都要像你活得这般无趣？"

"子非鱼，安知鱼之乐？王爷怎么就知道我魏徵活得无趣？莫非要像王爷一样日夜纵情声色，才叫活得有趣？"

李承乾已经听不下去了，倏然站起身来，对魏徵深长一揖："太师，您有什么话，就直接对我说吧，咱们就不要指着和尚骂秃驴了。"

魏徵示意他坐下，笑笑道："其实老夫也非有意指桑骂槐，只是话赶话就说到这儿了。"

"太师就别藏着掖着了。"李元昌冷笑，"你大半夜不睡觉，不就是专门来兴师问罪的吗？"

"既知老夫是来兴师问罪，那王爷可知自己犯了何罪？"

李元昌忍无可忍，拍案而起："魏徵，你别欺人太甚！我李元昌堂堂皇族贵胄，有没有罪还轮不到你来问！"

李承乾知道劝不住，索性苦笑不语。

"王爷果然是血气方刚！"魏徵淡淡笑道，"这才说了几句，您就跳起来了，咱们还怎么好好聊天呢？"

"我跟你没什么好聊的！"李元昌怒气冲冲，扭头对李承乾道："殿下，我看你也困了，大伙都早点歇了吧，我先走一步！"说完又瞪了魏徵一眼，甩甩袖子走了出去。

魏徵和李承乾各自苦笑。

殿外，月光如水，流泻一地。

称心和一个相熟的年轻乐工并肩坐在大殿后门的台阶上，小声说着话。

乐工叫阿福，从小跟称心一块儿长大，二人情同手足。

"飞鸢，"阿福仍然改不了口，"你这回总算是熬出头了，瞧殿下宠幸你的样子，真让人既羡且妒啊！"

称心笑："你倒是心直口快，连妒忌都说。"

阿福呵呵一笑："咱俩是什么交情，我怎么不敢说？我妒忌死你了！"

"把乐器弹好，弹出了境界，将来你也能出头的。"

阿福苦笑："我又不像你天生丽质，瞧我这歪瓜裂枣的模样，谁瞎了眼宠幸我呀？"

称心掩嘴而笑。

"对了飞鸾，方才是谁来了？瞧太子那样，好像挺紧张的。"

"可能是魏太师吧。"称心眼中掠过一丝忧虑。

"殿下是太子，就是未来的皇帝，又何须怕魏徵呢？"

"魏太师是圣上派来辅佐殿下的，殿下自然要敬他三分，这种话你以后别再乱讲了。"

阿福吐了吐舌头，又道："听说太子过两天要带你到曲江游玩，是真的吗？"

曲江位于长安城的东南隅，最初由汉武帝开凿，因其水波浩渺，池岸曲折，形似广陵之江，故名"曲江"。隋朝时，曲江被纳入京城，因长安的地势东南高西北低，曲江之地高于皇城，隋文帝便命人深挖曲江，凿为深池，后世遂称之为曲江池。此地烟水明媚，杨柳依依，两岸殿阁绵延，景色绮丽，是长安最著名的风景名胜，上至王公贵族、文人仕女，下至平民百姓、贩夫走卒，无不将其视为游玩宴饮、休闲娱乐的最佳去处。

称心自幼籍没入宫，长在教坊，几乎从未出过门，李承乾心疼他，提议带他去游览曲江，称心却怕抛头露面，惹人非议。李承乾说，咱们轻车简从，便装出游，莫让人认出便是。称心终究忍不住对外面世界的好奇，便答应了。没想到今天早上刚定下来的事，这个伙伴立马就知晓了。

"你是顺风耳吗？怎么啥事你都知道？"称心白了他一眼。

阿福嘿嘿笑道："我替你高兴嘛，这又不是什么坏事，干吗怕人知道？"

称心当然是打心眼里期盼这次难得的出游，但不知为什么，他心里又总有一丝隐隐的不安，好像是觉得自己天生命薄福浅，不该享有这种好处似的。


崇教殿内，一阵难堪的沉默之后，李承乾开口道："太师，我知道，您一定是为称心的事来的。"

"殿下自小聪明颖悟，而今依然如此，只可惜近朱者赤，近墨者黑，跟汉王这种人在一起，您的聪明，不免打了折扣了。"

李承乾淡淡一笑："太师的意思是我交友不慎了？"

魏徵直言不讳道："也可以这么说。"

"既然聪明在我，便无惧愚人在侧；既然我本朱赤，又何惧墨来染黑？汉王是汉王，我是我，太师不必多虑。"

"并非老夫多虑，而是殿下日夜笙歌，圣上必然不悦。"魏徵道，"更何况，殿下宠幸的还不是一般的太常乐人，而是一名娈童！"

"我宠幸娈童不假，但这事会损害聪明吗？没听说过啊！"

"身为储君，需要的不光是聪明，还有德行。宠幸娈童，损害的便是德行！"

"德行？"李承乾微微冷笑，"自古以来，成者王侯败者贼，只要赢了，天下人都会给你歌功颂德；若是输了，再好的德行又有何用？"

"殿下，暂且不说你这话有所偏颇，即便这话是对的，你也得考虑怎么才能赢。若以老夫看来，一个聪明有余德行不足的储君，便很可能会输！"

"这可不好说。魏王能不能斗得过我，还在未定之天。"

"但就称心这件事来说，你便是在授人以柄，魏王不可能不加以利用！"

"那就让他利用好了。"李承乾满不在乎地笑道，"我倒要看看，最后到底鹿死谁手！"

"殿下，你宠幸称心，可曾调查过他的身份和来历？"

"我知道，他父亲十几年前犯事被砍了头，但这又能说明什么？事情不都过去了吗？"

魏徵苦笑："有些事，过去便过去了，但有些事，不论时隔多久，都永远过不去！"

"比如什么？"

魏徵看着李承乾的眼睛，一字一顿道："比如谋反。"

李承乾一怔："您是说，称心的父亲当年是因谋反被诛的？"

魏徵点点头。

"具体是何情由？"

"我若说出具体情由，殿下恐怕会更为骇异。"

李承乾下意识地身体前倾，盯着魏徵："太师快说，究竟何事？"

"称心之父，名陆审言，武德年间任职尚辇奉御，即高祖身边近臣，官职虽然不高，却因恪尽职守而颇受高祖赏识。"魏徵回忆着，目光变得邈远，"武德九年，玄武门事变发生时，陆审言自始至终守在高祖身旁，经历了那场不堪回首的往事。高祖退位后，据说陆审言便一直心存怨怼。贞观二年，他在一次酒后对友人说了一句话，被人告发，旋即下狱。圣上听到那句话后，雷霆大怒，立刻以谋反罪名斩了陆审言。可惜啊，名为'审言'，实则出言未审、祸从口出啊！"

李承乾蹙紧了眉头："就为了酒后的一句话，父皇便说他谋反？"

魏徵苦笑。

"到底是一句什么话？"

魏徵看着他："殿下，这句话我若说出口，我也罪同谋反了。"

李承乾沉吟片刻，又道："那我只问太师一个问题，陆审言那句话，是不是说出了玄武门事变不为人知的内情？"

魏徵犹豫了许久，最后点了点头。

李承乾顿时倒吸了一口冷气。

"殿下，老夫言尽于此，该怎么做，相信殿下自有决断。"

魏徵说完这句话，便告辞离去了。李承乾一直呆呆地坐着，甚至连魏徵走的时候都忘记了起身相送。


殿外，称心和阿福还在说话，李承乾不知何时已无声地走到他们身后。

二人察觉，慌忙起身。阿福躬身一揖，赶紧溜了。称心观察着李承乾的脸色，轻声道："殿下，太师是不是提起我的事了？"

李承乾还在出神，听见他说话，道："你说什么？"

称心又说了一遍。

李承乾笑了笑："没有，他提你做什么？他是跟我商量别的事。"

称心看着他："殿下，要不，去曲江池的事，就算了吧。"

"干吗要算了？不是都说好了吗？"

称心迟疑着："我这心里，总觉得有些不安。"

李承乾看着他，心中疼惜，却又不得不佩服他直觉的敏锐。事实上，听完刚才魏徵一席话，李承乾已经意识到了问题的严重性。因为称心并非一般的娈童，而是牵扯到了谋反案，并且案情还牵涉到玄武门事变的隐秘内幕，倘若此事让魏王拿去做文章，父皇必定不会轻饶了自己，说不定盛怒之下废掉自己的太子位都有可能。

是故，李承乾不得不暗暗下了一个决心：送走称心。

至少要暂时让他离开东宫，等日后自己继承了皇位，再把他接回来。

虽然这些话很难说出口，而且一定会伤了称心的心，但长痛不如短痛，所以李承乾一番犹豫之后，终究还是一咬牙，说出了自己的决定，最后道："过两天游完曲江，我便命人直接送你离开长安，你的去处我会安排妥当的。"

称心一听，整个人便僵住了，泪水无声地流了下来。

"称心，我不是要赶你走，也不是要从此跟你分开，只是让你暂时离开一阵子，避避风头而已。"

"我知道，我知道……"称心频频点头，泪水涟涟，"像称心这种罪臣之后，本来便是不该连累殿下的，是称心没有自知之明，对不起殿下……"

李承乾大为不忍，柔声道："称心，这都是你父亲做的事情，跟你无关，你不必自责。何况你父亲也不一定有错，日后，我要是继承了皇位，一定下旨重审此案，为你父亲平反，让你扬眉吐气，不再过这种暗无天日的日子。"

称心抬起脸，眼中露出欣喜之色："殿下此言当真？"

"当然，我怎么会骗你呢？"李承乾揽过称心的肩头，轻轻抹去他脸上的泪水。

片刻后，二人相拥着向东宫深处走去。

浓浓的夜色很快便把他们吞没了。

大殿的台阶旁，阿福躲在暗处，一直目送着他们的背影消失在黑暗中，才转身离开。


"你说什么？！"

两仪殿内，李世民蓦然听到刘洎奏报，说太子宠幸娈童，而且那个娈童还是昔日因谋反被诛的陆审言之子，顿时怒目圆睁、脸色铁青。

"陛下息怒。"刘洎站在下面道，"臣目前也只是风闻，尚未证实，说不定此事只是误传而已。"

赵德全侍立一旁，也不禁感到惊愕。

"无风不起浪。"李世民冷冷道，"既然有传闻，那就一定有原因！"

"陛下所言甚是！不过，眼见为实，耳听为虚，此事不仅关系到太子殿下的声誉，还牵扯到当年的谋反案，实在非同小可，臣还是恳请陛下亲自查证，以免冤枉了太子。"

"说得对！"李世民立刻站起身来，对赵德全道："走，跟朕去东宫！"

赵德全大惊，却又不敢阻拦。

"陛下！"刘洎赶紧趋前一步，躬身一揖，"现在便去东宫，臣以为不妥。"

"为何？"

"就算陛下在东宫找到了那个娈童称心，也不能证明任何事情，太子完全可以说他是正常欣赏歌舞，而且根本不知道称心的底细。如此一来，非但无法弄清事实，反而陷陛下于难堪之地。"

李世民想了想，觉得也有道理，便坐了回去，道："那依你之见呢？"

"陛下，臣倒是有一个简便且有效的办法，只是臣说出这个办法之前，还要先请陛下恕罪。"说着，刘洎官袍一掀，跪了下去。

李世民诧异："你何罪之有？"

"回陛下，臣为了制造条件让陛下查证此事，便暗中命人到东宫打探消息。臣此举虽出于一片公心，但毕竟摆不上台面，故而心中惭愧，只能向陛下请罪。"

李世民淡淡道："你自己都说是出于公心了，那还有什么罪？起来吧，说说，你都打探到了什么消息。"

"谢陛下！"刘洎起身，"臣得知，两天之后，太子要微服带称心到曲江游玩，但也不知是真是假。"

"那你所谓的办法，就是让朕也微服到曲江一游，亲眼看看此事喽？"

"陛下圣明！臣以为如此一来，太子便不能说他与称心毫无关系了。当然，如果到时候事实证明，太子并无任何不轨之举，只是臣捕风捉影，那便可还太子清白，更是再好不过。"

"刘洎，你这人说话做事，还真是滴水不漏啊！"李世民淡淡笑道，也不知是赞赏还是揶揄。

刘洎微微一惊，连忙又跪了下去："陛下恕罪，臣只是出于本心，有什么便说什么，该怎么做便怎么做，并非蓄意为之。"

"起来吧，别动不动就请罪。在门下省做事，本来便是要心思缜密、做事严谨，这又不是什么缺点。"李世民道，"都说你是做侍中的料，今日看来，这话倒也中肯。"

"谢陛下！"刘洎起身，心中暗喜。


萧君默把米满仓叫到了家里，商量如何营救辩才父女。

米满仓起初死活不同意，直到听萧君默开出了令他意想不到的高价，才动了心。然后，二人又经过一番艰难的讨价还价，最后才以三十锭金子的价钱成交。

接下来，二人又足足花了一个多时辰，才商量出了一个营救计划。

米满仓发牢骚，结结巴巴说救了辩才父女，他自己就得跑路了，今后整个大唐恐怕都不会再有他的容身之处。

萧君默说你就别得了便宜卖乖了，这三十锭金子可是我的全部家当，圣上这些年给我的赏赐都在这儿了，拿着这些钱你走到哪儿不是个富家翁？这回你家的米算是满仓了，可我家的米仓却空了。

米满仓嘿嘿一笑，说这就是你们做男人的苦恼了。

萧君默一怔，说这跟男人不男人有什么关系？

米满仓又结结巴巴地说了半天，大意是你就别装蒜了，你喜欢楚姑娘，一心想娶她，自然得付出代价，像我们这种净了身的人多好，也不用花钱娶媳妇，一人吃饱全家不饿。

萧君默又好气又好笑，说："你是哪只眼睛看出我喜欢楚离桑了？"

米满仓咻咻笑着，说这还要用眼睛看吗？闻都能闻得出来！

萧君默翻了翻白眼，赶紧岔开话题，说别扯这些没用的了，赶紧再把计划讨论一下，看看还有没有什么纰漏。随后，二人又商量了好一会儿，萧君默才取出十五锭金子，作为定金给了米满仓，然后送他出门。

二人刚走到门口，桓蝶衣就径直走了进来，一看到身着便装却面白无须的米满仓，顿时一脸狐疑。直到米满仓的背影消失在大门口，桓蝶衣才收回目光，问道："他是谁？"

"一个朋友。"

"你口味可真杂，连这号朋友都有？"

"什么意思？"萧君默装糊涂。

"别装了，他不就是一个宦官吗？"

萧君默一笑："宦官怎么了？宦官也是人，怎么就不能交个朋友说个话了？"

"你跟他交朋友，恐怕不是为了跟他说话吧？"

萧君默心里暗暗叫苦，嘴上却道："你可别冤枉我，我口味再杂，也不至于跟他怎么样吧？"

桓蝶衣白了他一眼："我不是说你跟他怎么样。"

"那你什么意思？"

"我的意思是说，你跟他交朋友，不是为了跟他说话，而是要通过他跟某人说话。"桓蝶衣盯着他，"我说得对吗？"

老天爷，女人的直觉真是太可怕了！萧君默在心里连连哀叹，只好强作笑颜："对了，你那天不是说要逛街吗？我今天刚好没事，走，陪你逛街去。"说着赶紧朝门口走去。

桓蝶衣一把拦住他，又盯住他的脸："被我说中了吧？"

"说中什么了？"萧君默苦笑，"我根本听不懂你在说什么。"

"你找这个宦官，就是想让他帮你入宫去找楚离桑吧？"

"她一心要找我报仇，我会主动去找她？"萧君默不悦道，"何况私闯宫禁就是死罪，我吃饱了撑的去找死啊？桓蝶衣，难道师兄在你眼中就是这么傻的一个人吗？"

桓蝶衣仍然看着他，冷冷道："是。"

萧君默哭丧着脸："蝶衣你就别再胡搅蛮缠了……"

"我没有胡搅蛮缠！"桓蝶衣道，"我说你傻是有原因的。"

"什么原因？"

"一个人喜欢另一个人的时候，就会犯傻！我觉得你现在就是这样！"

"你无凭无据的，凭什么这么说我？"萧君默急了。

"你看你看，被我连连说中，欲辩无词，结果就恼羞成怒了吧？"

"行了行了，我辩不过你。"萧君默抱拳告饶，"你还逛不逛街了，不逛我可一个人去逛了。"

"我没心情了。"

"怎么就没心情了？"

"我不想一个男人陪我逛街的时候，心里却想着另外一个女人。"桓蝶衣丢下这句话，便头也不回地走了。

萧君默怔怔站在原地，直到桓蝶衣离开许久，还是没有回过味来。


李泰自己都没料到，明明不想再来栖凰阁了，可到了苏锦瑟跟他约定的时间，居然鬼使神差又来到了这个地方。

栖凰阁依旧是一派纸醉金迷，莺莺燕燕们依旧站在厅堂里搔首弄姿，老鸨见到他依旧是满脸堆笑、殷勤备至，可李泰一走进来，心里却立刻生出了一种物是人非的酸涩与陌生之感。

苏锦瑟看到他出现在雅间门口的时候，似乎丝毫不觉得惊讶，仍旧像往常一样笑靥嫣然地迎上来，轻轻搂住他的胳膊，然后把香唇贴在他耳旁，说着两人之间常有的那些私密体己话，仿佛三天前的那一幕根本没有发生。

究竟是一种什么样的力量，才能把一个如此优雅又风情万种的女人，变得如此神秘又令人心惧？

李泰想，一定是这个问题背后的答案，再次吸引自己来到了栖凰阁。

"殿下今夜能赏光，就说明您不怪罪奴家了，是吧？"苏锦瑟陪他走到榻上坐下，给他斟了一盅酒。

"快让你的娘家人出来吧，别耽误我的工夫。"李泰冷冷道。

苏锦瑟眼中掠过一丝感伤，似乎因李泰的冷漠而心生怅然，但旋即恢复了笑容："也对，殿下日理万机，奴家是不该跟您多说话。"说完便径直走到珠帘前，轻声道："先生，魏王殿下到了，您可以出来了。"

话音落处，一个五十多岁商人打扮的中年男子拨开珠帘走了出来。此人身材颀长，面貌儒雅，但眼中却有着一种儒者和商人都没有的凌厉和威严。他面带微笑，直接走到李泰面前，拱手一揖，朗声道："在下王弘义，祖籍山东琅玡，乃苏锦瑟养父，行商为业，云游四方，今日初入京师，便能得见魏王殿下，实乃三生有幸！"

苏锦瑟若有若无地看了李泰一眼，悄悄走出去，带上了房门。

李泰上下打量着这个叫王弘义的人，口气并不太客气："阁下既然是琅玡王氏，那也算是世家大族了，怎么就沦落成商人了呢？"

"殿下说得是。"王弘义并未理会他的揶揄，淡淡笑道，"若说三百年前，从中原到江左，琅玡王氏的确都是数一数二的名门望族，但经此多年离乱，早已不复昔日荣光。如今一无权，二无势，空有郡望而已，若不经商自存，何以安身立命呢？"

"是啊，想当年，'王与马，共天下'，那是何等风光煊赫！王氏一族的权势，可是连晋朝皇帝都要敬畏三分哪！"李泰哂笑道，"可惜今日却湮没无闻，这是不是要怪你们这些后人不肖啊？"

李泰所说的"王与马，共天下"，是著名的历史典故，指的就是东晋初年，琅玡王氏一族与晋朝司马皇族共治天下的局面。当时西晋经"五胡乱华""永嘉之祸"而灭亡，衣冠南渡后，晋元帝司马睿依赖大士族王导、王敦兄弟的鼎力辅佐，才在江东站稳了脚跟，开创了东晋。当时，王导位高权重，联合南北士族，运筹帷幄，纵横捭阖，政令己出；王敦则总掌兵权，专任征伐，后来又坐镇荆州，控制都城建康。正是在这样的背景下，司马睿登基之日，竟惶恐地拉着王导的手同坐御榻，一同接受群臣朝贺，表示愿与王氏共有天下。此后，王氏家族的权势达于极盛，"王与马，共天下"的局面在江左维持了二十余年。即使后来庾氏家族代之而兴，王氏家族的政治势力、社会地位和文化影响仍是经久不衰。一代书圣王羲之，便是王导的堂侄。

"殿下所言非虚。"王弘义听到李泰冷嘲热讽，却不以为意，"家道沦落，我等不肖子孙自然是愧对先人！只不过，世事无常，时运轮转，水满则溢，月盈则亏，兴亡之间自有定数，盛衰更迭亦是常理。以此而论，我王氏一族既已沉寂二百多年，有朝一日因缘际会、否极泰来，也不是不可能的事情！"

李泰闻言，终于收起嘲讽的神色，看着王弘义道："阁下既有此抱负，可见不是一般的商人，那么阁下究竟做何营生，可否告知呢？"

王弘义笑了笑："既然殿下垂问，在下也就直言不讳了。在下经营的并不是物，而是人。"

"哦？"李泰眯着眼睛，"人又如何经营？愿闻其详。"

"说起人之经营，古往今来，最成功之人，莫过于秦国丞相吕不韦了。想当年，他不过是一介商人，虽腰缠万贯却地位卑微，而秦国公子嬴异人也不过是赵国的一个人质，可就是在吕不韦的苦心经营之下，嬴异人最后变成了秦王，吕不韦也成了国相。可见世间最大的营生，从来都不是物，而是人。"

李泰脸色一沉："阁下的意思，是不是把本王当成嬴异人，把你自己当成吕不韦了？"

由于王弘义说的是"奇货可居"的典故，所以无形中就把李泰比喻成了像嬴异人一样的"奇货"，李泰自然是满心不悦。

王弘义连忙拱手："殿下误会了，在下只是打个比方，以此回答殿下'人如何经营'的问题，绝无亵渎殿下之意。"

李泰又看了他一会儿，才缓下脸色，示意王弘义入座，道："阁下此来，想必也是有诚意的，只是不知阁下有什么能力帮助本王？"

王弘义在另一边榻上坐下，淡淡一笑："在下的能力，还是一个字：人。"

"什么意思？"

"想当年，圣上在藩时，麾下可谓谋士如云、猛将如雨，秦王府中又蓄养了八百死士，因而才有后来的玄武门之事。今日殿下若欲效法圣上，岂可麾下无人？"

李泰微微一震，重新打量着对方："那阁下都有些什么人？"

"在朝，有谋臣，可供殿下驱使；在野，有死士，可为殿下效死！"

李泰一惊："你在朝中也有人？"

王弘义含笑不语。

李泰一边凝视着他，一边心念电转，猛然想起了什么："你既然是琅玡王导的后人，那必定也是王羲之的后人了？"

王弘义微微颔首。

李泰又在脑中急剧搜索着最近获知的有关《兰亭序》之谜的所有片段，突然不由自主地蹦出了一句："先师有冥藏。"

他记得房遗爱说过，这是甘棠驿那支江湖势力的接头暗号，其首领的代号为"冥藏"，手下有人潜伏在朝中，代号为"玄泉"。

王弘义仍旧面带微笑地看着李泰，从口中轻轻吐出了一句："安用羁世罗。"

李泰这一惊真是非同小可，整个人从榻上跳了起来，瞪大眼睛道："你……你就是冥藏先生？！"

李泰没有听见回答，而依旧只看见一个神秘莫测的微笑。

曲江池畔，艳阳高照。

江上波光粼粼，岸边游人如织。

时节已是初夏，暖风熏人，到此游玩的红男绿女们虽已换上轻衫薄纱，但还是被明晃晃的阳光逼出了一头细汗。李承乾和称心都身着便装，漫步来到北岸的一处石栏边。称心显然很开心，一双黑白分明的大眼睛四处张望，看什么都觉得新鲜，恨不得把所有的美景在一瞬间尽收眼底。

李承乾看着他，内心颇感欣慰。

称心的额头、鼻尖都沁出了细密的汗珠，李承乾掏出汗巾，伸手要帮他擦。称心连忙要去接汗巾，李承乾却执意推开他的手，轻柔地帮他擦拭了起来。

一旁经过的路人无意中看见这两个男子的暧昧举动，无不指指点点、窃窃私语。

称心羞涩，忙低声道："殿下，还是我自己来吧，别让人家说闲话。"

"怕什么？"李承乾不以为然，"是他们少见多怪，一群田舍夫！"说完狠狠地扫了围观路人一眼。

太子毕竟是太子，虽然穿着便装，却自有不言而威的霸气。路人被他的目光一扫，果然心头一凛，纷纷走开了。

"殿下好威风！"称心笑道。

"这是当然！"李承乾傲然道，"他们要是再多看一眼，我就让封师进把他们一个个扔到江里去喂王八！"

封师进是太子左卫率，也就是东宫的侍卫长，当初正是他带人到伊州抓了陈雄的小舅子。此刻他也穿着便装，正与几名手下分散在四周暗中保护。待会儿游完曲江，李承乾正是要让他护送称心前往终南山，那里有一处李承乾几年前精心修建的别馆。

称心闻言，不禁捂嘴而笑。

李承乾看着他白里透红的脸庞，忍不住又伸手在他脸颊上揩了一把。

此时的李承乾万万没有想到，就在距离他们不过数十步远的山坡上，有一座凉亭，微服的李世民正坐在亭子里，把他们二人的一举一动全部看在了眼里。李世民身边，是同样身着便装的李世勣及其手下。

李世民的胸膛剧烈起伏，脸色铁青，蓦然闭上了眼睛。

李世勣和手下对视了一眼。他们都知道，这是皇帝内心最为震怒的表现。

日近中天，一阵热风从江面拂来，李承乾顿觉燥热难当，便对称心道："热死人了，到马车里躲躲吧，顺便吃点东西。"说着便牵起称心的手，钻进了停在一旁的马车里。

封师进正想走近马车一些，突然觉得腰部被什么硬物抵住了，低头一看，居然是一把锋利的匕首，再抬头一看，李世勣正面带笑容看着他。

"封将军，别乱动，刀子不长眼。"

与此同时，他的几个手下也都被李世勣的手下以相同手法制住了。

封师进大为惊愕，可还没等他回过神来，李世民就出现在了他的眼前。封师进的脸色瞬间变得惨白，一颗豆大的汗珠从额角掉了下来。

李世民慢慢朝马车走过去。到了马车前，刚想伸手去掀车帘，忽然想到什么，又把手缩了回来，悄悄靠近一步，开始侧耳聆听。

此刻，马车里的李承乾和称心根本没有意识到外面发生了什么。两人正拿着糕点互相喂食，轻声嬉笑。

"殿下，你答应我的，要经常到终南山看我，你可不能食言。"称心道。

"当然不会。"

"你发誓。"称心撒着娇。

李承乾不假思索："我发誓，若是食言，就让天打五雷轰！"

称心赶紧捂住他的嘴："不许发这么重的。"

李承乾想了想："那我发誓，若是食言，就让父皇废了我的太子位！"

马车外，李世民痛苦地闭上了眼睛。

称心歪着头沉吟了一下，道："这个誓我接受，其实当太子也不见得多好，不当反而更自在。"

李承乾笑："你倒是心宽，这世上的男人，有谁不想当太子的？就说我四弟魏王吧，拼了命都想谋我的太子位！"

"他想谋，索性就让给他好了。"称心道，"你跟我一起，咱们只当逍遥自在的乐人。"

李承乾苦笑："既然生在了帝王家，身上便有一份责任，岂能像你这般逍遥快活？"

车外，李世民闻言，似乎稍觉宽慰。

"还有件事你也不能食言。"称心道。

"什么事？"

"将来你若做了皇帝，一定要还我爹清白。"

"这是自然。"李承乾想着什么，忽然道，"称心，你爹当年的事，你知道多少？"

车外，李世民眉头一紧，越发凝神细听。

"听我娘说起过一些，也没多少。"

"那你知不知道，你爹当年是说了一句什么话，才出事的？"

称心神色黯然，点了点头。

李承乾目光一亮："那你快告诉我，那句话到底是什么？"

称心眼中泛出惊恐："殿下，我爹就是因为这句话被砍头的，你……"

"没事的，这儿就咱俩，又没旁人。"李承乾忙道，"你想让我日后重审你爹的案子，你就得告诉我实情，对吧？"

称心犹豫半晌，才嗫嚅道："殿下真的相信，我爹他……他是清白的吗？"

"那就得看你爹说的是一句什么话了，所以，你必须告诉我。"

又纠结了片刻，称心才终于鼓足勇气，道："我爹说，当年秦王不仅在玄武门杀害了兄弟，而且，在六月四日那一天，他还……"

"还什么？"李承乾睁大了眼睛。

"还……还囚君父于后宫。"

李承乾浑身一震，如遭电击。

至此他终于明白，父皇当年为何会不由分说地以谋反罪名诛杀陆审言了，原来玄武门事变只有一半真相被外人所知，另一半真相却被父皇刻意掩盖着，不料竟被陆审言的一句酒后真言给捅破了！

"囚君父于后宫"，这句话虽然只有短短六个字，但里面包含的东西却足以石破天惊。

在李承乾的记忆中，从小到大，父皇对外宣称的玄武门事变真相，一直都是太子李建成和齐王李元吉如何三番五次想谋害他，他为了自保，迫于无奈才发动政变，杀了太子和齐王。然而关于事变当天高祖李渊的情况，父皇却一直讳莫如深、语焉不详，只说事变爆发时，高祖正与裴寂、萧瑀等一帮宰辅重臣在海池上泛舟，直到尉迟敬德奉父皇之命，"擐甲持矛"入宫护驾，并奏称太子、齐王已因谋反被诛，高祖才如梦初醒，得知了事变经过。

对此李承乾一直觉得蹊跷，后宫的四大海池距离玄武门都不算远，为何秦王府部众与东宫、齐府兵两帮人马在玄武门杀得鸡飞狗跳，高祖竟然毫无察觉，而仍在海池惬意泛舟呢？宫里有那么多禁军士兵、宦官宫女，居然没有一个人在事变爆发之初立刻向高祖禀报，而是等到事变已接近尾声时，才由尉迟敬德入宫奏明高祖，这符合常理吗？

当然，尽管李承乾有所怀疑，他也不可能去深究这一切。因为在这场事变中取得完胜，进而当上皇帝的是他的父亲，从而被立为太子的李承乾也是这件事最大的既得利益者之一，他又怎么可能替失败的一方——无论是太子、齐王还是高祖——去追究真相呢？

李承乾没有这么傻，所以上述疑问便随着时间的流逝渐渐被他淡忘了。

然而，此时此刻，突然到来的真相却令李承乾万分震惊，也重新掀起了他内心的巨大波澜。很显然，所谓"高祖泛舟海池"的一幕肯定是父皇事后捏造的谎言，正如陆审言这句话所透露的一样，当时的真相，一定是父皇在玄武门诛杀了太子和齐王后，立刻率部入宫囚禁了高祖，并逼迫高祖下诏，宣布太子和齐王是谋反者，而秦王则是正义的一方。之后，高祖又下诏册立秦王为太子，继而主动退位让秦王登基，显然也都是在秦王武力逼迫下不得不做出的无奈之举。

真相大白的这一刻，李承乾不禁汗流浃背，久久回不过神来。

称心惊恐地看着他，嘴唇颤抖着："殿下，您……您怎么啦？"

还没等李承乾回话，车门的帘幕就被一只大手猛然掀开，然后皇帝李世民暴怒的脸庞便同时映入了二人万般惊骇的瞳孔……

第十八章／遇刺

萧君默把营救辩才和楚离桑的日期定在了四月二十五日。

他记得，大概是两个月前的这一天，他抓捕了辩才，所以定在同一天营救辩才，就是为了凸显还债的意味，让自己的良心好受一些。

就像米满仓说的，这件事一做，自己就只能跑路了，长安肯定是回不来了，就连大唐天下是否还有容身之处都不好说。但萧君默现在尽量不去思考未来，因为想了也没有多大意义，只能是走一步看一步了。

行动前一天，萧君默给自己打了一个简单的行囊，里面只有几锭金子、几贯铜钱、一副火镰火石、一卷《兰亭集》、一枚玉佩，还有那枚"羽觞"。想自己活了二十多年，最后值得带走的却只有这几样东西，萧君默不禁有些怅然。

短短两个月前，他还是堂堂的玄甲卫郎将，是被所有人一致看好的前程不可限量的青年才俊。可眼下，他却是一个养父已故、身世不明、在世上没有半个亲人的孤家寡人，而且马上就要变成一个被朝廷通缉的钦犯，即将踏上茫茫不可知的逃亡之路。

看着行囊，萧君默想了想，还是把那枚玉佩挑出来，贴身佩戴在了胸前。这是寻找自己身世的唯一线索，可不能弄丢了。然后，萧君默走出了家门，想去找几个他还心存挂念的人，因为这一生他恐怕回不了长安了，所以必须去见他们最后一面。

他首先找到了李世勣。

两人有一搭没一搭地聊了一些过去的事情，萧君默心里不免一阵伤感。当然，李世勣并没有看出来，仍然在勉励他尽忠职守，将来好加官晋爵、光耀门楣。萧君默嘴上敷衍，心里却连连苦笑。

大约聊了半个时辰，萧君默告辞而出，走到门口的时候差点没忍住眼泪。

接着，他去找了桓蝶衣，却走遍整个衙署都没看见她，最后才听同僚说她好像出任务了。萧君默只好作罢，想起桓蝶衣跟他打打闹闹的一幕幕，心里和眼底就同时涌起了一种温润之感。其实他早就看出来了，桓蝶衣喜欢他，尤其是最近老是吃楚离桑的醋，这一点就更是表露无遗，然而萧君默始终只把她当成妹妹，从没往那个地方想。

蝶衣，对不起，师兄让你失望了。离开玄甲卫衙署的时候，萧君默默默在心里说，希望你能找到一个真心喜欢你的如意郎君。虽然师兄喝不了你的喜酒，但无论在海角还是天涯，师兄都会遥遥祝福你。

最后，萧君默想起了一个人。

不知为什么，此时的萧君默忽然很想见他最后一面。

这个人就是魏徵。

魏徵对萧君默的突然到访显然有些意外，但还是热情地接待了他。

二人落座后，萧君默开门见山地说自己要出一趟远门，所以来看一看太师，兴许将来见面的机会就少了。魏徵有些讶异，然后用那仿佛能洞穿一切的目光看了他一会儿，才淡淡笑道："年轻人出去闯一闯、多历练历练也是好的，不过长安是你的家，不管走多远，你终究还是要回来的。"

萧君默忽然有些后悔跟他说了实话。因为他连自己去哪里、做什么都不问，就像是已经猜出他的想法似的。"太师，您都不问问我想去哪里、作何打算吗？"

魏徵一笑："要是想说，你自然会说；若是不想说，我又何必多此一问？"

萧君默也忍不住笑了。

跟聪明人打交道就是这样，有时候好像特别简单，有时候又显得特别复杂。

"太师，"萧君默忽然取下胸前的玉佩，"您认识这枚玉佩吗？"

魏徵接过去看了一眼，摇摇头："从没见过。怎么，有什么来历吗？"

萧君默观察着他的表情，不得不佩服他的定力。一想起今天很可能是与魏徵见最后一面了，萧君默忽然有了一种冲动，便道："太师，您知道吗？我爹，其实不是我的亲生父亲，这枚玉佩的主人才是。"

饶是魏徵再有定力，眼神也终于出现了波动。

"有这种事？"魏徵极力掩饰着，"那你是如何得知的？"

"我爹出事前，给我留下了一份帛书。"

魏徵微微一震。他万万没想到，萧鹤年临终前竟然会打破他们二十多年来的约定，把这个秘密透露给了萧君默。可看萧君默的神色，似乎又不太知道内情。"那，你爹有没有说，你的亲生父亲是谁？"

"本来他已经在帛书中写了，只可惜……"萧君默苦笑了一下，"在魏王府的水牢里，帛书被老鼠咬得稀烂，我只找到了几块布片，只知道我的生父另有其人，却不知道是谁。"

这是魏徵第一次听到萧鹤年最终的遭遇，果然与他料想的一样，萧鹤年就是在魏王府中遇害的。魏徵心里难过，脸上却不动声色道："真是可惜。"

"太师，我爹追随您多年，按说我的身世，他一定不会对您隐瞒吧？"

魏徵躲开他的目光："话虽如此，不过每个人都有自己的隐私，你爹也不可能把什么都告诉我。"

"那就是说，对我的身世，您确实一无所知喽？"尽管明知这一问纯粹是白问，萧君默还是忍不住说出了口。

魏徵摇摇头："确实一无所知。"

"太师，假如说我现在马上就要死了，您会不会把真相告诉我？"萧君默不知道自己为何会突然这么说。

魏徵愕然："贤侄何出此言？我实在是不知情，否则何必不告诉你呢？"

"我也不知道，你们为何都要瞒着我。"萧君默怅然道，"我只能猜测，我的生父是个非同一般的人物，而且经历了什么非同寻常的事情，所以，你们不让我知道真相，其实是为我好，对吗？就像不让我卷入《兰亭序》的谜团中，也是为我好一样。"

魏徵心里，再次对眼前的这个年轻人产生了些许畏惧。跟他交谈，实在是有一种如临深渊、如履薄冰之感。"君默，往事已矣，就算什么真相都不知道，你不也活得好好的吗，何必去追问那么多呢？"

"当然，一头猪什么都不知道，它也可以活得好好的。"萧君默一脸讥笑，"可我是人，而人终究是有念想、有感情的，不是只要活着就满足了，对不对太师？"

"贤侄所言甚是。但是你想过没有，这世上其实有很多人，是连生存都很艰难的。所以，为了活下去，他们就不得不抛弃自己的念想，割舍自己的情感。即使这么做很痛苦，但人最重要的是活着，为了活着舍弃那些，就是值得的。"

"是吗？那假如现在就让太师您放弃嫡长继承制，让您拥护魏王登基，以此来换取您活下去，您愿意吗？您还会认为这是值得的吗？"萧君默直视着魏徵。

魏徵一怔，后背登时沁出了冷汗："贤侄，不瞒你说，老夫能活到今天，自然已经舍弃了许多，之所以还留着一口气，在这世上苟延残喘，也只是因为还有一点责任不敢放弃罢了。倘若真如你所说，朝局走到那一步，那老夫也只能一死了之了。"

"这么说，太师的想法不就跟我一样吗？"萧君默道，"人心里头的东西，不管是叫念想，还是叫责任，终究是比活着本身更重要的。为了这些，活着就有意义；若舍弃这些，人不过是一具行尸走肉罢了！"

魏徵忽然有点激动，赞同地点点头："志士仁人，无求生以害仁，有杀身以成仁！贤侄所言，与古圣人的教诲可谓精髓相通啊！"

"既然太师赞同我的想法，又为何把我的命看得那么重要，而丝毫不顾及我心中的念想呢？"

这一刻，魏徵几乎有了一种冲动，很想把一切都告诉这个迷惘神伤的年轻人，同时却又蓦然想起，二十一年前那个玉佩主人对他的嘱托，心中瞬间陷入交战，额头在不经意间便已冷汗涔涔。

片刻后，魏徵才掏出汗巾擦了擦脸，歉然笑道："这鬼天气，明明才刚小满，就已经这么热了。"

萧君默看着他，知道他一定是有难言之隐，便又拿起玉佩道："太师，晚辈才疏学浅，不知道这玉佩上面的文字和图案都是什么意思，太师能不能帮晚辈分析一下，至少给晚辈一些线索？"

魏徵听出来了，这个聪明的年轻人是在给出一个折中的办法，既让自己透露一些线索给他，又不至于让自己违背当年对玉佩主人的承诺。魏徵觉得，眼下看来，似乎也只有这个办法可以缓解双方内心的煎熬了。

思虑及此，魏徵便接过玉佩，装模作样地看了看，才道："据老夫所知，这灵芝和兰花，一般有象征子孙的意思，所以贤侄的猜测没错，这应该就是你的生父留给你的。"

萧君默知道魏徵已经接受了他的办法，心中一喜，忙道："还有呢？"

"还有嘛……"魏徵翻看着玉佩，"这'多闻'二字，首先当然是勉励你广学多闻；其次，这两个字好像是佛教用语，这会不会是在暗示，你生父的身份跟佛教有关呢？"

虽然这样的线索极为宽泛，但至少聊胜于无。说起佛教，萧君默还是有些了解的。他知道，在武德年间，也就是自己出生的那个年代，由于高祖李渊追认老子李耳为先祖，崇信道教，所以对佛教并不太友善，甚至在武德九年一度有过灭佛的想法，后来多亏了太子李建成劝谏，佛教才避免了一次法难。

不知为什么，萧君默想到这段往事，便信口对魏徵说了，不料魏徵突然脸色一变，赶紧岔开了话题。萧君默大为狐疑，不明白刚才还好好的，怎么一说起这个话题魏徵就变得如此紧张。难道，自己的生父跟这起事件有关？

魏徵又扯了些别的话题，然后很客气地挽留萧君默在府上吃饭。萧君默知道再说下去也问不出什么，便起身告辞。

魏徵亲自把他送到了府门口，最后说道："贤侄，老夫还是那句话，不论你走多远，去做什么，最后一定记得要回来，这里才是你的家。"

萧君默心里越发酸楚，连忙深长一揖，便匆匆上马离开了。

魏徵站在府门前，一直目送着萧君默的身影慢慢消失，眼中竟隐隐有些湿润。

贤侄，老夫何尝不想告诉你一切？只是故人当年千叮万嘱，一定不能让你知道身世真相，更不能让你卷进朝堂的纷争之中，只希望你做个普通人，平平安安过完一生。老夫既然承诺了故人，就不能不信守诺言。所以贤侄，请你原谅老夫吧，老夫能对你说的，也只有这么多了。日后，你若能自己查出真相，那是你的造化，也是你自己选择的命运，最后当然只能由你自己承担。老夫已时日无多，别无所求，只求无愧于本心，无愧于故人！

萧君默离了魏府，策马出了春明门，快马扬鞭朝白鹿原驰去。

该见的人都见了，最后，他当然还要到父亲的坟上去祭拜一下。这一走不知还能不能回来，日后想上坟扫墓都没机会了，萧君默心里对这个养父充满了愧疚。

他买了很多祭品，供上了坟头，还在墓碑前点了三炷高香，恭恭敬敬地磕了三个响头，然后便静静跪在坟前，在心里陪父亲聊天说话。

天上又淅淅沥沥地下起了小雨，不远处的灞水烟雨迷蒙，周遭的景物越发显得凄清和苍凉，仿佛是在衬托萧君默此时的心情。

他闭着眼睛，却骤然感觉有一股杀气自四面八方弥漫了过来。

萧君默一动不动，直到身后的杀气逼近至三尺之内，才突然转身，一跃而起，同时佩刀出鞘，寒光一闪，直接刺入了一名黑衣人的胸膛，且自后背穿出。这几个动作一气呵成，快如闪电，根本没有给对手反应的机会。

那个偷袭的黑衣人高举着横刀，低头看了胸口一眼，似乎还没意识到发生了什么。

萧君默猛然把刀抽回，一道血光喷溅而出，黑衣人直挺挺地扑倒在地。

此刻，四周至少有三十名黑衣人，以萧君默和坟墓为圆心，形成了一个密闭的围猎一般的圆圈。而且，圆圈正在不断收紧。方才偷袭未遂的那名黑衣人，显然只是投石问路跟他打个招呼而已。真正的猎杀，现在才刚刚开始。

萧君默迅速判断了一下目前的形势，心中暗暗一凛。

看这些人的装扮，很可能正是甘棠驿松林中的那伙人，也就是冥藏的手下。

很显然，萧君默当初狠狠耍了冥藏一把，他现在是派人报仇来了，而且看这样子，颇有志在必得之势。如果是在树林中或者街区坊巷之中，萧君默相信对付这三十名刺客并没有太大的问题，因为他可以借助障碍物躲闪腾挪，将他们各个击破，实在不行，要逃命也比较有机会。可眼下要命的是，这里是一片无遮无拦的开阔地，必须跟他们实打实地正面对抗，饶是他武功再高，在力量对比如此悬殊的情况下，恐怕也是凶多吉少。

包围圈缩至两丈开外的时候，一名黑衣人突然狞笑了两声，开口道："萧君默，咱们又见面了！"

杨秉均？！

萧君默定睛一看，说话的人脸上蒙着黑布，左眼上竟然遮着一个黑眼罩，但从仅剩的右眼还是可以认出，此人正是杨秉均。

"杨使君，才多久没见，你怎么把眼珠子给弄丢了？"萧君默笑道。

杨秉均索性扯下脸上的黑布，冷冷道："这还不是拜你所赐？！"

"哦？这就奇了！"萧君默道，"自从洛州一别，我就再没见过你了，何以弄丢了眼睛却赖到我头上？"

"要不是你，老子现在还是堂堂洛州刺史，怎么会落到这步田地？又怎么会被冥藏先生剜掉眼珠子？"杨秉均咬牙切齿。

萧君默当即明白了，笑道："原来是这么回事，那也只能怪你自己了！当官你不称职，连做贼你都做不地道，冥藏惩戒你一下也是应该的。"

"小子，别太得意，张大眼睛瞧瞧，你今天还逃得掉吗？"杨秉均狞笑，"正好你爹的坟在这里，待会儿我让弟兄们把坟刨开，让你和你爹合葬，也省了一块墓地。"

萧君默呵呵一笑："使君倒是想得周到，只怕我手里的龙首刀不答应！"

杨秉均不再言语，右手一挥，所有黑衣人立刻一拥而上，数十把寒光闪闪的横刀同时攻向萧君默，或砍、或刺、或劈、或挑、或挥、或扫，几乎织成了一张密不透风的刀网，不给他任何逃生的机会。

萧君默右足在墓碑上轻轻一点，整个人腾空而起，然后一个鹞子翻身，脱开合围，落在两名黑衣人身后，手中刀一刺一砍，两人当即倒地。紧接着，长刀又划出一道弧光，与另一边的三把横刀依次相交，铿锵声起，三个黑衣人均被震退数步。萧君默长刀一挺，竟然径直冲向了杨秉均。

杨秉均一惊，连忙拔刀在手，快速后退几步，口中大喊："快围住他，杀了他！"

就在萧君默的刀锋离杨秉均面门不过两步远的地方时，一众黑衣人终于再次围住了他，萧君默不得不回手格挡。兵刃相交，火星四溅。萧君默稍不留神，后背被划开了一道口子，鲜血立刻渗了出来。

杨秉均一脸狞笑。

太极宫，甘露殿。

李承乾面如死灰地跪在殿中，旁边站着轻松自若的李泰。李世民在御榻前来回踱步，边走边问一旁的赵德全："吴王快到了没有？"

"回大家，按路程算，快的话今日午时便能到，就算慢一点，暮鼓前也能赶到。"

"吩咐下去，一入宫立刻到这里来见朕！"

"老奴遵旨。"赵德全回头跟一个宦官说了下，宦官匆匆退了出去。

"还有雉奴呢，怎么到现在也还没来？"李世民一脸焦躁。

"大家别急，老奴这就让人再去催催。"赵德全说着，赶紧又回头点了一名宦官……

宫中甬道，长孙无忌与一名眉清目秀的华服少年匆匆走来，身后跟着一群宦官宫女。

这个少年就是李世民的第九子，也是嫡三子李治，时年十五岁，小名雉奴。李治时封晋王，遥领并州都督，因年龄尚小，并未就藩，也未开府，至今仍居宫内。他半个时辰前便接到了父皇的传诏，但长孙无忌却一直拉着他叮嘱个没完，所以就来迟了。

"雉奴，千万记住，待会儿不管你父皇说什么都不能顶嘴，就算骂你你也得受着。"长孙无忌道，"还有，你那几个皇兄挨骂的时候，你就在旁边听着就好，只需在关键时刻说几句圆场的话，让你父皇听着顺耳，让几个皇兄下得来台即可。"

李治不禁笑道："舅父，你这几句车轱辘话都来来回回说一上午了，我耳朵都起茧子了。"

长孙无忌是李承乾、李泰、李治三人的亲舅舅，但他跟两个大外甥一向少有往来，却对李治情有独钟，从小就疼爱他，待李治稍长更是成了他不挂名的师傅，时刻在他身边教导指点。表面看来，长孙无忌独独钟爱李治，似乎只是出于缘分——反正就是看着顺眼，彼此投缘，没什么道理好讲。不过，明眼人其实看得出来，长孙无忌不喜太子和魏王的真正原因，是这两个皇子都已成年，生活阅历和政治经验相对丰富，性格早已成熟，且拥有各自的政治班底，长孙无忌难以掌控他们。反之，李治年龄尚幼，性格又较为柔弱，相比太子和魏王要容易掌控得多，因此长孙无忌自然会把宝押在他身上。换言之，若能帮李治在这场夺嫡之争中胜出，长孙无忌不仅后半生富贵无忧，而且不难在日后一手掌控朝政大权。

这回，东宫爆出娈童丑闻，李世民雷霆大怒，索性把太子、魏王、晋王、吴王四个皇子都叫了来，准备通通训一训。长孙无忌担心李治不知应对，便专程入宫一番叮咛。

李治知道，其他三个皇兄或多或少都有问题，但他自己从小就是个孝顺柔弱的乖乖儿，却也被父皇点了名，不禁颇为纳闷。此刻，李治一边快步走着，一边提出了自己的困惑。

长孙无忌一笑："这是好事！此次能被点到名的，都是圣上平时最宠爱的，换句话说，假如太子被废，新太子便在你和魏王、吴王三人之中了。"

李治闻言，若有所思："就算大哥被废了，也该是三哥四哥，怎么也轮不到我吧？"

长孙无忌意味深长地一笑："这可未必。依我看，你胜出的机会，反而比魏王和吴王更大！"

李治想着什么，正待再问，便见甘露殿的一个宦官迎面跑了过来，气喘吁吁地喊着："大家有旨，命晋王赶紧上殿觐见！"


一串血点飞溅而出，又一个黑衣人倒在了萧君默的刀下。

一番拼杀，已经有十来个黑衣人倒在了血泊之中，萧君默身上也已多处见血，虽然都没伤着要害，但血流了不少，把整件白色袍衫都染红了。

剩下的二十来个黑衣人仍旧把萧君默团团围着，攻势越来越猛。

萧君默已然有些体力不支，慢慢退到坟墓边，利用坟墓作为唯一的屏障与对方周旋，明显处于防御态势，只能不时攻一两招。

杨秉均一直站在五丈开外冷眼旁观，此刻发现时机成熟，遂高举横刀，冲过去加入了战团。

雨越下越大，血水混着雨水在萧君默的身上流淌。

周遭一片雨雾苍茫，偌大的白鹿原上杳无人踪，连天上的飞鸟都已躲到树林中避雨。

看来今天要命丧此处了！

萧君默又奋力砍杀了一名黑衣人，在心里苦笑了一下。

甘露殿内，李承乾仍旧跪在地上，李泰和李治一左一右站在两旁。

李世民端坐御榻，瞟了眼殿外的雨幕，沉声道："吴王可能被雨耽搁了，就不等他了，咱们先开始吧。"

李承乾面无表情。李泰和李治同时躬身一拜："儿臣谨听父皇教诲！"

李世民盯着李承乾："承乾，此事因你而起，你自己说说经过吧。"

"其实此事也很简单。"李承乾似乎早就想好了，不假思索道，"儿臣喜欢一个太常乐人，可他是一名男子，其父多年前因酒后乱言被砍了脑袋，就这样子。"

李泰和李治下意识对视了一眼。李治面目沉静，李泰则暗含笑意。

李世民大声冷笑："听你这么说，就好像你什么错都没有，都是朕小题大做、无事生非喽？"

"儿臣没有这么说。"李承乾梗着脖子道。

"你宠幸娈童，败坏朝纲，此罪一；结交逆臣之子，还想为逆臣翻案，此罪二；目无君父，妄言宫闱秘事，此罪三；明知故犯，执迷不悟，妄图送走娈童遮掩罪行，此罪四；现在还毫无悔意，公然顶撞朕，此罪五！李承乾，倘若朕数罪并罚，你说你的太子之位还能保得住吗？"

"太子乃父皇册封，父皇自然可以随时拿回去，儿臣毫无怨言。"

赵德全在一旁听着，忍不住暗暗叹气。

"好啊！还颇有一副敢作敢当的样子嘛！"李世民哂笑道，"那朕要是说你罪同谋反，你是不是敢把脑袋也交出来啊？"

"儿臣的命也是父皇给的，父皇自然也可以拿回去。"李承乾依然毫无惧色。

李泰忍不住暗笑。

李世民忽然斜了李泰一眼："青雀，你不必在一旁幸灾乐祸，你自己也不是什么事都没有。"

李泰一怔，嗫嚅道："父皇，儿臣……儿臣有什么事？"

"你跟一帮权贵子弟成天泡在平康坊的青楼里，纵情声色，挥金如土，你以为朕都不知道吗？"

李泰一惊，慌忙跪下，不敢回话。

李治一看两个兄长都跪着，就他一个人站着似乎有点突兀，想了想，也跟着跪了下去。

李世民把目光转到李治身上："雉奴，你是不是也犯了什么错，所以朕还没问话你就跪了？"

李治想了想："回父皇，古人说兄友弟恭，儿臣虽然没犯什么错，但两位皇兄既然都跪着，儿臣自然也有义务陪跪，所以……所以儿臣就跪下了。"

李世民有些忍俊不禁，和赵德全交换了一下眼色，强行忍住了笑。

不料，李承乾却在这时笑出了声。

"承乾，你还敢笑？"李世民再次板起面孔，"你是不是以为他们都跪下了，你就没事了？"

"儿臣当然不敢这么认为。"

"那你笑什么？"

"儿臣笑的是'陪跪'一词着实新鲜，也笑儿臣三兄弟，虽然都是父皇母后所生，却有人聪明得那么可恨，有人老实得如此可爱。"

李世民听出了弦外之音，顿时眉头一皱。

李泰闻言，忍不住斜了李承乾一眼："大哥，你这话什么意思？"

"这里就咱们仨，什么意思你都听不出来？"李承乾一脸讥笑。他很清楚，此次称心事件，他会在曲江池被父皇抓个正着，背后显然是李泰在搞鬼，所以早就憋了一肚子气。

"大哥，你要骂人也得有证据啊！"李泰不自觉地提高了声音，"你这回干的好事是被父皇发现的，跟我有何干系？你不能血口喷人哪！"

"我什么都还没说，你就自己跳出来了，这不就是证据吗？"李承乾冷笑道。

李泰一时语塞，正待回嘴，李世民突然重重拍案，厉声道："够了！朕还没死呢，你们几个要兄弟阋墙窝里斗，也等朕死了再说！"

雨中的白鹿原，杨秉均攻势凌厉，招招都冲着萧君默的要害。

萧君默且战且退，不仅要抵挡他的攻击，还要防备其他黑衣人的围攻，顿时左支右绌，险象环生。

杨秉均其实武艺稀松，若是在平时，就算八个杨秉均也不见得是萧君默的对手，但眼下杨秉均是以逸待劳、以众凌寡，萧君默则是强弩之末、独臂难支，所以胜负已成定局，萧君默活命的机会非常渺茫，被杨秉均斩于刀下只是时间问题了。

　　萧君默情知难逃此劫，索性卖了个破绽，假装脚底一滑，慌忙用刀拄地，把整个人暴露在了杨秉均面前。杨秉均大喜，欺身近前，手中横刀高举，向着萧君默当头劈落。不料萧君默却不格挡，而是长刀突刺，直捣杨秉均的心口。

　　这分明是同归于尽的一招！

　　杨秉均大惊失色，只好中途变招，侧身一闪，堪堪躲过萧君默的刀锋。

　　此时萧君默已抱定必死之心，所以不再防备身后，手腕一翻，龙首刀横着划过杨秉均胸口，杨秉均一声惨叫，受伤不轻。然而，与此同时，萧君默身后的一名黑衣人却把刀砍在了萧君默的肩头。萧君默受不住力，单腿跪地，手中长刀往地上一插，才没有完全扑倒。

　　杨秉均见状，强忍伤痛，再次挥刀砍向萧君默的脖颈。

　　此刻萧君默已完全没有机会格挡了，遂凄然一笑，等着最后时刻的到来。

　　千钧一发之际，突然嗖的一声，从东南方向射来一支利箭，瞬间洞穿了杨秉均的手腕。杨秉均一声哀号，手中横刀当啷落地。

　　萧君默和众黑衣人尽皆诧异，扭头望去，只见一队飞骑正从一片土坡上疾驰而下，为首一匹高大的白马上，坐着一名通身盔甲的彪悍骑将。骑将一边策马飞奔一边搭弓上箭，紧接着又是一箭射来，不偏不倚地射入一名黑衣人的咽喉，此人哼也不哼便仰面倒下。

　　那名骑将两箭得手，第三支箭转瞬又搭上了弓弦。

　　众黑衣人惊恐莫名，也顾不上萧君默了，慌忙拥着受伤的杨秉均向灞水岸边逃去。他们的马匹都系在河边的柳树上。

　　转眼之间，那队飞骑便到了面前。杨秉均等人也已骑上马向西北方向逃窜。那名骑将朗声对众骑兵道："追！给我抓个活口，看是何方悍匪敢在天子脚下杀人！"

　　众骑兵领命追了过去。

　　骑将翻身下马，大步朝萧君默走来。

　　萧君默早已认出来人，松了一口气，一屁股坐在了泥地里。一放松下来，他才感觉全身到处都痛，不禁咝咝地倒吸了几口冷气。

　　"你不是老吹自己武功多高吗，怎么也被人揍成这样？"骑将笑着，一下蹲在他面前，看着他身上的伤口，目光就像是在欣赏。

　　"你连两头熊都打不过，还有脸说我？"萧君默摸了摸周身的伤口，疼得龇牙咧嘴，"他们足足有三十多人，换成是你，早死八回了！"

　　"我现在可是你的救命恩人，你说话的口气就不能好点？"骑将仍旧面带笑容。

此人还很年轻，看上去只比萧君默大个两三岁，丰神俊逸，英气逼人，虽然看得出远道而来风尘仆仆的样子，但眉眼间却神采奕奕，脸上的笑容更是洒脱不羁、灿若朝阳。

"我都救你两回了，你才还我一次就这么得意，有意思吗你？"萧君默白了他一眼。

"是啊，总算还了你一次，本王顿觉神清气爽啊！"骑将笑道，"早知道刚才第二箭就先不射，等他们再砍你我再射，这样就算还了你两次，咱们的账就清了！"

"你这么会算账，当什么都督啊，回朝当个度支郎算了。"萧君默一摸肩头，竟摸了一手的血，赶紧甩了甩。

"还真被你说中了，父皇刚把我的都督免了，我现在是无官一身轻啊！"

萧君默眉头一皱："怎么回事？"

这个刚刚救下萧君默的骑将，正是李世民第三子、时任安州都督的吴王李恪。他数日前接到了李世民传诏回朝的诏书，同日被免去了都督之职。

李恪站起来，耸耸肩："我的长史权万纪跟父皇上了密奏，说我游猎无度、滋扰百姓。"

萧君默一笑："你可真行，竟然被自己的手下告了黑状，说出去都丢死人！"

"权万纪表面是我的属下，实际上还不是父皇放在身边盯我的，他不告黑状才怪！"

"哎，我说，"萧君默抬头看他，"我伤得这么重，你不赶紧送我回城就医，还一个劲地说，想害死我啊？"

"是你自己多话说个没完，怪谁啊？"李恪嘴里这么说，手上却已用力把萧君默拉了起来。

萧君默被扯动伤口，疼得脸都变形了。

李恪这才留意到他的脸色异常苍白，肃然道："你还别说，你的脸现在已经跟死人一样了。"

萧君默确已虚弱不堪，却仍强作笑颜："你少咒我，我死了对你没好处，回头要是再被哪头熊压在身下，可没人救你了。"

说起来，萧君默跟吴王李恪渊源颇深。早在萧君默任职玄甲卫的第一年，到安州执行任务，恰好碰上李恪出城打猎，不小心坠马挂在山崖，被路过的萧君默救了起来。第二年，李恪回朝述职，又到终南山打猎，跟手下跑散了，被两头黑熊围攻，恰巧又被萧君默给救了。李恪笑称萧君默是他的福星，萧君默说事不过三，再来一回你就死定了。二人从此便有了过命的交情，虽然不常见面，却无形中已亲如兄弟。

"少废话！赶紧上马，我看你快不行了！"李恪一脸紧张。

萧君默一笑："瞧你这没见过世面的样子！我这人身体好，血多，流不完的……"话音未落，他两眼一闭，身子一晃，便瘫软了下去。

李恪一把抱住他，忍不住骂道："又嘴硬！你迟早得死在这张嘴上！"

萧君默却一动不动，显然已经晕厥。

李恪急了，慌忙拍他的脸："哎，你别吓我，说死你还真死了？"

看萧君默还是没有半点动静，李恪赶紧打了声呼哨。不远处的那匹白马闻声，立刻昂首奋蹄跑了过来。

甘露殿里一片沉寂，只有李世民粗重的呼吸声显得异常清晰。

"青雀，你老实回答朕，这次的事情，跟你有没有关系？"李世民看着李泰。

"冤枉啊父皇！"李泰急道，"自始至终，儿臣有跟您提过娈童的事吗？事前儿臣根本什么都不知道啊！"

李世民沉吟不语。

李承乾冷笑："你没提，不等于你的人没提。如果我没有猜错，这次背后告我的人，一定是黄门侍郎刘洎吧？"

李泰也笑了笑："什么人告你的我不知道，但就算是刘洎，他这么做也是出于对父皇和社稷的赤胆忠心，更是出于挽救你的一片苦心！如果你硬要说他是我的人，那么我承认，在这一点上，刘洎和我的确是一条心！我相信，朝中所有的忠臣孝子和正人君子，也都跟我们是一条心！"

李泰这番话说得大义凛然、掷地有声，无懈可击，不但替自己解了围，还帮刘洎圆了场，更重要的是随顺上意，让李世民听了十分入耳。所以话音一落，李世民当即面露赞赏之色，道："青雀这话说得在理，若臣子均存此心，君父亦复何忧！承乾，别的事不说，在识大体、顾大局这一点上，青雀就做得比你好，你还别不服。"

李承乾隐隐冷笑，不说话了。

"多谢父皇首肯！"李泰喜道，"儿臣虽无德无能，但时刻谨记父皇平日的谆谆教诲，不敢暂忘。"

"嗯。"李世民点点头，"那你日后流连青楼的时候，最好也要记得朕的教诲。"

李承乾暗暗一笑。连李治都忍不住咧了咧嘴，却强忍着不敢流露笑意。

李泰大为尴尬，忙道："父皇教训得是，儿臣今后一定痛改前非，绝不再涉足平康坊半步！"

"雉奴，"李世民看向李治，"你的两个兄长，其所作所为，何者为是，何者为非，朕的态度如何，你也都看见了，从今往后，该如何立身处世，不用朕再教你了吧？"

李治忙道："父皇一片苦心，儿臣自然明白。请父皇放心，儿臣今后一定小心为人、谨慎处事，绝不敢给父皇增添烦恼。"

李世民微微皱眉："雉奴，小心谨慎固然是对的，但你的问题不是不够谨慎，恰恰是太过拘谨，偏于柔弱了。凡事过犹不及，倘若你什么事都不敢做，那便是缺乏担当，日后又如何作为一个藩王屏卫社稷、侍奉父兄呢？"

李治有些蒙："那，那请父皇示下，儿臣该做些什么事？"

"重要的不是现在马上去做什么事，而是要在平素的语默动静、言行举止之间，培养起一个皇子、一个藩王该有的胆识、魄力与担当。换言之，你该做的，不是不给朕增添烦恼，而是要主动帮朕分忧，听明白了吗？"

李治似懂非懂，只好点了点头。

李世民叹了口气，转头对赵德全道："瞧瞧朕这三个儿子，一个是有胆识，却失之于鲁莽；一个是很聪明，却失之于算计；还有一个是太仁厚，又失之于老实暗弱。朕心实无聊赖啊！"

李承乾、李泰、李治听了，不禁面面相觑。一句话把三个人的优缺点全部点明说透，既肯定了他们的长处，又不留情面地揭了他们的短，不免令三人都有些震动。

赵德全忙道："大家目光如炬、洞彻人心，老奴佩服得五体投地！不过，三位皇子都还年轻，璞玉尚待雕琢，真金亦需火炼，只要大家耐心调教，假以时日，必可使三位皇子扬长避短、各成其美！"

李世民似笑非笑："你倒是会说话，就是太过八面玲珑，说了跟没说一样。"

赵德全嘿嘿笑着，俯首不语了。

就在这时，一个宦官匆匆进殿，奏道："启禀大家，太子太师魏徵求见。"

李世民冷然一笑："朕估摸着，他也该来了！"

赵德全瞟了眼殿门，只见外面大雨如注，忍不住小声嘀咕："雨下这么大，太师他……"

"雨大？" 李世民又冷笑了一下，"出了这么大的事，就是天上下刀子，他魏徵也会来。" 然后对着殿门口的宦官道："让他进来吧。"

宦官领命退出。李世民环视了跪在地上的三人一眼，道："你们都下去吧，青雀和雉奴都记着朕今日说的话；承乾先别出宫，在偏殿等候裁决。"

承天门，大雨滂沱，天地间一片灰蒙。

一群守门的甲士都缩在门洞里，百无聊赖地望着外面厚重的雨幕。

突然间，雨幕中冲出了一骑白马，马上之人通身盔甲，胸前还抱着一个浑身是血的白衣男子，直直朝着宫门冲来。

甲士们大为惊诧。为首队正神色一凛，一声令下："挡！" 众甲士纷纷把手中长矛指向来人，瞬间便结成了一道长枪阵。

"我是吴王李恪，都给我让开！" 马上之人厉声高喊，不但不停，反而加快了速度，"奉旨入宫，挡路者死！"

甲士们都慌了神，赶紧看向队正。队正也犹豫了，不知该拦还是该让，因为即使奉旨入宫，也从未有人拿着这样一副拼命的架势来硬闯的。

转瞬之间，白马距宫门已不过三丈之远。甲士们只听马蹄嗒嗒，后面俨然又跟着一队飞骑。为首的白马骑将见他们不让，唰地抽出了佩刀，身后众骑也跟着全部抽刀在手。

眼看一场厮杀就要在宫门爆发，甲士们全都一脸惶急。

就在李恪即将跃入门洞的一刹那，队正终于大喊一声："让！"

众甲士唰地一下收起长矛，向两边闪开。李恪犹如疾风一般从他们身边掠过，紧接着那队飞骑又嗖嗖嗖地与他们擦身而过。

直到李恪跟他的飞骑消失在宫城的雨幕之中，守门队正才吞了一口唾沫，喃喃道："这吴王莫不是疯了？！"

李恪抱着浑身是血的萧君默冲进太医署的大门时，着实把里头老老少少的太医全都吓了一跳。

"赶紧救人，都愣着干什么？！" 李恪一声怒吼。太医们这才回过神来，赶紧七手八脚地把萧君默抬进了屋里。

"救不活他，本王唯你们是问！" 李恪扔下这句话，又大踏步走进了雨中。

太医们面面相觑，静默了一瞬，然后便各自冲向自己的药箱……

"朕命你教导太子，可你就教出了这么个结果？"

甘露殿里，李世民冷冷地对站在下面的魏徵道。

雨水浸透了魏徵的乌纱和官袍，又滴滴答答地淌到地上，片刻之间便在他脚边积成了一小摊水。

"臣失职，有负圣恩，还请陛下降罪！"魏徵说着，扑通一下跪在那摊水上。

李世民皱了皱眉，有些不忍，给了赵德全一个眼色。赵德全赶紧搬了一张圆凳过去，低声道："太师，地上凉，大家让您坐着回话。"

魏徵却执拗地跪着，朗声道："启禀陛下，臣知此次太子犯了大错，理应严惩，但不知陛下打算如何惩戒？"

赵德全尴尬，只好把圆凳放在一边，悄悄走回李世民身旁。

"朕正在考虑，是否该废黜他。"

魏徵知道皇帝肯定会这么说，便道："陛下，请恕臣直言，此时废黜太子，有三不可。"

"哦？"李世民眉毛一挑，"原来你冒着大雨入宫，不是来请罪的，而是来劝谏的？"

"回陛下，臣的本职便是直言进谏，这么多年都是如此，陛下可以不听，但臣不能不说。再者，事有先后，臣把该说的说了，然后陛下再治臣的罪，臣绝无怨尤！"

"也罢，那你且说说，何谓三不可？"

"谢陛下！毋庸讳言，近年在诸位皇子中，魏王最蒙圣眷，所获荣宠一度超过东宫，以至对储君之位渐生觊觎，此乃朝野共知。若陛下此时废黜太子，改立魏王，则无论此次娈童事件是否与魏王有瓜葛，都会给朝野上下造成一种印象，认为储君之位可经营而得。设若陛下后世子孙皆纷起效法，必不利于我大唐之长治久安，故臣以为不可。"

事实上，这也正是李世民的顾虑之一，但他却不动声色，道："接着说。"

"此次事件牵连陆审言谋反案，事涉宫闱之秘，暂且不论这个秘密是什么，若因此而废黜太子，必然会在朝野掀起轩然大波，令万千臣民对此秘密皆生好奇探求之心，这定非陛下所乐见，故臣以为不可。"

李世民不得不承认，这确实是自己更深的一层担忧。当年武力逼宫囚禁高祖之事，所知之人甚少，若因此次娈童事件而被掀开，的确是极大的不智。纵使朝野皆不知真相为何，但仅仅是臣民之间口耳相传或心存腹诽，便是李世民无法接受的。

"那第三又是什么？"

　　"储君乃为国本，非到万不得已，不可轻言废黜。此次太子所犯之错，归根结底只是德行不修，并非真的意欲谋反，若予以废黜，则有因小失大之嫌。如前朝隋文帝，因小事而废黜太子杨勇，另立包藏祸心、矢志夺嫡的晋王杨广，以致社稷倾覆，二世而亡，此殷鉴不远，来者可追，还望陛下三思，切勿重蹈覆辙！"

　　魏徵说完，李世民顿时陷入了长长的沉默。

　　他发现，魏徵的这"三不可"，无一不切中他内心的隐忧。因此，与其说魏徵是在劝谏，不如说是在帮李世民说出在心里想却不便说出的话。换言之，这是给李世民搭了张梯子，好让他下台。这么多年来，李世民之所以屡屡接受魏徵的犯颜直谏，非但不为之恼怒，反而还觉其言"妩媚"，原因就在于魏徵的谏言总是能够击中要害，让李世民找不到反对的理由。

　　就在李世民的沉默中，魏徵突然打了一个异常响亮的喷嚏。

　　一时间，大殿上的气氛有些尴尬。

　　李世民忍不住笑出了声，赵德全察言观色，也赶紧放声而笑，最后，连魏徵自己也不得不跟着笑了起来。于是，尴尬的气氛便在君臣三人的笑声中涣然冰释，而这场突如其来、惊心动魄的储君危机，也就在这阵笑声中悄然消散、化为无形了……

第十九章 秘阁

李世民最后采纳了魏徵的谏言，打消了废黜太子的念头，随后针对该事件颁发了一道诏令：一、将称心斩首弃市；二、太子禁足三个月，在东宫闭门思过，其间不得观赏任何歌舞伎乐；三、将每月发放给东宫的钱帛、物料扣除三成，为期一年。

这样的处理结果显然是程度最轻的惩戒了。李承乾接诏时，居然有点不太相信，愣了好一会儿，直到赵德全催他赶紧领旨谢恩，他才回过神来。

尽管自己在这起事件中毫发无伤，可一想到从此便要与称心阴阳永隔，李承乾的心里不禁痛如刀割。但事已至此，他也无可奈何。

最后，李承乾把这笔账记在了魏王和刘洎头上。

他暗暗发誓，总有一天要让他们付出血的代价！

吴王李恪脱掉铠甲换上朝服匆匆赶到甘露殿的时候，鬓发凌乱不堪，发丝还在淌水。李世民看到他狼狈的样子，皱了皱眉，问他为何不避雨。李恪便将自己在白鹿原遭遇的事情一五一十做了禀报。李世民顿时一惊，道："萧君默现在如何？"

"应该没有性命之忧。"李恪道，"虽然受了些伤，不过都未伤及要害，只是失血过多，目前还在昏迷，儿臣已经把他送入太医署了。"说完又想到什么，赶紧道，"父皇，此事有点不合规矩，儿臣未及向父皇请旨便自作主张，还请父皇恕罪。"

"人命关天，你这么做是对的。"李世民道，"更何况，萧君默是辩才一案的有功之臣，朕更不能让他出事。就让他留在太医署养病吧，这段时间，你替朕多照料一下。"

李恪大喜，赶紧谢恩。辩才一案，他在安州也有耳闻，只是没料到父皇对此案如此看重，连带着还对萧君默如此重视。

"这回朕免了你的都督一职，你可有怨言？"李世民看着他。

李恪洒脱一笑："父皇多虑了。儿臣就当是一次回京向父皇尽孝的机会，感激还来不及，岂会有怨言？"

李世民又看了他一会儿，知道他没有说谎。

事实上，除了三个嫡子，李恪是余下八个庶子中最让李世民看重的，因为李恪兼有文韬武略，为人英武果敢，最似青年时代的李世民。所以，假如李承乾被废黜，那么李恪便是李世民心目中最有条件继任太子的人选之一。此次李世民以免职为由把他召回朝中，真正目的其实是想把他留在身边备选。职是之故，尽管目前李世民暂时打消了废黜李承乾的想法，可还是决定把李恪留在京城住一阵子。

"朕在亲仁坊给你安排了一处宅子，你先住进去。"李世民道，"需要什么东西，可随时禀告，朕让德全给你安排。"

"谢父皇！"

李世民忽然想起什么："方才你说，在白鹿原有命手下去追那帮刺客，结果如何？"

李恪摇摇头："没追上，那帮亡命徒看来都训练有素，既凶残又狡猾，不好对付。"

李世民想了想："这样吧，朕交个差事给你去办。"

李恪一喜："父皇请讲。"

"查一查这帮刺客，看看是什么样的亡命徒，敢在天子脚下刺杀朝臣。"

"儿臣遵旨！"

萧君默万万没料到，自己营救辩才父女的计划，竟因一场突如其来的刺杀搁浅了。

而他更没料到，自己居然被安置在了宫中的太医署养伤。

其实他的伤势不重，经太医调理数日，喝了一些补血补气的药后，便大为好转了，只是几处较大的伤口还未愈合，身体还有些虚弱。萧君默惦记着营救的事，执意要出宫，李恪却死活不让，还派了两名亲兵守着他。萧君默哭笑不得，感觉自己好像被软禁了。原本住在宫外，他还可以利用禁苑的漏洞，化装成宦官潜入后宫，可现在住在宫内，反而寸步难行，跟楚离桑仿若咫尺天涯，连给米满仓递个话的机会都没有，着实让他郁闷难当。

李恪一天来太医署看他两三回，没少损他。萧君默闲得无聊，就跟他打嘴仗解闷。这天，萧君默在太医署的院子里练拳，李恪又来了，一看到他便笑道："现在有劲了？那天躺在我怀里，软得跟个女人似的。"

萧君默叹了口气："你一个堂堂亲王，除了天天来损我就没正事干了吗？"

"现在照料你是本王第一正事，父皇旨意。"李恪正色道。

"其实我已经好了。"萧君默舒展了一下筋骨，挥了挥拳头，"能请你别再照料我了吗？放我回家。"

"真的好了？"

"当然！"

李恪看着他，突然出手，当胸一拳打了过去。萧君默慌忙格挡，大叫道："有你这么偷袭的吗？太卑鄙了！"李恪不理他，连连出击，拳掌交替。萧君默拼尽全力抵挡，无奈脚底虚浮，两只手也使不上劲，不过四五个回合，一个不慎便又向后倒去。

李恪一个箭步冲上去，抱住了他的腰，笑道："你现在除了嘴巴硬，全身上下都是软的，还敢吵着回家？"

萧君默气急败坏地推开他，怒道："方才是你偷袭，不算，再来！"

李恪摇头笑笑："就你现在这样，恐怕连女人都打不过。"

萧君默更怒，挥拳冲了上去。李恪一边闪避，一边大声道："桓姑娘，我帮你试过了，这家伙现在就这两下子，你扬眉吐气的时候到了！"

萧君默一怔，赶紧收起架势。桓蝶衣就在这时走了过来，笑道："师兄，方才吴王说了，只要你过了我这一关，就可以回家。"

萧君默无奈苦笑，举手做投降状："行了，我斗不过你们，我现在就睡觉去。"说着便朝屋里走去。

桓蝶衣和李恪相视一笑。


"你现在就该在这儿乖乖养伤，哪儿都别想去！"桓蝶衣跟他进了屋里，还在一个劲地训他，"出了这么大的事，也不给我和舅舅传个话，害我们都急死了，以为你也失踪了！要不是吴王奉旨和舅舅一起追查刺客，我们都不知道你出事了！"

"到底是多大的事？"萧君默笑，"我又不是第一回受伤。"

"你还嘴硬？吴王说你那天流了好多血，再晚一步兴许就没救了！"

"吴王就是个大嘴巴，他说的话你也信？"

"不管怎么说，你现在的任务就是安心养伤，别七想八想！"桓蝶衣瞥了他一眼，"更别想着要去找那个楚离桑。"

萧君默心里咯噔一下，赶紧岔开话题："杨秉均查得怎么样了？"

"吴王和舅舅正联手全力搜捕。"桓蝶衣道，"对了，吴王说你一直认定杨秉均就躲在城里，为什么？"

"杨秉均这回不像是私自行动。"萧君默思忖着，"那天围攻我的那些刺客，身手都不弱，所以我猜，杨秉均应该是奉了冥藏的命令。我估计，这回不光是杨秉均到了京城，恐怕冥藏本人也来了。"

桓蝶衣微微一惊："照你这么说，那他们此次来京一定不光是为了报复你，还会有更大的行动？"

"聪明。"萧君默竖了竖大拇指，"杀我只是顺带干的事情，绝不是他们此次来京的主要目的。"

"那他们到底想干什么？"

"这也是我想知道的。"萧君默无奈一笑。

事实上，萧君默心里很清楚，不管冥藏此次来京究竟意欲何为，至少其目的之一是跟自己一样的，那就是——劫走辩才。

就萧君默之前已经查到的线索来看，冥藏虽然是天刑盟主舵的首领，但一直以来，他能有效掌控的好像只有本舵和玄泉、无涯这两个所谓的"暗舵"，至于其他分舵，他似乎都鞭长莫及。比如魏徵的临川舵，这么多年冥藏似乎一直不知道它的存在，更别说那些散落在江湖中的分舵了。由此可见，冥藏一心想抓辩才，目的很可能是通过他获取《兰亭序》的核心秘密，进而找到并号令那些隐藏在江湖中的分舵。

想到这里，萧君默忽然灵光一闪：根据之前围绕"无涯之觞"所做的推论，王羲之在《兰亭序》真迹中很可能写了二十个不同的"之"，以此铸刻各分舵"羽觞"的阴阳双印；由此来看，会不会是因为冥藏手中没有各分舵的阴印，所以他必须千方百计找到《兰亭序》真迹，以便准确复制各分舵阴印，从而号令它们呢？

至此，萧君默基本上可以得出结论，《兰亭序》真迹中那二十个不同的"之"字，肯定便是它的核心秘密了，至少也是核心秘密之一！

看见萧君默忽然呆了，桓蝶衣不悦道："想什么呢？你肯定又有什么事瞒着我吧？"

"你放心。"萧君默一笑，"反正我不是在想楚离桑。"

桓蝶衣气急，猛地往他肩膀捶了一拳。萧君默被打到伤口，其实不是很痛，却故意夸张地叫了起来。桓蝶衣这才想起他受了伤，大为不忍，赶紧问他怎么样了。

萧君默一屁股坐在榻上，一边揉着肩膀，一边愁眉苦脸道："我真命苦啊，成天被你和吴王两个欺负，想说理都没地方说去！"

桓蝶衣连声道歉。

萧君默看她着急担忧的样子，忍不住笑了起来："算了算了，反正我现在无亲无故，就你一个师妹，就不跟你计较了。"

桓蝶衣一听，心里蓦然一动，眼中不由升起了一股柔情。

萧君默慌忙把目光挪开，心里暗骂自己该死，明明没事你干吗又惹她呢？

想起自己刚才那句话，萧君默便真的不由自主地想起楚离桑来了。自己那天明明说了要救她，而且承诺很快便会想出办法，但现在被伤势耽搁，一晃就好几天过去了，她又不知自己的音讯，心里肯定又在骂他是骗子了。

真是造化弄人！

萧君默在心里苦笑，不明白自己和楚离桑之间为什么总是会磕磕碰碰、误会不断。

凝云阁上，楚离桑斜倚着栏杆，怔怔地望着不远处的水面发呆。

阳光下的海池，碧波荡漾，一对鸳鸯正在水中自在徜徉。只见羽毛鲜艳的雄鸳频频向雌鸯曲颈点头，把嘴浸入水中，然后又竖直头部艳丽的冠羽，不时地左右摆动头部……

楚离桑看着看着，不禁羞涩而笑。她记得从前听母亲说过，这是雄鸳在向雌鸯表达爱意，之后它们便要在一起洞房花烛、生儿育女了。

由于不好意思看那"洞房花烛"的场景，楚离桑把头转了回来。就在这时，米满仓提着一只鸟笼走了进来，笼子里立着一只五彩缤纷的鹦鹉。

"楚，楚姑娘，你要的，鸟，鸟来了。"米满仓故意说得很大声，给了楚离桑一个眼色。

房里依旧站着那四名宫女。楚离桑瞥了她们一眼，对米满仓道："提过来，让我仔细瞧瞧。"

米满仓依言走了过来。

楚离桑假装逗弄笼中的鹦鹉，低声问："打听到了吗？"

"有，有了，萧郎他，他，他……"

"直接说结果！"楚离桑急道。

"遇刺了！"米满仓终于把话憋了出来。

楚离桑大惊失色，睁圆了眼睛："你说什么？！"声音不自觉便提高了，米满仓赶紧冲她眨眼。楚离桑既惊恐又焦急，强自镇定下来，又问："那他……出事了吗？"

"还好，没，没死。"

楚离桑长长地松了一口气，抚住心口，那里还在怦怦乱跳。

"就是受，受伤了。"

"伤得怎么样？严重吗？"

"应无大，大碍。"

楚离桑的心跳这才缓缓平复下去。这几天她一直在心里骂萧君默，觉得他就是个彻头彻尾的骗子，没想到他竟然是出了这么大的事，看来自己又错怪他了。

"萧郎他，早，早计划，好了，你放，放心。"

米满仓话音刚落，笼中鹦鹉忽然叫了起来："你放，放心，你放，放心……"米满仓吓了一跳，狠狠拍打了几下鸟笼，那鹦鹉才闭了嘴。

楚离桑忍不住一笑，心里不觉便轻松了一些。

只是一想到经此变故，不知会不会夜长梦多，楚离桑心头复又沉重。还有，父亲那头该怎么应付皇帝，也让人心焦。前几天，她曾让米满仓去打听了一下，米满仓说法师一切正常，该吃吃，该睡睡，让她别担心。可楚离桑总觉得事情这么拖下去也不是办法，倘若父亲执意不开口，皇帝迟早有一天会失去耐心。

"朕就快失去耐心了！"

佛光寺的禅房里，李世民一脸不悦地对辩才道。

辩才端坐蒲团，脸色红润，神情安详。

"法师最近好吃好睡、养尊处优，却依旧只字不吐，这合适吗？"李世民提高了声音。

辩才淡淡一笑："陛下别急，容贫僧再休养几日。"

"再休养几日？"李世民冷笑，"冥藏已经杀到京城了！你知道吗？"

就在刚才，桓蝶衣回玄甲卫衙署向李世勣说了萧君默的判断，李世勣当即入宫向皇帝进行了奏报。

辩才闻言，微微一震。

"冥藏竟敢在光天化日之下刺杀玄甲卫郎将，还差一点就得手了！天知道接下去还会掀起什么风浪！"李世民怒视着辩才，"法师如此气定神闲，却置社稷苍生之安危于不顾，是不是太自私了？！"

辩才沉吟半晌，才重重叹了口气，道："事已至此，我大唐怕是逃不过这一场劫难了。"

"劫难？！"李世民眉头一皱，"既然你也知道会有一场劫难，那就把《兰亭序》的秘密全都说出来！把一切都告诉朕，让朕来挽回这场劫难！"

辩才面色凝重，沉默不语。

"法师，请你别忘了，你的养女还在宫中，如果你还是这样执意不说，那朕便不敢保证她的平安了。"

辩才苦笑了一下，终于开口："陛下，贫僧可以说，但请恕贫僧直言，就算陛下知道了《兰亭序》的秘密，恐怕也挽回不了什么。"

"你只管说你该说的。"李世民道，"其他的，朕自有决断，无须你来操心！"

"好吧。"辩才从容地看着李世民，"不过贫僧在开口之前，想跟陛下做一个约定。"

李世民一怔："什么约定？"

"贫僧每三日，只回答陛下三个问题。"辩才道，"多了，请恕贫僧无可奉告。"

李世民有些诧异，旋即冷然一笑："你是怕朕知道了一切之后，会卸磨杀驴？"

"飞鸟尽，良弓藏；狡兔死，走狗烹！"辩才淡淡笑道，"自古以来，哪个帝王不是这么干的？倘若贫僧一口气说光了，那陛下还养着贫僧和小女做什么，岂不是白白增加宫里的开支用度？"

"难道朕就不可以放你们回家吗？"

辩才摇头苦笑："事关《兰亭序》，都是一些惊天秘密，陛下自然会担心，一旦放了我们，这些可怕的秘密就有可能泄露到民间，乃至散播天下。所以，为了杜绝万一，陛下肯定要将贫僧和小女灭口，这才能一劳永逸，根除后患！对吗陛下？"

李世民哑然失笑，片刻后才道："也罢，既然话说到了这份上，咱们也不必绕圈子了，朕现在就问你第一个问题，'天刑'二字究竟何意？"

"东晋永和九年，王羲之与众友人在兰亭会上，秘密成立了一个组织，名字便是'天刑盟'。'天刑'二字，意为上天的法则，或者天降的刑罚。简言之，天刑盟的宗旨，便是替天行道。依此宗旨，王羲之给组织定下的第一条规矩便是：邦有道则隐，邦无道则现。"

李世民恍然大悟。

至此，困扰李世民多年的吕世衡留下的血字之谜，终于真相大白。"天刑"二字，原来便是这个神秘组织的名称，吕世衡当年极力想告诉自己的，原来便是这个！

但是，辩才所说的"邦无道则现"，却深深刺激了李世民。他盯着辩才，愤然道："自从朕登基之后，我大唐天下便河清海晏、国泰民安，在法师看来，难道是'邦无道'吗？"

"陛下功绩，天下人有目共睹，贫僧自然是认为'邦有道'。"

"既然如此，冥藏为何还要出来祸乱天下？他是天刑盟的首领吗？"

"最近的一任天刑盟盟主，是王羲之七世孙，也是贫僧先师——上智下永老和尚，冥藏是他的侄孙，本名王弘义，乃天刑盟主舵冥藏舵的舵主，并非盟主。当年陛下追随高祖澄清四海、鼎定天下，先师便看出我大唐必能给天下苍生带来一个太平盛世，故而遵循'邦有道则隐'的原则，下令各分舵进入沉睡状态，而后主动切断了与各分舵的联络。遗憾的是，王弘义的看法和主张均与先师不同，此人野心勃勃，一意要复兴家族，让琅玡王氏重现当年'王与马，共天下'的荣光，故而与先师分道扬镳。此后，先师圆寂，临终前嘱咐贫僧，一定要恪守'邦有道则隐'的原则，让天刑盟从此消失于江湖。这也是贫僧这么多年一直保守秘密的原因所在。也正因此，贫僧才会一再劝陛下'以无事治天下'，不要为了追查《兰亭序》的秘密而无意中唤醒整个天刑盟，因为这恰恰遂了王弘义的心愿。此人唯恐天下不乱，一心要重启并掌控整个组织，进而在乱局之下火中取栗，以实现他的个人野心。所以，冥藏的所作所为，并不能代表天刑盟，请陛下不要误解。"

听完这一番话，李世民默然良久。

倘若真如辩才所说，整个天刑盟都被唤醒且落入冥藏手中的话，那势必会有一场劫难。但是，以李世民的性格，他是不可能"以无事治天下"的，更不可能坐等冥藏出招再后发制人，他必须掌握先机，把一切危险因素都扼杀在萌芽状态，就像当年征战天下、驰骋沙场时，他也总是身先士卒、冲锋陷阵，并且总能旗开得胜、一举制敌一样！

"天刑盟的势力到底有多大？重启并掌控天刑盟的关键，是不是就藏在《兰亭序》真迹之中？"李世民紧盯着辩才，"还有，《兰亭序》真迹现在到底在哪里？"

辩才笑了笑："陛下，这是另外三个问题了，您忘了方才的约定了吗？"

李世民又盯着辩才看了一会儿，才点点头，站起身来："三天之后，请法师准备好答案。"

桓蝶衣走后，萧君默便又闲得发慌，忽然想起了一件事。

太极宫中有一座著名的藏书楼，被称为"秘阁"，其中收藏着古往今来数十万卷著作典籍，主收诸子百家、官修正史，旁涉稗官野史、志怪异闻，可谓应有尽有。萧君默对秘阁向往已久，但平时是绝对没有权力进入的，只能望洋兴叹。可现在不同了，萧君默想，一来自己正闲得难受，二来可以找吴王帮忙，趁机进入秘阁一观，以遂平生之愿，岂非乐事一桩？

这么一想，萧君默立刻兴奋了起来，马上让守在门口的亲兵去找吴王，说有要事相商。约莫半个时辰后，李恪匆匆赶来，可一看到他百无聊赖的样子，马上意识到被骗了，遂一脸讥嘲道："怎么，才一会儿没见，立马又想我了？"

萧君默笑："是啊，这才叫兄弟嘛！"

李恪瞪了他一眼："让你养个病都不安分！本王忙得很，你可别耍我！"

"不耍你，真的是有事请你帮忙。"

"什么事？"

"我快闷死了！带我去秘阁，看看书。"

"这就是你说的'要事'？"李恪一脸不悦，"就为了这么芝麻绿豆大的事，你就急急忙忙让人把我叫来？"

萧君默嘿嘿一笑："对你这种堂堂亲王，这当然是小事，可对我这种芝麻绿豆大的官，进秘阁就是比登天还难的大事！我不找你找谁？"

李恪得意："好吧，看在你如此低三下四求我的分上，本王就勉为其难了。"

萧君默心中大喜，却不想被他踩得太狠，便道："我低三下四了吗？没有吧？"

"没有吗？没有就算了，本王还有事呢。"李恪转身就要走。

萧君默慌忙拉住他，赔笑道："有有有，真的有好吧？你爱怎么说都成！"

李恪这才笑了："能让你这么嘴硬的人服软，真是人生一大乐事啊！"

"好好好，你高兴就好，赶紧走吧！"萧君默拉起他就走。李恪脸上乐开了花。

秘阁果然名不虚传，萧君默一走进去，便觉一股庄重肃穆的文翰之气扑面而来。

整座藏书楼共有三层，每一层都陈列着一排排高大的楠木书架，装帧精美的书卷层层叠叠地堆放在书架上，可谓浩如烟海、汗牛充栋！

吾生也有涯，而知也无涯，以有涯随无涯，殆矣！萧君默穿梭在书架之间，不觉在心中发出了庄周之叹。方才吴王领他进来时，交代书监说："萧将军在帮本王查案子，需要调阅秘阁的书籍史料，你务必全力配合！"书监频频点头，诺诺连声。然后吴王冲他眨了眨眼，便先走了。萧君默不禁在心里感叹：权力真是个好东西，怪不得世人都那么渴望，不择手段也要得到它。

书监陪着萧君默转了几圈，萧君默嫌不自在，把他打发走了，随后信步走到陈列史籍的区域，心中蓦然闪过一念：何不趁此机会查查有关《兰亭序》的事？

主意已定，萧君默便从头开始整理相关思路，看看有什么问题和疑点是可以借助这里丰富的藏书进行追查的。

东晋永和九年三月初三，是传统的"上巳节"。依照民间习俗，人们通常会在这一天到水边洗濯污垢、消灾祈福，同时游春踏青、饮酒赋诗，称之为"修禊"。王羲之就是在这一天，与六个儿子、三十五个属官及友人，在会稽郡山阴县的兰亭溪畔，举行了兰亭会。

由于王羲之及其与会者都是当时名士，兰亭会上又有曲水流觞、饮酒赋诗的风雅之事，所以后世向来把此次集会看成是一次"文人雅集"。但萧君默现在已经知道，王羲之事实上就是在这次集会上成立了庞大的秘密组织天刑盟，可见，所谓的"文人雅集"完全是王羲之为了掩人耳目而设计的幌子，纯粹是一个伪装。

那么，这里首先要查证的第一个问题便是：王羲之是在一种怎样的历史背景之下，出于什么动机才召集这次会议成立天刑盟的？

尽管萧君默对东晋一朝的大体史实并不算太陌生，但要弄清这个问题，势必要在大量史料中做一番爬梳剔抉的功夫，绝非凭借笼统疏阔的记忆便可办到。很快，他便从书架上取下了六七百卷书，堆在一旁的书案上和地上，俨然堆成了一座书山。书监远远偷看了一眼，当即露出惊诧的表情。萧君默冲他笑了笑。书监赶紧满脸堆笑，抬起手打了个招呼，然后立刻把头缩了回去。

萧君默在书案前坐了下来，开始翻检文献。他刚搬下来的六七百卷书，主要是南朝臧荣绪的《晋书》等二十余种晋代专史，另外还有东晋时期大量的诏令、仪注、起居注，以及个人文集、笔记史等，已足够他理出一个全面且清晰的历史脉络了。

随着书卷的翻动，一幅波澜壮阔、金戈铁马的历史画卷，便透过三百多年的岁月烟尘，在萧君默面前徐徐展开……

晋穆帝永和九年，天下又是一个风云激荡的"三国鼎立"之局：东晋据有淮河、长江以南；前秦氐族苻氏占据以长安为中心的关中地区；前燕鲜卑族慕容氏占据黄河下游地区。秦、燕之间互相攻伐，一直想吞并对手，统一北方，同时又觊觎东晋，频频纵兵南侵；东晋则自建立之后，便不断出师北伐，试图恢复中原，却又屡屡失败。

当时在位的晋穆帝司马聃，是个典型的幼主。他两岁即位，由其母褚太后掌政，即使到了永和九年，他也才年仅十一岁。值此兵戈横行的乱世，晋朝竟然是一对孤儿寡母主政，尽管下面不乏辅政大臣和文武百官，但时局之艰危亦可想而知。

王羲之召开兰亭会的前一年，即永和八年，东晋再度北伐却大败而归。与此同时，东晋朝廷内部又产生了严重分裂——大将桓温与宰相殷浩水火不容，二人的斗争日趋白热化。当时，王羲之是殷浩提拔且重用之人，曾力劝殷浩与桓温和衷共济，但殷浩不从。

由此可见，当时的东晋可谓内忧外患、形势险恶，王羲之面对如此危局，又置身于将相的矛盾之中，内心的焦虑可想而知。史载，王羲之被时人誉为"有裁鉴"，即明辨是非；性格"以骨鲠称"，即正直磊落。在萧君默看来，这样的人，必然是注重实务、反对清谈的。

为了证实上述判断，萧君默又翻看了许多史料，终于在《世说新语》中找到了一则记载。在永和五、六年间，王羲之与谢安同游冶城，当时的谢安正避世隐居，崇尚清谈，一再拒绝朝廷征召，执意不入仕途，于是王羲之便毫不客气地批评了谢安：

> 谢悠然远想，有高世之志。王谓谢曰："夏禹勤王，手足胼胝；文王旰食，日不暇给。今四郊多垒，宜人人自效。而虚谈废务，浮文妨要，恐非当今所宜。"

所谓"四郊多垒，宜人人自效"，意指当时的东晋战事不断、边患频仍，自该人人效力于国家。于此可见，王羲之一直是心系天下的。而到了永和八年，殷浩北伐惨败，王羲之更是痛心疾首。萧君默找到了他当时写给殷浩的一封信，其中有这么几段话：

自寇乱以来，处内外之任者，未有深谋远虑，括囊至计，而疲竭根本，各从所志，竟无一功可论，一事可记，忠言嘉谋弃而莫用，遂令天下将有土崩之势，何能不痛心悲慨也。任其事者，岂得辞四海之责！

今军破于外，资竭于内……任国钧者，引咎责躬，深自贬降以谢百姓，更与朝贤思布平政，除其烦苛，省其赋役，与百姓更始，庶可以允塞群望，救倒悬之急。

在此，王羲之的一腔忧国忧民之心溢于言表。萧君默记得，曾见过王羲之的一幅字帖《增运帖》，其中也有这样一句话：为居时任，岂可坐视危难？

永和九年，主幼国危，内忧外患，"军破于外，资竭于内"，王羲之若不愿"坐视危难"，他又能怎么做呢？

答案就在兰亭会。

既然时任宰辅的殷浩志大才疏，无力挽回时局，那王羲之便只能另辟蹊径、独树一帜了。也许，谋求在朝廷之外秘密建立一支武装力量，以济时艰，力挽狂澜，便是当时王羲之的势在必行之举！

弄清了兰亭会的历史背景和王羲之当时的心态，萧君默又列出了当年四十二名与会者的名单，准备进一步查证他们的确切身份和时任官职：

王羲之、谢安、谢万、孙绰、徐丰之、孙统、王彬之、王凝之、王肃之、王徽之、袁峤之、郗昙、王丰之、华茂、庾友、虞说、魏滂、谢绎、庾蕴、孙嗣、曹茂之、华平、桓伟、王玄之、王蕴之、王涣之、谢瑰、卞迪、王献之、丘髦、羊模、孔炽、刘密、虞谷、劳夷、后绵、华耆、谢藤、任儗、吕系、吕本、曹礼。

不查不知道，这一查竟然把萧君默吓了一跳。

考诸史料，东晋政权先后由琅玡王氏、颍川庾氏、谯国桓氏、陈郡谢氏、太原王氏等掌控，而在这场兰亭会上，这五大士族居然都有代表出席：王羲之及六个儿子是琅玡王氏家族；庾友、庾蕴兄弟是颍川庾氏家族；桓伟是桓温之子，谯国桓氏家族；谢安、谢万兄弟是陈郡谢氏家族；王蕴之是太原王氏家族。除此五大家族外，郗昙是高平郗氏家族，孙统、孙绰、孙嗣是太原孙氏家族，袁峤之是陈郡袁氏家族。这些士族精英在当时或此后的东晋政坛上都是叱咤风云、炙手可热的人物，值此南北紧张对峙之际，国家危急存亡之秋，他们竟然全都会聚一处，要说是出于闲情逸致来此"雅集"，恐怕没人会信。

此外，这些人的时任官职也非常耐人寻味，如王羲之本人是会稽内史兼右军将军，谢瑰是朝中侍郎，郗昙是散骑常侍，王蕴之是吏部郎，桓伟是冠军将军，袁峤之是龙骧将军，孙统是右将军司马，虞说是镇军司马，卞迪是镇军大将军掾，等等。其中军政大员有五六人，在军中任职者多达二十余人，且大部分来自都城建康或北伐前线，绝非后世所说的热衷清谈的"文人名士"。不难推想，这些身系家国安危的士族精英、军政要员，愿意搁下手中急务，千里迢迢来到会稽，自然不是参加什么"修禊"活动，而是来决定他们是否加入以王羲之为首的秘密组织天刑盟……

显而易见，即使抛开天刑盟暂且不论，兰亭会的本质，也绝不会是一般的名士集会，而是一场重大而秘密的士族精英聚会，是一次事关东晋兴衰存亡的政治和军事会议。

萧君默专注地翻检着史料，随着点点滴滴的发现而心潮起伏，不觉已过了几个时辰，窗外日影西斜，天色渐暗。秘阁书监很殷勤地端来了点心和茶水，并替他点燃了一旁的几盏灯烛。萧君默道了声谢，书监客气了几句，马上又走开了。

难得有机会进入秘阁、见到这么多史料，萧君默自然不急着离开。他决定就着已知的线索继续查下去，看看还能弄清多少谜团。

根据萧君默此前的推测，假如王羲之真的在《兰亭序》中写了二十个不同的"之"，那么会后他肯定是用这些"之"铸刻了二十枚羽觞；如果其中一枚是作为盟印，即"天刑之觞"的话，那么剩下的十九枚羽觞肯定就是十九个舵的令牌。

可问题在于，那天与会者总共有四十二人，为何只成立了十九个舵？

萧君默想，最合理的解释，应该是有一部分人与王羲之的主张不同，拒绝参与。想到这里，一个灵感忽然跃入他的脑海：那天的兰亭会上，不是有很多人作诗不成而被罚酒吗？难道这些饱读诗书之人真的连一首诗都作不出来？不太可能。最有可能的解释，应该是这些人通过"作诗不成"的举动，来表示他们不支持、不参与王羲之的秘密组织。这可能也是王羲之在会前就与众人约定好的：若赞成，便以诗明志；若不赞成，便不作诗以表弃权。

为了确认这一点，萧君默立刻又翻开相关史料，发现那天包括王羲之在内，共有十一人，各成四言、五言诗一首；还有十五人，分别成诗一首；另有十六人，诗不成，罚酒三巨觥。

写诗几首就不必管了，只要写了肯定就表示赞同并愿意加入，但问题是，总共有二十六人写了诗，这又与自己推测的"一盟十九舵"不符，难道自己的推测错了？

困惑了片刻，萧君默蓦然想到：当天的与会者中，有很多是父子、兄弟联袂出席的，比如王羲之父子多人，还有谢安、谢万兄弟，孙绰、孙统兄弟等，那么，即使他们都写了诗，也不大可能在同一家族中成立好几个分舵，而应该只会成立一个分舵。

思虑及此，萧君默立刻针对刚刚写下的名单，对二十六个作诗的人进行归类：

王羲之、长子王玄之、次子王凝之、三子王涣之、四子王肃之、五子王徽之。

谢安、谢万：兄弟。

孙统、孙绰、孙嗣：孙统是孙绰之兄，孙绰是孙嗣之父。

庾友、庾蕴：兄弟。

另有十三人为单独出席：徐丰之、王彬之、袁峤之、郗昙、王丰之、华茂、虞说、魏滂、谢绎、曹茂之、华平、桓伟、王蕴之。

四组父子兄弟，加上十三人，为数十七，又与自己推测的"十九舵"不符，这是怎么回事？

萧君默冥思苦想了好一会儿，无意中把目光移到未写诗的名单上，蓦然看到"吕系""吕本"这两个人名，顿时灵光一现，豁然开朗！

吕系、吕本两兄弟，很可能就是吕世衡的先祖，即无涯舵的首任舵主。孟怀让说过，"无涯"和"玄泉"均属暗舵，既然是"暗"舵，就说明他们在兰亭会当天故意没有作诗，表面上反对，实则暗中加入。而这两个舵的名号，则取自王羲之本人在兰亭会上所作的那首最长的五言诗，其中几句便是：

仰望碧天际，俯瞰绿水滨。寥朗无涯观，寓目理自陈。

虽无丝与竹，玄泉有清声。虽无啸与歌，咏言有余馨。

设立暗舵，无疑是王羲之的高明之处。

据孟怀让所说，两个暗舵都直属于主舵冥藏，可见王羲之如此安排，目的便是要保护主舵，以防万一。换言之，另外那十七个明舵即使明知组织里有两个暗舵存在，也无从得知他们的确切身份，假如这些明舵企图反对主舵，那两个暗舵便可以暗中出手，保护主舵。

现在看来，王羲之本人肯定是天刑盟的首任盟主，而主舵冥藏的首任舵主，无疑就是王羲之五子王徽之，因为"冥藏"二字，正出自他在兰亭会上所作的五言诗。虽然据萧君默所知，王徽之当时还很年轻，才十六岁，但他猜测，冥藏舵作为主舵，一开始肯定是由王羲之本人直接领导的，很可能是在王羲之晚年或去世后，冥藏舵才正式交到王徽之手中。

至此，"一盟十九舵"的猜测终于得到了证实。萧君默目前已知其中四个舵：冥藏、临川、无涯、玄泉。至于另外十五个舵，眼下是否还存在于世，以及隐藏在什么地方，只能留待日后进一步追查了。

此时，窗外已然夜色深沉，萧君默伸了个懒腰，正想把一片凌乱的书卷装回帙袋，脑中忽然又冒出一个貌似与兰亭会无关的念头：为何王羲之七个儿子的名字都跟他一样有一个"之"字，而丝毫不避家严之讳呢？

出于好奇，萧君默便又坐下，再度拿起书卷翻查起来。很快，他便在相关史料中找到了答案——王羲之家族"世事张氏五斗米道"，而该道信众取名时，通常都不避家讳。

据萧君默所知，五斗米道其实便是道教最早的一个教派。对于老子和庄子的道家思想，萧君默颇为熟稔，但是作为民间宗教的道教，他就有些陌生了。

萧君默随即又走到书架前，找出了几十卷相关书籍，迅速翻看了起来。

原来，五斗米道又称天师道，由道教创始人张道陵于东汉顺帝年间在蜀地创立。张道陵自称太上老君降命为"天师"，造作道书以教百姓，从其道者出米五斗，故世称五斗米道。张道陵死后，其子张衡继之；张衡死，其子张鲁继之，世称"三张"。

汉献帝初平年间，张鲁率众攻占汉中、巴郡等地，开始实施政教合一的统治。他号称"师君"，为天师道最高首领，又是最高行政长官；初入道者称"道民"；入道已久、信道精深者任"祭酒"，各领部众；领众多者称"治头大祭酒"。张鲁以"治"为单位，在其统治区域内，设有二十四治；各治不置长吏，以祭酒管理军政，同时为一治道民之本师。

这个意外发现让萧君默不禁有些兴奋，因为从某种意义上说，张鲁时期的天师道，就是一个庞大、严密且带有神秘色彩的组织，既然王羲之家族及其本人都信奉天师道，具有这样的历史渊源，那么继天师道之后创立秘密组织天刑盟，于他而言便是驾轻就熟、顺理成章之事了……

正沉思间，李恪不知何时已经神不知鬼不觉地站在了他身边。萧君默乍一抬头，猛然吓了一跳。

"喂，人吓人吓死人你知道吗？怎么走路都不出声呢！"萧君默叫了起来，以此掩饰内心隐隐的慌乱——虽然他知道李恪不见得能窥破什么，但还是感到了不安。

李恪看了看一片狼藉的书卷案牍，又若有所思地看着萧君默，却一言不发。

萧君默忽然觉得此时的李恪有些陌生，而此时李恪的想法正与他如出一辙。

李恪把萧君默送回了太医署的小院里，却一直定定地看着他，就是不走。萧君默故意哈欠连天，李恪却视而不见。萧君默实在忍不住，便道："你不会是懒得回亲仁坊，今晚想跟我挤一张床吧？"

"告诉我，关于王羲之和《兰亭序》，你都知道些什么？"李恪正色道。

"王羲之还用问？千古书圣啊！《兰亭序》也不用说呀，天下第一行书嘛！"萧君默只能装傻。

"别跟我装傻充愣！我知道，你已经查出了不少东西。"李恪一屁股在床榻上坐下，"你要是不说，我今晚就不走了。"

"不走就不走呗！"萧君默满不在乎，索性往床榻上横着一躺，扯过被子盖在身上，还闭上了眼睛，"不过，我睡觉可会打呼噜，据说声如闷雷、连绵不绝，你要是不在意，那就一起睡吧。"

"谁想跟你一起睡？"李恪一把扯掉他的被子，沉声道，"本王跟你说话呢，给我起来！"

萧君默睁开眼看着他，无奈一笑，坐了起来："你到底想干吗？你自己不睡还不让别人睡了？"

"不回答我的问题，你休想睡觉！"

"就算你是皇子，是堂堂亲王，可你也没权力不让人睡觉吧？"

"不信我有这权力，你就试试！"

萧君默瞪了他一眼，索性又躺了回去，翻身背对着他。

"来人！"李恪突然高声一喊，门外两名亲兵立刻应声跑了进来。李恪道："你们俩听好了，给我齐声高唱军歌，现在就唱，越大声越好！"

两名亲兵一愣，面面相觑。

萧君默暗暗苦笑。

"唱啊！愣着干什么？"李恪提高了声音。

两名亲兵迟疑了一下，小声唱了起来："受律辞元首，相将讨叛臣……"

"大声点！"李恪厉声一喝。

两名亲兵慌忙振作起来，开始渐渐放开声音："咸歌《破阵乐》，共赏太平人。四海皇风被，千年德水清。戎衣更不著，今日告功成……"

这就是《秦王破阵乐》，大唐第一军歌，曲风威武雄壮。两名亲兵刚开始还找不准调门和拍子，李恪便帮他们打起了节拍，还轻声领唱。这两个家伙瞬间找到了感觉，从第二句开始便放声高歌，歌声居然高亢嘹亮，把萧君默的耳朵震得嗡嗡直响。

萧君默索性扯过被子，把头包了起来。

李恪斜着眼看他，一脸得意。

"主圣开昌历，臣忠奉大猷。君看偃革后，便是太平秋！"两名亲兵扯着嗓子唱到了最后的高潮部分，声音大得简直要把屋顶都掀了。

李恪在一旁悠然自得："第二遍，接着唱！"

萧君默忍无可忍，翻身坐起，哭丧着脸道："行了行了，我服你了，让他们走行吗？"

李恪呵呵一笑，这才把两名亲兵打发了出去。

"你到底想知道什么？"萧君默没好气。

李恪看着他，缓缓道："父皇自登基之后便开始苦心搜求《兰亭序》真迹，此后千方百计找到了王羲之后人智永和尚的弟子辩才，接着便发生了震惊朝野的甘棠驿血案；现在你这个办案人、玄甲卫高手，竟然遭到那个叫冥藏的所谓江湖势力刺杀，差点丢了小命；这几天，我几乎把长安城翻了个个儿，可就是找不到那个杨秉均；今日，你又在秘阁待了大半天，几乎把东晋一朝的史料都翻烂了。你难道想告诉我，所有这些事情都是偶然发生的，背后什么关联、什么秘密都没有吗？"

萧君默看着李恪，一直在犹豫该不该把自己查到的事情都告诉他。

论交情，两人早已亲如兄弟，自己没有理由向他隐瞒；但论身份，他是堂堂皇子、魏王李泰的兄长，自己却是身负杀父之仇的人，迟早要找李泰报仇，而且已经打定了主意要营救辩才父女，转眼就会变成朝廷钦犯，又怎么可以把一切都告诉他？

权衡再三，萧君默最后只好隐瞒了一部分，说出了另外一部分。

他隐瞒的部分是：父亲盗取辩才情报被魏王所害一事；父亲与魏徵在天刑盟中的真实身份；无涯舵、羽觞、孟怀让的事。除此之外，他把自己对冥藏、玄泉现有的了解，天刑盟的接头方式和暗号，以及今天查到的有关王羲之和兰亭会的秘密、"一盟十九舵"的推断，还有《兰亭序》真迹可能藏有关键秘密等，都一一告诉了李恪。

李恪听得瞠目结舌，半天回不过神来。

"这回你该满意了吧？"萧君默打了个长长的哈欠，听见外面已经敲响了四更梆了。

由于萧君默隐瞒了一半事实，所以另外一半他究竟是怎么查出来的，难免令人生疑。李恪便产生了类似疑惑，于是一口气提了好几个问题。

"你只需要知道结果就够了。"萧君默道，"至于我是怎么查出来的，你就不必多问了。"

李恪想了想，点头笑笑："好吧，反正你们玄甲卫向来喜欢故弄玄虚。"

萧君默忽然想到什么："这些事你可以告诉圣上，但别说是我告诉你的。"

"为何？"李恪不解。

"我们玄甲卫向来喜欢故弄玄虚，所以这个你也不必问了。"

李恪笑："说你胖你还喘上了！"

"还有，我劝你，若你想把这些事告诉圣上，最好也以匿名密奏的方式，别由你自己去说。"

"这又是为何？"李恪越发不解。

"据我所知，圣上对有关《兰亭序》的事都很敏感，尤其当这些事跟夺嫡之争搅在一起的时候，就更敏感。"萧君默看着李恪，"你又是皇子，倘若圣上发现你知道得太多，就会对你产生猜忌和防范，这对你没好处。"

萧君默起初并不知道皇帝对此事是何态度，但李世勣偶尔会对他透露一些消息，加之辩才和楚离桑被抓入宫后，萧君默自己也有了些判断，所以对李世民眼下的心态了如指掌。

李恪有些佩服地看着他："想不到你这人还深谙权谋啊！"

"我对吴王殿下您如此忠心，还把这么多秘密都告诉了您，是否可以跟您讨一些赏呢？"萧君默打着哈欠道。

"没问题，你说！"李恪很爽快，"看是要钱帛还是要美女，随你挑！"

萧君默皱眉："我在你眼里就这么俗？"

李恪笑："你是不是男人？是男人哪有不喜欢这些东西的？"

"这些我当然喜欢。"萧君默道，"但眼下并不需要。"

"那你需要什么？"

"第一，我现在需要好好睡一觉，请殿下开恩。"

李恪又笑："准了！还有呢？"

"第二，明天就放我回家。"

李恪看着他可怜巴巴的样子，忍住笑，板起脸道："这我可得跟太医商量一下，他们说放才能放。"

萧君默苦笑："这不就是吴王殿下您一句话的事吗？"

"就算放你回家，你也得好好给我待着养伤，别又东跑西颠，再碰上刺客可没人救你了！"

萧君默心头暗喜，脸上却懒洋洋的："是，遵命。"接着又小声嘀咕，"跟个老太婆似的，啰里啰唆……"

"你说什么？"

"我说多谢殿下关怀，萧某感激涕零。"

"这还差不多！"

第二十章 入局

李泰自从被父皇一番训诫之后，便不敢再涉足栖凰阁了，但心里却始终放不下苏锦瑟，索性便把她接到了自己的府邸，让她住进了后花园的春暖阁。

苏锦瑟颇为感动，每日为李泰鸣琴鼓瑟、引吭而歌，俨然又变回了当初那个惊艳绝尘、风情万种的可人儿，让李泰一度忘记了她其实是冥藏的养女、秘密组织天刑盟的重要成员。直到这天日暮时分，苏锦瑟未经李泰允许，便将一个人暗中带进魏王府，才让李泰蓦然记起了她的真正身份。

苏锦瑟暗中带进来的这个人，一身妇人装扮，头上戴着帷帽，遮住了脸。当他卸下伪装之后，李泰才看清，这是一个五十多岁的男人，右手的手腕缠着绷带，左眼上戴着一个黑眼罩，整个人都透着一种莫名的阴鸷和凶险。李泰看着他，心里不由升起了一股寒意。

"锦瑟，你把一个来路不明的人领到府里，竟然不事先跟我商量一下，还有没有把我这个殿下放在眼里了？"李泰阴沉着脸，口气极为不悦。

"请殿下恕罪，实在是事出有因，奴家来不及向您禀报，只好自作主张了。"苏锦瑟撒娇地抱住他的胳膊，满脸堆笑道，"不过，他也不算是什么来路不明的人，他是我父亲手底下的老人了，日后正是要为殿下效死力的。"

李泰闻言，这才脸色稍缓，瞥了对方一眼，冷冷道："自报家门吧。"

那人趋前一步，拱手道："殿下，说起在下原先的身份，您一定不陌生。"

李泰又抬眼打量了他一下，这才觉得此人有些面熟，却想不起来在哪儿见过：

"别跟我绕圈子了，你到底是何人？"

"在下乃前洛州刺史杨秉均。"

李泰一听，仿佛一声惊雷在耳边炸响，腾地一下便从榻上跳了起来。

这个人便是甘棠驿一案的要犯，父皇下死令要捉拿的十恶不赦之徒！而且前几日刚刚在白鹿原刺杀萧君默未遂，现在正被玄甲卫全城搜捕，可苏锦瑟竟然把他大摇大摆地领到了自己面前！

李泰整张脸因惊怒而扭曲，指着杨秉均，一时竟说不出话。

杨秉均却毫无惧意，仍旧镇定自若地拱拱手道："杨某突然出现在殿下面前，是有些唐突和冒昧，不过正如方才锦瑟姑娘所说，杨某此来，是要为殿下效死力的。说白了，杨某现在就是殿下手里的一把刀，虽然刀上沾着血，看上去有点不祥，但终究还是一把锋利的刀，对殿下还是有用的。"

李泰惊怒未消，一把推开了苏锦瑟，双目圆睁，死死盯着杨秉均："你确实是一把刀，可你这把刀现在却架到了我的脖子上！我一个堂堂亲王，岂能窝藏你这种罪大恶极的凶徒！"说着把脸转向苏锦瑟，"锦瑟，要么你现在立刻把他带走，本王就当没见过他，要么本王立刻命人将他拿下，你自己选吧！"

苏锦瑟和杨秉均交换了一下眼色，旋即淡淡一笑："殿下，您对此事一时难以接受，奴家可以理解。不过，奴家相信，您不会把事做绝的。"

李泰大声冷笑："你们都快把本王逼到绝地了，本王为何不能把事做绝？"

"殿下，请恕奴家说一句实话，眼下，您和奴家，还有我父亲、杨秉均，都已经是一条船上的人了，把他拿下，对您只有坏处，没有半点好处。"

"一派胡言！"李泰冷笑不止，"本王凭什么跟你们是一条船？本王现在完全可以把你们全都抓了，交给父皇，说不定父皇还会赏赐我呢！"

苏锦瑟也冷冷一笑："是吗？殿下这么说，是否过于乐观了？就算您把我们都抓了，交给圣上，可圣上就会相信您是清白的吗？就算我们这些人都恪守江湖道义，不反咬您一口，但圣上只要稍微查一下，就知道您和我们私下交往已非一日两日了，殿下自己觉得，您有把握洗清所有的嫌疑吗？"

李泰登时语塞，张着嘴说不出话，半晌才咬牙切齿道："苏锦瑟，你这分明就是讹诈！都说最毒莫过妇人心，看来你是成心把本王往火坑里推啊！"

"殿下这么说就不公平了！"苏锦瑟眉毛一扬，"当初您来栖凤阁，是奴家逼您来的吗？后来奴家约您跟家父见面，也说了让您自由选择，可您最后来了，难道也是奴家逼您的吗？就算现在奴家住在您的府里，也是您主动来接奴家的，可曾是奴家逼您？从头到尾，自始至终，这一切都是殿下您自己做的决定，怎么这会儿变成是奴家推您入火坑了？！"

李泰傻眼，彻底无语，只好颓然坐了回去。

杨秉均在一旁暗自冷笑。


东宫丽正殿，李承乾、李元昌、侯君集三人在说话，都面露喜色。

"殿下，您此次能逢凶化吉，正应了古人所说的'王者不死'！"侯君集道，"如此看来，殿下实乃天命所归，这大唐天下迟早是您的，谁也别想抢走！"

"这次还是多亏了太师及时劝谏。"李承乾道，"否则，我这太子位怕是不保了。"

"我倒不这么看。"李元昌道，"虽说他魏徵劝谏有功，对殿下还算忠心，这个情咱们是得领，但废不废你，终究还是得皇兄拿主意。倘若皇兄真的想废，他魏徵劝谏有用吗？我看他说破天去也是白搭。"

李承乾沉默不语。

"王爷这话不错。"侯君集道，"魏徵这老头，平时卖弄唇舌还行，若真到了鱼死网破的关头，他能顶什么用？"

"侯尚书，"李承乾岔开话题，不愿再谈魏徵，"我上次交代你去办的事，可有进展？"

侯君集嘿嘿一笑："殿下所托，老夫岂能不尽心？我都安排好了，过几日，我便带人来拜见殿下。"

李承乾有些惊喜："这么快？"

"这次称心的事闹得这么大，眼看魏王就要图穷匕见了，老夫岂敢不快！"

"是冥藏吗？"李承乾问。

"殿下，您可知当年王羲之邀集一帮世家大族，在兰亭会上干了什么事？"侯君集不答反问，且一脸神秘。

"兰亭会？世人都说是一次曲水流觞、饮酒赋诗的文人雅集，不过您既然这么问，看来是另有隐情了？"

"殿下果然聪明！"侯君集笑道，"王羲之当年和谢安、孙绰、桓伟这帮大士族，借着兰亭诗会的名头，暗中成立了一个秘密组织，称为天刑盟。"

李承乾记得，自己安插在魏王那边的内线，传回的消息中便有"天刑"二字，只是不知它竟然是王羲之创立的秘密组织。"侯尚书，那据你所知，这天刑盟与冥藏的势力是何关系？"

"冥藏只是天刑盟的主舵，天刑盟总共有十九个舵，除冥藏舵外，下面足足还有十八个舵！"

李承乾一惊，下意识和李元昌对望了一眼，李元昌也是惊诧不已。

"看你的意思，打算引见的定非冥藏，而是另有其人吧？"李承乾问。

侯君集大笑："跟殿下这种聪明人打交道，就是爽快！没错，此人并非冥藏，而是东晋大名鼎鼎的宰相谢安之后人——谢绍宗！"

"这个谢绍宗也是天刑盟的人？"

"没错，当年谢安、谢万兄弟，在兰亭会上成立的分舵，名为羲唐，谢绍宗便是如今羲唐舵的舵主！"

"既是世家大族之后，想来也不是泛泛之辈。"李承乾略加沉吟，"那便依你，尽快带他来见一见，是否可用之人，等见了面再说。"

"请殿下相信老夫的眼光，老夫与此人打交道已有多年，一直相交甚契，只是不知道他还有这层隐秘身份。这个谢绍宗虽是江湖之人，但满腹经纶、足智多谋，此次老夫为了完成殿下所托，便出言试探，想让他引见一些江湖朋友，他这才自曝身份。殿下想想，能与老夫相交多年却始终深藏不露者，可是等闲之人？"

李承乾笑笑不语。

李元昌插言道："侯尚书，请恕我直言，是不是等闲之人，得由殿下说了算，能不能与此人共谋大业，还是得由殿下来决断，现在说什么都为时过早，你说对吗？"

侯君集撇了撇嘴："当然。老夫不过是替殿下着急，想着尽快把刀磨利，先发制人，早定大业而已！"

"尚书一片赤诚，我岂能不知？"李承乾淡淡笑道，"我心里其实也急，何况我最近得到消息，魏王也已经在磨刀了，但越是这种时候，越不能行差踏错。所以，要选何人来用，必须慎之又慎，容不得半点差池。"

侯君集闻言，顿时有些惊诧："魏王已经先下手了？"

"是啊侯尚书，"李元昌道，"所以你刚才说先发制人，其实也已经说晚了。"

侯君集越发惊讶，想着什么："殿下，您安插在魏王那边的内线，到底是何人，消息可靠吗？"

李承乾摸了摸鼻子，却不说话。

李元昌抢着道："侯尚书，你这个问题不该问吧？"

"为何不能问？"侯君集有些不悦，"老夫已经把身家性命都交付殿下了，难道殿下还要防着老夫吗？"说着便看向李承乾，李承乾却不动声色。

"侯尚书，你这话就不好听了，什么叫防着你呢？殿下做事，自有他的安排，岂能事事都公开来说？"

"既然如此，那老夫也无话可说了。"侯君集拉下脸来，霍然起身，似乎要走的样子。

李承乾眉头一皱，不得不笑道："侯尚书少安毋躁，咱们既然要在一起做大事，我怎么会瞒着你呢？其实，我早就安排好了，就算你不提，今晚本来也是要让他与你见面的。"

侯君集转怒为喜，拱了拱手："殿下如此气度，才是真正做大事之人！不像某些人，装模作样，故弄玄虚，令人大倒胃口！"说着瞟了李元昌一眼。

李元昌急了："哎我说侯尚书，你这就有点过分了吧？"

李承乾凌厉地瞪了李元昌一眼。李元昌无奈，只好悻悻闭嘴，强行把一肚子火压了下去。李承乾又对侯君集笑了笑，然后扭头朝着后面的屏风道："二郎，出来吧，跟侯尚书打个招呼。"

侯君集大为好奇，不知这"二郎"到底是什么人。

片刻，从屏风后慢慢走出一个面目俊朗、神色略显倨傲的华服青年。

侯君集顿时睁大了眼睛："杜二郎？！"

李承乾安插在魏王身边的内线，正是杜如晦之子：杜荷。


魏王府春暖阁中，李泰面如死灰，坐在榻上发愣。

苏锦瑟和杨秉均交换了一下眼色。杨秉均会意，当即开口打破沉默："殿下，杨某虽然来得有些仓促，但毕竟为官多年，还是懂得一些往来之道的，所以今日，杨某并非两手空空，而是给殿下准备了一份礼物。"

李泰连眼皮都不抬，根本不理他。

苏锦瑟见状，笑了笑，走到李泰身边，挨着他坐下，伸手要去揽他的胳膊。李泰把手一缩，往一旁挪了挪，仿佛在躲避瘟疫。苏锦瑟又是一笑："殿下，您一个堂堂亲王，难不成真被他杨秉均给吓着了？"

李泰冷哼一声："他算什么东西！本王能被他吓着？"

杨秉均闻言，脸色也不由沉了下来。

"既然不是，殿下又何必这样呢？奴家看您生气，心里比您还难受！"苏锦瑟说着，再次伸手挽住了李泰的胳膊。李泰动了动，却没有再躲开。

"本王是在纳闷，怎么认识了你们之后，羊肉没吃到，就先惹了一身臊呢？"

苏锦瑟咯咯笑着："杨秉均今天就是给您送肉来的，可您偏不听他说，奴家又有什么办法？"

李泰听出了弦外之音："什么肉？"

"那您得问他了。"

李泰这才把脸转向杨秉均："说吧，你给本王带来了什么礼物？"

杨秉均矜持一笑："殿下可能不知道，其实杨某一个月前便来到了京城，闲来无事，就帮殿下做了件事情。"

"帮我做事情？"李泰一头雾水，"什么事情？"

"殿下交游广阔，朋友众多，杨某担心殿下交到什么损友，便暗中帮殿下鉴别了一下……"

"你好大的胆子，竟敢跟踪本王！"李泰一听就怒了，"本王跟什么人交朋友，还轮不到你来操心！"

"殿下息怒。"苏锦瑟劝道，"干吗不听他把话说完呢？"

李泰怒气未消："有话快说有屁快放，别跟本王兜圈子！"

杨秉均又不以为意地笑了笑："是，谨遵殿下之命，杨某这就'放'！殿下方才说，跟什么人交朋友，无须杨某操心，一般而言，这么说当然没错，可问题是，万一殿下交到的朋友，是东宫派来的人呢？"

李泰猛地一震："你说什么？"

"我说，万一殿下交到的朋友，是东宫派来的人呢？"

李泰惊得站了起来："你是说，我身边有东宫的细作？"

杨秉均点点头。

"快说！是什么人？"

"杜如晦之子，杜荷。"

李泰大为震惊，愣了半晌才道："你是怎么知道的？"

"杨某方才说了，闲来无事，便把殿下身边的一些朋友都跟踪调查了一遍，结果发现，这一个月之内，杜荷与太子在各种场合秘密会面，至少达五次之多！"

李泰一脸难以置信的表情，怔怔地坐回榻上。

苏锦瑟又和杨秉均对视了一眼，对李泰道："殿下，杨秉均这份礼物，分量不算太轻吧？"

李泰沉默了好一会儿，叹了口气，这才看着杨秉均道："你就先在府里住下吧，一应所需，都由锦瑟安排。不过你要记着，千万不能见任何人，更不可在府里随意走动，做任何事情，都要事先经过本王同意。"

"这是自然。"苏锦瑟笑道，"他要敢不老实，奴家第一个不会放过他。"

"多谢殿下收留，杨某感激不尽！"杨秉均俯首一揖。

这几日，吴王李恪与玄甲卫联手搜捕杨秉均，几乎把长安城翻了个底朝天，不但查遍了城内外的每一处客栈，而且在所有里坊都张贴了杨秉均的画像和悬赏告示，在鼓励举报的同时，还以连坐法警告坊民互相监督，不可放过任何外来可疑人员。眼看杨秉均就要走投无路、束手就擒，冥藏先生王弘义便当机立断，命苏锦瑟把杨秉均藏进魏王府。

此举显然对魏王极为不利，所以苏锦瑟犹豫着不敢答应。王弘义说，现在只有魏王可以保住杨秉均，而且这么做还有一个好处。苏锦瑟问什么好处。王弘义说如此一来，魏王便有把柄落在咱们手里，从此他跟咱们便彻底成了一条船上的人，只能对咱们死心塌地。

苏锦瑟真心不想用这么阴狠的招数逼迫魏王，可她也知道，养父这一手，在江湖上就叫投名状，是彻底跟魏王捆绑在一起的最好办法。她想来想去，觉得这么做显然对组织有利，加之父命难违，最后也只好答应了。


太极宫的西面有一座安仁殿，前有安仁门，背倚南海池，周围建有殿墙，自成一座小宫院。时年十五岁的晋王李治便居住在此殿。

长孙无忌的办公地点在门下内省，值房就在太极殿东边，平常公务之余，他只需穿过几个宫门和几座殿阁，不消片刻便可走到安仁殿。这一日，天气晴朗，艳阳高照，长孙无忌闲暇无事，又径直来到了安仁殿。殿里的宦官宫女早已跟他熟稔，见过礼后，便告诉他晋王殿下在大殿西边的偏殿里读书。

长孙无忌走进偏殿的书房时，看见李治正静静坐在案前，独自微笑，案上放着一卷书。

"雉奴何故独自发笑？"长孙无忌在他对面坐了下来。

"舅父来了？"李治打着招呼，"我在笑那天，父皇召见我们兄弟三人的事。"

那天的大致经过长孙无忌也听说了，知道李治因老实仁厚出了糗，还被皇帝责备说过于柔弱、缺乏担当。长孙无忌以为此刻李治是在自嘲，忙道："雉奴，你年纪还小，不必跟几位兄长去争风头，很多事情现在不会，可以慢慢学，不必自惭形秽，更不必妄自菲薄。"

"舅父何时看见我自惭形秽、妄自菲薄了？"李治笑着问。

"那你刚才这是……"长孙无忌有些不解。

李治笑了笑："舅父以为我独自一人在此发笑，是因自惭形秽而自嘲吗？"

长孙无忌皱了皱眉。李治是他从小看着长大的，心性仁厚，性格安静，为人谨慎，质朴无华。他自认为还是了解这孩子的，但不知为什么，最近这些日子，他有时会觉得看不太懂李治，好像这孩子忽然间便长大了，有了很多他不了解的心思。

"那你倒是说说，因何发笑？"长孙无忌问。

"我是在笑，大哥和四哥看不懂我倒也罢了，现在连父皇也看不懂我，想想便觉有趣。"

长孙无忌越发迷糊，差点说对呀，此刻就连我也看不懂你了，但还是忍住，道："你这么说是何意？什么看懂看不懂的？"

李治笑笑不语，却把书案上的那卷书往前一推。

长孙无忌拿过来一看，是先秦纵横家鬼谷子所著之书，不禁眉头一蹙："雉奴，你什么时候也看起这种权谋书来了？"

"怎么，舅父不喜欢我看这种书？"

"我朝以仁政治天下，有空还是要多看看儒家圣贤的经典。"

"儒家经典只是面子上的书，当然要看，不过我从小就看过不少了。"李治淡淡笑道，"现在，我得换换口味，看看这些藏在面子背后的书。"

长孙无忌听明白了，这小家伙现在也懂"阳儒阴法"这一套了，看来果真是长大了。"雉奴，这纵横家的权谋书，倒也不是不能看，只是得善学善用。"

"舅父难道不认为，我那天在甘露殿的表现，就是善学善用的好例子吗？"李治看着他。

长孙无忌和他对视着，却捉摸不透他眼中的东西："你到底想说什么？"

"圣人之道阴，愚人之道阳。"李治指了指案上的书，"鬼谷子先生说的。那天在甘露殿，人人都觉得我雉奴仁厚得过头了，尤其是我陪两位兄长一跪，大哥居然说我老实得可爱。舅父，您说说，如果天下人都认为我雉奴老实，这不是挺好的事吗？这样就没有人想到要来害我了，反正我对他们又没有威胁，对不对？那些聪明能干的人，自己就去斗得你死我活了，我雉奴只需在旁边看着就好。我想，鬼谷子先生说的'圣人之道阴'，大概就是这意思吧？相反，我那几位大哥，把他们的心思全都露在了明处，这不就是'愚人之道阳'吗？"

听完这一番话，长孙无忌忽然感觉后背隐隐生寒。

他万万没想到，李治小小年纪，竟然已经把这套权谋术理解得如此透彻，且运用得如此纯熟，完全不露痕迹，连皇帝都被他瞒过了——原来那天在甘露殿上，他是故意以老实柔弱、不谙世事的面目示人，其实背地里，恰恰是他的心机最深！

仅此一点，便不知要让多少仕宦多年的人望尘莫及了。

"雉奴，你长大了！"长孙无忌看着他，眼中似乎充满了万千感慨。

"还早着呢！"李治笑着摆摆手，"顶多就是长了一点点，还需舅父多多调教。"

长孙无忌笑："就你现在这七窍玲珑的心思，还有这大智若愚的手段，连舅父恐怕都要甘拜下风了，还如何调教得了你？"

"舅父谦虚了。"李治眨眨眼道，"凡是当年辅佐父皇决胜玄武门的人，哪个心思不比我玲珑？"

长孙无忌摇头笑笑："时移世易啊！想当年，我辅佐你父皇，对手只有隐太子和巢王这一党，只要诛此二人，大功便可告成！可现如今，你看看你这些大哥，太子、魏王、吴王，甚至是那个远在齐州的齐王，哪个是省油的灯？"

"舅父不必多虑。"李治反倒劝慰起长孙无忌来了，"目前朝局是挺复杂，不过以我看来，形势应该很快便会明朗了。"

"哦？"长孙无忌大感兴趣，"此话怎讲？"

"原因我刚才已经说了。"李治笑道，"愚人之道阳，那些把自己全都暴露在明处的人，又岂能长久相安无事呢？我想，用不了多久，他们便会决出一个胜负。到那时候，局势不就比现在明朗多了吗？"

"那他们在那儿决胜负，你做什么？"长孙无忌故意直言相逼。

"我吗？"李治深长一笑，"我就在这安仁殿里，老实做人，安静读书。鬼谷子先生说了，'天地之化，在高与深；圣人之道，在隐与匿'。我就学习天地与圣人，躲着就好，不跟他们瞎掺和！"

长孙无忌哈哈大笑："老这么躲着，好像也不是办法吧？"

李治淡淡一笑："对了舅父，我前天读到刘向在《说苑》里写的一个小故事，挺有意思，我说给您听听？"

"好，我洗耳恭听！"

"园中有树，其上有蝉，蝉高居悲鸣饮露，不知螳螂在其后也！螳螂委身曲附，欲取蝉，而不顾知黄雀在其傍也！黄雀延颈，欲啄螳螂，而不知弹丸在其下也！舅父，这个故事您觉得如何？"

长孙无忌听完，不禁拊掌而笑："妙，甚妙！那你说说，你那几位大哥，谁是蝉，谁是螳螂，谁又是黄雀呢？"

"我不知道。"李治摇摇头，表情看上去纯真无邪，"我只知道，我不会在树上陪他们玩，那多危险！"

长孙无忌忽然收起笑容，身子前倾，下意识地压低嗓音："照你的意思，你就是树下那个人喽？"

李治看着长孙无忌，依旧一脸纯真："我就是个什么也不懂、什么也不会的孩子，不敢上树，当然只能在下面玩玩小弹弓喽！"

长孙无忌和他对视了片刻，然后重重拍了下书案：

"好！既然你心怀此志，那舅父便陪你一块儿，跟他们玩！"


李世民赐给李恪的宅子，位于亲仁坊的西北隅，若从府邸的北门出来，往右一拐就是东市；若从西门出来，便是笔直宽阔的启夏门大街，往北过两个坊可直达皇城，过四个坊便是宫城，交通非常便捷。这座新赐的吴王府，虽然占地面积不如魏王府大，但殿阁之富丽、装饰之华美却也不遑多让。

是日午时，两驾不起眼的轻便马车先后从东市方向驶来，从北门悄然进入了吴王府。两驾马车之前都在东市转悠了好几圈，显然是为了防止被人跟踪，而且各自抵达吴王府的时间也间隔了一刻左右，明显也是故意错开的。

第一驾马车上，下来了一位脸膛黑红、眉毛粗浓的大汉，一身商人装扮。此人虽已年近六旬，但走路依然虎虎生风，他就是右武候大将军尉迟敬德。

作为玄武门之变的主要功臣之一，尉迟敬德早在贞观元年便已担任这个职务，后来相继出任同州刺史、鄜州都督、夏州都督，三年前却被人密告谋反，虽然查无实据，但李世民似乎已对他有所猜忌。尉迟敬德心中不悦，便托疾回京。李世民顺势免了他的都督一职，仍授以右武候大将军。

就这样，过了十多年，在仕途上绕了一大圈，尉迟敬德居然又回到了原来的职位上，心中的不甘和怨愤自不待言。

第二驾马车上，下来的是一位四十出头、目光灼灼的男子。此人虽然也是商人装扮，但气质与一般的平民百姓明显不同。他就是李唐宗室成员之一、李世民的族弟——江夏王李道宗，时任礼部尚书。

武德初年，李道宗曾跟随李世民南征北战，立下赫赫战功，贞观初年又率部屡破突厥、吐谷浑等，被誉为当时名将，历任灵州都督、刑部尚书等职，五年前首次出任礼部尚书，却因贪赃纳贿被人告发，旋即下狱免官。两年前，即贞观十四年，吐蕃国主松赞干布遣使入朝，请求通婚，李世民遂指定李道宗之女，以公主身份嫁给松赞干布，这个女儿就是享誉后世的文成公主。由于此举有功于国，李世民便让李道宗复出，仍任礼部尚书。

尉迟敬德与李道宗一入吴王府，便立刻有人上前迎接，先后将二人领到了王府东边的李恪书房。

李恪自幼喜欢武艺和兵法，对尉迟敬德与李道宗的赫赫战功素来仰慕，遂从少年时代起便经常向二人求教，往来甚密，所以三人关系非同一般。

三人在书房落座后，李恪也不寒暄，一下便直奔主题："今日请二位前来，主要是想请教，如今太子与魏王水火不容，父皇又恰在此时召我回京，在此情势下，我当如何自处？"

"依我看，殿下也不必谦让。"尉迟敬德粗声粗气道，"他们二人我都看不惯，要说这储君之位，还是只有殿下来坐最合适！"

李恪笑："大将军倒是快人快语。不过男儿立身，以建功立业为要，也不是非争这个太子位不可。"

"不当太子算什么建功立业？"尉迟敬德眉毛一竖，"你以为你把皇位让给他们，日后便能安安心心当你的亲王了？除非你打小就是个窝囊废，否则像你这样一身文韬武略，他们日后岂能容得下你？"

"大将军谬赞了，我不过就是个逍遥亲王，身无寸功，怎敢奢谈文韬武略？"

"王爷，瞧瞧你这个侄儿！"尉迟敬德指着李恪对李道宗道，"都什么时候了，他还在这儿温良恭俭让！"

李道宗笑笑："敬德兄不必心急，殿下只是还没想好而已，不等于他就一心想让。"

"这种事有什么好想的？皇位就一个，你要我要他也要，那怎么办？只能抢喽，看谁本事大嘛！"

李恪和李道宗闻言，不禁相视而笑。

"敬德兄，"李道宗道，"那依你之见，倘若殿下真想抢的话，这皇位又该怎么抢？"

尉迟敬德一怔："这事你别问我！老夫又没那么多花花肠子，只能负责动手，动脑子的事还得你们来。"

李道宗又笑了笑，这才把脸转向李恪："殿下此番免职回京，可猜得出圣上的心意？"

"免职不过是个幌子。"李恪一笑，"为了避免大哥和四弟猜疑，父皇也算是煞费苦心了。如果我没有猜错的话，父皇以免职为由召我回京，应该是有意要考察我。"

"聪明。"李道宗点点头，"那殿下作何打算？"

"这就是我请二位来的原因，想听听你们的高见。"

"我没啥高见，还是一个字：抢！"尉迟敬德又瓮声瓮气道，一看李恪和李道宗又在偷笑，便想了想，"当然，若要把话说漂亮一些，那就是四个字：当仁不让！"

"我赞同敬德兄这四个字。"李道宗忍住笑，然后看着李恪，"不过，眼下太子和魏王争得鸡飞狗跳，殿下暂时还是不要入局，先冷眼旁观，等时机成熟再出手。"

"我也是这么想的。"李恪点点头道，"如今的当务之急，还是要先完成父皇交办的差事，抓住刺客杨秉均。可恼人的是，这家伙就像凭空消失了一样，完全不知所踪。"

"想抓杨秉均，用咱们官府的老办法行不通！"尉迟敬德道，"对付这种江湖之人，还得找江湖上的朋友。"

"哦？莫非敬德兄认识江湖上的朋友？"李道宗大感兴趣。

尉迟敬德嘿嘿一笑："不瞒二位，当年老夫在鄜州当都督，被人诬告谋反，便是因为与江湖朋友过从太密所致。"

李恪与李道宗交换了一下眼色，然后对尉迟敬德道："大将军能否说仔细一些？"

"这事说来话长。圣上这些年，不是到处搜罗王羲之真迹吗？按说这都是刺史的活，跟老夫无关，可当年吕世衡给圣上留那几个血字的事，老夫也参与了，所以这些年一直好奇，想查个究竟。恰好当时鄜州有个姓孙的大户，家中藏了几幅王羲之草书字帖，被人举报了，刺史去要，不料这姓孙的在当地竟颇有势力，一番软硬兼施，刺史便不敢动了。老夫心里惦记着吕世衡那个谜团，料想这姓孙的既然藏有王羲之真迹，又是当地一霸，说不定跟吕世衡的事有关，便亲自带兵去抄他家，结果跟此人见面之后，居然甚为投缘，非但没抄他，一来二去反倒成了朋友。那姓孙的感念老夫手下留情，便送了老夫不少土地田庄，还主动提出跟老夫拜把子，老夫看他豪爽仗义，便应允了。"

李恪眉头微蹙，忽然想到什么："此人叫什么？"

"孙伯元。"

"他的先人，是不是东晋名士孙绰？"

尉迟敬德一怔："这个老夫倒是不知。不过好像听他提过，说他先祖当年跟王羲之私交甚笃，所以家中才藏有王羲之真迹。"

李道宗察觉李恪脸色有异："殿下为何会问这个？"

李恪俯首沉吟，脑中不断回忆着萧君默告诉他的有关兰亭会的一切。李道宗和尉迟敬德见他忽然沉默不语，不禁面面相觑。

　　如果这个孙伯元真是孙绰后人，那么根据尉迟敬德的描述，他显然也是天刑盟中的一个分舵舵主。李恪想，倘若自己迟早要介入夺嫡之争，那么身边绝对不能没有江湖死士。正如当年父皇与隐太子相争时，秦王府蓄养了八百死士、东宫私蓄了二千长林兵一样。如今这个孙伯元既然是尉迟敬德的结拜兄弟，那正是天赐良机，自己完全可以将其纳入麾下，以备不时之需。

　　主意已定，李恪抬起头来，看着二人，然后便将萧君默告诉他的一切，一五一十地告诉了他们。李道宗和尉迟敬德顿时大为惊异，相顾愕然。

　　至此，尉迟敬德总算解开了埋藏在心头十六年的有关吕世衡血字的谜团。

　　"约这个孙伯元见面。"李恪一脸凝重，对尉迟敬德道，"告诉他，若他不辞，本王必当重用！"

　　李道宗一听，便知道这个英武果敢的李恪已是决意入局了。


　　深夜，大雨瓢泼。

　　长安城东南角有一座青龙坊，坊内东北隅有一条石桥，桥下之水引自曲江，因近日骤降暴雨，水位明显抬高了许多。

　　此刻，石桥下的渠水边站着一个黑影。他一动不动，仿佛一尊石雕。

　　片刻后，雨中驶来一驾马车，缓缓停在石桥上。一个人从车上下来，打着油纸伞，借着远处人家昏黄的灯火，深一脚浅一脚地来到了桥下，然后有意找了个背光的地方站着。

　　"先师有冥藏。"看到黑影后，打伞的人沙哑着嗓子念道。他的声音经过刻意掩饰，显得过于低沉，差点就被哗哗啦啦的雨水和渠水声淹没了。

　　"安用羁世罗。"黑影转过脸来，正是王弘义。

　　"见过冥藏先生。"来人深长一揖。

　　"玄泉，咱们有好几年没见了吧？"王弘义微笑道。

　　"是的先生，应该快三年了。"

　　"听说这几年你在朝中，做得挺有声色，而且马上要入阁拜相了？"

　　"这都要拜先生所赐。"

　　王弘义笑着摆摆手："这是你自己能干，就不必过谦了。想当年，在昭行坊，我曾经对你说过，你的任务便是潜伏在李世民的朝廷中，把官当得越大越好。如今看来，你终究没让我失望啊！"

　　"属下谨记先生教诲，一刻不敢忘失。"

　　"很好！本盟的弟兄要都能像你如此能干，又这般忠诚，何愁大业不兴！"

"先生此来，要给属下什么任务？"

"要让你做的事很多。第一件，便是辩才之事。他近况如何？"

"据说已经开口，不过说得很慢。"

王弘义眉头一蹙："这可不是什么好消息，倘若让他把所有秘密都捅出去，对本盟极为不利。"

"是的，属下也有此虑。"

"有没有办法，把他劫出来？"

玄泉略加沉吟，摇摇头："虽然宫中有属下的人，但想把人劫走，恐怕很难。"

王弘义眉头深锁，片刻后道："既然如此，就做掉他！宁可咱们得不到《兰亭序》，也不能让它落到李世民手里。"

"是，属下这就去安排。"玄泉一拱手，转身就走。

"玄泉。"

玄泉停下来，却没有回头。

"凡事都要小心。接下来，会有很多大事要你去办，你可不能有丝毫闪失。"

"属下谨记。"玄泉说完，便径直走进了大雨之中。

他居然背对着我说话？！

在王弘义的记忆中，这似乎还是头一次。虽然这么多年过去了，玄泉的语气还是那么恭敬，每次任务也都执行得干净利落，但今天这个前所未有的反常举动，还是让王弘义心里生出了一种不祥的预感。

尽管只是一个微不足道的细节，但很多时候，细节往往会暴露一个人的真实内心。

第二十一章 / 营救

萧君默那天提出要回家后，李恪次日便找了几个太医给他检查身体，结果发现，虽然伤口的愈合情况很好，但要完全愈合还需要时间，所以太医建议再休养几日。为此，李恪又强行把他留了三天。萧君默愁眉苦脸，叫苦连天。其间桓蝶衣又来看过他几次，也和李恪一个鼻孔出气，硬是不让他走。

挨到第三天下午，李恪来看他，萧君默拉下脸来，说我闲得都快长毛了，你再不让我走，我从现在起就开始绝食！李恪没办法，只好又把太医找来。太医查看后说，伤口已基本愈合，只要出去以后不要有剧烈运动，当无大碍。李恪这才点了头，同意让萧君默出宫回家。

萧君默如逢大赦，走出承天门的时候，深长地吸了一口气，对送他出来的李恪道："自由真他×的可贵！人不自由，毋宁死！"

李恪笑道："你好歹是个读书人，说话也这么糙？"

"话糙理不糙。"萧君默道，"以后要再看见有人想杀我，你千万别救，我宁可死也不再当你的囚犯。"

"好心当成驴肝肺！"李恪笑骂，"我救了你的小命又照顾你这么多天，就换来你这句话？"

萧君默眼睛一瞪："我救了你两回也没听你谢我啊！就说你被熊压着那回，你不是还骂我多管闲事吗？说就算没我，你自己也能对付，是不是你说的？"

李恪挠了挠头，笑道："行了行了，快走吧，把你这种闲云野鹤关在宫里，其实我心里也不好受。"

"这才像句人话！"萧君默也笑了笑，捶了他肩头一拳，"走了！"

李恪送了他一匹膘肥体壮的黑马。萧君默翻身上马，提起缰绳，让马在原地转了几圈，心里忽然生出了些许不舍。

因为他知道，这很可能是与李恪的最后一面了。

今天是初一，也是米满仓每月仅有的一次出宫采买物品的时间，萧君默待会儿便会直奔东市找到米满仓，叫他通知楚离桑做好准备，就在今夜营救她和辩才出宫。如果顺利的话，今夜自己就将离开长安，远走天涯。

萧君默骑在马上，仰头望天，只见空中流云变幻，就好似人间沧桑、世事无常，想起和李恪打打闹闹的一幕幕，心中越发伤感，便大声对李恪道："李恪，假如有一天你找不着我了，会不会闷得慌？"

"这样最好，我落个清净！"李恪一说完，便发现萧君默的眼神有些异样，这才意识到他的话有问题，"你说这话什么意思？"

萧君默知道不能再说下去了，便大笑了几声，道："李恪，有件事我得告诉你，这事挺重要的。"

李恪眉头一蹙，忙问道："什么事？"

"你唱歌会跑调！真的，都从长安跑到西域去了。"萧君默一边大笑一边道，"以后别再唱了，唱跑调的军歌你打不赢仗的。"话音未落便拍着马疾驰而去，只扔给李恪一串响亮的笑声。

李恪又好气又好笑，看着他渐渐远去的背影，心里陡然生出了一丝莫名的不安。


五月初一，空中繁星满天，唯独不见月亮。

萧君默照旧在禁苑的树丛里与米满仓会合，换上了宦官的衣服，接着两人一起抓了一些萤火虫，装进了两只纸笼里，然后一人提着一只纸笼，晃晃悠悠地走进了玄武门。

守门军士只看了他们一眼，便懒得再理他们了。

这些日子，米满仓按照萧君默事先教他的，时不时便会带一两个宦官到禁苑去抓这个抓那个，都说是楚离桑要的。军士问了几次，最后也烦了，索性不再搭理。

两人顺利通过玄武门，紧接着便直奔佛光寺。

按照萧君默的计划，要先设法救出辩才，然后赶回凝云阁，再救出楚离桑，让两人都换上宦官衣物，最后再以抓更多萤火虫为由，出玄武门，入禁苑，从饮马门那个墙洞逃出。

然而，此时的萧君默并不知道，这天正是李世民与辩才约定好的每三天回答"三个问题"的日子。本来，李世民此刻早已到佛光寺了，但恰好几天前晋阳发生了地震，今日奏表刚到，李世民便耽搁了。

晋阳是李唐的龙兴之地，李世民自然格外关注，便召了相关官员入宫商讨赈灾和善后事宜。此时，两仪殿中，李世民正一边听官员奏报，一边不时瞟着不远处的漏刻，有些心不在焉。比起晋阳地震，他显然更加惦记辩才的事……

还有一个因素，也是萧君默事先没有料到的，那便是米满仓这些日子老是在玄武门进进出出，早就引起了一个人的警觉。

这个人就是负责宫禁安全的左屯卫中郎将李安俨。

就在萧君默和米满仓匆匆经过玄武门大约一刻之后，李安俨便带着一支禁军巡逻至此。他问守门军士："凝云阁那个姓米的宦官，这两天还是照样进进出出吗？"

"是的将军。"守门军士答。

"他到底在搞什么名堂？"

"回将军，听说是那个楚离桑天天要他们到禁苑去抓东西。"

"都是些什么东西？"

"各种花花草草。另外，蝴蝶啊，萤火虫啊，蛐蛐啊，什么都有。"

李安俨眉头一皱："他们一般是几个人进出？"

"不一定，有时两个，有时三个。"

"今天他们出去了吗？"

"出去的时候不是卑职当班，但是刚才他们进来的时候，卑职看见了。"

"进来了多长时间？"

"大约……大约一刻。"

"几个人？"

"两个。"

"除了姓米的，另外那个叫什么？"

"这个……请将军恕罪，卑职没问。"

"那他长什么样子？"

"这个……这个卑职也没看清，只知道高高大大的，但一直弯着腰低着头。"

李安俨的眼中射出一道狐疑的光芒，沉吟了片刻，对身后的巡逻队一挥手："走，去凝云阁！"

佛光寺是宫禁内的皇家寺院，相当于皇帝的私人佛堂，所以规模比外面的一般寺庙小，两侧并无偏殿和别院，只有中轴线上的前后三进，前为弥勒殿，中为大雄宝殿，后为藏经阁，最后面是几间禅房，辩才就住在其中一间。

也因为是宫中佛堂，所以佛光寺内并没有常住的方丈和僧人，只有几个负责香烛洒扫的宦官。平时若皇帝延请高僧入宫讲经，便会让高僧及随从住在这里，但自从辩才入住后，李世民当然就没再邀请高僧进来了，眼下寺里只有辩才一个和尚。

由于佛光寺深居宫中，四周有重重殿阁、道道宫门，以及防备森严的禁军，辩才根本插翅难飞，所以李世民只在寺内安排了六名禁军守卫，另外就是五六个常驻在此的宦官，此外便再无旁人。

萧君默事先已经命米满仓把这些情况都摸清了，因此按照他的计划，是从寺院后墙翻进去，避开前殿那六名禁军，直接进入禅房，顶多只需对付几名宦官，便可将辩才救出来。然而这天晚上，当萧君默和米满仓气喘吁吁地赶到佛光寺时，一下就傻眼了——只见院墙下居然站立着一排禁军士兵，大约每十步便有一人。

萧君默和米满仓面面相觑，都是一脸惊愕。

他们当然不知道，自从三天前辩才开始回答问题，李世民便忽然生出了加强防卫的想法，于是增派了一支足足一百人的禁军，把整个寺院的四周院墙全部围了起来。此时，萧君默和米满仓提着灯笼，埋着头，假装匆匆路过的样子，把整个寺院绕了一圈，结果都是满脸绝望。最后，两人躲在寺院正门对面的灌木丛中，愣愣地看着院墙下的士兵，都不知该怎么办。

"你，你的金，金子，真，真不好，挣！"米满仓绕了一圈都在念叨这句话。

"你发什么牢骚！"萧君默瞪他，"你不说把情况都摸清了吗？这么多兵哪儿来的？"

"我，我……"米满仓憋得满脸通红，却不知该说什么。

萧君默心里当然知道，皇帝心思难测，肯定是有了什么不祥的预感，所以增派了这些禁军。面对这始料未及的突发情况，萧君默有些束手无策，想到自己已经在楚离桑面前夸下了海口，真的感到无地自容。

最重要的还不是自己的面子问题，而是无论辩才说不说出《兰亭序》的秘密，他们父女俩最终都难逃一死，只是时间迟早而已。而这一切的始作俑者，归根结底却是自己。从某种意义上说，他就是害死楚离桑一家人的凶手。

一想到这里，萧君默便愧悔难当，真想一头撞死！

自怨自艾了片刻，萧君默慢慢收束心神，开始冷静思考对策。开弓没有回头箭，即便只有一丝可能性，也必须竭尽全力殊死一搏！他权衡了一下，从后院翻墙出入估计是行不通了，因为即使他顺利干掉几名士兵，撕开一道缺口翻墙进去，可辩才没有武功，想把他从墙头弄出来，肯定会发出声响，这样势必惊动其他士兵。

所以剩下的办法，只能是从正门出入了。

方才他仔细数了一下，正门的士兵有十人，大门处站着两人，左右院墙下各站着四人。由于今晚没有月亮，除了大门口挂着灯笼之外，两侧院墙几乎是一片漆黑，而且每个士兵之间隔了十步，彼此基本是看不到的，只能靠声音和响动相互呼应。

萧君默估量了一下，以自己的身手，从一侧院墙悄悄摸过去，在不弄出动静的前提下，依次干掉四个士兵是有可能的，遗憾的是这些人都是无辜的，他有些下不了手。而且，就算自己狠心下手，也还有一个最大的难点，就是门口那两名面对面的士兵。

怎么同时干掉这两个人，又不弄出半点动静？

除非再来一个武功高手跟自己配合，两人各负责一个，否则这就是不可能的。

假如米满仓会武功就好了，问题是这家伙手无缚鸡之力，别说杀一个禁军士兵，就是把一头猪放在他面前，他估计都干不掉。想到这里，萧君默不免大为沮丧。

"回，回去，睡觉！"米满仓又开始嘟囔，"这钱，不，不挣了！"

"你走吧，我自己想办法。"萧君默心烦意乱，但还是不想让米满仓跟他一起去送死。人家只是求财，让他把命搭上，对他并不公平。

不料米满仓闻言，又有些迟疑："你，你不走？"

"别管我了，你回凝云阁待着。若我能把辩才救出来，再过去跟你会合。"

米满仓犹豫不决。

"别想了，不管此事成不成，那些金子都归你。"

米满仓有些意外，抬头看着他。

"要是我死了，每年清明记得来看看我。"萧君默尽力做出满不在乎的样子，"在我坟头浇几杯郎官清，我也就心满意足了。"

米满仓蓦然有些动容，往地上吐了口唾沫，呸呸连声："不，不吉利！你不走，我，我也不走，咱一，一块儿干！"

萧君默看着他，心里有些感动，正想跟他说没必要一块儿送死，忽然察觉不远处有什么动静，赶紧把米满仓的头压低，自己也伏下来，示意他别出声。

黑暗中，萧君默睁大了眼睛，只见两条黑影从西边的长廊蹿了过来，飞快躲进他们左手边的灌木丛中。

这又是哪路人马？！

萧君默大惑不解，只能静静观察。

两个黑影似乎悄悄探出头观望了一下，旋即从灌木丛中蹿了出去，不但速度快得惊人，而且几乎没发出半点声音。萧君默大为惊疑，当即断定这两人的身手绝不在自己之下。这时米满仓也看见了那两个黑影，顿时吓得捂住了嘴，一脸惊愕地看着萧君默。

"走，跟过去看看。"萧君默低声道，拉起米满仓的衣领，然后两人猫着腰，跟在那两个黑影的身后出了灌木丛。

两仪殿中，几名官员还在喋喋不休地向李世民禀报着什么。

李世民神情有些焦躁，却又只能强行按捺，目光不时瞟向漏刻。

侍立一旁的赵德全知道皇帝的心思，却也不敢说什么。

那几个官员似乎谈到了什么关键议题，都抢着说话，结果竟然争辩了起来。李世民眉头紧锁，越发不耐……

凝云阁一楼，六七个宦官正围着一张几案，热火朝天地玩着"樗蒲"。

这是一种源于汉末、盛行于唐的棋类游戏，可用于赌博，博戏中用于掷彩的骰子最初是用樗木制成，故称樗蒲。骰子共有五枚，有黑有白，花色各异，被称为"五木"，通过扔掷能产生十二种不同的排列组合，最高彩被称为"卢"。所以，游戏者在掷五木时往往会大呼小叫，希望得到"卢"。这就是所谓"呼卢"，后来便成了赌博的代名词。

"卢，卢，卢！"此刻，六七个脑袋正凑在一起，大喊大叫，丝毫没有发现一脸肃然的李安俨已经从门口走了进来。

"让我也押一把如何？"

宦官们同时一惊，慌忙回头，见李安俨和十几名禁军士兵正冷冷地看着他们，顿时大窘。宫中虽然没有明令禁止樗蒲游戏，但却严禁以此赌博。为首宦官赶紧赔笑道："李将军说笑了，咱家不过是随便玩玩，没赌钱的。"

"诸位内使赌不赌钱我不管。"李安俨冷冷道，"我只想提醒诸位，把楼上的人看紧了，万一出了什么闪失，你们的脑袋就得搬家，我也得吃不了兜着走。"

"不会不会，将军放心，楚姑娘好着呢，绝对万无一失！"宦官连连赔笑。

李安俨扫了他们一眼："谁是米满仓？"

"满仓？满仓他到禁苑抓萤火虫去了，楚姑娘吩咐的。"

"这我知道，可他刚才已经进了玄武门，怎么，没回来吗？"

宦官们面面相觑，都摇了摇头。

"有谁知道他的去向？"

宦官们又摇摇头。

李安俨眉头一紧，沉声道："这么说，他竟敢擅离职守了？"

宦官们都不敢答言。

"走，带我到楼上瞧瞧！"李安俨对为首宦官道。

"是，将军请。"

二楼的绣房内，四名宫女正围坐在一块儿吃点心，还叽叽喳喳小声说笑着。楚离桑坐在床榻上看书，目光沉静。这些日子，她和这几个宫女早就混熟了。一开始宫女们还很拘谨，天天像四根木头戳在那儿，不敢乱动也不敢说话，可自从楚离桑帮她们请了赏，又经常把皇帝赐的各种水果点心分给她们吃，宫女们便对她感恩戴德，很快跟她热络了起来，天天姐姐长姐姐短地叫。

"楚姐姐，您真好！"一个宫女一边咬着油酥饼，一边谄媚地笑着，"姐妹们都说您是活菩萨，人又漂亮心又好，我们是上辈子积了什么德才会遇见您呢！"

楚离桑淡淡一笑："你们当然希望我是菩萨。就跟庙里一样，水果点心都说是供菩萨的，其实还不都让上供的给吃了？"

宫女们捂着嘴笑。

"是姐姐自己说不吃的，这会儿倒怨起我们来了。"方才那个宫女笑着，拿起一块油酥饼要过来。楚离桑摆摆手："你吃吧，我没胃口。"宫女冲她做了个鬼脸，顺势把饼又塞进了嘴里。楚离桑笑着白了她一眼："馋猫！"

这些油酥饼，是下午米满仓从宫外带进来的，并非皇帝所赐。米满仓偷偷跟楚离桑说，饼里放了蒙汗药，是萧君默安排的，今晚他便来救他们父女出宫。楚离桑又惊又喜。盼了这么久，总算盼到了这一天，所以太阳还没落山，她的心就开始扑通扑通地跳了起来。好不容易等到夜色降临，她心里就越发激动和紧张，只好找了本佛经装模作样地看起来，同时不断告诉自己一定要冷静，千万别在这节骨眼上露出破绽。

米满仓说油酥饼吃下去后，大概得半个时辰后才能发挥药效，然后宫女们就会一觉睡到大天亮了。按照萧君默的安排，米满仓给楼下的宦官们也准备了酒菜，里头也放了药。只要楼上楼下这些人全被迷倒，他们就好行动了。此刻，楚离桑看官女们一口一口咬着油酥饼，心里不由得又紧张起来，生怕她们吃不够，药效出不来。

就在这时，宦官突然领着李安俨推门进来，官女们一惊，慌忙放下手里的饼，一个个站了起来。楚离桑心里暗暗叫苦，真是怕什么来什么。

李安俨扫了食案一眼，走过来，从食盒里拿起一块酥饼，凑近鼻子闻了起来。

楚离桑的心顿时又开始扑通乱跳，不知道蒙汗药有没有味道，会不会被他闻出来。

"李将军，你想吃就说，我也不会拦着你，可你这么闻是什么意思？"情急之下，楚离桑只好反守为攻。

李安俨有些尴尬，只好把饼放回了食盒里。

"将军用手拿过的饼，还想让姐妹们吃吗？"楚离桑又道。

四个官女都忍不住暗笑。

李安俨越发尴尬，想了想，只好拿一张纸把饼包起来，揣进了怀里："那……那就多谢楚姑娘的饼了。"

"不客气。"楚离桑冷冷道，"天都这么晚了，将军还贸然闯进来，不知是什么意思？"

"请楚姑娘原谅。"李安俨拱拱手，"在下怀疑这楼里的人行踪诡异，怕姑娘有什么闪失，便上来瞧一眼，没别的意思。"

楚离桑心里一惊，忙问："行踪诡异？将军说的是谁？"

"米满仓。"

楚离桑的心蓦地往下一沉。完了，行动还没开始，就被这个禁军将领给盯上了，今晚还怎么逃出去？！

"米满仓怎么了？"楚离桑问。

"他老早就从禁苑回来了，却没回凝云阁，现在也没人知道他去了哪儿，楚姑娘不觉得有些蹊跷吗？"

"这有什么好蹊跷的？"楚离桑冷笑，"难道他就不能拉个肚子、上个茅厕什么的？"

几个官女忍不住咻咻笑了起来。

李安俨咳了咳："即便如此，可这时间也未免久了一些。"

"我大唐律法规定上个茅厕必须得多长时间了吗？"

"这……这倒没有。"

“既然没有，那将军还有必要疑神疑鬼吗？”

李安俨语塞，只好拱拱手：“时辰不早了，请姑娘早点歇息，在下告辞。”说完便大步走了出去。

楚离桑暗暗松了口气，冲着李安俨的背影道：“我们姐妹几个马上就宽衣就寝了，将军可别再半夜闯进来！”

李安俨在门口顿了一顿，没说什么就走了。

几个宫女再也憋不住，终于放声笑了出来。

佛光寺外，萧君默和米满仓贴着大门西侧的墙根，一点一点慢慢往大门方向挪动。

四周一片漆黑，几乎咫尺莫辨。不过，萧君默的夜视能力向来优于常人。方才那两条黑影从西边长廊蹿过来时，他就已经借着远处灯笼的微光看出来了，这两人都是一身宦官装扮，只是不知道是否跟自己一样也是假的。

他们刚才从灌木丛出来后，直接扑向了佛光寺的院墙，萧君默便料定他们的目标跟自己一样，都是辩才，却不知他们是来救他还是来杀他的。

沿着墙根摸黑朝前走了十来步，萧君默的脚就碰上了一团软软的东西。

萧君默心里咯噔一下，知道那两个人动手了，干了自己方才在脑海中勾画却未及实施的事情。他蹲下来，定睛一看，果不其然，这是一名士兵，已经被悄无声息地扭断了脖子。

能徒手杀人于瞬间，且不弄出半点动静，绝对是高手中的高手！

萧君默不禁有些心悸。看来这两人的身手比自己有过之无不及，如果他们是想救辩才，那便是上天有眼，感谢他们帮了自己一个大忙！可万一他们是要杀辩才，那仅凭自己一人之力，绝对是阻止不了的。

接下来，萧君默和米满仓继续朝着大门方向挪动，每隔十步便会遇见一具士兵的尸体，死法都跟前面那个一模一样，总共是四具尸体。杀人手法如此干净利落，让萧君默不禁在心里连连惊叹。片刻后，萧君默和米满仓逐渐靠近寺院大门，光线渐渐明亮起来，可以清楚地看见前面那两个刺客正紧贴着墙根挪动。

萧君默示意身后的米满仓止步，二人停留在黑暗中，观察着那两人的下一步行动。

大门处那两个面对面站着的士兵，就是让萧君默不敢轻举妄动的最大难点。当然，萧君默很清楚，这一点对前面那两个刺客而言，丝毫不构成问题。

果然，转眼之间，那两人便摸到了台阶下，然后同时跃出，各自抓住了一名士兵的头，在他们发出喊声之前，两名刺客同时用力一扭，那两个士兵的脑袋往下一勾，身子就像空麻袋一样软了下去。

所有动作行云流水、一气呵成！

萧君默心里大为惊叹，同时再次无奈地意识到，自己根本不是这两个刺客的对手。

两仪殿中，几名官员终于结束了他们的高谈阔论和激烈争辩，在听完李世民几句简明扼要的旨意之后，便一一行礼退了下去。

李世民赶紧起身，急不可耐地对赵德全道："走，佛光寺！"

赵德全瞥了一眼漏刻，小声道："大家，已经快丑时了……"

李世民凌厉地扫了他一眼。

赵德全心中一凛，赶紧高声对着殿内其他宦官："圣上起驾——"

凝云阁一楼，李安俨对手下士兵道："留两个人在这儿，其他人跟我走。"说完，便带着大部分士兵走了出去。

剩下两名士兵一左一右站在了大门两侧。

那些宦官看了看士兵，又看了看放在案上的几只食盒，然后又对望了一下，都有些无奈和气恼。

那食盒里装着酒菜，是米满仓特意买来犒劳他们的，本想玩完樗蒲再吃，不承想却被李安俨这帮人给搅和了。

二楼绣房中，官女们一边吃着油酥饼，一边开始哈欠连连，眼皮都打起了架。

楚离桑仍旧拿着书坐在床榻上，嘴角掠过一丝微笑。然而，楼下的宦官们却一点动静都没有，显然滴酒未沾，这可不妙！

萧君默和米满仓一闪身，从大门进入了佛光寺。

根据萧君默事先了解的情况，弥勒殿、大雄宝殿、藏经阁三处各有两名禁军士兵。以那两名刺客的身手，干掉这六个士兵自然也是易如反掌。

果然，一摸进弥勒殿，萧君默就看见两名士兵都倒在了地上，身体是向下趴着的，脑袋却几乎被扭转了半圈，仰面朝上，眼睛圆睁，死状怪异恐怖。方才外面黑乎乎的，加上急着想进来，米满仓只知道死了人，却啥也没看清，现在一看到死状那么恐怖，顿时吓得倒退了几步。萧君默叹了口气，上前帮那两名士兵合上双目，然后快步朝大雄宝殿跑去。

米满仓愣了愣，赶紧跟了上去。

后面的情形大致与弥勒殿相似，有两名士兵倒在了大雄宝殿里，还有两名倒在藏经阁门口，而一路从外面进来，萧君默还先后看见了三名宦官的尸体。

看着这一幕幕惨状，萧君默忽然有一种直觉——这两名刺客恐怕不是来救辩才的，而是来杀他的！

凝云阁一楼，六七个宦官各自坐着打盹，两名士兵仍旧笔直地立在门口。

楚离桑忽然从楼梯上走了下来。

两个士兵一怔，都狐疑地看着她。

楚离桑不理他们，而是径直走下楼梯，停住脚步看着那些宦官。为首的宦官下意识抬起眼皮，一看见她，慌忙站起身来："楚姑娘，这么晚了，您怎么还没休息？"

楚离桑嫣然一笑："睡不着。肚子饿得咕咕叫，油酥饼又被楼上那群馋猫吃光了，就想来问问你们有没有吃的。"

为首宦官大喜，连忙走过去打开食盒："楚姑娘，这是米满仓犒劳大伙的，您想吃什么，随便挑。"

这时其他宦官也都醒了，见状无不窃喜，知道今晚有酒喝了。

楚离桑走过来，瞟了眼食盒："呦，这么多酒菜，你们干吗舍不得吃呢？"

为首宦官嘿嘿一笑，朝门口努了努嘴。

楚离桑也朝门口瞟了一眼，大声道："怕什么？大伙在这儿帮本姑娘值夜，辛苦得很，喝几杯酒又碍着谁了？你们喝，我做主了！"

宦官们喜笑颜开，七手八脚地把食盒里的酒菜取了出来。楚离桑说要一根鸡腿，为首宦官殷勤地帮她拽了两根，用盘子盛了。楚离桑又叫他斟了两杯酒，然后一手拿着一杯走到那两个士兵面前，笑道："两位军爷也辛苦了，来一杯吧？"

两个士兵面面相觑。一个士兵道："多谢楚姑娘好意，上头规定，当值期间不能饮酒。"

"我也不让你们多喝，就这一杯！"楚离桑把两杯酒分别往前一递，"来吧，给我一分薄面。"

此时，后面的宦官们已经喝了起来，浓烈的酒香阵阵飘来，两个士兵也都有些忍不住。楚离桑看着他们："怎么，还怕我在酒里下了药不成？两个大男人，连我一个小女子敬的酒都不敢喝吗？"

话说到了这份上，这两人岂有不喝之理？连忙道谢着接过，同时一饮而尽。

楚离桑笑了笑，又拿过一壶往一个士兵怀里一塞："累了就喝一口，这样才有精神！"

随后，楚离桑叫宦官们慢慢喝，便端起那个盛着鸡腿的盘子，翩然回楼上去了。

二楼绣房，楚离桑推门进来，看见那四个宫女早已趴在案上睡得死沉，鼾声此起彼伏。她暗暗一笑，心里只盼那两名士兵忍不住诱惑，多喝几口酒。

佛光寺内，萧君默和米满仓快步来到辩才所居的禅房门口，听见里面已经传出了说话声。萧君默赶紧拉着米满仓躲在了门对面的花丛后。

从洞开的房门望进去，禅房一览无余。只见辩才正闭目盘腿坐在蒲团上，一名身材壮实的宦官站在他身后，只要他一动手，便可轻易扭断辩才的脖子。另外一个瘦高个宦官站在辩才面前，正在跟他说话。

"辩才，临死之前，还有什么话想说吗？"瘦宦官道。

辩才睁开眼睛："死不足畏，贫僧只是不想死得不明不白。"

"我这人做事，向来是不喜欢啰唆的，不过，既然咱们都是天刑盟的弟兄，我就破个例，让你死个明白！"瘦宦官笑道，"实不相瞒，是玄泉先生派我们来的。"

萧君默心中一惊：又是这个玄泉！

此时的萧君默当然不知道，这两人就是玄泉奉冥藏之命派出的刺客，他们的表面身份是宫中的宦官，但真实身份却是玄泉的得力手下，且跟他一样都在宫中潜伏多年。

辩才淡淡一笑："据说玄泉在朝中如鱼得水，他何故要杀我？"

"先生要杀你，自有先生的理由。辩才，你最大的错误，就是一辈子都对智永那个老和尚愚忠。他身为盟主，却故步自封，冥顽不化，既不思振兴本盟大业，又不让冥藏先生接手，还把所有分舵的阴印全都毁了，这不是自毁长城吗？结果整个天刑盟被他搞得四分五裂！就这么个疯和尚，你还一心一意追随他，你到底图什么？"

萧君默在外面一字一句听得一清二楚，大为释然。看来自己的推测没错，正是因为智永把那些羽觞中的阴印全毁了，冥藏才急于找到《兰亭序》真迹，以便复制阴印，重新掌控四分五裂的天刑盟。

辩才听了瘦宦官这番话，不禁苦笑："看来你级别不低啊，知道的东西还挺多。"

"不瞒你说,我是玄泉先生的右使。"

"玄泉派一个级别这么高的人来杀我,还是挺看得起贫僧啊!"

"辩才,走到这一步,是你咎由自取,你别怪先生。"

萧君默正凝神听着,米满仓忽然拉了拉他的衣袖,低声道:"我去,解,解个手。"

"懒人屎尿多!"萧君默瞪他,"辩才都快死了,你不帮我救他,这时候解什么手?!"

米满仓哭丧着脸:"憋,憋不住。"

萧君默哭笑不得,挥挥手让他快去。其实就算米满仓留在这儿,也根本帮不上忙。眼看屋里的谈话已接近尾声,萧君默不禁心急如焚。他知道,就算自己平时状态最好的时候,也不见得是屋里那两人的对手,更何况现在伤势还未痊愈。然而事到如今,虽明知一死,也只能往上冲了,因为他不能眼睁睁看着辩才死在自己面前。

屋内,辩才对瘦宦官道:"贫僧尚有一事不解,想请问右使。"

"说。"

"杀了我,《兰亭序》的下落便无人知晓了,冥藏不是一直想得到它吗,又怎么舍得让我死呢?"

"冥藏先生当然不希望你死,只是你现在落到了李世民手里,如果让你活下去,天刑盟的秘密就大白于天下了。所以,先生宁可不要《兰亭序》,也必须让你永远闭嘴!"

辩才恍然,点点头:"既如此,贫僧也无话可说了,多谢右使直言相告。"

"不客气。毕竟是本盟兄弟,我不能让你做糊涂鬼。"

"行了,耽误你不少工夫,动手吧!"

瘦宦官看着辩才,面露赞赏之色:"不愧是咱们天刑盟的人,早已看破生死了!"

辩才淡淡一笑,闭上了眼睛。

最后的时刻到了,一把匕首从萧君默袖中滑入手掌。他握紧匕首,正待冲进去,突然,不远处传来了米满仓的叫声:"别杀我,别杀我……"

萧君默大吃一惊。

屋内两名刺客也同时一震。瘦宦官示意手下暂勿动手,大步冲到门口,只见一个十六七岁的小宦官正拿着一把菜刀架在米满仓脖子上,推着他一步步走过来。

小宦官喊道:"都别动,敢动我就杀了他!"

瘦宦官满脸困惑。

萧君默顿时哭笑不得，原来小宦官把米满仓当成是跟刺客一伙的了。

瘦宦官也许是看此人年纪太小，想逗逗他，便举起双手，笑道："好，我不动，你过来，我把辩才交给你。"

"此话当真？"小宦官天真地问。

瘦宦官点点头。

小宦官果真把米满仓推到了门口。萧君默知道自己不能不现身了，随即一个箭步冲上去，瞬间夺下菜刀，拿刀柄往小宦官头上一敲，小宦官当即瘫软在地。米满仓吓得浑身筛糠，脸色煞白，慌忙躲到萧君默身后。萧君默无意中一瞥，看见他前襟下摆湿了一片，显然是被那把菜刀吓得失禁了，顿时又好气又好笑。

瘦宦官看见暗处又跳出来一名宦官，摇头笑道："你们这些笨蛋，好好躲着就能活命了，却一个个跳出来送死！"他显然是把萧君默也当成这佛光寺的人了。

萧君默冷冷盯着他："你的任务结束了，现在该把人交给我了。"

瘦宦官一怔："你是何人？"

萧君默背起双手，一脸倨傲之色："先师有冥藏。"

瘦宦官大惊："你……你是冥藏先生的人？"

第二十二章 逃亡

官中长廊，一行人正脚步匆忙地朝佛光寺走来。

李世民坐在一顶八人抬的銮舆上，赵德全紧跟在旁边，前面有一群宦官打着灯笼在引路，还有一队禁军士兵，后面也跟着一队宦官和士兵。

李世民闭着眼睛，嘴里却催促道："快！"

"快快快，大家有旨，走快点！"赵德全对着前面的宦官连声喊道。

佛光寺北边，李安俨正带着十余名部下快步走来。

"将军，咱们这是去哪儿？"身边的副手忍不住问。

"找米满仓。"

"找他？官里这么大，上哪儿找去？"

"我知道他在哪儿。"李安俨胸有成竹。

副手前后看了看，判断了一下方向，忽然道："您是说，米满仓在佛光寺？"

李安俨不语，加快了脚步。副手和士兵们连忙快步紧跟。

辩才禅房前，萧君默冷冷地看着瘦宦官："先生有令，把辩才交给我，你们的任务就完成了。"

瘦宦官大为狐疑："不可能，我接到的命令，明明是杀死辩才，这是玄泉先生亲口跟我说的。"

"玄泉也是在执行冥藏先生的命令，不是吗？"

"可，可是……"

"没什么可是，先生本来就不想杀辩才。你想想，辩才若是死了，《兰亭序》从此消失，重新凝聚天刑盟的希望不就落空了吗？"

瘦宦官大为不解："既然如此，先生为何还让我们来杀辩才？"

"先生这么做，自有先生的理由。"萧君默学着他刚才的口吻。

萧君默方才这几句话，虽然让瘦宦官始料未及，但非天刑盟的人是无论如何说不出来的，所以他既不敢怀疑萧君默的身份，却又总觉得有些不对劲，只好接着问道："我能请教一下，究竟是何理由吗？回头也好跟玄泉先生复命。"

"理由我可以告诉你，但你最好埋在心底，别跟玄泉说。"萧君默知道必须给他一个有说服力的理由，所以只能赌一把了。

瘦宦官越发困惑："为什么？"

"玄泉潜伏朝中多年，虽然从没背叛过先生，但先生毕竟好几年没见到他了。此次先生来京，有很多大事要做，为了考察玄泉对先生是否完全忠心，就有必要先交给他一个任务，看看他做得如何。我刚才跟了你一路，发现你身手还不错，而且在组织里的职位也不低。既然玄泉肯把你这个右使派出来，说明对先生交代的事情还是上心的，也说明他还算忠诚。回头，我会向先生禀报的。"

瘦宦官有些恍然，可听到萧君默说跟了自己一路，又怀疑他是偷听了刚才的谈话才编出这一套措辞，眼中再次露出疑惑之色。

萧君默知道他在想什么，便冷冷一笑："你也别怪先生多疑，当年无涯舵吕世衡背叛先生一事，想必你也知道，其教训何其惨痛。先生就这两个左膀右臂，当年就折了一个，如今岂堪再折？所以说，先生也是不得已而为之，你们要谅解先生的苦衷！"

瘦宦官终于释然。能够说出如此内情的人，绝对是天刑盟的人无疑了，而且级别肯定不低。为了确认这一点，瘦宦官问："敢问阁下在冥藏先生身边所任何职？"

"巧得很！"萧君默一笑，"在下跟你一样，也是右使。"

虽然都是右使，但主舵的右使，级别显然比分舵的右使高，所以瘦宦官一听便肃然起敬，躬身一揖道："属下有眼不识泰山，还望先生见谅！"

此人至少五十了，却恭恭敬敬叫自己先生，萧君默忍不住在心里偷着乐，脸上却正色道："已经耽误不少时间了，你得配合我，赶紧把人带出宫。"

瘦宦官立刻拱手："属下遵命！"随即对屋内的胖宦官招招手，胖宦官赶紧把辩才带了出来。方才辩才在屋里，早知道来人是萧君默，也听到了他说的话，心里大感困惑，搞不懂他为何知道了这么多天刑盟的秘密，出门的时候忍不住多看了他几眼。

萧君默趁那两人不注意，偷偷跟辩才眨了眨眼。

辩才不知他葫芦里卖的什么药，只好暗暗苦笑。

此时比辩才更看不懂萧君默的，便是米满仓。他怎么也想不明白，为何萧君默几句话就能把这两名凶悍的刺客说得服服帖帖，还让他们自认"属下"。

萧君默拍了他脑袋一下，低声道："别傻愣着了，快走！"

四人拥着辩才匆匆向寺门走去。萧君默看着地上那些士兵的尸体，忽然灵机一动：化装成禁军，岂不是比宦官更容易混出宫吗？随即叫住他们，把主意一说，五个人便七手八脚扒下士兵们身上的盔甲和佩刀，一一换上。

随后，五人快步走出了佛光寺。可刚走出寺门没多远，便见西边一大队人马迎面而来，分明是天子銮驾！

众人都是一惊，不由都看向萧君默。

萧君默眼睛一转，看着瘦宦官："兄弟，考验我们忠心的时候到了！"

作为上司对下属说的话，这里的"我们"其实便是"你们"，瘦宦官岂能听不出来？他当即胸脯一挺："请先生下令，属下赴汤蹈火，在所不辞！"

萧君默做出一脸沉痛的表情："其实本该由我去引开他们，可是出宫的秘道你们又不知道……"

瘦宦官见状，顿时有些感动，越发坚决道："不，请先生赶紧走吧，让属下去引开他们！"

萧君默做动容状，拍拍他的肩膀，似乎有万千感慨都说不出来。

瘦宦官和胖宦官双双抱拳，向萧君默深长一揖："先生保重！"

萧君默郑重点头："二位保重！"

两人即刻抽刀出鞘，飞快地冲向李世民的銮驾。

萧君默赶紧转身，拉起辩才的手朝北边急奔，米满仓紧紧跟在身后。很快，三人便听见身后传来了激烈的厮杀声，同时好多宦官扯着嗓子大喊："有刺客，护驾，护驾——"

寺院周边的士兵们闻声而动，都从黑暗中跑了过来。萧君默赶紧冲他们喊道："有刺客，弟兄们快去护驾，我去禀报李将军！"

众士兵见他们三人都穿着禁军铠甲，且夜色漆黑，也看不清面目，加之远处那些宦官确实叫得撕心裂肺，便都顾不上多想，一个个从他们身边跑了过去。

"好，好玩！"米满仓忽然傻笑着蹦出一句。

萧君默一边跑一边笑："一个小孩都能把你吓尿，还好玩?！"

米满仓窘，赶紧噤声。

辩才气喘吁吁地跑着，冷不防道："萧将军多日不见，这戏演得是越发炉火纯青了！"

萧君默闻言，不禁苦笑了一下。是啊，为什么自己每次跟辩才在一起都不得不演戏呢？而且每回都演得这么像，要说自己不是骗子，恐怕也没人信了。

正在苦笑自嘲，迎面又见一队禁军朝他们奔来。萧君默故技重施，张开嗓子喊："有刺客，弟兄们快去护驾，我去禀报……"

就在后面三个字即将脱口而出的瞬间，萧君默蓦然看见了李安俨的脸。此时双方已经非常接近，萧君默生生打住，改口道："我去禀报大将军，弟兄们快去护驾——"然后赶紧假装抬手抹汗，遮了遮脸。

李安俨跑到他们三人面前的时候，似乎顿了一下，旋即回头对身后喊道："弟兄们，保护圣上，快！"

双方很快擦肩而过，萧君默长长地松了一口气。


凝云阁，楼下的宦官和士兵横七竖八地躺在地上，楼上的宫女们也都睡死了，整座小楼一片阒寂。然而，萧君默三人赶到时，把整座楼上上下下仔细找了一遍，却始终不见楚离桑踪影。三人都急得满头大汗，面面相觑。

萧君默对米满仓道："我再去找找，你先把士兵的盔甲扒一套下来，准备让她换上。"

辩才赶紧道："我也去找！"

萧君默苦笑："法师就在这里等吧，宫里你不熟，万一我把楚姑娘找回来，你又不见了，那怎么办？"

辩才想了想，不作声了。

"放心吧法师，我一定把她毫发无伤地带来见你。"

方才在路上，萧君默已经把解救他们父女的意图简单说了，辩才终于恍然，对他的印象大为改观，此时又听到他这么说，顿时颇为感动，点点头道："那就多谢萧将军了！"

凝云阁的背后有一小片竹林。萧君默在凝云阁四周找了一圈，都不见人，遂摸黑钻进了竹林。才走了十几步远，只觉脑后一股杀气袭来，赶紧低头，但见哗啦一下，面前的一丛竹子已经被一把锋利的横刀齐齐砍断。

萧君默大吃一惊，就地一个旋转，飞快绕到偷袭者身后，左手拦腰一抱，右手横刀就向对方脖子抹去。

楚离桑蓦然发出一声尖叫，萧君默生生顿住。不料楚离桑却用手肘往后一捅，重重打在萧君默右腹。那里有一处伤口，萧君默痛得弯下了腰，忍不住呻吟了一下。楚离桑这才听出是他，惊异道："是你？你怎么穿成这样？"

萧君默强忍疼痛，苦笑道："不穿成这样我早死了。"

之前，楚离桑设法将所有看守都迷倒后，怕还有人会来，为防万一，不得不躲进了竹林。没想到方才差一点就把萧君默杀了，心里不觉有些愧疚，但一想起刚才被他拦腰抱住，顿时又是一阵羞恼。萧君默看她神色，也察觉到了，当下也有些尴尬。

"我爹呢？救出来了吗？"楚离桑这一问，才算消解了彼此的尴尬。

"当然！你也不看是谁出的手！"

楚离桑一喜，飞快跑出了竹林。

萧君默摸着受痛的伤口，忍不住冲她的背影喊："哎，也不问问我痛不痛，你这女子，好没良心！"

楚离桑早就跑得没影了。


佛光寺中，李世民站在辩才禅房门口，看着空荡荡的房间，脸色铁青。

方才那两名刺客突然杀向銮驾，着实让李世民惊愕万分。即位这么多年，除了三年前在九成宫避暑遭遇一次突厥人的暗杀之外，还从来没人敢刺杀李世民。此刻这两名刺客居然敢在宫中动手，实在是令他惊怒不已。而更让他意想不到的是，这两人的武功竟然十分高强，转眼便杀了十几名禁军侍卫，眼看就快冲到他的銮驾面前，所幸李安俨和佛光寺的士兵们及时赶到，才与侍卫合力将二人诛杀。

李世民本想抓活口，无奈这两人太过凶悍，要想活捉势必搭上更多侍卫性命，加之担心辩才出事，不愿再耽搁，便任由侍卫们杀了这两名刺客。随后，李世民在李安俨和一众侍卫、宦官簇拥下进入佛光寺，一路所见的惨状再次令他和众人目瞪口呆。

赶到禅房时，虽然没有看到想象中辩才被杀的画面，让李世民多少有几分庆幸，但人去屋空的结果还是令他极为震怒。李安俨一脸惶恐，连忙跪地请罪。

李世民怒视着他："身负宫禁安全之责，却出了这么大的事，你当然是罪责难逃！"

"是，微臣死罪！不过事先微臣已经有所察觉，只恨还是来迟了一步！"

李世民眉头一皱："你事先便察觉了？"

"是的陛下，凝云阁宦官米满仓形迹可疑，微臣方才一路赶来，正是担心他对辩才下手。"

"既然如此，那你还等什么？"李世民厉声道，"立刻关闭所有宫门，全力搜捕米满仓，把辩才给朕抓回来！"

"微臣遵旨！"


玄武门下，守门军士不知宫中已乱成一锅粥，正三三两两凑在一块儿聊天。

突然，宫中传出一阵紧过一阵的号角声，声音急促而高亢，正是出现突发情况的信号。军士们脸色一变，纷纷朝宫中方向望去。紧接着，不远处又传来刀剑铿锵的厮杀之声，为首军士不再犹豫，立刻点了十几名部下，朝发出声音的方向冲了过去。

跑了十几丈远，为首军士便见前方人影幢幢，但黑暗中什么都看不清，便大喝一声："前方何人？"

四名全副武装的禁军侍卫快步迎上来，当先一人边跑边喊："快，宫中出了刺客，往淑景殿方向去了！我等刚跟他们交手，没抓住！"

为首军士闻言大惊，未及多想，便带着部下往宫城西北隅的淑景殿方向奔去。不料那四人却与他们反方向奔跑。为首军士诧异，回头大喊："尔等去哪里？"

"我等奉李将军命，去军营召集弟兄们搜捕刺客！"那名侍卫远远扔过来一句，同时脚步不停，带着其他三人没入了夜色之中。

禁军左、右屯卫都驻防在玄武门外，若果真奉李安俨之命去召集人手，的确是要往这条路跑，方向并没错。为首军士遂打消疑虑，率部向宫中跑去。

此刻，玄武门还剩下七八名军士，个个持刀在手，全都面朝宫中，神情紧张。忽然间，黑暗中跑过来四名禁军侍卫，还没等这些军士做出反应，便听当先一人高声喊道："快，宫中出了刺客，传圣上旨意，立刻关闭宫门！"

先是听到号角声，继而又是厮杀声，现在又接到关闭宫门的命令，这一切无不顺理成章，所以军士们毫不犹豫，立刻回头去关宫门。就在两扇沉重的宫门即将闭合之际，那四名禁军侍卫飞快地从门缝里冲了出去。

一名军士诧异，对着他们背影喊："尔等去哪里？"

"奉李将军命，去叫禁苑的弟兄们加强警戒！"那名侍卫回头喊道，"尔等要严守宫门，不得放任何人出宫，听清了没有？"

这名侍卫身材高大，声音洪亮，语气中透着一股威严。这种威严必然是经常发号施令的人才有的，而且宫中出了刺客，必然要通知禁苑中的巡逻队加紧防范，这个命令也非常合理，所以守门军士一听，便没有丝毫怀疑，脱口而出道："遵命！"

紧接着，宫门便在这四人身后訇然关上了。

萧君默与楚离桑、辩才、米满仓相视而笑，都长吁了一口气。

就在萧君默等人出了玄武门的同时，李安俨也带人赶到了凝云阁。

看着楼上楼下那些鼾声如雷的宫女和宦官，还有躺在门口呼呼大睡的两名部下，李安俨眉头紧锁，一言不发。

唐代的禁苑占地广阔，面积比整个长安城还大，苑中树林密布，地势起伏，小道纵横交错，地形非常复杂。这对逃亡显然是有利的，所以虽有多支禁军巡逻队在此来往巡弋，但要撞上却也不太容易。

萧君默往返禁苑多次，早已摸出了一条安全路线，遂带着三人往东北面的饮马门方向一路急行。然而，让萧君默万万想不到的是，当他们匆匆绕过一片土坡时，竟然与一支禁军巡逻队迎面撞上了！

这是一支小队，总共八人，却足足提了四盏灯笼，因此双方一照面，便彼此看得一清二楚，想躲都躲不开。萧君默只好低声叫三人小心，然后硬着头皮迎上前去，大声道："宫中出了刺客，尔等要加强警戒，都给我打起精神来！"

先声夺人，是萧君默的一贯招数。方才出宫的一路上，他都是靠这一招蒙混过关的，可这一次，他失算了。

这支巡逻队的队正是一名老禁军，五十开外，经验异常丰富。他打量了萧君默一下，便迅速把目光转向他身后三人。楚离桑等人赶紧把头埋低。萧君默暗暗叫苦，下意识挡在了楚离桑身前。队正走上前来，笑道："几位兄弟都是新来的吧，我怎么没见过？"

萧君默也镇定地笑了笑："老兄这话口气大了，十六卫禁军，人数成千上万，你都见过吗？"

"这倒也是。"队正冷冷一笑，盯着他，"敢问兄弟是哪部分的？"

"左屯卫，李安俨将军部下。"

"李将军部下，不好好在玄武门待着，到禁苑来干什么？"

"我刚才说了，宫中出了刺客，我等奉命前来通知你们加强警戒。"

"刺客？！那我倒是得打起精神了。"队正说着，歪了歪头，眼睛滴溜溜地在楚离桑身上转，"这位兄弟如此细皮嫩肉，怎么看都不像是当兵的呀！"

萧君默心头一凛，暗暗把手放在了腰间的刀柄上，笑道："龙生九子，尚且各有不同，何况我等芸芸众生？难道都要像老兄如此皮糙肉厚，才叫当兵的？"

队正嘿嘿一笑，却不答言，目光已经盯在了楚离桑的胸脯上。楚离桑下意识地往后缩了缩。队正似乎看出了什么，脸上浮出淫邪的笑容。萧君默看在眼里，心中一叹。他向来不愿随便杀人，但是眼下，不开杀戒恐怕是不可能了。

队正淫笑着，突然出手，向楚离桑胸部抓去。

萧君默的刀几乎同时出鞘。

刀光闪过，一只断掌掉在了地上，手指头还在微微抽动。队正抓着自己的断腕，发出一声凄厉的号叫。楚离桑也惊得叫出了声。队正身后的七名士兵呆了一瞬，旋即抽刀扑了上来。萧君默挥刀迎战，双方开始了一场短兵相接的厮杀……

玄武门，李安俨带着部下匆匆赶到，见宫门紧闭，急问："谁命你们关闭宫门的？"

"方才有四名侍卫前来传令，说是奉您之命。"守门军士道。

李安俨顿时明白了一切："他们人呢？"

"出……出宫了，往禁苑去了。"

李安俨骂了一声娘，厉声道："把门打开，所有人都跟我来！"

萧君默跟对方一交上手，便砍倒了两人，接着又跟另外三人缠斗了起来。楚离桑也一人对付两个。辩才和米满仓都不会武功，只能拿着刀做做样子。队正右手被砍，血流如注，但仍左手持刀，嘴里嘶吼着，跌跌撞撞地攻击辩才和米满仓。若在平时，二人必死无疑，但现在足可以跟队正周旋，遂一直逗引着他在土坡上跑来跑去，把队正气得嗷嗷大叫。

约莫打斗了一炷香工夫后，萧君默又砍倒了一人，便渐感体力不支了。

身上的多处伤口都已撕裂，血水渗透内衣，从铠甲的缝隙中不断流出。对方二人见状，知道他已是强弩之末，遂加大了攻击力度，好几次都险些得手。楚离桑此时也已砍杀一人，见萧君默情势危急，遂奋力进攻，终于将另一人砍倒在血泊中。

接下来变成了二对二的捉对厮杀。萧君默压力骤减，遂拼尽全力，反守为攻；楚离桑只有一个对手，也渐渐占了上风。

　　然而，他们并不知道，李安俨此时已经召集了数百名部下，兵分十路，对整个禁苑展开了大范围搜索。他亲自率领数十人，选择了其中一路进行追踪。而这一路，大致就是萧君默等人的逃跑路线。

　　就在萧君默、楚离桑与对方捉对厮杀的这一刻，李安俨已经追到了土坡附近，并已隐隐听到了他们兵刃相交的铿锵声。

　　"将军，看来刺客被巡逻队发现了！"旁边的副手喜道。

　　李安俨却面无表情，只挥了挥手，快步向土坡走去。

　　土坡附近，队正已经因失血过多昏死在草丛中，辩才和米满仓腾出手来，赶紧过来帮萧君默和楚离桑。二人虽不会武功，但仅仅是在士兵身后骚扰，便分散了他们的注意力。很快，楚离桑便一刀刺穿士兵，结束了战斗。几乎同时，萧君默也用尽最后一丝力气，砍杀了对手，但自己也支撑不住了，身体摇晃了起来。米满仓慌忙把他扶住。

　　楚离桑见萧君默满身是血，急得眼眶通红，赶紧掏出汗巾去捂他的伤口。无奈他身上伤口太多，到处都在流血，根本捂不过来，楚离桑手忙脚乱，眼泪瞬间落下。

　　萧君默虚弱地笑笑："我血多，流不完的，别担心。"

　　楚离桑一听，眼泪掉得更急。

　　就在这时，土坡另一侧传来急促而杂沓的脚步声，显然是大队人马杀过来了。四人同时一惊，辩才急道："快，你们俩扶着萧郎，赶快走！"

　　萧君默侧耳听了一下，苦笑道："来不及了。"

　　楚离桑大为忧急，跺了跺脚："那怎么办？"

　　萧君默抬眼一看，发现右手边有一片半人高的草丛，便道："只能躲了。"

　　李安俨终于赶到土坡，却见地上躺着八具尸体和四只灯笼，萧君默等人早已消失不见。

　　"将军，看这样子，他们一定跑不远。"副手道。

　　李安俨借着地上灯笼的光亮，举目四望，似乎感觉到了什么，道："叫弟兄们原地待命。"说完，便径直朝右手边那处茂密的草丛走去。

　　萧君默四人躲在草丛中，眼看李安俨一步步朝他们逼来，顿时面面相觑。

　　忽然，萧君默发现楚离桑那条汗巾居然掉在了一丈开外的地方，并且没有落到地上，而是挂在了草上，顿时无奈苦笑。此时楚离桑也发现了，不禁低声暗骂自己该死。萧君默下意识地握住了刀柄。他意识到，今天这一劫，恐怕是逃不过去了。

在距萧君默等人三丈开外的地方，李安俨缓缓抽出了佩刀，然后用刀在面前的草丛里来回划拉，边划拉边往前走。片刻后，他便走到了汗巾掉落的地方。萧君默四人不自觉地屏住了呼吸。

李安俨忽然抬头，四面观望，手中横刀不经意碰到汗巾，然后汗巾便顺着草滑落了下去，再也看不见了。

萧君默和楚离桑对视一眼，不相信世上竟然会有这样的运气。

李安俨又站了片刻，随即转身，大踏步走了回去。

萧君默眉头微蹙。

他隐隐感觉，今天的李安俨似乎有些怪异。近在眼前的沾满血的汗巾居然会被他无意中扫落，他真的是无意的吗？

李安俨走回来，对副手道："走吧，这儿没人，去别处搜。"

副手立刻命士兵们整队，然后等待李安俨指令。

李安俨走到队正的尸体旁，看了看，回头对副手道："留一些人下来，帮这些弟兄收尸吧。"

"是。"

李安俨刚想举步，忽然感觉脚脖子被人抓住了，低头一看，吓了一跳。

队正居然还没死，正用左手死死抓着他，然后颤颤巍巍地抬起那只断手，指向了萧君默等人藏身的草丛。

李安俨蓦然一惊，赶紧蹲下来，仿佛不经意地把他的断手按下，低声道："兄弟，别急，马上就抬你进宫，你不会死的。"

队正的脸色苍白如纸，嘴唇嚅动着，含混不清地说着什么。李安俨趴下，把耳朵凑到他嘴边。队正气若游丝道："他们……躲在……草丛里……"

李安俨看着队正，冷不防笑了一下，然后右手的手掌便悄悄覆盖在了队正的口鼻上。由于他背对着手下人蹲着，所以没有人看得见他的动作，都以为他是在听队正说话。

队正被捂着口鼻，慢慢失去呼吸，两只眼球大大凸出，惊恐又错愕地盯着李安俨。而李安俨脸上，却一直保持着一个笑容——这是队正一生中见过的最平静又最可怕的笑容。

很快，队正的四肢微微抽搐了几下，便彻底没有了声息。

李安俨缓缓松开手，然后站起身来，若无其事地走到副手身边。

"那位兄弟说什么？"副手问。

李安俨叹了口气："说家中尚有八十老母，让我帮着照顾，我答应他了。"

"那他现在……死了吗？"

"对，这是他最后的话。"

李安俨率部往别的方向去了，只留下数人打扫战场。萧君默等人悄悄离开了草丛，然后进入一片树林，继续朝东北方向进发。此时萧君默仍然血流不止，脸色越来越苍白。所幸此处距离出口已不算太远，楚离桑和米满仓一左一右搀扶着他，约莫走了一刻钟，四人终于来到了饮马门附近的苑墙，墙底下有一个小洞，洞口遮掩着一些枯枝杂草。

米满仓从旁边草丛中取出了两只事先藏好的包裹，一只鼓鼓囊囊的是他自己的，里面是萧君默先后给他的三十几锭金子，还有他自己平时攒下的一些细软；另外一只是萧君默的，里面是《兰亭集》、羽觞、火镰火石和一些钱。随后，萧君默率先从小洞中爬出，接着，楚离桑、辩才、米满仓也相继爬了出来。

四人对望，都如释重负地笑了。

一场惊心动魄、险象环生的营救行动，至此总算大功告成。

离洞口不远处有一片小树林，萧君默事先在树林中藏了四匹马。然而，当他们来到原本系马的地方时，发现那些马竟然都不见了。萧君默大惑不解，随后四人又在附近找了一圈，还是不见马匹的踪影。

"会不会是你记错地方了？"楚离桑问。

"不可能。"萧君默道，"我出入禁苑多次，都是把马系在这儿，不可能记错。"

"那可能是没系牢吧？"辩才道。

萧君默摇摇头。

辩才想了想，自己也觉得不太可能。

"只有一种可能。"萧君默眉头紧锁，"就是有人发现了这些马，把它们牵走了。"

其他三人顿时面面相觑。现在他们虽然逃出了宫城，暂时摆脱了危险，但如果没有马匹，他们就等于是瘸子，更何况以萧君默现在的身体状况，靠两条腿根本就走不远。等天一亮，朝廷一定会在禁苑周围展开大规模搜捕，到时候还是跑不掉！

正在众人愁眉不展之际，萧君默头顶的树上忽然传出一声冷笑："师兄，看来还是你聪明，只有你猜对了。"

萧君默闻声，不禁摇头苦笑。

没等他们反应，一个身影从树上跃下，同时便有一把龙首刀横在了萧君默的脖子上。

楚离桑定睛一看，此人竟然是桓蝶衣，怪不得声音如此耳熟。

"蝶衣，既然你跟到了这里，那我也不多说了。"萧君默淡淡笑道，"谢谢你还来送我一程。"

女人的直觉要比萧君默想象的可怕得多。早在桓蝶衣到伊阙去抓楚离桑的时候，便已经察觉她对萧君默有意，回京后又感觉萧君默心中似乎也有同样情愫。之后，桓蝶衣在萧君默家中碰见了宦官米满仓，便起了疑心，觉得萧君默可能是想入宫去见楚离桑。当然，萧君默第一次入宫的事，桓蝶衣并未察觉，直到他这次受伤期间，天天吵着要回家，桓蝶衣才再度产生怀疑。所以，今日萧君默一出宫，她便跟踪了他，结果发现他与米满仓又在东市碰面，于是越发坚信自己的怀疑是对的。之后，她又继续跟踪萧君默，发现他竟然带着四匹马来到了这里，顿时惊愕不已。

桓蝶衣本以为萧君默只是想入宫看望楚离桑而已，没想到他竟然是想救她出宫！而且既然有四匹马，不难推断萧君默也想把辩才劫出来。想到这里，桓蝶衣整个人差点崩溃。她万万没想到，玄甲卫中最聪明、最能干、最前程无量的师兄，竟然会为了一个女人甘愿背叛朝廷，并舍弃他拥有的一切！

桓蝶衣惊怒之下，差点就回玄甲卫向舅父举报了，可最终还是没有走这一步。因为她知道，一旦这么做，不但会让舅父难做，也会置萧君默于死地。

所以，整个晚上，她一直在这个树林里纠结、痛苦、彷徨、愤怒。她在脑海中一遍又一遍地向萧君默大声质问："你为什么要这么做？这个叫楚离桑的女人，值得你付出这么大的代价吗？！"

此刻，桓蝶衣终于把这句话吼了出来，然后跟随话音而落的，便是遏制不住的眼泪。

"蝶衣，你听我说。"萧君默无奈道，"我这么做的原因有很多，不是你说的这么简单。"

"你别再骗我了！"桓蝶衣大喊，"从头到尾，你一直都在骗我！"

萧君默语塞，一时竟不知该说什么。

楚离桑看见桓蝶衣那么痛苦，有些于心不忍，道："桓姑娘，萧郎他旧伤复发了，血流了很多，必须马上找医师，否则就……"

"我才不管！"桓蝶衣带着哭腔喊道，"他死了最好！我一点都不会为他难过！"话虽这么说，但眼泪明显比刚才更多了。

"桓姑娘，你要是实在气不过，就给我一刀吧。"楚离桑诚恳地道，"萧郎这次舍命救我们父女，真的是出于好心，不是你想的那样。"

"你别以为我不敢杀你！"桓蝶衣恨恨道，"事情都是因你而起，是你害了师兄！"

楚离桑苦笑着点点头："是的，是我害了他，你冲我来吧。"

桓蝶衣冷哼一声，手腕一翻，举着刀直直朝楚离桑冲了过去。萧君默想拦她，自己却站立不稳，米满仓赶紧又过来扶住。

眼看那把龙首刀就快刺中楚离桑，辩才挺身往前一挡，刀锋刺入了他的右胸，还好他穿着铠甲，所以刺得不深，但鲜血还是涌了出来。楚离桑叫了一声爹，慌忙用手捂住辩才的伤口，眼泪夺眶而出，随即扶他靠着一根树干坐下。

桓蝶衣是盛怒之下一时冲动，其实并不敢真杀楚离桑，现在一看反而伤到了辩才，顿时傻眼，手无力地垂落下来。

"桓蝶衣！"楚离桑却怒了，冷冷盯着她，"我记得，咱们还有一场未了的约定，干脆就在今日了结吧！"

桓蝶衣被这句话再次激起了斗志，当即把刀一横："好，就今日，来吧！"

楚离桑也缓缓抽出了横刀。

兵刃相交，两个女子转眼便杀成了一团。萧君默极力想阻止她们，却已经虚弱得说不出话。米满仓看着他，急得都快哭了。就在这时，禁苑内传出了禁军士兵鼓噪叫喊的声音。楚离桑稍一分神，桓蝶衣的刀已朝她当胸刺来。千钧一发之际，黑暗的树林中突然飞出一枚银针，瞬间射中桓蝶衣脖颈。桓蝶衣一个踉跄，用手捂住脖子，身形晃了晃，旋即栽倒在地。

所有人都被这突如其来的变故惊呆了。

还没等他们弄明白怎么回事，不远处便有几条黑影径直朝他们走了过来。楚离桑一惊，赶紧挺身上前，把刀一横："来者何人？"

"诸位莫慌！"当先的一个黑影沉声道，"老夫是来帮你们的。"

萧君默猛地一震，几乎不敢相信自己的耳朵。

是他？！

可他怎么会在这种时候出现在这个地方？

但见那几个黑影走到萧君默面前几步外站定，果然没错，来人正是魏徵。

萧君默虽然虚弱，但脑子还是清醒的。他迅速回顾了一遍今夜李安俨的种种反常之举，顿时恍然大悟——原来魏徵早已识破一切，所以命李安俨暗中协助他们脱逃！

事实上，早在萧君默那天去向魏徵告别，说他要出远门的时候，魏徵便已猜出他有可能想解救辩才，随即命李安俨暗中调查。很快，李安俨便发现米满仓频繁出入禁苑，行动诡异，遂独自勘查禁苑的苑墙，发现了饮马门附近的小洞，随即禀报魏徵。魏徵知道难以阻止萧君默，加之他自己也想阻止皇帝追查《兰亭序》的秘密，遂决意暗中帮萧君默解救辩才。于是，便有了今夜李安俨名为追捕、实则保护的种种反常举动。

一开始，李安俨假装去凝云阁查米满仓，目的其实是想弄清萧君默的计划，以便尽力配合。当他察觉宫女吃的油酥饼被下了药，且注意到楼下有一些酒菜后，立刻明白萧君默的意图，随即留了两名士兵在凝云阁。其实这两人都是他在组织里的得力手下，他给二人安排的任务，便是确保楚离桑能够顺利脱逃。所以，即便楚离桑不主动下楼叫众人喝酒，这两人也会适时邀宦官们开喝。后来见楚离桑主动出击，他们便顺水推舟，喝了她敬的酒。随后二人假装被迷倒，其实一直在暗中观察，直到萧君默带着辩才来到凝云阁救走楚离桑，他们的任务才算完成。

李安俨离开凝云阁后，迅速赶往佛光寺，目的也是要配合萧君默的行动。当双方在半路上遭遇，李安俨其实一眼就认出了萧君默和辩才，却佯装上当，匆匆与他们擦肩而过。随后，李安俨又虚张声势，派出了大批人手搜索禁苑，目的不过是向皇帝交差。其实他早就从饮马门附近的小洞推测出了萧君默的逃脱路线，所以亲自带队搜索这一路。

后来，当萧君默等人躲在禁苑的草丛中时，李安俨更是有意拨落了那条沾血的汗巾，最后又下狠手杀了队正，并把队伍带往了别的方向，这才让萧君默等人得以安然脱险……

此刻，萧君默与魏徵四目相对，随即相视一笑，彼此心照不宣。

"太师，多谢您所做的一切。"萧君默道，"晚辈铭记在心。"

魏徵摆摆手："贤侄言重了，你做的这些事，其实也是老夫想做的。就此而言，咱俩也算是一条道上的，就不必言谢了。"

这时，楚离桑扶着辩才走了过来。辩才打量了一下魏徵，心中似乎也都明白了，拱拱手道："久闻魏太师大名，今日终于亲见本尊，不胜荣幸啊！"

魏徵肃然，对着辩才深长一揖："属下临川魏徵，见过左使。"

此言一出，萧君默和楚离桑顿时都有些惊诧。

萧君默稍微一想，旋即释然：辩才既然在天刑盟盟主智永身边追随多年，便是他的左膀右臂，所以身居天刑盟左使之职，自然也是情理中事。

辩才淡淡笑道："魏太师不必拘礼。自从先师给本盟下达了'沉睡'指令，我便不再是什么左使了，只能算是一介方外之人。"

这时，禁苑内的鼓噪声更大了，似乎已经有人发现了苑墙下的那个小洞。众人不觉神色一凛。魏徵忙道："左使，属下带了几个人过来，都是忠诚精干的弟兄，让他们护送您吧。"

萧君默闻言，这才看了看魏徵身后那几名精壮的汉子，发现他们居然是忘川茶楼的茶博士和伙计。

辩才摆摆手："多谢太师好意，贫僧想去办几件私事，人多反而不便。"

魏徵听出了弦外之音，知道辩才不想让人知道他的去向，也就不再坚持，随即命手下去把那四匹被桓蝶衣藏匿的马牵过来。此时，楚离桑扶起了地上的桓蝶衣，让她靠在了一棵树下。萧君默看着昏迷不醒的桓蝶衣，眼中不无担忧。

"贤侄不必担心。"魏徵对萧君默道，"桓姑娘只是中了轻度的迷魂散，并未受伤，不消片刻自会醒来。"

萧君默点点头，没说什么。这时马匹已经牵了过来，他又看了桓蝶衣一眼，才在米满仓的帮助下骑上了马背。

四人与魏徵互道珍重后，便拍马沿着渭水向东边驰去。魏徵一直目送着他们离开，才带着手下返身没入了树林之中。

萧君默身上的几处伤口都还在流血。他脸色苍白，表情痛苦，渐渐放慢了速度。

四人驰出树林的时候，萧君默明显已经落在了后边。

楚离桑察觉，刚一回头，就看见萧君默的头往下一勾，身子一软，整个人从马上栽了下来……

树林里，桓蝶衣迷迷糊糊醒来，发现身边已空无一人。她苦笑了一下，甩了甩头，然后爬起来，跌跌撞撞地向坐骑跑了过去。

繁星满天的夜空之下，四匹骏马在龙首原上疾驰。

楚离桑抱着萧君默骑了一匹，辩才和米满仓各骑一匹，还有一匹的缰绳被拽在米满仓手里。

在他们身后，距离很远的一片高岗上，桓蝶衣正勒马而立，眼中泪光闪动。

望着地平线上渐渐远去的几个黑点，桓蝶衣止不住潸然泪下。她知道，萧君默这一去，恐怕永远也回不了长安了，可她并不知道萧君默会去哪里，更不知道这一生还能不能再见到他。

萧君默在马上颠簸着，双目紧闭，如同死去一般。

没有人注意到，一滴泪珠从他的眼角悄然滑下，落进了龙首原的尘土里。